IMAGEM NO ESPELHO

Obras da autora publicadas pela Record

Acidente
Agora e sempre
A águia solitária
Álbum de família
Amar de novo
Um amor conquistado
Amor sem igual
O anel de noivado
O anjo da guarda
O apelo do amor
Ânsia de viver
Asas
O beijo
O brilho da estrela
O brilho de sua luz
Caleidoscópio
Casa forte
A casa na rua Esperança
O casamento
O chalé
Cinco dias em Paris
Desaparecido
Um desconhecido
Desencontros
Doces momentos
Entrega especial
O fantasma
Final de verão
Forças irresistíveis
Galope de amor
Honra silenciosa
Imagem no espelho
Jogo do namoro
Jóias
A jornada
Klone e eu
Maldade
Meio amargo
Mergulho no escuro
Momentos de paixão
Um mundo que mudou
Passageiros da ilusão
Pôr-do-sol em Saint-Tropez
Porto seguro
Preces atendidas
O preço do amor
O rancho
Recomeços
Relembrança
Resgate
O segredo de uma promessa
Segredos de amor
Segredos do passado
Segunda chance
Tudo pela vida
Uma só vez na vida
Vale a pena viver
A ventura de amar
Zoya

DANIELLE STEEL

IMAGEM NO ESPELHO

Tradução de
MARIA CLÁUDIA DE OLIVEIRA

5ª EDIÇÃO

EDITORA RECORD
RIO DE JANEIRO • SÃO PAULO
2009

CIP-Brasil. Catalogação-na-fonte
Sindicato Nacional dos Editores de Livros, RJ.

Steel, Danielle, 1948-
S826i Imagem no espelho / Danielle Steel; tradução
5ª ed. de Maria Cláudia de Oliveira. – 5ª ed. – Rio de
Janeiro: Record, 2009.
448p.

Tradução de: Mirror image
ISBN 978-85-01-05609-2

1. Romance norte-americano. I. Oliveira, Maria
Cláudia de. II. Título.

CDD – 813
00-0835 CDU – 820(73)-3

Título original norte-americano:
MIRROR IMAGE

Direitos exclusivos de publicação em língua portuguesa para o Brasil
adquiridos pela
EDITORA RECORD LTDA.
Rua Argentina 171 – Rio de Janeiro, RJ – 20921-380 – Tel.: 2585-2000
que se reserva a propriedade literária desta tradução

Impresso no Brasil

ISBN 978-85-01-05609-2

PEDIDOS PELO REEMBOLSO POSTAL
Caixa Postal 23.052
Rio de Janeiro, RJ – 20922-970

Às pessoas que amamos,
Aos sonhos que sonhamos
E às pessoas em que nos transformamos
através do amor, se tivermos coragem.
À coragem, à inteligência,
à busca dos sonhos
e àqueles que nos ajudam na travessia da ponte
para além de nossos medos, da esperança ao amor.
Aos grandes amores perdidos
e aos pequenos amores de luto,
aos bons tempos conquistados,
embora com tanto esforço.
A minhas filhas, Beatrix, Samantha, Victoria,
Vanessa e Zara, que seus sonhos possam ser realizados rápida e
facilmente, e que suas escolhas sejam sábias.
A meus filhos: Maxx, que você seja abençoado, corajoso, sábio,
bom e sempre amado,
E Nick, uma dádiva, que foi corajoso
e tão, tão amado.
Que todos os seus sonhos se tornem realidade um dia,
e com sorte, algum dia os meus também.
Que todos vocês sejam muito amados por aqueles que amam.
Amo-os com todo o meu coração.
Mamãe.

Capítulo 1

O som dos pássaros lá fora era abafado pelas pesadas cortinas de brocado de Henderson Manor, enquanto Olívia Henderson, afastando uma mecha de seus longos cabelos escuros, continuava a fazer um inventário cuidadoso das porcelanas de seu pai. Era um dia quente de verão e, como sempre, sua irmã havia saído para algum lugar. Seu pai, Edward Henderson, aguardava a visita de seus advogados. Isolados como estavam em Croton-on-Hudson, a cerca de três horas de carro de Nova York, os procuradores de seu pai vinham vê-lo com freqüência. Edward Henderson dirigia daqui todos os seus negócios, além de supervisionar as usinas de aço que ainda levavam seu nome, mas que não comandava mais. Ele havia se retirado inteiramente dos negócios dois anos antes, em 1911. Mantivera todas as empresas, mas delegara os poderes a seus procuradores e aos homens que dirigiam as usinas em seu nome. Sem filhos, não tinha mais o mesmo interesse nos negócios. As filhas jamais dirigiriam suas usinas. Tinha apenas 65 anos, mas sua saúde começara a piorar nos últimos anos, e ele preferia ver o mundo de seu pacífico pouso em Croton-on-Hudson. Aqui, podia observar o mundo com calma e dar a suas duas filhas uma vida saudável e benéfica. Não era muito excitante, elas tinham de admitir, mas jamais ficavam entediadas e tinham amigos em todas as grandes famílias acima e abaixo do Hudson.

A propriedade dos Van Cortlandt ficava próximo, assim como os Shepard em sua velha Lyndhurst. O pai de Helen Shepard, Jay Gould, morrera vinte anos antes e deixara a extraordinária propriedade para sua filha. Ela e seu marido, Finley Shepard, administravam-na maravilhosamente e com freqüência ofereciam festas para os jovens da região. Os Rockefeller haviam acabado de construir naquele ano Kykuit, em Tarrytown, com seus esplêndidos jardins e magníficos campos, e uma casa que rivalizava com a de Edward Henderson, ao norte de Croton-on-Hudson.

Henderson Manor era uma casa bonita e as pessoas vinham de longe para espiar seus adoráveis jardins através dos portões. De onde ficavam, mal podiam ver a casa, cercada por árvores frondosas e escondida atrás das curvas no caminho que levava à estrada. A casa ficava no alto de um penhasco, com uma ampla vista para o rio Hudson. Edward gostava de sentar-se em seu estúdio durante horas, observando o mundo girar e relembrando os tempos passados, os velhos amigos e os dias em que sua vida se transformara rapidamente em um grande negócio... quando assumira o controle das indústrias do pai, na década de 1870... servindo de instrumento para as grandes mudanças industriais do fim do século passado. Sua vida havia sido muito ocupada então. Quando era mais novo, havia sido bem diferente. Edward Henderson casara-se quando jovem e perdera a mulher e o filho pequeno de difteria. Depois disso ficara sozinho por muitos anos, até que chegara Elizabeth. Ela fora tudo o que qualquer homem poderia sonhar — um raio de luz brilhante e iluminado, um cometa em céu de verão, tão efêmera, tão deslumbrante, tão bonita e tão dolorosamente passageira. Casaram-se no mesmo ano em que se conheceram. Ela tinha 19 anos e ele estava com pouco mais de quarenta. Aos 21, ela se fora. Para horror de Edward, Elizabeth morrera ao dar à luz. Após sua morte, ele começara a trabalhar ainda mais, até ficar entorpecido. Havia deixado as filhas aos cuidados da governanta e de babás, mas acabara chegando à conclusão de que era responsável por elas. Foi quando começou a construir Henderson Manor. Queria que as duas tivessem uma vida saudável e benéfica, fora da cidade. Nova York não era lugar para crianças em 1903. Elas tinham dez anos quando se mudaram para lá, e agora estavam com vinte. Ele mantivera a casa na cidade e trabalhava lá, mas vinha vê-las sempre que podia. A princípio apenas nos fins de semana, mas depois, quando se apaixonara pela casa, começara a passar mais tempo no Hudson, mais que em Nova York, Pittsburgh ou na Europa. Seu coração estava ali em Croton com suas filhas, enquanto ele as via crescer, e pouco a pouco sua vida começou a ficar mais calma. Ele amava estar com elas e agora nunca as deixava. Nos últimos dois anos, não tinha ido a absolutamente lugar algum. Sua saúde começara a piorar três ou quatro anos atrás. Seu coração era problemático, mas apenas quando trabalhava muito ou deixava algo aborrecê-lo ou ficava terrivelmente irritado, o que raramente acontecia agora. Ele estava feliz em Croton com as filhas.

Fazia vinte anos que a mãe delas morrera, na primavera de 1893, num dia quente e cheiroso que parecera a ele a traição final de Deus. Ele ficara esperando lá fora, cheio de orgulho e excitação. Nunca poderia sonhar que aquilo aconteceria novamente com ele. Sua primeira mulher e seu filho pequeno haviam morrido numa epidemia de difteria mais de uma dúzia de anos antes. Mas, desta vez, perder Elizabeth também o havia matado. Aos 45 anos, era um golpe mortal para ele, que simplesmente não suportaria seguir adiante sem ela. Elizabeth morrera em sua casa de Nova York, e no início ele sempre sentia sua presença lá. Mas depois de um certo tempo começara a detestar o vazio da casa e odiava ter de estar lá. Depois disso viajara durante meses, mas evitar a casa significava evitar as duas garotinhas que Elizabeth lhe deixara. E ele também não seria capaz de vender a casa que seu pai construíra e na qual ele mesmo crescera. Tradicionalista na essência, sentia a obrigação de mantê-la para suas crianças. Finalmente deixou-a fechada, e já havia dois anos desde a última vez em que estivera lá. Agora que vivia todo o tempo em Croton, nunca sentia saudades. Nem da casa, nem de Nova York, nem da vida social que havia deixado por lá.

E enquanto zumbiam os sons do verão, Olívia continuava seu esmerado inventário da porcelana. Ela usava longas folhas de papel, nas quais escrevia com sua letra meticulosa, tomando nota do que precisavam repor e do que devia ser colocado em ordem. Às vezes ela mandava um dos empregados da casa à cidade para trazer algo, mas na maior parte do tempo a casa da cidade ficava fechada, e elas nunca iam lá. Ela sabia que seu pai não gostava. A saúde de seu pai era frágil e, como ele, Olívia estava feliz aqui, com sua vida quieta em Croton-on-Hudson. Ela passara muito pouco tempo em Nova York desde criança, exceto o breve período, dois anos atrás, em que seu pai as levara a Nova York a fim de apresentá-las à sociedade e a todos os seus amigos. Ela havia achado interessante, mas muito cansativo. Sentira-se esmagada pelas festas, o teatro, as constantes exigências sociais. Era como se estivesse num palco todo o tempo, e detestara aquela atenção. Fora Victoria quem florescera ali e ficara num estado de total depressão quando retornaram para Croton no Natal. Olívia ficara aliviada ao voltar para seus livros, sua casa, seus cavalos, suas pacíficas caminhadas no alto das colinas, que às vezes a levavam até as fazendas vizinhas. Ela adorava cavalgar aqui, escutar os sons da primavera, ver o inverno derreter-se vagarosamente, observar o esplendor das folhas caindo em outubro. Amava tomar conta da casa de seu pai para ele, e o fazia desde que era uma garotinha, com a ajuda de Alberta Peabody, a mulher que as criara. Para elas Alberta era "Bertie", e o mais próximo de uma mãe que as garotas Henderson jamais haviam conhecido. Seus olhos eram ruins, mas sua mente era aguçada, e ela seria capaz de distinguir as duas jovens no escuro, de olhos fechados.

Ela aproximou-se para ajudar Olívia e perguntou até onde tinha chegado. Não tinha mais a paciência, ou os olhos, para fazer este tipo de trabalho minucioso e sempre ficava muito grata quando Olívia o fazia para ela. Olívia checava cuidadosamente os bordados, os cristais, as roupas de cama e mesa. Prestava atenção em tudo e amava fazê-lo, ao contrário de Victoria, que detestava tudo o que era doméstico. Victoria era absolutamente diferente de sua irmã.

— Bem, eles quebraram todos os nossos pratos ou ainda seremos capazes de receber para o jantar de Natal? — Bertie sorria enquanto segurava um copo de limonada gelada e um prato de biscoitos de gengibre que acabara de tirar do forno. Alberta Peabody passara vinte anos cuidando das duas garotas que ela se acostumara a sentir como "suas crianças". Haviam se tornado suas quando nasceram, e ela jamais as deixara, nem mesmo por um dia, desde que sua mãe morrera, e fora a primeira pessoa a olhar nos olhos de Olívia e perceber o quanto a amava.

Bertie era uma mulher pequena e rechonchuda, com os cabelos brancos presos num pequeno coque atrás da cabeça. Tinha um amplo busto, onde Olívia descansara a cabeça durante a maior parte de sua infância. Ela as havia confortado sempre que precisaram e sempre que seu pai não estava lá, o que havia sido mais freqüente quando eram menores. Durante anos, ele chorara silenciosamente a perda de sua mãe e mantivera distância. Mas se aproximara novamente delas nos últimos anos, e suavizara-se consideravelmente desde que sua saúde começara a se debilitar e ele se retirara dos negócios. Ele tinha um coração frágil, o que atribuía ao choque e ao desgosto por ter perdido duas jovens esposas, agravado pela modernização dos negócios. Ele era bem mais feliz agora do que quando dirigia os negócios, e tudo podia ser filtrado através de seus procuradores.

— Precisamos de pratos de sopa, Bertie — comunicou Olívia solenemente, alisando novamente os longos cabelos negros, sem ter consciência de sua surpreendente beleza. Ela tinha a pele de um branco cremoso, enormes olhos azul-escuros e cabelos finos e brilhantes, negros como um corvo. — Precisamos de pratos de peixe também. Vou encomendá-los à Tiffany na próxima semana. Precisamos dizer às garotas na cozinha para serem mais cuidadosas. — Bertie aprovou com a cabeça, sorrindo para ela. Olívia poderia estar casada agora, poderia ter seus próprios pratos de sopa para contar, mas mesmo assim ainda estava aqui, absolutamente tranqüila, tomando conta de seu pai, da casa e de todas as pessoas que viviam ali. Olívia não desejava ir a lugar algum. Ela nem mesmo pensava sobre isso. Era feliz aqui em Henderson Manor. Ao contrário de Victoria, que falava constantemente sobre lugares distantes ao redor do mundo, ou pelo menos na Europa. Ela fechava a cara toda vez que pensava na casa que estavam perdendo em Nova York e na diversão que poderiam ter por lá.

Olívia sorriu como uma criança para Bertie. Ela estava usando um vestido de seda azul-claro, comprido até os tornozelos, e parecia envolvida por um pedaço de céu azul. Ela copiara o vestido de uma revista e mandara fazer numa costureira local. O *design* era Poiret, e parecia adorável nela. Era Olívia quem sempre selecionava e desenhava os vestidos delas. Victoria não dava muita importância a isso. Deixava Olívia escolhê-los, principalmente, como ela mesma dizia, por Olívia ser a irmã mais velha.

— Os biscoitos estão muito bons hoje, não estão? Papai vai adorá-los. — Olívia mandara fazê-los especialmente para o pai e John Watson, seu principal procurador. — Devia preparar uma bandeja para eles ou você já o fez? — As duas mulheres trocaram um sorriso, nascido de anos de divisão de responsabilidades e deveres. Vagarosamente, ao longo dos últimos anos, Olívia se transformara de criança em adolescente, então numa moça, e finalmente na senhora da casa de seu pai. Olívia tinha controle sobre tudo à sua volta, e Bertie sabia disso. Ela respeitava o fato e agora pedia a opinião de Olívia na maior parte das vezes, embora jamais pensasse diferente dela, ou ainda a repreendesse quando saía na chuva ou fazia algo tolo e infantil, o que ainda acontecia mesmo aos vinte anos. Mas hoje em dia Bertie achava aquilo mais um alívio que uma preocupação. Olívia era tão séria e responsável que fazia bem a ela às vezes esquecer tudo o que deveria estar fazendo.

— Preparei a bandeja para você, mas disse a Cook que você gostaria de arrumá-la antes de servir — disse Bertie.

— Obrigada. — Olívia desceu da escada graciosamente e beijou a face da velha mulher, enquanto passava seus longos e elegantes braços em torno dela. Deixou a cabeça cair sobre os ombros de Bertie por um instante, como uma criança, e então, depois de beijá-la mais uma vez afetuosamente, correu para a cozinha a fim de cuidar da bandeja para seu pai e o advogado.

Ela pediu uma jarra de limonada, um grande prato de biscoitos e pequenos sanduíches de agrião e pepino, com fatias finíssimas de tomates colhidos no próprio pomar. Havia também xerez e bebidas mais fortes, se preferissem. Tendo crescido na companhia do pai, Olívia não era o tipo de garota que se chocava com a idéia de homens bebendo uísque ou fumando charutos — na verdade, ela até gostava do cheiro, bem como sua irmã.

Depois de aprovar as toalhas e a bandeja de prata que Bertie separara, saiu da cozinha e foi encontrar o pai na biblioteca. As cortinas estavam abertas para manter o ambiente fresco. Elas eram de brocado, de um vermelho profundo e com pesadas franjas, e Olívia arrumou-as instintivamente enquanto olhava para o pai por sobre os ombros.

— Como está se sentindo hoje, pai? Está terrivelmente quente não?

— Eu gosto disso. — Ele sorriu orgulhosamente da filha, atento a seus eminentes talentos domésticos. Ele sempre dizia que, se não fosse por Olívia, não poderia ter administrado a casa, ou pelo menos não tão facilmente. Chegava a brincar dizendo que tinha medo de que um dos Rockefeller pudesse tentar — e conseguir — se casar com ela, de modo que assim ela pudesse administrar Kykuit. Ele havia estado lá recentemente para ver a propriedade, e a casa que John D. Rockefeller construíra era realmente espetacular. Tinha todas as facilidades possíveis da vida moderna, incluindo telefones, aquecimento central e um gerador na cocheira. O pai de Olívia caçoara, dizendo que eles haviam feito com que sua casa parecesse uma cabana rude, o que não era absolutamente o caso. Mas Kykuit era certamente seu maior vizinho.

— Este calor é bom para meus velhos ossos — disse ele confortavelmente acomodado, acendendo um charuto, enquanto esperava pelo advogado. — Onde está sua irmã? — perguntou casualmente. Sempre era fácil encontrar Olívia em algum lugar da casa, fazendo listas, escrevendo bilhetes para os empregados, checando algo que precisava ser feito ou arranjando flores para a mesa de seu pai. Mas Victoria era bem mais difícil de não perder de vista.

— Acho que foi jogar tênis nos Astor — disse Olívia vagamente, sem ter a menor idéia de onde ela estava, mas apenas uma vaga suspeita.

— Típico dela — disse ele, com um pesaroso sorriso para sua filha mais velha. — Acho que os Astor estão passando o verão no Maine — bem como grande parte dos vizinhos. Os Henderson também haviam ido para o Maine nos verões anteriores, e Newport e Rhode

Island, mas Edward Henderson não gostava mais de deixar Croton, mesmo no mais quente dos verões.

— Desculpe, pai. — Olívia corou, embaraçada com a mentira que contara para proteger a irmã. — Achei que talvez eles tivessem voltado de Bal Harbor.

— Estou certo de que achou. — Ele parecia se divertir. — E só Deus sabe onde está sua irmã, ou que travessuras anda fazendo. — Mas ambos sabiam que os caprichos de Victoria eram geralmente inofensivos. Ela era uma pessoa única, cheia de espírito e determinação. Era tão independente quanto sua mãe fora, e de certa maneira Edward Henderson sempre suspeitara de que sua filha mais nova era levemente excêntrica. Mas desde que ela não fosse indulgente demais consigo mesma, isso era algo que ele podia tolerar, e ela não poderia se machucar demais ali. O pior que poderia acontecer era cair de uma árvore, ter uma prostração por caminhar quilômetros até seu amigo mais próximo, ou nadar um pouco rápido demais no rio. Os prazeres eram verdadeiramente elegantes ali. Victoria não tinha romances nas vizinhanças e nenhum rapaz a perseguia, embora muitos dos jovens Rockefeller e Van Cortlandt certamente tivessem mostrado considerável interesse por ela. Mas todos eram bem-comportados, e até mesmo seu pai sabia que Victoria era muito mais intelectual que romântica.

— Vou procurar por ela depois que deixá-lo aqui — disse Olívia calmamente. Mas nenhum dos dois estava particularmente preocupado, quando a bandeja da cozinha chegou, e ela disse ao garoto da cozinha onde colocá-la.

— Vamos precisar de outro copo, minha querida — instruiu-a o pai, enquanto reacendia seu charuto e agradecia ao garoto cujo nome ele nunca se lembrava.

Olívia conhecia todas as pessoas que trabalhavam para eles; sabia seus nomes, suas histórias, conhecia seus parentes, suas irmãs, seus filhos. Sabia de suas fraquezas e virtudes, e de qualquer erro no qual incorriam ocasionalmente. Era de fato a senhora de Henderson Manor, talvez ainda mais que sua própria mãe pudesse ter sido se estivesse viva. De certa forma, Olívia suspeitava de que sua mãe havia sido mais parecida com sua irmã.

— John vai trazer alguém com ele? — Olívia parecia surpresa. O procurador de seu pai normalmente vinha sozinho, exceto quando havia algum problema na usina, e ela não sabia nada sobre isso desta vez. Normalmente seu pai dividia esse tipo de informação com elas. Tudo aquilo seria delas um dia, embora, mesmo que gostassem das usinas, as garotas fossem vendê-las — a menos que se casassem com homens capazes de geri-las. Mas Edward considerava essa idéia desagradável.

Seu pai suspirou sobre seu charuto, respondendo à pergunta.

— Infelizmente, minha querida, John está trazendo alguém hoje. Estou com medo de já ter chegado longe demais neste mundo. Sobrevivi a duas mulheres, um filho, meu médico no ano passado, a maior parte de meus amigos na última década, e agora John Watson me diz que está pensando em se aposentar. Está trazendo um homem que se juntou à firma recentemente, de quem ele parece ter uma boa impressão.

— Mas John não é tão velho assim — Olívia parecia surpresa e quase tão perturbada quanto seu pai —, e nem você, portanto pare de falar assim. — Ela sabia que ele começara a sentir-se velho desde que ficara doente e mais ainda quando se retirara dos negócios.

— Eu sou velho. Você não tem idéia do que acontece quando todo mundo à sua volta começa a ir embora — disse ele, franzindo as sobrancelhas e pensando no novo advogado que não queria encontrar naquela tarde.

— Ninguém está indo a lugar nenhum, nem John, pelo menos por enquanto, tenho certeza — disse ela, tranqüilizando-o, enquanto servia um pequeno copo de xerez e entregava a ele com o prato de biscoitos frescos de gengibre. Ele serviu-se de um e pareceu extremamente satisfeito quando olhou para ela.

— Talvez ele acabe não indo embora, principalmente depois de provar estes biscoitos. Devo dizer, Olívia, que você faz os empregados realizarem milagres naquela cozinha.

— Obrigada. — Ela inclinou-se e beijou-o, e ele olhou para ela com todo o prazer que sentia a cada vez que a via. Ela parecia bastante confortável e fresca mesmo num dia quente como aquele. Pegou para si um dos biscoitos de gengibre e se sentou perto dele, enquanto esperavam por John Watson. — Então, quem é o novo homem? —

perguntou ela, curiosa, após alguns minutos. Ela sabia que Watson era um ou dois anos mais moço que seu pai, mas, para ela, ainda parecia muito jovem para se aposentar, e sempre parecera muito jovial. Mas talvez estivesse sendo sábio em trazer alguém novo para cuidar dos negócios antes que fosse tarde. — Você já o viu antes?

— Ainda não. Esta será a primeira vez. John diz que ele é muito competente, principalmente quando se trata de negócios, e parece que fez um bom trabalho com os bens dos Astor. Ele saiu de uma firma excelente para o escritório de John e foi muito bem recomendado.

— E por que ele mudou de escritório? — perguntou ela, intrigada. Gostava de ouvir sobre os negócios do pai. Victoria também, mas ela era mais cabeça quente em suas opiniões. Algumas vezes os três entabulavam discussões acirradas a respeito de certos assuntos, como política ou negócios, mas, no fundo, todos eles gostavam daquilo. Talvez porque não tivesse filhos, Edward Henderson amava discutir temas inteligentes com suas filhas.

— De acordo com John, o novo advogado, Dawson, sofreu um pesado golpe no ano passado. Fiquei realmente triste por ele e acho que foi por isso que deixei John trazê-lo... é o tipo de coisa que receio compreender bem até demais. — Ele sorriu tristemente para ela. — Ele perdeu a mulher no ano passado, no *Titanic*. Ela era uma das filhas de lorde Arnsborough, e acho que tinha ido visitar a irmã. Infelizmente, voltou no *Titanic*. Ele quase perdeu o filho também. Parece que tiraram o menino num dos últimos botes salva-vidas. Já estava muito cheio, e a mãe colocou outra criança em seu lugar, dizendo que iria no próximo. Mas não havia próximo, ela estava deixando de entrar no último bote salva-vidas. Pelo que entendi, ele deixou a firma em que trabalhava, pegou o garoto e passou o ano inteiro na Europa. Isso aconteceu há apenas dezesseis meses, e acho que ele só está com Watson desde maio ou junho. Pobre-diabo. John diz que ele é muito eficiente, mas um pouco deprimido. Ele sairá disso, todos nós saímos. Terá de fazê-lo, para o bem de seu filho.

Aquilo lembrava muito a ele de quando perdera Elizabeth, embora sua perda tivesse se devido a complicações de parto e não a um desastre da magnitude do *Titanic*. Mas ainda assim fora desastroso para ele, e sabia muito bem como o homem se sentia. Edward Henderson ficou ali sentado, perdido, assim como Olívia, digerindo o que seu pai dissera. E ambos pareceram assustados quando levantaram os olhos e subitamente viram John Watson parado na porta.

— Bem, como você entrou sem ser anunciado? Será que precisou escalar as janelas? — Edward Henderson sorriu para seu velho amigo, enquanto se levantava para cumprimentá-lo e cruzava o aposento, parecendo extremamente saudável. Ele estava em boa forma esses dias, graças aos constantes cuidados de Olívia e apesar de suas preocupações sobre estar envelhecendo mal.

— Ninguém mais presta atenção em mim. — John Watson sorriu. Ele era alto e tinha um emaranhado de cabelos brancos, bastante parecido com o pai de Olívia, que também era alto e aristocrático e já tivera o mesmo cabelo preto e brilhante de suas filhas. Os olhos azuis também eram os mesmos, e eles se acenderam enquanto conversava animadamente com John Watson. Os dois homens conheciam-se desde a escola. Edward fora, na verdade, o melhor amigo do irmão mais velho de John. Ele morrera havia anos, e desde então Edward e John rapidamente haviam se tornado amigos, além de sócios em todas as questões legais dos Henderson.

Vendo-os logo envolvidos numa conversa tão animada, Olívia deu novamente uma olhada na bandeja, para ver se estava tudo em ordem, e preparou-se para deixar o aposento. Quando se virou, levou um susto ao quase cair nos braços de Charles Dawson. Era estranho vê-lo ali, logo depois de terem falado sobre ele, e embaraçoso saber tanto sobre sua perda e seu sofrimento sem nunca tê-lo conhecido. Quando olhou para ele, Charles Dawson pareceu-lhe muito bonito e um tanto austero, e ela pensou que nunca havia visto olhos tão tristes em ninguém. Olhos que pareciam poças verde-escuras, quase da cor da água do mar. Mas ele conseguiu dar um pequeno sorriso quando seu pai os apresentou. Havia grande bondade em seus olhos, e gentileza, o que quase a fazia ter vontade de estender a mão e consolá-lo.

— Como vai? — perguntou ele polidamente, apertando sua mão e parecendo observar com interesse cada centímetro dela. Embora estivesse ciente de sua beleza, ele não a olhava de maneira imprópria; parecia mais estar curioso a seu respeito.

— Posso oferecer-lhe uma limonada? — perguntou ela, sentindo-se subitamente tímida e escondendo-se atrás de suas confortáveis obrigações. — Ou preferiria um xerez? Receio que papai prefira xerez, mesmo num dia quente como este.

— Limonada seria ótimo. — Ele sorriu novamente para ela, e os dois homens mais velhos voltaram à sua conversa.

Ela também deu a John Watson um copo de limonada, e os três homens aceitaram prazerosamente os biscoitos de gengibre. Depois, tendo cumprido sua responsabilidade para com eles, Olívia retirou-se silenciosamente, fechando as portas atrás de si. Mas assim que deixou o aposento algo sobre o que vira nos olhos de Charles Dawson assustou-a, ou talvez fosse apenas porque seu pai lhe contara a história dele. Pensou que idade teria seu filho pequeno e em como Charles organizava a vida sem uma esposa. Talvez ele tivesse alguém em sua vida agora. Ela tentou espantar aqueles pensamentos; era ridículo estar se preocupando com um dos advogados de seu pai, e também pouco apropriado, censurou-se a si mesma, enquanto se virava rapidamente para voltar para a cozinha e quase colidia com o segundo-motorista de seu pai. Era um garoto de 16 anos que havia trabalhado nos estábulos durante anos, mas que sempre soubera mais sobre carros do que sobre cavalos. E, já que seu pai tinha paixão pelas máquinas modernas e comprara um dos primeiros carros quando ainda viviam em Nova York, Petrie, o garoto do estábulo, fizera uma rápida e prazerosa transição.

— O que é, Petrie? Alguma coisa errada? — perguntou ela com naturalidade. Ele parecia totalmente desgrenhado e completamente perturbado.

— Tenho de ver seu pai agora mesmo, senhorita — disse ele, obviamente perto das lágrimas, enquanto ela tentava mantê-lo fora da biblioteca antes que perturbasse seu pai que estava em reunião.

— Acho que vai ser impossível. Ele está ocupado. Posso ajudar em alguma coisa? — disse ela, gentil mas firmemente.

Ele hesitou, depois olhou em volta, como se com medo de que alguém o ouvisse.

— É o Ford. — Ele parecia aterrorizado ao falar. — Foi roubado. — Seus olhos estavam cheios de lágrimas, pois sabia o que poderia acontecer a ele quando a notícia se espalhasse. Perderia o melhor emprego que jamais poderia ter, e não conseguia entender como aquilo acontecera.

— *Roubado*? — Ela parecia tão assustada quanto ele. — Como isso é possível? Como alguém poderia entrar na propriedade e simplesmente pegá-lo sem ninguém notar?

— Não sei, senhorita. Eu o vi ainda pela manhã. Estava limpando-o. Estava brilhante e lustrado como no dia em que seu pai o comprou. Apenas deixei a porta da garagem aberta por um instante, para arejar o local, porque lá fica muito quente, a senhorita sabe, com o sol batendo diretamente sobre ele, e meia hora mais tarde ele havia sumido. Apenas sumido. — Seus olhos se encheram de lágrimas novamente, e Olívia colocou gentilmente a mão em seu ombro. Havia algo estranho sobre aquela história.

— A que horas deve ter sido isso, Petrie? Você se lembra? — Sua voz e suas maneiras eram extremamente calmas, pouco usuais para uma garota de vinte anos, mas ela estava acostumada a lidar diariamente com as pequenas crises da propriedade. E esta fazia soar um alarme particular.

— Eram onze e meia, senhorita. Eu sei exatamente. — Olívia vira sua irmã pela última vez às onze. E o Ford com o qual ele estava tão perturbado era o carro que seu pai comprara no ano anterior para fins de trabalho, pequenas viagens à cidade e compromissos em que preferia usar outro carro que não o Cadillac Tourer que usava sempre que deixava Henderson Manor.

— Olhe, Petrie — disse Olívia calmamente —, acho que você deve deixar a poeira baixar por um instante. É bem possível que algum dos empregados possa tê-lo tomado emprestado para algum compromisso na cidade, sem lembrar de mencioná-lo a você. Talvez o jardineiro. Pedi a ele que procurasse algumas roseiras para mim nos Shepard. Talvez ele tenha se esquecido de falar com você. — Ela estava subitamente certa de que o carro não fora roubado e precisava segurar o rapaz. Se ele contasse a seu pai, a polícia seria chamada e aquilo seria terrivelmente embaraçoso. Ela não podia deixar que isso acontecesse.

— Mas Kittering não pode dirigir, senhorita. Ele não pegaria o carro para procurar suas rosas. Ele pegaria um dos cavalos, ou sua bicicleta, mas não o Ford, senhorita.

— Bem, talvez outra pessoa esteja dirigindo-o, mas não acho que devamos contar ainda a meu pai. Além do mais, ele está muito ocupado. Portanto, vamos esperar até a hora do jantar. Podemos fazer isso? E até lá veremos se alguém o traz de volta. Tenho certeza de que isso vai acontecer. Agora você gostaria de beber uma limonada e comer uns biscoitos na cozinha? — Ela o conduzia delicadamente naquela direção, e ele parecia um pouco mais tranqüilo, apesar de ainda bastante nervoso. Estava apavorado com a possibilidade de perder o emprego quando o pai dela descobrisse que ele deixara o carro ser roubado dentro da garagem. Mas Olívia continuou a acalmá-lo, ao mesmo tempo que lhe servia um copo de limonada e lhe dava um prato com os irresistíveis biscoitos, enquanto o cozinheiro os observava.

Ela prometeu checar o assunto com Petrie mais tarde, e o fez prometer não sussurrar nem uma palavra sobre aquilo com seu pai até lá. Depois, com uma piscadela para o cozinheiro, saiu apressadamente da cozinha, querendo evitar Bertie, que via à distância vindo em sua direção. Mas Olívia era mais rápida que todos eles. Esgueirou-se por um par de longas portas francesas para o jardim lateral e suspirou quando sentiu o calor esmagador do verão de Nova York. Era por isso que as pessoas iam para Newport e Maine. O verão aqui era insuportável, e não havia ninguém que ficasse, se pudesse evitá-lo. No outono ficaria adorável novamente. E na primavera, quando o longo inverno finalmente terminava, era sempre idílico. Mas os invernos eram brutais, e os verões ainda mais. Muita gente ia para a cidade no inverno e para o litoral no verão, mas seu pai não ia mais. Agora ficavam em Croton-on-Hudson o ano inteiro.

Olívia desejou ter tido tempo para ir nadar naquela tarde, enquanto andava distraída por um de seus caminhos preferidos em direção aos fundos da propriedade, onde havia um belo e escondido jardim. Ela adorava vir cavalgando até aqui. Havia um portão estreito que dava para a propriedade vizinha, por onde ela freqüentemente se esgueirava para aproveitar sua cavalgada ali também, mas ninguém se incomodava com aquilo. Todos os vizinhos partilhavam aquelas montanhas como uma família feliz, e eram apenas os bons amigos que tinham construído ali.

Apesar do calor, ela andou bastante naquela tarde, não mais pensando no carro perdido, mas, muito estranhamente, em Charles Dawson e na história que seu pai lhe contara. Como era terrível perder a mulher de forma tão trágica e dramática. Ele devia ter ficado doente de preocupação quando ouvira sobre o desastre, ela bem podia imaginá-lo. Sentou-se enfim num tronco, ainda pensando nele, e, enquanto o fazia, escutou o ruído de um carro à distância. Permaneceu sentada e imóvel por mais um minuto ouvindo, e, ao levantar os olhos, viu o Ford perdido tentando passar pelo portão estreito de madeira nos fundos da propriedade. Ouviu um súbito rangido áspero, enquanto o motorista arrancava a borracha e a pintura das laterais ao passar por ele. Mas, apesar do óbvio aperto, o carro não diminuiu a velocidade nem por um instante. Olívia observava atônita, enquanto o carro movia-se para dentro de seu campo de visão e sua irmã sorria para ela e acenava, sentada atrás do volante. E na mão com que ela acenava, havia um cigarro. Ela estava fumando.

Olívia não se moveu de onde estava, apenas encarou-a e acenou, enquanto Victoria parava o carro e continuava a sorrir para ela, soltando uma nuvem de fumaça em sua direção.

— Você sequer imagina que Petrie queria contar a papai que o carro foi roubado, e que ele teria chamado a polícia se eu tivesse deixado?

Olívia não estava surpresa ao vê-la ali, mas também não estava feliz. Estava acostumada às proezas de sua irmã mais nova, e as duas mulheres ficaram olhando uma para a outra, uma perfeitamente calma e obviamente insatisfeita, a outra se divertindo enormemente com sua própria leviandade. Mas o que chamava mais a atenção naquilo tudo era que, com exceção da diferença de expressão e o fato de que o cabelo de Victoria parecia mais descuidado e desarrumado pelo vento que o de Olívia, as duas mulheres eram absolutamente idênticas. Para elas, era como se olhar no espelho. Os mesmos olhos, a mesma boca, as mesmas maçãs do rosto, os cabelos e até mesmo os gestos. Havia diferenças mínimas entre elas. Victoria possuía uma aura de natureza boa e indolente, sempre beirando a travessura, o que acentuava ainda mais essas diferenças. E mesmo assim ninguém conseguia distingui-las uma da outra. Seu próprio pai às vezes errava quando se aproximava de uma delas num aposento ou em algum lugar da propriedade, e os empregados as confundiam constantemente. Antes de terem aulas com tutores em casa, seus amigos na escola não eram capazes de diferenciá-las, e seu pai acabou decidindo que elas estudariam em casa, porque causavam muito transtorno na escola e chamavam a atenção demais. Elas trocavam de lugar quando queriam e atormentavam sem misericórdia as professoras — pelo menos Victoria o fazia, mas isso era o que Olívia dizia. Elas viveram bons momentos na escola, mas seu pai duvidava seriamente de que estivessem sendo bem educadas. No entanto, estudar em casa as deixara muito isoladas, contando apenas com a amizade uma da outra. Ambas sentiram falta de ir à escola, mas o pai foi irredutível. Não as queria comportando-se como fenômenos circenses e, se a escola não conseguia controlá-las, a sra. Peabody e seus tutores o fariam. Na realidade, a sra. Peabody era a única pessoa viva que infalivelmente sabia exatamente quem era quem. Poderia diferenciá-las em qualquer lugar, de frente, de costas e até mesmo antes que falassem. E ela também sabia o único segredo por meio do qual se poderia distingui-las — uma pequena sarda que Olívia tinha no alto da palma direita, e que Victoria tinha idêntica e igualmente pequena na mão esquerda. Seu pai também sabia sobre isso, claro, embora nenhum de seus amigos o soubesse, mas era muito problemático lembrar-se de procurá-las. Era mais fácil apenas perguntar a elas e esperar que estivessem dizendo a verdade sobre suas identidades, o que normalmente faziam agora que eram mais velhas. Elas eram absolutamente idênticas, gêmeas espelhadas, e causavam furor à sua volta desde o dia de seu nascimento até hoje.

Isso transformara sua apresentação à sociedade em Nova York, dois anos antes, num grande alvoroço, e havia sido por causa disso que o pai insistira em trazê-las para casa naquele ano antes mesmo do Natal. Era muito difícil lidar com toda aquela atenção em qualquer lugar aonde fossem. Ele sentira que estavam sendo tratadas como uma curiosidade e aquilo era realmente exaustivo. Victoria voltara para casa obrigada, mas Olívia não se importara. Ela sempre estivera pronta para voltar para Croton. Mas Victoria infernizava suas vidas desde então. Tudo o que falava agora era sobre como a vida era incrivelmente aborrecida no Hudson. Ela não compreendia como qualquer um deles podia suportar aquilo.

O único outro assunto que realmente entusiasmava Victoria era o do direito de voto feminino. Este era o fogo com o qual se queimava, a paixão que a incendiava a qualquer momento. E Olívia ficava doente só de ouvir falar no assunto. Victoria falava o tempo todo sobre Alice Paul, que havia organizado a marcha em Washington naquele mês de abril, quando dúzias de mulheres foram presas, quarenta ficaram feridas, e uma tropa de cavalaria foi necessária para restabelecer a ordem. Olívia também ouvira falar muito de Emily Davison, que morrera dois meses antes, ao se jogar na frente dos cavalos do rei nas corridas da Inglaterra; e depois houvera as Pankhurst, *mère et filles*, que se ocupavam em se vingar destruindo tudo em nome dos direitos da mulher na Inglaterra. O simples fato de falar nelas fazia os olhos de Victoria dançarem, enquanto Olívia revirava os seus, aborrecida. Mas agora Olívia estava sentada esperando pelas desculpas e explicações da irmã.

— Então eles chamaram a polícia? — perguntou Victoria, parecendo divertida e nem um pouco culpada.

— Não, não chamaram a polícia — disse Olívia severamente. — Eu subornei Petrie com limonada e biscoitos e disse a ele para esperar até o jantar. Mas acho que deveriam ter chamado a polícia. Eu devia tê-los deixado fazer isso. Sabia que tinha sido você. — Ela tentou parecer zangada, mas algo em seus olhos dizia que não estava, e Victoria sabia disso.

— Como você sabia que tinha sido eu? — Victoria parecia deleitar-se, sem se arrepender nem por um minuto.

— Eu senti, sua desastrada. Um dia desses vão chamar a polícia por sua causa e eu vou deixar que o façam.

— Não, você não vai — disse Victoria com uma confiança e um brilho nos olhos que teria feito seu pai lembrar-se de sua mãe. Fisicamente, Victoria era o retrato de Olívia, inclusive no vestido de seda azul que estava usando.

Olívia escolhia as roupas da irmã todas as manhãs, e Victoria sempre as colocava sem discutir. Ela amava ser gêmea, sempre amara, ambas amavam. Aquilo as satisfazia perfeitamente e fizera com que Victoria se livrasse de muita confusão em sua vida. Olívia estava sempre querendo pedir desculpas por ela, ou mesmo trocando de lugar com a irmã, fosse para tirá-la de alguma enrascada ou, quando eram crianças, apenas porque era engraçado fazê-lo. Seu pai sempre as ensinara a serem responsáveis e a não tirar vantagem daquelas circunstâncias pouco usuais, mas às vezes era difícil não fazê-lo. Tudo sobre elas parecia pouco usual. Eram mais próximas do que duas pessoas jamais poderiam ser. E às vezes, para elas, era quase como se fossem a mesma pessoa. Apesar disso, bem lá no fundo, ambas sabiam que eram muito diferentes uma da outra. Victoria era destemida, mais travessa e aventureira. Era aquela que sempre se metia em confusão. Era muito mais fascinada pela amplitude do mundo do que Olívia, que ficava mais feliz em estar em casa e cujos limites eram aqueles estipulados pela família, o lar e a tradição. Victoria queria lutar pelos direitos femininos, queria manifestar-se e falar. Achava que casamento era algo bárbaro e desnecessário para uma mulher verdadeiramente independente. Olívia achava tudo aquilo uma maluquice, mas também acreditava que era apenas uma ilusão passageira de sua irmã. Houvera outras — movimentos políticos que a fascinaram, ideais religiosos, conceitos intelectuais sobre os quais havia lido. Olívia estava com os pés mais fincados na terra e com muito menos vontade de entrar em batalhas por causas obscuras. Seu mundo era bem menor. E mesmo assim, para quem não as conhecia e até para aqueles que conviviam com elas, pareciam ser apenas uma e a mesma pessoa.

— Então? Quando você aprendeu a dirigir? — perguntou Olívia, batendo o pé, enquanto Victoria sorria de dentro do carro.

Ela havia acabado de atirar seu cigarro na lixeira perto da qual sua irmã estava sentada. Olívia sempre fazia o papel da irmã mais velha e severa. Ela era onze minutos mais velha que Victoria, mas eram esses onze minutos que faziam toda a diferença. E em momentos tristes, quando elas abriam seu coração, Victoria já havia confessado à irmã que achava ter sido ela quem matara a mãe.

— Você não a matou — Olívia dissera firmemente, quando eram apenas crianças. — Foi Deus.

— Ele *não* fez isso! — Victoria O defendera, ultrajada. A sra. Peabody ficara aterrorizada quando descobrira sobre o que era a discussão e mais tarde explicara que o nascimento de crianças pode ser bastante difícil, e que ter gêmeos era algo sobre-humano, que apenas os anjos podiam fazer. Era claro que sua mãe fora um anjo, as depositara na Terra com seu pai, que as amava tanto, e retornara ao Paraíso. Aquilo amenizara a questão da culpa na época, mas Victoria sempre sentira secretamente que ela havia realmente matado sua mãe, e Olívia o sabia. Mas nada que ela dissesse naqueles vinte anos mudara aquilo.

Nenhuma das duas estava pensando naquilo agora, enquanto Olívia questionava Victoria sobre o carro.

— Aprendi sozinha, no último inverno. — Victoria deu de ombros, divertida.

— Aprendeu *sozinha*? Como?

— Eu simplesmente peguei as chaves e tentei. Bati com o carro um pouco nas primeiras vezes, mas Petrie nunca notou. Ele continua pensando que alguém entrou no carro quando ele estava na cidade e o estacionou. — Ela parecia satisfeita consigo mesma, e Olívia forçou-se a olhá-la com uma expressão carrancuda, tentando não rir, mas Victoria a conhecia bem. — Pare de me olhar assim. Dirigir é uma coisa danada de boa. Agora posso levar você até a cidade a qualquer hora que quiser.

— Ou até a árvore mais próxima. — Olívia recusava a sentir-se tranqüila. Sua irmã poderia ter matado a si mesma dirigindo pelas redondezas um carro que ela não sabia realmente como conduzir. Era uma loucura. — E você fumando é muito desagradável. — Mas pelo menos ela soubera disso antes. Encontrara um pacote de Fatimas em seu guarda-roupa naquele inverno e ficara horrorizada. Mas quando o mencionara a Victoria, esta apenas sorrira e dera de ombros, recusando-se a comentar o assunto.

— Não seja tão antiquada — disse Victoria amavelmente. — Se vivêssemos em Londres ou Paris, você também fumaria, apenas para estar na moda, e você sabe disso.

— Não sei nada sobre isso, Victoria Henderson. É um hábito revoltante para uma dama, e você sabe disso. Então, onde é que você estava?

Victoria hesitou por um longo momento, enquanto Olívia esperava. Ela estava aguardando uma resposta, e Victoria sempre lhe dizia a verdade. As duas não tinham segredos e as poucas vezes que tentavam tê-los, a outra instintivamente sempre sabia a verdade. Era como se cada uma sempre soubesse o que a outra estava pensando.

— Confesse — disse Olívia severamente, e Victoria subitamente parecia mais jovem do que os seus vinte anos.

— Está bem. Fui a um encontro da Associação Nacional pelos Direitos da Mulher, em Tarrytown. Alice Paul estava lá. Ela veio especialmente para organizar o encontro e estudar a implantação de um grupo aqui no Hudson. A própria presidente da ANDM, Anna Howard Shaw, estava sendo esperada, mas não pôde ir.

— Pelo amor de Deus, Victoria, o que você está fazendo? Papai vai chamar a polícia se você se meter no meio de manifestações de qualquer tipo. Mais do que provavelmente você será presa, e papai terá de ir lá soltá-la — disse ela, subitamente escandalizada, mas Victoria não parecia desencorajada pela possibilidade, ao contrário, parecia gostar daquilo.

— Valeria a pena, Ollie. Ela estava absolutamente inspirada. Você deveria vir da próxima vez.

— Da próxima vez eu estarei amarrando você ao pé da cama. E se você roubar o carro novamente para fazer algo absurdo como isso, vou deixar Petrie chamar a polícia, e inclusive direi a ele para fazê-lo.

— Não, você não fará isso. Vamos, entre aqui. Eu a levarei de volta para a garagem.

— Ótimo. Agora você quer colocar nós duas numa encrenca. Muito obrigada, minha querida irmã.

— Não seja tão dura. Assim, ninguém saberá qual de nós pegou o carro. — Como sempre, o fato de serem idênticas era uma excelente proteção. Ninguém nunca sabia qual das duas fizera alguma coisa, o que servia mais aos propósitos de Victoria do que aos de sua irmã, que raramente precisava de um bode expiatório.

— Eles saberão, se tiverem algum cérebro — resmungou Olívia, enquanto entrava no carro cautelosamente. Victoria rodou ao longo do sinuoso caminho dos fundos, enquanto Olívia reclamava alto sobre sua maneira de dirigir. Victoria ofereceu um cigarro a ela e quando Olívia estava prestes a fazer outro discurso, subitamente começou a rir com o absurdo da situação. Era impossível tentar controlar Victoria, e Olívia o sabia. Enquanto isso, Victoria entrava com o carro na garagem e quase passava por cima de Petrie. Ele as encarou boquiaberto, enquanto as duas saíam do carro ao mesmo tempo, agradeciam solenemente a ele e Victoria pedia desculpas pela pequena batida.

— Mas eu pensei... eu... quando vocês... quero dizer... sim, senhorita... obrigado... senhorita Olívia... Senhorita Victoria... senhorita... — Ele não tinha idéia de quem era quem e de quem havia feito o que, nem não tinha intenção de tentar descobrir. Tudo o que tinha de fazer era repor a borracha na lateral e retocar a pintura. Pelo menos o carro não fora roubado. E, parecendo muito dignas, as duas jovens voltaram para a casa de braços dados e subiram os primeiros degraus, até começarem a rir.

— Você é realmente horrível — censurou-a Olívia. — O pobre coitado pensou que papai fosse matá-lo. Você ainda vai terminar na cadeia um dia, estou certa disso.

— Eu também — disse Victoria com total indiferença, enquanto dava um abraço em sua irmã. — Mas talvez você vá me substituir por um mês ou dois e eu possa sair, tomar algum ar e ir a alguns comícios. Que tal?

— Desagradável. Meus dias de substituir você acabaram — disse Olívia, balançando o dedo para ela, mas amando-a mais que nunca. Sua irmã era sua melhor amiga, era como a outra parte de sua própria alma. Elas conheciam uma à outra melhor do que quaisquer pessoas poderiam jamais se conhecer, e os momentos mais felizes da vida de Olívia, aliás, de ambas, eram quando estavam juntas. Embora Victoria certamente passasse muito tempo saindo sozinha e se metendo em confusão.

As duas garotas estavam precisamente chegando ao *hall* principal, falando e rindo, quando a porta da biblioteca se abriu e os três homens entraram no *hall*, ainda falando sobre seus próprios planos e decisões. Quando os viram, as duas ficaram subitamente caladas. Olívia imediatamente olhou para Charles e observou-o novamente, enquanto ele encarava as duas, totalmente assustado e confuso com o que estava vendo. Ele olhava de uma para a outra repetidamente, enquanto tentava encontrar uma explicação em sua mente para duas mulheres tão absolutamente idênticas e bonitas; mesmo assim, era como se ele pudesse sentir a diferença entre elas. Seus olhos estavam fixos em Victoria, com seus cabelos ligeiramente mais desarrumados que os de Olívia e o vestido idêntico ao da irmã, mas que lhe caía melhor. Havia nela algo de irreverente e chocante. A olho nu, não se podia ver o quanto ela era escandalosamente impressionante, mas ele sentia isso.

— Meu Deus — disse Edward Henderson, sorrindo enquanto observava a reação de Charles. — Esqueci-me de preveni-lo?

— Receio que sim, senhor — disse Charles Dawson, corando e desviando os olhos de Victoria para Olívia, novamente confuso, e depois olhando outra vez para o pai delas. Eles estavam acostumados àquilo, e se divertiam, mas era óbvio que Charles não.

— Apenas uma ilusão de ótica, não se preocupe com isso — provocou-o Edward Henderson. Ele gostara de Charles. Parecia ser um bom homem. E haviam tido uma reunião muito boa, cheia de idéias novas e brilhantes e meios de aperfeiçoar seus negócios e proteger seus investimentos. — Deve ter sido o xerez. — Ele riu para o homem mais jovem, e Charles Dawson sorriu, subitamente parecendo um garoto. Ele tinha trinta e seis anos, mas no último ano tinha começado a ficar tão sério que seus amigos diziam que ele parecia subitamente mais velho. E agora parecia um garoto novamente, enquanto fitava, descrente e confuso, as duas beldades à sua frente. E, confundindo-o ainda mais, elas se encaminharam para ele com movimentos sincronizados, inconscientes do quanto tais movimentos espelhavam os da outra. Cada uma delas apertou sua mão, e Edward apresentou Olívia novamente e Victoria pela primeira vez. Ambas sorriram e disseram ao pai que ele havia se enganado, o que fez Charles rir ainda mais.

— Ele faz isso sempre? — perguntou ele, sentindo-se mais relaxado com elas do que há poucos momentos, mesmo que ainda estivesse um pouco confuso. Seria impossível não estar.

— O tempo todo, mas nem sempre nós contamos a ele — respondeu Victoria, encontrando seus olhos com sinceridade. Charles parecia fascinado por ela, como se pudesse sentir algo diferente nela. Sutilmente, ela era mais sensual que sua irmã, ainda que as roupas, a aparência e os cabelos fossem os mesmos. Mas seus íntimos não eram.

— Quando elas eram bem pequenas — explicou Edward —, nós costumávamos colocar elásticos de cores diferentes em seus cabelos, para identificá-las. Funcionava perfeitamente até que um dia descobrimos que os pequenos monstros haviam aprendido a tirar os elásticos e colocá-los novamente, para nos confundir. Elas sempre trocavam de lugar dessa maneira, e se passaram meses antes que descobríssemos. Elas eram terríveis quando crianças — disse ele, obviamente cheio de orgulho e afeição. Apesar de não gostar da reação pública que causavam quando as levava para passear, ele as adorava. Haviam sido o último presente de uma mulher que ele amara com toda a sua alma E ele nunca mais amara ninguém após ela, exceto suas filhas.

— Estão se comportando melhor agora? — perguntou Charles, ainda se divertindo com elas e com o choque que haviam lhe causado. Não fora absolutamente avisado de que eram gêmeas, nem por Edward Henderson, nem por John Watson.

— Estão apenas um pouco melhores agora — resmungou Edward. Todos riram e ele olhou raivoso para ambas, como se lançando um aviso. — Mas vocês deveriam se comportar, as duas. Estes dois cavalheiros disseram-me que será necessário ir a Nova York por um mês ou mais, para tomar conta de alguns de meus negócios. E se vocês puderem administrar a volta à cidade desta vez, eu as levarei comigo. Mas nada de tolices de nenhuma das duas — disse ele, desejando poder dizer qual delas era Victoria, mas não podia —, senão vou mandá-las de volta para Bertie.

— Sim, senhor — disse Olívia calmamente com um sorriso, sabendo que o aviso não era para ela, mas para sua irmã. Suspeitando de que ele não estava bem certo a qual delas estava se dirigindo, Olívia sempre podia mostrar a ele.

Mas Victoria não estava fazendo nenhuma promessa: seus olhos dançavam com a possibilidade de um mês na cidade.

— Está falando sério? — perguntou ela, de olhos muito abertos, deliciada.

— Sobre mandar você de volta? — rugiu ele. — Absolutamente.

— Não, eu quero dizer sobre Nova York. — Ela olhou de seu pai para os advogados, e todos estavam sorrindo.

— Aparentemente, sim — respondeu o pai. — Talvez sejam até mesmo dois meses, se eles não trabalharem direito e começarem a vadiar quando chegarmos lá.

— Oh, papai, por favor — disse Victoria, batendo palmas, fazendo uma pequena pirueta sobre um dos saltos e depois agarrando sua irmã pelos ombros. — Pense nisso! Nova York, Ollie! Nova York! — Ela estava fora de si de alegria e excitação, e isso fez com que o pai se sentisse culpado quando pensava no quanto elas ficavam ali isoladas. Estavam numa idade em que deveriam pertencer à cidade, conhecendo pessoas e encontrando maridos. Mas ele odiava a idéia de elas o deixarem para sempre, particularmente Olívia. Ela o ajudava tanto, fazia tanto por ele. O que seria dele sem ela? Mas estava se preocupando prematuramente. Elas nem mesmo haviam feito as malas e ido para a cidade, e ele já estava imaginando-as casadas e a si mesmo abandonado.

— Espero que possamos vê-lo mais, Charles, quando formos para a cidade — disse Edward, enquanto finalmente apertava sua mão à porta. Victoria ainda estava falando sobre Nova York com Olívia, sem prestar nenhuma atenção aos dois homens que haviam vindo visitá-los. E Olívia estava observando Charles calmamente, enquanto ele se despedia de seu pai. Ele assegurou ao sr. Henderson que fariam grandes negócios no escritório, já que John Watson estava querendo deixá-lo administrar seus negócios. John assegurou-lhe que sim. Edward encorajou Charles a vir vê-los na casa também, e Charles agradeceu polidamente o convite. Ao sair, Charles espiou por sobre os ombros do homem mais velho e olhou novamente dentro dos olhos de Victoria. Ele não estava certo de qual das duas era ela, mas sentia algo diferente quando olhava para ela. Ele não poderia explicar se alguém perguntasse, mas era uma espécie de eletricidade que sentia vindo dela, e não de sua irmã. Era um sentimento estranho não saber qual era qual e mesmo assim ele estava fascinado por ambas. Jamais conhecera ninguém como elas.

Edward Henderson levou os homens até o carro e enquanto eles saíam Olívia ficou observando-os da janela. E, apesar da selvagem excitação sobre Nova York, Victoria percebeu.

— O que é isso? — Ela vira o intenso olhar de Olívia para o carro que partia vagarosamente pelo caminho.

— O que você quer dizer? — perguntou Olívia, voltando-se para checar a biblioteca e assegurar-se de que a bandeja fora removida após a reunião.

— Você está parecendo terrivelmente séria, Ollie — acusou Victoria. Elas conheciam uma à outra muito bem. Isso às vezes era perigoso e, em outras, apenas inoportuno.

— A mulher dele morreu no *Titanic* no ano passado. Papai disse que ele tem um filho pequeno.

— Sinto muito pela mulher — disse Victoria, não parecendo nem um pouco abalada. — Mas ele parece terrivelmente enfadonho, não? — comentou, dispensando-o em favor dos incontáveis e inomináveis prazeres que estavam para ser descobertos em breve em Nova York, entre eles reuniões políticas e encontros feministas, nenhum dos quais interessava à irmã. — Acho que ele parece incrivelmente triste.

Olívia concordou com a cabeça e não fez comentários enquanto entrava na biblioteca para escapar de sua irmã. E quando ela saiu novamente, satisfeita com o fato de que a bandeja se fora, Victoria havia subido para se trocar para o jantar. Olívia havia deixado suas roupas do lado de fora mais cedo naquela tarde. Ambas iam usar vestidos de seda branca, cada qual com um broche de água-marinha do par que pertencera à mãe.

Poucos minutos depois, Olívia foi para a cozinha para encontrar Bertie, que soube instantaneamente que era Olívia e não sua irmã.

— Você está bem? — perguntou ela, parecendo preocupada por um momento. Fora um dia terrivelmente quente e ela sabia que Olívia estivera fora, passeando. E a jovem parecia subitamente muito pálida agora.

— Estou bem. Papai acaba de me dizer que vamos para Nova York no início de setembro. Vamos ficar um mês ou dois, enquanto ele trata de seus negócios. — As duas mulheres trocaram um sorriso. Ambas sabiam o que aquilo significava. Uma incrível quantidade de trabalho e planejamento para abrir a casa de Nova York. — Pensei que eu e você poderíamos nos encontrar amanhã cedo para começar a planejar tudo — disse ela calmamente. Era uma grande quantidade de assuntos para resolver, muitos dos quais seu pai nem sabia do que se tratava.

— Você é uma boa garota — disse Bertie ternamente, tocando a face pálida, enquanto examinava os imensos olhos azuis e se perguntava se alguma coisa a havia aborrecido. Olívia estava sentindo algo que nunca sentira antes e estava achando aquilo enervante e confuso. Ainda mais porque se preocupava com o fato de que Victoria iria entrar bem dentro de seus pensamentos e expô-los. — Você trabalha muito para seu pai — elogiou-a Bertie. Ela conhecia as duas muito bem e as amava com todas as suas semelhanças e diferenças. Eram ambas boas garotas, tão diferentes quanto era possível ser abaixo da superfície.

— Vou encontrá-la amanhã de manhã, então — disse Olívia calmamente e depois deixou a cozinha para subir e se trocar. Subiu pela escada dos fundos, tentando clarear seus pensamentos, para que Victoria não pudesse olhar bem dentro deles como num copo de água clara e transparente. Era impossível guardar segredos dela, impossível para ambas. Elas nunca nem haviam tentado.

Mas enquanto tentava pensar em outras coisas, enquanto se aproximava de seu imenso quarto onde dividiam a mesma cama abobadada na qual haviam dormido a vida inteira, Olívia descobriu que não podia desviar seus pensamentos dele. Tudo em que conseguia pensar era naqueles olhos verdes, aquelas poças profundas e escuras que conduziam diretamente à alma do homem que havia perdido sua mulher para o Atlântico. Ela fechou os olhos por um momento, enquanto girava a maçaneta, e forçou-se a pensar em coisas mais mundanas, como os novos lençóis que provavelmente precisaria encomendar em Nova York e as fronhas que precisava trazer para o pai. Olívia preencheu a cabeça com banalidades e então entrou rapidamente no quarto para encontrar sua irmã.

Capítulo 2

Na primeira quarta-feira de setembro, à tarde, Olívia e Victoria Henderson foram levadas a Nova York pelo motorista de seu pai, Donovan, no Cadillac Tourer. Petrie levava a sra. Peabody no Ford, bem atrás deles. Levavam suprimentos sem fim com eles, e dois outros carros haviam sido despachados na véspera, carregando baús de roupas e tudo o que Olívia e Bertie decidiram ser absolutamente necessário para administrar uma casa decentemente. Victoria não se importava com o que estavam levando. Empacotou dois baús de livros, um caixote cheio de papéis que queria ler e deixou Olívia escolher todas as suas roupas. Ela realmente não se importava com o que vestia. Sempre deixara isso a cargo de Olívia, cujo gosto parecia excelente para sua irmã gêmea. Olívia lia todas as revistas de Paris. Victoria preferia jornais políticos e publicações subversivas, distribuídas por membros do partido das mulheres.

Mas Olívia estava seriamente preocupada com o estado da casa na Baixa Quinta Avenida, que estivera desabitada nos últimos dois anos e, antes disso, raramente fora visitada durante muito tempo. Fora confortável e muito amada um dia, mas isso havia sido vinte anos antes, e Olívia estava certa de que não seria fácil dar à casa um ar aconchegante. Era, apesar de tudo, a casa onde sua mãe morrera, e ela sabia o quanto eram sofridas as lembranças de seu pai. E também era a casa onde ela e Victoria haviam nascido, um lugar onde, não muito antes disso, Edward Henderson e sua jovem esposa haviam sido imensamente felizes.

Depois de checar o conforto da casa e orientar o perdido Donovan em todos os banheiros, com um alicate em cada mão para apertar e afrouxar o que fosse preciso, ela pediu que Petrie a levasse ao mercado de flores, na esquina da Sexta Avenida com a rua 28, e voltou duas horas mais tarde com o carro cheio de bonitas ásteres e lírios cheirosos. Ela estava determinada a encher a casa com as flores que amava para a chegada de seu pai, dois dias depois.

As capas que protegiam os sofás foram retiradas e guardadas, os quartos foram arejados, as camas foram desfeitas, os colchões foram batidos e os tapetes, sacudidos. Foi necessário um exército para fazê-lo, mas na tarde seguinte Bertie e Olívia encontraram-se na cozinha para uma xícara de chá e sorriram do que haviam conseguido. Os candelabros estavam brilhando, alguns móveis haviam sido rearrumados, deixando os quartos quase irreconhecíveis, e Olívia mandou tirar todas as pesadas cortinas para deixar mais luz entrar.

— Seu pai ficará muito contente — congratulou-a Bertie, enquanto se serviam de uma segunda xícara de chá, e Olívia lembrou a si mesma de tentar conseguir entradas para o teatro. Havia muitas novas peças entrando em cartaz, e ela e Victoria haviam jurado assistir a todas antes de voltarem para Croton-on-Hudson. Mas pensar naquilo fez com que imaginasse onde estava sua irmã. Ela não a havia visto desde cedo naquela manhã, quando Victoria havia dito que estava indo à Low Library, em Columbia, e ao Metropolitan Museu. Era um longo percurso, e Olívia oferecera Petrie para levá-la, mas Victoria insistira em pegar o bonde. Ela preferia a aventura. E, depois daquilo, Olívia se esquecera completamente dela, até agora, quando começou a sentir um preocupante nó na boca do estômago.

— Você acha que papai vai notar todos os móveis que mudamos de lugar? — perguntou Olívia distraidamente, esperando que Bertie não detectasse sua crescente preocupação. As costas de Olívia estavam doendo por tudo o que haviam feito nos últimos dois dias, mas ela nada sentia agora, enquanto começava a se preocupar com sua irmã. Sempre tivera um sentimento instintivo sobre ela e sabia com toda certeza quando Victoria estava em apuros. Era algo que ambas tinham, e freqüentemente conversavam sobre isso. Era um tipo especial de artifício de advertência que avisava a cada uma delas quando a outra estava doente ou em apuros. E Olívia não estava certa do que aquilo queria dizer, mas sabia que estava tendo uma espécie de sinal.

— Seu pai vai ficar tão feliz de ver a casa assim — reassegurou Bertie, parecendo não ter consciência do crescente desconforto de Olívia. — Você deve estar exausta.

— Realmente, estou — confessou Olívia, de maneira pouco usual, para que pudesse ir para seu quarto e pensar por um momento. Eram quatro horas da tarde e Victoria havia saído de casa pouco depois das nove da manhã. Apenas pensar sobre isso fazia Olívia entrar em pânico e repreender a si mesma por não ter insistido em mandar alguém com ela. Ali não era Croton-on-Hudson. Sua irmã era jovem, estava bem vestida e obviamente era inexperiente em lidar com grandes cidades. E se ela tivesse sido atacada ou assaltada? Aquilo não devia nem ser cogitado. Mas enquanto Olívia andava pelo quarto, preocupada, ouviu o telefone tocar e soube instintivamente que era sua irmã. Ela correu para o único telefone que tinham, no *hall* superior, e agarrou-o antes que qualquer outra pessoa o fizesse.

— Alô? — disse sem ar, certa de que seria Victoria e instantaneamente desapontada quando ouviu uma voz desconhecida de homem. Olívia estava certa de que fora engano.

— É a residência dos Henderson? — perguntou a voz num sotaque irlandês, enquanto Olívia franzia as sobrancelhas. Eles não conheciam ninguém em Nova York, e Olívia não podia imaginar quem estava chamando.

— Sim. Quem fala? — perguntou ela firmemente, sentindo sua mão tremer enquanto segurava o fone de ouvido numa das mãos e o de voz na outra.

— É a senhorita Henderson? — perguntou ele num tom ressoante, enquanto Olívia concordava com a cabeça e respondia.

— Sim. Quem fala? — insistiu.

— É o sargento O'Shaunessy, do Quinto Distrito — disse ele firmemente. Olívia reteve a respiração e fechou os olhos, sabendo o que viria antes mesmo que ele o dissesse.

— Eu... ela está bem?... — Era quase um suspiro. E se tivesse sido ferida? Pisoteada por um cavalo... esfaqueada por um insignificante criminoso... jogada ao solo e atropelada por uma carruagem... ou um cavalo em fuga... ou por um carro... Olívia não podia nem imaginar.

— Ela está bem. — Ele parecia mais exasperado que simpático. — Ela está aqui com... hã... um grupo de jovens senhoritas... e nós... hã... o tenente determinou, por sua aparência, que ela não podia... bem... ficar aqui. As outras... hã... jovens senhoritas... ficarão detidas esta noite. Para colocar de maneira clara, senhorita Henderson, elas todas foram presas por fazerem uma manifestação sem permissão. E se a senhorita for boa o bastante para vir aqui e pegar sua irmã imediatamente, nós a mandaremos para casa sem registrá-la e seremos muito discretos. Mas eu sugiro que não venha sozinha, se houver alguém que possa trazer consigo.

A mente de Olívia estava completamente em branco. Ela não queria Donovan ou Petrie sabendo que Victoria havia sido detida pela polícia e que por pouco não fora presa. E certamente não queria que contassem a seu pai.

— O que ela fez exatamente? — perguntou Olívia, impressionada e agradecida por estarem querendo soltar Victoria, e não prendê-la.

— Manifestação, como as outras, mas ela é muito jovem e imprudente e me disse que chegou a Nova York ontem. Sugiro que vocês duas voltem para o local de onde vieram o mais cedo possível, antes que ela se meta em mais enrascadas com esta maldita e louca Associação do Direito de Voto Feminino com a qual ela se misturou. Ela está nos dando trabalho. Não queria que ligássemos para a senhorita. Ela quer que a prendamos — disse ele num tom divertido, enquanto Olívia fechava os olhos, horrorizada.

— Oh, meu Deus, por favor, não a escute. Eu estarei logo aí.

— Traga alguém com a senhorita — disse ele novamente, com severidade.

— Por favor, não a prenda — sussurrou Olívia ao telefone num suspiro, implorando, mas ele não tinha nenhuma intenção de fazê-lo e causar um escândalo. Era fácil perceber, por seus sapatos e suas roupas, e até pelo chapéu que usava, não importa o quão "simples" ela pudesse achar que parecia, que Victoria não pertencia ao mesmo grupo das outras. E ele não estava disposto a ser expulso da força policial por prender uma filha de aristocrata cheia de sonhos. Ele a queria longe de suas mãos o mais rápido possível, assim que Olívia pudesse chegar lá.

Mas Olívia não sabia nem mesmo por onde começar, ou com quem falar. Ao contrário de sua irmã, ela não sabia dirigir e não queria alertar os empregados. Teria de pegar um táxi, pois levaria muito tempo se fosse de bonde, e não havia absolutamente ninguém que pudesse levar consigo, nem mesmo Bertie. Ela não podia acreditar no que estava acontecendo. Victoria realmente *queria* ser presa. Ela estava completamente maluca, e Olívia prometeu a si mesma ficar absolutamente furiosa assim que a tivesse resgatado do Quinto Distrito. Mas primeiro ela precisava ir buscá-la. E enquanto pensava em todas as possibilidades de como fazer para ir buscá-la, como tirá-la de lá e como chegar até lá numa cidade que ela pouco conhecia e na qual não tinha idéia de como se locomover, chegou à conclusão de que o sargento estava certo e que deveria levar alguém com ela. E, tanto quanto odiava fazê-lo, sabia que precisava daquilo. Não tinha escolha. Assim, sentou-se silenciosamente na saleta que usavam para o telefone e lentamente levantou o fone. Era a última coisa que queria fazer, mas simplesmente não havia mais ninguém para chamar, nem mesmo John Watson, a quem ela conhecera durante toda a sua vida. Mas ela não tinha dúvida de que, se o chamasse agora, ele contaria a seu pai.

A recepcionista respondeu imediatamente e disse a ela que esperasse enquanto tentava encontrá-lo. Ela foi extremamente atenciosa desde o momento em que Olívia disse quem era, embora Olívia tivesse tido a esperança de não precisar se anunciar. Eram quatro e meia, e ela estava apavorada com o fato de que ele pudesse ter saído mais cedo. Mas ele estava lá, e a voz quieta e profunda de Charles Dawson entrou na linha um momento mais tarde.

— Senhorita Henderson? — Ele pareceu surpreso mais do que qualquer outra coisa, e Olívia teve de se forçar a não sussurrar.

— Estou terrivelmente constrangida por aborrecê-lo — começou ela, se desculpando.

— De maneira nenhuma. Estou feliz que tenha chamado. — Mas ele podia sentir em sua voz que algo acontecera e apenas desejava que nada tivesse acontecido a seu pai. — Há algo errado? — perguntou ele gentilmente. Ele sabia bem, muito bem, o quão rapidamente uma tragédia podia se abater sobre alguém e parecia incrivelmente doce enquanto perguntava, mas ela não sabia como responder. Teve de lutar contra as lágrimas enquanto pensava no que Victoria fizera dessa vez. Tentou não pensar na desgraça que seria para seu pai se Victoria tivesse realmente sido presa. E queria gritar com mortificação e medo toda vez que pensava em sua irmã sendo levada para o Quinto Distrito.

— Eu... estou com medo... preciso de sua ajuda, sr. Dawson... e de sua absoluta discrição. — Ela parecia muito preocupada e ele não podia sequer começar a imaginar o que acontecera. — Receio que minha irmã... eu... O senhor poderia vir até aqui me ver?

— Agora? — Ele saíra de uma reunião para falar com ela e não podia imaginar o que precisava tanto de sua atenção imediata. — É urgente?

— Muito — disse ela, soando desesperada, e ele espiou seu relógio enquanto a ouvia.

— Devo ir imediatamente?

Ela acenou com a cabeça, enquanto as lágrimas enchiam seus olhos, momentaneamente incapacitada de responder. Quando ela falou novamente, ele pôde ouvir que ela estava chorando.

— Sinto terrivelmente... preciso de sua ajuda... Victoria fez algo terrivelmente irresponsável. — Tudo o que ele podia pensar daquilo era que ela havia fugido com um amante. Não podia estar ferida, ou sua irmã estaria chamando um médico e não um advogado. Era impossível imaginar o que acontecera. Mas ele pegou um táxi em frente à porta e estava lá menos de quinze minutos mais tarde. Petrie deixou-o entrar e Olívia estava esperando por ele, andando no salão de baixo. Bertie estava ocupada em algum lugar na casa e por sorte não o escutara chegar.

No momento em que ele entrou, ela viu aqueles olhos novamente, os olhos que a hipnotizaram da primeira vez que o vira.

— Obrigada por vir tão rapidamente — disse ela, e era fácil perceber o quanto estava perturbada enquanto pegava o chapéu e o colocava rapidamente, segurando sua bolsa. — Precisamos sair imediatamente.

— Mas o que aconteceu? Onde está sua irmã, senhorita Henderson? Ela fugiu? — Ele estava confuso pelos mistérios que os cercavam e ansioso para fazer o que pudesse, mas não tinha idéia do que ela queria dele.

Por um instante, Olívia se esticou e olhou para ele, seus olhos cheios de embaraço e terror. Ela era uma garota capaz, mas isso era de longe a mais chocante experiência de toda a carreira de sua irmã, e não queria que absolutamente ninguém mais soubesse daquilo. Certamente não iriam compreender o quão impetuosa era ela, ou o quão inocentes eram algumas de suas travessuras. E esse era um assunto em que as negociações de Olívia com ela não resolveriam nada. Pela primeira vez em sua vida, sentia-se inteiramente sem saída.

— Ela está no Quinto Distrito, sr. Dawson — disse Olívia num tom pesarosamente abatido. — Acabaram de me ligar. Estão segurando-a lá e não vão prendê-la, se chegarmos rapidamente. — A menos, é claro, que Victoria o quisesse, e eles a prendessem antes que ela e Charles pudessem chegar lá.

— Valha-me Deus. — Ele parecia realmente surpreso desta vez, enquanto a seguia até a porta da frente e degraus abaixo, correndo depois para procurar um táxi. Ajudou Olívia a entrar, em seu simples vestido cinza de trabalho que estivera usando desde a manhã. Ela pusera um chapéu preto moderno e lembrou-se de que Victoria havia colocado um chapéu idêntico quando saíra de manhã. Mesmo quando não planejavam usar as mesmas coisas, elas quase sempre o faziam, como agora. Mas ela não estava pensando sobre chapéus enquanto tentava explicar a Charles Dawson o que acreditava ter acontecido.

— Ela está completamente apaixonada por esta estúpida Associação Nacional dos Direitos da Mulher e pelas pessoas que a dirigem. — Olívia contou a ele todos os seus nomes, explicou sobre a manifestação em Washington cinco meses atrás e as prisões das Pankhurst na Inglaterra. — Essas pessoas glorificam as prisões como algum tipo de prêmio, é uma espécie de medalha de honra. Suponho que Victoria tenha ido esta tarde a algum lugar em que estava acontecendo uma manifestação e acabou sendo detida com elas. O sargento que telefonou disse que não tinha intenção de prendê-la, mas que Victoria *queria* que ele o fizesse.

Charles Dawson tentou reprimir um sorriso enquanto olhava para ela, e subitamente Olívia se viu sorrindo também. Ouvir a si mesma explicando a situação a ele fez com que aquilo soasse absolutamente ridículo, e Victoria mais ainda.

— É apenas uma garota, essa sua irmã. Ela sempre faz coisas assim enquanto você cuida da casa para seu pai? — Ela havia explicado a ele que estivera ocupada e não prestara atenção aonde Victoria fora aquele dia. Ela realmente encarava com seriedade seu papel de irmã mais velha, embora houvesse apenas pouco mais de dez minutos de diferença entre as duas.

— Ela roubou um dos carros de meu pai para ir a um desses encontros no dia em que você foi nos ver em Croton. — Ela estava subitamente rindo com ele, embora ainda se sentisse desesperadamente preocupada.

— Bem, ao menos ela não é tola — disse ele calmamente. — Pense nas crianças que ela terá. É de fazer qualquer um estremecer, não?

Ele estava rindo novamente, mas ambos ficaram sérios quando chegaram ao Quinto Distrito. Ficava num lugar lúgubre, com pessoas pobres e em farrapos vadiando nos portões e muito lixo espalhado nas ruas em toda a sua volta. Enquanto Olívia saltava do táxi com Charles, viu um rato correndo pela rua para dentro da sarjeta e instintivamente chegou mais perto dele. Quando entraram na delegacia, havia bêbados e dois pequenos ladrões que haviam acabado de ser trazidos algemados, além de três prostitutas que gritavam de uma cela gradeada para a mesa do sargento, e Charles olhou para Olívia para ver se ela estava prestes a desmaiar por causa do que os rodeava. Mas ela parecia bastante carrancuda e relativamente pouco incomodada pelos comentários dos bêbados e das prostitutas, pois pretendia ignorá-los.

— Você está bem? — perguntou ele em voz baixa, enfiando a mão dela em seu braço, enquanto Olívia ficava em pé bem próxima a ele. Charles tinha de admirá-la por seu senso esportivo e pelo equilíbrio com que estava encarando o abuso das prostitutas, que gritavam para ela com inveja.

— Estou bem — sussurrou ela de volta para Charles, levantando os olhos para os dele —, mas quando sairmos daqui, vou matá-la.

Reprimindo um sorriso, ele voltou a atenção para a mesa do sargento, que os levou para uma sala fechada onde Victoria estava sentada numa cadeira simples, bebendo uma xícara de chá, enquanto uma inspetora tomava conta dela. Victoria parecia irritada e colocou a xícara na mesa e levantou-se quando Charles e Olívia entraram no aposento. Ela não parecia feliz por vê-los.

— É sua culpa, não é? — perguntou Victoria a ela sem nem mesmo reconhecer Charles Dawson. E para ele era estranho ver as duas, tão totalmente idênticas, desde o rosto até os olhos, e mesmo os chapéus, embora o de Victoria estivesse levemente fora do lugar e ela parecesse estar usando-o de maneira extravagante. Charles observava as duas hipnotizado e sentiu instantaneamente a eletricidade entre elas.

— O que é *minha* culpa? — perguntou Olívia, claramente furiosa com a irmã.

— É sua culpa que eles não tenham me prendido. — Victoria parecia igualmente furiosa.

— Você está desorientada, Victoria Henderson — acusou Olívia. — Você merece ser trancafiada, mas não aqui. Devia ir para um hospício. Você tem consciência do escândalo que seria se fosse presa? Você tem alguma idéia do embaraço que causaria a papai por causa disso? Você alguma vez pensa em alguém que não seja você, Victoria? Ou isso não está em sua agenda? — O sargento e a inspetora trocaram um sorriso. Havia pouco que eles pudessem fazer, e Charles arranjou tudo calmamente com eles para tirá-la dali. Não houvera nenhum dano real. Ela apenas estivera no lugar errado na hora errada, e eles estavam querendo ignorar totalmente este fato. O sargento sugeriu que ficassem de olho nela no futuro e perguntou a Charles se as duas jovens eram suas irmãs mais novas.

Ele ficou surpreso com a idéia e elogiou, agora que parava para pensar naquilo, o fato de Olívia tê-lo chamado. Ela estivera prestes a vir até ali por conta própria, e isso teria sido aterrorizante para ela, além de perigoso. O táxi ainda estava esperando do lado de fora e, enquanto as duas irmãs discutiam no pequeno aposento, ele finalmente as interrompeu e sugeriu que continuassem a conversar no carro. Olívia estava soltando fumaça. Por um instante, ele pensou que Victoria pudesse se recusar a sair, mas não havia nada para ela fazer ali. A polícia não a queria e a excitação havia acabado. Mas Olívia ainda estava repreendendo-a quando saíram para voltar ao táxi, e Charles, muito calmamente, conduziu-as até o carro e depois se sentou entre elas.

— Senhoritas, sugiro que chamemos isso de um dia e tanto, mas que concordemos em esquecer este desafortunado incidente. Nada desagradável aconteceu aqui e ninguém precisa ser indiscreto. — Ele se virou então para Olívia e sugeriu que perdoasse a irmã por suas loucuras. Depois virou-se para Victoria e pediu a ela que ficasse longe de manifestações pelo resto de sua estada na cidade. Caso contrário, eles poderiam realmente prendê-la.

— Isso teria sido um pouco mais honesto, você não acha? Mais honesto do que nos separar por classe e ir correndo chamar papai. — Ela ainda estava aborrecida por ter sido "salva" por sua irmã e o advogado de seu pai. E achava que Charles era um completo idiota por ter vindo com Olívia. Gostaria de dizer a ele para cuidar de sua própria vida no futuro.

— Você tem alguma idéia do que isso faria a papai se ele soubesse? — perguntou Olívia asperamente. — Por que não pensa nele um pouco em vez de apenas em sèus grupos estúpidos e no voto das mulheres? Por que você não se comporta de uma vez, em vez de estar sempre esperando que eu tire você das suas enrascadas?

As mãos de Olívia tremiam enquanto ela colocava as luvas cuidadosamente, e Charles olhou para ambas fascinado. Uma tão contida e responsável, a outra tão ardente e absolutamente sem remorso. De certo modo, Victoria lembrava a ele sua mulher, Susan, sempre sustentando idéias pouco usuais e causas difíceis. Mas ela também tivera um lado obediente, um lado dócil que ele lembrava com nostalgia nas noites calmas em que se deitava sozinho, tentando não pensar nela. Ele tinha que pensar em Geoffrey agora, e não na mãe do garoto. Mas, apesar de saber que devia, nunca poderia obrigar-se a esquecê-la e, no fundo de seu coração, sabia que não desejava realmente fazê-lo. Mas esta garota selvagem e louca, com seu chapéu preto de palha e seus ardentes olhos azuis, o intrigava muito mais do que sua irmã obviamente mais obediente.

— Gostaria de deixar claro — disse Victoria friamente, enquanto o táxi parava em frente a sua casa — que não chamaria nenhum de vocês e não pedi para ser resgatada. — Ela estava sendo infantil, e Charles não ajudava em nada sorrindo enquanto olhava para ela. Era como uma garota travessa, que precisava ser mandada para seu quarto ou censurada. Mas ela certamente não estava arrependida ou agradecida por terem ido buscá-la.

— Talvez então devêssemos mandá-la de volta — disse Charles, e Victoria olhou-o furiosamente enquanto saltava do táxi, entrando na casa na frente de sua irmã. Ela deu as costas para ambos, tirou o chapéu e o jogou sobre a mesa.

— Obrigada — disse Olívia para Charles, embaraçada e furiosa com a irmã. — Eu não saberia o que fazer sem você.

— Sempre que precisar — sorriu ele, e Olívia revirou os olhos.

— Espero não precisar.

— Tente colocá-la numa coleira até que seu pai chegue — disse Charles num sussurro. Estava claro que ela era uma rebelde sem qualquer arrependimento, e havia um certo charme naquilo, se a coisa fosse vista de uma distância segura.

— Graças a Deus papai estará aqui amanhã à noite — disse Olívia e olhou para Charles com olhos preocupados. Ela acreditara nele e esperava que não a traísse. — Por favor, não diga nada a ele. Isso o aborreceria terrivelmente.

— Prometo. Nem uma única palavra. — Mas agora que tinha acabado, o que acontecera apenas o divertia. — Prometo que um dia você vai rir disso tudo, quando vocês duas forem avós e se lembrarem de como ela *quase* foi presa.

Olívia sorriu do que ele estava dizendo. Victoria murmurou um curto obrigada a ele e depois subiu para se trocar para o jantar. Elas iriam jantar apenas com a sra. Peabody naquela noite, mas Olívia perguntou a Charles se ele gostaria de se juntar a elas. Parecia o mínimo que podia fazer depois das duas últimas horas que ele passara resgatando Victoria, a despeito dela mesma, do Quinto Distrito.

— Não posso, mas muito obrigado. — Ele parecia embaraçado com o convite. — Tento jantar com meu filho todas as noites, ou pelo menos sempre que possível.

— Quantos anos ele tem? — perguntou Olívia com interesse.

— Nove. — Então ele tinha oito quando sua mãe morrera... quando ele a vira pela última vez, antes que a deixasse no *Titanic*. Pensar naquilo sempre a fazia estremecer.

— Espero que o conheçamos um dia — disse ela sinceramente, e Charles pareceu hesitante e agradecido.

— Ele é um bom garoto. — Depois ele a surpreendeu com sua honestidade. Mas havia algo em Olívia que tornava fácil falar com ela, ao contrário de sua irmã, a quem tinha vontade de surrar. — Nós dois passamos momentos difíceis sem a mãe dele — disse ele baixinho.

— Posso imaginar. Eu nunca conheci a minha — disse ela docemente. — Mas Victoria e eu tínhamos uma à outra. — Seus olhos pareciam imensos quando olhavam para os dele, e algo nela fez seu coração doer.

— Deve ser extraordinário — disse ele pensativo. — Não posso imaginar ter alguém de quem você seja tão próximo. Exceto, talvez, um marido ou uma mulher, mas mesmo assim é diferente. Vocês duas parecem duas partes da mesma pessoa.

— Às vezes penso que somos. — Ela olhou para o segundo andar, fechando expressivamente a cara. — E outras vezes acho que somos estranhas. Somos muito diferentes em certos aspectos e completamente iguais em outros. — Visualmente, apesar de suas personalidades muito diferentes, ele ainda não podia realmente ver qualquer diferença entre elas.

— Você se aborrece com o fato de que as pessoas as confundem o tempo todo? Suponho que seja bastante aborrecido. — Ele estava fascinado por elas e gostava de poder fazer estas perguntas a Olívia.

— Você acaba se acostumando. Nós costumávamos achar engraçado. Agora é apenas o jeito que as coisas são. — Era tão fácil falar com ele, e Charles também parecia confortável conversando com Olívia. Ela era a espécie de mulher de quem ele poderia ser amigo. Mas ainda era por Victoria que ele estava hipnotizado, e sentia-se tímido com ela. Não poderia diferenciá-las, mas mesmo assim, em alguma parte muito profunda e íntima de seu ser, ele sentia quando estava na presença de Victoria, e algo nela o deixava confuso e meio abobalhado. Mas Olívia, com seu jeito gentil, o fazia sentir-se confortável e descansado, como uma amiga querida ou uma carinhosa irmã mais nova.

Ele saiu poucos minutos depois, e ela fechou a porta silenciosamente, subindo devagar as escadas para falar com a irmã.

Victoria estava sentada em seu quarto, olhando pela janela com ar infeliz, pensando naquela tarde e no quanto se sentira tola quando o sargento a separara das outras.

— Como é que vou aparecer na frente delas novamente? — perguntou infeliz, enquanto Olívia a encarava.

— Você não devia ter estado com elas, em primeiro lugar. — Olívia suspirou e sentou-se na cama, olhando para a irmã. — Você não pode continuar fazendo essas coisas, Victoria. Não pode sair perseguindo qualquer idéia selvagem sem pensar nas conseqüências. As pessoas podem ficar feridas com isso, você pode ser ferida. Eu não quero que isso aconteça.

Victoria olhou vagarosamente para ela, e a luz que Charles vira em seus olhos acendeu-se com muito brilho.

— E se mais pessoas forem ajudadas do que feridas? E se alguém tiver de morrer por um ideal, uma causa, para que as coisas certas aconteçam? Sei que para você pode soar como loucura, mas você sabe que às vezes penso que gostaria de fazer isso. — O pior é que Olívia sabia, no fundo de seu coração, que Victoria estava sendo sincera. Ela tinha em si aquela espécie de fogo que brilhava e queimava seu coração e que a faria morrer por um ideal ou seguir aquilo em que acreditava em direção ao horizonte.

— Você me assusta quando fala assim — disse Olívia baixinho, e Victoria segurou sua mão.

— Não é a minha intenção. Apenas acho que é assim que sou. Não sou você, Ollie. Mesmo que nós nos pareçamos muito, como poderíamos ser mais diferentes?

— Diferentes e a mesma — disse Olívia, confusa com o mistério que as seguia desde que nasceram, tão parecidas de tantas maneiras, tão absolutamente diferentes de outras.

— Sinto muito sobre esta tarde. Eu não queria assustá-la. — Victoria estava finalmente arrependida, mas não por causa do que tinha feito, e sim porque aborrecera a irmã. Amava muito Olívia para machucá-la.

— Eu sabia que havia algo errado. Senti aqui. — Ela tocou o estômago, e Victoria acenou com a cabeça. Ambas conheciam bem aquela sensação.

— A que horas? — perguntou Victoria com interesse. A telepatia entre elas sempre a intrigara.

— Às duas — disse Olívia, e Victoria concordou com a cabeça. Estavam ambas acostumadas com o fenômeno que sempre parecia dizer a cada uma delas quando a outra estava com problemas.

— Na hora certa. Acho que foi quando eles nos prenderam e nos colocaram no carro.

— Deve ter sido fascinante — disse Olívia, novamente em tom desaprovador, mas Victoria sorriu, parecendo divertir-se muito com aquilo.

— No fundo, eu achei que foi muito engraçado. Eles estavam tão determinados a colocar todo mundo lá dentro, e ninguém queria ser deixado do lado de fora. Todas *queriam* ser presas. — Victoria riu mais e Olívia gemeu, lembrando-se do telefonema do sargento O'Shaunessy do Quinto Distrito.

— Estou satisfeita que *não* a tenham prendido — disse Olívia firmemente.

— Por que você o chamou? — perguntou Victoria então, piscando os olhos e procurando por respostas não ditas. Havia uma miríade de coisas que sempre ficavam não ditas, mas eram claramente entendidas por elas.

— Não sabia a quem chamar. E não queria levar Donovan ou Petrie. Estava com medo de ir sozinha, e eles me disseram para não ir quando me ligaram.

— Você podia ter pensado. Não precisava dele. Ele é tão insignificante. — Victoria espantou Charles Dawson para o lado com um movimento de mão. Para ela, ele era inteiramente sem importância. Ela não via nele nenhum dos méritos que Olívia via. E não tinha por ele nenhum interesse.

— Ele não é insignificante — defendeu-o Olívia. Era um homem vencido, qualquer um podia ver facilmente que sua chama fora apagada, mas sofrera um golpe cruel numa das viradas rápidas da vida, e Olívia sentia-se desesperadamente triste por ele. Isso não a fazia sentir piedade, mas ela gostava dele. Ela podia ver as qualidades do homem, o homem que devia ter sido antes e que poderia ser novamente, com um pouco de carinho e talvez a mulher certa. — Ele está ferido — explicou Olívia.

— Me poupe. — Victoria riu cruelmente, desprezando suas fraquezas e feridas.

— Isso não é justo. Hoje ele chegou aqui em dez minutos para ajudá-la.

— Papai provavelmente é um de seus maiores clientes.

— Que coisa desagradável de se dizer. Ele poderia ter me dito que estava ocupado.

— Talvez ele goste de você — disse Victoria travessamente, mas sem muito interesse.

— Ou de você — disse Olívia com justiça.

— Talvez ele não possa perceber a diferença entre nós — disse Victoria sinceramente.

— Isso não faz dele uma má pessoa. Papai também não pode perceber sempre a diferença entre nós. Bertie é a única que sempre pôde.

— Talvez ela tenha sido a única que realmente se preocupou com isso — disse Victoria secamente.

— Por que você é tão cruel às vezes? — replicou Olívia, infeliz. Ela odiava quando a irmã dizia coisas daquele tipo. Às vezes ela conseguia ser tão insensível.

— Talvez seja apenas o meu jeito de ser. — Victoria falava de modo prosaico, mas sem nenhum remorso. — Eu também sou dura comigo. Espero muito de todo mundo, Ollie. Espero fazer mais de minha vida do que apenas sentar aqui e ir a festas e balés e teatros. — Ela parecia subitamente muito madura, e Olívia estava surpresa com o que ela estava dizendo.

— Pensei que você quisesse vir para Nova York. Você é quem sempre se queixa de estar presa na entediante e velha Croton-on-Hudson.

— Eu sei que faço isso e adoro estar aqui, mas não é apenas a vida social que desejo. Quero que algo importante aconteça em minha vida também. Quero mudar o mundo. Quero me sustentar sendo algo mais do que apenas a filha de Edward Henderson. — Ela parecia muito intensa e viva enquanto dizia aquilo.

— Soa tão nobre quando você fala sobre isso dessa maneira.

Olívia sorriu para sua irmã gêmea. Victoria às vezes tinha idéias muito grandiosas, mas ainda assim Olívia sabia que ela realmente acreditava nelas. Mas ela ainda era uma criança de certa forma, e às vezes uma criança muito mimada. Queria tudo, gente, diversão, festas e Nova York, mas havia nela um lado sério também, que queria lutar todas as batalhas, consertar todas as injustiças e mudar o mundo. Ela ainda não sabia exatamente o que queria, mas Olívia às vezes sentia que Victoria faria muito mais de sua vida do que simplesmente viver em Croton.

— Que tal ser a esposa de alguém? — perguntou Olívia calmamente, pois era algo em que pensava de vez em quando, ainda que não pudesse nem mesmo imaginar a hipótese de deixar seu pai. Ele precisava muito dela.

— Não é o que quero — respondeu Victoria firmemente. — Não quero pertencer a ninguém, como uma mesa ou cadeira, ou um carro. "Esta é minha mulher" é como dizer este é meu chapéu, ou meu sobretudo, ou meu cachorro. Não quero "pertencer" a ninguém, como um objeto.

— Você tem passado muito tempo com essas sufragistas — rosnou Olívia. Ela não concordava com quase nada do que diziam, exceto talvez sobre o direito de voto. Mas todas as suas idéias sobre liberdade e independência pareciam ser menos importantes do que as que Olívia amava mais, como família e crianças, e ser respeitosa com o pai ou com um marido. Ela não acreditava naquela espécie de anarquia que estavam pregando e, embora Victoria dissesse que gostava, Olívia às vezes duvidava. Victoria gostava de fumar e de roubar o carro de seu pai, de ir sozinha aos lugares e até mesmo de arriscar-se a ser presa por algo em que acreditava, mas ela amava seu pai tão carinhosamente quanto qualquer um, e Olívia sentia que, se o homem certo aparecesse, Victoria cairia de amores por ele como qualquer outra mulher o faria, talvez até mais intensamente ainda. Ela era feita de fogo, de crenças pelas quais queria morrer e de uma espécie de paixão desenfreada. Como ela podia dizer que não queria nunca "pertencer" a ninguém, ou ser a esposa de um homem? Ela simplesmente não era assim.

— Falo sério — disse Victoria calmamente. — Já tomei esta decisão há muito tempo. Não quero me casar. — Ela parecia incrivelmente bela enquanto dizia aquilo, e Olívia sorriu, pensando que não acreditava nela.

— Quando foi "há muito tempo"? No encontro de sufragistas a que você foi hoje, ou na semana passada? Não acho que você saiba o que está dizendo.

— Sim, eu sei. Nunca me casarei. — Ela disse isso calma e firmemente, com total convicção. — Realmente, não acho que o casamento vá me satisfazer.

— Como é que você pode saber isso? Você está me dizendo que vai ficar em casa com papai e tomar conta dele? — A idéia soava ainda mais ridícula naquele momento. Olívia podia ficar em casa e tomar conta dele em seus últimos anos, mas não Victoria. Ambas sabiam que ela não poderia fazê-lo. Ou pelo menos Olívia sabia. E imaginava se Victoria já compreendera aquilo. Será que ela acreditava que podia ser realmente feliz em casa com ele em Croton? Era pouco provável.

— Eu não disse isso. Mas talvez eu vá viver na Europa um dia, quando formos mais velhas. Na verdade, acho que gostaria de viver na Inglaterra. — A causa da liberdade feminina estava um pouco mais desenvolvida lá, apesar de não estar sendo mais bem recebida que em Nova York, ou em qualquer outro lugar nos Estados Unidos. Apenas nos últimos meses, pelo menos meia dúzia de líderes sufragistas haviam sido detidas e mandadas para a prisão na Inglaterra.

Mas Olívia estava surpresa pelas coisas que Victoria dissera, particularmente sobre nunca se casar e viver na Europa. Tudo aquilo parecia tão estranho e tão diferente para Olívia, e isso a lembrava novamente do quanto eram diferentes. Apesar dos instintos parecidos que às vezes partilhavam e de suas aparentes semelhanças, havia algumas diferenças enormes entre elas.

— Talvez você devesse se casar com Charles Dawson. — Victoria estava provocando-a, enquanto ambas começavam a se vestir para o jantar com Bertie. — Já que você o acha tão doce. Talvez você gostasse de se casar com ele — disse Victoria, enquanto deslizava o fecho nas costas do vestido de Olívia e depois se voltava para que a irmã fechasse o seu. Aquela era uma nova invenção que havia acabado de entrar na moda naquele ano, algo incrivelmente fácil e bem mais evoluído do que as carreiras de botões que enroscavam-se nos dedos das pessoas.

— Não seja estúpida — disse Olívia a respeito do comentário de sua irmã sobre Charles Dawson. — Eu apenas o encontrei duas vezes na vida — completou baixinho.

— Mas você gosta dele. Não minta para mim. Eu posso ver.

— Tudo bem, então eu gosto dele. E daí? Ele é inteligente e agradável para se conversar, além de terrivelmente útil quando minha irmã se enfia numa cadeia. Talvez eu tenha de me casar com ele se você transformar num hábito essa história de virar um pássaro na gaiola. Seria isso, ou ir para a escola de Direito.

— Isso seria bem melhor — disse Victoria firmemente.

As duas irmãs haviam feito as pazes uma com a outra enquanto se vestiam, e Olívia quase a perdoara pelo exótico fim de tarde, mas forçara Victoria a jurar que ficaria longe de manifestações pelo resto de sua estada em Nova York. Ela não queria perder seu tempo na cidade livrando Victoria de problemas. Victoria prometeu relutantemente e fumou um cigarro no banheiro enquanto Olívia penteava os cabelos e queixava-se de quanto era pouco atrativo para uma dama fumar cigarros, mas Victoria apenas sorriu para ela e falou que ela soava como Bertie.

— Se ela soubesse que você fumou, seria capaz de matá-la! — Olívia abanava a escova para sua irmã gêmea para enfatizar seu ponto de vista, e Victoria ria, parecendo terrivelmente cheia de vida, enquanto se sentava com suas longas pernas cruzadas na beira da gigantesca banheira, num dos vestidos que Olívia havia acabado de comprar para elas. Era de um vermelho brilhante e um pouco mais curto que alguns dos vestidos que usavam. Era de fato a última moda e caía em ambas com perfeição.

— Eu gosto disso, por sinal — elogiou-a Victoria, enquanto desciam as escadas para a sala de jantar com seus braços em torno uma da outra. — Gosto de todos os vestidos que você escolhe para nós. Talvez eu apenas viva com você pelo resto de minha vida e esqueça a Europa.

— Eu não consigo imaginá-lo — disse Olívia delicadamente, sentindo-se triste com o pensamento de que um dia poderiam não estar mais juntas. Ela nunca se deixara pensar em casamento porque não podia tolerar a idéia de deixar seu pai ou sua irmã gêmea. Seria como deixar parte de si mesma para trás e às vezes ela sentia que não sobraria nada nela sem eles. — Não posso imaginar o fato de deixá-la — disse Olívia, enquanto olhava para o rosto familiar que vira por toda a sua vida, tão totalmente idêntico ao seu próprio que era como olhar no espelho. Cada detalhe que uma tinha, a outra tinha no lado oposto, de modo que realmente era como olhar no espelho. — Eu não poderia deixá-la — disse Olívia, olhando para Victoria, que sorriu e beijou-lhe o rosto gentilmente.

— Você não precisará fazê-lo, Ollie. Não acredito que pudesse suportar ir a lugar algum sem você. Estou apenas falando — disse ela, sentindo que aborrecera Olívia com sua conversa sobre a Europa. — Apenas ficarei em casa com você e serei presa sempre que precisar respirar.

— Você não ouse! — Olívia balançou o dedo para ela novamente, enquanto Bertie se juntava às duas na sala de jantar num vestido de seda preto que Olívia copiara para ela de uma revista de Paris. Parecia surpreendentemente bem nela, e Bertie o usava sempre que tinha de jantar com a família, o que considerava uma honra.

— E onde você esteve toda a tarde, Victoria? — perguntou Bertie quando se sentavam, e ambas as garotas desviaram os olhos enquanto abriam os guardanapos.

— No museu. Havia uma esplêndida exposição de Turner, da National Gallery de Londres.

— Mesmo? — disse Bertie, abrindo largamente seus velhos e sábios olhos, querendo acreditar nela. — Terei de ter certeza e vê-la enquanto estivermos aqui.

— Você vai amar — disse Victoria, com um sorriso brilhante, enquanto Olívia olhava para o teto da casa em que seus pais haviam vivido. Ela imaginava como teria sido quando sua mãe estava ali, como seria e quem realmente era espiritualmente mais parecida com a mãe, se ela ou sua irmã. Era uma questão que elas sempre ponderavam, mas ambas sabiam que seu pai preferia não discutir o assunto. Mesmo após todos esses anos, ainda era muito doloroso para ele.

— Será bom ver seu pai amanhã, não, garotas? — perguntou Bertie prazerosamente, enquanto terminavam a refeição e a copeira servia o café.

— Sim, será — respondeu Olívia, pensando nele e nas flores que queria colocar em seu quarto, enquanto Victoria se perguntava se Olívia realmente a mataria se participasse de apenas mais uma manifestação. Ela ouvira falar sobre uma outra naquela tarde, a caminho da delegacia, e prometera estar lá. Mas enquanto pensava nisso, Olívia encarou-a e sacudiu a cabeça, já que sabia o que ela estava pensando. Elas conseguiam fazer aquilo uma com a outra algumas vezes. Nunca sabiam como acontecia, mas acontecia. Era quase como se pudessem ouvir os pensamentos da outra antes que fossem ditos.

— Não ouse — sussurrou Olívia para ela pelas costas de Bertie quando deixavam a mesa.

— Não faço idéia do que você está falando — disse Victoria, tentando disfarçar.

— Da próxima vez eu a deixarei lá, guarde bem minhas palavras, e deixarei que você mesma explique a papai.

— Duvido — disse Victoria com um sorriso, enquanto atirava seus longos cabelos negros sobre os ombros. Não havia quase nada de que ela tivesse medo. Mesmo ter sido detida naquela tarde não causara nenhuma impressão nela, fosse qual fosse. Achara interessante, mas não sentira medo.

— Você é incorrigível — disse Olívia. Depois elas deram um beijo de boa-noite em Bertie e subiram para o quarto. Olívia folheou algumas revistas de moda e Victoria leu um panfleto escrito por Emmeline Pankhurst sobre greves de fome na prisão. Ela era, de acordo com Victoria, a mais importante sufragista da Inglaterra. Victoria ousou acender um cigarro no quarto, sabendo que Bertie já fora para a cama, e encorajou Olívia a fumar um, mas ela não quis. Em vez disso, Olívia sentou-se olhando pela janela para a noite quente de setembro e, apesar de tudo em que tentou pensar, sua mente voltava sempre para Charles Dawson.

— Não faça isso — disse-lhe Victoria, enquanto se deitava na cama e observava a irmã.

— Não faça o quê? — perguntou Olívia, voltando-se para olhar para Victoria, que fumava elegantemente reclinada.

— Não pense nele — disse Victoria suavemente, soprando uma longa e lenta nuvem de fumaça através da janela.

— O que você quer dizer? — Olívia pareceu assustada. Era sempre estranho quando uma delas adivinhava o que a outra estava pensando.

— Você sabe exatamente o que quero dizer. Charles Dawson. Você tinha o mesmo brilho nos olhos quando falou com ele. Ele é muito entediante para você. Haverá muitos homens maravilhosos aqui. Posso senti-lo. — Ela parecia muito mundana ao dizê-lo, mas Olívia ainda estava assustada.

— Como é que você sabe o que estou pensando? — Acontecia com elas tão freqüentemente.

— Da mesma maneira que você sabe. Eu às vezes ouço você em minha cabeça, como minha própria voz, pensando. Às vezes eu simplesmente posso ver os seus pensamentos quando olho para você.

— Isso às vezes me amedronta — disse Olívia honestamente. — Somos tão unidas que não sei onde você termina e eu começo, ou sabemos? Será que às vezes simplesmente nos fundimos uma na outra?

— Às vezes — Victoria sorriu para ela —, mas nem sempre. Gosto de saber o que você pensa... e gosto de ser capaz de surpreender as pessoas e trocar de lugares como costumávamos fazer. Às vezes sinto falta disso. Nós poderíamos fazê-lo novamente em algum momento, enquanto estivermos aqui. Ninguém jamais notaria a diferença. E seria muito divertido, não?

— A mim me parece diferente agora que somos mais velhas. Parece enganação — disse Olívia, pensativa.

— Não seja tão moralista, Ollie. É inofensivo. Não machuca ninguém. Tenho certeza de que todos os gêmeos fazem isso. — Mas elas tinham conhecido gêmeos apenas uma ou duas vezes na vida, e nunca de idades ou sexo comparáveis, e nem tão idênticos como elas. — Vamos fazê-lo em breve — espicaçou-a Victoria, sempre querendo passar dos limites e ser ousada como fora em sua infância. Mas desta vez, quando Olívia olhou para ela, apenas sorriu e não respondeu, Victoria soube que ela não o faria. Elas tinham crescido agora. E Olívia pensava que a troca era infantilidade. — Você vai virar uma sombria e velha senhora encarquilhada se não tomar cuidado — advertiu Victoria, e Olívia sorriu para ela genuinamente divertida.

— Quando eu ficar assim, talvez você tenha aprendido a se comportar.

As duas irmãs trocaram um olhar carinhoso e Victoria deu uma risada.

— Não conte com isso, irmã mais velha. Não tenho certeza se um dia terei "aprendido a me comportar".

— Nem eu — sussurrou Olívia e depois deixou o aposento para se preparar para dormir, enquanto Victoria olhava melancolicamente pela janela.

Capítulo 3

Seu pai chegou de Croton-on-Hudson na data marcada, no fim da tarde de sexta-feira. Donovan fora buscá-lo no Cadillac e Olívia estava com a casa em perfeita ordem. Tudo estava exatamente onde deveria estar, tudo fora limpo, polido e sacudido, e seu quarto estava exatamente do jeito que ele gostava. Olívia colocara flores por toda a parte, e a casa exalava um cheiro delicado. Mesmo o jardim fora limpo para que ele pudesse usá-lo, embora fosse apenas uma pequena mancha verde comparado ao que estavam acostumados em Croton. Mas quando ele chegou, ficou extremamente satisfeito com o que viu e fez muitos elogios a Bertie e suas filhas. Ele sempre incluía Victoria para ser gentil com ela, embora soubesse que fora Olívia quem colocara a casa para funcionar.

Ele estava feliz por vê-las e parecia muito amoroso com ambas. Beijou Victoria e agradeceu a ela pelo trabalho pesado de Olívia, o que fez ambas sorrirem, e ele entendeu imediatamente o que acontecera.

— Vou ter de mandar Bertie fazê-las usarem elásticos coloridos nos cabelos novamente, a menos que vocês façam o que faziam antes e os troquem, o que é bastante provável.

— Nós não temos mais idade para isso, papai — disse Victoria em tom de queixa, e Olívia olhou sutilmente para ela.

— Está certo, e quem é que estava tentando me falar justamente sobre isso na noite passada? — disse Olívia, enquanto Victoria fingia não se lembrar.

— Ela não o fará mais, papai. Ela não se diverte mais com isso — reclamou Victoria, e ele sorriu com tristeza para ela.

— Vocês duas tornam qualquer um miserável o suficiente apenas pelo fato de confundi-las, mesmo sem trocar de lugar. Ele ainda estremecia quando pensava em sua apresentação à sociedade dois anos antes. Ambas se destacaram tanto com seu refinamento, que ele não fora capaz de ir com elas a lugar algum sem parar o trânsito. Em sua opinião, fora um verdadeiro excesso. E desejava que desta vez as pessoas ficassem um pouco menos excitadas quando as vissem. Mas logo eles veriam isso. Iriam ao teatro na noite seguinte.

Na noite de sua chegada, Olívia planejou um de seus jantares favoritos, com carne de cervo, aspargos, arroz selvagem e alguns moluscos trazidos naquela manhã de Long Island. Havia verduras de seu jardim em Croton, que Donovan trouxera a seu pedido, e um bolo de chocolate que seu pai jurou que ia matá-lo, mas é claro que comeu. E após o jantar os três tomaram café, enquanto ele falava sobre alguns planos que fizera para eles, incluindo o teatro na noite seguinte e em muitas outras nas próximas semanas. Havia pessoas que ele queria que conhecessem, dois novos restaurantes que esperava experimentar com elas e naquela noite disse a Olívia que queria dar uma festa. Havia anos que ele não se divertia em Nova York e achava que seria interessante para elas, particularmente agora, que todas as pessoas da Nova Inglaterra e de Long Island estavam ali por causa do fim do verão. Era a abertura da estação. E a idéia pareceu fascinante para ambas enquanto escutavam.

— Na verdade — disse ele, sorrindo para ambas e parecendo mais bem-disposto do que parecera durante anos —, nós já fomos convidados para um baile nos Astor, e os Whitney estão dando uma grande festa daqui a duas semanas. Receio que vocês tenham de fazer algumas compras.

Tudo aquilo soava excitante para ambas, mas Olívia estava ainda mais excitada com sua festa. Seu pai dissera que queria convidar cerca de cinqüenta pessoas. Grande o suficiente para ser cheia de vida e pequena o suficiente para poder conversar com quase todos durante a noite. Ele prometeu dar a Olívia a lista de convidados no dia seguinte. Já havia escrito todos os nomes, e ela e Bertie estariam bastante ocupadas. Ele sabia muito bem que Victoria não seria de muita ajuda para elas.

E na manhã seguinte Olívia já estava em sua escrivaninha, estudando os nomes e escrevendo os convites. A festa seria dentro de quinze dias, na mesma semana do baile dos Astor. Elas ficariam bastante ocupadas. Olívia também ficou satisfeita ao constatar que reconhecia muitos nomes de dois anos atrás, embora nem sempre pudesse relacioná-los aos rostos. Mas ela se lembrava de tê-los conhecido e pensou que seria interessante vê-los novamente, particularmente aqui na casa. Ela amava propiciar diversão para seu pai. Olívia também já compusera muitos *menus* em sua cabeça e bem cedo naquela manhã começou a examinar as toalhas de mesa. Teria de mandar buscar mais algumas em Croton. Os cristais e a porcelana chinesa daqui eram adequados, e ela sabia exatamente o que queria em termos de flores, esperando que ainda pudesse encontrá-las neste fim de setembro.

Olívia ficou em sua escrivaninha boa parte daquela tarde, trabalhando em seus planos, e Victoria saiu para um passeio de carro com o pai. Eles passearam pela cidade no Cadillac e fizeram uma pequena caminhada pela Quinta Avenida, onde Edward encontrou muitas pessoas que conhecia. Estava orgulhoso de apresentar sua filha. Estavam ambos bem-humorados quando chegaram em casa, assim como Olívia, que já havia organizado a festa toda.

Naquela noite, quando foram ver *The Seven Keys to Baldpate*, com Wallace Eddinger, no Teatro Astor, seu pai parecia conhecer todo mundo no recinto. E como sempre, quando elas eram apresentadas, criavam quase um tumulto. As garotas estavam usando adequados vestidos de noite de veludo negro, com pequenos agasalhos e colarinhos de peles, e cada uma usava um adorno de plumas longo e negro no cabelo. Juntas, eram como uma visão dupla saída de uma revista de moda de Paris e, na manhã seguinte, estavam novamente nos jornais. Mas desta vez Edward estava mais calmo sobre isso do que estivera dois anos antes, e as garotas, menos excitadas. Elas estavam dois anos mais velhas e estavam mais ou menos acostumadas a causar sensação em público.

— Foi maravilhoso — disse Victoria, falando sobre o teatro na noite anterior. Ela gostara da peça e ficara com sua atenção tão voltada para o palco que quase não notara a atenção das pessoas em volta sendo focada nelas.

— É bem melhor do que ser presa — sussurrou Olívia para ela com um gracejo, enquanto ia pegar outra xícara de café para o pai.

Foram à igreja juntos mais tarde naquela manhã, em St. Thomas, e todos os cumprimentaram. Depois os três entraram no carro atrás de Donovan e voltaram para a casa na Quinta Avenida, para passarem um domingo tranqüilo juntos. Na manhã seguinte, Olívia teve trabalho a fazer, percorrendo a casa e dando ordens para a festa, e seu pai saiu para encontrar seus advogados, o que era, na verdade, o motivo de terem vindo para cá. Tanto John Watson quanto Charles Dawson voltaram para casa com ele no fim da tarde, e Olívia teve um pequeno momento de terror quando os viu chegando. Ela estava com medo de que Charles pudesse ter escorregado e dito algo para seu pai sobre o dia em que a levara ao Quinto Distrito. Mas, na verdade, ele não disse absolutamente nada a ela. Charles acenou polidamente para ela quando chegaram e disse adeus quando saíram. Não mostrou qualquer reconhecimento particular, o que foi um grande alívio para ela, embora Victoria dissesse que ela não deveria ter se preocupado, quando Olívia lhe contou.

— Papai ficaria furioso — advertiu-a Olívia, trazendo-a de volta à Terra rapidamente —, e você sabe disso. Você estaria no próximo trem para Croton.

— Talvez você esteja certa. — Victoria riu para ela. Ela estava gostando muito de Nova York para perder aquela chance. Ela queria ir aos encontros da Associação Nacional dos Direitos da Mulher, mas prometera ficar bem longe de todas as manifestações.

Elas foram ao teatro novamente naquela noite e jantaram com amigos de seu pai naquela semana. Victoria se divertira ao ouvi-los falar sobre um homem totalmente escandaloso chamado Tobias

Whitticomb, que aparentemente fizera uma vasta fortuna em algum tipo de especulação bancária, e a aumentara ainda mais casando-se com uma Astor. Pelo visto ele era um jovem muito bem-apessoado e tinha uma ótima reputação entre as mulheres. Todo mundo na cidade estivera falando nele depois de alguns recentes casos escandalosos, que ninguém poderia explicar em detalhes para Victoria nem para sua irmã. Depois seu pai chocou a todos dizendo que fizera negócios recentemente com ele e o achara não só civilizado, mas também agradável. Na verdade, eles haviam fechado alguns negócios muito lucrativos, e ele o achara muito honesto e decente.

Depois disso todos discutiram com ele num grande clamor, trocando histórias sobre Whitticomb. Mas tiveram de admitir que, apesar de sua reputação, ele sempre era convidado para as melhores casas e festas. Mas aquilo, disseram, era apenas porque ele se casara com Evangeline Astor. E todos no grupo concordavam que ela era uma garota doce e um absoluto anjo para conseguir ficar com Toby. E ela já estava com ele havia algum tempo, desde que se casaram, cinco anos antes, e tinham três filhos.

E foi apenas no caminho de casa naquela noite que Olívia lembrou-se de que os Whitticomb haviam sido convidados para a festa de seu pai.

— Ele é tão mau como dizem? — perguntou Olívia com curiosidade no fim da noite, enquanto rodavam para casa no confortável Cadillac. Victoria não estava prestando nenhuma atenção neles. Tivera bons momentos naquela noite conversando com algumas mulheres sobre política e parecera ter grandes coisas a dizer sobre o assunto.

Mas Edward Henderson sorriu da mais velha das gêmeas e deu de ombros em resposta à sua pergunta.

— É preciso ter cuidado com homens como Tobias Whitticomb, minha querida, ele é muito bonito e jovem, e provavelmente muito atraente para a maioria das mulheres. Mas com toda a justiça, acredito que a maior parte de suas conquistas é entre as mulheres casadas, e convém a elas serem discretas o suficiente para isso. E se não o forem, então misericórdia para elas. Não acho que ele saia por aí arrebatando jovens garotas, ou eu não o teria convidado para nosso jantar.

— Quem é esse? — perguntou Victoria vagamente, enquanto voltava sua atenção para a conversa. Eles já estavam quase em casa e ela não estava particularmente interessada, já que não ouvira a conversa anterior.

— Aparentemente, papai convidou um terrível libertino para nossa festa, e nossa anfitriã de hoje estava nos alertando sobre ele.

— Ele assassina mulheres e criancinhas? — perguntou Victoria ainda sem interesse.

— Acho que é justamente o oposto — explicou-lhe Olívia. — Ele parece ser muito charmoso, e as mulheres se jogam aos seus pés, como cachorrinhos, esperando que ele as ame.

— Que desagradável — disse Victoria com indisfarçável desaprovação, enquanto Olívia e seu pai sorriam de sua reação. — Por que o estamos convidando?

— Ele tem uma esposa muito charmosa também.

— E ela também tem homens agarrados a seus pés? Eles poderiam criar um problema na festa, com todo mundo se jogando no chão ao redor deles a noite toda.

Eles já estavam em casa, e os três entraram, cansados e satisfeitos com a noite. E o assunto de Tobias Whitticomb foi rapidamente esquecido.

Mas apesar de ter convidado os duvidosos Whitticomb, que já haviam aceitado o convite, estavam todos parecendo entusiasmados com a festa. Quase todos os convidados aceitaram o convite. Haveria quarenta e seis convidados em quatro mesas redondas na sala de jantar, dança na sala de visitas mais tarde e até mesmo uma tenda especialmente montada no jardim para que as pessoas pudessem passear por ali. Olívia se metera num grande problema em benefício de seu pai.

Parecia que faltavam apenas alguns momentos para que o grande dia chegasse, e por dois dias Olívia não fez nada, a não ser checar flores, linhos e louças. Ela provou a comida e observou a montagem da tenda no jardim. Havia esculturas de gelo instaladas na sala de jantar, a orquestra chegou e ela colocou os músicos na sala de visitas. Os preparativos pareciam durar para sempre.

A sra. Peabody fez o que pôde, mas até ela parecia um pouco sobrecarregada, e é claro que Victoria jamais poderia ser encontrada a tempo para se tornar útil. Nas últimas semanas, ela começara a reunir um grupo de amigos, a maior parte deles claramente intelectual, um ou dois escritores e muitos artistas, todos vivendo em lugares estranhos. Ela começara a visitá-los em seus estúdios e achou que compartilhavam muitos de seus pontos de vista políticos. Ela estava fazendo amigos mais rapidamente que Olívia, que sempre parecia estar ocupada tomando conta da casa ou do pai.

Victoria sempre dizia a ela que precisava sair mais, e Olívia prometia que faria isso assim que acabasse de organizar a festa. Depois disso, ela estaria livre para fazer o que quisesse. De fato, elas iriam ao baile dos Astor no dia seguinte, e ela mal podia esperar para se divertir na festa de outra pessoa. Mas esta noite era o seu grande momento como anfitriã. Esta era a primeira festa que ela dava em Nova York. E estava realmente tremendo de excitação quando ela e Victoria desceram as escadas em seus vestidos de cetim verde-escuro que ela mandara as costureiras de Croton fazer. Os vestidos tinham anquinhas atrás e também pequenas caudas, e os decotados espartilhos eram incrustados com contas de azeviche. As duas usavam o cabelo preso no alto da cabeça e sandálias de saltos altos de veludo negro. Ambas usavam os longos cordões de pérolas que ganharam do pai quando fizeram dezoito anos e idênticos brincos de diamantes. Elas eram como uma visão simétrica, um perfeito dueto, e até mesmo a maneira com que se moviam parecia em completa harmonia, enquanto Olívia checava tudo uma última vez e Victoria olhava ao redor do aposento parecendo feliz e excitada. A banda tinha começado a tocar e a casa tinha uma aparência extraordinária, quase totalmente iluminada com velas. Todos os candelabros foram acesos, havia flores cheirosas por toda parte, e as gêmeas por si só pareciam incríveis enquanto ficavam de pé à luz das velas da sala de visitas, próximas a seu belo pai. Ele deu um passo atrás por um momento, olhando para elas, e era impossível não ficar abalado com a beleza das duas, com sua graça e elegância. Uma delas apenas já seria deslumbrante, mas duas deixavam quem quer que as olhasse hipnotizado e descrente, exatamente o que acontecia com os convidados que começavam a chegar e viam as gêmeas em pé ao lado do pai. Mesmo preparadas como as pessoas deviam estar, subitamente vê-las ali tirava a respiração de qualquer um, e os convidados olhavam para elas constantemente, incapazes de lembrar quem era quem e, de certa maneira, vendo-as mais como uma unidade. Nenhuma delas parecia completa sem a outra bem a seu lado.

Elas se identificaram rapidamente para seus amigos, e Edward apresentou-as a todos, mas a maior parte dos convidados não tinha idéia de qual gêmea era Olívia e qual era Victoria, e Charles Dawson nem mesmo tentou sabê-lo quando chegou. Ele simplesmente cumprimentou as duas com um sorriso caloroso e olhou com interesse de uma para a outra. E foi apenas quando começou a conversar com elas na sala de visitas que começou a sentir novamente qual delas era a mais selvagem e, em voz mais baixa, até ousou provocá-la.

— Bem longe do Quinto Distrito, não? — perguntou ele com uma centelha nos olhos, e Victoria encarou-o descaradamente desafiadora enquanto sorria para ele, não ficando nem mesmo embaraçada com o fato de que alguém pudesse ouvi-los.

— Eu disse a Olívia que vocês deviam tê-los deixado me prender. Eu esperava por isso. Fiquei realmente muito desapontada quando eles não o fizeram.

— Não acho que sua irmã tenha ficado — disse Charles baixo, admirando-a. Ela era a mais bela mulher que vira em anos, assim como sua irmã. — Acho que ela ficou bastante aliviada por termos tirado você dali o mais rápido possível. Eu confesso ter achado que teríamos momentos difíceis ali — disse ele, soando aliviado. Fora um momento estranho.

— Nós sempre podemos de novo. Eu mesma o chamarei da próxima vez — disse ela, com sua voz sensual sugerindo futuras travessuras. Ele pensou em como Edward Henderson mantivera sua sanidade tendo duas filhas como estas para se preocupar, apesar de Charles saber que Olívia era bem mais comportada que sua irmã supostamente "mais nova". Talvez aquilo bastasse para Edward. Ele dizia que Olívia era sua dádiva dos céus.

— Avise-me sempre que você precisar de alguma ajuda. Estarei aqui — disse Charles calmamente, afastando-se em seguida para falar com muitos outros convidados que ele conhecia e, claro, com seu associado John Watson. Eles estavam sob a tenda que cobria o jardim, admirando as esculturas de gelo, quando os últimos convidados finalmente chegaram e Olívia misturou-se livremente com seus convidados. Era Victoria quem ainda estava de pé próximo à porta quando os Whitticomb chegaram. Ela não tinha idéia de quem eram e não se lembrava da conversa que haviam tido sobre eles. Ela apenas notou uma mulher muito bonita, num vestido com capa prateada e um turbante também prateado, que expunha uma ou duas mechas de um pálido cabelo louro. Ela estava usando um extraordinário e impressionante colar de diamantes. E o homem a seu lado era ainda mais bem-apessoado. Ele quase tirou a respiração de Victoria quando ela olhou para ele e, um momento mais tarde, sua esposa afastou-se para cumprimentar amigos que ela vira indo para a tenda, inexoravelmente atraídos pelo champanhe e pela música. Era uma moça muito bonita, mas ele não parecia nem mesmo notá-la enquanto encarava Victoria em seu vestido verde-escuro, extremamente na moda, costurado por ágeis dedos em Croton e delicadamente retocado por sua ainda mais talentosa irmã gêmea.

— Olá, eu sou Tobias Whitticomb — disse ele, aceitando uma taça de champanhe de uma bandeja de prata que passava e sem jamais tirar seus olhos da espetacular figura de Victoria. Ele olhou dentro de seus olhos enquanto dizia seu nome, como se esperasse que ela soubesse tudo sobre sua reputação. — E você é... — incitou ele, sem que seus olhos deixassem seu rosto, imaginando por que ele nunca a vira antes e quem ela era. Era uma beleza rara.

— Sou Victoria Henderson — disse ela modestamente, de súbito embaraçada com suas maneiras obviamente sofisticadas.

— Oh, querida — disse ele, claramente desapontado. — Você é casada com nosso anfitrião. Que homem sortudo. — Ele sorriu para ela tristemente, fora sua esposa quem respondera ao convite. Victoria ria para ele, não se lembrando de nada do que ouvira seu pai e sua irmã falarem sobre ele. Ela não estivera prestando muita atenção a eles, e seus mexericos sobre um de seus convidados pareceram-lhe absolutamente sem importância. E agora tudo o que Victoria podia ver era o seu cabelo negro brilhante, os olhos escuros sorridentes e a figura bonita. Seu rosto parecia o de um ator, e toda a sua aparência era a de alguém cheio de graça.

— Não sou casada com o anfitrião — corrigiu ela, sorrindo de seu erro e imaginando se ele esperava por aquilo. — Sou sua filha.

— Oh, graças a Deus. A noite está salva. Eu não poderia tolerar se você tivesse se casado com ele, por mais charmoso que seja. De fato, fizemos juntos alguns negócios muito bons.

Ele lhe disse isso muito diretamente enquanto se encaminhavam para a sala de visitas e, sem mesmo perguntar a ela, pegou-a em seus braços e começou a dançar. Era quase como se estivessem magneticamente atraídos um pelo outro, e não havia jeito de resistir a isso. Ele lhe disse que estudara na Europa por muitos anos, em Oxford, jogara pólo por lá, e dois anos atrás fora à América do Sul para jogar pólo na Argentina. Contou-lhe uma série de coisas sobre si mesmo, e tudo era intrigante. Ele era fascinante e dançava maravilhosamente, girando com ela em volta do salão, fazendo-a rir e sendo irreverente sobre quase todos no salão. Quando deixaram o salão de dança, ele lhe contou historias engraçadas sobre todas as pessoas de que podia se lembrar — todos, exceto Evangeline e seus filhos. Ele não os mencionou e, quando já estavam na segunda taça de champanhe, ele e Victoria eram velhos amigos. Ele divertiu-se grandemente quando acendeu um cigarro e ela tirou um longo trago quando ninguém estava olhando.

— Nossa, você é muito cheia de vida. O que mais você faz? Bebe em excesso, fuma cigarros, sempre fica fascinantemente acordada até tarde da noite? Há outros vícios que eu deveria conhecer? Absinto, talvez? Alguns mistérios do Oriente? — Ele era constante e totalmente brincalhão, mas além disso bonito e sofisticado, e estava ficando vertiginosamente perto dela. Ela sabia que nunca conhecera ninguém como ele. Após sua última dança, ela pediu licença, dizendo que tinha de checar o jantar. Mas prometeu estar logo de volta. Então Victoria fez algo que sabia que deixaria Olívia furiosa, mas ela teve de fazê-lo. Na verdade, ela o fez por sua irmã também, e ficou satisfeita ao saber que tinha assegurado o resultado do resto da noite.

Quando Victoria cruzava a sala para retornar para Toby, ela o viu parecendo extremamente confuso. Olívia estava falando com ele, que estava realmente ruborizado. Ele havia sussurrado algo em seu ouvido sobre escapar para os jardins para um cigarro e estava segurando-a pela cintura, como fizera com Victoria enquanto estavam dançando, mas Olívia não pareceu satisfeita e entendeu instantaneamente o que acontecera. Naquele momento Victoria apareceu e Toby Whitticomb encontrou-se encarando ambas, sentindo como se tivesse uma visão dupla.

— Oh, meu Deus. — Ele parecia quase doente enquanto olhava para elas. — Será que bebi muito champanhe? O que está acontecendo? — Ele encarou-as sem acreditar, já que nunca soubera que havia gêmeas Henderson, e por uma vez ele ficou completamente abalado e em silêncio.

— Você se comportou mal com minha irmã mais velha? — perguntou Victoria com um sorriso malvado, enquanto Olívia encarava os dois. Ela ainda não tinha idéia de quem ele era, ou de como sua irmã o conhecera.

— Receio que sim — respondeu ele, tentando se recuperar do embaraço de ter pego Olívia pela cintura sem nem mesmo conhecê-la, apesar de também quase não conhecer Victoria, mas ela parecia bem mais aberta a avanços como este e bem mais complacente. — Ofereci um cigarro a ela no jardim, espero que ela fume também. Talvez nós pudéssemos ir todos até lá, mas receio que precise de outro drinque agora. — Ele agarrou satisfeito outro copo de champanhe e deu um longo gole enquanto encarava as duas ainda incrédulo e espantado. — Sabe, vocês duas são absolutamente extraordinárias. Nunca vi nada parecido.

— É um pouco chocante no início — disse Olívia graciosamente para ele, embora não gostasse de suas maneiras ou de seu ar de familiaridade com sua irmã. — Mas as pessoas acabam se acostumando. Ou pelo menos parecem fazê-lo.

— Sinto muitíssimo se fui rude — disse ele, sentindo que ela não era tão fácil quanto a irmã. — Você deve ser outra senhorita Henderson. Eu me excedi esta noite, achei que sua irmã era a esposa de Edward — riu de si mesmo desta vez, e elas também —, e eu sou Toby Whitticomb. — Ele estendeu a mão para ela e Olívia imediatamente parou de rir. Ela estava extremamente fria e delicada quando apertou sua mão e Victoria imediatamente percebeu sua tensão.

— Ouvi grandes coisas sobre você — disse ela, esperando amortecer seu interesse em sua irmã.

— Em meu caso, isso normalmente não é um cumprimento — disse ele, não parecendo nem um pouco perturbado com aquilo, bem na hora em que os mordomos anunciaram o jantar.

Olívia reagiu aliviada, sabendo que escolhera um bom assento para sua irmã, entre dois jovens atraentes e bem-nascidos, bem longe de Tobias. Seu próprio assento era num local um tanto mais comportado, próximo a um dos mais antigos amigos de seu pai e um jovem que era dolorosamente tímido e sofrivelmente sem atrativos. Mas ela resolvera fazer uma boa ação para ele e decidira sentar-se entre ele e o velho amigo de seu pai, que tinha um agudo problema de audição. Para Olívia, seria um longo jantar. E ela colocara ao lado de seu pai dois de seus mais honoráveis convidados. Ela queria que ele tivesse uma noite perfeitamente prazerosa. Ele não se divertia em Nova York havia anos, e era quase como um renascimento para ele, bem como para elas, de modo que ela queria que fosse tudo absolutamente perfeito.

Até então, a noite fora muito boa, a música era excelente, a comida estava deliciosa e o champanhe soberbo, escolhido por seu pai. E enquanto Olívia seguia seus convidados vagarosamente para a sala de jantar, ela observava, vendo se estavam encontrando seus assentos facilmente e se estavam confortáveis onde se sentavam. Eram quatro mesas grandes, amplas e delicadamente decoradas. Os cristais e pratas brilhavam à luz das velas, quase tão belos quanto as jóias das mulheres. E foi apenas quando viu Victoria sentada que Olívia entendeu o que sua irmã fizera. Ela arfou, temendo que Victoria tivesse destruído todo o seu planejamento, mas ela de fato apenas trocara seu próprio assento com o de outro convidado, para ficar ao lado de Toby.

Olívia fez um sinal raivoso para ela, mas Victoria era esperta e não foi até ela. Olívia estava furiosa com o que Victoria fizera. Mas um rápido olhar em torno da sala mostrou a ela que as outras pessoas estavam se sentando exatamente onde deviam, com exceção da mulher bastante simples que fora reservada para o lugar em que Victoria estava sentada. Olívia o fizera de propósito. E aquela mulher estava agora se sentando entre os dois jovens atraentes que ela reservara para sua irmã e parecia muito feliz com aquilo.

Resignada com o escandaloso comportamento de sua irmã, mas determinada a tratar com ela mais tarde sobre a irresponsabilidade de se deixar seduzir por um homem casado, ainda mais com aquela reputação, Olívia estava num terrível mau humor quando se dirigiu para seu próprio assento e encontrou alguém sentado nele. E então ela entendeu que Victoria fizera outro truque com ela. Também trocara o assento de Olívia e a pusera carinhosamente ao lado de Charles Dawson. Olívia corou quando percebeu aquilo, mas tomou seu lugar ao lado dele em silêncio.

— Que honra — disse ele polidamente, encarando-a, obviamente incerto de qual delas era ela. Charles inclinou-se e sussurrou: — Você é o passarinho na gaiola ou a salvadora? Estou envergonhado de admitir que não posso perceber sempre a diferença entre vocês. — Ela riu de seu otimismo. Ela não podia imaginar que ele pudesse "alguma vez" perceber a diferença, muito menos "sempre". E ele a fez rir o suficiente para livrá-la do péssimo humor causado pelo pavoroso comportamento de Victoria.

— Você acha que alguma vez poderá nos diferenciar, senhor Dawson? — perguntou ela, provocando-o. Por um instante ela ficou tentada a não deixá-lo saber quem era e ver se ele poderia descobrir, mas sentiu-se muito culpada por brincar com ele por muito tempo e realmente não era de seu feitio fazer aquilo. Ele olhou longamente para ela, com esforço, querendo saber com certeza quem era, mas incapaz de dizê-lo. Parecia muito cruel tirá-lo daquela dúvida, então Olívia deixou o jogo continuar por alguns minutos a mais.

— Até mesmo seus movimentos são incrivelmente similares. A aparência de seus olhos às vezes é diferente, mas ainda não estou certo de quem é quem. Uma de vocês às vezes tem algo selvagem — disse ele cuidadosamente, tendo observado ambas em Croton e no Quinto Distrito. — É algo em seus olhos que provavelmente vai permitir a vocês chegarem a um ponto em que vão lamentar... mas então qualquer que seja a selvagem, a outra irmã vai amansá-la. Uma de vocês tem uma alma quieta e pacífica, a outra parece um pouco inquieta —

disse ele, olhando para ela com interesse, já começando a sentir qual delas era ela e aliviado por estar sentado ao lado de Olívia e não de sua irmã. Victoria alterava sua alma e era muito cheia de paixão desenfreada para ele se sentir confortável ao lado dela.

Mas Olívia estava intrigada pelo que ele dissera e tinha de admitir que ele as observara bem.

— Você nos identificou corretamente, senhor Dawson — disse ela sorrindo suavemente para ele, que agora estava quase certo de quem era ela, apesar de não dizê-lo. — É um homem muito observador — completou calmamente, e ele concordou.

— Tento ser. É parte de minha profissão — disse ele simplesmente.

— E parte de quem você é também — disse ela, que também o observara cuidadosamente.

— E agora você vai me dizer quem é? — perguntou ele. — Ou vai manter este mistério a noite toda? — Ele parecia desejar jogar se ela o quisesse. Victoria o deixaria sofrer, mas Olívia não poderia.

— Não acho que seria justo. Sou Olívia. — Ela sorriu para ele quando o disse e, embora ainda estivesse furiosa com sua irmã gêmea por sua travessura com os assentos, e com Tobias Whitticomb por seu comportamento com ela, estava subitamente agradecida por estar sentada ao lado de Charles Dawson.

— Você é a salvadora, aquela de alma quieta — disse ele, e ela sentiu-se um pouco inferior com aquela descrição, apesar de certamente não parecer. Olívia era tão bonita quanto sua irmã. — Vocês são verdadeiramente tão diferentes? É difícil perceber a princípio, embora eu deva admitir que notei algo insatisfeito nela, como se estivesse em busca de alguma coisa. Você parece mais à vontade em sua própria pele que ela.

— Não sei por que é assim. Talvez porque ela pense que matou nossa mãe. — Era uma estranha confissão para fazer, mas ele parecia ser alguém com quem se podia falar e em quem se podia confiar, e ela sabia que não o havia julgado mal. Ele já havia provado que era confiável por não ter divulgado seu segredo, depois de ajudá-la a resgatar Victoria no Quinto Distrito. — Nossa mãe morreu dando à luz, e Victoria é a gêmea mais nova. Parece que foi o seu nascimento que provocou isso, embora ninguém possa julgar, mas apenas imaginar, que diferença onze minutos fariam. Receio que o tenhamos feito juntas. — Ela sentira a mesma culpa também, mas não no mesmo grau com que Victoria sofrera por isso.

— Não se podem ver as coisas dessa maneira. Não há jeito de saber por que algo assim acontece. Vocês eram ambas um grande presente para ela, é uma pena que não tenha podido viver para aproveitar isso. Estou certo de que seu pai teve grandes alegrias com ambas ao longo dos anos. Acho que ser ou ter gêmeos deve ser maravilhoso. Vocês são muito sortudas.

Pelo que ele acabara de dizer, ela sabia que haviam tocado também na morte de sua mulher. Ele devia ter questionado freqüentemente, durante o último ano e meio, por que ela morrera, sem ter encontrado muitas respostas.

— Conte-me sobre seu filho — disse ela muito gentilmente.

— Geoffrey? — Ele sorriu. — Ele tem nove anos, é a luz da minha vida e eu o amo muito. Estamos sós — disse ele, sem saber se ela sabia daquilo. — Perdemos sua mãe um pouco mais de um ano atrás... no *Titanic*. — Ele parecia sufocar com a palavra, e ela apenas tocou sua mão, inconsciente de si mesma. Ele olhou para ela e acenou com a cabeça. — Foi muito difícil, por muito tempo. Voltei para a Europa com Geoff para ficar com a família dela. Foi um choque terrível para todos nós, especialmente para Geoff. Ele estava com ela.

— Que terrível para ele — disse ela com sinceridade, profundamente tocada pelo jeito dele quando disse aquilo.

— Ele tem algumas lembranças terríveis, compreensivelmente. Mas está melhor agora. — Ele sorriu com sofrimento, sentindo como se tivesse feito um amigo. Ela era surpreendentemente calorosa e fácil de se conversar. — Melhor que eu. Nunca mais fui a festas como esta, mas John e seu pai insistiram.

— Não é justo para você, é? Você não pode guardar isso para sempre.

— Acho que não — disse ele gentilmente, olhando para ela e admirando-a. Fora mais fácil falar com ela do que com qualquer outra pessoa durante o último ano e meio, e isso o surpreendia.

— Você terá de levar seu filho para nos visitar. Crianças amam ir para Croton. Eu também amava quando era criança. Eu tinha mais ou menos a idade dele quando mudamos para lá.

— E agora? — Ele estava curioso sobre ela, que parecia ter uma capacidade pouco usual e profunda de compreensão. — Você ainda gosta de viver em Croton?

— Sim. Minha irmã é que não gosta. Ela preferiria estar aqui, ou em manifestações por aí, ou na Inglaterra com as sufragistas, passando fome na prisão.

— É o que eu disse — sorriu para ela —, inquieta.

— Na verdade, eu tenho com ela um inesperado débito esta noite — disse ela, rindo. — Não sou diretamente responsável pelos nossos assentos.

— Pensei que era você quem organizava essas coisas para seu pai. — Edward falara empolgado sobre ela e sua inestimável assistência na administração de todas as questões da casa, até mesmo organizando todos os detalhes daquela festa.

— Eu o faço, mas Victoria trocou seu assento esta noite e o meu também. Ela não gostou de onde se sentaria.

— Bem, estou muito agradecido a ela. — Ele sorriu para Olívia, certo de quem era ela agora. — Talvez você devesse deixá-la escolher os lugares com mais freqüência.

Ele a chamou para dançar então, e eles se moveram respeitosamente em volta da sala de visitas, com sua mão apenas colocada sobre ela. E assim que a dança terminou, ele a levou de volta para a mesa. Era uma experiência muito pouco sensual, mas era prazeroso estar com ele. Ele era inteligente e agradável de se conversar, e agora era fácil entender por que se mantinha à distância. Ela sentia, pelo que ele dissera e pela maneira como se comportava, que Charles fora muito apaixonado pela mulher e não tinha intenção de estar próximo a mais ninguém neste momento. Olívia entendeu aquilo, mas não foi o suficiente para que ela deixasse de se sentir atraída por ele, ou de pensar que, se a vida tivesse sido diferente para todos eles, ele teria sido tudo o que ela queria. Mas não havia chance de pensar naquilo agora. De qualquer maneira, ela não podia deixar seu pai e não achava que jamais pudesse.

E Charles Dawson não tinha a intenção de abrir seu coração a ninguém, nem mesmo para o bem de seu pequeno filho, Geoffrey.

As senhoras se retiraram e foram para o andar de cima brevemente no fim do jantar, e foi então que Olívia falou com Victoria novamente e a advertiu para não continuar perseguindo Toby.

— Não estou fazendo nada disso. — Victoria parecia muito irritada pelas advertências de sua irmã sobre ele. Ele era charmoso, inteligente, dançava brilhantemente e era ainda mais escandaloso do que Victoria jamais sonhara ser, e ela não via dano nenhum naquele pequeno flerte. O que ela não entendia era que com Toby não havia obstáculos. E ele sempre conseguia o que queria.

— Eu proíbo você de passar o resto da noite com ele — disse Olívia a meia voz, assim que a mulher dele começou a descer. Mas Victoria não estava disposta a ceder para sua irmã.

— Você não tem o direito de me dizer isso, Olívia — rebateu Victoria. — Você não é minha mãe, e ele não é o homem que você pensa que é. Ele é agradável e decente, e eu gosto de conversar com ele. É só isso, Olívia. É uma festa, uma noitada, uma conversa. Não estou fugindo com ele. Ele não está tendo um caso comigo. É apenas conversa e dança. Não há perigo nisso. Acho muito triste que você não seja capaz de entender isso.

— Eu entendo muito mais do que você pensa ou do que você parece capaz de discernir por si mesma — disse ela, ainda num sussurro furioso. — Você está fazendo algo muito perigoso com ele, Victoria. Você está provocando um leão. — Mas a frase apenas fez Victoria sorrir, e ela repetiu-a para Toby no momento em que desceram novamente, quando foi rápida em achá-lo outra vez. Ninguém parecia perceber o que estava acontecendo entre eles, e Victoria e Toby desapareceram no jardim e foram até além da tenda. Ele permaneceu com um braço em torno dela no ar quente de setembro e dividiu um cigarro com ela, enquanto lhe dizia algo que, segundo ele, nunca dissera a ninguém antes, fora de seu casamento. Mas apesar de aquilo soar como uma loucura, após apenas uma noite com ela, ele disse que achava que a amava. Disse também que não tinha nada mais que um arranjo com Evangeline, que fora tão solitário durante anos que achava que aquilo poderia matá-lo. Suas famílias os haviam forçado a isso, e o casamento era vazio, insignificante e significava nada para ele. Era uma união sem amor, e ele estivera faminto de amor verdadeiro por tanto tempo que conhecer Victoria naquela noite mudara tudo para ele. Tivesse Olívia escutado esse discurso, ela o teria matado.

Victoria sentou-se enquanto o ouvia, tentando aparentar sofisticação, mas no fundo era incrivelmente ingênua e acreditou em cada palavra que ele disse, olhando-o com inocência e adoração, até que ele a beijou. Ele queria saber quando poderiam se encontrar novamente. Duvidava que pudesse viver sem ela a partir de agora. Disse que sabia o quão fortes eram seus princípios, depois de tudo o que ela lhe dissera naquela noite, sabia o quão ardentemente ela acreditava na causa do feminismo e do direito de voto da mulher, mas ele era um homem que dividia esses pontos de vista com ela e jamais se aproveitaria dela, de maneira alguma. Ele apenas queria ficar perto dela e conhecê-la melhor.

Victoria estava ofuscada por ele e acreditava em cada palavra que lhe dizia. Ela queria acreditar nele. Nunca ouvira nada como aquilo. E no fim da noite sentia como se tivesse se tornado uma parte de Toby. Eles falaram sobre a coincidência de que iriam ambos ao baile dos Astor no dia seguinte, e ele afirmou que depois daquilo teriam de arranjar alguma maneira de se encontrar. E por um estranho momento, com um brilho esquisito no olhar, ele perguntou se Victoria ficaria mais confortável, quando se encontrassem, se fosse com sua irmã. Mas Victoria pareceu horrorizada. Ela já sabia o que Olívia pensava dele e que faria tudo o que pudesse para impedir seu encontro. Victoria disse que não levaria Olívia, e Toby pareceu aceitar aquilo. Fora apenas uma idéia divertida à qual ele se apegara por alguns momentos. E depois, tendo combinado de se encontrarem de alguma maneira em algum lugar no dia seguinte ao baile dos Astor, ele a levou novamente para a tenda e dali à sala de visitas, reagindo consternado ao descobrir que Evangeline estava com uma terrível dor de cabeça e insistia para ir para casa imediatamente. Mas então o dano já estava feito, o negócio fora tratado, a data estava marcada e Victoria já estava com a cabeça virada por Toby.

Olívia estava em algum outro lugar da casa quando os Whitticomb saíram e não viu nenhum deles, mas Charles viu e mais tarde ficou de pé na sala, observando Victoria com interesse. Havia algo na maneira como movia a cabeça, na maneira como olhava para os homens, na sua dissimulação, e sedução, no seu ar de mistério, que era inteiramente diferente de sua irmã. Olívia era completamente aberta, desejando estender a mão e abrir seu coração. Ele podia sentir facilmente o quanto ela era generosa, o quanto se preocupava. E ainda assim era a outra, a atormentada, que o fascinava, aquela que ainda não sabia o que queria e que queria todas as coisas erradas daquela maneira voraz que o intrigava. Havia algo tão insanamente perverso sobre esse sentimento que chegava a irritá-lo, e havia uma parte dele que queria caminhar ao longo da sala e agarrar Victoria e sacudi-la por sua maluquice, mas é claro que ele não o fez.

Havia ainda outra parte dele que queria esquecê-la inteiramente e se concentrar em Olívia, muito mais sensível e infinitamente mais decente, mas ela parecia tão descomplicada, tão pronta para dar e receber, que o assustava. Ele ainda estava muito torturado e machucado após a morte de Susan para aceitar tudo o que Olívia oferecia. Charles crescera acostumado ao sofrimento, à descrença, à frustração e à raiva, e era-lhe muito mais fácil estar próximo de alguém que não o quisesse, que não tivesse expectativas em relação a ele, do que estar perto de tudo o que Olívia tinha para lhe dar. Deixá-la chegar perto dele, com seu coração inteiramente aberto, seria uma traição a Susan. Já Victoria era algo inteiramente diferente. E ele a observava enquanto a noite caía, fascinado. Ela tinha algo em sua mente agora, provavelmente o infame Tobias Whitticomb, e ele não podia deixar de se perguntar o que ela faria sobre aquilo. Será que ele receberia chamadas de socorro novamente? Olívia tentaria contê-la? Será que ela sequer imaginava o que estava acontecendo, ou Victoria era hábil o suficiente para ocultar aquilo dela? Apenas olhá-la o intrigava.

E por fim Charles foi falar com o pai delas e agradecer-lhe pela noite. Fora uma festa esplêndida, a primeira a que ele fora em mais de um ano. Aquilo despertara nele alguns sentimentos velhos e novos, que o enervavam levemente. Tanto a ternura que Olívia despertara quanto aquela espécie de fome crua e a dolorosa solidão que Victoria lhe causava. Nenhuma daquelas emoções era algo com que ele pudesse lidar. E Charles saiu dali naquela noite com um estranho sentimento de vazio, que nem o polido excesso de álcool que ele consumira pôde adormecer, nem seu filho dormindo tranqüilamente em casa pôde preencher. Ele desejava algo, uma vida, uma pessoa, e ela se fora agora. E nenhuma das gêmeas Henderson, por mais adoráveis que ambas fossem, era substituta adequada para ela.

Charles disse boa-noite para ambas as gêmeas quando saiu e agradeceu-lhes pela festa. Victoria falou pouco com ele. Ela parecia algo irritada e distraída, e ele percebeu que ela também estivera bebendo, ao contrário de Olívia. Esta bebera poucos goles de champanhe enquanto conversavam e agradeceu-lhe por ter vindo. Ele se despediu dela, tentando não parecer muito próximo de seu coração, mas ela fazia tudo parecer fácil para ele. Charles queria adverti-la de que a vida seria cruel com ela, que um coração como o dela era perigoso e que ela deveria fazer tudo para protegê-lo. Mas na verdade era Victoria quem estava em perigo. E Olívia sabia disso. Ela vira Toby com ela e, depois que o último convidado saiu e elas finalmente foram para seu quarto depois das duas da manhã, Olívia seguiu-a até lá e encarou-a.

— Você concordou em encontrá-lo, não? — confrontou-a. Para ela a festa fora praticamente arruinada por causa da preocupação com sua irmã.

— Claro que não — mentiu Victoria, e Olívia sabia que ela o fazia. Ela sabia tudo. Era impossível não sabê-lo. Victoria era muito transparente. Não era preciso nem mesmo aquele seu dom especial para entender o que estava acontecendo. — E depois, não é da sua conta.

— O homem é um patife — gritou Olívia para ela. — Todo mundo em Nova York sabe disso.

— Ele sabe de sua reputação também. Ele mesmo me contou.

— Que esperto. Mas isso não o absolve. Victoria, você *não pode* vê-lo.

— Eu posso fazer qualquer coisa que queira, e você não pode me impedir — sibilou Victoria. Nada a deteria. O encanto de Toby era bem mais poderoso que a advertência de sua irmã. Ele era o demônio, a serpente no Jardim do Éden.

— Por favor... me escute... — Havia lágrimas nos olhos de Olívia enquanto ela implorava. — Você vai se machucar. Você não é sofisticada o suficiente para lidar com um homem como este. Ninguém é, exceto talvez alguém como ele. Victoria, me escute. Acredite em mim. As histórias sobre ele são horríveis.

— Ele diz que são mentiras — disse Victoria, perfeitamente convencida e manipulada por ele numa única noite. O homem era um gênio na arte de convencer as pessoas de qualquer coisa que quisesse, particularmente as mulheres. — Porque as pessoas têm inveja dele.

— Por quê? — Olívia tentou raciocinar com ela para ajudar. Mas não adiantou. — Por que teriam?

— Sua aparência, sua posição, seu dinheiro. — Ele dissera a Victoria tudo aquilo, e ela acreditava nele.

— Sua aparência vai embora logo, sua posição é a de sua esposa, e ele teve sorte com dinheiro. Portanto, do que ter inveja? — perguntou Olívia friamente.

— Talvez você o queira para si mesma — sugeriu Victoria maldosamente, não muito segura se acreditava ou não naquilo, mas determinada a dizê-lo de qualquer forma. Ela estava furiosa com Olívia por tentar tirá-la de Toby. — Talvez você o queira, e não aquele terrível advogado bobalhão de papai.

— Pare de ser tão rude com ele. Ele é um homem decente, Victoria, e você sabe disso.

— Ele me aborrece — disse ela, o champanhe falando mais que seu coração.

— Charles Dawson não vai machucá-la. Toby Whitticomb vai. Ele vai usá-la e depois vai jogá-la fora, como papel usado. E quando tudo tiver acabado, ele vai voltar para a esposa e ter outro bebê.

— Você é nojenta — disse Victoria, e Olívia sentiu a dor familiar no estômago que sempre sentia quando discutiam. Ela odiava brigar com a irmã e raramente o fazia. Isto não era como suas inocentes disputas, ou mesmo aquelas um pouco mais sérias sobre as travessuras e aventuras infantis de Victoria. Esta era uma dança de morte, e Olívia o sabia.

— Eu não vou falar com você sobre isso de novo, mas quero que você saiba que estarei sempre aqui a seu lado e que amo você. E que estou lhe implorando para não vê-lo. Sei que você vai fazer o que quiser, mas ele é perigoso, Victoria. E papai ficaria muito preocupado se soubesse que você passou a noite toda com ele. Ele convidou-o apenas para ser polido e você foi muito irresponsável sentando-se ao lado dele. Você teve sorte de papai ter ficado de costas para você e não ter notado. Você está brincando com um leão, Victoria. Você não é grande o suficiente ou forte o suficiente para vencê-lo. E talvez o leão a devore no fim das contas.

— Não estou preocupada — disse ela em tom confidencial. — Somos apenas amigos, é tudo. Ele é casado, não é? — Ela estava tentando acabar com a desconfiança de Olívia para que pudesse ter mais liberdade. E não perderia tempo contando a ela sobre o quão vazio era seu casamento. Ele inclusive sugerira que haviam falado sobre divórcio recentemente. Seria um escândalo terrível, claro, mas ele disse que não poderia suportar continuar num casamento como este por muito tempo. Victoria sentiu-se desesperadamente triste por ele. Mas Olívia não, ela o odiava e queria mandá-lo embora antes que destruísse sua irmã.

Quando foram para a cama naquela noite, bem depois das três da manhã, tudo em que Olívia podia pensar era no problema em que sua irmã estava metida, e tudo em que Victoria podia pensar era no baile dos Astor na noite seguinte, quando ela sabia que o veria.

Capítulo 4

Olívia acordou no dia seguinte com sons abafados vindos do andar de baixo e, enquanto se deixava ficar na cama ouvindo-os, instantaneamente se lembrou da torturante discussão com sua irmã. Mas, quando se virou para olhá-la, viu que o outro lado da cama estava vazio. Olívia levantou-se silenciosamente, penteou os cabelos e colocou o vestido para ver que ruídos eram aqueles; e só então ela se lembrou.

Assim que chegou ao andar de baixo, viu homens espalhados por toda parte. Havia pessoas no jardim retirando a tenda, os móveis estavam sendo recolocados em seus lugares e as flores de seus convidados chegavam em braçadas. Era o caos total. E a sra. Peabody e o mordomo estavam bem no meio daquilo tudo, direcionando o tráfego.

— Você dormiu bem? — Bertie sorriu para ela e Olívia assentiu, pedindo desculpas por não ter acordado cedo o suficiente para ajudá-la.

— Você fez um trabalho encantador na noite passada, minha querida. Merecia um pequeno descanso esta manhã. Estou feliz por você ter podido dormir no meio de toda esta confusão. — Apesar de ser difícil imaginar como, já que eles estavam fazendo muito barulho para retirar a tenda do jardim. — Todos estão dizendo que a noite foi um grande sucesso. Estou certa de que toda Nova York está falando sobre a festa hoje. Devem estar, a julgar pela quantidade de flores que recebemos. Coloquei a maior parte delas na sala de jantar, por enquanto.

Olívia vagou pela sala de jantar silenciosamente, imaginando onde Victoria teria ido. Praticamente o primeiro buquê que viu era um grande vaso com duas dúzias de rosas vermelhas. Mas quando Olívia leu o cartão anexado a elas, dizia apenas "Obrigado pela noite mais importante de minha vida". Estava sem assinatura e ela viu que o envelope estava endereçado à sua irmã. Era muito fácil imaginar quem as mandara. Todos os outros arranjos de flores tinham cartões assinados e eram bem mais circunspectos, apesar de também serem menos bonitos. Ela notou que também havia um encantador arranjo de Charles, endereçado a todos os três, agradecendo pela noite deliciosa. Ela sabia que fora a primeira vez que ele saíra formalmente desde que sua esposa morrera e estava feliz com o fato de ele ter tido uma noite prazerosa. Ela certamente o tivera, sentada perto dele, apesar de ter ficado aborrecida com Victoria por ter trocado os lugares.

Olívia entrou na cozinha para observar a atividade e então viu Victoria, sentada sozinha na sala de café da manhã, bebendo uma xícara de café. Olívia ficou olhando para ela por um momento, novamente preocupada, e então andou até lá e sentou-se a seu lado.

— Você dormiu bem? — perguntou Olívia, pouco confortável, ainda com raiva depois da discussão na noite passada. Fora bem mais séria do que qualquer outra que haviam tido em anos. E desta vez era bem mais letal do que suas brigas de infância. Olívia estava convencida de que a irmã estava correndo verdadeiro perigo.

— Muito bem, obrigada — disse Victoria formalmente, sem olhar para ela. — Estou surpresa que tenha podido dormir com todo esse barulho aqui embaixo — disse ela, olhando de relance por sobre os ombros. Olívia achou que ela estava particularmente bonita, o que era estranho. Ela nunca pensara em si mesma daquela maneira e mesmo assim sempre podia ver algo diferente e mais excitante em sua irmã mais nova. E naquela manhã havia algo nos olhos de Victoria que ela jamais vira antes.

— Acho que estava exausta. — Olívia não mencionou a altercação da noite anterior, mas, depois que se sentou e foi servida por uma das copeiras, perguntou a Victoria se vira suas flores.

— Sim, eu as vi — respondeu ela após um momento de hesitação.

— Acho que posso adivinhar quem as mandou. Imagino que você também — disse Olívia cautelosamente, e houve um longo silêncio. — Espero que você pense sobre tudo o que disse na noite passada, Victoria. É uma situação muito perigosa.

— São apenas rosas, Olívia. Não há necessidade de você declarar guerra a elas ou a qualquer coisa que tenha acontecido na noite passada. Ele é um homem muito interessante e isso é tudo. Você não precisa transformar isso em algo maior do que é — disse Victoria, tentando diluir aquilo naquela bela manhã de sol, mas Olívia podia ver algo nos olhos de sua irmã gêmea que a amedrontava, algo muito determinado e poderoso. E ela soube instintivamente que Victoria não deixaria Toby.

— Espero que você não fique com ele novamente esta noite. Isso faria as pessoas falarem, e a festa é na casa da prima da esposa de Toby. Você realmente deve ter cuidado — advertiu-a Olívia.

— Obrigada, Olívia — disse Victoria e ficou de pé, olhando para sua irmã. Elas eram tão idênticas por fora e tão diferentes por dentro que às vezes era difícil acreditar que eram até mesmo irmãs, ainda mais gêmeas. Olívia sentiu um calafrio de medo com o precipício que subitamente sentiu entre elas.

— O que você vai fazer hoje? — perguntou inocentemente.

— Vou a uma leitura. Tudo bem para você, querida Olívia, ou preciso de sua permissão?

— Apenas perguntei. Você não precisa ser tão sensível, nem tão rude — disse ela com sarcasmo, cansada das farpas e da súbita inimizade que surgira entre elas por causa do flerte de Victoria com Toby. — Desde quando você pede minha permissão para fazer qualquer coisa? Você apenas espera que eu lhe dê cobertura, você nem se incomoda em perguntar antes de fazer o que quer que queira em primeiro lugar.

— Você não vai precisar me dar cobertura hoje, muito obrigada. — Eram momentos como esses que faziam com que cada uma delas desejasse ter outros amigos. Mas a exclusividade de seu relacionamento, sua proximidade pouco usual, seu isolamento da escola e a distância do local onde viviam sempre as privara de outras pessoas. Elas sempre haviam sido muito mais próximas uma da outra do que de qualquer outra pessoa e, embora gostassem daquilo na maioria das vezes, em alguns momentos aquilo fazia com que as duas se sentissem algo solitárias. — O que você vai fazer hoje? — perguntou Victoria. — Trabalhos na casa, como sempre. — Aquilo fez Olívia soar incrivelmente entediante e ela sentiu-o enquanto olhava para a irmã. Ninguém lhe mandara duas dúzias de rosas com um cartão anônimo. O homem que ela admirava mandara um cartão impessoal, endereçado não apenas a ela, mas também a seu pai e sua irmã, e, por uma fração de segundo, Olívia pegou-se perguntando a si mesma se Victoria estava certa, e ela é que estava com inveja.

— Vou ajudar Bertie a colocar a casa em ordem novamente. Nosso pobre pai vai enlouquecer se ficar no meio dessa bagunça por muito tempo. Acho que podemos fazer tudo hoje, antes do baile dos Astor, à noite.

— Que divertido.

Victoria logo escapou para o andar de cima e deixou a casa uma hora mais tarde, num conjunto azul-escuro de seda com um chapéu moderno, fazendo Petrie levá-la a seu encontro. Era num local de vizinhança bem ordinária e depois que ele a deixou lá, voltou rapidamente.

O resto do dia voou para todos eles. Victoria voltou no início da tarde e Bertie colocou-a para trabalhar também, dando ordens aos homens que estavam trazendo de volta os móveis do local onde foram estocados, na casa de carruagens da esquina. Olívia estava trabalhando freneticamente, tentando ajudar a consertar alguns estragos no jardim e, por volta de cinco horas, miraculosamente, parecia que ninguém estivera na casa. Bertie congratulou ambas pelo bom trabalho e, quase como se tivesse sido avisado, o pai entrou e lhes disse como a casa parecia agradável.

— Ninguém diria que tivemos uma grande jantar, que dirá que cinqüenta pessoas dançaram em todos os lugares e que uma maldita tenda quase destruiu o jardim. Está muito ruim lá fora? — perguntou ele, e Olívia tranqüilizou-o. — Todo mundo em Nova York está falando sobre como vocês são anfitriãs deliciosas — disse ele a ambas, mas Victoria parecia desinteressada de seu elogio, e poucos minutos mais tarde subiu para se vestir para a festa dos Astor. Olívia já havia separado suas roupas. Eram vestidos de gaze rosa-pálido, que ela copiara, como sempre, de Poiret, e eram bastante discretos. Ela tivera um momento de dúvida quando os tirara do armário, mas depois decidira que talvez aquilo fosse necessário no momento, precisamente para não atiçar Toby.

— Realmente foi uma festa adorável, Olívia — cumprimentou-a o pai novamente e sentou-se em sua cadeira favorita em seu confortável estúdio. Tudo fora recolocado no lugar precisamente como era antes, e Olívia serviu a ele um copo de vinho do Porto, enquanto ele olhava para ela com um sorriso caloroso. A cada dia que passava, ele parecia gostar de sua companhia mais que nunca. — Você me estraga terrivelmente, minha querida. Não estou nem mesmo certo de que sua mãe seria tão agradável, se fosse viva. Ela era um pouco mais como sua irmã, um pouco mais ardente às vezes e determinada a ser independente.

Estar nesta casa sempre o fazia lembrar-se dela. Era sofrido para ele às vezes e, mesmo assim, ele estava gostando de estar ali com suas filhas. Estava feliz com os negócios que fechara e o tempo que estava passando com seus advogados fazendo planos. Eram homens interessantes, inteligentes, e aquilo o fazia lembrar-se dos tempos antes de ter se retirado, quando dirigia um império e não apenas um *portfolio* de investimentos. Estivera pensando em vender suas minas de aço em Pittsburgh recentemente, e Charles achava que tinha encontrado um comprador sério e interessado. Mas não era uma decisão simples de se tomar, e ele agora estava pensando que deveriam ficar em Nova York até o fim de outubro, se não até ainda mais tarde.

— Você está gostando daqui? — perguntou o pai, feliz por ter um momento a sós com ela.

— Sim, pai, estou gostando — respondeu ela com um sorriso calmo. — Não estou certa de que gostaria de viver aqui o tempo todo. Acho que sentiria falta do campo se vivêssemos na cidade permanentemente, mas gosto dos museus, das pessoas e das festas. Há sempre muita coisa acontecendo. É divertido estar aqui. — Ela sorriu para ele calorosamente e por um momento pareceu uma criança novamente. Mas ela já era uma mulher e havia horas em que ele se sentia culpado por ser tão possessivo com elas. Sabia que estavam numa idade em que deveriam estar no mundo, como agora, encontrando maridos, e ainda assim ele sabia que seu coração ficaria partido quando elas finalmente o deixassem.

— Suponho que deveria estar fazendo um esforço maior para apresentar você a jovens adequados — disse ele desanimado, bebericando seu Porto, e eles trocaram um sorriso. — Você e Victoria deveriam estar se casando um dia desses, apesar de eu odiar pensar nisso, admito. Não sei o que faria sem você. Você mais que tudo, receio. Você terá de parar de tomar tanto cuidado comigo, minha querida, pois assim não será tão chocante quando você se for. Eu absolutamente morro de medo disso. — Seus olhos estavam cheios de amor paternal quando ela pegou suas mãos nas dela e beijou-as.

— Nunca o deixarei. Você sabe. Eu não poderia — Era o que ela dissera a ele quando tinha cinco anos, depois dez, mas agora ela o dizia seriamente. Sua saúde piorara consideravelmente ao longo dos anos, seu coração já não era forte, e ela não podia nem imaginar a possibilidade de deixá-lo. Quem tomaria conta dele se ela o deixasse? Quem comandaria as casas? Quem sustentaria tudo ou saberia quando ele estava mentindo sobre sua saúde e se sentindo realmente doente, precisando do médico? Ela sabia que jamais poderia confiar em outra pessoa para tomar conta dele. Certamente não Victoria, que nunca sequer percebia quando ele estava doente até que alguém, normalmente Olívia, lhe contasse. — Não poderia deixá-lo, papai — disse ela firmemente, e era exatamente o que queria dizer.

— Você não pode ficar uma velha solteirona, não sendo tão bonita quanto vocês duas são — disse ele, admirando-a e consciente de que seria errado deixá-la agir daquela maneira. Havia uma parte dele que queria deixá-la seguir seu caminho, mesmo que isso significasse sacrificar a si mesmo. Ele precisava dela muito mais do que ela pensava, e era muito fácil tê-la por perto, tomando conta de toda a vida doméstica. Era quase como se ela estivesse casada com sua vida, ela tomava conta dos mínimos detalhes. Ele ficaria perdido sem ela, mas também sabia que não empurrá-la para fora do ninho seria incrivelmente egoísta. E então, não querendo nem mesmo pensar em perdê-la, ele cuidadosamente mudou de assunto. — Victoria conheceu alguém excitante aqui? Eu não prestei muita atenção em nenhum pretendente em potencial. — Ele notara que Charles Dawson parecia ter ficado um pouco fascinado por ela, mas ele estava provavelmente intrigado com ambas. A maior parte das pessoas ficava, era difícil não ficar estupefato com aquela extraordinária beleza duplicada.

— Acho que não, papai — mentiu Olívia por ela, como sempre, mesmo estando agora preocupada com o abominável Toby. — Nós realmente não conhecemos ninguém ainda. Quero dizer... não realmente... — Naturalmente elas tinham conhecido todos os que eram alguém em Nova York, quando seu pai as levara ao teatro, aos jantares e concertos a que tinham comparecido. Mas, especificamente, não tinham sido apresentadas a nenhum jovem com a intenção de casar-se com elas. De certa maneira, Olívia supunha, corretamente, que algumas pessoas ficavam intimidadas por elas, ou que as viam como um fenômeno ou pensavam que elas nunca concordariam em deixar uma à outra. Muita gente não tinha noção do quanto eram diferentes, de quão divergentes eram seus gostos e interesses. Eles apenas as viam como uma garota muito bonita, só que em dobro.

— Victoria está se comportando, não está? — perguntou seu pai com um ar de divertimento. Ele finalmente havia ouvido contar, de maneira indireta, que sua filha aprendera a dirigir e que chegara a roubar um de seus carros para ir a algum lugar em Croton. Afortunadamente, ele nunca ouvira falar em sua quase prisão, e a escapada com o Ford o surpreendera de maneira inofensiva. Sua mãe talvez tivesse feito a mesma coisa em sua idade, e jogado o carro bem em cima de seus canteiros favoritos. Na verdade, uma vez ela já levara seu cavalo para dentro da sala de estar, numa aposta com um amigo, e todos ficaram horrorizados. Mas Edward achara muito engraçado. Ele era surpreendentemente tolerante para um homem de sua idade e nunca ficara particularmente aborrecido com as aventuras de Victoria. Na verdade, ele era indulgente com ela, porque lembrava muito a mãe.

— Você ficará bem aqui embaixo? — perguntou Olívia quando o deixou para se vestir para a festa dos Astor. Ela serviu a ele outra taça de vinho do Porto e o deixou confortavelmente sentado próximo à lareira, lendo os jornais vespertinos. Ele disse que subiria em poucos minutos para se vestir e disse a que horas deveriam estar prontos para a festa.

E enquanto ela subia as escadas, pensava nas perguntas que ele fizera sobre Victoria conhecer um homem em Nova York e ambas encontrarem maridos e se casarem. E pensou muito sobre o que dissera a ele. Ela realmente não podia imaginar deixá-lo e casar-se. E se sua saúde piorasse? Ou se ele ficasse doente? Quem tomaria conta dele? Teria sido diferente se sua mãe estivesse viva; eles teriam tido o luxo de levar vidas normais então. Mas agora Olívia sentia que ao menos uma delas deveria ficar e tomar conta dele, e obviamente era ela quem devia fazê-lo. Mas enquanto pensava nisso, deixou sua mente dirigir-se a Charles e subitamente perguntou a si mesma o que aconteceria se um homem como ele a pedisse em casamento. O que ela faria então? Aquilo fazia seu coração bater mais forte só de pensar. Ela nunca poderia imaginar um homem como Charles cortejando-a... mas se ele o fizesse... se... ela não podia nem mesmo permitir-se pensar naquilo. Ela tinha obrigações aqui. E Charles não tinha absolutamente nenhum interesse nela. Ele apenas era gentil com ela sempre que vinha ver seu pai.

Quando Olívia chegou ao quarto, ouviu sua irmã se vestindo no banheiro ao lado. Elas tinham *closets* e espelhos lá e, quando ela entrou para tomar banho, viu meia dúzia de vestidos no chão, entre eles aquele cor-de-rosa que escolhera para usarem nos Astor.

— O que você está fazendo? — Ela olhou para Victoria surpresa e então rapidamente entendeu o que acontecera.

— Eu *não* vou usar esta *coisa* que você escolheu para esta noite — disse Victoria cruelmente, arremessando outro vestido sobre uma cadeira. — Vamos parecer uma dupla de camponesas grosseiras, embora eu suponha que tenha sido esta a sua intenção.

— Acho que ele é bem bonito — disse Olívia sem querer se comprometer, não admitindo nada para sua agitada irmã gêmea. — O que mais você tinha em mente? — Era óbvio que ela já estivera analisando metade do *closet*. E no momento estava segurando um vestido de que Olívia jamais gostara. Ela tentara copiar um vestido de Beer, num veludo vermelho profundo com cuidadosas contas de azeviche e um longo laço atrás. Olívia sempre pensara que ele era muito pequeno para elas e, com exceção de uma festa de Natal na casa de Croton-on-Hudson, elas nunca o haviam usado. — Eu não gosto desse vestido, e você sabe — disse Olívia a Victoria assim que viu o que ela estava segurando. O modelo tinha uma capa de cetim preto por cima, costurada no veludo carmesim. — É muito apertado e chamativo... pareceremos vulgares.

— Isto é um baile, não um chá em Croton, Olívia — disse Victoria friamente.

— Você está tentando se mostrar para ele, Victoria, e eu não a ajudarei a fazer isso. Neste vestido, nesta cidade, nós pareceremos prostitutas. E eu não o usarei.

— Ótimo — disse Victoria, dando uma pirueta num dos pés, e Olívia não quis admitir o quanto ela parecia sensacional. O vestido era bem melhor do que ela lembrava, mas também parecia muito ousado. — Então por que você não usa o cor-de rosa, Ollie querida, e eu uso este? — Para surpresa de Olívia, ela parecia estar falando sério.

— Não seja estúpida. — Elas nunca haviam saído em trajes diferentes. Durante toda a vida haviam combinado cada pequena coisa, inclusive a roupa de baixo e os pregadores de cabelo. Era simplesmente o que faziam sempre, e sair vestida com algo diferente de sua irmã gêmea faria com que Olívia se sentisse nua.

— Por que não? Nós somos adultas. Não temos mais que usar a mesma coisa. Bertie sempre achou isso uma doçura quando éramos crianças. Mas não temos mais que ser doçuras, Olívia. Eu me recuso a isso. Essa coisa rosa é uma doçura, é tão doce que me deixa enjoada só de olhar. Isso é o que eu quero usar, o que eu *vou* usar nos Astor hoje à noite, e se você não gosta dele, sinta-se livre para usar algo diferente.

— Isso é muito rancoroso vindo de você, Victoria, e eu sei precisamente o que você está fazendo, e você também sabe. E deixe-me dizer, a noite passada *não* foi a mais importante da vida dele, mas talvez tenha sido a da sua, se você escolher se arruinar por causa de Tobias Whitticomb. Você é uma maldita louca se fizer isso. — Olívia cuspiu as palavras nela, puxando com força para fora do armário o vestido de veludo vermelho idêntico ao dela. — Eu *odeio* este estúpido vestido e sinto muito por tê-lo feito, particularmente porque você vai nos fazer de tolas, me forçando a usá-lo nos Astor.

— Eu repito — disse Victoria, deixando o vestido de lado novamente enquanto penteava seus cabelos — que você não precisa usá-lo. — Mas desta vez Olívia não respondeu.

As duas não se falaram mais, enquanto tomavam banho, se vestiam, se maquiavam e se perfumavam. E Olívia pareceu surpresa quando viu Victoria colocando um pouco de batom vermelho. Nenhuma delas jamais usara aquilo antes e Olívia pensou que sua irmã subitamente parecia muito diferente. Ela parecia não apenas bonita, mas um pouco mais do que cheia de vida.

— Não vou usar isso — disse Olívia tristemente, enquanto terminava de ajeitar os cabelos e observava Victoria colocando o batom vermelho no espelho.

— Ninguém disse que você precisa.

— Você está com a cabeça virada, Victoria — disse Olívia sombriamente.

— Talvez eu saiba nadar melhor do que você.

— Ele vai afogá-la — disse Olívia tristemente, enquanto Victoria deixava o aposento, arrastando a capa de seda e veludo atrás de si.

Quando as duas garotas desceram as escadas alguns minutos mais tarde, seu pai encarou-as em total silêncio. Tudo no jeito delas esta noite disse a ele que não eram mais garotinhas. Pareciam verdadeiras e deslumbrantes mulheres. Victoria desceu as escadas primeiro e até mesmo o seu jeito de se mover falou de coisas das quais ela nada sabia, e ainda assim aquilo era instintivamente parte dela. Foi Olívia quem pareceu consideravelmente menos à vontade no chamativo vestido. Suas formas se adaptaram ao modelo, e o vestido deixava à mostra suas peles cremosas e os corpos flexíveis e jovens. Ambas tinham cinturas finas e seios altos, tudo isso bastante à mostra no apertado veludo carmesim.

— Valha-me Deus, onde vocês conseguiram estes vestidos? — perguntou o pai, surpreso ao vê-las em algo tão moderno e exótico.

— Olívia os fez para nós — disse Victoria docemente. — Acho que ela os desenhou.

— Na verdade eu os copiei — disse Olívia, infeliz, enquanto o mordomo as ajudava a colocar suas capas —, mas não ficaram do jeito que eu queria.

— Serei invejado por todos os homens da festa — disse o pai generosamente e levou-as para o lado de fora, onde a limusine os esperava. Havia uma friagem no ar, e ele olhou para ambas as garotas enquanto elas entravam no carro à sua frente. Ele estava certo naquela tarde, elas certamente não eram mais crianças. E seria um milagre se todos os homens da festa não propusessem casamento a ambas naquela noite. Ele estava quase triste por sair com elas com aquela aparência, ambas estavam muito sensuais e atraentes. Mas ele nem desconfiava da tristeza de Olívia, sentada imprensada no canto do carro, odiando o vestido que ela fora forçada a usar e furiosa com a irmã.

Quando chegaram ao palacete dos Astor na Quinta Avenida, ele estava brilhando com as luzes e parecia mesmo um palácio, por dentro e por fora. Havia quatrocentas pessoas lá, e rostos e nomes que as garotas haviam apenas lido ou ouvido falar. Os Goelet e os Gibson estavam lá, o príncipe Albert de Mônaco, um conde francês, um duque inglês e um sortimento de nobres menores de outros países. Toda a aristocracia disponível de Nova York estava lá, alguns que não saíam havia anos, como os Ellsworth, que ficaram dois anos em reclusão desde a morte de sua filha mais velha. Um punhado de sobreviventes do desastre do *Titanic* no ano anterior estava lá, e alguns disseram que era literalmente a primeira vez que saíam, o que fez Olívia pensar imediatamente em Charles Dawson. Ela acenou para Madeleine Astor, que perdera seu marido John quando o navio afundara, e ela estava parecendo excepcionalmente bonita. O bebê que ela tivera depois que o pai morrera tinha quase um ano agora, e entristeceu Olívia pensar que ele nunca conheceria o pai.

— Você está parecendo excepcionalmente bem esta noite. — Ela ouviu uma voz familiar, voltou-se para ver quem era e ficou surpresa ao dar com Charles Dawson. E então ele sorriu: — Eu sei que você é a senhorita Henderson e poderia fingir saber qual delas você é, mas receio que não saiba, então você terá que me ajudar.

— Olívia — disse ela com um pequeno sorriso, com uma súbita e travessa tentação de fingir que era sua irmã, apenas para ver se ele diria algo diferente. — O que está fazendo aqui, senhor Dawson? — perguntou ela com um sorriso. Ele lhe dissera na noite anterior que jamais ia a festas.

— Espero que você esteja me dizendo a verdade — disse ele, como se soubesse o que ela estivera pensando sobre enganá-lo. — Só me resta acreditar em você. Na verdade, eu me tornei parente dos Astor por casamento. Minha falecida esposa era sobrinha de nossa anfitriã, e ela foi muito gentil e insistiu que eu viesse. Não estou muito certo se deveria, não fosse pela noite passada. Você quebrou o gelo para mim, mas receio que isso seja um pouco mais sério do que eu esperava. É um absoluto hospício — não como sua elegante e pequena *soirée* da noite anterior, com apenas cinqüenta pessoas. Mas a casa dos Astor acomodava facilmente a deslumbrante multidão, e Victoria já desaparecera desde o momento em que entraram.

Charles ficou e falou com Olívia por um momento, conversando sobre seu filho e as poucas pessoas que Olívia conhecia ali, algumas que ela reconhecera, e então ele disse algo sobre Madeleine Astor ter estado no navio com sua esposa quando ele afundou. Ele sempre parecia tão desesperadamente triste quando falava sobre ela que rasgava o coração de Olívia vê-lo assim. Ela não tinha idéia do que lhe dizer e suspeitava de que era um sofrimento do qual ele talvez jamais se recuperasse. Ele parecia estar funcionando, mas havia uma parte dele que estava tão claramente despedaçada que dava a impressão de que jamais poderia ser remendada.

— Suponho que sua irmã esteja aqui esta noite — disse ele agradavelmente. — Não a vi.

— Nem eu. Ela desapareceu assim que chegamos. Está usando este mesmo vestido horrível — disse Olívia com aflição, mas pelo menos nessa multidão ele não se destacava; havia outros como ele, até mesmo mais ousados ainda. Mas Charles sorriu do que ela disse.

— Pelo visto você não gosta dele. É muito bonito, no entanto. Muito... — ele pareceu ligeiramente embaraçado quando disse isso —, "adulto" é uma palavra errada para usar com uma jovem da sua idade?

— Pouco apropriado seria melhor. Eu disse a Victoria que me sentia como uma prostituta. Ela o escolheu, mas fui eu quem o fez, então ela pode me culpar, e foi o que fez. Pior ainda, meu pai pensa que foi minha escolha.

— Ele se opôs? — perguntou Charles, divertido, e ela olhou dentro de seus olhos enquanto conversavam. Eles eram tão profundos, tão verdes e tão intrigantes... E sem que tivessem intenção, a multidão empurrou-a gentilmente contra ele.

— Não, ele gostou. — Ela fez uma cara imitando seu pai gostando do vestido que ela detestava.

— Homens sempre gostam de mulheres usando veludo vermelho — informou-a Charles. — Acho que dá a eles a ilusão de algo tentador. — Olívia assentiu, esperando que no caso de sua irmã tudo não passasse de uma ilusão.

Charles finalmente a levou para a festa e após um instante ele a deixou com um grupo de moças. Apresentou Olívia a todas elas e desejou que estivesse confortável, quando foi em busca das primas de sua esposa. Ele já explicara que seu filho estava doente e que não queria ficar até tarde na festa. Ela estava triste por vê-lo ir, porque a música acabara de começar. E poucos minutos mais tarde, ela viu que sua irmã era uma das primeiras no salão e, como era de esperar, nos braços de Toby. Ela observou-os circular vagarosamente numa valsa lenta e fácil e pouco mais tarde ficou chocada ao vê-los ainda lá, dançando o novíssimo *fox-trot*.

— Meu Deus, é como ver duas de você — disse uma das garotas, encarando-a fascinada por sua semelhança com a irmã gêmea. Ela disse que nunca vira nada como aquilo. — Vocês são totalmente, mas totalmente parecidas em tudo? — perguntou ela, consumida de curiosidade enquanto Olívia sorria. Era sempre assim para elas, as pessoas queriam saber como era ser uma irmã gêmea idêntica.

— Bastante. Somos gêmeas espelhadas. As coisas que tenho no lado direito, ela tem no esquerdo. Minha sobrancelha direita é um pouco levantada, assim como a esquerda dela. Meu pé esquerdo é maior, o dela é o direito.

— Que engraçado deve ter sido crescer assim — disse outra das primas Astor. E duas das garotas Rockefeller se juntaram a elas para escutar. Olívia conhecera uma delas na velha propriedade dos Gould e vira a outra num chá que os Rockefeller ofereceram na sala de música de Kykuit. Tudo o que Olívia podia lembrar sobre aquele dia era o incrível órgão. Já que os Rockefeller não dançavam nem bebiam, freqüentemente davam grandes festas como os Vanderbilt e os Astor faziam, mas também ofereciam pequenas *soirées* musicais ou almoços em Kykuit.

— Vocês trocavam de lugar o tempo *todo*? — perguntou uma das garotas.

— Não. — Olívia sorriu. — Apenas quando queríamos entrar ou sair de uma brincadeira. Minha irmã odiava fazer exames na escola, então eu sempre os fazia para ela. Quando éramos bem pequenas, ela me convenceu a tomar seu remédio por ela, e eu acabei ficando muito doente tomando-o por ambas, até que a senhora que tomava conta de nós compreendeu o que estávamos fazendo. Ela normalmente sabia quem era quem, mas às vezes mandava uma das empregadas nos dar óleo de castor, ou coisas que realmente odiávamos. E nós sempre conseguíamos enlouquecê-las.

— Por que você faria isso? — Uma das garotas fez uma cara horrível com a idéia de uma dose dupla de óleo de castor. Era uma idéia horrível.

— Porque eu a amava — disse Olívia simplesmente, como sempre sem conseguir explicar a que ponto teria chegado por sua irmã gêmea. O laço entre elas era muito forte para ser cortado, para ser negado, para ser explicado. — Fiz um monte de coisas bobas para ela, e ela para mim. De vez em quando papai nos tirava da escola porque causávamos muitos problemas. Nós nos divertimos muito então. — Olívia sorriu para elas, que se maravilharam com suas histórias. Mas conversar com elas a distraíra e uma hora depois Olívia percebeu que Victoria ainda estava dançando com Toby. Eles não haviam deixado a pista e era como se Victoria estivesse moldada nos seus braços, enquanto circulavam lentamente pela pista, perdidos nos olhos um do outro e esquecidos das centenas de pessoas ao redor.

Olívia pediu licença às moças e foi procurar por Charles. Ficou aliviada quando o encontrou próximo à porta da frente, segurando seu sobretudo.

— Você me faria um favor? — perguntou ela baixinho, com olhos suplicantes a que ele achou difícil resistir. Eles combinavam com o tom que ouviu em sua voz no dia em que ela o chamara e pedira para ir com ela ao Quinto Distrito.

— Há algo errado? — perguntou ele, preocupado e surpreso com o quanto se sentia confortável com ela. De certa forma, ela era como uma irmã mais nova. Não era nem um pouco parecido com o que sentia quando estava na presença de sua irmã gêmea. E ainda assim, quando estavam lado a lado, ignorando seus sentimentos instintivos por elas, ele não seria capaz de determinar quem era quem. Era apenas quando ele falava com elas, quando ficava com elas por um instante e sentia uma estranha comoção em sua alma, que ele sabia. Gostava de pensar que poderia diferenciá-las instantaneamente se as conhecesse melhor. — Nossa amiga está perto de cometer alguma travessura novamente? — perguntou ele, preocupado. Parecia que era Victoria quem sempre se metia em problemas, e Olívia quem a resgatava. Ele já havia entendido havia muito tempo esse fato sobre a relação entre elas.

— Receio que sim. Você dançaria comigo, senhor Dawson?

— Charles... por favor. Acho que podemos deixar para trás o "senhor Dawson". — Ele pegou seu sobretudo e entregou-o ao mordomo novamente, sem sequer uma queixa sobre o fato de ter levado meia hora para conseguir pegá-lo, além de estar ansioso para voltar para casa e para Geoff. Ele a seguiu obedientemente através das duas salas seguintes até a pista de dança e então viu instantaneamente qual era o problema. Toby e Victoria estavam dançando ainda mais juntos agora, e Olívia parecia extremamente infeliz quando os viu.

Charles a levou para a pista de dança e dançou o mais perto possível deles, mas Toby era hábil em escapar deles e Victoria parecia nem estar vendo os olhares e expressões claramente reprovadores da irmã. Finalmente ela voltou as costas para eles, sussurrou algo para Toby, e eles deixaram a pista de dança e desapareceram na sala mais próxima. E Olívia não podia vê-los, já que a multidão se fechou à sua volta.

— Obrigada — disse Olívia, parecendo muito desgostosa, e Charles sorriu para ela.

— Não é um trabalho fácil este que você escolheu para si mesma. Ela é uma garota muito cabeça-dura. — Ele ainda lembrava o quanto ela ficara perturbada por não ter sido presa e fora mal-agradecida pelo socorro da irmã. — Aquele era Tobias Whitticomb, não era? — Ele conhecia todas as histórias também. Toda Nova York conhecia. Mas elas tinham mais importância agora, se ele estava planejando fazer de Victoria sua próxima vítima. Charles esperava que ele se cansasse dela antes que houvesse algum dano real. Ou talvez os Henderson se intrometessem antes que o caso fosse mais adiante. Olívia certamente parecia desejar fazê-lo. Ela agradeceu novamente a Charles por ajudá-la a seguir sua irmã pela pista de dança.

— Ela esteve fazendo de si mesma um espetáculo durante a última hora — disse Olívia com os olhos cheios de uma raiva triste.

— Não se preocupe com isso. Ela é jovem e bonita, haverá vários espertalhões correndo atrás dela até que ela encontre um marido. Você não pode se preocupar com todos eles. — Charles tentava acalmá-la, mas tinha de admitir que a reputação de Whitticomb era digna de preocupação e não podia dizer a Olívia que ela estava errada em observá-los.

— Victoria diz que jamais vai se casar. Diz que vai viver na Europa e lutar pelo direito de voto feminino.

— Oh, querida. Ela vai crescer e desistir disso, estou certo. Quando o homem certo chegar, ela vai esquecer tudo isso. Apenas não conte a ele que ela quer ser presa — provocou ele — e não se preocupe muito com ela. Você merece se divertir um pouco — disse, enquanto finalmente se despedia dela e saía poucos minutos mais tarde.

Olívia foi então para o banheiro das mulheres e olhou-se no espelho enquanto endireitava os cabelos. Ela estava com uma terrível dor de cabeça, a discussão com Victoria fizera com que a noite começasse mal e vê-la colada com Toby naquela última hora não ajudara em nada. Mas, antes que Olívia pudesse se voltar, ela viu Evangeline Whitticomb no espelho, observando-a, e num instante ela já estava em pé bem atrás dela, enquanto Olívia se virava vagarosamente para encará-la.

— Posso sugerir, senhorita Henderson, que brinque com crianças da sua própria idade e que se limite aos solteiros, em vez de homens casados com três filhos? — Ela olhou Olívia bem nos olhos, sem piscar, e Olívia sentiu um rubor quente encher suas faces, ao perceber que fora confundida com sua irmã. A esposa de Toby estava lívida, e Olívia não a censurou.

— Sinto muitíssimo — disse Olívia com suavidade, tacitamente concordando em ser Victoria e esperando acalmar aquelas águas revoltas. Era uma oportunidade de ouro e ela esperava convencer a esposa de Toby de que não havia nada mais que conversa de amigos. — Seu marido andou fazendo muitos negócios com meu pai, e apenas conversamos sobre nossas famílias. Ele não fez nada, a não ser falar da senhora e das crianças enquanto estávamos dançando.

— Duvido disso — disse a esposa de Toby com raiva. — Estou surpresa de ouvir que ele até mesmo se lembre de que nos tem. Apenas se assegure de você se lembrar disso, ou eu posso lhe garantir — ela olhou explicitamente para ela e baixou a voz, mas não o veneno — que você vai se arrepender. Você não significa nada para ele, sabia? Ele vai brincar com você como um brinquedo, por um tempo, e depois vai jogá-la fora. E onde quer que você caia, estará quebrada. No fim de tudo, ele vai voltar para mim... Ele tem que voltar. — Com isso, ela girou nos calcanhares e saiu, e Olívia sentiu como se o ar lhe faltasse. Felizmente, não havia mais ninguém no banheiro aquela hora, e ela teve de se sentar depois que a outra mulher saiu, tão tonta estava. E ela estava certa, é claro. Evangeline Whitticomb conhecia bem seu marido, ela vira sua *performance* dezenas de vezes, e ele sempre voltava para ela, por causa de quem ela era, do que ela representava e porque ele era um pouco menos louco do que a mulher com quem ele estava brincando agora.

Muitas delas eram jovens e inexperientes, muitas eram virgens. Elas ficavam encantadas por ele, por sua boa aparência, por seu jeito adulador, pelas coisas que ele sussurrava para elas, e tinham suas próprias ilusões de garotas ou até mesmo aspirações ambiciosas. Mas o que quer que elas pensassem e o que quer que ele lhes dissesse, no fim não fazia diferença, ele sempre as deixava. Exatamente como Olívia tentara alertar Victoria. Ela esperava que tivesse pelo menos assegurado sua respeitabilidade à esposa, ou melhor, a de Victoria, mas ela duvidava, e quando Olívia saiu do banheiro novamente, viu Victoria de volta à pista de dança nos braços de Toby, e desta vez eles pareciam bem mais íntimos, seus corpos próximos e pressionados um ao outro, seus lábios quase se tocando. Olívia queria gritar olhando para eles, mas em vez disso ela fez a única outra coisa em que conseguiu pensar. Foi dizer ao pai que estava com uma terrível dor de cabeça, e ele imediatamente foi bastante solícito, mandando uma empregada encontrar seu casaco para ela e indo ele mesmo buscar Victoria. Ele a encontrou dançando com o jovem Whitticomb e, embora nao parecesse satisfeito, não pensou nada sério sobre isso. Ele sabia que haviam se conhecido em sua casa e não os vira juntos desde então. De qualquer forma, fez um comentário no caminho para casa dizendo que ficara surpreso, depois de tudo o que dissera, que Olívia tivesse sentado Toby próximo a sua irmã. Mas ele disse com sutileza especial que estava certo de que nenhum dano viera daquilo, e que Victoria era esperta o suficiente para não deixar que ele a cortejasse. Ele não vira Toby observando-a enquanto saíam, nem o olhar que trocaram, que apenas confirmava tudo o que disseram naquela noite. Toby e Victoria haviam encontrado um pequeno quarto delicioso, num pequeno pavilhão nos fundos do jardim. Foi lá que ele a beijou pela primeira vez e onde eles passaram todo o seu tempo, nos braços um do outro, sempre que não estavam dançando.

— Sinto tanto, querida — desculpou-se o pai com Olívia por sua dor de cabeça durante todo o caminho para casa. — Foi demais para você, esse baile hoje depois da festa na noite passada. Não sei o que eu estava pensando quando aceitei vir. Pensei que seria divertido para vocês, mas devem estar exaustas. — Victoria parecia tudo menos isso e lançava farpas com o olhar para Olívia sempre que o pai olhava para fora da janela. Ela conhecia muito bem a irmã e achava difícil acreditar que ela estivesse com dor de cabeça. Ela não fazia idéia do quanto a aborrecera.

— Foi muito hábil de sua parte — disse ela gelada quando subiram para seu quarto.

— Não sei do que você está falando. Eu realmente estou com dor de cabeça — insistiu Olívia, enquanto tirava o odiado vestido. Ela desejava queimá-lo. E depois do jeito como Victoria se comportara, ela realmente se sentia como uma prostituta.

— Você sabe exatamente o que quero dizer. Mas a sua pequena artimanha não mudará nada. Você não tem idéia do que está fazendo. — Ela tinha provas de que Toby era totalmente sincero. Ele havia se apaixonado loucamente por ela, e não a chocava o fato de ele querer divorciar-se da esposa. Ela nem mesmo ligaria se ele fizesse isso. Era totalmente moderna em suas idéias. Ela não tinha que se casar com ele. Podiam ser amantes para sempre. Ele até mesmo falara com ela sobre eventualmente deixar o país e viver na Europa. Toby Whitticomb era tudo o que ela jamais quisera. Ousado, bravo, destemido, honesto, querendo pagar qualquer preço por aquilo em que acreditava. Ela o via como um cavaleiro numa armadura brilhante, pronto a resgatá-la de sua pequena vida mundana em sua casa incrivelmente chata no Hudson. Ele já vivera em Paris, Londres e na Argentina. Era tudo música para seus ouvidos, e toda vez que pensava nele seu corpo inteiro tremia.

— A mulher dele me atacou no banheiro esta noite — disse Olívia enquanto vestia seu roupão. — Ela pensou que eu fosse você.

— Que conveniente. Você disse a ela o quanto sentia e que era tudo um terrível engano?

— Mais ou menos. — Victoria sorriu quando ouviu aquilo. Mas Olívia continuou, solenemente. — Ela me disse que Toby tem esse hábito, como todo mundo comenta, e que quando tudo está acabado, ele joga fora as garotas com quem flerta como se fossem bonecas quebradas. Não quero que você seja uma delas — disse Olívia roucamente. Este era o primeiro episódio que causara uma séria rixa entre elas e estava fazendo Olívia sentir-se doente enquanto aquilo continuava. E ela não conseguia ver como qualquer coisa pudesse mudar até que Victoria não se deixasse mais seduzir pelo que ele dizia. Aquilo fazia Olívia desejar, mais que tudo, que estivessem de volta a Croton-on-Hudson. — Victoria, por favor, seja inteligente... não chegue perto dele... ele é perigoso. Eu quero que você me prometa que não vai tentar vê-lo.

— Eu prometo — disse Victoria sem sinceridade ou expressão.

— Espero que sim. — Olívia tinha lágrimas nos olhos quando falou. Ela o odiava ainda mais agora por fazê-las discutir. Nada nem ninguém tinha o direito de se colocar entre elas. Até onde Olívia sabia, seu laço era sagrado.

— Você está com ciúmes — disse Victoria friamente.

— Não estou — disse Olívia, desesperada para convencê-la.

— Está, sim. Ele me ama, e isso a assusta. Você tem medo de que ele me tire de você — disse Victoria com alguma verdade, mas não exatamente da maneira que queria dizer.

— Ele já está fazendo isso. Mas você não vê o risco que estará correndo em se deixar apaixonar por este homem? Quantas vezes preciso lhe dizer, Victoria, que ele é perigoso? Você *tem* que ver isso.

— Eu serei cuidadosa, juro — disse ela, amolecendo um pouco. Odiava brigar com Olívia, ela a amava demais e aquilo a assustava. Mas subitamente ela sabia que amava Toby também. Estava ficando de cabeça virada por ele e era muito tarde para parar aquele amor. Quando ele a beijara naquela noite, ela pensou que todo o seu corpo fosse se derreter, e quando ele enfiou a mão dentro de seu espartilho e tocou seus seios, ela teria feito qualquer coisa que ele quisesse. Ninguém jamais fizera aquilo com ela antes. Ninguém nem mesmo a fizera querer alguém mais que a própria vida, e como ela poderia explicar aquilo para sua irmã?

— Prometa-me que você não o verá — implorou Olívia, agora que a irmã a estava escutando. — Por favor.

— Não me peça isso. Eu prometo que não farei nada imprudente.

— Vê-lo é imprudente. Até mesmo a esposa dele sabe disso.

— Ela está com raiva porque ele está se divorciando dela. Você não ficaria?

— Pense no escândalo que isso vai causar. Especialmente para uma Astor. Por que você pelo menos não espera que isso aconteça, e que o barulho acabe, e então ele pode vê-la abertamente, e você pode explicar isso a papai. — Agora ela não podia fazer nada, a não ser encontrar-se às escondidas com ele e ser pega no fogo cruzado entre ele e a mulher num mundo que ainda o condenava por suas aventuras passadas.

— Ollie, isso vai demorar muito.

— E quando voltarmos para casa? Então o que vai acontecer? Ele vai vê-la lá? O que as pessoas vão dizer, Victoria?... E papai?...

— Não sei. Ele diz que podemos conquistar qualquer coisa se eu o amar. E eu amo, oh, Ollie, eu realmente o amo. — Ela fechou os olhos e seu coração quase pulou do peito enquanto pensava nele. Depois abriu novamente seus olhos e olhou para sua irmã. — Como posso contar a você como é? Eu morreria por ele se ele me pedisse. — Pelo menos Victoria estava sendo honesta com ela, mas aquilo não fazia Olívia sentir-se nem um pouco melhor.

— É disso que tenho medo — disse Olívia tristemente. — Não quero que ninguém machuque você, nunca.

— Ele não vai me machucar. Eu juro. Você tem que vir tomar um chá conosco um dia. Eu quero que você o conheça. Eu quero que você o ame também... Ollie, por favor... não posso fazer isso sem você. — Mas aquilo era demais para ela. Até mesmo o silêncio era demais para pedir a ela, mas pedir cumplicidade seria muito doloroso.

— Victoria, não posso ajudá-la desta vez — disse Olívia suavemente. — Acho que o que você está fazendo é perigoso e errado e receio que você se machuque. Talvez eu não possa impedi-la, mas não a ajudarei a fazer isso. Não desta vez.

— Então jure que você não dirá nada... jure para mim — implorou Victoria de joelhos, os olhos cheios de lágrimas, e Olívia, começando a chorar também, pegou-a nos braços e abraçou-a.

— Como você pode me pedir isso? Como posso deixá-lo machucar você?

— Ele não vai me machucar... acredite em mim, ele não vai me machucar... acredite em mim.

— Você não é a única em quem não acredito. — Olívia suspirou, respirando fundo e finalmente enxugando suas lágrimas. — Não direi nada por enquanto... mas se ele a machucar, eu não sei o que farei com ele...

— Ele não vai fazer isso. Eu o conheço melhor do que qualquer pessoa nesta vida, exceto você. — Ela parecia uma criança enquanto rolava na cama e se deitava lá, gargalhando de braços e pernas abertos.

— Em dois dias, Victoria Henderson? Duvido muito. Você é uma sonhadora. Para alguém tão cheia de idéias radicais, você certamente é uma boba romântica. Como você pode acreditar neste homem tão rapidamente?

— Porque eu sei quem ele é. Eu o entendo completamente. Nós somos duas pessoas completamente independentes, exatamente com as mesmas idéias, que foram sortudas o suficiente para encontrar uma à outra. É um milagre, Ollie. Realmente é. Ele diz que esperou por mim toda a sua vida e agora que estou aqui ele não pode acreditar.

— E sua esposa e seus filhos? Como eles entram nisso tudo? — Olívia parecia cética, e Victoria pareceu momentaneamente confusa, sem certeza do que responder.

— Ele diz que ela o forçou a ter os filhos, que ele jamais teria tido filhos num casamento sem amor. É realmente tudo culpa dela, e agora o que ela faz com eles é problema dela.

— Esta é uma atitude muito boa e sensível — disse Olívia, e o sarcasmo pareceu passar pela cabeça de Victoria enquanto ela continuava a falar com entusiasmo sobre Toby.

Elas apagaram a luz um pouco mais tarde, e Olívia deitou-se com os braços em torno de sua irmã gêmea.

— Seja cuidadosa, irmãzinha... seja prudente... cuidadosa... — sussurrou, mas Victoria já estava meio adormecida enquanto cabeceava sonolentamente e enroscava-se mais em sua irmã. A mente de Victoria estava girando enquanto pensava nele. Eles haviam marcado um encontro para o dia seguinte. Iriam se encontrar na biblioteca às dez horas da manhã seguinte.

Capítulo 5

Olívia estava combinando os *menus* de almoço e jantar com o cozinheiro na manhã seguinte quando Victoria escapuliu. Ela dissera a Bertie que estava indo à biblioteca encontrar uma das moças Rockefeller e que estaria em casa no fim da tarde. Bertie mandou Donovan levá-la à biblioteca e ninguém pareceu notar que ela estava usando o conjunto branco novo com o chapéu combinando, copiado de Doeuillet, que nem mesmo Olívia usara ainda. Ela parecia bastante moderna ao subir os degraus da biblioteca segurando os livros para devolver, enquanto Donovan manobrava e voltava para casa para levar o sr. Henderson ao escritório de John Watson.

Victoria devolveu os livros assim que chegou e, quando olhou por cima dos ombros da bibliotecária, ela o viu de pé, olhando-a, bem atrás da educada solteirona de óculos que a ajudara. Victoria riu para ele quando seus olhos se encontraram e um momento mais tarde eles saíram de braços dados. Ainda era cedo e ninguém que eles conheciam jamais ia à biblioteca naquela hora, se é que iam. Ela não tinha nenhuma idéia do que iriam fazer, mas realmente não se importava, desde que estivessem juntos.

Toby deixara seu carro do lado de fora, um Stutz que ele comprara naquele ano, e sorriu quando Victoria disse que adoraria dirigi-lo.

— Não me diga que você também sabe dirigir — disse ele, parecendo deliciado e impressionado. — Você realmente é a garota moderna que diz ser. Muitas garotas acham que são, mas na verdade não são. — Ele ofereceu a ela um cigarro Milo como se para provar o que dizia, e ela o pegou, embora realmente fosse um pouco cedo, mesmo para ela. Por alguns instantes, eles rodaram em torno do East Side vagarosamente e então, finalmente, ele parou o carro e olhou para ela, como se estivesse bebendo cada detalhe de seu rosto, seus olhos, sua alma. Era como se ele quisesse imprimi-la em seu coração para sempre. — Eu adoro você, Victoria — sussurrou ele em seu cabelo. — Nunca conheci ninguém como você. — Suas palavras eram como um afrodisíaco para ela e, quando ele a beijou, ela sentiu sua alma fundir-se com a dele. Não havia nada que ela não fizesse por ele naquele momento, e ele ficou sem ar quando a beijou. Após um longo momento, ele encostou-se no assento do Stutz e olhou para Victoria totalmente impressionado. — Você me deixa louco, sabia? Você me faz ter vontade de seqüestrar você e levá-la para o Canadá ou o México, ou ir embora para a Argentina ou Açores... Você é uma mulher que merece estar em lugares exóticos. Eu adoraria estar com você numa praia quente em algum lugar, escutando música e beijando-a — disse ele enquanto se inclinava para beijá-la novamente, e desta vez ela mal pôde respirar quando ele a segurou. Foi ela quem se soltou desta vez, incapaz de pensar direito enquanto olhava para dentro de seus olhos escuros, e desejou que pudessem fugir para sempre. Era insuportável pensar em deixá-lo novamente, em estar separada dele mesmo que por um instante.

Mas quando ele olhou para ela ansiosamente, subitamente sorriu, como se tivesse pensado em algo.

— Tenho uma idéia — disse ele, ligando o carro novamente e virando para o norte na esquina seguinte. — Eu sei exatamente onde nós vamos hoje. Não vou lá há tempos.

— E onde é isso? — perguntou ela, parecendo muito relaxada enquanto ele lhe oferecia um pequeno frasco e ela dava um gole cuidadoso, para não se exceder. Era conhaque e queimou sua garganta quando ela bebeu, mas o calor que a aqueceu depois foi muito prazeroso.

— Onde vamos é um segredo — disse ele misteriosamente, olhando para ela de maneira apaixonada. Era como se eles sempre tivessem sido destinados a ficar juntos, e ambos o sabiam. Ela perguntou novamente a ele sobre onde iam enquanto o carro se dirigia para Uptown, mas ele recusou-se a responder a suas perguntas e fingiu que a estava seqüestrando, mas ela não pareceu preocupada nem mesmo por um momento. Ele parou para beijá-la muitas vezes e eles dividiram o frasco ainda outra vez, mas na terceira vez que ele o ofereceu, ela recusou.

— Você sempre bebe conhaque antes do almoço? — perguntou ela casualmente. Aquilo não a aborrecia de maneira alguma, ela sabia que vários amigos de seu pai bebiam bastante e mesmo John Watson carregava sempre um frasco no inverno. Mas não estava frio hoje, aquilo parecia apenas adicionar mais emoção à sua excitação.

— Eu estava tão nervoso esta manhã — confessou ele — que achei que fosse precisar disso. Meus joelhos estavam tremendo quando fui encontrá-la. — Ele parecia um garoto quando olhou para ela, e vê-lo parecer tão vulnerável e apaixonado por ela fez Victoria sentir-se muito mundana. Ele tinha trinta e dois anos, e ela sabia que o havia conquistado totalmente. Isso era muito lisonjeiro, e tudo sobre ele era excitante, até mesmo o fato de ser proibido estar com ele e de Toby supostamente ter uma terrível reputação. Subitamente até isso era excitante também, porque ela sabia que nada daquilo era verdade. A única coisa que ela não se deixou pensar foi o fato de ele ser casado. Não importava para ela, depois de tudo o que ele lhe dissera sobre estar se divorciando de Evangeline, sobre ter cometido um terrível erro e ter desperdiçado cinco anos num casamento sem amor. A idéia de que o divórcio de uma Astor seria o escândalo do século nem mesmo lhe ocorreu, embora tenha ocorrido imediatamente a sua irmã gêmea.

Eles já estavam bem longe da cidade agora, e as casas ao redor eram pequenas, simples e quadradas e haviam começado a parecer quase rurais. Vinte minutos depois que eles deixaram a biblioteca, Toby parou o carro em frente a uma casa branca pequena e elegante, com algumas cercas vivas bastante crescidas na frente e uma cerca de estacas meio pintada em toda a volta.

— O que é isso? — perguntou Victoria, parecendo divertir-se, pensando em quem eles estariam indo visitar.

— É a casa dos meus sonhos. — Ele sorriu para ela e deu a volta no carro para ajudá-la a descer. Ela hesitou por um momento, enquanto ele pegava uma cesta de piquenique. Ela ainda não a vira antes, mas havia champanhe, caviar e um pequeno bolo, além de algumas outras delícias que ele furtara de sua cozinha. Tudo fora cuidadosamente arranjado e enquanto ela olhava para ele, divertida, ele tirou uma chave de dentro do bolso.

— De quem é essa casa? — perguntou Victoria, sem sentir medo, mas apenas curiosa e em dúvida. Era estranho não saber onde estava, ou quem eles estavam visitando, e ela o seguiu cautelosamente até a porta enquanto ele a destrancava. Ela pôde ver uma sala pequena e elegante do outro lado. Os móveis, apesar de simples, pareciam estar em bom estado. Nada era pomposo aqui, mas parecia um lugar prazeroso para passar uma tarde tranqüila e, antes que ela pudesse pisar do lado de dentro, Toby a pegou em seus braços e beijou-a, afastando os cabelos longos e escuros de seu rosto e sentindo seu corpo próximo ao dele, tão próximo que ele apenas ousava respirar com medo de perdê-la. E então ele olhou para ela sorrindo e, sem uma palavra, pegou-a e carregou-a até o solado da porta.

— Você será minha esposa um dia, Victoria Henderson — disse ele suavemente. — Agora você apenas me conhece, mas você será minha um dia e será a próxima senhora Whitticomb... se você me quiser... — Ele parecia infantil, inseguro e totalmente miserável enquanto olhava para ela no pequeno aposento, seus ombros largos parecendo subitamente muito grandes para ela, suas palavras mais do que ela podia enfrentar. Ela era a garota que dissera que jamais se casaria com ninguém, que queria ser livre e um dia viver na Europa, e agora ali estava ela, sozinha com aquele homem e totalmente sua escrava, para fazer o que ele quisesse. Ela sabia que não deveria ficar sozinha com ele e que, de certa forma, o que estavam fazendo era errado, mas mesmo assim como poderia ser errado? Como aquilo poderia ser qualquer coisa que não certo? Qualquer coisa que não perfeita? Ela sabia, no fundo de seu coração, o quanto o amava. Estava totalmente atraída por seu coração, seu charme e seu jeito ingênuo. Victoria acreditava nele tanto quanto em seu próprio pai.

— Eu te amo tanto — sussurrou ela suavemente, e ele a beijou novamente. Um momento mais tarde, eles estavam se deitando no sofá, beijando-se apaixonadamente, e ela podia sentir seu corpo pulsando junto ao dela. Ela não tinha idéia do que fazer, ou do que ele esperava dela, e sabia que não faria nenhuma besteira, e mesmo assim tudo em que podia pensar era em estar ali com ele, ser sua, estar com ele para sempre.

Foi Toby quem finalmente parou, brincando com seus cabelos longos com dedos gentis, enquanto sua blusa ficava aberta. Eles colocaram a cesta de piquenique na cozinha, ele abriu o champanhe e eles o bebericaram, enquanto ela abotoava novamente a blusa e eles saíam para o jardim. Não havia vizinhos por perto, não havia ninguém em lugar algum e, enquanto andavam ao redor, ele explicou a ela que havia alugado aquele local apenas para que pudesse estar sozinho e ficar longe de Evangeline, para que pudesse pensar, sonhar e ter algum tempo para si mesmo. Ele disse a Victoria que fora ali que ele finalmente decidira divorciar-se dela.

— Você vai sentir muita falta das crianças? — perguntou ela com simpatia, enquanto andavam vagarosamente de volta para a casa, de mãos dadas e falando suavemente.

— Vou. Mas espero que ela seja razoável e me deixe vê-los. Será um choque para todo mundo, é claro, mas acho que ela também ficará aliviada. Ninguém deveria ter de viver assim para sempre. Será mais difícil para nossas famílias do que para nós, porque eles não vão entender. — Victoria assentiu, enquanto começava a entender com súbita seriedade que seria um escândalo terrível. Sem dúvida, seu pai ficaria profundamente chocado, mas talvez com o tempo ele entendesse. Victoria não tinha necessidade de casar-se com ele imediatamente. Ela não ligava, desde que pudessem ficar juntos. E compreendeu que seria difícil para ambos quando ela voltasse para Croton. Mas ele poderia visitá-la freqüentemente e talvez, enquanto ele estivesse se divorciando, assim fosse melhor para eles e tivessem mais privacidade. Era impressionante como a vida de alguém mudava, refletiu ela, em apenas dias ou instantes. Subitamente o curso de toda a sua existência estava voltada para uma direção diferente daquilo que ela havia esperado.

Ele perguntou a ela sobre como era ser uma gêmea e riu de algumas de suas histórias ultrajantes. E então subitamente eles estavam na entrada e ele a estava beijando novamente. Ela nem mesmo sabia que horas eram, mas também não ligava para isso. Tudo o que sabia era que queria estar com ele.

Sentaram-se na sala e falaram mais um pouco, e então ele serviu mais champanhe a ela e se beijaram um pouco mais. Desta vez, sem pensar ou perguntar a ela, enquanto se beijavam, ele tirou sua blusa lentamente. Ela começou a objetar, a dizer algo, mas ele a silenciou com lábios hábeis e dedos ágeis, e a força de seu próprio desejo quase a apavorou enquanto ele a beijava e lentamente deixava seus lábios se movimentarem de sua boca para seu pescoço e então para baixo, sobre seus seios e seus mamilos. Ela estava gemendo suavemente, e ele estava ardendo de desejo por ela. Subitamente ela olhou para ele e soube, ambos o souberam, que suas vidas haviam mudado para sempre. Aquele momento e a vida inteira eram deles, os riscos, os perigos, as tristezas, as alegrias, ela estava querendo dividir tudo aquilo com ele. E lentamente suas roupas dissolveram-se nas mãos dele, e ele a tomou gentilmente em seus braços e a levou para o quarto.

As persianas estavam baixadas, a luz estava fraca, parecia que havia uma espécie de névoa mística em volta deles e, com o maior cuidado e gentileza, a mais infinita experiência, ele a tocou. Seu corpo murmurou e lamentou para ele, seu coração se estendeu ao dele, sua mente era um borrão com tudo o que ele estava fazendo. Horas depois ela deitou-se em seus braços, assustada mas sem medo, meio adormecida, preenchida de amor por ele e com total confiança. Ela havia dado a ele tudo o que tinha para dar e sabia sem dúvida que era dele para sempre.

Eram cinco horas quando ele a acordou e a luz estava um pouco mais fraca. Ele odiava ter de acordá-la, mas sabia que tinham de ir embora. A última coisa que queria para ela, ou para si mesmo, era causar qualquer problema. Era quase um sofrimento físico ter de afastá-la dele, e ela se vestiu silenciosamente enquanto ele a observava, totalmente subjugado com os longos e graciosos membros, a beleza de seus movimentos. Era como se ele não pudesse acreditar na sorte de tê-la encontrado, e ela quase não podia acreditar no que tinha acontecido.

— Eu nunca, nunca a farei se arrepender de me amar — disse-lhe ele antes que saíssem, ambos um pouco abalados pelo enorme passo que haviam dado, mas mesmo assim ela não tinha arrependimentos. Ela fundira seu destino com o dele naquele dia e agora estavam amarrados um ao outro para sempre.

Ele a deixou dirigir parte do caminho para casa e muitas vezes ela o assustou, mas ele amava aquilo. Eles riram, cantaram, eram como duas crianças que tinham soltado as velas de um pequeno barco num mar tempestuoso, e tudo o que podiam fazer agora era acreditar no destino para protegê-los.

— Eu te amo, Toby Whitticomb — disse ela numa voz forte e clara quando ele a deixou a três quadras de casa, odiando ter de deixá-la.

— Não tanto quanto eu a amo. Você verá, você será minha um dia — disse ele orgulhosamente —, apesar de eu não merecê-la.

— Eu já sou sua — sussurrou ela e então beijou seu rosto, antes de descer para a calçada, ainda um pouco confusa com o que havia feito e com a enormidade de seu comprometimento.

Ela acenou quando ele partiu, seus olhos pregados nele por tanto tempo quanto pôde vê-lo. Haviam prometido encontrar-se novamente no dia seguinte, novamente na biblioteca, e iriam voltar à pequena casa que era deles agora.

Capítulo 6

Outubro estava repleto de atividades para todos eles. Edward Henderson estava a ponto de concluir um grande negócio e estava realmente gostando muito daquilo. Ele ia ao escritório de John Watson todos os dias e passava horas em mesas de conferências, cercado de banqueiros e advogados.

Olívia fizera muitos amigos e era convidada para todos os lugares para lanches e chás e, embora Victoria também fosse convidada, raramente se juntava a ela. Ela disse a Olívia que estava freqüentando leituras e encontros da Associação Nacional de Sufragistas Americanas, mas Olívia suspeitava de que havia mais do que aquilo. Ela sabia instintivamente que, entre as outras coisas que fazia, Victoria estava se encontrando secretamente com Tobias Whitticomb. Olívia não dizia nada, mas estava constantemente observando sua irmã. Ela via as mudanças nela, sabia o quanto devia estar apaixonada, mas sabia também que nada podia fazer para parar com aquilo.

Os Henderson continuaram a ir a concertos e peças e, a pedido de seu pai, Olívia ofereceu mais dois pequenos jantares. Charles Dawson veio para um deles, mas passou a maior parte da noite discutindo negócios com seu pai. E Olívia estava menos falante que o usual. Estava muito preocupada com a irmã. Parecia haver um silêncio entre elas atualmente, um bloco de algo impenetrável, que Olívia sentia mas não podia ver ou passar através, e sempre que tentava questionar Victoria sobre isso, ela insistia que Olívia estava imaginando coisas e que nada mudara entre elas.

Olívia estava começando a esperar ansiosamente a hora de ir para casa, quando ela poderia recuperar sua irmã da paixão cega por Toby. Mais que nunca, achava que a havia perdido. Mas no fim de outubro Edward Henderson disse que duvidava que voltassem a Croton antes do Dia de Ação de Graças. Ele estava concluindo a venda da fábrica e achava que de qualquer maneira estar em Nova York era bom para elas, pois lhes dava a chance de fazer amigos e, ele às vezes piscava para elas, talvez até de encontrar maridos. Em todo caso, era óbvio o quanto elas gostavam dali. Olívia ainda era a mesma em muitos aspectos, mas afiara seus conhecimentos sociais e se tornara uma anfitriã perfeita. Mas era Victoria quem parecia ter florescido na condição de mulher. Subitamente parecia haver nela uma aura de algo muito mais sofisticado. Era algo sobre o que ninguém falava, mas que todos aqueles que a conheciam bem haviam notado. Olívia havia visto também, mas nunca questionara abertamente, pois decidira que devia ser um estilo que Victoria adotara a fim de atrair Toby. E Victoria não dizia absolutamente nada a ninguém, menos ainda a sua irmã. Olívia não sabia de nada a respeito de seus encontros com ele e certamente não imaginava o que estava acontecendo na pequena casa fora da cidade, onde eles se encontravam todas as manhãs, ainda que sentisse que a relação de Victoria com ele tivesse se aprofundado. Olívia sabia também que Victoria estava evitando-a e parecia sempre muito ocupada, o que Olívia acreditava ser muito suspeito.

— Vocês ainda não se cansaram de nossa cidade? — perguntou Charles Dawson a Olívia uma tarde, quando veio ver seu pai. Ela viera checar a bandeja de chá e seu pai pedira a ela para ficar, já que haviam concluído seus negócios.

— Talvez um pouco — sorriu ela. — Eu gosto daqui, mas sinto falta da troca das folhas em Croton.

— Nós voltaremos logo. — O pai sorriu para ela, agradecido por toda a sua ajuda. Nos dois últimos meses, ela dirigira a casa de Nova York com perfeição.

— Você deve trazer Geoffrey para nos visitar — disse ela calorosamente para Charles, sentindo que ainda não o tivesse conhecido.

— Ele adoraria — assegurou Charles a ela.

— Ele sabe montar? — Charles sacudiu a cabeça pesarosamente em resposta. — Talvez eu possa ensinar a ele.

— Estou certo de que ele gostaria.

— Onde está sua irmã esta tarde, a propósito? — Seu pai interrompeu-os, curioso sobre onde estaria sua outra filha.

— Está fora com amigos. O de sempre. A biblioteca. Não estou certa. Ela deve voltar a qualquer momento.

— Ela certamente tem saído muito estes dias. — Ele sorriu para ela. Estava feliz que elas tivessem gostado tanto de Nova York, todo mundo estava encantado com elas e fascinado pelas irmãs totalmente idênticas.

Charles saiu pouco depois e Victoria estava justamente subindo as escadas da frente quando ele saiu. Um carro partiu rapidamente, mas ninguém notou, e ele conversou com ela por um momento. Havia algo diferente em seus olhos desta vez, algo vago e sonhador. Uma vez mais ele ficou surpreso com o quanto ela era parecida com sua irmã gêmea e ainda assim, num sentido mais vago e místico, o quanto eram diferentes. Ainda havia vezes, quando ele as via juntas, em que não podia diferenciá-las no primeiro instante. Ele ainda refletia sobre isso enquanto dirigia para casa e para seu filho. O Dia de Ação de Graças e o Natal chegariam em breve, e Charles os temia. Os feriados haviam sido uma agonia no ano anterior, sem Susan.

Os Henderson foram a um concerto no Carnegie Hall naquela noite e encontraram vários conhecidos, entre eles Tobias Whitticomb, que estava dividindo um camarote com amigos, mas sua esposa não estava entre eles. Alguém disse que ouvira dizer que ela estava doente, mas outra pessoa sorriu e disse ter ouvido que ela estava esperando outro bebê. Victoria apenas sorriu para si mesma, sabendo que ela não poderia e que ele estaria deixando-a num futuro muito próximo. Talvez tivessem decidido que seria mais simples se ele saísse sozinho. Mas, qualquer que fosse a razão, ele e Victoria passaram a maior parte da noite com seus olhos voltados um para o outro.

Seu pai também notou isso desta vez, mas não disse nada a ela no caminho de casa e silenciosamente desejou que o jovem Whitticomb não a tivesse escolhido como o próximo objeto de sua afeição.

— Papai viu o que aconteceu hoje — advertiu-a Olívia quando elas tiravam os vestidos, mas Victoria evitou-a, como sempre fazia agora. Machucava Olívia constantemente sentir a distância entre elas. Era uma dor física, um sofrimento visceral do qual ela nunca parecia livrar-se.

— Papai não sabe de nada — disse Victoria com completa segurança.

— O que exatamente há para saber? — perguntou Olívia suavemente, de súbito terrificada com o quanto aquilo teria ido longe, mas Victoria nem mesmo se dignou a responder, e aquela noite ambas tiveram pesadelos.

Mas na manhã seguinte os pesadelos tornaram-se verdade. John Watson ligou, como sempre fazia, e perguntou se poderia ver Edward Henderson em casa, no caminho para o trabalho. A visita não parecia pouco usual, e Henderson sempre ficava feliz ao vê-lo.

Bertie serviu-lhes café na biblioteca e houve uma longa pausa quando John sentou-se e olhou para Edward. Quando ficaram sozinhos, John ainda não tinha idéia de como começar o que tinha a dizer. Ele pensou no coração fraco de seu velho amigo, na saúde que oscilara algumas vezes nos últimos anos, mas ainda assim ele sabia que não tinha escolha. Precisa contar a ele. Devia isso a Edward.

— Receio — começou ele lentamente — que tenha más notícias. — Os dois homens trocaram um longo olhar. Era como observar uma porta aberta para revelar um abismo no qual nenhum deles gostaria de mergulhar agora.

— A venda da fábrica não deu derto? — Edward pareceu desapontado, mas não devastado. No entanto, John sacudiu a cabeça.

— Não, ainda bem, tudo está bem por lá. Na verdade, esperamos ter o negócio fechado até o Natal.

— Era o que esperava — disse Edward. Haviam trabalhado duro naquilo e não houvera sugestão de qualquer problema.

— É pessoal, receio. Algo que me faz sofrer profundamente por ter de dizer a você e que vai fazê-lo sofrer também. Conversei longamente com Martha sobre isso a noite passada e ambos achamos que você deveria saber. É Victoria, Edward. Receio... — Ele fazia um grande esforço para dizer as palavras, com medo de que aquilo matasse seu amigo, ou no mínimo o golpeasse profundamente. — Ela fez algo muito imprudente. Está envolvida com o jovem Whitticomb... seriamente... sinto muito. — Seus olhos se encontraram, aterrorizados, e disseram milhares de coisas indizíveis entre os dois homens. — Aparentemente, há uma pequena casa ao norte da cidade onde eles se encontram... onde eles vêm se encontrando. A governanta de alguém os tem visto todos os dias no último mês. Receio que... você pode imaginar o resto. Oh, Deus, Edward, eu sinto tanto — disse ele, observando os olhos de seu velho amigo se encherem de lágrimas, mas por um momento Edward Henderson não disse nada.

— Você está certo disso? Quem é essa mulher? Eu poderia falar com ela? Talvez ela esteja mentindo. Pode ser chantagem.

— Possivelmente. Mas dada a reputação do homem, fiquei inclinado a acreditar na história. Eu não teria vindo a você se não estivesse com muita certeza disso. — E então: — Você quer que eu fale com ele? Talvez nós dois possamos fazê-lo.

— Eu deveria matá-lo, se for verdade — disse Edward com ódio. — Apenas não posso acreditar nisso vindo de Victoria. Ela é impulsiva às vezes, mas não faz mais do que dirigir meus carros ou roubar meu cavalo favorito para uma boa corrida nos campos, ou até mesmo nos meus melhores jardins. Mas não isso, John... não isso... eu simplesmente não posso acreditar nisso vindo dela.

— Nem eu. Mas ela é muito jovem e ingênua. Acredito que ele seja um perito nisso. A mulher diz que ele mantém a casa apenas para este propósito.

— Este homem merece a cadeia.

— E se for verdade? E sua filha? Ela não pode se casar com ele. Ele já é casado, tem uma casa cheia de crianças, uma esposa aristocrata, e eu soube por Martha que ela está esperando outro bebê. Receio que isto seja muito desgostoso.

— Você acha que alguém sabe? — Os olhos de Edward encontraram os dele honestamente, embora ele odiasse estar fazendo esta pergunta. Para Watson, esta era quase a pior parte.

— Ele comentou algo com Lionel Matheson no clube poucos dias atrás. Eu não acreditei quando ouvi então. Alguém no escritório me contou. O homem é obviamente um grosseirão, se está tentando destruir a reputação de uma jovem garota. Ele disse a Matheson que estava tendo um caso com uma doce coisinha que não sabia nem que horas eram e que ela tinha uma irmã idêntica. Não mencionou nomes, mas com este complemento, não precisava. — Edward Henderson ficou pálido e, se John Watson não estivesse lá, teria subido direto as escadas para ver suas filhas. — Você vai ter de fazer algo sobre isso rapidamente — disse Watson o que já estava claro para ambos. — Se ele está fazendo comentários como este, isso se espalhará por toda a cidade a qualquer momento. Que tal mandá-la para a Europa por um tempo, numa viagem para algum lugar... qualquer lugar... apenas para tirá-la daqui e dele? Mas depois disso você vai ter de pensar seriamente sobre seu futuro. Você vai ter de fazer algo. Você não pode simplesmente deixar as coisas assim, isso vai arruiná-la. Ela nunca encontrará um marido depois disso, ou, se encontrar, não será alguém que você queira para ela.

— Eu sei disso — disse Edward Henderson miseravelmente, agradecido a seu velho amigo por sua honestidade, ainda sofrendo com o que acabara de ouvir. — Vou ter que pensar sobre isso. Vou mandá-la de volta para Croton amanhã. Mas depois disso, não estou certo. Europa não é a resposta... não sei o que fazer com ela. Eu o forçaria a casar-se com ela se pudesse, mas que diabo eu tenho a fazer com um homem casado com quatro crianças?

— Atire nele — disse John Watson, tentando injetar um pouco de humor onde não havia nenhum, mas Edward soltou um tenebroso sorriso para ele e assentiu.

— Acredite em mim, eu gostaria de fazê-lo. Acho que deveria falar com ele. Gostaria de saber o que aconteceu.

— Não acho que você deva fazer isso, já está suficientemente óbvio e você vai se aborrecer. Eu gostaria de acreditar que ele é sincero, apesar de duvidar disso, mas, mesmo se ele o for, de que isso vai adiantar para Victoria? Ele não pode casar-se com ela. Ele possivelmente não pode divorciar-se de Evangeline, certamente não se ela estiver mesmo esperando outra criança. O escândalo seria pavoroso. A melhor coisa que Victoria pode fazer é esquecê-lo.

— Tente dizer isso a ela se estiver realmente apaixonada por ele. Eu os vi dançando e até mesmo flertando uma ou duas vezes, mas nunca imaginei que isso iria tão longe. Eu deveria ter visto tudo isso. Não sei o que estava pensando. Nem questionei por que ela estava fora o tempo todo. — Ele estava pressionando as mãos e culpando a si mesmo por tudo aquilo e, na hora em que John Watson saiu, Edward Henderson estava profundamente agitado. Era um pesadelo. Os dois homens haviam concordado finalmente que Watson iria falar com Toby Whitticomb e que Edward ficaria fora daquilo completamente. Parecia bem mais discreto dessa maneira, e Watson receava que o coração de Edward parasse se ele fosse confrontar Toby.

De fato John foi direto da casa de Henderson para o escritório de Toby Whitticomb, onde Toby nunca estava, mas por sorte aconteceu de ele estar lá naquela manhã. Victoria tivera uma hora marcada com o dentista e ele estava esperando encontrá-la mais tarde, logo que ela se visse livre da irmã.

Mas a história que John ouviu dele era ainda mais apavorante do que eles haviam imaginado. Ele foi quase cavalheiresco, se se pode chamar isso assim, e assegurou a John que não veria a garota novamente agora que o caso viera à luz. Fora tudo uma boa diversão, disse ele. Afirmou que ela era um tanto selvagem e que foi ela quem disse que estava acostumada a seduzir homens casados. Não houvera nunca, jamais, promessas feitas, certamente nenhuma esperança de futuro, já que ele e Evangeline eram muito felizes, a despeito do que se ouvia. E é claro que John sabia, ele supunha, que Evangeline estava esperando um bebê para abril. E não houvera nunca qualquer menção de nada tão escandaloso quanto ele deixá-la. Aquilo estava obviamente fora de questão. Era simplesmente um problema com uma jovem garota selvagem, e ele fora, segundo disse, sua vítima. Disse que ela literalmente o seduzira. E parecia particularmente assustado quando disse isso.

John Watson não acreditou numa palavra do que ele disse e estava certo agora de que a história inteira que ouvira antes era verdade. Victoria tinha tido de fato um caso com ele, e John estava igualmente certo de que ela fora a vítima, e não Toby. Mais do que provavelmente, ele fizera promessas exorbitantes a ela, mentira para ela, sabe Deus o que mais fizera, e a seduzira. Ela era jovem e ingênua, e ele muito glamouroso, à sua própria e desagradável maneira. Estava tudo bastante óbvio para John, apesar de certamente causar nojo, e a grande questão agora era o que fazer com o futuro dela.

Ele voltou para a casa dos Henderson à tarde e disse a Edward tanto quanto ousou. Amenizou a maior parte, mas a palavra final era que ela estivera envolvida com Whitticomb, que, por sua vez, estava mais que feliz por acabar com aquilo. Ele certamente não queria nenhum problema. Mas o que podiam fazer por Victoria agora, socialmente, se tornara um grande problema. Se nada fosse feito, e Toby falasse, ela estaria arruinada, ninguém decente jamais chegaria perto dela.

Edward agradeceu a John uma vez mais quando ele deixou a casa novamente e parecia cinza quando Victoria e Olívia voltaram do dentista. Fora uma manhã incrivelmente dolorosa, e ele estava cheio de desespero quando ficou de pé na entrada da biblioteca com as filhas.

— Estamos indo para casa pela manhã, Olívia — rugiu ele com uma aparência terrível, enquanto olhava furioso para ambas. Não podia evitar se perguntar se Olívia soubera e ocultara o sombrio segredo de sua irmã, e ele repreendeu-a silenciosamente pela decepção. — Por favor embale tudo e feche a casa de uma vez. Faça o que puder hoje e o que você não puder terminar, deixaremos Petrie e alguns dos outros para finalizar depois que tivermos partido. — Ele parecia tão carrancudo que Olívia quase tremeu.

— Estamos indo embora agora? Tão cedo? Mas eu pensei... você disse... — Ela parecia totalmente abalada pela notícia.

— Eu disse que estamos partindo — gritou ele para ela, o que era muito raro, mas ele estava devastado pelos eventos da manhã. E então ele se voltou para Victoria e, sem uma única palavra, chamou-a para entrar. Ela sentiu suas pernas se dissolverem sob si mesma enquanto olhava para ele e voltou os olhos para a irmã. Era óbvio para ambas que algo terrível acontecera.

— Há algo errado? — perguntou Olívia suavemente, e por um longo momento ele não respondeu. Apenas ficou ali silenciosamente, esperando que Victoria se juntasse a ele. E assim que ela entrou na biblioteca, fechou a porta com estrondo atrás dela. Olívia ficou no *hall*, olhando para a porta com seu chapéu ainda na cabeça, imaginando o que estava acontecendo e subitamente com medo de que ele tivesse descoberto que Victoria estava escapulindo da casa para encontrar-se com Toby. Mas ela não podia imaginar quem contara a ele. E certamente Victoria havia sido imprudente, mas ela não era uma criminosa, embora fosse assim que ele tivesse olhado para ela. Ela nunca vira seu pai tão zangado.

Olívia correu para a cozinha para contar a Bertie o que acontecera, saber o que ela sabia sobre aquilo e dizer que estavam partindo na manhã seguinte. Ela ficou tão surpresa quanto elas e em poucos instantes as duas mulheres estavam mexendo em toda parte, tirando caixas e malas e distribuindo ordens e instruções. Seria impossível fazer tudo, mas seu pai fora bastante claro. Eles estariam partindo de manhã, e ela devia fazer o que pudesse agora. O resto seria feito pelos empregados.

Enquanto as duas mulheres trabalhavam freneticamente, com seus aventais, Victoria soluçava na biblioteca enquanto seu pai a olhava.

— Você arruinou sua vida, Victoria. Este é o começo e o fim disso. Você não tem absolutamente nenhum futuro. Nenhum. Não há um homem decente vivo que a pudesse querer. — Apenas lhe dizer aquelas palavras o deixava doente e escutar seu choro fazia seu coração doer. Ele nem mesmo queria saber o que acontecera entre eles, ainda que não pudesse tolerar a crença de que ela fora insensível ou vulgar. O homem devia ter lhe prometido a lua para tirar vantagem dela.

Ela estava chorando miseravelmente, mas então olhou para ele deprimida.

— Eu nunca quis me casar mesmo — disse ela, embora aquilo fizesse diferença agora. Uma coisa era dizer estupidamente que você nunca se casaria, outra era ser uma pária e saber que ninguém a quereria.

— Foi por isso que você fez isso? Porque você não ligava? Você queria arruinar seu futuro... talvez até mesmo o futuro de sua irmã? E a reputação de nossa família? — Tudo o que ela podia fazer era sacudir a cabeça e chorar em resposta. — Ele prometeu alguma coisa a você? Ele prometeu se casar com você, Victoria? — Ela não olhava para o pai, seus olhos apenas fixavam seu colo, enquanto ela apertava as mãos, chorava e assentia. — Como ele pôde? O que ele estava pensando? O homem é um completo patife. Eu nunca deveria tê-lo trazido para dentro desta casa. É tudo culpa minha. — Seu pai então contou a ela que Toby começara a fazer comentários sobre ela, contara a homens no clube que estava dormindo com ela. Ele se comportara como um grosseirão e dissera a John Watson que era tudo culpa dela, que ela o seduzira.

Ele estava quase em lágrimas enquanto falava, e então finalmente ela disse a ele tanto quanto ousava, tanto quanto podia agora.

— Ele me disse que nunca se apaixonara por ninguém além de mim, que nunca se sentira dessa maneira com ninguém... — Victoria soluçava miseravelmente, mas o pai não se aproximou dela. — Ele disse que eles estavam se divorciando, que era um casamento sem amor, e que ele ia deixá-la e casar-se comigo. — Então a garota que não queria se casar o quisera afinal de contas. Com todas as suas idéias bravas e novas, ela era uma completa criança e uma romântica.

— E você acreditou nele? — Ele pareceu horrorizado, e ela assentiu. — Em primeiro lugar, o que você estava fazendo sozinha com ele? — Aquilo o apavorava muito e o fazia entender que ele tinha de ter monitorado ambas muito mais de perto, embora Olívia certamente nunca tivesse ido a lugar algum ou feito nada que não fosse para ser feito.

— Pensei que apenas nos encontraríamos para passar a tarde. Nunca tencionei... nunca pensei... eu não teria... oh, papai... — Era um horrível lamento, não tanto pelo sofrimento que causara a ele, mas pelo horror de compreender que Toby a traíra. Ele dissera a John Watson que não era mais nada que um caso passageiro e que ela o seduzira... e não que ele dissera a ela que a amava mais que a vida e prometera se casar com ela. Ela quase não podia acreditar no quanto tinha sido estúpida e no quanto ele a havia traído totalmente. Ele realmente era tão mau quanto as pessoas diziam que era, e pior. Ele mentira para ela do começo ao fim, e ela acreditara nele.

Com uma aparência de total desespero, seu pai fez a ela uma última pergunta.

— Não suponho que você vá me contar a verdade sobre isso, mas vou perguntar de qualquer maneira. Sua irmã sabia sobre isso, Victoria? Ela estava ciente do que você estava fazendo?

Victoria estava quase sem poder falar então, mas sacudiu sua cabeça e encarou-o sinceramente nos olhos.

— Não, ela não sabia — sussurrou. — Ela nos viu dançando nos Astor, no baile, e nós tivemos uma terrível discussão. Ela disse tudo o que eu deveria saber por mim mesma... mas eu não acreditei nela. Eu nunca contei a ela o que estava acontecendo. Acho que ela sabia que eu o havia visto uma vez ou duas, mas não... não o resto... — Ela estava tão envergonhada agora que ele sabia, que dificilmente poderia encará-lo. E logo toda a cidade saberia, se Toby fizesse dela alvo de riso. Ela estava subitamente agradecida que estivessem voltando para Croton. Ela nunca mais queria ver Nova York ou qualquer das pessoas daquela cidade. A história que eles contariam era que uma das gêmeas ficara doente e que haviam tido de voltar para Croton de vez. Se tornaria de fato um longuíssimo ataque de gripe. De fato, como sua filha, Edward não tinha absolutamente nenhum desejo de voltar a Nova York agora. Nada de bom jamais acontecera a ele ali. Sua mulher morrera ali, a primeira apresentação das garotas à sociedade fora pouco mais que um ato de circo para elas, e esta segunda vinda se transformara num completo desastre. Edward Henderson duvidava muito que ele jamais as trouxesse novamente de Croton. Mas, enquanto olhava para Victoria, ele sabia que por ela, apesar do que dissera, aquilo ainda não estava acabado. E ele sabia que tinha de direcioná-la no assunto.

— Eu proíbo você de algum dia voltar a vê-lo, Victoria, está claro? O homem não liga para você. Ele negou-a, ele a ridicularizou, ele a traiu. Se ele tivesse dito a John que você era o amor de sua vida e que não sabia o que fazer agora, seria uma história diferente. Não acho que toda a coisa fosse terminar de maneira diferente, mas você poderia ir para o túmulo daqui a cinqüenta anos, esperançosamente, sabendo que o homem realmente a amara. Você poderia agarrar-se a isso em suas piores horas. Você não tem nada em que se agarrar agora, exceto em sua própria desgraça, nos retalhos da reputação que você destruiu e que não poderão nunca ser reparados e no fato de que você foi usada por um homem completamente baixo, que não sente nada por você. Quero que você se lembre disso. Talvez haja algum meio de redimi-la algum dia. Quero pensar sobre isso. Mas enquanto isso, não tenha ilusões sobre este homem. E lembre-se — rugiu ele para ela, que tremeu quando o ouviu —, eu a proíbo de vê-lo. Você está entendendo?

— Sim, senhor. — Victoria assentiu e limpou o nariz novamente, tentando segurar as lágrimas frescas, mas ela simplesmente não conseguia. Ele falara muito claramente. E não havia como esconder-se agora. Era um total pesadelo.

— Agora vá para seu quarto e fique lá até que partamos de manhã.

Ela escapou da biblioteca tão rapidamente quanto pôde e correu escadas acima, agradecida por não haver ninguém no caminho. Bertie e Olívia estavam no sótão então, abrindo baús e recolhendo suas valises. Na hora em que elas desceram novamente, Victoria havia corrido rapidamente escadas abaixo e saído porta da frente afora, usando um vestido negro e um chapéu com um véu que cobria inteiramente seu rosto. Ela ouvira o que seu pai dissera, mas tinha de ouvi-lo por si mesma desta vez. Era impossível acreditar. Talvez John Watson estivesse mentindo.

Ela pegou um táxi para seu escritório e quase colidiu com ele nos degraus, já que ele estava saindo. Ele parecia mais bonito que nunca, mas assustado ao ver quem era e não particularmente feliz por vê-la.

— Preciso falar com você — disse ela, lutando contra as lágrimas, enquanto Toby olhava para ela com óbvia irritação.

— Por que você simplesmente não mandou outro advogado? O que você pensou que estava fazendo? Me pressionar a deixá-la esta semana? Por que a pressa?

— Não tive nada a ver com isso. Alguém contou ao advogado de meu pai que você fez um comentário sobre mim, que nós estávamos tendo um caso, e ele contou a meu pai. E parece que alguém nos viu na casa.

— Ora, pelo amor de Deus. Você é uma grande garota, senhorita Moderna Eu Nunca Quero Me Casar. Você sabia o que estava acontecendo. Você apenas queria ouvir todas as palavras bonitas, mas sabia exatamente do que se tratava, e não me diga que não sabia. — Ela pareceu chocada com a crueldade do que ele estava dizendo e desejou que pudessem ir a algum lugar para conversar, mas estava claro que ele não o desejava. Não fez nenhum movimento para descer os degraus e não a convidou a voltar ao prédio, para irem a seu escritório.

— O que foi aquilo tudo? Não sei o que pensar agora — perguntou ela amedrontada, enquanto ficava lá tremendo, o pesado véu ocultando as lágrimas que escorriam em silêncio por suas faces.

— Aquilo foi naquela hora, isto é agora. Foi divertido. Foi muito divertido. Eu faria tudo novamente neste minuto. Mas isso é tudo o que foi, um bom momento que durou pouco tempo. Todas vocês, mulheres, são as mesmas danadas, vocês têm que fingir que vão ganhar um anel de ouro no fim de tudo. Não me diga o quanto você é moderna, você é tão desonesta quanto o resto delas. Você não quer ir para a cama com um homem, a menos que consiga com isso um anel de casamento. O quanto isso é real? Você realmente pensa que estou pronto para deixar Evangeline e três crianças... quatro, agora... você realmente pensa que ela me deixaria ir? Ou que você é o amor da minha vida? Como diabos eu saberia disso após dois dias? Como você poderia saber? Tudo o que você sabia era o que eu sabia, o que estava entre suas pernas e o que você queria com aquilo, então não venha me contar qualquer história bonita. Foi isso, neném, um bom momento, e nós o vivemos. E não me diga que você pensou que eu estava deixando minha esposa. Os Astor me matariam, e você sabe disso. Então nós estávamos apenas brincando. Nós dois brincamos. E se você falar, eu também vou falar. Vou contar a todo mundo o quanto você era boa... e você era boa, neném... você era demais. — Ele tocou seu chapéu para ela, inclinou-se levemente e, quando se levantou com um sorriso afetado no rosto, ela o esbofeteou violentamente, fazendo com que uma mulher que passava perto deles olhasse espantada.

— Você é um bastardo, Toby Whitticomb — disse ela, enquanto as lágrimas corriam mais fortes. Ela nunca ouvira nada tão repugnante como o que ele acabara de dizer. Ele apenas a usara e nem mesmo tivera a honra de admiti-lo. Tentou culpá-la também, desprezá-la e fazê-la pensar que ela nunca o amara. E a coisa mais triste é que ela o amara, e muito. Ela fora incrivelmente estúpida.

— Já fui chamado disso antes — ele sorriu — por pessoas que realmente sabiam o que estavam fazendo, não apenas por bebês. — Ela fora uma completa inocente, presa fácil para ele, e ele o sabia. Ele se aproveitara dela e não dava a mínima ao que isso representava para ela agora, ou para o que quer que acontecesse com ela.

— Estamos indo embora amanhã — disse ela miseravelmente, como se ainda esperasse que ele a impedisse, mas é claro que ele não o fez.

— Acho que é uma boa coisa a fazer. Devo esperar uma visita de seu pai agora também? — perguntou ele desagradavelmente. — Ou ele apenas manda seus empregados?

— Você não merece mais do que isso — disse ela, querendo odiá-lo, mas ainda não o conseguindo. Ele quebrara seu coração, e mesmo assim uma parte dela ainda o amava.

— Você sabe muito bem disso — falou ele, parecendo incrivelmente sedutor novamente enquanto a levava lentamente até um táxi. — Tivemos bons momentos, Victoria... deixe assim... não peça mais do que foi... — Era apenas um jogo para ele. Sempre fora.

— Você disse que me amava. — Lágrimas rolavam por sua face enquanto ela falava. — Você disse que nunca amara ninguém assim... você disse... — Ele dissera que deixaria sua mulher, que queria passar o resto de sua vida com ela e ter filhos. Eles iam fugir e viver em Paris. Ela estava soluçando enquanto o encarava.

— Eu sei o que disse. Eu menti — disse ele, enquanto a colocava no táxi. — Agora não importa mais. — Ele olhou para ela, quase culpado desta vez. Ela era quase uma criança. Desta vez não fora mesmo um jogo justo, mas agora era muito tarde de qualquer maneira. — Vá para casa e me esqueça. Você vai se casar com alguém bom algum dia, mas eu aposto que você vai se lembrar disso como a maior diversão que já teve. — Ele deu uma risada maldosa para ela, e Victoria desejou esbofeteá-lo novamente, mas não havia mais motivo. Estava tudo acabado. Ele nem sequer começou a entender o que ela sentira por ele. Era tão vazio que nunca o saberia, e seu coração doía enquanto olhava para ele. E então, lenta e finalmente, começou a odiá-lo. — Eu sei — sussurrou ele, enquanto olhava para ela uma última vez, embebido em sua aparência. Ela era ainda mais bonita quando chorava. Era realmente muito ruim que ela não fosse mais velha. Mas ele tivera diversão o bastante por um tempo. Era hora de ir adiante agora. — Sou mau — sussurrou para ela —, mas às vezes as coisas são assim. — Ele deu ao motorista seu endereço e saiu do táxi. Então ele se virou e andou pela calçada sem jamais olhar para trás. Victoria Henderson fora apenas um momento em sua vida. Ela viera e se fora, e agora era hora de algo diferente.

Victoria chorou durante todo o caminho de volta para casa. Ela deslizou pela porta dos fundos e subiu silenciosamente as escadas, rezando para que ninguém tivesse descoberto que ela saíra. Na verdade, Olívia descobrira. Ela fora levar uma xícara de chá e ver como ela estava e saber o que acontecera com seu pai. E soubera instintivamente o que acontecera quando viu que Victoria saíra. Sabia que ela provavelmente fora encontrar Toby. Olívia podia sentir em seu próprio coração a agonia em que sua irmã se encontrava. E sem dizer uma palavra sobre o desaparecimento de Victoria, Olívia silenciosamente fechou a porta e voltou ao seu trabalho no sótão com Bertie.

As duas irmãs não se encontraram novamente até o fim daquela tarde, quando Olívia foi checar o quarto novamente e desta vez encontrou-a lá. Victoria estava sentada numa poltrona, segurando um lenço e olhando pela janela. Ela não se voltou quando ouviu Olívia entrar no quarto, e apenas vê-la ali daquele jeito quase matou Olívia enquanto a observava. Ela andou silenciosamente até ela e colocou uma das mãos em seu ombro.

— Você está bem? — sussurrou. Qualquer animosidade que existira entre elas desaparecera naquela manhã. Era como se tivessem se encontrado novamente. E Olívia sabia o quanto sua irmã estava mal e precisaria dela.

Houve um longo silêncio em resposta à sua pergunta, e então Victoria deu de ombros, enquanto lágrimas frescas rolavam por suas faces, derramando-se sobre sua blusa e seus dedos.

— Eu fui tão estúpida — sussurrou ela finalmente. — Como pude ser tão estúpida? — Ela soava trágica.

— Você queria acreditar nele e era muito excitante. Ele queria que você acreditasse nele. Ele é muito bom nisso. — Mas apenas o fato de escutar sua irmã fez com que Victoria chorasse ainda mais, e finalmente Olívia apenas a abraçou. — Vai ficar tudo bem de novo, nós vamos voltar para casa e você não o verá mais... Você vai esquecer e todo mundo também vai acabar esquecendo. Nada disso dura para sempre.

— Como você sabe? — Victoria soluçou nos braços de sua irmã enquanto fazia a pergunta, e Olívia sorriu para ela. Ela a amava tanto e desejava que pudesse tirar dela o sofrimento, o desapontamento e a decepção. Estava furiosa com Toby Whitticomb por causa de sua irmã, aliviada porque Victoria estava livre dele e também muito agradecida porque ela e sua irmã gêmea estavam próximas uma da outra novamente. Toby certamente se colocara entre elas.

— Sou mais velha que você. — Olívia sorriu, reassegurando o que disse. — Eu sei sobre as coisas. Isso não vai doer para sempre — disse ela, tentando soar esperançosa.

— Eu nunca soube que havia pessoas como ele... tão enganador... tão mau... Eu odeio os homens...

— Não — disse Olívia, beijando o topo de sua cabeça com sabedoria. — Odeie apenas Toby. — Victoria olhou para ela e por um instante houve um olhar familiar entre elas. Elas conheciam uma à outra tão bem, cada olhar, cada palavra, cada alegria, cada momento de dor. Era assustador compreender que nas últimas semanas elas quase haviam perdido uma à outra. O laço entre elas era tão apertado, tão forte, era muito profundo e muito importante. Era como partilhar um osso ou um coração. Era algo que pertencia a elas como se fossem uma só e que nenhuma delas poderia tirar da outra.

Elas ficaram de mãos dadas no dia seguinte, no banco de trás do carro, enquanto saíam da cidade. Olívia sabia tudo o que sua irmã sentia, a dor, o sofrimento, o arrependimento, a agonia de nunca mais vê-lo novamente. E enquanto Victoria chorava silenciosamente, segurando fortemente a mão da irmã, seu pai ia sentado no banco da frente, num silêncio absoluto.

Capítulo 7

De certa maneira, foi um alívio para todos voltar a Henderson Manor, em Croton-on-Hudson. Os dois meses em Nova York haviam sido frenéticos, e o choque de emoções de seu caso deixara Victoria completamente destruída. Foi bom para as gêmeas estarem novamente juntas e sozinhas e conversarem, como faziam antes, sobre as coisas que importavam a elas. Parecia que Victoria se esquecera de tudo em Nova York, exceto de Toby. Ele obscurecera todos os seus objetivos, todos os seus sonhos, todas as crenças calorosas que já haviam sido tão importantes para ela. Ela desistira de tudo por ele, até mesmo de sua reputação. Em cinco breves semanas de amor, ela destruíra tudo, ou pelo menos era o que parecia a Victoria agora, e a seu pai também. Ele falava muito pouco sobre aquilo, mas era fácil perceber o quanto estava profundamente aborrecido com tudo o que acontecera. Apenas Olívia permanecera tranqüila e fazia todo o possível para encorajá-los a se recuperarem.

Ela mimava seu pai constantemente, levando a ele seus chás favoritos, mandando preparar suas comidas favoritas, planejando *menus* e colhendo flores que ela sabia que lhe agradariam. Mas ele ficara extremamente carrancudo em sua primeira semana de volta e muito silencioso com ambas as filhas. A venda da fábrica estava quase fechada então, mas ele parecia ter um grande problema em sua mente na primeira semana de novembro.

As folhas haviam caído completamente, e Olívia amava aquela época do ano no Hudson. Ela encorajava Victoria a sair para caminhar com ela e até mesmo a cavalgar quando possível, embora Victoria preferisse muito mais dirigir do que cavalgar.

— Oh, não seja tão mimada — provocou-a Olívia no fim de uma tarde, no final de sua primeira semana em casa. As coisas haviam quase começado a parecer normais então. A casa em Nova York fora completamente fechada, e Bertie voltara com o resto de suas coisas e os empregados. — Por que não cavalgamos até Kykuit? — Olívia encorajou a irmã, mas Victoria não pareceu entusiasmada com a aventura.

— Porque os Rockefeller provavelmente ouviram falar que eu sou uma vagabunda e jogarão pedras em mim se chegarmos perto deles — respondeu Victoria, enquanto Olívia ria de sua irmã.

— Pare de sentir pena de si mesma. Eu jogarei pedras em você se não sair para cavalgar comigo esta tarde. Estou cansada de ficar sentada aqui, vendo você e papai tentando competirem para ver quem fica mais deprimido. Quero cavalgar e vou levar você comigo. — Victoria finalmente concordou, e elas não foram tão longe quanto a Kykuit, mas fizeram uma adorável cavalgada ao longo do rio. Estavam quase chegando em casa quando um esquilo correu inesperadamente de uma árvore e o cavalo de Victoria disparou. Ela não o montava havia algum tempo e nunca fora uma cavaleira entusiasta como sua irmã e, antes que Olívia pudesse segurar as rédeas para ela, Victoria foi jogada para fora da sela. Ela bateu no solo com uma pancada e pareceu surpresa enquanto seu cavalo galopava facilmente de volta para o estábulo.

— Você vê o que quero dizer? — Victoria levantou-se e espanou-se enquanto Olívia ria dela. — Isso nunca me acontece quando eu roubo os carros de papai e saio dirigindo. — Ela estava sorrindo.

— Você está perdida. Venha atrás de mim. — Olívia deu uma mão firme a Victoria, que colocou o pé dentro do estribo de sua irmã e num instante estava sentada atrás de Olívia, galopando para o estábulo.

Era um dia frio de novembro e estavam ambas geladas na hora em que voltaram para casa. Ficaram em frente ao fogo na biblioteca, esquentando as mãos e rindo, enquanto contavam ao pai sobre sua aventura. Ele até sorriu para elas e Victoria pensou que era a primeira vez que ele falava com ela normalmente desde que haviam voltado para Croton. Ela comentou isso com Olívia quando foram para o quarto, a fim de se trocarem para o jantar.

— Pare de dizer isso — reprovou-a Olívia. — Ele parece estar perfeitamente bem agora.

— Não quando está sozinho comigo. Acho que ele jamais vai me perdoar — disse ela baixinho, esperando que Olívia escolhesse seus vestidos para o jantar.

— Isso não faz sentido — disse Olívia firmemente, mas ela também notara que seu pai estava muito mais quieto do que costumava ser e até Victoria estava bem mais dócil. Ela falava muito pouco atualmente e nunca ia a lugar algum. Parecia bem menos interessada nas sufragistas e parara de ir aos encontros. De certa forma, o coração quebrado por Tobias Whitticomb parecia tê-la amaciado. Ela não era mais tão segura de si ou tão aventureira. Era como se tivesse se aventurado pelo mundo inteiro, confiante em si mesma, e retornado dois meses mais tarde, destruída. E tudo o que Olívia queria agora era ver sua irmã e seu pai se tornarem novamente as pessoas que eram. Ela sabia que aquilo poderia acabar acontecendo, mas era difícil estar com ambos ao mesmo tempo. A única coisa boa que viera do caso era que ela nunca se sentira tão próxima de sua irmã gêmea. Elas subitamente eram tão inseparáveis agora como haviam sido na infância. Era como se, de uma maneira não dita, Victoria precisasse dela desesperadamente, e ela sabia disso. E Olívia estava mais feliz do que nunca por estar com ela. Agora não se separavam nem por um momento. E, afortunadamente, as notícias das desventuras de Victoria não pareciam ter alcançado Croton.

Elas jantaram com o pai naquela noite e, como sempre, todos foram para a cama cedo. Olívia fora à biblioteca e pegara livros para ambas. Ela estava lendo *O Pioneers* e adormeceu à meia-noite com o livro nas mãos. Victoria há muito havia se virado de costas para ela e dormira às dez e meia. E finalmente, em algum momento da noite, Olívia levantou-se e apagou a luz. Ainda havia fogo na lareira e o quarto estava quente. Quando ela se virou para dormir, pensou que estava sonhando ao ouvir um suave suspiro a seu lado. Ela deixou o som ninála para dormir novamente, mas logo depois sentiu uma punhalada dolorosa atravessando-a no escuro, como nenhuma outra sensação que jamais conhecera. Aquilo tirou sua respiração e Olívia levantou-se arfando e instintivamente procurando por sua irmã. Imediatamente agarrou a mão de Victoria, mas assim que despertou compreendeu que a dor não era dela, mas de sua irmã gêmea. Ela a sentira como se fosse sua, mas quando acordou completamente, a dor desaparecera e o que ela viu foi o rosto de Victoria contorcido de dor, enquanto ela se agarrava ao balaústre da cama. Seus joelhos estavam encolhidos junto ao peito e ela mal conseguiu falar quando Olívia se curvava sobre ela aterrorizada.

— O que é? O que está errado? — Elas haviam sentido dor pela outra antes, mas Olívia jamais sentira algo parecido com aquilo. Fora como uma faca a atravessando e ela agora podia ver facilmente a agonia em que Victoria estava. Ela não fazia idéia do que era, mas enquanto tirava as cobertas de seu lado da cama, viu que havia sangue por toda parte. — Oh, meu Deus... Victoria... fale comigo... — Ela não fazia idéia de onde o sangue estava saindo, mas estava em toda parte e parecia haver muito. Estava em toda a camisola de Olívia, mas ela estava certa de que não era ela que estava sangrando.

O rosto de Victoria estava mortalmente pálido quando ela se virou e agarrou a mão de Olívia violentamente. Ela mal podia falar que estava sentindo muita dor, mas forçou as palavras e falou muito claramente.

— Não chame um médico.

— Por que não?

— Não chame. — Seus olhos pareciam arregalados enquanto Olívia a observava, paralisada com a agonia no rosto de sua irmã. — Me ajude a ir ao banheiro.

Olívia literalmente a carregou, e o sangue se espalhou por toda parte num rastro atrás delas. Victoria estava tendo uma hemorragia, e Olívia não sabia como estancá-la. Ela estava sofrendo em dobro e caiu no chão do banheiro, subitamente numa agonia tão grande que, enquanto ela chorava, Olívia chorava com ela. Ela estava aterrorizada porque sua irmã estava morrendo.

— Me diga o que está errado — disse ela, sentindo que Victoria sabia, mas não contaria a ela. — Se você não me disser, vou chamar Bertie *e* o médico.

— Estou grávida. — O rosto de Victoria se contorceu de dor novamente, enquanto dores aleatórias pareciam rasgá-la por dentro.

— Oh, Deus... por que você não me contou?

— Eu não podia encarar isso — disse Victoria honestamente, chorando de agonia e sofrimento.

— O que eu faço? — Olívia estava ajoelhada ao lado dela no chão do banheiro, rezando para que sua irmã não sangrasse até morrer. Devia ter sido por causa do tombo do cavalo naquela tarde, ou então talvez pudesse ter algo a ver com a história de sua própria mãe. Mas aquilo era muito assustador até mesmo de se pensar, e não havia tempo agora. Olívia estava subitamente aterrorizada porque Victoria morreria no banheiro. — Eu tenho de chamar alguém, Victoria. Você *tem* de me deixar fazer isso.

— Não... não chame... fique... comigo... não... me deixe... — Ela estava chorando horrivelmente e parecia estar sangrando mais que nunca. Mas assim que Olívia começou realmente a entrar em pânico, Victoria se contorceu com uma expressão de dor, e a origem de seu sofrimento saiu lentamente de dentro dela. Nenhuma delas tinha qualquer idéia do que estava acontecendo de início, e então ambas entenderam. A dor parecia cortá-la interminavelmente, mas enquanto ela recuava vagarosamente, o que deveria ter sido um bebê ficou numa massa entre as pernas de Victoria, em sua camisola. Ela começou a soluçar histericamente, e Olívia tirou-o dela e começou a limpá-la. E pouco a pouco o sangramento começou a diminuir. Olívia então embrulhou-a em cobertores e usou toalhas e panos para limpar tudo, enquanto Victoria continuava deitada no chão do banheiro, sacudida por soluços e, apesar do cobertor em que Olívia a enrolara, convulsionada por um tremor tão terrível que seus dentes batiam. Eram seis horas da manhã quando Olívia finalmente acabou de limpar tudo e trocou suas camisolas. E então, sempre muito gentilmente e com força pouco usual, ela carregou sua irmã de volta para a cama e colocou-a para dormir como um bebê.

— Está tudo bem, Victoria. Estou bem aqui a seu lado. Nada vai acontecer a você agora. Você está salva e eu a amo. Está tudo acabado.

— Nenhuma delas disse uma palavra sobre o que havia acabado de acontecer ou o horror que presenciaram, nem falaram sobre o que teria acontecido se ela não tivesse perdido o bebê. Dar à luz uma criança ilegítima de Toby Whitticomb teria realmente destruído sua vida para sempre, e matado seu pai. Mas não havia mais chance disso acontecer agora. O bebê se formara, mas ainda era muito cedo.

Olívia pôs lenha no fogo, colocou outro cobertor sobre sua irmã gêmea e sentou-se ao lado dela enquanto a observava finalmente começar a dormir, mortalmente pálida, imaginando tristemente se havia uma maldição sobre elas. Sabendo o que acontecera com sua mãe quando nasceram, ela não podia deixar de se perguntar agora se nenhuma delas jamais seria capaz de ter filhos. Ela não podia imaginar a si mesma se casando ou tendo uma criança sozinha, mas era intrigante imaginar se aquilo era mesmo uma possibilidade ou se elas morreriam ao dar à luz. Ninguém jamais dissera isso a elas.

Victoria estava dormindo profundamente agora, e Olívia colocou um casaco sobre a camisola e desceu carregando a grande trouxa de roupas sujas. Ela ia queimá-las. Mas, para seu desapontamento, a cozinha já começara a funcionar. Eram quase oito da manhã e quando ela saiu, encontrou com Bertie.

— O que é isso tudo que você tem aí? — perguntou ela alegremente, e Olívia instintivamente afastou-se dela.

— Nada. Eu... eu cuidarei disso — disse Olívia firmemente, e a velha mulher notou um tom em sua voz que a surpreendeu.

— O que é isso?

— Nada, Bertie — disse ela, quando os olhos das duas mulheres se encontraram e Olívia segurou com firmeza a trouxa. — Vou queimá-la. — Houve uma pausa sem fim, enquanto Bertie procurava seus olhos, e então, com um pequeno passo para trás, ela assentiu.

— Vou pedir a Petrie para fazer uma fogueira do lado de fora para você. Talvez devamos enterrar alguns deles. — Olívia assentiu. Ela fizera uma trouxa menor e separada com o que teria sido o bebê e aquela era sua intenção.

Olívia e Bertie pareciam amarguradas enquanto olhavam Petrie cavar um buraco e depois fazer uma fogueira. As roupas foram para dentro dela, o resto para dentro do buraco, e tudo acabou rapidamente. As duas mulheres ficaram lado a lado, tremendo na manhã de inverno. Era uma vigília silenciosa que jamais deveria ter acontecido, e Bertie colocou gentilmente um braço em volta de seus ombros.

— Você é uma boa garota, Olívia — disse ela suavemente. Ela entendera tudo. — Como está ela?

— Parece horrível — disse Olívia honestamente. — Mas, por favor, não diga a ela que contei a você. Ela me mataria.

— Não direi. Mas ela precisa ver o médico hoje. Ela pode morrer de infecção. — Apenas ouvir aquelas palavras fez o coração de Olívia tremer em seu peito e ela concordou.

— Então o traga. Eu negociarei com ela — e depois, com olhos preocupados: — O que diremos a papai?

— Gripe, acho — disse Bertie com um suspiro. Ela tivera medo daquilo. Como todos na casa, ouvira sussurros e histórias. — Não é justo preocupá-lo. Talvez você queira dizer algo.

— Oh, Bertie, eu não posso. — Olívia parecia horrorizada. Como ela poderia dizer a ele que Victoria estivera grávida? — Eu não saberia o que dizer a ele. — Mas ela também não queria preocupá-lo com a gripe.

— Você vai pensar em algo, querida. — assegurou-lhe Bertie. Mas mais tarde naquela manhã, quando Olívia examinou-a, Victoria estava tendo uma nova hemorragia e já não falava com coerência. Naquela tarde o médico foi chamado. Ele mandou vir uma ambulância e levou Victoria para o hospital em Tarrytown para três transfusões. Não houvera jeito de deixar seu pai fora daquilo, e Victoria soluçava histericamente enquanto garrafas de sangue entravam em seu braço e Olívia, sentada ao seu lado, tentava acalmá-la. Mas era sem esperança, ela estava consumida de culpa e sofrimento, ainda sentia dores, estava frágil e confusa e, embora Victoria jurasse que não era verdade, Olívia sabia que ela ainda amava Toby e sentia saudades dele.

Seu pai sentou-se na sala de espera durante horas e pareceu desolado quando Olívia finalmente veio dizer a ele que Victoria estava dormindo. O médico assegurara que ela estaria bem logo. Eles decidiram não fazer nenhuma cirurgia, e ele garantiu a todos os interessados que ela ainda seria capaz de ter filhos. O bebê que ela concebera aparentemente havia crescido mais do que deveria naquele estágio. Ela poderia até mesmo ter concebido gêmeos, e houvera uma quantidade pouco usual de sangue quando o perdera. Mas certamente não havia jeito de fingir para qualquer pessoa no hospital ou na família que Victoria havia tido uma gripe. O médico prometera a Edward Henderson que tudo seria feito o mais discretamente possível, mas Edward também sabia que, não importa o que fizessem, alguma palavra acabaria saindo dali. E toda Nova York saberia que Victoria perdera o bebê de Toby Whitticomb. Aquilo confirmaria qualquer rumor que houvessem ouvido previamente e colocaria o último prego no caixão que continha sua reputação agora morta.

— Seria melhor se ele tivesse atirado na cabeça dela — disse Henderson infeliz, enquanto se sentava na sala de espera com Olívia antes de voltar para casa. Olívia já havia dito que ela dormiria numa cama portátil aos pés da cama de sua irmã por tanto tempo quanto fosse necessário.

— Papai, não diga isso — desaprovou Olívia gentilmente. Mas ela podia ver em seus olhos o quanto ele estava devastado por tudo aquilo e o quanto ele temia gravemente por sua reputação.

— É verdade. O homem a destruiu. E para colocar ao menos alguma culpa nela, Victoria destruiu a si mesma. Ela foi incrivelmente irresponsável. Eu apenas desejaria que alguém pudesse tê-la feito parar. — Ele não disse aquilo para ninguém em particular, mas Olívia sentiu como uma reprovação, à qual ela instantaneamente respondeu.

— Eu tentei, papai — disse ela suavemente.

— Estou certo que sim — disse ele através dos dentes apertados. Seus lábios estavam tão finos que eram quase invisíveis, como sempre ficavam quando ele estava com raiva. E ele estava mais do que com raiva desta vez; estava preocupado com Victoria também e com o que fizera a si mesma e ao resto deles, com aquele breve mas estúpido caso.

Então ele olhou pensativamente para sua outra filha. — Ela realmente tem que se casar. Isso limparia tudo um pouco. As línguas devem ficar menos inclinadas a falar se a história tiver um final apropriado.

— Ele não pode se casar com ela — disse Olívia suavemente. Seu pai estava tão iludido quanto Victoria se pensava que Toby faria aquilo. Ele estava casado com uma Astor.

— Ele não pode se casar com ela — seu pai concordou —, mas alguém mais pode. Se alguém estiver querendo, após tudo isso. Seria provavelmente a melhor coisa para ela.

— Ela não *quer* se casar com ninguém — explicou Olívia, como se seu pai não estivesse entendendo. — Ela diz que não quer se casar com ninguém nunca, ou mesmo ver outro homem novamente, e desta vez acho que ela está falando sério.

— É compreensível, após tudo o que ela passou. — Ele não sabia dos detalhes, mas estava certo de que o que acontecera na noite passada estivera longe de ser prazeroso. Talvez, à sua própria maneira, aquilo tivesse servido como uma lição adicional para ela. — Estou certo de que ela se sentirá diferente sobre isso mais tarde. — E ele não estava certo se ligava para o fato de ela não se sentir. Ela fizera algo que machucara todos eles e agora tinha que pagar por aquilo. — Não se preocupe com isso, minha querida. — Ele beijou Olívia distraidamente e estava com a testa franzida quando voltou para casa, deixando Olívia com sua irmã.

Eles deram a Victoria outra transfusão mais tarde naquela noite, e por um momento pareceu que depois de tudo ela ainda teria de fazer uma cirurgia, mas pela manhã ela parecia desesperadamente debilitada, mas levemente melhor. Passaram-se outros dois dias antes que ela se sentasse na cama e mais dois antes que ela andasse, mas no fim da semana ela estava em casa, em sua própria cama, com Olívia e Bertie fazendo alvoroço em torno dela, e parecendo-se mais consigo mesma enquanto elas a ampararam na cama e a alimentaram. Mas na época em que Victoria voltou para casa, seu pai fora a Nova York para tratar de negócios. Precisava encontrar com seus advogados para tratar da fábrica, e tudo o que pôde fazer foi controlar a si mesmo ao deparar-se com Toby Whitticomb no Clube Universitário, quando foi lá para almoçar com John Watson e Charles Dawson. John Watson olhou para Edward atentamente e perguntou se ele estava bem, e Edward apenas assentiu. Mas afortunadamente Toby saiu com um grupo de amigos poucos minutos mais tarde. Ele não dissera nada a Henderson e evitara encarar John Watson.

Edward voltou para Croton depois de dois dias, satisfeito por ter cuidado de tudo o que queria fazer em Nova York. Ficara no Waldorf-Astoria desta vez, pois nem mesmo queria ver a casa novamente. Muita coisa acontecera ali no passado e recentemente e, de qualquer maneira, ele não levara nenhum dos empregados. Apenas Donovan e seu carro, e o hotel providenciava tudo o mais que ele precisasse.

Ele voltou dez dias antes do Dia de Ação de Graças, e Victoria estava andando vagarosamente em torno dos canteiros, de braços dados com a irmã, quando ele chegou. Ela parecia bem mais saudável do que quando ele partiu, Edward estava certo de que em um ou dois dias ela estaria bem. Esperaria até lá para contar a ela.

Contou a ambas ao mesmo tempo. Não tinha segredos para Olívia e queria seu apoio. Mas quer ela concordasse com ele ou não, os arranjos já haviam sido feitos. E tudo fora combinado. No domingo à tarde ele pediu a ambas que entrassem na biblioteca com ele, e Olívia sentiu imediatamente que ele tinha algo a lhes dizer. Ela tinha o estranho sentimento de que ele iria mandá-las a algum lugar, talvez à Europa por um tempo, para tirar Toby da cabeça de Victoria, embora ela não tivesse dito nada sobre ele desde Nova York. Mesmo no hospital ela se recusara a falar sobre ele. Olívia sabia que ela não tinha deixado de amá-lo completamente, e sim que ainda se sentia tão traída que não tolerava falar sobre aquilo.

— Garotas — começou o pai sem cerimônia —, tenho algo para lhes contar. — Ele olhou para ambas algo ferozmente, enquanto Victoria imaginava o que ele tinha a dizer e Olívia assentia.

Victoria podia sentir facilmente que esta conversa tinha a ver com sua transgressão. E para confirmar isso, ele olhou diretamente para ela enquanto continuava.

— As pessoas estão falando em Nova York, Victoria. Há muito pouco que possamos fazer a respeito, exceto ignorar ou negar tudo. E neste exato momento acho que talvez o silêncio seja a única resposta. As pessoas estarão falando aqui em breve, após sua recente internação. E, desafortunadamente, ambas as histórias, quando colocadas lado a lado, formam uma história ainda mais feia. Estão começando a dizer, abastecidos pelo senhor Whitticomb, que você é uma garota libertina e não apenas malcomportada, mas também sem coração. Aparentemente, ele está contando alguma espécie de história sobre sua tentativa de seduzi-lo. Há aqueles que não acreditam nele, é claro, muitos, eu espero, mas não importa o que ele diga, ou se as pessoas acreditam ou não, o fato é que a verdade não é uma história bonita.

— Eu fui tola, papai — disse Victoria, admitindo sua culpa novamente e sentindo-se mais fraca do que estivera naqueles dias, tendo de ouvir o que ele estava dizendo. — Eu estava errada... eu fui libertina, se você quiser..., mas eu acreditei que ele me amava.

— Isto apenas a torna estúpida, mais que sem coração — disse ele grosseiramente, o que não era de seu feitio. Mas Edward não ficara feliz com o comportamento da filha nas últimas semanas e estava frustrado pela compreensão de que havia muito pouco que pudesse fazer para consertar aquilo. Ele podia fazer pelo menos uma coisa, e era o que estava determinado a fazer agora. — Não podemos mudar muito as histórias, receio, ou silenciar o senhor Whitticomb. Mas podemos torná-la respeitável novamente, pelo menos, e o resto de nós também, por associação. Acho que você nos deve isso.

— O que eu poderia fazer, papai? Você sabe que eu o faria. — Naquele ponto, ela teria feito qualquer coisa para agradá-lo. A força de seu desapontamento com ela era um peso esmagante que ela mal podia carregar agora.

— Fico satisfeito de ouvir isso. Você pode se casar, Victoria, e você o fará. Isso pelo menos vai parar com os rumores. Vai dar às pessoas algo mais para pensar e, embora você possa ter sido uma garota tola, talvez até a vítima de um calhorda, e isso pode ser dito algum dia, você vai ser pelo menos uma mulher casada respeitável, acima de qualquer reprovação. Finalmente as pessoas poderão esquecer a outra história. Sem esta respeitabilidade — disse ele, juntando as sobrancelhas e olhando furiosa e assustadoramente para ela —, há apenas uma história a se contar, e não será uma boa história. É a única história que ouvirão ou contarão durante anos, e você vai de fato se tornar uma pária social e ser tratada como uma prostituta. — Ele não fez rodeios sobre isso e ambas as gêmeas estavam olhando para ele confusas, mas foi Victoria quem respondeu.

— Mas ele não vai se casar comigo, papai. Você sabe. Ele mentiu para mim, ele próprio o disse. Ele nunca teve nenhuma intenção de se casar comigo. Foi tudo um jogo para ele — e ela lhes contou o que Toby lhe dissera na última vez em que o vira. — E Evangeline vai ter outro bebê na primavera. Ele não pode deixá-la.

— Eu espero que não. — Seu pai parecia terrível. — Não, Tobias Whitticomb não vai se casar com você, Victoria. Não há dúvida sobre isso agora. Mas Charles Dawson vai. Nós conversamos sobre isso longamente. Ele é um homem inteligente e razoável. Acredito que seja bom e de boa moral, e ele entende a situação. Charles não tem ilusões sobre seus sentimentos por ele e, embora não saiba os detalhes, entende que houve algum evento desafortunado durante nossa recente estada em Nova York. É um viúvo, perdeu a mulher que amava profundamente, e ele mesmo não está procurando substituí-la em seu coração, mas tem um filho pequeno e precisa de uma mãe para ele.

Victoria o encarava enquanto ele falava e olhou para ele com total espanto.

— É como um emprego ao qual estou me candidatando? Mãe de seu filho, mas não esposa de seu coração? Papai, como você pôde?

— Como eu pude? Como *eu* pude? — falou Edward Henderson num rugido terrível para a gêmea mais nova. Era uma voz que nenhuma delas jamais ouvira em toda a sua vida. Desta vez seu pai estava dando as ordens. — Como você *ousa* me perguntar isso depois de nos desgraçar andando com um homem casado na frente de toda Nova York e até mesmo ficando grávida de um bastardo?! Victoria, como *você ousa*? E você fará exatamente o que estou dizendo agora, sem um instante de hesitação, ou eu a trancarei num convento em algum lugar ou a deserdarei e a deixarei sem um *penny*.

— Então faça isso. — Ela levantou-se e gritou para ele, para horror de sua irmã. O que sua família subitamente se tornara? — Eu não serei forçada a me casar com um homem que mal conheço e não amo, que não me ama, vendida como uma escrava, como um móvel, uma coisa, um objeto! Você não tem o direito de dispor de mim dessa maneira, de fazer um arranjo com seu advogado, de *ordenar* a ele que se case comigo. Você vai pagar a ele por isso também? — perguntou ela, ofendida e chocada no fundo de seu coração. E além do mais, ela nem mesmo gostava de Charles Dawson. Como eles podiam fazer isso com ela?

— Não estou pagando a ninguém, Victoria. E ele entende a situação muito claramente. Talvez melhor do que você. Você não está em posição de esperar o Príncipe Encantado chegar ou até mesmo de ficar aqui em Croton comigo e sua irmã. Nenhum de nós pode ousar pisar em Nova York novamente até que você tenha colocado esta medonha situação no lugar. Depende de você agora limpar a sujeira que fez e nos devolver o que nos deve.

— Corte meu cabelo, corte minha cabeça, tranque-me, faça o que você quiser. Mas você não pode me vender para um homem como "reparação". — Para Victoria, entre todas as pessoas, aquilo era o derradeiro ultraje. — Estamos em 1913, papai, não em 1812. Você *não pode* fazer isso.

— Eu posso e você vai se casar e dar fim a isso, Victoria. Ou eu realmente vou cortar relações com você e deserdá-la de hoje em diante. Não vou deixá-la arruinar a si mesma, ou a Olívia, simplesmente porque você é teimosa e estúpida. Ele é um bom homem, e você tem muita sorte por ele estar querendo fazer isso. Francamente, acho que se não fosse pelo garoto, ele não o faria em absoluto, de modo que você deveria agradecer esta bênção.

— Você está falando sério? — Ela encarou-o, incapaz de acreditar no que estava ouvindo. E em sua cadeira, próxima a ela, Olívia parecia tão chocada quanto ela, por diferentes razões. — Você vai realmente cortar relações comigo se eu não me casar com ele?

— Vou. Estou falando sério, Victoria. E você *vai* se casar. É o preço que você deve pagar por sua irresponsabilidade, e é um preço justo. Você vai viver muito confortavelmente em Nova York. Ele é um homem honesto, com uma boa carreira e um futuro respeitável. E um dia você vai dividir com Olívia o que eu deixar para vocês. Isso por si só dará a você muito mais liberdade. Sem isso, você estará limpando o chão em pensões por aí, e eu falo sério. Você *vai* fazer isso, por todos nós, por mim, por você, por sua irmã. Se nada mais a move para a razão, faça isso por Olívia. Ela jamais poderá aparecer em Nova York novamente se você não o fizer. Victoria, você *deve* se casar com Charles Dawson. Não precisa ser agora, esta semana. Você pode esperar alguns meses, até mesmo até a primavera se quiser, assim ninguém pensará que você foi forçada a isso por... hã... razões óbvias. Mas nós anunciaremos seu noivado imediatamente após o Dia de Ação de Graças. — Victoria parecia doente quando se levantou da cadeira e foi olhar para fora da janela. — Você me entendeu? — perguntou ele, indicando o fim da conversa.

Victoria não se voltou quando respondeu.

— Sim, papai, perfeitamente — disse ela, odiando-o quase tanto quanto odiava Toby, e agora Charles. Os homens eram todos iguais, todos eles eram compradores de escravos, usuários das carnes femininas. Para qualquer um deles, uma mulher não significava nada mais que uma cadeira enquanto estivesse interessado. E quando se voltou ela ficou surpresa, ao ver que Olívia estava chorando. Ela estava certa de que era porque elas ficariam separadas agora, para sempre. Nova York não era longe, mas era longe o suficiente, e elas mal veriam uma à outra. Ela estava certa de que seu pai jamais deixaria Olívia ir visitá-la.

— Sinto muito por arrastá-la nisso também — disse ele mais gentilmente para Olívia, enquanto batia em seus ombros. Ele estava profundamente pesaroso por tê-la aborrecido. — Mas achei que precisaria de seu toque sensível para trazer sua irmã à razão. Quero estar certo de que ela entende que não tem escolha aqui.

— Eu entendo, papai — disse Olívia baixinho. — Você tem toda a nossa compreensão. — Mas era estranho que o castigo cruel que ele dera a Victoria fosse ainda mais cruel para ela. Era ela quem estava envolvida com Charles Dawson, e Victoria quem o achava chato e alguém que nem mesmo era digno de se conversar. Parecia irônico que seu pai ferira a ambas tão mortalmente com a mesma espada, e sem nem saber disso. A deusa cega da justiça.

— Talvez vocês duas queiram ir para o quarto e falar sobre isso um pouco — sugeriu ele, sentindo que haviam ido longe o suficiente por enquanto. Ele deixara tudo bastante claro e, embora soubesse que ela o odiava então, estava certo de que Victoria faria o que ele queria.

Ambas as garotas deixaram a sala sentindo-se paralisadas e confusas enquanto subiam lentamente as escadas para o quarto, e foi apenas quando a porta se fechou que Victoria se deixou enfurecer, gritar e chorar. Ela não podia acreditar.

— Como ele pode ter feito isso comigo? Como ele pode ter ido a Nova York e me vendido para aquele pequeno verme? Como ele ousou?

— Ele não é um verme. — Olívia sorriu através de suas próprias lágrimas para ela. — Ele é decente, bom e inteligente. Você gostará dele.

— Oh, pare com isso! — Victoria cuspiu. — Você soa como papai.

— Talvez ele esteja certo, talvez você não tenha escolha depois de tudo. Talvez a única coisa que vá torná-la respeitável novamente seja casar-se com Charles Dawson.

— Não dou a mínima sobre ser respeitável. Eu pegaria hoje um navio à noite e iria para a Inglaterra. Posso trabalhar lá, e me juntar às Pankhurst.

— Elas não estão na cadeia pelos próximos três anos? Ou uma delas pelo menos, se eu me lembro do que você me disse a respeito no último verão. E como você vai pagar a passagem do navio? Acho que papai talvez esteja certo, Victoria. Você não tem escolha.

— Que homem iria querer uma mulher que conseguiu assim? Como ele pode fazer isso?

— Você ouviu o que papai disse. Ele quer uma mãe para seu filho. — Parecia estranho para Olívia também, e ela conhecia o homem, ou pelo menos tinha conversado com ele mais que Victoria. Talvez ele não pudesse lidar com aquilo sozinho. Parecia uma coisa estranha a se fazer, mas talvez fosse para o bem, pelo menos para o deles. Mas aquilo deixava Olívia sem nada. — Victoria, pelo menos tente gostar dele, para o seu próprio bem. — Ela nunca admitira para ninguém, nem mesmo para sua irmã gêmea, o quanto gostava de Charles, e pelo menos agora Victoria não tinha idéia do quanto ela estava devastada com suas próprias emoções. E Victoria ficou muito desgostosa por si mesma durante toda a tarde para até mesmo notar o quanto Olívia estava aborrecida, e naquela noite ela recusou-se a descer para jantar com seu pai.

— Como ela está? — perguntou ele a Olívia suavemente quando ela desceu sozinha para o jantar.

— Aborrecida, chocada. Ela passou por maus momentos nestas últimas semanas. Ela vai se acostumar com isso. Dê-lhe tempo. — Ele assentiu em resposta e quando a refeição estava próxima do fim, pegou a mão de Olívia e olhou para ela tristemente.

— Isso vai deixar apenas nós dois aqui. Você se sentirá muito sozinha?

— Vou sentir terrivelmente a falta dela — disse ela, enquanto as lágrimas enchiam seus olhos novamente. O pensamento de não viver mais com sua irmã gêmea era quase mais do que podia suportar, e perder Charles para sempre para a irmã também era o golpe mortal final em seus próprios sonhos de garota. — Mas eu não o deixarei, papai, eu prometo.

— Talvez você deva algum dia. Talvez quando tudo isso baixar, depois que ela se casar com Charles, nós devamos encarar Nova York novamente e ver se você encontra um belo príncipe. — Ele sorriu gentilmente para a filha e não tinha idéia do sofrimento que acabara de causar a ela.

— Não quero um belo príncipe, papai. Eu tenho você. E pertenço a este lugar. Não há ninguém com quem eu queira me casar. — Ela disse aquilo com absoluta convicção. Parecia triste para ele deixá-la tornar-se uma velha solteirona, mas ainda havia um lado egoísta nele que queria que ela ficasse ali com ele. Ela dirigia sua casa tão bem e era um grande conforto para ele, muito mais do que Victoria jamais teria sido. Ele pensou se isso não era para o bem de todos, então.

— Eu sempre tomarei conta de você. Eu prometo isso também. E um dia, tudo isso será seu. Henderson Manor será seu, Olívia. Você pode passar o resto de sua vida aqui. Eu a tirarei de Victoria, mas ela terá a casa em Nova York para viver com Charles quando eu me for.

Você não vai precisar dela. — Ele já dispusera tudo para ambas. Estava tudo arranjado. Ela ficaria e tomaria conta dele pelo resto de sua vida, e Victoria teria Charles. Olívia se perguntou que deuses ela tinha ofendido tanto para que isso tivesse acontecido com ela. Ela nunca sonhara ter Charles, mas nunca imaginou que ele fosse ser servido num prato para sua irmã, muito menos como uma absurda "punição" por suas transgressões.

— Você vai me deixar ir a Nova York vê-la? — perguntou Olívia, prendendo a respiração. Aquilo seria duplamente cruel, perder ambos um para o outro, um que ela jamais tivera mas sonhara com ele, e a outra que ela amava tão intensamente e não podia imaginar ficar longe.

— Claro, querida — concordou o pai. — Não desejo separar vocês, apenas quero ajudar Victoria a limpar a terrível sujeira que ela fez. — Ouvindo-o, Olívia desejou mais que nunca que ela tivesse sido capaz de manter Victoria longe de Toby. Que bagunça ele fizera em sua vida em apenas alguns instantes. — Você pode visitá-la sempre que quiser, contanto que não me abandone completamente. — Ele sorriu, e ela colocou seus braços em volta dele, enquanto as lágrimas rolavam silenciosamente por suas faces e por seus ombros. Ela não tinha nada para desejar agora, para querer ou para sonhar. Ela seria sempre dele agora. E para Olívia, parecia que a vida tinha acabado.

Capítulo 8

Charles e Geoffrey Dawson chegaram a Croton-on-Hudson num dia brilhante de outono no fim de novembro. Estava frio e enfumaçado, havia fogueiras queimando em algum lugar, e o cheiro do inverno estava no ar. Pouco antes que eles chegassem, o cozinheiro havia abatido o peru. Era a véspera do Dia de Ação de Graças.

Seu pai fora a Tarrytown tratar de negócios, e Victoria saíra para cavalgar sozinha, como vinha fazendo havia dias. Parecia que não havia ninguém em casa quando eles chegaram, e por acaso Olívia os viu ao olhar por uma janela da cozinha. Ela enxugou suas mãos no avental e correu para fora até eles, sem colocar seu sobretudo e sem nem mesmo pensar, queria colocar seus braços em torno de Charles e beijá-lo; estava muito feliz por vê-lo. Ela se perguntou se poderia fazer isso um dia, quando fossem cunhados. Era um sentimento muito estranho. Em vez disso, ela sorriu para ele, apertou sua mão, disse o quanto estava feliz por eles terem vindo e então olhou para Geoffrey. E quando o viu, sentiu algo capturado em seu coração. Era como se ele sempre tivesse sido parte de sua vida em algum lugar e ela já o conhecesse. Ela sentiu como se fosse assim, enquanto se curvava levemente e apertava sua mão com grande solenidade.

— Olá, Geoffrey, eu sou Olívia. Irmã de Victoria. — Mas quando ela olhou para Charles, instantaneamente pôde ver que ele ainda não havia contado ao garoto. Queria falar com Victoria primeiro e ver se eles realmente podiam fazer aquilo. — Victoria e eu somos gêmeas — explicou ela e na mesma hora percebeu que ele ficara fascinado pelo que ela dissera. — Nós somos exatamente iguais, e eu aposto que você não será capaz de nos diferenciar quando a conhecer.

— Aposto que serei — disse ele bravamente, o cabelo louro e os olhos verdes cheios de graça e travessura. Ele se parecia muito com Charles, mas também havia mais alguém e Olívia podia apenas imaginar que era Susan. O estranho era que ela quase a sentia próxima de si, como se os observasse, como se tivesse se tornado seu anjo da guarda e fosse um espírito cheio de paz. Era uma sensação estranha, que ela não ousaria explicar a ninguém, talvez nem mesmo a sua irmã.

— Vou contar-lhe um segredo sobre nós um dia, se nós nos tornarmos bons amigos, sobre como você pode nos diferenciar com certeza — disse ela com ar de conspiração, enquanto o levava pela porta dos fundos para a cozinha, para comer alguns biscoitos recém-assados.

— Eu poderia ter usado este segredo enquanto vocês estavam em Nova York. — Charles sorriu para ela. — Por que você não me contou?

— Nós nunca contamos a ninguém, mas Geoffrey é especial — disse ela, olhando para o garoto e deixando uma mão gentil em seu ombro. Ela nem mesmo estava certa do que a levara a fazer isso. Mas se sentia estranhamente próxima a ele, como se ele tivesse vindo a ela por alguma razão. Talvez ele fosse seu prêmio de consolação, a criança que iluminaria sua alma, já que ela não teria nunca nenhuma. Na época em que seu pai morresse, seria muito tarde para ela se casar e ter filhos. Numa única semana, ela perdera sua irmã e seu futuro. Ela pensara em ficar aqui com ele antes, mas havia sido apenas conversa, agora era certeza.

— Ninguém mais sabe? — O garoto parecia genuinamente intrigado e um tanto honrado.

— Bertie sabe — explicou Olívia e então os apresentou, quando a sra. Peabody entrou na cozinha.

Ela estava muito satisfeita por conhecer Charles Dawson. E poucos minutos mais tarde levou-os a seus quartos e desembalou suas coisas para eles. Meia hora mais tarde Charles desceu novamente, sozinho. Geoffrey estava ajudando Bertie.

— Ele é um menino maravilhoso — disse Olívia com um sorriso caloroso, e Charles ficou ali por um longo momento, sem lhe dizer nada, apenas olhando-a. Então ele se voltou e olhou tristemente pela janela. Era difícil saber o que estava pensando.

— Ele é muito parecido com a mãe — disse Charles baixinho, voltando-se novamente para Olívia. — Como você tem passado desde que saiu de Nova York? — Ele realmente parecia se importar, o que apenas machucava mais, e ela desejou que os outros chegassem logo e se juntassem a eles.

— Bem. Temos andado ocupados aqui. — Ela não mencionou que Victoria estivera doente e se perguntou se ele sabia disso.

— Andou tirando sua irmã da cadeia esses dias? — perguntou ele, e ambos sorriram enquanto Victoria entrava no aposento em suas roupas de montar, com botas lamacentas e os cabelos voando em torno da cabeça como um halo negro.

— Não acho este comentário engraçado — disse ela, olhando para ambos.

— Charles está aqui — disse Olívia algo nervosa, enquanto Victoria olhava para ela com desgosto.

— Posso ver. Não acho mais esta história sobre a manifestação em Nova York engraçada — informou ela a ambos, e Charles e Olívia trocaram um olhar como duas crianças travessas que levaram uma bronca.

— Desculpe, Victoria — disse ele gentilmente e foi apertar sua mão. — Como foi sua cavalgada? — Ele obviamente estava fazendo um esforço sincero para conhecê-la melhor, mas a resposta dela foi fria e curta, antes que subisse as escadas para se trocar. — Ela não parece muito feliz — disse Charles bruscamente depois que ela deixou o aposento. Era uma afirmação que quase fez Olívia sorrir por sua simplicidade.

— Acho que podemos dizer isso. Ela passou por maus momentos desde que deixamos Nova York tão rapidamente. — Ela não estava certa do quanto ele sabia e não queria ser ela a contar. — E esteve doente recentemente também. — Ela tentou valentemente pedir desculpas por sua irmã.

— Suponho que nada disso seja fácil para ela — disse ele abertamente, o que surpreendeu Olívia. — É um pouco chocante para mim também — explicou ele com candura —, mas penso que será bom para Geoffrey.

— É por ele que você está fazendo isso? — Ela queria perguntar se esta era a única razão, mas não ousava. Ela mal o conhecia.

— Não posso educar uma criança apropriadamente sem uma mãe — disse ele, olhando friamente em torno do aposento enquanto falava.

— Meu pai o fez — disse ela suavemente, e Charles sorriu.

— Você está me dizendo para não me casar com sua irmã?

Ela desejou ter coragem para fazer isso.

— Não. — Olívia sorriu para ele. — Estou apenas dizendo que deveria haver outras razões.

— Estou certo de que haverá quando nos conhecermos melhor.

Os dois assentiram um para o outro e ouviram vozes nas escadas. Era Victoria descendo com Geoffrey.

— Você é igual a ela — dizia ele, fascinado pela garota de cabelos escuros que descia as escadas bem atrás dele.

— Eu sei que sou. E qual é o seu nome?

— Geoffrey — respondeu ele, sem um pingo de timidez.

— Quantos anos você tem? — Ela parecia não se importar realmente, e ele o sabia. Geoffrey tinha um instinto sobre essas coisas e subitamente se perguntou se ela e Olívia eram realmente tão diferentes.

— Nove. — Ele respondeu à pergunta quando chegaram ao pé da escada, mas ela não fez qualquer movimento para apertar sua mão ou tocá-lo.

— Você é pequeno para sua idade? — Ela estava surpresa por ele não ser mais velho.

— Não, sou grande — explicou ele pacientemente.

— Não sei muito sobre crianças.

— Olívia sabe. Eu gosto dela.

— Eu também. — A gêmea mais nova sorriu enquanto eles entravam juntos na biblioteca. Ela foi para o lado de Olívia e subitamente a semelhança entre elas era ainda mais extraordinária. Elas pareciam duas cópias da mesma pessoa. Seus cabelos, seus olhos, a boca, a maneira como se vestiam, seus sapatos, as mãos, o sorriso. Geoffrey estreitou os olhos, encarou-as por um longo tempo e então sacudiu a cabeça, para espanto de todos.

— Não acho que vocês sejam parecidas de jeito nenhum — disse ele seriamente, e todos os adultos presentes sorriram, inclusive Charles.

— Vou levá-lo ao oculista na segunda-feira — disse ele, enquanto as gêmeas riam.

— Elas não se parecem, pai. Olhe para elas.

— Eu já olhei. Muitas vezes. E nunca deixo de me sentir um tolo a cada vez. Se você pode diferenciá-las, eu o congratulo. Eu não posso. — Mas de uma estranha maneira ele também podia, às vezes, e sabia disso. Não sempre, mas às vezes. Elas o afetavam de maneira diferente, se ele deixasse. Mas se apenas olhasse para elas, sem pensar sobre isso ou "senti-las", então ele não poderia dizer a diferença. Era a qualidade a que Geoffrey estava se referindo. Era algo visceral e sexual para Charles, pelo menos algumas vezes. Mas para Geoffrey era bem mais simples. Ele apenas as conhecia.

— Esta é Olívia — disse ele, apontando para a gêmea certa sem hesitar —, e esta é Victoria — e acertou novamente. E então elas trocaram de lugar, e ele disse novamente e acertou outra vez. E então Olívia o provocou dançando em torno dele, segurando as mãos de Victoria, e ele ficou confuso e errou. Mas na próxima vez ele adivinhou novamente, e todos ficaram espantados, até mesmo Victoria, que sempre insistia que odiava crianças. Olívia já sugerira que ela não mencionasse isso nesta noite.

— Por que não? Talvez ele não se case comigo — dissera ela, parecendo travessa.

— E então papai vai mandá-la para um convento na Sibéria ou casá-la com um pescador no Alasca. Por favor, Victoria — implorara ela —, não os ofenda.

— Tudo bem, tudo bem, não vou fazer isso — concordara ela. E não o fizera.

Ela não dissera quase nada, mesmo quando seu pai chegou e os quatro se sentaram para jantar. Foram Olívia e Charles que sustentaram a maior parte da conversa.

— Por que você não se casa com ele? — disse Victoria mais tarde naquela noite quando foram para a cama. — Você não parece ter qualquer problema para conversar com ele.

— Eu não tenho uma reputação para salvar, e papai me quer para cuidar da casa — disse ela asperamente. Ele colocara sua posição claramente para ambas, dizendo precisamente o que esperava, e Olívia casar-se com Charles não era parte da barganha, independente do quanto suas conversas fossem fáceis. — Geoffrey é adorável, não é? — perguntou Olívia enquanto elas se deitavam lado a lado na cama, vestindo camisolas iguais.

— Não sei. Não notei realmente. Crianças não me interessam, você sabe disso.

— Ele está fascinado por nós. — Olívia sorriu, lembrando-se do garoto tentando identificá-las, o que fizera corretamente na maior parte das vezes. Olívia sentia que tinha um laço sem palavras com ele, que parecia sentir o mesmo por ela, ou talvez por ambas. Ele parecia gostar de Victoria também, embora ela não tivesse prestado muita atenção nele.

Geoffrey comera na sala de café da manhã com Bertie naquela noite, e ela estava encantada por ter uma criança na casa novamente, assim como seu pai. Ele levou-o para uma longa caminhada no dia seguinte, antes do almoço, e Olívia acabou se juntando a eles. Ela vira Victoria sair com Charles e não queria interrompê-los. Eles tinham muito a dizer um ao outro agora, e ela esperava que sua irmã ficasse em paz com ele e não o ofendesse. Se ela o ofendesse e ele se recusasse a se casar com ela, seu pai ficaria ainda mais aborrecido do que estava no momento.

— É pouco usual tudo isso, não? — perguntou Charles, enquanto andavam vagarosamente através dos jardins simétricos. — Eu nem mesmo sei como dizer a você. Fiquei um pouco assustado quando seu pai falou comigo. Mas eu realmente gosto da idéia. Faz muito sentido para mim, com Geoffrey.

— Esta é a única razão pela qual você está fazendo isso? — perguntou-lhe Victoria asperamente. Ela não podia imaginar por que um homem iria querer uma esposa que não o amava.

— Em grande parte — disse ele honestamente. — Não é justo para ele que eu fique sozinho deste jeito. Sua própria irmã me disse isso quando vocês estavam em Nova York, e ela nem mesmo nos conhecia. Eu amava muito a mãe dele — disse Charles, obviamente sofrendo. — Jamais haverá ninguém como ela. Nós nos conhecemos quando ainda éramos muito jovens. Ela era um pouco selvagem e muito estranha. Ria o tempo todo e era muito voluntariosa. — E então ele sorriu para Victoria. — Como você, de certa maneira — e então seus olhos se nublaram novamente. — No fim, foi isso que a matou. Ela era muito teimosa e tinha uma paixão por crianças.

— Papai disse que ela morreu no *Titanic* — disse Victoria de maneira trivial. Ela estava interessada, mas não era nem de perto tão simpática quanto sua irmã. Mas, estranhamente novamente, aquilo tornava mais fácil para ele contar a ela. Falar com Olívia trazia lágrimas a seus olhos às vezes. Havia algo tão sensível e cuidadoso nela.

— Ela morreu. Aparentemente estava prestes a entrar no bote salva-vidas com Geoff, mas havia várias crianças em volta. Ela deu seu lugar para uma delas. De certa forma, não consigo acreditar que não havia lugar para ela também, que ela não tenha entrado com eles. Mas ela ficou para ajudar a colocar um monte de crianças no último bote e em uma ou duas balsas. Ela até mesmo deu a uma delas seu colete salva-vidas. A última pessoa que a viu disse que ela tinha uma criança nos braços. Graças a Deus não era Geoffrey. — Houve um longo silêncio e então: — Ela era uma mulher extraordinária.

— Sinto muito — disse Victoria suavemente, e desta vez falava sério.

— Posso imaginar você fazendo algo assim — disse ele generosamente, enquanto olhava para ela, mas ela balançou a cabeça. Ela se conhecia bem.

— Talvez Olívia. Mas não acho que eu o faria. Sou muito egoísta. E não sou muito boa com crianças.

— Você vai aprender — disse ele gentilmente. — E você? E este relacionamento partido? Creio que ainda não era oficial.

— Pode-se dizer isso. — Ela estivera dormindo com um homem casado e essa era certamente uma maneira simpática de descrever a situação. — Foi o que papai contou?

— Não realmente. — Ele sorriu para ela, sem querer ferir seus sentimentos. Seu pai fora tão honesto com ele quanto sentira que podia ser. — Eu sei que foi um pouco mais duro que isso. Mas não tenho nenhuma ilusão sobre isto ser um romance entre nós dois. Acho que podemos ser bons amigos. Eu preciso de uma mãe para Geoff. Você precisa de um porto seguro na tempestade em que está agora. — Ele ouvira alguns rumores sobre ela e Toby em Nova York, embora ainda não soubesse exatamente o que havia acontecido. Ele sabia que houvera um flerte com um homem casado, promessas que não foram cumpridas e um coração partido. Mas não sabia de nenhum detalhe sobre sua indiscrição ou o aborto que quase a havia matado. — Nós realmente começamos com mais sorte do que alguns, porque não temos nenhuma ilusão. Não temos sonhos desfeitos ou corações partidos. Nem promessas que não serão cumpridas. Podemos ser muito bons amigos; é realmente tudo o que quero agora. — Ele não podia imaginar voltar a amar algum dia e até mesmo a vaga emoção que sentia por ela não era bem-vinda.

— Por que você simplesmente não contrata uma governanta para ele? — perguntou ela honestamente. — Alguém como Bertie. — Ele sorriu da simplicidade da sugestão e olhou para ela com aberto divertimento.

— Você deve pensar que sou muito estranho, casando com uma mulher que não me ama. Mas eu não quero amar novamente. Eu não quero perder mais ninguém que amo, nunca mais. Eu não suportaria.

— E se nos apaixonarmos um pelo outro no final das contas? — perguntou ela, mais para ser do contra do que por achar a idéia agradável.

— Você se sente inclinada a isso? — perguntou ele, totalmente ciente de sua indiferença por ele. — Você me acha irresistível? Você acha que vai se apaixonar por mim rapidamente?

— Claro que não — disse Victoria, sorrindo para ele. Ela estava surpresa ao descobrir que gostava dele. Ele não a atraía, mas era muito agradável. — Você não corre perigo.

— Excelente. E se eu contratar uma governanta, você não terá um marido. Ou pelo menos não a mim, e então teria de procurar por outra pessoa, e isso seria muito problemático. Assim será mais simples. Apenas uma coisa — disse ele cautelosamente.

— O quê? — perguntou ela com óbvia suspeita, mas ele tinha um brilho nos olhos quando se dirigiu a ela.

— Eu preferiria que você tentasse não ser presa, ou pelo menos não com tanta freqüência. Como advogado, isso seria complicado.

— Farei o melhor que puder — disse ela com um leve sorriso, imaginando o que seria viver em Nova York novamente e ir para perto de Toby. Neste momento ela o odiava e gostaria de arrancar seus olhos ou talvez cortar sua garganta na próxima vez que o visse. Ele teria feito melhor se a tivesse matado. E então ela olhou para Charles seriamente e falou diretamente. — Não vou parar de ir a manifestações. Sou uma feminista e uma sufragista. E se isso o embaraça, sinto muito.

— De jeito nenhum. Acho que é muito interessante. Não vejo razão para obstruir seus pontos de vista políticos. Você cuida de suas opiniões.

— Não sei por que você está fazendo isso — disse ela, olhando para ele, inconsciente do quanto ele a achava encantadora. E ele era imprudente também. Sabia precisamente o quanto ela era selvagem e havia uma parte dele que gostaria de domá-la. De certa forma, ela era uma espécie de desafio, ainda mais porque não o amava. Aquela seria uma união interessante.

— Não sei por que estou fazendo isso também — disse ele honestamente. — Provavelmente por uma série de razões estranhas, nenhuma delas perigosa, apenas estúpidas. — E então, enquanto andavam vagarosamente de volta para a casa, ele fez a pergunta final. Era como um negócio que haviam fechado. Nenhum deles estava encantado com isso, mas ambos pensavam que valia a pena tentar. — Quando você quer se casar?

O mais tarde possível, ela quis dizer a ele, mas não disse.

— Não por enquanto. Não há pressa. — E daquele jeito, ninguém pensaria que ela estava fazendo aquilo porque estava grávida. — Que tal junho?

— Parece razoável. Geoff estará fora da escola então. Seria uma boa época para vir conhecer você melhor. Que tal uma lua-de-mel? — perguntou ele casualmente. Era a conversa mais estranha de suas vidas, quase a ponto de ser maluca. — Você gostaria de uma viagem?

— Sim, eu realmente gostaria — disse ela relaxadamente.

— Que tal a Califórnia? — propôs ele. Era o negócio novamente, mas ela declinou sua oferta e reagiu.

— Europa.

— Não quero pegar um navio — disse ele por razões óbvias, mas ela era mais teimosa que ele.

— Não quero ir para a Califórnia.

— Teremos que falar sobre isso mais tarde.

— Ótimo — disse ela, e olharam um para o outro. Não havia emoção ali, nem romance, nem sentimento, nem amor da parte dela, e apenas um vago mal-estar sensual nele. Estas eram as razões mais estranhas possíveis para duas pessoas se casarem. Eles estavam construindo uma vida em cima de nada. Mas ele precisava de uma mãe para sua criança, e ela precisava de um marido para restaurar sua reputação. E de fato era tudo o que tinham para oferecer um ao outro. E voltaram para a casa em silêncio.

Apesar do estranho começo, o fim de semana do Dia de Ação de Graças transcorreu de maneira surpreendentemente fácil. Victoria parecia estar condescendente, e até mesmo Edward pareceu surpreso por ter sido tão fácil e por Victoria estar tão determinada. Victoria falou muito pouco com Charles e não conversou com Geoff, mas ele estava apaixonado por Olívia, e Charles ficara conhecendo seu futuro sogro e se divertira com suas histórias sobre seus negócios.

E embora fosse sofrido para Olívia passar seu tempo com Charles, ela estava completamente encantada com Geoffrey. Ela o levou para cavalgar no sábado e ele adorou. Ela lhe deu seu cavalo favorito, Sunny. E no domingo de manhã, enquanto se sentavam numa pedra no campo e o cachorro do caseiro brincava por perto, ela mostrou a ele a sarda. Estava em sua palma direita, entre seus dedos, e era tão discreta que quase era preciso entortar os olhos para vê-la. Ela fez com que ele prometesse não contar a ninguém, nem mesmo a seu pai. Ela o fez segurar sua mão no alto e jurar com um velho canto índio que ela e Victoria haviam aprendido quando eram crianças.

— Quando nós tínhamos a sua idade, costumávamos pregar peças nas pessoas e trocar de lugar. Eu fingia ser Victoria e ela fingia ser eu.

Era engraçado a maior parte do tempo, e ninguém sabia que o fazíamos, exceto Bertie.

— Vocês vão fazer isso com meu pai? — perguntou ele interessado, e Olívia sorriu da idéia.

— Claro que não. Seria uma coisa malvada de se fazer. Nós fazíamos isso quando éramos crianças.

— E vocês nunca mais fizeram desde então? — Ele parecia surpreso, como se não acreditasse. Era muito esperto para sua idade e estava louco por sua nova tia. Eles haviam lhe contado no dia anterior que seu pai e Victoria iam se casar. Ele pareceu surpreso, mas não muito preocupado com aquilo.

— Na verdade, nós trocamos apenas algumas poucas vezes desde que crescemos — confessou Olívia —, normalmente com pessoas de que não gostamos, ou quando uma de nós tem algo a fazer que realmente detesta.

— Como o dentista? — perguntou Geoffrey interessado.

— Não, nós não trocamos de lugar para ir ao dentista. Mas podemos fazê-lo para um jantar muito chato que uma de nós tenha aceitado e não queira ir. Mas usualmente vamos a essas coisas assim juntas.

— Você vai sentir muita falta de Victoria quando ela for morar com a gente?

— Sim, eu vou — disse Olívia tristemente, sem conseguir nem mesmo pensar naquilo naquele momento. — Vou sentir uma falta terrível dela. Vocês vão ter de vir todos aqui para me ver, especialmente você. — Ela sorriu para ele. — Estou feliz que tenha vindo para o Dia de Ação de Graças.

— Eu também — disse ele, e enquanto escorregava sua mão para dentro das dela. Ele realmente gostava dela. — E não vou contar a ninguém sobre a sarda.

— É melhor mesmo que não conte — disse ela e o abraçou mais apertado. Era estranho pensar sobre como seria ser sua mãe. Ela pensou que Victoria era duplamente sortuda.

Eles voltaram lentamente para casa e no fim da tarde Charles o levou de volta para Nova York. Mas prometeram voltar para o Natal.

Geoffrey estava excitado apenas de falar naquilo, e Olívia prometera fazer um jantar para eles. Seria seu primeiro jantar depois do anúncio do noivado na próxima semana, e Olívia ia convidar todo mundo que conheciam acima e abaixo do Hudson.

Quando Charles partiu, Edward parecia satisfeito, e Victoria, exausta. Fora uma pressão para ela, mas não tão ruim quanto ela esperava. Ela foi para a cama cedo naquela noite. E Olívia sentou-se horas diante do fogo, pensando em Geoffrey e seu pai.

Era estranho pensar em Victoria, Charles e Geoffrey. Eles tinham uns aos outros agora. Eram subitamente uma família. E do dia para a noite, ela se tornara uma solteirona.

Capítulo 9

O noivado de Victoria Elizabeth Henderson e Charles Westerbrook Dawson foi anunciado no *New York Times* na quarta-feira seguinte ao Dia de Ação de Graças. Dizia que o casamento seria em junho, mas ainda não fora marcada uma data. E Edward Henderson parecia satisfeito consigo mesmo quando dobrou o jornal e colocou-o em sua escrivaninha. Estava feito.

Após a notícia, como de costume, houve um pequeno furor. Alguns telefonemas de Nova York e muitas cartas chegaram para ela. Na cidade, houve pequenas ondas de mexericos, mas nenhum deles tão danoso quanto poderia ter sido. Não fosse por Charles, as conseqüências da leviandade de Victoria teriam sido desastrosas. Agora as pessoas estavam dizendo apenas que ela tivera um sério flerte com Toby Whitticomb e fora vista com ele em locais bastante indiscretos. Mas pouco mais poderia ser dito com certeza absoluta. O único que sabia a verdade era Toby e, para ele, dizê-la agora o faria parecer pior do que desejava. Ela estava salva. Quase. Ou estaria, aos olhos de seu pai, assim que se tornasse a sra. Charles Westerbrook Dawson.

Mas quando Victoria sentou-se para ler o anúncio mais tarde, olhou para ele com um espanto sombrio. Como eles podiam ter feito aquilo? E por quê? Tudo porque ela se apaixonara tão desesperadamente por Toby, porque ela acreditara nele. Agora ela tivera que ser vendida como uma escrava a um homem para quem ela não ligava, a fim de ser punida. E ela teria de fazer com ele as mesmas coisas que fizera com Toby. Mas, em vez de sentir-se excitada, desta vez ela se sentia paralisada e desgostosa. Achava que jamais poderia fazê-lo. Charles dissera que eles seriam bons amigos e que não esperava amor dela. Ele não esperava nada, exceto companheirismo e uma mãe para Geoffrey. Até mesmo pensar na criança a revoltava. Ela não queria ser a mãe de ninguém e sabia que nunca o seria novamente. Pensar nele a fazia lembrar-se do bebê que perdera, e aquilo fora traumático o suficiente. Ela tinha toda a intenção, uma vez que estivesse casada com Charles, de fazer tudo o que as mulheres faziam para evitar filhos. Ela não sabia o que faziam, mas estava certa de que havia algo. E talvez, pensou esperançosa, ele não estivesse esperando aquilo dela de qualquer modo. Aquilo não fazia parte de ser "amigos", como ele disse que eram. Talvez ele não esperasse nada dela, fisicamente. Ela desejava ardentemente que não. O pensamento de Charles tocando nela, de qualquer das maneiras que Toby o fizera, a esfriava profundamente.

— O que você está olhando tão seriamente? — perguntou Olívia quando entrou no aposento, carregando uma braçada de toalhas limpas. Uma das empregadas as estava levando para cima e Olívia se oferecera para ajudá-la. Mas ela via agora que Victoria estava parecendo profundamente sentida enquanto olhava para o jornal de Nova York, e então ela entendeu o que era e sorriu para ela gentilmente. — Você vai ser feliz com ele, Victoria... ele é um bom homem... e você poderá fazer o que quiser em Nova York... pense nisso... — Isso era alguma coisa. Victoria olhou para ela desoladamente e assentiu, tão envolvida em seu próprio desespero que nem mesmo percebeu o sofrimento de Olívia.

Depois disso, Victoria passou a sair para longas caminhadas à tarde, e Olívia nunca mais disse nada quando sua irmã desaparecia para Croton ou Dobbs Ferry, ou até mesmo Ossining. Sabia que ela ia a encontros com outras mulheres sempre que podia, e era fácil de se notar que havia algo mais cortante em Victoria agora, uma raiva real contra os homens que beirava o ódio. Ela mantinha sua língua sob controle a maior parte do tempo, mas quando surgia a oportunidade, ou alguém dizia algo, Victoria era rápida em soltar suas opiniões como um chicote. Muitas delas mascaradas como políticas, como haviam sido um dia, mas Olívia sabia muito bem que agora seus sentimentos contra os homens e sua campanha a favor das mulheres como vítimas de governos em geral e dos homens em particular haviam sido semeados por Toby Whitticomb e até mesmo por Charles Dawson. Ela via Charles como uma espécie de seqüestrador, que estava aliado a seu pai para puni-la por ter amado Toby.

Infelizmente, a festa que Olívia planejava para ela não interessou a Victoria, que mal ouviu quando Olívia leu a lista de convidados. Disse que não se importava com quem viesse, e o fato de os Rockefeller e os Clark terem aceitado o convite não era uma vitória para ela. Ela sentia muito que qualquer um deles viesse. Não havia nada a celebrar. Era simplesmente um arranjo.

— Não chame assim, Victoria — disse Olívia infeliz, quando Victoria lhe contou sobre isso no dia anterior à volta dos Dawson a Croton para o Natal. — A intenção é boa. Vocês dois estão oferecendo um ao outro algo importante. Charles a salvou das coisas horríveis que as pessoas teriam falado se fosse de outra forma. E pense no pequeno Geoffrey e no quanto ele ficará feliz por ter você como mãe.

— Não quero ser a mãe dele — disse Victoria com raiva. Desde o Dia de Ação de Graças ela não fizera nada, a não ser pensar no quanto era miserável. — Não tenho idéia de como ser mãe dele. Ele nem mesmo gosta de mim.

— É claro que ele gosta, não seja estúpida.

— Ele gosta de você — disse Victoria firmemente. — E está certo. Ele sabe a diferença entre nós e acho que ele sente que não gosto de crianças. — Ela estava certa sobre uma coisa, embora Olívia não admitisse para ela. Geoffrey Dawson tinha um misterioso talento para diferenciá-las, mesmo sem ver a famosa sarda que Olívia mostrara a ele.

— Ele gosta de nós duas. E estou certa de que num curto espaço de tempo você vai começar a amá-lo.

Mas Victoria se sentia forçada àquilo e ainda se ressentia pela obrigação. Tudo o que queria agora era um arranjo civilizado com

Charles e a oportunidade de ver alguns amigos em Nova York e ir a reuniões e comícios políticos. Ela até mesmo sonhava ser política um dia. Estava certa de que aquilo era um chamado para ela, assim como a vida religiosa era para outras. Ela via a si mesma como uma espécie de Joana D'Arc, uma purista que daria a vida por seus ideais.

Sempre que Olívia a escutava ficava assustada pelos extremos aos quais sua irmã gêmea estava chegando.

— Você precisa pensar um pouco mais sobre coisas comuns, Victoria. Como seu marido, sua casa e seu casamento. — Mas chamar Charles de "marido" de sua irmã cortava sua alma, e ela quase recuou com o choque que sentiu quando o disse. Era pecaminoso reagir desta maneira, ela sabia, perigoso desejar o marido de sua irmã apenas porque ele era tão bom e ela adorava conversar com ele. Ela não tinha o direito de pensar nele daquela forma agora. Nunca tivera, mas enquanto estavam em Nova York fora tão fácil se deixar levar por seus sonhos de menina com ele.

Mas para ambas seus dias de meninas haviam acabado. Elas teriam em breve vinte e um anos e, de maneiras diferentes, por diferentes propósitos, ambas haviam se tornado mulheres. Victoria conhecera o amor carnal, embora ilegitimamente, e se casaria em breve. E Olívia agora pertencia inteiramente a seu pai e passaria a próxima década, ou até mesmo duas ou três, se ele vivesse o bastante, a seu serviço. A vida de Victoria seria de compromisso. Sua vida seria de sacrifício e negação. E ambas tinham de ir de encontro a seus futuros, ou pelo menos ela pensava assim.

Olívia falou novamente com Victoria sobre a festa e desta vez forçou-a a escutar. Ela encomendara vestidos novos para elas, de um pesado veludo negro, com pequenas caudas. Eram bem modernos, estavam na última moda e foram copiados de desenhos das irmãs Callot em Paris.

— Quando eu for a Paris — Victoria sorriu para ela com amor, ela apreciava tudo o que Olívia fizera por ela nos últimos tempos, embora nem sempre o dissesse —, vou comprar algo "real" para você, de um dos desenhistas que você gosta tanto. O que será? Um Beer? Um Worth? Um Poiret? Você vai ter de me dar uma lista, e eu vou fazer compras para você.

Era agonizante para ambas pensar agora num tempo em que elas não estariam juntas, e havia horas em que Olívia se recusava a fazê-lo. Uma coisa era pensar nela se casando e indo embora, mas outra bem diferente era se permitir sentir a dor real de não ter mais sua irmã com ela, noite e dia, onde quer que fossem. Não houvera um dia sequer em toda a sua vida em que estiveram separadas por mais de poucas horas. Seria como perder um membro, Olívia temia, ou todos eles. Ela podia sentir o ar fugir com uma dor entorpecente sempre que se permitia pensar naquilo. Então ela abraçava Victoria e dizia a ela que sentiria terrivelmente sua falta quando ela se fosse. Era quase insuportável.

— Você terá de vir morar conosco — disse Victoria de maneira trivial. Ela já pensara naquilo e queria que Olívia o fizesse.

— Estou certa de que Charles estremeceria com isso. — Olívia deu um sorriso falso. Seria uma agonia para ela viver sob o mesmo teto que ele e nunca ter o que sonhara.

— Ele vai ter duas pelo preço de uma — disse Victoria alegremente. — E você pode tomar conta de Geoff. — Victoria riu e acendeu um cigarro no quarto, enquanto Olívia fazia uma careta e abria a janela. — É perfeito.

— Bertie vai matá-la se pegá-la fumando — advertiu-a Olívia e então trancou a porta do quarto para que ela não entrasse. — E se eu for com você? E papai? Ele terá de ir também? — Ela sorriu tristemente para Victoria. Elas podiam fingir tudo o que quisessem agora, mas ambas sabiam que teriam de enfrentá-lo. Começando pela lua-de-mel, suas vidas estariam para sempre separadas. — Papai diz que me deixará ir a Nova York sempre que quiser.

— Não é a mesma coisa, Ollie, e você sabe.

— Não. — Ela suspirou. — Mas é o melhor que posso fazer por enquanto. — E então ela teve outra idéia, que seria pelo menos uma pequena consolação. — E Geoff? Vocês vão levá-lo na lua-de-mel?

— Deus, espero que não. — Victoria fez uma careta enquanto tirava outro trago de seu cigarro, e Olívia espantou a fumaça em outra direção.

— Isso é uma coisa tão desagradável de se fazer. Eu gostaria que você não fumasse.

— Fumar é a última moda entre as mulheres na Europa — disse Victoria, sorrindo para sua irmã.

— Assim como ordenhar vacas. Eu também não gostaria de fazêlo, mas pelo menos não cheira tão mal. De qualquer maneira, e sobre Geoff? Vocês vão levá-lo?

— Charles e eu não falamos sobre isso, mas eu não acho que ele iria querer. Eu quero ir à Europa. — Olívia sentiu seu coração doer novamente à menção daquilo. Ela em breve não seria mais parte da vida de Victoria.

— Talvez Geoff pudesse ficar aqui comigo. Seria bom para ele, e eu adoraria.

— Que grande idéia. — Victoria sorriu para ela. Ela não achava nada melhor do que a idéia de deixar o garoto em Croton. A última coisa que queria fazer era persegui-lo por todo o navio, ou pior ainda, por toda a Europa. Charles ainda não concordara realmente em ir à Europa na lua-de-mel. Ele ainda estava falando sobre a Califórnia, mas Victoria era teimosa e estava certa de que poderia convencê-lo. Ela *não* iria à Califórnia. De tudo o que ouvira, a Califórnia soava pouco civilizada, desconfortável e terrível.

— Eu vou sugerir isto a Charles enquanto eles estiverem aqui. Ou você quer falar com ele? — perguntou Olívia enquanto fechava a janela. Estava gelado lá fora e já nevara duas vezes desde o Dia de Ação de Graças.

— Você fala com ele. Eu trabalharei sobre a Europa. — Ela sorriu e pouco mais tarde as irmãs desceram de braços dados, sentindo-se um pouco melhor. Victoria estava pensando em sua lua-de-mel e nas mulheres que queria ver em Londres. Ela já escrevera a elas. Na verdade, sem que Olívia soubesse, ela mandara uma carta a Emmeline Pankhurst na prisão. E Olívia estava feliz, pensando em ter Geoffrey com eles no verão. Seria uma pequena consolação por não estar com sua irmã.

Os Dawson chegaram de Nova York no dia seguinte, no novo Packard de Charles, e Geoffrey quase correu para fora do carro. Ele estava muito excitado. Correu até Victoria, que estava do lado de fora esperando por eles, e gritou para ela.

— Onde está Ollie?

— Na cozinha — respondeu ela, enquanto ele corria para a porta dos fundos e seu pai olhava para ela cautelosamente com um sorriso tímido, sentindo-se um pouco envergonhado. Ele desejava ter o olhar certeiro de seu filho, mas não tinha.

— Ele está certo? Você é Victoria? — Era ridículo não saber qual delas era sua noiva, mas na verdade ele não sabia. A princípio ele pensara que podia sentir quem ela era, mas após sua última visita ele não estava mais tão certo. Havia vezes em que Victoria era tão tímida quanto Olívia, e outras vezes em que Olívia relaxava, sentindo que ele era da família agora, e era tão ousada quanto Victoria fora com ele desde o início. Estava se tornando mais confuso, em vez de menos, à medida que ele começava a conhecê-las melhor, e as diferenças entre elas pareciam menos distintas agora. Mas quando elas ficavam mais relaxadas com ele, Charles achava que tinham um senso de humor parecido e riam das mesmas coisas. Elas tinham o mesmo sorriso, a mesma alegria, as mesmas maneiras. Elas tinham até o mesmo espirro. De qualquer maneira, ele estava ainda mais confuso agora do que estivera no começo.

Victoria estava sorrindo abertamente para ele, enquanto assentia e confirmava que era mesmo sua futura esposa, e Charles pareceu mais aliviado quando deu nela um beijo casto no rosto e lhe disse o quanto estava feliz por vê-la.

— Acho que vou ter de comprar um par de belos broches de diamantes com suas iniciais para cada uma de vocês, ou acabarei virando um tolo a cada vez que viermos aqui. — Ambos sorriram enquanto ela enfiava uma das mãos em seu braço e o levava até o *hall* de Henderson Manor.

— Esta é uma idéia muito boa — disse ela e então olhou para ele, louca para brincar um pouco. Era muito difícil resistir à tentação. Apesar de ter assegurado a ele quem era, ela subitamente pensou que seria engraçado virar a mesa e ver como ele reagiria.

— Como você sabe realmente que eu não sou Ollie? — perguntou ela inocentemente, confundindo-o de súbito e gostando daquilo mais do que deveria.

— Você é? — E afastou-se dela rapidamente, parecendo mortificado por ter agido de forma tão familiar com ela. E Victoria assentiu, fingindo ser sua irmã. Mas assim que ela o fez, Geoffrey chegou pulando, com as faces rosadas e o cabelo desarrumado, segurando a mão de Olívia enquanto saíam da cozinha.

— Olá, Victoria — disse Geoff relaxadamente, e seu pai pareceu algo exasperado com a peça que Victoria pregara nele. Ou teria o garoto se enganado também? Charles olhou para ambas as gêmeas, incapaz de dizer agora quem era quem, mas Olívia começou a sacudir o dedo para sua irmã. Ela instantaneamente sentira o que Victoria estivera fazendo.

— Você andou torturando Charles? — perguntou acusadoramente. Ela conhecia sua irmã muito bem. Sempre fora Victoria quem amava genuinamente trocar de lugar.

— Andou — disse ele, corando fortemente e lançando um olhar agradecido para sua futura cunhada por terminar com a charada tão depressa. — Ela estava tentando me fazer pensar que era você — explicou ele, enquanto Geoffrey ria dele. — E por um instante ela me confundiu completamente.

Geoffrey pensou que seu pai era muito bobo por não saber a diferença entre as duas mulheres.

— Agora, como *você* soube com tanta certeza? — perguntou Charles a ele, frustrado. Espantava-o o fato de uma criança tão pequena poder dizer a diferença entre as duas e ele não. Talvez tivesse ficado confuso com suas próprias emoções, pensou.

— Não sei. — Geoffrey deu de ombros. — Elas apenas parecem diferentes para mim.

— Ele é a única pessoa que jamais conheci, além de Bertie, que sabe a diferença. — Olívia sorriu para o garoto e estendeu a mão para Charles, que a apertou. Ele voltou então para sua noiva, que ainda estava se divertindo com o que fizera. Ela gostava de fazê-lo sentir-se inseguro e desequilibrá-lo, e ele sabia disso.

— Jamais acreditarei em você novamente, Victoria Henderson — disse ele, desta vez para a gêmea certa, e Olívia riu para ele.

— Isso é muito sábio de sua parte, Charles. Sugiro que você se lembre disso!

— O que está acontecendo aqui? — Edward Henderson entrou no *hall* e ficou satisfeito ao vê-los.

Eles tiveram um jantar animado naquela noite, falando sobre Nova York e os negócios de Edward. A fábrica de aço fora finalmente vendida, e Edward estava extremamente satisfeito com os resultados e a maneira como Charles lidara com tudo. Ele era um homem quieto, mas era um mestre nos negócios.

Por fim, após o jantar, Edward e Olívia os deixaram a sós. Olívia subiu para ver Geoff, e Edward disse que estava cansado e queria se retirar mais cedo. Olívia e seu pai subiram as escadas lentamente de braços dados e sussurraram sobre como as coisas estavam evoluindo facilmente. Ele estava muito aliviado com tudo aquilo e Olívia assentiu concordando, mas ela tinha emoções contraditórias.

Mas esqueceu todas elas quando viu Geoff lá em cima. Bertie o colocara na cama, mas ele não estava dormindo, estava deitado em uma de suas enormes camas de visitas, com os braços em torno de um macaco puído e rasgado.

— Quem é este? — perguntou Olívia interessada, enquanto se sentava perto dele.

— É Henry. Ele é muito velho. Tão velho quanto eu. Eu o levo para todos os lugares, menos para a escola — disse ele com simplicidade, segurando-o pela curva de um dos braços enquanto sorria para Olívia. O garoto parecia muito pequeno naquela cama enorme, e ela quis se abaixar e beijá-lo, mas não o conhecia bem o suficiente para fazê-lo.

— Ele é muito bonito — disse Olívia, séria. — Ele morde? Macacos mordem às vezes, você sabe.

— Claro que não — disse ele, rindo para ela. Ele a achava bonita e engraçada. — Eu queria ter um irmão gêmeo. Poderia pregar peças nas pessoas o tempo todo, como Victoria fez com papai hoje. Ele realmente pensou que ela fosse você. E ficou todo sem graça. — Ele achava aquilo particularmente divertido.

— Como você pode saber a diferença entre nós? — perguntou ela, curiosa, imaginando o que ele via que os outros não viam. Ele tinha a inocência de uma criança e como resultado, talvez, uma visão mais clara.

— Vocês pensam diferente — disse ele com simplicidade. — Eu posso ver isso.

— Você pode ver como pensamos? — Olívia parecia assustada. Ele era muito esperto para sua idade, e ela imaginou se sempre o fora ou se se tornara assim quando perdera a mãe.

— Às vezes — respondeu ele, e então a assustou ainda mais. — Victoria não gosta de mim.

— Claro que gosta. — Olívia foi rápida na resposta. — Ela apenas não está acostumada com crianças.

— Ela está acostumada com todas as coisas a que você está. Ela apenas não gosta delas. Ela não fala comigo como você fala. Ela realmente gosta de meu pai? — Era uma pergunta direta e dolorosa para uma criança de sua idade, e por um instante Olívia não teve certeza do que responder.

— Acho que ela gosta muito de seu pai, Geoff. Não acho que eles se conheçam muito bem ainda, mas eles terão tempo para isso.

— Então por que eles estão se casando se não se conhecem bem? Isso é muito estúpido. — Ele não estava inteiramente errado, mas a vida era muito mais complicada que aquilo, embora ela não pudesse explicar isso a ele.

— Às vezes as pessoas se casam porque sabem que é uma boa coisa a se fazer e que com o tempo elas vão crescer e amar uma à outra. Às vezes esses são os melhores casamentos, aqueles em que se começa como amigos e acaba se tornando uma grande coisa por toda a vida. — Soava sensato para ela, mas Geoffrey parecia em dúvida.

— Mamãe costumava dizer que ela nos amava mais que tudo no mundo e mais um pouco. Ela disse que amava papai mais do que qualquer pessoa no mundo quando se casou com ele, mais ainda do que sua mãe e seu pai. E então ela me teve, e ela me amou ainda mais que a ele. — Ele baixou sua voz em tom de conspiração. — Realmente ela disse que me amava mais, mas disse para não contar a ele, porque feriria seus sentimentos.

— Acredito nisso — disse Olívia, enquanto seu coração quase saía do peito por ele, pela mãe que perdera e pela infância que quase fora danificada para sempre. — Ela deve ter amado você muito, muito.

— Ela me amou — disse ele tristemente e então se sentiu calmo enquanto pensava nela. Ele sempre pensava nela e sonhava com ela freqüentemente. Ela estava sempre usando um vestido branco e sorrindo para ele enquanto andava a seu lado. Mas ele sempre acordava antes que ela o alcançasse. — Eu também a amava — disse ele, segurando a mão de Olívia apertada. — Ela era muito bonita e ria muito... mais ou menos como você... — e então, sem dizer nada, ela se abaixou, beijou-o no rosto e segurou-o junto de si por um minuto. Ele era a criança que ela nunca teria agora, o presente que fora dado a ela inesperadamente, a criança que viera para ela no lugar de sua irmã.

— Eu te amo, Geoffy — disse ela suavemente, e queria dizer cada palavra daquelas enquanto acariciava seu cabelo e sorria para ele, e ele sorria em paz para ela.

— Minha mãe costumava me chamar assim... mas tudo bem... você pode me chamar assim também. Acho que ela ia gostar.

— Obrigada.

Então ela contou a ele uma história sobre quando ela e Victoria eram jovens e deram um chá para todos os seus amigos da escola e provocaram todo mundo trocando de lugar, e como aquilo se tornou confuso porque todo mundo esperava que elas soubessem coisas que não sabiam. E ele adorou ouvir sobre aquilo e riu muito. Ela se sentou com ele por cerca de uma hora e ele acabou dormindo, segurando sua mão, o macaco no travesseiro perto dele. Ela o beijou novamente e silenciosamente deixou o quarto, pensando nele e em sua mãe. Olívia sentia uma estranha afinidade com ela; era quase como se a conhecesse.

Victoria já estava no quarto. Fumava um cigarro e nem mesmo se importara em abrir a janela.

— Mal posso esperar que você se vá. — Olívia revirou os olhos e fingiu se estrangular na fumaça no quarto, enquanto Victoria ria para ela. Elas eram amigas tão boas e tão felizes juntas. Olívia odiava a idéia de sua partida.

— Onde você estava?

— Com Geoff. Pobre menino. Acho que ele realmente sente falta da mãe. — Victoria assentiu, mas não fez nenhum comentário.

— Charles concordou em ir para a Europa em nossa lua-de-mel. — Ela parecia satisfeita consigo mesma e Olívia sorriu e sacudiu a cabeça.

— Pobre homem. Você é um monstro. Ele sabe que você fuma? — Victoria sacudiu a cabeça e ambas riram. — Talvez você deva contar a ele, ou deixar de fumar. Esta é uma idéia melhor.

— Talvez ele possa começar a fumar.

— Que charmoso — disse Olívia, tirando a roupa lentamente e tentando não pensar em Charles de qualquer outra maneira que não como um irmão.

— Eu disse a ele que você gostaria que Geoffrey ficasse aqui. Ele gostou da idéia. Ele não quer levá-lo à Europa. Está com medo de que o navio o desestruture.

— Acho que isso aconteceria mesmo — disse Olívia, lembrando o que ele acabara de dizer sobre sua mãe. Obviamente tudo ainda estava muito fresco em sua mente. Não haviam se passado nem mesmo dois anos, mesmo que tal período já tivesse se passado quando eles se casassem. — Já marcaram a data?

Victoria assentiu, mas não pareceu satisfeita. Eles apenas discutiram aquilo naquela noite.

— Vinte de junho. O *Aquatania* sai de Nova York no dia 21. Será a viagem de estréia. — Victoria sorriu com prazer com aquilo, mas não com o casamento, e Olívia pareceu preocupada quando soube.

— Você não acha que será traumático para ele? — perguntou Olívia, e Victoria hesitou, mas depois deu de ombros.

— Ele não estava no navio com ela. Ela estava voltando da Europa com Geoff. Ele nunca esteve no navio.

— Mas deve tê-lo preocupado terrivelmente. Você terá de ser muito gentil com ele durante a viagem — disse ela pensativa, e Victoria pareceu irritada.

— Talvez você deva ir com ele então. Ele nunca saberia a diferença.

— Talvez não — respondeu Olívia baixinho, mas Geoff saberia. E no dia seguinte Charles solucionou ele mesmo a situação quando foi caminhar com Victoria antes do almoço e eles se sentaram silenciosamente por poucos minutos num banco, olhando para o Hudson.

— É tão bonito aqui, não sei como você pode sair daqui — Charles disse, e Victoria forçou-se a não lembrar a ele que seu pai a estava forçando a fazê-lo. Mas ela era sábia o suficiente para não dizê-lo.

— Realmente eu prefiro Nova York, de qualquer maneira. Aqui é incrivelmente monótono. É Olívia que ama viver aqui. Eu gosto de um pouco mais de excitação.

— É mesmo? — perguntou ele, provocando-a. Ele a conhecia melhor do que ela pensava, mesmo que nem sempre pudesse saber a diferença entre elas. — Eu nunca teria pensado isso. — Ela sorriu para ele então. Ele era inteligente e tinha senso de humor. Ela gostava daquilo. E de qualquer maneira ele não tinha ilusões sobre sua união, ou pelo menos não parecia ter. — Realmente eu tive uma idéia muito boa enquanto estava em Nova York. É uma maneira de diferenciá-la de Olívia. Espero que você goste. — Ela imaginou alguma espécie de elástico ridículo, como aqueles que elas usavam quando eram garotas, e estava prestes a objetar, quando ele pegou sua mão na dele, tirou sua outra mão do bolso e, sem dizer uma palavra, colocou um belíssimo anel de diamantes em seu dedo. Era muito delicado, a pedra não era grande, mas era bela e fora de sua mãe. Ela morrera muitos anos antes, e ele ainda tinha todas as suas jóias. Algumas delas foram de Susan antes dela morrer, mas ele nunca dera este anel a ela. Sua mãe ainda estava viva e o usava quando ele se casou pela primeira vez.

Victoria olhou para baixo em total surpresa, assustada e em silêncio. Ele lhe servia perfeitamente e sua mão estava tremendo. E Charles apenas ficou ali de pé, olhando para ela de sua considerável altura, com algo doce, quente e esperançoso em seus olhos. Mas, ao contrário de Toby, ele não a pegou em seus braços ou disse o quanto a amava.

— Era de minha mãe — foi tudo o que ele disse, desejando ter a coragem de beijá-la.

— É adorável... obrigada... — Ela se virou para ele então, desejando apenas por um momento que as coisas tivessem sido diferentes.

— Espero que sejamos felizes um dia — disse ele, pegando sua mão. Casamento pode ser uma grande coisa entre bons amigos.

— Não deveria ser mais do que isso? — perguntou ela tristemente, lembrando-se dos breves mas excelentes momentos que partilhara com Toby, o amor genuíno que sentira por ele, assim como a paixão.

— Às vezes, se você é muito sortudo — respondeu Charles, lembrando-se de seu próprio passado e desejando não se lembrar. Isto seria inteiramente diferente. Mas talvez, se ele a conquistasse, se ela pudesse ser domada, Victoria viesse a ser uma boa esposa também. Ele estava desejando tentar, para o bem de Geoff. — O amor é uma coisa estranha, não é? — disse ele, colocando um braço em torno dela. — Às vezes você o encontra onde menos espera. Eu não vou machucá-la, Victoria — disse ele muito gentilmente. — Eu serei seu amigo... e você poderá contar comigo, se você deixar. — Mas ambos sabiam que ela ainda o estava mantendo à distância. Ele não estava certo de por quanto tempo ela o faria, mas por enquanto ela era como uma égua selvagem, e ele sabia que não poderia chegar mais perto. — Não vou assustá-la — disse ele, e ela assentiu.

— Sinto muito, Charles. — A tristeza em seus olhos era real, por todos eles. Ela se perguntou quanto tempo levaria para esquecer a dor que Toby lhe causara, se é que um dia esqueceria.

— Não sinta — disse Charles suavemente. Ambos sabiam as condições sob as quais seu noivado fora feito e nenhum deles tinha nenhuma ilusão. — Você não me deve nada ainda. — Mas e mais tarde?, ela se perguntou. Seria diferente então? Será que ela subitamente o desejaria como desejara Toby, apenas porque havia usado um vestido branco e um padre havia dito uma confusão de palavras para eles? Que diferença aquilo faria?

— Suponho que é oficial então — disse ela cautelosamente, olhando para o anel em seu dedo. — Estamos noivos. — Disse isso como se ainda não entendesse bem, e ele sorriu suavemente para ela.

— Sim, estamos. E em junho você será a senhora Charles Dawson. Isso dá a você seis meses para se acostumar — disse ele e então se encaminhou cuidadosamente em direção a ela e, muito gentilmente, colocou as mãos em seus ombros. — Posso beijar a noiva um pouco antes do programado? — perguntou ele e, sem saber o que mais fazer, ela assentiu.

Ele a pegou em seus braços então e muito cautelosamente a beijou. E apenas senti-la próxima a ele trouxe uma explosão de memórias a sua mente e seu corpo. Ele sentiu uma pressa feita de saudade e desejo por ela, enquanto pensava em Susan e nela, e teve de lutar para não se deixar levar por suas próprias emoções. Ela era a primeira mulher que ele tocava em quase dois anos, e estava quase subjugado pela tristeza e pela ternura enquanto a segurava, mas ela não entendeu nada. Sentiu apenas os lábios de um homem que ela não amava, com quem estava sendo forçada a casar. Ele segurou-a por um longo tempo, sabendo que ela ainda não sentia nada por ele e convencido de que isso viria com o tempo. Seria bom passar o verão na Europa.

— Devemos voltar? — perguntou ele alegremente, pegando sua mão na dele e sentindo o diamante que colocara em seu dedo.

Ela não disse nada sobre aquilo quando eles voltaram, e foi no almoço que Olívia viu o anel pela primeira vez. A visão do dedo de Victoria assustou-a. Subitamente era tudo real para ela, o noivado, o casamento, o fato de que Victoria em breve iria embora e ela seria deixada sozinha com seu pai. Os olhos de Olívia encheram-se de lágrimas e ela olhou para longe, profundamente embaraçada. Victoria sentiu instantaneamente que algo estava errado e então olhou para sua própria mão, sentindo-se cheia de remorsos e culpa, e assim que o almoço terminou ela colocou os braços em torno da irmã. Charles não entendeu o que estava acontecendo, enquanto olhava as duas abraçadas uma à outra num silêncio doloroso.

— Vou sentir sua falta terrivelmente — sussurrou Olívia quando elas finalmente deixaram a sala de jantar.

— Você tem que vir comigo — respondeu Victoria com raiva.

— Você sabe que não posso — disse Olívia, enquanto as lágrimas enchiam seus olhos novamente. Charles ficou no *hall*, olhando-as à distância, imaginando o que elas diziam.

— Nunca amarei ninguém, a não ser você — disse Victoria e falava sério cada palavra, mas Olívia sacudiu a cabeça em resposta.

— Você deve. Você deve isso a ele. Você deve aprender a amá-los — sussurrou Olívia e então foi dizer a Charles o quanto achara o anel bonito. Ele pareceu satisfeito e os três saíram de braços dados para o sol do inverno.

Capítulo 10

O Natal foi mais divertido do que o normal com os Dawson lá, apesar da hesitação de Victoria. Olívia adorou ver o rosto de Geoff enquanto abria os presentes, e todos eles saíram para um passeio de trenó na manhã de Natal. Nevara fortemente na véspera, e, depois que foram à igreja, as montanhas altas, acima do Hudson, ficaram brancas, cobertas com um fino manto de veludo branco.

Olívia deixou Geoff dirigir o trenó e juntos eles fizeram bolas de neve e jogaram em Victoria e Charles até que eles fossem para dentro, e então Olívia ajudou-o a fazer um boneco de neve. Eles nem mesmo voltaram para a casa até o cair da noite. Foi um dia perfeito para todos, estragado apenas pelo fato de Edward ter apanhado um resfriado que o deixou de cama quase até o Ano-Novo. Mas ele conseguiu levantar-se para a festa que Olívia preparara para Victoria e Charles na véspera do Ano-Novo. Foi uma noite adorável. Todos comeram bem, beberam dúzias de champanhe e estavam muito elegantes na festa. Olívia arranjou até músicos. Houve dança no *hall* da frente, e todos estavam de bom humor.

Eles deixaram Geoff descer antes do jantar, e todos os convidados pareceram felizes em conhecê-lo. Eles congratularam Victoria generosamente e não houve o mínimo sussurro de escândalo. Sua reputação fora salva. Seu futuro estava assegurado. Tudo estava bem em

Croton-on-Hudson. E no dia de Ano-Novo, Victoria e Charles pareciam estar completamente confortáveis um com o outro. Eles conversavam amigavelmente de tempos em tempos e, se não estavam profundamente apaixonados, pelo menos pareciam muito amigos. A única coisa que parecia preocupar Victoria verdadeiramente era Geoffrey. Olívia estava ciente disso e o levava com ela sempre que possível, para que Charles não notasse. Mas ela encorajava Victoria constantemente a conhecê-lo melhor.

— Ele é apenas uma criança, pelo amor de Deus. Um garoto de nove anos. Que dano ele pode lhe causar? Não seja tão estúpida.

— Ele me odeia — disse Victoria com simplicidade.

— Ele *não* odeia você. Ele gosta de você. — Era uma mentira, mas Olívia estava desesperada para que sua irmã gostasse dele. — Ele está apenas mais acostumado comigo. Provavelmente nós podemos trocar de lugar, se realmente o quisermos, e ele nunca saberá. — Mas ambas sabiam que era mentira e no dia de Ano-Novo, como sempre, Olívia levou-o para fora com ela, para mantê-lo longe de sua irmã.

E, apesar de algum gelo e da neve que ainda havia no solo, ela decidiu levá-lo para cavalgar.

— Tenha cuidado, senhorita — advertiu o cocheiro. — O tempo está traiçoeiro lá fora. — Olívia podia ver que havia outra tempestade se armando.

— Nós não vamos longe, Robert. Obrigada. — Ela deu o cavalo mais obediente para Geoff, um doce e velho pônei que ela mesma cavalgara quando criança, e usou seu próprio animal para ir ao lado dele. Sua égua estava cheia de alegria naquela tarde e também um pouco voluntariosa. Ela fizera muito pouco exercício ao longo dos feriados e o tempo estivera ruim. Mas Olívia gostava de uma cavalgada vigorosa e levou Geoffrey para as montanhas, mostrando a ele todos os lugares que ela amara quando criança, até mesmo a casa da árvore e a clareira secreta onde ela muitas vezes se escondera de Bertie com sua irmã.

Ela contou a ele sobre a vez em que haviam ficado fora a noite toda, quando tinham doze anos, porque tinham feito muitas travessuras na escola e ficaram com medo de que seu pai brigasse com elas. O xerife fora chamado, com seus cachorros, as encontrara, é claro, e elas choraram, mas nada sério acontecera com elas. Seu pai sempre fora muito bom e até mesmo um pouco indulgente. Até a última aventura de Victoria em Nova York. Não houvera indulgência possível ali, eles estavam à mercê das próprias ações de Victoria e das fofocas de Nova York. A única solução possível para ela era se casar com Charles Dawson, mas Olívia não explicou aquilo a Geoffrey.

— Vocês já levaram uma surra? — perguntou Geoffrey com interesse, enquanto Olívia sacudia a cabeça. Seu pai jamais as tocara.

— Nem eu — confirmou ele, para satisfação dela.

Eles brincaram de caubóis e índios a cavalo por um tempo, e era difícil acreditar que ela tinha vinte anos, e não dez, enquanto eles caçavam um ao outro sobre as montanhas e através de valas e dos rios gelados. Olívia pulava um tronco aqui e ali, mas era cuidadosa para não fazer nada que colocasse Geoff em perigo. E enquanto a noite caía, eles cavalgavam vagarosamente para casa, em direção ao estábulo. Olívia seguiu alguns coelhos através da neve, enquanto Geoff ria dela, e eles já estavam quase em casa quando houve o estrondo de um trovão. Houve um raio de luz no céu e outro ruído de trovão, que parecia estar logo acima deles, e antes que Olívia pudesse dizer qualquer coisa, o cavalo de Geoff disparou. Tudo o que ela pôde ver foram os olhos aterrorizados de Geoff enquanto o cavalo corria através do solo gelado, pulando todos os obstáculos entre ele e os estábulos.

— Geoff, segure! — gritou ela ao vento, rezando para que ele pudesse ouvi-la. — Segure firme! Não o deixe ir! Estou chegando!

O velho pônei, que mal se movera nos últimos anos, corria facilmente ao longo do campo, enquanto ela o perseguia e o pegava rapidamente. Ela inclinou-se e esticou os braços graciosos o mais que pôde, segurando sua própria sela com uma das mãos e agarrando a rédea do pônei com a outra. Foi um movimento perfeito e, com mão firme, ela diminuiu a velocidade do outro cavalo para um trote apenas a tempo de outro estrondo de trovão. Ela segurou com força desta vez, pegou uma das rédeas de Geoff e a segurou firme, enquanto seu próprio cavalo pulava e mordia o freio. Ela teve de deixar as rédeas de Geoff para não levá-lo com ela, e sua égua ficou de pé nas pernas traseiras, pulando sob os relâmpagos, enquanto Olívia lutava para controlá-la. Ela podia ver que o cavalo de Geoff estava aterrorizado, mas desta vez ele não se moveu, pois estava exausto. Foi Olívia quem teve de lutar desta vez, mas outro estrondo de trovão levou sua nervosa égua à loucura, e ela pulou primeiro de lado e depois diretamente para a frente, bem alto no ar, inesperadamente, por cima de uma cerca viva. O animal desapareceu no outro lado, mas deixou para trás o corpo machucado de Olívia, que caiu no chão perto de Geoffrey. E ele pôde ver num simples relance que ela estava inconsciente.

— Olívia! Ollie!... — Ele começou a chorar, mas estava com medo de desmontar por achar que não saberia subir novamente e, em vez disso, soluçando histericamente enquanto começava a chover, ele foi em direção aos estábulos.

Seu pai e o cocheiro o viram chegando, chorando incoerentemente e acenando, e antes mesmo que ele pudesse explicar, a égua de Olívia chegou galopando atrás dele. Ela entrou direto em sua cocheira e foi fácil ver que sua amazona não estava mais na sela. Geoff estava tentando explicar a eles freneticamente... o trovão... o relâmpago... o cavalo... o tombo... as cercas. Robert já estava montado em seu próprio cavalo enquanto ouvia.

— Você cavalga? — perguntou ele a Charles que assentiu. Ele ajudou o filho a desmontar e pegou o cansado cavalo dele. Foi difícil fazê-lo deixar o estábulo novamente, mas eles não tinham tempo para pegar outro cavalo e selar.

Robert entendera instantaneamente onde eles haviam estado e Charles pôde sentir seu coração golpear suas orelhas enquanto cavalgavam sob a chuva forte até que a encontrassem. Eles quase não a viram a princípio. Ela era uma fina massa de roupa de montar marrom, com seu longo cabelo negro espalhado no chão em torno dela. O cocheiro foi o primeiro a desmontar, e Charles vinha bem atrás dele. Ela estava mortalmente pálida e para ambos ela parecia sem vida. Charles sentiu-se cambalear ao pensar naquilo e no terror do que diria a Geoff, seu pai e sua irmã se o tombo a tivesse matado.

— Ela está...? — sussurrou ele, mas no vento feroz Robert não o ouviu. Ele apenas se virou para ele, sacudiu sua cabeça e disse que tinha de voltar para pegar a carruagem.

— Fique com ela. Estarei de volta em dez minutos. Vou chamar o médico.

Charles pôde ver então, quando se ajoelhou a seu lado, que ela estava respirando, mas totalmente inconsciente. Ele tirou seu próprio casaco e tentou fazer uma pequena tenda para ela, protegendo-a da chuva. Ficou surpreso ao perceber, ajoelhado a seu lado no solo e olhando para ela, que estava chorando. Ela era uma louca por ter saído com gelo no solo e poderia ter sido Geoff a cair ali, mas ele também sabia que ela jamais deixaria isso acontecer. Sabia, apenas por tê-lo cavalgado, que o pônei que a criança havia usado estava praticamente morto de tão velho e não o teria machucado. E enquanto Charles olhava para ela, sentiu algo emocioná-lo, algo agonizante e quente que o fazia lembrar-se de Susan. Era o que ele sentira por ela sempre que conversavam, aquela doçura em sua alma, aquele cuidado, o sorriso em seus olhos, era aquilo que machucava muito, que era como uma estaca atravessando seu coração e o fazia lembrar-se do que ele perdera quase dois anos antes. E olhando para ela agora, não pôde suportar aquilo. O garoto estava certo, as gêmeas não eram iguais. Elas eram inteiramente diferentes. Victoria, tão selvagem, tão livre, tão indiferente a ele, tão naturalmente sensual e, ainda assim, desamparada. Ele queria domá-la, ser seu dono, modificá-la, ainda que soubesse em seu coração que jamais a amaria. Mas esta mulher era inteiramente diferente. E o que ele sentiu enquanto olhava para ela o fez querer fugir para a segurança. Nunca mais ele perderia o que amava, nunca mais daria seu coração e depois deixaria o destino roubá-la dele. Para ele, Victoria era infinitamente mais segura... Olívia, dolorosamente querida... e se ela morresse agora... se ela morresse... se ela se fosse... ele sabia que não poderia suportar. Não novamente, não agora. Não era justo... não era certo o que ele sentia por ela. E mesmo assim, sabia, acontecesse o que acontecesse, ele ia se casar com sua irmã.

— Olívia... — Ele se curvou próximo a ela, chamando seu nome e gentilmente acariciando seu cabelo, rezando para que seu pescoço não estivesse quebrado. Ele podia ver que ela ainda estava respirando. — Olívia... fale comigo... Ollie, por favor... — disse ele, chorando como uma criança, sentindo uma onda de amor por ela e odiando-se por isso. — Olívia... — Ela se movimentou e abriu os olhos, e ele teve de lutar para recuperar seu autocontrole. Ela estava olhando para ele, confusa, como se não o conhecesse. — Não se mexa, você levou um tombo feio — disse ele no vento furioso que soprava em torno dele. O corpo dela já estava totalmente molhado, mas seu rosto estava protegido pela jaqueta que ele segurava sobre ela. Seu próprio rosto estava pingando, o cabelo castanho-escuro colado à cabeça, as lágrimas misturadas com a chuva. E ela não podia ver nada do que ele estivera pensando. E então ela se lembrou.

— Geoff está bem? — Ela mal podia falar, estava muito sufocada e sua visão estava embaçada, o que tornava mais difícil vê-lo. Ela não estava certa a princípio de quem ele era, e então compreendeu que era Charles. Ela tentou sorrir, mas era muito doloroso.

— Ele está bem. Ele foi nos buscar. — Ela tentou assentir, mas desistiu, e então fechou os olhos e deitou-se enquanto ele a observava. O que ele acabara de sentir por ela o aterrorizava, mas mesmo assim ele sabia que estava fazendo a coisa certa se casando com Victoria. Seria muito perigoso amar uma mulher como aquela. Seu coração inteiro e sua alma eram como um quebra-mar no caminho de uma onda grande. Ele nunca sentira por ninguém o que sentia por ela, exceto por Susan. Victoria era muito mais segura... perigosa a seu jeito, mas não para ele. Ela era apenas intrigante. Era esta mulher, com suas maneiras gentis, que poderia destruí-lo. — Como está se sentindo? — perguntou ele novamente um minuto mais tarde, ainda protegendo-a do vento e da chuva e morrendo de vontade de tocá-la.

— Terrível. — Ela sorriu para ele de maneira ofuscante, e ele gentilmente tocou seu rosto e manteve sua mão lá, lutando contra tudo o que sentia, lembrando a si mesmo que isso era apenas um erro, um simples e breve momento de indulgência. — Você vai me ajudar a levantar? — perguntou ela, insegura se poderia fazê-lo.

— Não acho que você deva. Robert está trazendo a carruagem. Ele estará aqui em um minuto.

— Não quero preocupar papai.

— Você teria preocupado a todos nós se tivesse matado a si mesma, Olívia. Eu agradeceria se você fosse mais cuidadosa no futuro. —

Geoffrey não precisava de outra tragédia em sua vida, nem ele. Ajoelhado perto dela, ele não sabia se brigava com ela ou a beijava.

— Estou bem.

— Você parece mesmo. — Ele sorriu e os dois trocaram um olhar que falava intensamente. Ela esquecera tudo menos ele, seu passado, seu futuro, tudo isso, havia apenas este momento, com a chuva batendo neles e ela no chão, a mão dele gentilmente tocando seu rosto e seus olhos, acariciando-a. Por um momento, ela se perguntou se havia ficado louca.

— Minha égua está bem?

— Suas prioridades me repugnam — disse ele, enquanto ela tentava se sentar. — Sua égua está bem. Bem melhor do que você. — Ela se deitou novamente, a cabeça seriamente machucada, mas quando ela se moveu, Robert chegou pela montanha com a carruagem e, por um instante louco, Charles quis escondê-la dele. Quis mantê-la consigo para sempre. Ambos sabiam que aquele momento jamais voltaria, que nunca seria comentado ou citado. Tinha de ser esquecido. Seus olhos procuraram famintos um ao outro dentro de suas almas e então as portas se fecharam. Para sempre.

— Como ela está? — perguntou Robert enquanto descia da carruagem.

— Melhor, eu acho. — Charles assentiu e então se voltou para olhar para ela novamente. E então, com um simples e cuidadoso gesto, ele a pegou facilmente em seus braços, como uma boneca, e colocou-a dentro da carruagem. Ele a colocou no assento e ela deixou cair a cabeça com um gemido, parecendo muito mal. Nada parecia estar quebrado, mas era óbvio que ela tinha uma severa concussão. Charles entrou com ela e sentou-se ao seu lado, enquanto Robert amarrava o cavalo que Charles cavalgara atrás da carruagem e os levava para casa. Charles a olhou em silêncio. Havia tanto que ele queria dizer a ela e sabia que não podia. Não havia propósito em dizer nada daquilo. Era muito perigoso. Ele encontrara a bifurcação no caminho e passara por ela. Ele escolhera seu caminho quando Susan morrera, e seu casamento com Victoria não era ameaça ao que sentira por Susan. Era precisamente o que devia ser, um arranjo. Isto era diferente. Isto era fogo que poderia incendiar seu coração e queimar seus dedos. Victoria era toda faíscas e sensualidade. Olívia era algo que ele desejara e sabia que nunca teria novamente, pois não ousava. Ele tivera uma vez e sabia o quanto era devastador perder. Ele nunca pegaria o *penny* dourado novamente, nem o gastaria.

Ela olhou para ele como se pudesse ouvir seus pensamentos e assentiu. Estendeu uma mão para ele, que pegou seus dedos gelados nos seus e segurou-os.

— Sinto muito — disse ele suavemente, como se ela tivesse entendido tudo o que ele estava pensando e não dissera. E ela apenas sorriu e deitou-se novamente de olhos fechados. Tudo parecia um sonho para ela. Charles próximo a ela, a tempestade, a chuva, o garoto... sua mão nas dela. Era tudo tão complicado e tão difícil de entender. Parecia haver razões para coisas que ela não entendera, e então subitamente Victoria estava ali com ele, como deveria... e Bertie, seu pai e o médico. Sua cabeça estava rodando.

Eles a colocaram na cama e Victoria sentou-se com ela. Olívia insistiu em ver Geoff, pois não queria que ele ficasse assustado. Ela disse a ele que fora boba de levá-lo para passear com aquele mau tempo e ele entendeu. Prometeu voltar e visitá-la em breve e então a beijou e a fez pensar em alguém mais, mas ela não podia se lembrar de quem, ou quando. Parecia apenas momentos atrás, ou anos. Ela não estava certa. Haviam dado a ela algo para dormir, embora ela não o quisesse realmente. E Victoria ficou com ela até que pegasse no sono. Bertie quisera ficar também, mas Victoria não a deixaria. E Olívia tinha algo a dizer para ela. Era terrivelmente importante, ela sabia, e tinha de dizê-lo.

— Você tem de amá-lo, Victoria, você *tem*... ele precisa de você. — E então ela adormeceu, pensando em ambos. Ela viu todos eles de pé, num navio. Victoria em seu vestido de casamento e Charles próximo a ela, tentando dizer algo, mas Olívia não podia ouvi-lo. Geoff estava perto dele e segurava a mão da mãe. Susan estava olhando-os e Victoria não compreendia... ela não entendia nada daquilo... nenhum deles entendia. E então o navio afundou em total silêncio.

Olívia acordou na noite do dia seguinte com uma dor de cabeça explosiva. Ela sentia como se tivesse ficado acordada toda a noite, sendo espancada por demônios, mas sabia que não ficara. Victoria disse a ela que os Dawson haviam partido. Geoffrey deixara um buquê de flores para ela e Charles deixara um breve bilhete, dizendo o quanto sentia por ela ter caído e desejando que ela se sentisse melhor. Ela se deitou na cama e leu novamente o bilhete, imaginando se o que ela vira fora real ou um sonho. Ela havia visto algo em seu rosto que jamais vira antes, ou vira? Era impossível agora distinguir a verdade do delírio.

— Você levou uma pancada daquelas na cabeça, minha velha — disse Victoria, servindo a ela uma xícara de chá que ela pegou com uma expressão de sofrimento.

— Devo ter levado mesmo. Tive os sonhos mais malucos a noite toda. — Ela ainda estava assombrada com tudo, real e imaginário.

— Não estou surpresa. O médico disse que você estará melhor em poucos dias. Apenas feche seus olhos e durma — disse ela.

A pessoa com que Victoria mais se importava no mundo era sua irmã gêmea. Ela ficou ao seu lado durante horas naquele dia, olhando para ela, alisando seus cabelos, falando com ela quando acordava. E quando Olívia se levantou, ainda sem estabilidade, no fim daquela semana, ela soube que todos os fantasmas que a visitaram durante dias em seus sonhos haviam sido apenas aquilo... fábulas de sua imaginação... e visões. Algumas delas eram quase embaraçosas. Ela realmente achava que vira Charles em alguns de seus sonhos... ele estivera olhando para ela e acariciando seu rosto... eles haviam cavalgado numa carruagem para algum lugar e ele estava chorando...

— Sentindo-se melhor? — perguntou Victoria enquanto a ajudava a descer as escadas pela primeira vez para se juntarem ao pai no jantar.

— Muito — disse Olívia sem convicção, mas estava determinada a voltar a ser ela mesma completamente. Não tinha tempo para esta tolice. — Agora vamos nos ocupar de pensar no seu casamento.

Victoria não respondeu, e Olívia resolutamente expulsou tudo de sua mente, exceto o que ela devia fazer agora. O leve tremor que sentia em seu coração era inteiramente sem importância.

— Você está parecendo muito bem — disse seu pai, feliz por vê-la. E ela estava igualmente feliz por estar com ele e longe dos sonhos que ficaram em seu quarto. Ela fora pega por eles durante dias e não podia mais suportar aquilo.

— Obrigada, papai — disse Olívia suavemente, e ambas as irmãs tomaram seus lugares silenciosamente, uma de cada lado do pai, e sentaram-se para jantar.

Capítulo 11

Durante os meses de janeiro e fevereiro, Charles esteve muito ocupado para ir a Croton novamente, já que tinha um julgamento importante para preparar e negócios de seu futuro sogro a tratar. Mas Olívia planejou uma viagem a Nova York para o fim de fevereiro, a fim de procurar um vestido de noiva para sua irmã. Victoria concordara, mas estava muito mais interessada nas notícias de Londres. Emmeline Pankhurst aparentemente fora solta depois de um ano na prisão e organizara um ataque ao escritório da Home Secretary de Londres, onde quebraram todas as janelas, após o que haviam ateado fogo ao Lawn Tennis Club, tudo em nome da liberdade das mulheres.

— Bem feito! — disse Victoria fervorosamente quando ouviu as notícias. Ela se tornara mais feminista que nunca desde o noivado.

— Victoria! — disse Olívia, chocada com a violência daquilo. — Acho que é totalmente desagradável. Como você pode apoiar atos como este? — A última prisão de Pankhurst fora por causa de explosivos.

— São por uma boa causa, Olívia. É como a guerra, não é bonita, mas às vezes é necessária. As mulheres têm direito à liberdade.

— Não seja ridícula. — Olívia ficou seriamente irritada com ela por isso. — Do jeito que você fala, parecemos animais de circo em jaulas, pelo amor de Deus.

— Nunca ocorreu a você que é precisamente o que somos? Animais, animais de estimação, para homens que dispõem de nós como querem. *Isso* é o que é desagradável.

— Não deixe, pelo amor de Deus, ninguém ouvir você dizer coisas como essa em público. — Ela lançou um olhar repressor para sua irmã e deixou o assunto de lado. Não havia esperança em discutir com ela, sabia. Victoria era radical sobre os direitos da mulher e o sufragismo.

Era mais fácil lhe mostrar desenhos de vestidos de noiva, que não lhe causavam qualquer emoção. Ela já dissera a Olívia para escolher qualquer coisa de que gostasse e que achasse que ficaria bem nela. Até mesmo sugerira que Olívia o comprasse sozinha, já que não precisava dela realmente.

— Isso traz má sorte, não é nada engraçado e não o farei — Olívia às vezes queria estrangulá-la quando ela tentava falar sobre o casamento. Como sempre, Olívia estava planejando tudo. Ela colocara um monte de nomes na lista de Victoria, e Charles fora solícito em mandar os seus. Eles trocaram uma breve, superficial e polida correspondência e havia cerca de cem pessoas que ele gostaria de convidar, se fosse agradável para elas. Ele não tinha família, mas vários amigos e algumas relações de trabalho. Edward tinha duzentos convidados ou mais, e as garotas, outros cinqüenta. Ao todo havia quatrocentas pessoas na lista, e Olívia tinha certeza de que trezentas viriam, pois algumas eram muito velhas ou moravam muito longe ou foram convidadas por pura cortesia. O casamento em si seria em Croton-on-Hudson. A recepção, em Henderson Manor.

Olívia seria sua dama de honra, claro, e Geoffrey carregaria as alianças, mas Victoria se recusara teimosamente a ter outras damas de honra.

— Não há ninguém de que eu goste tanto quanto de você — disse ela em meio a um nevoeiro de fumaça de cigarro, tarde da noite, quando falavam sobre aquilo pela nona vez. Mas Victoria não cederia nem um centímetro sobre aquele assunto.

— Eu gostaria que você fumasse em outro lugar — rosnou Olívia para ela. Ela parecia fumar constantemente agora; estava muito nervosa. — E além disso há muitas garotas boas com quem fomos à escola. Elas adorariam ser suas damas de honra.

— Bem, eu não gostaria de tê-las. Além do mais, nós não vamos à escola há oito anos. E eu não posso imaginar nenhuma de nossas tutoras como damas de honra. — Ambas riram com aquilo. Elas haviam tido como tutoras uma série de damas solteironas, velhas, às vezes quase carecas e com caras de cavalo.

— Tudo bem, eu desisto. Então seu vestido terá de ser muito mais bonito.

— Assim como o seu — disse Victoria com razão, mas ainda sem muito interesse no casamento. A única maneira pela qual ela realmente podia tolerar aquele pensamento era olhando para a frente, para sua lua-de-mel, para a Europa, para as coisas que ela queria fazer e as pessoas que queria ver lá, e depois voltar a Nova York para viver com uma certa dose de independência. Mas o casamento em si não interessava a ela. — Por que não usamos o mesmo vestido de casamento nós duas? — sugeriu maldosamente, com um sorriso. — E confundimos todo mundo? O que você acha disso?

— Acho que você esteve bebendo tanto quanto está fumando

— Esta é uma idéia. Você acha que papai iria notar?

— Não, mas Bertie iria. Portanto, nem mesmo considere isso, e eu não vou deixar você transformar isso aqui num bar nem numa sala de fumar. — Olívia sacudiu o dedo para ela e então sentiu uma facada de pânico com a possibilidade de não tê-la mais ali, fumando em seu quarto e reclamando. O pensamento de Victoria indo embora era insuportável e agora faltavam apenas quatro meses.

Elas foram a Nova York, como planejado, no fim de fevereiro, e ficaram no Plaza para que Olívia não tivesse de abrir a casa e elas não tivessem de levar uma frota de empregados com elas. Seu pai sugerira que levassem a sra. Peabody, apenas pelas aparências, mas Victoria insistira que não precisavam. E ela arremessou seu chapéu para o alto quando entraram em seu quarto no hotel. Estavam completamente sozinhas em Nova York e poderiam fazer qualquer coisa que quisessem. A primeira coisa que ela fez foi pedir um drinque no restaurante e acender um cigarro na frente de sua irmã.

— Não ligo para o que você fizer neste quarto — disse Olívia severamente enquanto olhava para ela —, mas se você não se comportar neste hotel, ou em qualquer outro lugar de Nova York, vou levá-la direto para casa, *depois* que chamar papai. Não vou querer que as pessoas pensem que eu sou uma bêbada ou que fumo o dia todo só porque você o faz. Portanto, comporte-se.

— Sim, Ollie — disse Victoria com um sorriso travesso. Ela estava amando estar ali com ela, principalmente sem acompanhantes. Ela iria jantar com Charles aquela noite. Mas naquela tarde elas iam a Bonwit Teller para procurar vestidos. Ela não apenas precisava de um traje de noiva e de um vestido de casamento para Olívia, mas também de vestidos para a lua-de-mel, tanto para o navio quanto para a Europa. Olívia já copiara alguns desenhos e tinha algumas coisas feitas para ela, mas apenas coisas simples para que ela usasse na viagem. Os vestidos sofisticados e elegantes, aqueles realmente na moda, seriam comprados em Nova York. E Olívia já dissera a ela onde ir em Paris. Mas o mais estranho de tudo era estarem comprando coisas separadamente agora. Pela primeira vez em suas vidas, não estavam comprando em dobro. Olívia não tinha necessidade de vestidos elegantes, e elas não estariam juntas para usá-los. O primeiro pedido que ela fez de apenas um vestido quase quebrou o coração de Olívia, mas ela sabia que tinha de fazê-lo. Era quase hora de Victoria se mudar agora.

Elas fizeram um almoço rápido no hotel e depois pegaram um táxi para a Saks, mas em todo lugar a que iam, no restaurante, no *lobby*, saltando do táxi, as pessoas olhavam para elas. Eram duplamente bonitas, incrivelmente impressionantes, e as pessoas não podiam impedir a si mesmas de encará-las. Elas causaram um imediato tumulto no minuto em que colocaram o pé na B. Altman, e um exército de vendedoras e um gerente correram para ajudá-las. Olívia trouxera esboços com ela, fotografias de revistas e alguns poucos rascunhos que ela mesma fizera. Pelo menos para o vestido de noiva, ela sabia exatamente o que queria. Fileiras de cetim branco, de preferência num corte inclinado, cobertas de milhares de laços brancos e uma cauda do tamanho de toda a igreja. E na cabeça Victoria usaria a antiga tiara de diamantes de sua mãe. Ela seria coberta com renda também. E Olívia sabia que ela pareceria uma rainha se pudessem encontrar alguém para fazê-lo. E na Bonwit Teller o gerente disse que não haveria absolutamente nenhum problema. Eles se sentaram e conversaram sobre aquilo por uma hora, procurando por tecidos de fábrica e discutindo o tipo de renda que Olívia tinha em mente, enquanto Victoria os ignorava e experimentava chapéus e sapatos.

— Eles precisam de suas medidas — disse Olívia finalmente, feliz com tudo o que tinha conseguido.

— Deixe-os tirar as suas, são exatamente iguais às minhas — disse Victoria simplesmente, e Olívia ralhou com ela.

— Não, não são, e você sabe disso. — O busto de Victoria era ligeiramente maior e sua cintura apenas uma fração menor, mas o suficiente para fazer diferença. — Ande, tire as roupas.

— Tudo bem, tudo bem — concordou Victoria, e então o gerente e Olívia desceram para tratar de seu próprio vestido. Olívia havia imaginado cetim azul-gelo, num desenho similar ao vestido de noiva de sua irmã, mas não tão longo, sem a cauda e sem a renda sobre ele. Apenas cetim azul-gelo em tiras, corte inclinado e perfeitamente simples. Mas enquanto eles faziam o rascunho o gerente insistiu que o vestido era muito simples em contraste com o traje de noiva de Victoria, que ficaria espetacular. Eles acrescentaram enfim uma pequena cauda e a *pièce de résistance* era uma longa capa de renda azul-clara sobre o traje, com um chapéu combinando. Agora estava em perfeita harmonia com o que sua irmã estaria usando. Olívia sorria enquanto olhava os rascunhos e os mostrava para sua irmã, que sorriu amavelmente e sussurrou irreverente para ela.

— Por que não trocamos de lugar no dia do casamento? Ninguém jamais notaria a diferença.

— Comporte-se — disse Olívia severamente. E elas foram olhar desenhos de outros trajes e os incontáveis vestidos de que Victoria precisava. Seria um longo verão na Europa.

Olívia compreendeu que elas teriam de voltar à loja para procurar mais coisas e também para provar as roupas. Ela havia acabado de concordar em voltar no dia seguinte sem Victoria e ficou de pé para agradecer ao gerente por sua ajuda, quando notou sua irmã olhando para alguns novos clientes que chegavam. Havia um homem alto de cabelos escuros falando com alguém, ela pôde ouvi-lo rindo, e todas as vendedoras pareciam estar aglomeradas em torno dele e da mulher que o acompanhava. Ela era alta e loura e estava envolvida numa pele de chinchila. Quando eles se voltaram, Olívia pôde ver facilmente que eram Toby Whitticomb e Evangeline, enormemente grávida. Ela não podia imaginar o que ela estava fazendo em público com aquela aparência, mas Evangeline não parecia se incomodar enquanto tirava o casaco de chinchila e expunha uma vasta extensão redonda de um cetim cinza. Ela parecia estar com no mínimo sete meses de gravidez. E enquanto Olívia olhava de volta para ela, lançou um olhar rápido para a irmã. Victoria parecia ter sido golpeada por um raio. Olívia despediu-se do gerente o mais rápido que pôde e empurrou sua irmã em direção à entrada.

— Vamos, Victoria, já acabamos — disse ela gentilmente, mas era como se ela não pudesse se mover. Victoria estava pregada ao chão, olhando para Toby. E assim que ele sentiu seus olhos nele, subitamente olhou de volta para ela e então para sua irmã, e era óbvio que não sabia qual delas era ela, mas ele parecia mais do que nervoso com a dupla visão. Ele desviou os olhos delas o mais rápido que pôde e levou Evangeline para um canto longínquo da loja, mas ela também as vira e começou a discutir com ele. — Victoria, por favor... — disse Olívia numa voz firme e baixa, embaraçada pela cena em torno deles. As vendedoras estavam olhando para eles, Toby havia acabado de dizer algo grosseiro para sua esposa, e Evangeline começara a chorar e a lançar olhares para as gêmeas.

Com aquilo, Olívia agarrou o braço de sua irmã e quase a arrastou à força da loja, de volta para a rua onde ela procurou um táxi. E misericordiosamente havia um esperando. Mas enquanto Olívia empurrava a irmã para dentro e quase desmoronava no assento próximo a ela, pôde ver que Victoria estava chorando. Ela deu ao motorista o nome do hotel e sentou-se em silêncio, enquanto Victoria soluçava incontrolavelmente. Era a primeira vez que ela o via desde aquela cena medonha nos degraus de seu escritório.

— Eu estaria grávida de cinco meses agora — gemeu ela, dando pela primeira vez sinais de luto pelo bebê que perdera em novembro em Croton.

— Com sua vida esmagada em pedaços à sua volta. Pelo amor de Deus, Victoria, olhe para o que ele fez a você. Ele a arruinou e depois a rejeitou. Por favor, não me diga que você ainda o ama — sussurrou ela com horror no banco de trás do carro, mas Victoria apenas sacudiu a cabeça e chorou mais forte.

— Eu o odeio. Odeio tudo o que ele significa, tudo o que ele fez comigo — e mesmo assim quando ela pensava naquelas tardes no chalé seu coração ainda doía. Ela acreditara em tudo o que ele lhe dissera sobre deixar a mulher e amá-la, e agora Evangeline estava se mostrando por aí, apontando para ela como uma prostituta e carregando o bebê dele. Aquilo lhe trouxe a amarga compreensão de que seu pai estava tentando protegê-la quando a forçou a ficar noiva de Charles Dawson. E aquilo a fez sentir-se agradecida a Charles pela primeira vez, por sua proteção, mas isso não a faria amá-lo nunca.

Ela ainda estava chorando quando chegaram ao hotel e, quando voltaram para o quarto, ela deitou-se na cama e soluçou até que Olívia achou que seu coração se quebraria e nada que ela dissesse ou fizesse poderia interromper aquilo. Fora uma lição amarga sobre a crueldade dos homens, e Olívia sabia que sua irmã jamais esqueceria.

Victoria finalmente parou de chorar às seis horas e sentou-se parecendo abatida e derrotada enquanto olhava para sua irmã.

— Você vai esquecê-lo um dia. Você vai — prometeu Olívia suavemente.

— Nunca mais acreditarei em ninguém. Você não pode imaginar as coisas que ele disse, Ollie... Eu nunca o teria feito de outra maneira... — Ou teria? Ela nem mesmo estava certa de que se conhecia agora. Ele a fizera fazer coisas que ela nunca sonhara. E como ela poderia explicar aquilo a Charles um dia? Era difícil agora, vendo Toby novamente, acreditar que Charles se casaria realmente com ela, e ela estava ainda mais agradecida. — Eu fui muito estúpida — confessou ela a sua irmã novamente, e Olívia sentou-se com seus braços em torno dela até que Charles chegou e encontrou ambas extraordinariamente abatidas, especialmente sua noiva.

— Há algo errado? — perguntou ele preocupado. — Você está doente? — Ele olhou de uma para a outra, e Olívia sorriu enquanto Victoria sacudia a cabeça silenciosamente.

— Foi apenas um dia muito longo e um pouco emocionante. Comprar um vestido de noiva é um dos momentos mais importantes na vida de uma mulher — explicou Olívia, mas não o convenceu inteiramente. Ele se perguntou se ambas estavam começando a sentir a dor de deixar uma à outra, sentiu muito por elas quando pensou nisso e poucos minutos mais tarde convidou Olívia a se juntar a eles para o jantar. Estavam indo ao Ritz-Carlton e depois a um concerto. Mas ela insistiu que fossem sozinhos, não queria se intrometer entre eles. Eles não viam um ao outro havia dois meses e achava melhor se eles ficassem algum tempo juntos. Ela ia jantar sozinha no hotel, em seu quarto, e olhar mais alguns desenhos de trajes para sua irmã.

— Você tem certeza? — perguntou Charles suavemente, enquanto estavam esperando que Victoria terminasse de se vestir.

— Toda — respondeu ela suavemente, lembrando-se de algo vago e evasivo sobre a noite em que caíra do cavalo em Croton, mas não conseguia saber o que era agora. — É difícil para ela às vezes — tentou explicar, querendo que ele amasse sua irmã. Ela amava tanto sua irmã que não podia nem imaginá-la com um homem que não a compreendesse. Mas ela sabia que Charles era decente e cuidadoso e que seria bom para ela, não importa o que acontecesse entre eles. — Vamos sentir terrivelmente a falta uma da outra — disse Olívia com um sorriso melancólico. — Estou feliz que Geoff vá ficar comigo no verão.

— Ele está empolgado com isso. — E então seus olhos procuraram os dela, mas não puderam encontrar respostas. Ele se perguntava quem ela era às vezes, e por que desejara tanto desistir de tudo por seu pai. Ela era tão bonita quanto sua irmã gêmea, por que concordaria em desistir de tudo por ele? Qual era seu segredo solitário? Ela não se mostrara tão recatada quando se conheceram, em setembro. — Estamos pensando em ir vê-los na Páscoa — disse Charles cautelosamente para mudar de assunto. — Se não for muito problemático. Seu pai mencionou isso quando o vi.

— Nós adoraríamos receber vocês para a Páscoa — disse Olívia com uma aparência de prazer quando Victoria se juntou a eles. Ela estava usando um vestido de cetim azul-escuro que Olívia escolhera para ela e parecia a rainha da noite. Safiras e diamantes que seu pai lhes dera brilhavam em suas orelhas, e ela usava o longo cordão de pérolas que fora de sua mãe e que elas dividiam em ocasiões importantes.

— Você está adorável — disse ele, enquanto olhava para ela com orgulho. Ela era uma mulher jovem e espetacular. E era ainda mais extraordinário pensar que havia duas delas. Ele sentiu novamente que Olívia não fosse sair com eles. Ele teria gostado. Mas não houve o que a convencesse, e Charles e Victoria saíram poucos minutos mais tarde.

O restaurante era muito elegante e Victoria subitamente ficou nervosa depois que chegaram. E se Toby chegasse com a esposa? Ela sentia-se completamente despreparada para vê-lo outra vez e extremamente ansiosa.

— Você está muito quieta esta noite — disse Charles enquanto pegava sua mão depois que fizeram o pedido. — Há algo errado? — Ela sacudiu a cabeça, mas ele viu lágrimas em seus olhos e não quis pressioná-la mais. Eles falaram de outras coisas então, política, a viagem, o casamento e os problemas na Europa. Ele gostava do fato de ela estar interessada em acontecimentos mundiais e ser bem-informada. Embora suas idéias fossem extremamente liberais, quase ao ponto de serem escandalosas, às vezes aquilo o agradava.

Ele apresentou-a a vários de seus conhecidos naquela noite. Eles se sentaram num camarote com amigos no concerto, e Victoria parecia mais relaxada quando ele a levou de volta para o hotel. Ela até mesmo acendeu um cigarro enquanto dividia um drinque com ele no restaurante próximo ao saguão.

— Oh, meu Deus — disse ele e então riu de sua própria reação, enquanto ela sorria divertida.

— Chocado, Charles? — Ela gostava daquilo. Ela parecia mais consigo mesma agora do que parecera toda a noite.

— Você quer que eu fique? — Ele bebeu seu uísque e olhou-a com admiração. Ela tinha muito espírito e inteligência, além de sua boa aparência. Pela segunda vez na vida, ele tivera sorte, embora isso não pudesse ser mais diferente do que seu namoro com Susan.

— Talvez. Talvez eu goste quando você fica chocado. — Ela sorriu e soprou fumaça em sua direção.

— Suspeito que seja verdade — disse ele filosoficamente. — Em todo caso, nós deveremos ter uma vida muito interessante, eu e você, não? — E então, com o uísque soltando sua língua, ele ousou perguntar a ela algo que tinha imaginado. — Você o amou muito? O homem que quebrou seu compromisso. — Ele observou-a de perto e esperou.

Ela hesitou, lembrando o Toby que ela conhecera, aquele que ela amara tão ferozmente e aquele que ela vira apenas naquela manhã... aquele nos degraus de seu escritório, que a rejeitara... aquele que contara a seu pai que ela o seduzira...

— Amei. Um dia. Mas não amo mais. Na verdade, há vezes em que acho que o odeio.

— É apenas o outro lado do amor, não é?

— Suponho que sim. — Quase a matara vê-lo naquela manhã. — Nós não estávamos noivos. — Ela encontrou seus olhos honestamente, sem querer enganá-lo. Já era suficiente que ele a estivesse salvando. Ela não tinha que mentir para ele, mas ele assentiu.

— Eu sabia disso. Apenas pareceu mais fácil colocar desta maneira. Seu pai me deu uma vaga idéia do que aconteceu. Você era muito jovem. Ainda é. — Ele sorriu gentilmente para ela, desejando que houvesse algo mais entre eles e ao mesmo tempo aliviado por não haver. Ela o estimulava incrivelmente, mas aquilo era inteiramente outro assunto. — Foi desleal da parte dele tirar vantagem de você. Seu pai disse que ele mentiu para você e prometeu casamento. — Ela concordou, sem desejar adicionar nada àquilo que ele já sabia. Parecia ser suficiente. E ainda assim ele estava desejando tê-la. Era difícil entender por quê. Talvez fosse apenas o destino.

— É difícil entender as coisas que as pessoas fazem às outras — disse ela tristemente. — Não vai acontecer novamente — acrescentou, encarando-o, como um aviso.

— Devo esperar que não — ele sorriu. Mas ele entendera o que ela queria dizer. Ela estava dizendo que nunca acreditaria nele. Mas não importava. Ele nunca a machucaria. — Eu não vou enganá-la, Victoria. Não vou mentir para você, se é disso que você tem medo. Nunca enganei ninguém, não que eu saiba. Sou um homem honesto. Tedioso, talvez... mas verdadeiro. Isso tem sua utilidade.

— Eu... eu... — O fato de ter visto Toby naquele dia a fazia entender bem melhor o que devia a ele. — Obrigada por fazer isso por mim — disse ela, levantando os olhos cheios de lágrimas para ele. — Você não precisava.

— Não, mas você também não — disse ele suavemente. — Há sempre outras soluções. Talvez nós dois queiramos fazê-lo e não saibamos de que outro modo poderíamos fazer. — Ele queria acreditar naquilo. E sorriu para ela, enquanto acabava seu drinque e ela apagava seu cigarro. Então ele a beijou gentilmente. — Não fique com medo de mim, Victoria. Eu juro que não vou machucá-la. — Ela o deixou beijá-la, mas seu coração doía ao compreender que não sentia nada, e Victoria se perguntou se ele sabia disso.

Ele a levou para cima pouco depois, e Olívia, que estava esperando por ela, viu que Victoria ainda estava triste, mas estava mais em paz do que estivera por muito tempo. Sob certos aspectos, devia ter feito bem a ela ver Toby e sua esposa naquela tarde. Olívia esperava que aquilo a tivesse trazido para mais perto de Charles. Ela parecia mais em paz agora sobre seu futuro.

Ele saíra rapidamente naquela noite e levou ambas para almoçar no dia seguinte no Della Robbia, no meio de suas compras, e Olívia o divertiu com histórias sobre suas aquisições. Victoria falou muito pouco, mas estava confortável com ele quando saíram, e ele as deixou na Bonwit's para continuarem. E naquela noite, sem vê-lo novamente, elas voltaram para Croton. Donovan pegou-as no hotel, como programado, e levou-as de volta para o Hudson de carro. Olívia sentiu por não ter visto Geoff, mas elas não tiveram tempo, e ela prometeu vê-lo em março, quando voltassem à cidade para acabar as compras.

Mas todos os seus planos mudaram quando seu pai caiu doente no fim de fevereiro e ficou um mês inteiro de cama com gripe. Olívia estava com um medo mortal de que ele pegasse pneumonia, mas não pegou. Ele ficou muito doente e ela raramente o deixava por mais de poucas horas, mas no início de abril ele finalmente saiu do quarto. E duas semanas mais tarde os Dawson chegaram para sua prometida visita de Páscoa. E Olívia tinha uma maravilhosa surpresa para Geoffrey. Ela tinha dois pintinhos que haviam nascido recentemente e um pequeno coelhinho.

— Uau! Uau! Pai, você viu? — perguntou ele quando Olívia o presenteou com os bichinhos. Ela tentara fazer com que Victoria os desse a ele, mas ela insistira que não gostava de animais mais do que de crianças. Olívia constantemente se sentia como se estivesse treinando uma relutante estudante para fazer seus deveres. Mas as coisas estavam melhorando um pouco. Desta vez ela pareceu satisfeita ao ver Charles, o que já era alguma coisa.

Houve muitas festas nas vizinhanças para eles e um adorável concerto nos Rockefeller, ao qual todos foram. E era a oportunidade perfeita para apresentar Charles àqueles que ainda não o haviam conhecido. Ele era sempre muito polido com todos e extremamente amável, e Olívia continuou lembrando a sua irmã que não era um funeral o que estavam planejando, mas um casamento.

— Você *por favor* entre no espírito da coisa! — ralhou, checando novamente a lista de convidados com ela. Levara três meses para conseguir que ela falasse sobre o *menu*. E agora que os presentes haviam começado a chegar, Olívia tinha de abrir todos para ela e catalogá-los. Victoria nem mesmo os viu. E, em desespero, Olívia escreveu as notas de agradecimento para ela, por medo de que ela nunca o fizesse.

— Acho tudo isso estúpido — disse Victoria, soando mais como uma criança mimada do que como uma sufragista, de acordo com sua irmã. — É frívolo, desnecessário e esbanjador. Eles deveriam mandar o dinheiro que gastam em presentes para as mulheres na prisão.

— Oh, que encantador — disse Olívia, revirando os olhos. — Estou certa de que eles adorariam isso. Nós podemos enviar pequenos avisos impressos explicando às pessoas como fazê-lo.

— Está bem, está bem. — Victoria riu para a irmã, mas tudo em que ela podia pensar era na falta que ia sentir dela. Aquilo a fazia odiar a idéia do casamento mais que nunca. Ela não se importava mais em se casar com Charles. Podia ver a sensatez daquilo, sabia que fora uma conseqüência necessária de sua própria leviandade e gostava da liberdade que estar casada e viver em Nova York lhe dariam. Mas ainda odiava o pensamento de estar tão longe de Ollie e estava desesperada para encontrar uma solução para aquilo. — Você é muito melhor com Geoff do que eu — disse ela ansiosamente, pensando que era uma razão convincente para ela ir viver com eles em Nova York.

— É por isso que ele está se casando com você, pelo menos supostamente. — Olívia estava bem certa de que havia mais razões de interesse do que aquela. — Ele não me quer por perto tomando conta de seu filho se está se casando com você. E depois, você sabe que não posso deixar papai. Olhe para o mês passado. Quem tomaria conta dele se eu não estivesse aqui para fazê-lo?

— Bertie — disse Victoria alegremente.

— Não é a mesma coisa e você sabe — disse Olívia firmemente.

— E se você se casar? — disse Victoria com praticidade. — Então ele vai ter de se virar sem você.

— Eu não me casaria — disse Olívia baixinho — e ele sabe. Então é isso. Agora o que você quer para a sobremesa em seu casamento? Victoria fingiu gritar e Charles a resgatou para uma caminhada ao longo do rio poucos minutos mais tarde.

— Minha irmã vai me levar à loucura com nosso casamento — disse Victoria, olhando para Charles com um sorriso fácil antes que saíssem para sua caminhada. Eles haviam conseguido convencer a si mesmos nos últimos meses que aquela era a solução perfeita para suas vidas e ambos pareciam mais felizes com aquilo.

— Ela nunca quer me dar respostas — reclamou Olívia. — Você vai ter de bater nela com uma vara para conseguir que ela faça qualquer coisa — advertiu-o Olívia.

— Vou providenciar uma bem grande, ou talvez um chicote? — Ele sorriu para sua futura esposa e para a cunhada e então levou Victoria e deixou Geoff com Ollie. Ele já começara a chamá-la de "tia Ollie".

E quando a Páscoa terminou, ele levou os coelhos e pintinhos para Nova York, mas poucas semanas mais tarde Olívia deu outro presente a ele, quando foi a Nova York para tratar das últimas providências.

Restavam algumas coisas para comprar, embora todos os trajes já tivessem sido enviados. O vestido de noiva já estava num quarto especial, esperando pelo grande dia, em Croton-on-Hudson.

Charles ficou surpreso quando Olívia ligou de Nova York e ficou feliz ao vê-la quando ela chegou com um presente de aniversário para Geoffrey. Seus aniversários eram quase no mesmo dia. Ela e Victoria haviam acabado de fazer 21 anos. Charles dera a sua futura esposa um belo bracelete de ouro e a Olívia um vidro de perfume. Mas Olívia trouxera para Geoff algo bem mais excitante. Ela pedira permissão a Charles algum tempo antes e ele relutantemente concordara, embora no ínterim tivesse esquecido completamente daquilo. Ela trouxera para ele um filhote de *cocker spaniel* manchado. E Geoffrey ficou fora de si com ele. Seus olhos ficaram do tamanho de pratos de jantar quando Olívia tirou o filhote da caixa e entregou-o a ele gentilmente. Ele o agarrou junto a si e houve gritos de excitação tanto do cachorro quanto de seu dono, e quando Olívia olhou para Charles, viu lágrimas de ternura em seus olhos, enquanto ele lhe agradecia.

— Você é tão boa para ele. Ele precisa disso. Ele teve dois anos difíceis sem a mãe. — Havia exatamente dois anos desde que o *Titanic* afundara, em abril.

— Ele é um garoto maravilhoso. Nós vamos ter um grande verão — disse ela otimista, tentando não pensar na perda de sua irmã. Estavam ambas entrando em pânico.

— Nós escreveremos para você da Europa — disse ele, como se sentisse o que ela estava pensando. Mas não seria a mesma coisa e todos eles sabiam disso. Talvez Victoria estivesse certa e ela devesse ir morar com eles em Nova York, disse a si mesma, e depois riu de seu próprio terror.

— Nós ficaremos bem — disse a Charles quando Geoff entrou correndo no quarto novamente com o cachorrinho. — Como você vai chamá-lo?

— Não sei ainda — disse Geoff sem ar, todo cabelos louros, os olhos verdes e excitação. — Talvez Jack... George... Harry... não sei, ele parece com *chips* de chocolate, não parece?

— Que tal Chip? — perguntou Olívia, enquanto ela e Charles sorriam de sua excitação.

— Chip! — Ele gritou com alegria. — Eu gosto! — E o cachorrinho também. Ele balançou o rabo, ou o que havia dele, deitou-se, rolou e latiu o latido mais fino que Olívia jamais ouvira, enquanto todos riam, e Geoffrey saiu levando-o para mostrá-lo ao cozinheiro e à empregada. Eles tinham uma casa modesta mas atraente, no East Side, com uma vista para o rio. Certamente não era glamourosa, mas era respeitável, e Victoria não dissera nada sobre mudar-se ou fazer mudanças na casa. Seus interesses eram bem menos domésticos do que os de sua irmã. Olívia teria tumultuado tudo, comprando plantas, tecidos novos e escabelos, almofadas novas e um piano. De certa forma, era mais fácil assim. Victoria não tinha grande interesse em sua vida doméstica ou em trocar qualquer coisa. Ela queria sua própria vida, principalmente em círculos políticos.

Olívia ficou apenas um pouco, já que tinha milhares de providências a tomar, mas Charles tentou convencê-la a voltar para jantar, o que ela fez, e os três se divertiram à grande entre si, fazendo charadas, rindo, conversando e brincando com o cachorrinho.

— Victoria está certa — disse Charles, sorrindo, enquanto a cozinheira levava Geoff para a cama com o novo cachorrinho. — Talvez você devesse vir morar aqui.

— Ela andou incomodando você com esta tolice? — Olívia pareceu alegre e olhou através da janela para um rebocador no rio. — Vocês ficarão cansados o suficiente de mim quando eu vier visitá-los. Mas não posso deixar papai agora, e ela sabe disso.

— Esta não é bem uma vida para você, Olívia — disse ele tristemente, sentindo-se culpado por levar sua irmã para longe dela. O que ela teria em sua vida quando Victoria se fosse? A vida de uma mulher de sessenta anos. O que eles estavam fazendo?

— É a maneira como as coisas às vezes acontecem. Nós não as planejamos da maneira que queremos. Elas apenas acontecem. Como você, nos últimos dois anos. Não deve ter sido fácil para você também — disse ela gentilmente.

— Não foi — confirmou ele, seus olhos procurando os dela e depois recuando instantaneamente com a tristeza que viu lá. Ir a qualquer lugar perto dela era como entrar num fogão quente e queimar os dedos. As emoções fluíam altas e quentes, e seu coração era tão caloroso que ele quase não podia imaginar o que ela estava sentindo. — Me preocupo com tirar Victoria de você. — Ela assentiu diante daquilo, havia muito pouco que pudesse dizer em resposta. Ele começara a vislumbrar o quanto seria doloroso para ambas. Ela apenas esperava que ele confortasse Victoria adequadamente naquele verão em sua lua-de-mel na Europa.

Olívia beijou Geoffrey em sua cama naquela noite, com Henry num braço e Chip aconchegado perto dele. O garoto estava sorrindo de orelha a orelha, e ela sorriu quando o viu.

— Não se esqueça de levá-lo quando você for me ver — advertiu Olívia, e ele jurou que jamais deixaria Chip por um instante para ir a qualquer lugar, exceto à escola, e talvez seu professor até o deixasse levar o cachorrinho. — Duvido — disse ela, prometendo vê-lo novamente em breve, e então voltou a descer as escadas para encontrar seu pai.

Charles insistiu em levá-la de volta ao hotel e conduziu-a vagarosamente através do saguão.

— Suponho que não a verei novamente até o casamento — disse ele com uma expressão estranha. Era tão estranho pensar em casar novamente e de certa maneira parecia uma terrível traição a Susan, mas ele sabia que devia fazê-lo, pelo bem de Geoff. Aquela vida sem uma mulher não era para o garoto. Até as breves visitas de Olívia provavam aquilo. O garoto florescia como uma pequena flor quando a via. Victoria ainda não causava o mesmo efeito sobre ele, mas Charles estava certo de que seria uma questão de tempo. Afinal, elas eram gêmeas idênticas.

— Serei aquela de vestido azul — lembrou Olívia —, em caso de você ficar confuso. — Ela estava sorrindo.

— Provavelmente será a única vez que saberei quem é quem sem procurar pelo anel de noivado de minha mãe — disse ele, rindo de si mesmo e de sua constante confusão.

— Apenas pergunte a Geoff — provocou ela. — Ele dirá a você. E então ela olhou para ele sabendo que seria diferente da próxima vez. Eles eram apenas amigos, mas ele seria um homem casado em breve, e mais, o marido de sua irmã. — Eu o verei no casamento — sussurrou ela e ele assentiu com um olhar de sofrimento.

Ele beijou seu rosto então, voltou-se e andou rapidamente ao longo do saguão.

Capítulo 12

A última noite de Victoria no quarto familiar foi estranha para as duas. Ambas sabiam que ela jamais dormiria ali novamente. Quando voltasse novamente para a casa de seu pai, dormiria em outro quarto com o marido. As irmãs jamais ficariam juntas da mesma maneira novamente. E deixar uma à outra era como arrancar pele de pele, coração de alma, um membro do corpo. Nenhuma das duas achava que seria capaz de suportar aquilo. Victoria finalmente dormiu, enroscada em seu canto como sempre fazia, e Olívia ficou deitada perto dela e observou-a. Tocou os longos cabelos negros e sedosos, idênticos aos seus próprios, e tocou o rosto de sua irmã. Segurou sua mão e deitou-se abraçada a ela, rezando para que a manhã não chegasse. Mas quando chegou, o dia era glorioso e ensolarado.

Olívia não dormira nada, apenas ficara deitada lá, observando a irmã. Quando por fim Victoria movimentou-se e voltou-se para sorrir para ela, então se lembrou. Seria um dia de glória amarga. Um preço a ser pago, uma promessa a ser feita, uma vida na qual embarcar, um porto a ser deixado. Fazia seu coração doer apenas pensar em tudo o que aconteceria a elas naquela manhã.

— Hoje é o dia de seu casamento — disse Olívia solenemente, enquanto ambas saíam da cama, em total harmonia de movimentos. Elas sempre se moviam da mesma maneira ao mesmo tempo, mas raramente o percebiam. E parecia tão estranho dizer aquelas palavras, pensar em uma delas se casando. E Olívia não conseguia evitar pensar, com certa raiva, que se Victoria não tivesse sido tão irresponsável em Nova York nove meses atrás, talvez nada disso tivesse acontecido.

Elas tomaram banho e vestiram-se vagarosamente, falando muito pouco. Não tinham necessidade de dizer as palavras. Elas as sentiam, as escutavam em suas cabeças, assim como faziam quando eram crianças. Elas tinham sua própria linguagem quando eram muito novas, e às vezes simplesmente não falavam; suas mensagens uma à outra eram mais sentidas do que faladas.

Por fim seus cabelos estavam feitos, ambas os usavam puxados para trás em coque. Elas usavam meias de seda e roupas de baixo de cetim e cada uma delas pusera a menor quantidade possível de maquiagem nos olhos e batom. Tudo nelas era exatamente o mesmo, idêntico, e absolutamente ninguém poderia dizer a diferença entre elas naquela manhã. Até mesmo o anel da mãe de Charles estava na penteadeira.

— Ainda não é tarde demais — sorriu Victoria para ela. — Este poderia ser o seu casamento. — Olívia riu e apenas por um momento elas sentiram aquela ligação particular, o mundo em que ninguém jamais havia entrado, a não ser elas. — Nós podíamos desafiá-los a dizer qual é a noiva. Eu duvido que mesmo Charles soubesse a diferença.

— Ele saberia. Você saberia... — disse Olívia calmamente. — Este é o seu dia, e dele... e de Geoffrey... Minha querida Victoria, como eu a amo. — Seus olhos se encheram de lágrimas enquanto dizia as palavras. — Espero que você seja muito feliz. — Elas se abraçaram fortemente e os olhos de Victoria também se encheram de lágrimas. Então ela se desprendeu e olhou para a irmã.

— E se eu não for? — Era um sussurro de absoluto terror.

— Você vai. Eu sei que vai... dê-lhe uma chance justa. Ele a ama. — Ou pelo menos ela esperava que sim.

— E se eu não for feliz, Ollie — disse Victoria, enquanto se sentava e olhava para sua irmã gêmea —, eu me divorciarei dele. Toby pode não ter tido entranhas para fazê-lo, mas eu teria... Não vou ficar com ele se não for feliz.

Olívia franziu as sobrancelhas enquanto escutava.

— Esta não é uma boa maneira de se começar um casamento. Dê a ele todo o seu coração. Eu sei que ele não vai desapontá-la.

— E se eu desapontá-lo? Nós dois estamos fazendo isso de uma maneira tão estranha. Ele, com o fantasma de sua esposa se arrastando atrás dele, e eu com meu terrível pecado — disse ela com certo tom sarcástico — ...Toby.

— Ele já se foi, acabou — lembrou Olívia. — Esta é a sua vida. E a de Charles. Já se passaram dois anos desde que ele perdeu a mulher. É hora. Eu sei que é certo para vocês dois. Eu sinto.

— Sente? — sussurrou Victoria infeliz. — Então por que eu não sinto? Ollie, quando eu estou com ele, não sinto nada. — A tragédia daquilo era que quando Olívia estava com ele, sentia muitas coisas e estava sempre com medo de que Charles visse aquilo.

— Você ainda não deu uma chance a ele. Espere até que vocês estejam sozinhos por um tempo, sem mais ninguém por perto. — Olívia olhou para ela tristemente. — Será muito romântico.

— Mas eu não sou — disse Victoria e olhou com cansaço para sua irmã. — Às vezes penso que simplesmente não posso fazer isso. E o pior é que nem mesmo começamos.

— Dê uma chance... por favor... por causa dele... por sua causa... por causa de Geoff.

— Você está tentando se ver livre de mim, não? — Victoria sorriu para ela com melancolia. — Você quer meu *closet*.

— O que eu realmente quero é seu chapéu amarelo com a pluma verde. — Era um horror que elas haviam comprado no campo muitos anos antes e havia apenas um deles, então Victoria o comprara.

— Eu o darei a você. Você pode usá-lo hoje! Vai ficar bonito com seu vestido no casamento. — Elas estavam encurraladas e ambas sabiam. Poucos minutos mais tarde Bertie veio vê-las e censurou-as por ainda não estarem vestidas.

— Só faltam os vestidos, Bertie — explicou Olívia. — Tudo o mais está feito. Nós até já calçamos os sapatos.

— Bem, vocês não podem ir para a igreja assim. Andem logo... vistam seus vestidos...

Olívia vestiu o dela primeiro, e era espetacular, azul-gelo, moldando suas formas. Ela colocou o colar de águas-marinhas que fora de sua mãe, e depois o bracelete e os brincos, e subitamente parecia muito adulta, enquanto colocava o casaco de renda e o chapéu. Victoria sorriu para ela, de pé em seus sapatos brancos de cetim e em suas roupas de baixo de seda branca.

— Queria que você estivesse se casando, Ollie — disse ela suavemente, e sua irmã assentiu.

— Eu também. Mas este é o seu dia, neném. — Ela não a chamava assim desde que eram muito pequenas, e então foram para o outro quarto de mãos dadas e colocaram o vestido de casamento de Victoria, ajustaram a cauda sem fim, fixaram a tiara e assentaram o véu sobre ela. Olívia pensou que nunca, jamais vira nada como aquilo, e quando Bertie entrou, se debulhou em lágrimas. As garotas pareciam réplicas exatas de sua mãe.

— Oh, minhas queridas — foi tudo o que ela pôde dizer, ajustando seus vestidos, apertando o véu de Victoria pela décima vez e apenas olhando para elas. Eram belezas verdadeiramente lendárias. Ela correu para pegar as flores então. Cada uma carregava braçadas de orquídeas brancas entremeadas com lírios-do-vale. A fragrância era paradisíaca e enquanto Ollie seguia Victoria pelo corredor, elas viram seu pai. Ele parou onde estava e por um momento ambas tiveram medo de que ele desmaiasse ao vê-las. Mas ele não desmaiou, apenas ficou ali e chorou de prazer. Bertie sabia exatamente o que ele estava pensando então. Elas pareciam tão exatamente com ela, e ela tinha exatamente aquela idade quando morreu. Era como ter uma dupla visão, enquanto ele andava vagarosamente em direção a elas.

— Bem, pelo menos hoje eu sei quem é quem — disse ele com a voz rouca e então secou os olhos com o lenço e sorriu para elas, tentando não pensar em sua mãe. — Ou vocês estão brincando novamente? O pobre Charles está levando a noiva certa para a igreja hoje?

— Quem pode dizer, papai — respondeu Victoria por elas, e todos os três sorriram, enquanto desciam vagarosamente as escadas e Olívia carregava sua cauda para ela. Todos concordaram que nunca haviam visto um vestido tão bonito quanto aquele.

Levou dez minutos apenas para colocar a cauda, o vestido e o véu dentro do carro, mas Donovan foi extremamente paciente enquanto Bertie os ajudava. E por fim eles partiram para a igreja. Bertie foi no Ford com Petrie. Olívia se oferecera para levar Geoff com eles, mas Charles quisera ter o garoto no hotel com ele na noite anterior e estavam indo juntos para a igreja.

No caminho para a igreja, as pessoas por quem passavam paravam e admiravam, os carros buzinavam e as crianças acenavam; era sinal de boa sorte ver uma noiva tão bonita quanto aquela. Mas Victoria apenas passava os olhos por eles. Ela estava perdida em pensamentos, pensando em Charles e em toda a irresponsabilidade e má sorte que os levaram àquele momento. Não parecia de maneira nenhuma providencial para ela, parecia um erro gigantesco, e tudo em que ela podia pensar era nas coisas que dissera para sua irmã naquela manhã. Ela estava prestes a se virar para seu pai, enquanto eles chegavam à igreja, e dizer a ele que não podia fazê-lo, que ele deveria tê-la mandado para um convento na França ou na Sibéria, ou algo pior, mas, antes que ela pudesse dizer qualquer coisa, Olívia a estava ajudando a sair do carro e arrumando seu véu novamente, e ela perdera o momento.

Eles foram rapidamente escoltados até os fundos da igreja, e Victoria tentou desesperadamente ter um momento sozinha com a irmã. Passaram-se ainda mais dez minutos antes que as coisas se assentassem novamente, e Victoria ainda pôde ouvir a música enquanto mergulhava no pânico.

— Não posso!... — sussurrou ela, agarrando o braço de Olívia bem no momento em que estavam para entrar no corredor da igreja com seu pai. — Não posso, Ollie. Tire-me disso.

— Você *tem* que poder! — sussurrou Ollie com raiva. Ela podia ver que Victoria estava mortalmente pálida e dominada pelo terror. — Você tem que fazer isso. Não pode parar agora. Vá em frente, você jamais vai se arrepender.

— E se eu me arrepender? Não há saída. E se ele não quiser se divorciar de mim?

— Você não pode pensar nisso agora, Victoria. Você tem que fazer funcionar, pelo bem dele... pelo bem de Geoff... por você... por favor, por favor, neném... vá.

Os olhos de Victoria estavam cheios de lágrimas e ela estava muda de tristeza e terror quando uma porta se abriu, o órgão tocou e Olívia deslizou suavemente pela nave da igreja à frente deles, e antes que pudesse parar, Victoria estava agarrando o braço do pai e eles estavam andando solenemente atrás dela. Ela queria parar, se virar e sair correndo, ir embora antes que fosse tarde demais, mas já era, e ela o sabia. Ela se sentia como se estivesse marchando para a morte enquanto andava vagarosamente em direção ao altar atrás de sua irmã e na frente de quatrocentas pessoas. E quando chegaram lá, seu pai apertou sua mão e deixou-a, as lágrimas escorrendo por seu rosto. Então ela olhou para cima e o viu. Era Charles, tão alto, tão orgulhoso, tão decente, ele estava fazendo um esforço tão grande, preocupava-se tanto e queria tanto fazer a coisa certa, enquanto ficava lá em seu casaco matutino e suas calças listradas. Ele parecia tão bonito e seus olhos eram tão gentis quando olhava para ela que Victoria quase acreditou que tudo ficaria bem entre eles. Ela queria que ficasse. Ambos queriam. E quando ele se colocou a seu lado e pegou sua mão, sentiu-a tremer violentamente e tentou acalmá-la. Ficou bem próximo a ela e segurou seu braço. Ele queria que ela soubesse que sempre teria sua proteção. Era menos do que ele gostaria de dar a ela, menos do que ele já partilhara uma vez, mas era tudo o que tinha para oferecer agora. Ela olhou para ele silenciosamente e compreendeu. Sua união não era a que nenhum deles teria desejado anos antes, mas era direita para eles agora. Era um acordo, um juramento solene, uma troca de honra entre duas pessoas que entendiam uma à outra e estavam desejando aceitar menos do que ambos haviam sonhado.

Eles trocaram anéis, votos e promessas, e Victoria parou de tremer. E sorriu enquanto andava solenemente de volta pela nave ao lado de Charles. Bem atrás deles vinha Olívia, de braços dados com seu pai e apertando a mão de Geoff. Olívia se sentiu fracassada, triste, alegre e amorosa, tudo ao mesmo tempo e, junto com seu pai, este pequeno garoto, esta criança que perdera tanto, era tudo o que ela tinha agora.

Capítulo 13

O casamento foi um enorme sucesso, uma vitória total. Como sempre, Olívia cuidara de todos os detalhes. Os vários meses de planejamento cuidadoso valeram a pena. A comida estava excelente, a decoração, sublime; as flores eram as mais elaboradas que qualquer pessoa jamais vira, as esculturas de gelo pareciam reais e realmente ficaram intactas na maior parte da festa. A orquestra era de Nova York e tocou músicas que todos adoravam dançar. Os convidados estavam lindamente vestidos e todos concordavam que ninguém jamais vira uma noiva tão encantadora quanto Victoria. Houvera rumores, era verdade, mas era difícil acreditar naquilo tudo agora, quando a viam parecendo tão respeitável, tão recatada, tão apaixonada por seu belo marido. Quatrocentas pessoas aplaudiram a primeira valsa, o *Danúbio azul*, que Charles dançou com sua noiva. Seu vestido ondulava em torno dela como um mar de renda, a cada movimento gracioso. E Olívia, claro, embora menos em evidência hoje, estava tão bonita quanto ela. Ela dançou primeiro com seu pai, depois com Charles, depois com Geoff. E todos concordaram que ela estava adorável.

O dia já estava quase no fim quando Olívia dançou novamente com Charles. Ela sabia que Victoria tiraria em breve seu vestido de noiva, colocaria seu traje de lua-de-mel e partiria para a cidade. Eles passariam a noite no Waldorf-Astoria e então embarcariam no *Aquatania* pela manhã. Eles haviam cogitado a idéia de ela, seu pai e Geoff irem a Nova York vê-los embarcar, mas a criança estava terrivelmente nervosa com o fato de seu pai viajar num navio, e Olívia fora a primeira a concordar que ele não deveria ver isso. Então eles diriam adeus aos recém-casados aqui mesmo em Croton.

— Você fez um trabalho incrível, Olívia — disse Charles alegremente. Fora um casamento verdadeiramente perfeito. — Você é muito boa nisso.

— Eu venho administrando a casa de papai há anos — ela sorriu com facilidade. — Mas estou feliz por ter ido tudo tão bem. — Ela também estava satisfeita. E então inclinou-se para trás e fingiu examiná-lo através de olhos estreitos que mal escondiam tudo o que ela estava sentindo. — Então, você se sente diferente agora que é novamente um homem casado?

— Totalmente. Você não pode perceber pela maneira que estou dançando? Esta bola e esta corrente em minha perna realmente fazem diferença.

— Você é horrível — disse ela, rindo para ele, mas era bom vê-lo parecer tão feliz.

E Victoria parecia aliviada também. Estava feito, estava acabado. Ela o fizera. Ela quase saíra correndo gritando, no momento em que estavam prestes a entrar na nave da igreja, mas agora tudo aquilo parecia ter acabado. Ela parecia imensamente satisfeita consigo mesma e totalmente relaxada enquanto agradecia aos convidados e dançava com velhos amigos de seu pai e novos amigos de seu marido. E enquanto Olívia dançava com Charles, Victoria acenou para ela. Era hora de Victoria trocar o vestido de noiva pela roupa com a qual partiria, Olívia explicou a ele, e deixou-o conversando com alguns amigos, com Geoffrey próximo a ele. O garoto estava preocupado com o fato de o pai ficar longe tanto tempo, mas Olívia prometera tomar conta dele muito bem e mantê-lo feliz.

Victoria estava esperando por ela ao pé das escadas, sorridente, e Olívia não podia acreditar na mudança que se operara nela desde aquela manhã.

— O que aconteceu? — sussurrou ela, enquanto subiam as escadas de mãos dadas, parecendo mais idênticas que nunca, com exceção dos vestidos. Mas seus rostos, mãos e cabelos pareciam particularmente idênticos naquele dia, bem como todos os seus gestos. — Você parece estar gostando disso tudo de repente. — Olívia estivera observando-a em sua fascinação.

— Eu não sei — disse Victoria honestamente. — Não estou certa. Apenas decidi ir em frente, fazer o que devia ser feito e parar de me preocupar. Suponho que vamos concluir o resto mais tarde — disse ela de maneira filosófica, e Olívia pôde ver que ela estivera bebendo. Não muito, mas o suficiente para tirá-la do sério.

— Boa garota. Você vai ficar bem — disse ela para acalmá-la, enquanto Victoria tirava o maravilhoso vestido. Elas o colocaram cuidadosamente sobre a cama e Olívia foi pegar o conjunto de seda branca que fora feito em Nova York apenas para aquela ocasião. Havia um chapéu-coco de seda branca para combinar, e os olhos de Victoria pareceram imensos quando ela o colocou em sua cabeça e olhou para a irmã.

— O que vou fazer sem você? — perguntou Victoria num sussurro, e Olívia se sentiu exatamente da mesma maneira que sua gêmea se sentira naquela manhã, cheia de pânico.

— Não pense nisso — sussurrou ela, sufocando as lágrimas. — Estarei aqui, esperando por você, com Geoffrey.

— Oh, Deus, Ollie — foi tudo o que Victoria disse e elas caíram nos braços uma da outra e se abraçaram apertadamente. — Não posso deixá-la.

— Eu sei... eu sei... — Ollie estava tentando ser forte por ela, mas por uma vez não pôde fazê-lo. — Mas eu acho que você tem que me deixar. Charles pode ficar chateado se você mandar Geoffrey em seu lugar na lua-de-mel e ficar comigo aqui em Croton.

— Vamos tentar, talvez ele não note. — Ambas riram através das lágrimas, mas era o pior momento de suas vidas, e passou-se meia hora antes que elas descessem as escadas novamente, com um cor-de-rosa suspeito em torno dos olhos e o nariz cuidadosamente cheio de pó.

— Onde estavam vocês? — perguntou seu pai ao lado de Charles, mas as garotas apenas deram a ele desculpas vagas. Era hora de Victoria jogar o buquê, o que ela fez do alto das escadas de pedra do lado de fora da casa, para um grupo de mulheres solteiras que esperavam ansiosamente por ele no jardim. E sem se preocupar, mais por afeição, Olívia estava entre elas. Victoria mirou-o cuidadosamente em sua gêmea e jogou-o na direção dela. E ela teve de pegá-lo, ou ele a teria machucado. Houve gritos sorridentes de "não vale", "injusto", "foi combinado", mas ninguém realmente se importava, e então subitamente Charles e Victoria estavam perto do carro, e Olívia estava sozinha ao lado de seu pai. Um soluço travou sua garganta e ela e Victoria caíram nos braços uma da outra e ficaram lá, agarradas uma à outra em silêncio. Os olhos de Charles se encheram de lágrimas, ele desviou o olhar e então olhou para Edward. Ele parecia tão infeliz quanto elas.

— Eu te amo... se cuide... — sussurrou Olívia para ela, chorando sem vergonha enquanto os outros olhavam e depois se viravam. Era muito sofrimento para ser visto.

Victoria mal podia falar e apenas assentiu enquanto beijava o pai e entrava no carro. Ela não disse absolutamente nada a Geoffrey. Charles abraçou o garoto apertado por um longo momento, com lágrimas em seus próprios olhos, depois apertou a mão do sogro e agradeceu a ele, e então, por um único momento, ele abraçou a cunhada.

— Tome conta dela — sussurrou Olívia para ele, ainda chorando. E ele se afastou para olhar para ela com todos os sentimentos que haviam sido por tanto tempo enterrados.

— Vou tomar... Deus te abençoe, Olívia... Tome conta de meu garoto se qualquer coisa acontecer conosco.

— Não vai acontecer nada — disse ela, sorrindo para ele através das lágrimas e vendo-o entrar no carro com sua irmã.

Eles acenaram quando partiam, e os outros ficaram lá, imprestáveis, solitários, abandonados, como marinheiros naufragados numa ilha deserta depois que os passageiros foram resgatados. Sem dizer uma palavra, Olívia apertou Geoffrey junto a si e então, de mãos dadas, eles voltaram para os outros. Não havia mais nada a fazer agora, a não ser esperar que eles voltassem para casa. Seria um longo e lento verão.

E enquanto faziam a primeira curva na estrada, Charles deu seu lenço à sua esposa sem uma palavra. Ele podia ver o quanto ela estava sofrendo. E sabia que havia muito pouco que pudesse fazer para aliviar aquilo. Ele sabia, pelo que haviam conversado antes, que elas nunca haviam ficado separadas por mais do que poucas horas durante toda a vida. E nos últimos meses ele começara a entender o quanto aquela ligação era rara e poderosa.

— Você está bem? — perguntou solicitamente, enquanto ela assoava o nariz pela terceira vez e continuava a chorar.

— Acho que sim. — Ela olhou para ele e tentou sorrir, mas aquilo apenas a fez chorar mais forte. Ela nunca se sentira tão miserável, nem mesmo quando perdera Toby.

— Será difícil para vocês duas no início — disse ele honestamente, nunca mentiria sobre algo doloroso ou desagradável. — Mas vocês vão se acostumar. Outras gêmeas devem ter se casado e mudado. Vocês já perguntaram a alguém sobre isso? — Ela sacudiu a cabeça e se chegou um pouco mais para perto dele para ficar mais confortável. Aquilo o tocou mais do que qualquer outra coisa. Sem Olívia, ela parecia mais vulnerável, menor e menos segura de si mesma. Todo o seu delicado lado ultrajante parecia ter ido embora agora. — Você vai se divertir no navio — disse ele, por falta de algo mais a dizer. — Você já esteve em um navio? — Ela sacudiu a cabeça e suspirou. Ele estava tentando tanto, e ela estava tão incrivelmente sozinha sem Ollie. Não era culpa dele.

— Sinto muito — disse ela, olhando para ele e notando novamente como ele era bonito. E ainda assim ele não era nada parecido com Toby, nem seus sentimentos por ele. — Nunca pensei que seria assim. — Ela nem mesmo poderia imaginar que deixar Olívia seria tão doloroso.

— Está tudo bem — disse ele gentilmente. — Está tudo bem, Victoria — repetiu, passando um braço em torno dela. Eles falaram muito pouco durante o resto do caminho até Nova York e quando foram para a cama naquela noite no hotel, ela estava tão agitada e exausta com as emoções daquela tarde, que já estava dormindo antes que ele saísse do banheiro.

Ele havia pedido champanhe para eles, e a garrafa estava no outro quarto, num balde de gelo, mas ele pôde apenas sorrir para si mesmo quando a viu.

— Boa noite, garotinha — sussurrou e cobriu-a. Ela estava roncando suavemente. — Será uma longa vida. Haverá muito champanhe outras vezes... — Ele entrou no outro quarto e serviu-se de uma taça, pensando em seu filho e na irmã dela e imaginando como estariam passando.

Olívia também estava acordada àquela hora, assim como Geoff, abraçados um ao outro na cama de Olívia, com Henry, o macaco empalhado, na cama com eles, e Chip, o filhote, adormecido. Teria aquecido o coração de Charles se ele pudesse vê-los. Em vez disso, ele andou vagarosamente para o quarto e olhou para sua nova esposa dormindo ali, imaginando como seria ser casado com ela. De certa maneira, a perspectiva o excitava; de outra, o aterrorizava. Na verdade, era difícil imaginar.

Capítulo 14

Charles estava de pé e vestido quando Victoria acordou no dia seguinte. Ele havia se barbeado, tomado um banho e se vestido por volta de nove horas e pedira os jornais e o café.

— Bom dia, Bela Adormecida — disse ele com um sorriso enquanto ela vagava pelo quarto em sua camisola, ainda parecendo adormecida. Ela bebera mais do que ele imaginava no dia anterior e aquilo acabara com ela à noite. — Você dormiu bem?

— Muito — disse ela e serviu-se de uma xícara de café. Victoria procurou a bolsa de mão que usara na véspera, tirou um cigarro e acendeu-o.

Ele olhou para ela por sobre os jornais, surpreso, e observou-a fumar.

— Você sempre faz isso a essa hora do dia? — Ele parecia divertir-se, pois ela era mesmo a renegada que ele sempre achara que era.

— Se eu puder escapar com ele — sorriu. — Posso?

— Acho que sim, se você não soprar no meu rosto antes de minha primeira xícara de café. Não posso dizer que amo este cheiro, mas suponho que possa viver com ele, se tiver de viver.

— Bom. — Ela sorriu para ele, satisfeita. Seu primeiro obstáculo fora superado com sucesso. Então, ao próximo. Ela olhou os jornais com ele e comentou sobre o tumulto ocorrido na Itália e a greve de fome de Mary Richardson na prisão, na Inglaterra. Os jornais diziam que tiveram de alimentá-la à força.

— Você é fascinada por esse tipo de coisa, não é? — perguntou ele, intrigado. Era interessante estar sozinho com ela agora. Eles podiam perguntar qualquer coisa um ao outro, ou fazer o que quisessem.

— Sou fascinada pela liberdade — disse ela honestamente — e por aquilo que custa para consegui-la e mantê-la. Liberdade do perdedor, quem quer que seja ele. E acredito muito intensamente na liberdade das mulheres. — Ela encontrou seus olhos abertamente, e ele novamente se sentiu abalado pela sensualidade da qual ela parecia não ter nenhuma consciência.

— Então por que o casamento? — perguntou ele, divertido com a conversa.

— Porque é um caminho para a liberdade também. Serei muito mais livre casada com você do que era vivendo com meu pai.

— Como você sabe disso? — Ele sorriu de sua resposta.

— Porque agora sou uma adulta. Eu era uma criança até ontem e tinha de fazer tudo o que ele queria.

— E agora você tem de fazer tudo o que eu quero — disse ele, soando como um tirano. Ela olhou em seus olhos para ver se ele estava falando sério, mas ele foi rápido em acalmá-la. — Não, Victoria, não sou um monstro. Você deve fazer como quiser quando voltarmos, contanto que você não me embarace em público ou se coloque em perigo, de alguma maneira. Eu já disse a você, eu preferiria se você parasse de tentar ser presa. Mas quanto ao resto, você é quem sabe. Se você quer apoiar greves de fome ou participar de encontros e leituras com seus grupos políticos, ou passar seu tempo com outras mulheres falando sobre o quanto os homens são maus, você tem toda a minha permissão. — Ela pareceu satisfeita com sua resposta. Seu pai estava certo. Ele era uma pessoa extremamente razoável. E no momento parecia não querer nada dela.

— Obrigada — disse ela baixinho, parecendo muito jovem e um pouco menos ousada do que parecera um momento antes, com um cigarro entre os dedos.

— Acho que você deve se vestir agora, ou chegaremos atrasados para embarcar no navio. — Ele olhou para o relógio. Eram dez horas e deveriam estar lá às onze e meia. — Você gostaria de um desjejum? — perguntou educadamente. Era como visitar um amigo muito civilizado. Ele era solícito, cortês e muito bem-comportado. Não fizera nada para assustá-la ou aborrecê-la.

— Não estou com fome — disse ela cautelosamente, imaginando como fora dormir com ele na noite passada. Ele fora para a cama depois que ela estava dormindo e deixara o quarto antes que ela acordasse naquela manhã. Era estranho ter passado a noite com ele e não ter tido a menor consciência disso. Ele não se sentia realmente seu marido. Isso não era nada parecido com o que ela partilhara com Toby. E ela sabia o que era esperado dela aqui, mas não podia nem mesmo imaginá-lo com Charles. Na verdade, ela temia particularmente aquilo, mas Charles havia sido sempre um perfeito cavalheiro e de qualquer maneira não mostrara qualquer interesse amoroso nela.

Ela foi se vestir e uma hora mais tarde estava de pé na saleta de sua suíte, usando o vestido vermelho que Olívia escolhera para ela, com o casaco combinando. Ela estava usando um coque novamente, com um chapéu-coco também combinando, e causava impressão no maravilhoso conjunto vermelho. Era estranho estar sozinha com ele e não ser automaticamente a metade de um par, com uma pessoa idêntica bem a seu lado, mas era muito agradável deixar o hotel com ele e vê-lo receber congratulações de todos. Charles era respeitado e benquisto, e ela se sentiu muito bem cuidada quando ele a conduzia ao carro que esperava por eles. Suas malas já haviam ido na frente para o *Aquatania* e estariam esperando por eles em sua cabine.

E quando eles chegaram ao grande navio no Píer 55, havia uma banda tocando, confete voando por toda parte e pessoas elegantemente vestidas subindo a prancha, tanto para encontrar suas cabines quanto para visitar amigos que estavam embarcando. Havia uma grande quantidade de gente em toda parte e os olhos de Victoria se arregalaram enquanto ela observava a excitação em torno de si. Victoria desejava apenas que Olívia pudesse estar ali com ela para ver aquilo. Charles viu o breve brilho de sofrimento cruzar seus olhos e sabia em que ela estava pensando.

— Talvez ela possa vir conosco da próxima vez — disse ele gentilmente. E ela olhou para ele e sorriu, grata por sua generosidade de espírito.

Sua cabine no *deck* B era bonita, grande e surpreendentemente ensolarada. Era próxima ao Jardim de Estar, que parecia um velho jardim inglês, e enquanto eles passeavam pelo navio, Victoria ficou impressionada com a chaminé de mármore na Sala de Estar Adam e o elegante estilo do navio. Ela estava fascinada pelo que as outras mulheres estavam usando. Era como olhar para uma das revistas de moda de Olívia e ela estava feliz por Olívia tê-la forçado a trazer todos os trajes que foram cuidadosamente embrulhados em suas malas e que a comissária de bordo já estava desembrulhando.

— Oh, isso é tão divertido — disse ela a Charles, batendo as mãos como uma criança, e ele colocou um braço em volta de seus ombros. Ele já estivera em navios antes e sempre gostara deles, mas depois do que acontecera com sua mulher, ele estava certo de que jamais se sentiria feliz novamente em nenhum deles. Mas Victoria havia mudado aquilo.

Eles desceram para olhar a piscina e então voltaram para o *deck* principal, para a partida. A música aumentou, as buzinas soaram e o grande navio começou a se mover vagarosamente para longe das docas e para fora do porto. Os visitantes acenavam freneticamente das docas. Victoria tirou o chapéu e seu cabelo ficou imediatamente coberto de confete. Era a primeira viagem do *Aquatania* depois de sua viagem de estréia para Nova York na semana anterior, e Charles esperava apenas que ele fosse mais afortunado que seu primo mais velho, o *Titanic*. Supunha-se que este era um navio melhor e que devia ter o número certo de botes salva-vidas a bordo, mas mesmo assim ele estava sério enquanto voltavam para sua cabine. Inevitavelmente ele estava pensando em Susan.

— Como era ela? — perguntou Victoria corajosamente, enquanto acendia um cigarro, mas ele não objetou. Ele queria que ela ficasse confortável com ele.

— Não seria justo se eu dissesse que era perfeita — respondeu ele honestamente —, porque ela não era. Mas era a mulher certa para mim, e eu a amava muito carinhosamente. Foi muito difícil me acostumar ao fato de ela ter ido embora assim. Talvez seja diferente agora que estamos casados — disse ele esperançosamente, como se esperasse que uma longa doença fosse curada, mas Charles ainda não estava certo.

— Foi corajoso de sua parte — disse Victoria baixinho. — Você não me conhece realmente.

— Acho que conheço. E nós dois precisamos de ajuda nestas más situações.

— É uma razão estranha para se casar, não? — perguntou ela, subitamente querendo mais do que aquilo, enquanto ele pegava uma taça de champanhe e servia a ela. Victoria se sentia muito adulta agora que estava casada e gostava dos privilégios que vinham com aquilo.

— Casar é uma coisa estranha de qualquer maneira, não? Eu quero dizer, duas pessoas juntas para o resto da vida. É um grande risco a se correr, mas acho que vale a pena — disse ele, enquanto se sentava próximo a ela e a olhava.

— E se o risco não der resultado? — Ela olhou em seus olhos, e desta vez ele estava assustado com a pergunta.

— O risco dá resultado se você quer que dê — disse ele firmemente. — Você apenas tem de querer com força suficiente. — E então ele olhou nos olhos dela e fez-lhe uma pergunta direta. — Você quer? — Houve um longo silêncio.

E então, finalmente:

— Acho que sim. Eu estava aterrorizada ontem. Quase saí correndo pouco antes do casamento — confessou ela e depois sorriu de seu próprio terror.

— É compreensível. Se as pessoas fossem honestas, a maior parte delas diria a você que quis sair correndo antes do casamento. Eu também quis, por mais ou menos meio minuto.

— O meu durou um pouco mais — disse ela suavemente.

— E agora? — perguntou ele, aproximando-se dela e observando-a, fascinado. Ele podia sentir aquela qualidade sensual nela novamente, a coisa que Olívia não tinha e o deixava louco. — Você ainda quer sair correndo? — perguntou, enquanto chegava bem perto dela. Victoria olhou dentro de seus olhos e sacudiu a cabeça. Ela não sabia o que queria ainda, mas sair correndo não era. — Você não pode correr muito rápido num navio — disse ele numa voz rouca, enquanto deixava sua taça de champanhe e se sentava ainda mais perto dela. E então, sem dizer mais nada, ele colocou seus braços em torno dela e a beijou. Por um momento ele tirou sua respiração e então ela o beijou de volta, mais forte e profundamente do que ele esperava. Ela era exatamente o que ele suspeitara, um cavalo selvagem que ele jamais domaria, mas que jamais pediria aquilo que ele jamais poderia dar. — Você é muito bonita, Victoria — sussurrou ele para ela, não inteiramente certo da extensão de sua experiência. Ele sabia que ela não era inteiramente inocente, mas seu pai não lhe dera detalhes nem ele quisera conhecê-los.

Charles tirou cuidadosamente seu casaco carmesim e então puxou-a novamente para seus braços, enquanto se sentavam na poltrona da sala de estar da cabine. Os aposentos eram extremamente luxuosos, e Charles não medira despesas para agradá-la.

Ela acendeu outro cigarro, um pouco nervosa, e desta vez ele colocou-o de lado e beijou-a. Ele pôde sentir o gosto da fumaça do cigarro em seus lábios, mas não se importava realmente. Tudo nela o estimulava. E enquanto ela se sentava próximo a ele, languidamente, ele a beijou e ela o beijou de volta. Aquilo pareceu durar horas e então finalmente ele a pegou nos braços e a carregou para o quarto.

Eles estavam no mar então, mas ainda havia gaivotas voando próximo às janelas. Não havia ninguém por perto, eles estavam totalmente sozinhos, sem ninguém para perturbá-los, enquanto ele tirava o vestido vermelho e o jogava perto da cama, admirando suas longas pernas, os quadris estreitos, a cintura delicada e os seios fartos. Ela tirou sua respiração quando ele a viu, e então Charles tirou suas roupas também. Ele fechou as cortinas antes de tirá-las inteiramente e deslizou para debaixo dos cobertores com ela. Ali ele tirou o resto do que estavam vestindo e sentiu a opulência de sua carne contra a dele, o corpo sedoso que ele desejara tanto. Seu corpo estava gritando por ela como jamais estivera antes. Não houvera nenhuma mulher em sua vida desde Susan. Haviam sido dois longos e agonizantes anos e, enquanto ele procurava sua atual esposa, sentiu-a subitamente recuar e começar a tremer.

— Não tenha medo — disse ele em seu cabelo, enquanto a tocava, louco para estar dentro dela. — Não vou machucá-la, eu prometo. — Mas ela já se afastara dele e estava tremendo tanto que não podia parar enquanto ele a abraçava. Ele a segurou desta maneira por um longo tempo e depois a virou e forçou-a a encará-lo. — Não vou forçá-la a fazer nada que não queira, Victoria. Você não precisa ter medo de mim, eu sei que isso é difícil para você. — Ele se lembrou de sua primeira noite de casado com Susan e do quanto fora jovem inocente, e tímida com ele. Muito mais que Victoria, que parecia muito mais ousada. Mas ela não era. Era uma garota de vinte e um anos e ele imaginou que, apesar de seu coração partido, ainda era virgem. Ele era dezesseis anos mais velho que ela e tinha tempo. Apesar de sua fome por ela, estava querendo ser paciente.

— Eu não posso — disse ela, enterrando o rosto contra ele, parecendo tão apavorada quanto estivera antes do casamento. Tudo o que ela podia pensar agora era nos êxtases que tivera com um homem que ela amara e na agonia que acabara no banheiro. — Não posso fazer isso com você...

— Você não tem que fazer... não agora... nós temos a vida inteira juntos. — Mas ao som dessas palavras ela começou a chorar e tudo o que queria era sua irmã.

— Sinto muito... — disse ela miseravelmente. — Sinto tanto... não posso fazer isso...

— Shhh... — disse ele, e abraçou-a pelo que pareceram horas, assim como ele teria feito com Geoffrey se ele tivesse machucado o joelho ou ficado amargamente desapontado. E, por fim, ela enroscou-se e adormeceu em seus braços. E enquanto ela dormia, ele levantou-se e colocou uma roupa de dormir. Ele não queria assustá-la se o visse nu. Pediu chá para ambos e quando ela se levantou, no fim daquela tarde, ele estava esperando por ela e serviu-lhe chá e biscoitos.

— Eu não mereço isso — disse ela, infeliz, desejando que as coisas fossem diferentes. Ela nem mesmo queria tomar chá com ele. Ela sentia como se o tivesse desapontado. E se sentiu ainda pior quando receberam um telegrama de casa.

"Nós amamos vocês. *Bon voyage* e feliz lua-de-mel. Papai, Olívia e Geoffrey." Aquilo a fez sentir saudades de casa apenas de pensar neles, e Victoria levantou-se e correu como uma corça para o banheiro. Ele tentou não olhar, mas ela era tão adorável que ele não conseguiu.

Pouco mais tarde ela voltou e sentou-se com ele, coberta com a camisola de seda púrpura que Olívia comprara para ela.

— Não se preocupe — acalmou-a ele novamente e beijou-a gentilmente. Ele jamais admitiria para ela, mas seu desejo por Victoria o estava deixando louco. No entanto, ele não fez nenhuma tentativa de sedução novamente e pouco mais tarde eles se vestiram para o jantar.

Ela usou um traje de noite de cetim branco que aderia ao corpo ousadamente e o decote atrás era tão baixo que quase se podia ver seu traseiro.

— Bem, isso certamente vai chamar a atenção dos rapazes. — Ele sorriu feliz para ela e depois seguiu-a para fora da cabine. Eles se sentaram à mesa do capitão Turner naquela noite e, assim que a música começou a tocar, Charles levou sua esposa para a pista de dança. Eles estavam tocando um tango e ele pôde senti-la movendo-se sensualmente em seus braços. Era tudo o que precisava sentir para querer se precipitar com ela para sua cabine. — Não acho que possa deixá-la sair novamente — disse ele quando a música chegou ao fim. — Você está deixando todos os homens loucos. — Ela riu para ele e claramente não se importava com o tumulto que estava causando. Mas quando ele veio para ela... ela estava assustada. Era tão estranho, ele simplesmente não conseguia entender aquilo.

E quando ele se deitou próximo a ela naquela noite, olhou para Victoria e quase sentiu medo de tocá-la. Mas simplesmente não podia controlar aquilo, e ela sabia que teria que encarar isso também. Não podia ser dessa maneira para sempre. Ele tirou sua camisola e ela se deitou em seus braços, delicada e inerte. Ele sabia o quanto ela estava com medo, podia senti-lo e estava determinado a não forçá-la. Queria deixá-la tão louca quanto ela o deixava e introduzi-la em todos os caminhos do prazer.

Ele começou muito gentil e vagarosamente, mas à medida que seu desejo aumentava, ele se tornou mais apaixonado e era de fato um amante gentil e experiente. Mais ainda que Toby, que realmente a usara muito mais rudemente do que Charles o fazia. Mas a diferença entre eles era que ela amara Toby e seu próprio desejo por ele fora tão grande que ela não se importara com coisa alguma que eles fizessem, ela não temera nada. Ela desejara tudo o que eles partilharam. E também queria desejar agora com Charles. Queria ser a esposa que ele esperava, mas ainda que o sentisse estremecer em seus braços e finalmente se deitar exausto, ela não sentiu nada.

Ele foi muito rápido em olhar para ela, chamar seu nome, beijá-la e assegurar-lhe que se preocupava com ela profundamente. Ele estava aterrorizado com o fato de tê-la assustado de novo e então ele entendeu o que acontecera. Subitamente Charles compreendeu o que ela sabia e ele não.

— Não foi a primeira vez, foi? — perguntou ele roucamente, enterrando o rosto entre seus seios e depois se voltando para encará-la, enquanto ela sacudia a cabeça tristemente. — Você deveria ter me contado, Victoria. Eu fiquei aterrorizado com a possibilidade de machucá-la.

— Você não me machucou — disse ela suavemente. Ela não fora mesmo a lugar nenhum enquanto ele era transportado pela paixão. Ela se sentira próxima a ele, mas apenas porque sentia muito por ele e pelo que ela não podia lhe dar. E já não acreditava no que diziam. Você não aprende essas coisas. Seu amor por alguém não "cresce". Você amou, ou não amou. E ela sabia que fora traída e agora o traíra. Eles não "cresceriam" para nada. Eles simplesmente passariam a vida juntos, como estranhos.

— E você o amou, não amou? — Charles queria saber tudo agora.

— Sim — disse ela honestamente. Ela não evitou seus olhos agora. Apenas parecia justo contar a ele. — Eu o amei.

— Quanto tempo durou?

— Quase dois meses. — Charles assentiu, pelo menos não foram um ano ou dois, não que isso realmente importasse. — Ele mentiu para mim. Sobre tudo. Ele nunca me amou realmente. Ele me disse que estava preso num casamento sem amor e que estava deixando-a para se divorciar. E eu acreditei nele. Eu nunca o teria feito de outra forma — e então ela pensou sobre isso — ou talvez o tivesse. Não sei agora. — Ela parecia miserável, mas pelo menos não estava mentindo para ele. Isso já era algo. — Ele começou a contar às pessoas, rindo daquilo. E quando perguntaram a ele, disse que eu o seduzi. Disse que eu não significava nada para ele, era tudo uma diversão. Ele nunca teve a intenção de deixar sua esposa ou se casar comigo. Na verdade, ela estava esperando um bebê durante todo o tempo em que o amei.

— Que bastardo. E agora você não acredita em mim, não é?

— Não é isso — disse ela miseravelmente, tocando seu rosto com os dedos. — Eu não sei o que é. Eu apenas não posso... é como um muro entre nós... entre mim e qualquer pessoa... qualquer homem... eu não quero que ninguém me toque. — Aquilo certamente não era um bom prenúncio para seu futuro.

— Alguma coisa a mais aconteceu, Victoria, que você não esteja me contando? — Ele suspeitava mesmo antes que ela contasse a ele. Ela começou a sacudir a cabeça, e então olhou para ele e deu de ombros. Aquilo era uma coisa que ela realmente não queria contar a ele.

— Nada...

Mas desta vez ele sabia que ela estava mentindo. Ele tocou seus seios com uma das mãos e desejou que ela o quisesse, mas ela apenas olhou para ele tristemente.

— Eu fiquei grávida — disse ela em voz muito baixa.

— Foi o que pensei.

— Caí do meu cavalo e perdi o bebê logo depois que voltamos para Croton. Olívia estava comigo, mas eu não contei a ela. Ela me salvou... eu estava tendo uma hemorragia... foi horrível... acho que quase morri, e eles me levaram para o hospital numa ambulância. — Lágrimas rolaram suavemente por suas faces enquanto ele segurava sua mão, desejando que as coisas tivessem sido diferentes. — Não quero ter filhos nunca.

— Não tem que ser assim. Não tem que ser aterrorizante, horrível e errado... sozinha no chão de um banheiro, com o bebê de um homem que não a amava. — Mas ele não podia dizer a ela que a amava, não honestamente, e ela sabia disso. E não importaria se ele a amasse, pois ela não o amava.

— Minha mãe morreu quando eu nasci. Eu a matei — disse ela, enquanto lágrimas frescas rolavam por suas faces, e ele a abraçou.

— Estou certo de que isso não é verdade — disse ele, certo de que havia mais na história.

— Ela estava bem quando Olívia nasceu, e eu era tão grande que ela morreu logo depois que me teve. Eu nasci onze minutos depois de Ollie.

— Mas você não a matou — explicou ele, ela era infantil de certa forma, mesmo apesar de ter perdido um bebê. — Eu não ligo se jamais tiver outro filho — explicou ele —, mas não quero que você se sinta como não deve. Ter Geoff foi o momento mais feliz da vida de Susan, ou... mais tarde, pelo menos — ele sorriu. Não fora fácil para ela também, e Geoff fora um bebê grande. Mas ele ainda se lembrava do olhar em seu rosto na primeira vez que a vira depois que Geoff nascera, enquanto o bebê se aconchegava em seu seio e mamava. Ele nunca vira nada tão doce e chorou quando os viu. Era difícil esquecer aquilo mesmo agora, dez anos mais tarde. — Você deveria ter um bebê um dia, Victoria. Provavelmente as coisas serão diferentes. Nós nos acostumaremos um com o outro. Nós dois esqueceremos as pessoas de quem gostamos um dia, ou as colocaremos de lado, com toda a tristeza e as coisas que fizeram para nos machucar.

— O que ela fez para machucar você? — perguntou Victoria surpresa, desejando que pudesse acreditar que um dia as coisas seriam diferentes. Mas ela não acreditava. Eles estavam muito longe um do outro. E a verdade era que, além de simpatia, ela não sentia nada por ele.

— Ela morreu — disse ele asperamente. — Ela embarcou naquele maldito navio. Eis o que ela fez para me machucar. Ela deu seu assento a uma criança, a alguém que não conheço e com quem não me importo, e me deixou. — Havia lágrimas em seus olhos agora; ele conhecera a dor, o sofrimento, a perda e a raiva. Ele conhecera a agonia, mas estava de volta agora. E desejava estender a mão para Victoria e deixá-la juntar-se a ele. Mas a verdade era que ela não queria. —

Nós não podemos desistir — disse ele suavemente. — Não podemos apenas olhar para trás, para as pessoas que deixamos em nossas vidas. Mesmo que ele a tenha machucado terrivelmente, se ele a traiu, você tem que esquecer.

— Ainda não consigo.

— Você vai acabar conseguindo. E eu estarei aqui esperando.

— E enquanto isso? — perguntou ela, parecendo preocupada. Não era de maneira alguma perfeito entre eles neste ponto, mas era mais do que Charles tivera em anos, e ele estava desejando pagar para ver por enquanto.

— Nós damos o melhor de nós... esperamos... nos tornamos amigos... vou tentar não aborrecê-la mais do que devo. — Mas ela sabia que não tinha o direito de recusá-lo, mesmo que não o quisesse, e ele sabia disso. — Nós veremos... é o melhor que podemos fazer, Victoria. Nós estamos casados.

— Você merece mais do que eu tenho para lhe dar, Charles — disse ela e falava sério.

— Se isso é verdade, então vou encontrar isso algum dia. E você também. Até lá, isso é tudo o que é... — Ele sorriu para ela filosoficamente, desejando aceitá-la como ela era, uma jovem e bonita mulher, que o emocionava até a alma, mas não o amava. Mas ele sabia que ela era jovem também. Ela acabaria esquecendo Toby. Ela viria para o homem com quem se casara. E quando ela o fizesse, ele estaria esperando.

Capítulo 15

Sua lua-de-mel definitivamente não foi o que Charles esperava. A resistência de Victoria não melhorou no decorrer da viagem. Eles chegaram à Europa no dia 26 de junho e, dois dias depois, sete jovens nacionalistas sérvios atacaram e mataram o sobrinho do imperador da Áustria, o arquiduque Franz Ferdinand, e sua esposa, na cidade de Sarajevo.

Parecia ser apenas um incidente isolado, mas dentro de alguns dias causou considerável consternação na Europa. Victoria e Charles estavam então em Londres, no Claridge's, visitando amigos. Victoria estava mais interessada na marcha das sufragistas em Washington, de volta aos Estados Unidos, e na exigência do direito de voto para as mulheres. Mesmo entre os amigos de Charles na Europa, ela encontrara muitas sufragistas e estava fascinada pelo que estava se passando por lá. Mas seu intenso desejo de visitar as Pankhurst na cadeia fora frustrado. Quanto àquilo, Charles batera o pé. Não queria sua esposa visitando ninguém na prisão. Houve uma intensa discussão sobre o assunto, mas Victoria não conseguira vencer. Charles queria ser tolerante, mas não forçado a passar de seus limites.

— Mas eu me correspondi com elas, Charles — disse Victoria, como se isso fosse alterar o ponto de vista dele.

— Não me importaria nem se você as tivesse visto em aparições religiosas. Visitar essas mulheres na prisão está fora de questão. Você vai se colocar numa espécie de lista negra e vamos acabar sendo expulsos da Inglaterra.

— Isso é absurdo. Eles aqui têm a mente mais aberta — disse ela, ingenuamente.

— Duvido muito. — Ele não estava se divertindo nem um pouco com aquilo e parecia impaciente aqueles dias, mas ambos sabiam por quê. Todas as suas tentativas de colocar sua vida física em ordem não haviam tido qualquer sucesso.

E quando chegaram a Paris, uma semana depois, Victoria estremecia a cada vez que ele a tocava. Ela não sabia por que se sentia daquela maneira. Era algo visceral. Ela não queria nenhum homem tocando-a novamente, não queria sentir nenhuma das coisas que sentira antes, não queria acreditar em ninguém e estava determinada a não ter um bebê. Ela dissera tudo isso a ele, que garantira haver precauções que podiam ser tomadas. Ele até mesmo tentou tomar algumas por si mesmo, mas eles nunca chegaram tão longe. Agora ela começava a chorar e tremer a cada vez que ele a tocava. E embora ele tentasse ser paciente com ela, estava começando a ficar irritado.

— Por que você não me disse antes que se sentia desta maneira? — censurou-a tarde da noite, depois de terem tentado novamente em Paris. E aquilo estava começando a afetá-lo também. Por mais que a desejasse, não queria continuar a fazer amor com uma mulher que estava sempre chorando ou tremendo. Ele se sentia como um estuprador e estava rapidamente se tornando um frouxo.

— Eu não sabia que seria assim — disse ela entre soluços no hotel Ritz. Sua melhor suíte estava sendo desperdiçada. E o romantismo de Paris apenas parecia fazê-lo ficar mais nervoso. Ela não queria ficar presa ali, sozinha com ele. Queria estar falando com políticos, encontrando sufragistas e indo a assembléias. E estava começando a parecer a Charles que a última coisa que ela queria era um marido. — Não era assim com Toby — revelou Victoria inesperadamente, e afinal tendo chegado longe demais, e muito humilhado por aquelas palavras, Charles saiu intempestivamente da suíte e foi dar uma longa e solitária caminhada em Paris. Ela pediu desculpas profusas quando ele retornou e fez um sincero esforço mais tarde, naquela noite, para conseguir fazer amor com ele. Ela era jovem, sensual e muito excitante. Ele pôde senti-la responder a ele, mas rapidamente também sentiu-a se recolher de terror e repulsão.

— Você não vai ficar grávida, Victoria — assegurou-lhe ainda no calor da paixão, mas quando se virou e rolou sobre ela, pôde senti-la em seus braços, mas era como se ela não estivesse realmente ali. Havia algo morto nela e nada do que ele fizesse a fazia reviver. — Não sou um médico, nem um mágico — disse ele, quase em desespero. Nunca tivera uma experiência como aquela, uma mulher que o excitasse tanto e que parecia não sentir absolutamente nada. Aquilo era uma tortura, e em julho a situação contribuíra muito pouco para melhorar sua disposição.

Eles tiveram notícias de Olívia várias vezes. E Victoria parecia viver apenas para ter notícias dela ou ler sobre as sufragistas no jornal. Nada mais parecia importar a ela, que atualmente parecia bem mais confortável em companhia de outras mulheres. Ele estava começando a pensar se ela realmente gostava de homens. Talvez houvesse mais que um problema ali, mais do que qualquer pessoa jamais sonhara. E ele só podia pensar para que pesadelo Edward Henderson o empurrara e se ele soubera o que estava fazendo. Mas Charles não gostava nem de pensar isso.

Olívia disse que todos estavam bem. Fizera um calor atípico da estação em toda a extensão do rio Hudson. Seu pai estava gozando de boa saúde e Geoffrey estava aprendendo muito em Croton-on-Hudson. Ele aprendera a cavalgar maravilhosamente e ela reassegurou a Charles que não houvera mais contratempos. Na verdade, se ele continuasse a cavalgar tão bem quanto vinha fazendo, Olívia estava pensando em comprar um cavalo novo para ele, que se adaptasse perfeitamente ao garoto. Podiam deixá-lo em Croton, e ele poderia cavalgá-lo sempre que fosse visitá-la.

Ela assegurou a eles, a fim de que não se preocupassem, que Chip também estava passando muito bem. Ele mordia todos os móveis e fizera excelentes incursões para comer todos os tapetes de seu quarto de dormir.

Mais que tudo, ela esperava que eles estivessem bem, que estivessem felizes e prosperando, e que o absurdo incidente em Sarajevo não tivesse causado a eles nenhuma preocupação. Eles também haviam ouvido notícias sobre isso, mas não havia razão para pensar que o conflito iria mais adiante. Os austríacos estavam indubitavelmente irritados, mas o resto do mundo parecia não ter sido afetado.

Charles partilhava completamente de seu ponto de vista, mesmo quando na última semana de julho, enquanto estavam no sul da França, ficaram sabendo que a Áustria declarara guerra à Sérvia. Mas isso não era muito surpreendente. Mais surpresos e perturbados eles ficaram quando, quatro dias mais tarde, a Alemanha declarou guerra à Rússia, e novamente dois dias mais tarde, quando declararam guerra à França também. As coisas pareciam estar se deteriorando rapidamente na Europa.

Eles estavam em Nice então, no Hotel d'Angleterre, e Charles queria retornar imediatamente à Inglaterra.

— Mas isso é ridículo, Charles — vociferou Victoria. Ela amava a França e não queria partir ainda. Eles haviam planejado uma viagem à Itália poucos dias mais tarde. — Não vou mudar todos os meus planos porque alguns ridículos países europeus têm um temperamento explosivo. — Ela olhou para ele absolutamente irritada.

— Este temperamento explosivo chama-se guerra. Nós estamos agora num país que está em guerra, a Alemanha não é "ridícula" e pode muito bem atacar a qualquer momento. Faça suas malas. Nós estamos partindo.

— Eu não vou. — Ela cruzou os braços e sentou-se calmamente na poltrona em sua suíte no hotel.

— Você é louca. E vai partir quando eu disser. — Ela não era nada fácil, e ele estava ficando cansado daquilo. Fora um longo verão.

Eles ainda estavam discutindo sobre aquilo no dia seguinte, quando as tropas alemãs invadiram a Bélgica. E desta vez Victoria entendeu a mensagem sem qualquer pressão do marido. Fez suas malas e deixaram Nice na manhã seguinte, no mesmo dia em que Montenegro declarou guerra à Áustria. A Europa estava rapidamente se tornando uma confusão de declarações e acusações.

Eles voltaram ao Claridge's e na semana seguinte observaram, estarrecidos, como os sérvios declararam guerra à Alemanha, os austríacos à Rússia, e Montenegro à Alemanha também. E então finalmente, em 12 de agosto, Inglaterra e França declararam guerra à Áustria, e em Londres houve bandeiras desfraldadas.

Charles voltou preocupado à suíte assim que ouviu a notícia, já com suas passagens trocadas no escritório Cunard. Eles haviam planejado ficar mais uma semana na Europa, mas agora estava acabado. Ele queria levar Victoria de volta para os Estados Unidos assim que pudesse. E eles estariam navegando novamente no *Aquatania* na manhã seguinte. Quando Victoria voltou de sua incursão às compras, suas malas estavam feitas, seus planos estavam traçados e ele mandara um telegrama à sua irmã. Ele explicou tudo isso a Victoria enquanto ela tirava seu casaco.

— É isso? Estamos partindo? — Ela parecia chocada quando ele o disse. — Sem nem mesmo me perguntar o que eu penso disso?

— Exatamente. A Alemanha acaba de declarar guerra à Inglaterra. Não vou esperar por aqui até que as balas comecem a voar, estou pegando minha esposa e voltando para a América e para a segurança.

— Eu não sou uma coisa que você possa empacotar, Charles, sem nenhuma discussão.

— Parece que nós tivemos muitas discussões durante esses dias, Victoria, e realmente estou cansado. Acho isso uma perda de tempo e muito exaustivo.

— Sinto muito ouvir isso — disse ela, infeliz. Ela estivera de mau humor o dia inteiro e estava com dor de cabeça. Eles haviam tido um de seus desafortunados interlúdios, ou o que ela achava que eram, na noite anterior, e ambos ficaram frustrados e irritados. Ela não sabia o que estava errado com ele, ou com ela, mas todo o seu corpo parecia entrar em convulsão quando ele chegava perto dela, e o dele virava gelatina. Ela tivera muito pouca experiência para comparar, mas tudo o que sabia era que com Toby aquilo nunca acontecera. Charles dissera que ele jamais queria ouvir aquilo novamente e assegurou-lhe que também nunca acontecera com Susan. O que deixou ambos zangados, isolados, frustrados e muito solitários, já que nem Susan nem Toby estavam por perto, e tudo o que eles tinham agora era um ao outro.

— Estamos partindo amanhã às dez horas — disse Charles friamente. Pelo menos para ele, a lua-de-mel fora um pesadelo.

— Talvez você esteja, Charles — disse Victoria, ousando antagonizá-lo novamente, mas o pior de tudo era que ela achava que gostava disso. Havia alguma coisa no fato de importuná-lo que a excitava, e ela não conseguia parar de sentir isso. — Mas eu não. Eu vou ficar.

— Na Europa? Em guerra? Só por cima do meu cadáver. Você vem comigo.

— Talvez haja algo a ser aprendido aqui, Charles. Talvez haja uma razão para estarmos aqui neste lugar, neste momento. — Seus olhos estavam acesos de excitação e ela quase o assustou, mas, pior ainda, apenas o fato de vê-la daquela maneira o fez desejá-la. Ele imaginou que demônio encontrara sua alma e dera a ele uma esposa que o estimulava tanto e que ele podia satisfazer tão pouco. — Isso pode ser parte de nosso destino, estar aqui enquanto a guerra estoura na Europa. — Ela parecia jovem e bonita e, pelo menos para Charles, talvez até mesmo um pouco louca. Ela tinha um traço de rebelião e aventura que desafiava qualquer razão. Talvez fosse por isso que Edward Henderson ficara tão ansioso para casá-la. E ele tinha, muito sensivelmente, escolhido um homem são. Mas mesmo quando sentia a pior raiva dela, Charles sabia que Victoria não era louca. Era apenas difícil de se lidar. E ele se sentia muito velho para discutir com ela cada assunto a cada momento. O pior é que ela amava aquilo. Ele podia ver. Ela amava torturá-lo, atormentá-lo, discutir com ele, recusar-se a fazer a coisa mais simples e insistir em fazer algo perigoso e irresponsável como ficar na Europa.

— Eu sei que isso vai soar tedioso para você, Victoria — disse ele, tentando ficar calmo. Ela o havia levado a seus limites. — Mas não é sensato ficar num país que declarou guerra, ou ao qual outro país declarou guerra. E se eu deixá-la aqui, seu pai vai me matar. Então, goste ou não disso, concorde comigo ou não, seja nosso destino estar aqui nesta época ou seja meramente um acidente, eu estou levando você de volta para Nova York amanhã de manhã. E se você achar isso totalmente insuportável, sugiro que pense em sua irmã. Ela ficará doente de preocupação se você ficar aqui, bem como seu pai. Quanto a mim, estou indo para casa porque tenho um filho de dez anos que já perdeu a mãe e não quero ficar aqui e ser morto desnecessariamente por uma bala perdida. Isso explica a situação o suficiente para você? — Desta vez ela assentiu em silêncio. A menção a Olívia finalmente a trouxe de volta à razão. E, embora não tenha admitido a ele, sabia que Olívia teria dito as mesmas coisas. Teria sido fascinante ficar na Inglaterra e ver o que aconteceria.

Ela ficou acordada até tarde naquela noite depois que ele foi para a cama e pensou sobre o que acontecera com eles, a virada do destino que os juntara e a má sorte que parecia havê-la marcado desde seu caso com Toby... o bebê que ela perdera... a reputação que ela destruíra... o fato de ter sido forçada a se casar com Charles e deixar sua irmã... e agora as obrigações físicas que eram esperadas dela e não poderia sustentar por muito tempo mais. Era difícil imaginar um futuro feliz. Por um estranho momento, pensou em sair correndo dali e nunca mais voltar para casa, mas ela sabia que não podia. No mínimo ela tinha que ver Olívia, mesmo que odiasse voltar para Nova York agora. E começar a vida com ele, com seu filho e todas as responsabilidades que isso exigiria parecia dolorosamente triste. A Europa havia começado a lhe dar um gostinho do que ela queria. Queria excitação, política e liberdade. Não tinha um laço real com aquele homem, não havia ligação de carne, de alma ou de coração e, depois de dois meses com ele, por mais gentil, sábio e paciente que ele fosse, ela sabia que ele não estava preparado para admiti-lo. Talvez nunca estivesse. E então o que ela faria? Ela havia falado corajosamente com Olívia sobre o divórcio, quando ainda estavam em Croton. Mas sabia que Charles jamais concordaria com aquilo também. Ela estava presa numa armadilha. Seu destino estava selado ao dele. Ela estava atada a ele e sabia que provavelmente iriam afundar juntos. Essa vida sufocante de estar amarrada a um homem que ela não amava no mínimo a mataria. Ela sabia que tinha de falar com Olívia sobre isso, mas não parecia haver muito o que dizer. Eles haviam feito seu trato, jurado seus votos, haviam apostado e perdido. Na verdade, eles não sabiam nada um sobre o outro.

— Você vem para a cama esta noite? — perguntou ele, e ela pulou ao ouvir sua voz. Ele estava de pé na porta do quarto. Ela olhou para ele hesitante e então assentiu, imaginando se ele queria tentar novamente ou se apenas queria que ela fizesse o que ele dissesse. Em qualquer dos casos, ela não gostava das opções.

Mas quando foi para a cama poucos momentos mais tarde, ficou surpresa quando ele simplesmente colocou seus braços em torno dela e a abraçou.

— Não sei como chegar até você, Victoria — disse ele tristemente. — Sei que você está trancada aí em algum lugar, mas não posso encontrá-la. — Ele sabia que tinha uma esposa, mas não a conhecia ainda e imaginava se algum dia a conheceria. Como Victoria, ele estava começando a perder a esperança. Eles estavam casados havia dois meses, o que não era muito, mas começava a parecer uma eternidade.

— Eu também não consigo me encontrar, Charles — disse ela, infeliz, e eles se agarraram um ao outro como náufragos no oceano.

— Talvez nós consigamos algum dia. Se esperarmos o suficiente. Eu não vou desistir, você sabe. Levei meses para acreditar que Susan estava morta. Continuei achando que eles iam encontrá-la. — Ela concordou, de certa forma confortada pelo que ele disse. Teria sido muito mais fácil amá-lo. Ela queria, mas não sabia como e parecia haver perdido esse tipo de sentimento. Não havia amor para ele em seu coração, e o pior era que ele sabia disso.

— Não desista de mim, Charles — disse ela em voz baixa. — Não ainda. — Sem Olívia, ela se sentia assustada.

— Não vou desistir — sussurrou ele, enquanto a apertava mais perto. — Não vou desistir por muito, muito tempo — sussurrou ele em seu pescoço, enquanto adormecia abraçado a ela, pensando que talvez a lua-de-mel não tivesse sido tão terrível assim. Talvez as coisas melhorassem. E enquanto ele a abraçava, Victoria deitou-se em seus braços, sonhando com a liberdade.

Capítulo 16

A viagem de volta no *Aquatania* pareceu duas vezes mais longa que a de ida, enquanto Victoria e Charles sentavam-se lado a lado nas espreguiçadeiras. Ele dormia, ela lia e estava fascinada por ter conhecido Andrea Hamilton no navio, e elas passavam muito tempo discutindo suas últimas teorias sobre o sufragismo. Charles apenas desejava que escutar sobre aquilo também o fascinasse. Enquanto isso, sua esposa parecia estar obcecada com as causas e assuntos femininos. Isso não era uma fantasia passageira para ela, ou um tópico de conversação um pouco excêntrico. Era para aquilo que ela vivia e respirava. E, embora ele tivesse sabido de seus interesses antes, não havia compreendido o quanto a doença estava avançada. Aquilo era tudo o que ela lia, falava, se preocupava ou perseverava. E Charles estava achando aquela paixão dolorosamente aborrecida.

— Nós vamos nos sentar à mesa do capitão esta noite — disse ele sonolento, abrindo um olho, enquanto ela se deitava na espreguiçadeira junto a ele. — Achei que devia avisá-la.

— É simpático da parte dele — disse ela sem muito interesse. — Quer nadar? — Às vezes ele sentia a diferença de idade entre eles. Ele estava feliz deitado ali, absorvendo o sol, e Victoria gostava de se manter ocupada. Mas ele estava querendo agradá-la.

Meia hora mais tarde mergulharam na piscina e Charles teve de forçar-se a não pensar no corpo dela. Ela usava um traje de banho preto e, enquanto atravessava a piscina várias vezes, ele não podia fazer nada a não ser admirar seu estilo e sua figura longa e flexível. Ele se juntou a ela então e nadaram lado a lado. Finalmente ela parou e sorriu para ele. Parecia se sentir melhor.

— Você é uma garota maravilhosa — disse ele, admirando-a.

Ela certamente fugira dele nos últimos dois meses e o desafiara de maneiras que nem sempre eram agradáveis. Às vezes ele desejava conhecê-la melhor, em outras desejava nunca tê-la conhecido. E olhar para ela daquela maneira o fazia lembrar de sua irmã gêmea. E ele imaginava se agora, depois de viver com ela dois meses, acharia mais fácil distingui-las, ou se ficaria ainda mais difícil. De certa maneira, ele sentia como se tivesse perdido seus sentimentos por ela nos últimos meses. Ela não fora nada do que ele esperava.

— Você sentiu muita falta de Olívia? — perguntou ele enquanto se enxugavam e se sentavam nas espreguiçadeiras em torno da piscina, observando os outros nadadores.

— Terrivelmente — disse ela honestamente, com um olhar melancólico. — Nunca pensei que pudesse viver sem ela. Quando eu era uma garotinha, pensava que se fosse levada para longe dela, isso me mataria. — Ele não lhe disse que era como ele também se sentira a respeito de Susan.

— E agora? — perguntou ele, genuinamente curioso. Havia muito sobre elas que o intrigava, aquela espécie de comunicação que pareciam ter, quase sem palavras, o instinto que tinham uma pela outra.

— Sei que posso sobreviver — disse ela. — Mas não quero realmente. Queria que ela fosse para Nova York viver conosco, mas sei que ela não vai deixar papai. E ele não quer que ela o deixe. Ele a mantém lá para tomar conta dele. Não é justo com ela, mas Olívia não vê isso. — Isso era algo que Charles também pensara e que havia dito a Olívia quando ela trouxera o filhote para Geoff.

— Talvez nós possamos falar com ela sobre isso quando voltarmos para casa. Ou talvez ela possa nos fazer longas visitas, de qualquer maneira. Geoff adoraria isso.

— Você se incomodaria se ela vivesse conosco? — perguntou Victoria, surpresa pelo que ele havia acabado de dizer, assim como ele também estava surpreso com a sinceridade dela a respeito do pai. Ele era um velho egoísta e continuaria sendo, porque suas filhas o deixavam ser assim. Mas Olívia estava pagando o preço, e irritava-o vê-la fazer isso.

— Não, eu não me importaria — respondeu Charles. — Ela é inteligente, educada, incrivelmente agradável e está sempre disposta a ajudar — disse ele, pensativamente, e então notou o olhar no rosto de sua esposa. Era estranho que ele ainda não pensasse nela daquela maneira, como uma cunhada. Mesmo depois de dois meses, eles pareciam estranhos.

— Talvez você devesse ter se casado com ela — disse Victoria com sarcasmo.

— Ela não foi oferecida a mim — devolveu ele, às vezes ainda zangado com o fato de que havia muitas coisas que não haviam contado a ele. Victoria não tinha tido um romance que terminara, ela tivera um caso com um homem casado, fora bastante usada e até ficara grávida. Aquilo não era bem a mesma coisa, embora em seu último encontro ele desejasse aceitar isso.

— Talvez possamos trocar de lugar para você às vezes — rebateu Victoria, mas ele não pareceu gostar da idéia e franzia as sobrancelhas para ela.

— Isso não é engraçado. — A idéia de que podia ser enganado por elas sempre o fazia sentir-se desconfortável ou achar que diria algo que não deveria para uma ou outra. De fato ele achava aquilo um tanto enervante. — Devemos voltar para cima? — perguntou ele finalmente, e ela concordou. Eles sempre pareciam estar discutindo atualmente, mesmo quando não queriam.

Eles se vestiram separadamente para o jantar e subiram em traje de gala para o jantar do capitão. Não se falou de mais nada naquela noite, a não ser da guerra na Europa. Victoria achou aquilo fascinante e deu opiniões notáveis e radicais, mas interessantes. Charles ficou orgulhoso ao ouvi-la. Ela certamente era muito inteligente, só era uma pena que não fosse fácil de se conviver.

Finalmente eles voltaram para a cabine. Haviam dançado por um tempo, mas nenhum deles estava com muito humor, apesar de ser uma bela noite no Atlântico Norte. Victoria acendeu um cigarro e ficou próximo a ele, olhando para o mar, fumando em silêncio.

— Bem — disse ele, sorrindo com melancolia. — Foi uma boa lua-de-mel ou não? Você se divertiu? — Pelo menos já teria sido alguma coisa.

— Para responder a suas perguntas, sim, às vezes, e não sei ainda. Foi boa ou não? O que você acha?

— Acho que foi interessante, mas não foi fácil. — Era estranho voltar para casa da Europa com a guerra em seus calcanhares. — Talvez seja a maneira que a vida é. Talvez você acerte apenas um tiro no alvo. Não estou certo ainda. — Ele estava se referindo a Susan, e ela o sabia. E ela tivera Toby, que certamente não era um sonho, mas ela o amara loucamente. — Talvez apenas leve tempo. "Nós vamos aprender a amar um ao outro", como as pessoas dizem. Isso acontece. — Mas ambos duvidavam daquilo.

— E agora? Eu me torno uma dona de casa?

— Tem algum outro plano, senhora Dawson? Planeja se tornar médica ou advogada?

— Acho que não. Política. — Ela ainda estava fascinada pela guerra na Europa. — Eu gostaria de voltar e estudar o que está acontecendo por lá, talvez me envolver de alguma maneira. Me tornar útil.

— Como assim? — Ele parecia horrorizado. — Dirigir uma ambulância ou algo assim?

— Talvez — respondeu ela, pensativa.

— Você não ouse — disse ele muito sério. — Demonstrações sufragistas já são ruins o suficiente, obrigado. Nada de guerras, por favor. — Mas ela imaginava se ele poderia impedi-la se realmente quisesse voltar para a Europa. Ela sabia que Olívia também desaprovaria, então certamente não podia falar sobre isso com ela ou com seu pai. Mas ela estivera sempre pensando sobre isso seriamente, desde que partiram de Southampton. Ela sentia como se estivesse perdendo algo, voltando para os Estados Unidos. Eles estavam deixando toda a excitação para trás. — E Geoff? Como ele entra em suas atividades?

Você vai ter tempo para ele? — Ela sabia como aquilo era importante para Charles, que parecia preocupado.

— Vou tomar conta dele. Não se preocupe.

— Bom. — Ele sorriu para ela, satisfeito com o fato de ela falar sério, e então eles voltaram para a cabine. Estava tão quente que deixaram duas janelas abertas, mas naquela noite Charles não a tocou. Ele simplesmente não tinha energia ou coragem.

Na manhã seguinte, às nove horas, eles tiveram um treinamento de bote salva-vidas. Era algo extraordinariamente importante desde que a guerra fora declarada, e Victoria se perguntou por um breve momento se aquilo o aborreceria e o faria lembrar-se de Susan. Mas ele parecia bem, mais tarde, e quando voltaram para o quarto, para o café da manhã, ele sorriu para ela e, sem dizer nada, beijou-a.

— Por que foi isso? — perguntou ela, surpresa, e ele sorriu para ela.

— Por estar casada comigo. Nós não temos sido exatamente fáceis um com o outro. Vou tentar fazer melhor quando voltarmos para casa. Talvez voltar à vida normal vá fazer bem a nós dois. Talvez as luas-de-mel sejam muito pressionantes. — Ele estava se referindo criticamente à falta de sucesso de sua vida sexual, e ela concordou com a cabeça. Mas eles tentaram novamente naquela noite e, embora desta vez ele a tenha penetrado e ela tenha feito um esforço, ele sabia que não fora melhor para ela do que havia sido antes, e desta vez isso o preocupou profundamente. Houvera um tempo em sua vida em que o sexo era maravilhoso, Geoff nascera daquilo, e o que ele tinha agora com Victoria o fazia sentir-se muito solitário e vazio. Depois, quando Victoria estava dormindo, ele ficou deitado olhando para ela, imaginando se havia qualquer esperança para uma vida real entre eles. Isso ficaria para ser visto quando voltassem para casa, mas ele não estava muito otimista.

Quando o navio passou pela Estátua da Liberdade, Victoria e Charles estavam no *deck*, observando o sol nascer, e foi o mais perto que se sentiram um do outro em dois meses. Estavam ambos excitados por estarem voltando para casa, ela para ver sua irmã gêmea, ele para ver Geoff. Olívia dissera que os encontrariam em Nova York. E assim que o navio gigantesco aportou, às dez da manhã, eles começaram a procurar pelo píer, e então Victoria soltou um berro. Ela os vira. Começaram a acenar freneticamente do navio e, no momento seguinte, Olívia teve um vislumbre deles e começou a chorar, enquanto pulava para cima e para baixo, segurando a mão de Geoff. Seu pai também viera, e haviam trazido até o cachorro com eles. Ele estava bem mais crescido agora.

Victoria mal podia conter-se enquanto corria para eles, e foi fácil ver quem era o seu primeiro amor quando ela se jogou nos braços da irmã e as duas giraram em torno de si mesmas, abraçadas uma à outra, rindo e chorando. Elas não eram nada mais que um borrão de pernas, braços e sorrisos, e quando pararam e Charles olhou para elas, compreendeu que, mesmo depois de dois meses separadas, elas ainda eram muito parecidas, e ele não poderia diferenciá-las por um simples instante. Ele lembrou que Victoria usava um vestido vermelho, mas Olívia também. Era o mesmo e elas o haviam escolhido sem avisar uma à outra e sem planejar. Olívia simplesmente o usara para que eles pudessem vê-la. Mas Charles teve que olhar para o anel na mão de Victoria para se certificar de qual gêmea era sua esposa. Era assustador.

— Bem, algumas coisas não mudam, eu acho — disse ele, sorrindo, enquanto as duas garotas giravam novamente e se abraçavam ainda com mais força e Olívia confessava que havia pensado que fosse morrer sem sua irmã gêmea.

— Mas Geoff tomou conta de mim muito bem — disse Olívia, olhando para ele orgulhosamente. Ele era uma criança maravilhosa e haviam passado um bom verão juntos.

— Como foi a lua-de-mel? — perguntou o pai das garotas, e Charles respondeu rapidamente.

— Maravilhosa. Exceto pela guerra na Europa, claro. Nós poderíamos ter passado sem isso no final, mas saímos de lá rapidamente.

— Parece que há uma confusão terrível por lá — disse Edward, preocupado, enquanto os oficiais da alfândega começavam a checar suas bagagens. Seus passaportes já haviam sido checados no navio naquela manhã.

Olívia abrira a casa da Quinta Avenida, e ela e o pai ficariam lá por alguns dias, para visitar os recém-casados e para seu pai tratar de negócios. Mas Geoff estava dividido sobre onde queria ficar. Estava morrendo de saudades do pai, mas odiava deixar Olívia agora. Ela era quase uma mãe para ele.

— Ela foi tão boa comigo, pai. Nós saímos para cavalgar e nadar todos os dias, e fizemos piqueniques. Fomos a todos os lugares. Ela até me comprou um cavalo — explicou Geoff a Charles enquanto o ajudava a colocar suas bagagens no Ford. Edward trouxera os dois carros, para eles e suas bagagens, e quando chegaram à casa de Charles, no East Side, puderam ver a mão de Olívia ali também. Ela abrira a casa para eles, organizara as empregadas e dissera a elas o que fazer. A casa fora arejada, as roupas de cama estavam limpas e havia flores por toda a parte. Não parecia o mesmo lugar. E havia pequenos presentes para eles, e alguns brinquedos para Geoff esperando em seu quarto, além de uma nova cama para seu cachorrinho.

— Quem fez isso tudo? — Charles parecia estupefato enquanto olhava em torno, mas Victoria sabia e não estava inteiramente certa de que gostava daquilo. Esta era sua casa agora, e era ela quem decidia o que queria fazer. Ela não queria Olívia fazendo-a parecer má, fazendo com que começassem com o pé errado, mostrando todas as suas habilidades domésticas. Victoria não tinha intenção de seguir seus passos.

— Olívia, tenho certeza — disse Victoria baixinho.

— Bem, ela tem de vir visitar-nos com mais freqüência — disse Charles agradecido, com um olhar brincalhão na direção de sua esposa.

— Não faço as coisas assim, Charles. Eu faço outras coisas. Nós somos muito diferentes.

— Não se saberia disso olhando para vocês — disse ele, brincalhão. E quando desceram novamente, ele ilustrou sem querer o que disse, beijando respeitosamente o rosto de sua esposa e agradecendo a ela por tudo o que fizera para sua chegada em casa. Ele pensara que ela era Olívia e todos riram, enquanto Victoria gargalhava.

A empregada fizera limonada para eles, como Olívia pedira, e os homens se sentaram na sala de estar para falar sobre a guerra, enquanto

Geoff saía para o jardim com seu cachorrinho. Olívia subiu com a irmã para ajudá-la a desfazer as malas, e lá Victoria finalmente relaxou e sentou-se com um sorriso enquanto olhava para sua irmã.

— Nunca pensei que pudesse fazer isso... deixar você assim... foi terrível.

— Não acredito em você. — Olívia sorriu, mas fora uma agonia para ela também. Cada hora de separação parecera uma vida inteira. — Você passou bons momentos? — perguntou Olívia, hesitante. Ela não queria se intrometer, mas precisava saber se sua irmã estava feliz. Victoria olhou para ela por um longo tempo antes de responder e, quando falou, Olívia ficou chocada com sua resposta.

Ela falou muito suavemente para que ninguém mais pudesse ouvi-la.

— Não estou certa de que possa continuar com isso, Ollie. Eu não sei. Vou tentar por tanto tempo quanto puder... mas nós nunca deveríamos ter casado. Acho que ele sabe disso também e quer fazer o melhor que puder. Mas é tão errado... ele ainda está apaixonado por ela... e eu não consigo esquecer Toby, nem a parte boa, nem a parte ruim dele. Ele se coloca constantemente entre nós.

— Você não pode deixar um homem daqueles arruinar seu casamento, Victoria. — Sua irmã parecia horrorizada enquanto se sentava ao lado dela e pegava suas mãos. — Você tem de colocá-lo para fora de sua mente de uma vez por todas.

— E Susan? Ele ainda a ama. E, Ollie — ela pareceu triste, mas não de coração partido com o que estava dizendo para sua irmã —, ele não me ama. Ele nunca me amou, nem nunca amará. Toda esta tolice sobre as pessoas aprenderem a se amar é apenas isto: tolice. Como você pode amar um estranho?

— Vocês vão se acostumar um ao outro. Dê tempo para isso. E Geoffrey vai ajudá-la.

— Ele me odeia. Os dois me odeiam.

— Pare de dizer isso. — Olívia estava perto das lágrimas enquanto a ouvia. Ela nunca esperara isso. Tivera alguns vagos sentimentos de mal-estar sobre ela uma ou duas vezes, mas nada como isso. Ela não imaginara que Victoria voltaria para casa e diria algo assim para ela. — Dê um tempo. Prometa-me. Você não pode fazer nada irresponsável.

— Não posso nem mesmo começar a imaginar o que eu faria — disse Victoria honestamente, e Olívia pensou que ela parecia subitamente mais madura e mais feminina, mas talvez fosse apenas uma ilusão. Para o observador sem treino, elas pareciam iguais. De fato, era quase como se elas estivessem mais idênticas do que nunca. — Nunca me senti tão encurralada — continuou Victoria. — Ollie, o que eu devo fazer?

— Seja uma boa esposa para ele, seja paciente, seja boa com seu filho. Pelo menos tente fazer o que prometeu a ele que faria no dia de seu casamento.

— Amar, honrar e obedecer a ele? Soa tão indigno, não? Há algo degradante nisso — disse Victoria irreverentemente e acendeu um cigarro. Esta era sua casa agora.

— Como você pode dizer algo assim? — Olívia pareceu chocada e franziu as sobrancelhas. Ela era impossível e, embora a amasse, podia ver facilmente que ela seria uma esposa difícil. — Charles não vai se importar de você fumar aqui? — perguntou Olívia com um olhar de preocupação, e Victoria riu para ela.

— Espero que não. Eu também moro aqui agora. — Embora ainda não se sentisse assim. Ela estava morando numa casa estranha, entre estranhos. Era uma estranha volta para casa, e tudo o que queria era ir para sua casa com seu pai e sua irmã. Mas ela sabia, mesmo sem pedir, que Olívia não a deixaria ir, e nem seu pai. — Você vai ficar em Nova York por alguns dias? — perguntou ela, preocupada, e reagiu aliviada quando Olívia assentiu. — Eu nem mesmo sei por onde começar — disse ela nervosamente, e Olívia sorriu para ela.

— Virei todos os dias até que você se ajeite.

— E depois? — Victoria quase arrancava as mãos de angústia. Agora que ela tinha sua irmã para se apoiar novamente, podia colocar para fora todos os seus sentimentos, que saíam numa precipitação de terror. — O que eu faço depois disso? Eu nem mesmo sei como ser uma esposa para ele. E se eu não puder fazer isso?

— Você pode, você está apenas preocupada. — Olívia colocou o braço em torno dela, e Victoria imediatamente sentiu o efeito daquilo.

Era como voltar para casa, para uma mãe, e ela começou a soluçar enquanto colocava sua cabeça no ombro da irmã.

— Não posso mais fazer isso, Ollie... eu sei... foi terrível na Europa... — Toda a sua pose de sofisticação e amadurecimento subitamente desaparecera, e ela se sentia novamente como uma criança nos braços da sua irmã, da mesma idade que Geoffrey.

— Shhh... você pode sim — disse Olívia, tranqüilizando-a. — Seja uma boa garota, acalme-se e pare de se preocupar. Nós o faremos juntas. — Depois disso Victoria assoou o nariz e, quando elas desceram novamente, nenhum dos dois homens pôde dizer quem era quem. Quando seu pai finalmente falou com Olívia e disse que era hora de voltar para a casa na Quinta Avenida, ambas as garotas responderam e todos sorriram. Era um caso perdido.

— Vou fazê-las usar marcas quando estiverem juntas nesta casa — disse Charles afavelmente, feliz por estar em casa e feliz por ver seu filho novamente. Subitamente era como nos velhos tempos, com uma mulher na casa e flores por toda parte. A única coisa que ele não entendia completamente era que a mulher que colocara as flores e fizera a casa brilhar para ele não era a sua esposa.

Quando partiram, Olívia beijou Victoria, prometeu voltar cedo no dia seguinte para ajudá-la a se ambientar e beijou Geoff, abraçando-o junto a ela.

— Vou sentir terrivelmente sua falta — disse ela suavemente para ele. — Tome conta de Chip e Henry.

— Volte logo — disse ele melancolicamente, enquanto acenavam da porta da frente e, um por um, os Dawson entraram e fecharam a porta atrás deles, enquanto começavam sua vida juntos.

Capítulo 17

Olívia passou uma semana em Nova York ajudando Victoria a desfazer as malas e se adaptar à casa no East River. Era um lugar iluminado e feliz, mas Victoria o achava desconfortável e tinha saudades dos aposentos familiares que dividira com a irmã. Ela e Charles dividiam um quarto grande e ensolarado, mas ela achava que Geoffrey estava muito perto deles. Ele estava logo do outro lado do *hall* e estava sempre debaixo de seus pés com seus canhões, seus carros, seu cachorro, suas bolas e suas bolas de gude.

— Meu Deus, ele nunca vai a lugar nenhum a não ser a escola? — reclamou Victoria. Ele havia acabado de recomeçar as aulas naquela semana, mas estava ansioso para voltar para casa e passar o tempo com eles. Ele ficara longe de casa por dois meses e estava feliz por estar de volta a sua própria casa, com suas próprias coisas. E ele esperava o pai nos degraus da frente toda noite. Victoria sentia como se ela tivesse de ficar na fila para ver o marido.

Ela não tinha absolutamente idéia do que eles gostavam de comer. A primeira refeição que ela mandou fazer para eles, ambos detestaram, embora tentassem ser educados, mas mal puderam comer. Ela reclamou com Olívia no dia seguinte, e Olívia deu a ela uma lista dos pratos favoritos de Geoff, que eles haviam cozinhado durante todo o verão para ele.

— Talvez você deva ficar aqui e fazê-lo — disse Victoria petulantemente, mas ela estava quase falando sério.

— Pare de dizer isso — reprovou-a Olívia. Ela podia ver que Victoria se sentia insegura e não gostava de ser tão doméstica. Ela parecia sentir que aquilo a rebaixava, o que parecia mais do que bobo para sua irmã.

— Ele não sabe a diferença entre nós mesmo. Então por que não trocar de lugar comigo por um tempo? — disse Victoria de brincadeira, mas havia algo em seus olhos que Olívia não gostou. Era o nascimento de uma idéia que não levava a lugar algum, mas Victoria não a mencionou novamente, o que aliviou sua irmã. E no fim da semana as coisas pareciam estar indo um pouco melhor.

Charles estava de bom humor, os jantares ficaram bons, ele estava com seu trabalho no escritório novamente sob controle, já havia começado a tratar de alguns novos negócios para seu sogro naquela semana e Geoff estava se comportando muito bem. A única coisa que Victoria não gostava era que o trabalho de dirigir a casa parecia devorar o seu dia inteiro e ela nunca tinha tempo para fazer mais nada.

— Apenas o faça por uma ou duas semanas — sugeriu Olívia —, e quando você tiver tudo sob controle, vai poder se dedicar a outras coisas que queira, como fazer compras ou almoçar com amigos — ou assembléias, ou manifestações, ou corridas. Havia algumas assembléias informativas sobre as quais Victoria lera no clube de imprensa, e ela queria freqüentá-las o mais cedo possível, para aprender mais sobre a guerra na Europa. Victoria devorava as notícias, mas nunca havia informação suficiente para ajudá-la a entender todas as complexidades do que acontecera. E quando Charles voltava do escritório para casa, estava muito cansado para conversar com ela.

Olívia finalmente voltou para Croton com seu pai. Ela ficara o maior tempo possível para ajudar, mas finalmente ele reclamou que estava cansado e queria voltar para casa, então ela teve de levá-lo. Mas ela prometera voltar logo, e Victoria e Charles disseram que eles iriam a Croton em poucas semanas para o fim de semana. Mas as coisas se amontoaram, como sempre acontecia em vidas ocupadas. Charles descobriu que tinha um julgamento para preparar, Geoff estava ocupado na escola e Victoria ficou absorvida com suas assembléias. Ela telefonava para Olívia de vez em quando e ambas escreviam uma à outra quase diariamente, mas já era fim de setembro e a face do mundo havia mudado, isso sem mencionar suas próprias vidas.

O Japão declarara guerra à Áustria e à Alemanha no fim de agosto. A Batalha do Marne terminara com o avanço da Alemanha sobre a França, mas os alemães começaram a promover ataques aéreos sobre Paris. Os russos sofreram grandes baixas nos Lagos Masurian e novamente na Prússia. Victoria mal podia compreender tudo aquilo, mas estava tentando. De fato a guerra estava quase começando a obscurecer seu interesse no sufragismo. De certo modo, no momento, isso parecia muito mais urgente. Tanto que ela quase não ficava mais em casa. Ela seguira o conselho de Olívia nas primeiras semanas, dirigindo a casa de Charles para ele, e então voltara ao seu velho jeito de ser e passava todo o tempo atrás de seus próprios interesses. Houve várias leituras interessantes falando sobre política naqueles dias, e Victoria ia onde podia para aprender mais. Aquilo a tornava alguém mais interessante para se conversar quando Charles voltava para casa à noite, isso quando ele tinha energia para falar sobre os assuntos nos quais ela estava interessada, o que não acontecia sempre. Mas o que preocupava Charles era que, desde que Olívia se fora, Victoria parecia não ter idéia das responsabilidades da vida de casada. Sem Olívia estimulando-a ou fazendo todas as suas tarefas por ela, Victoria deixava tudo sem assistência. E dentro de poucos dias a casa estava abandonada, o lugar parecia uma bagunça, o jardim era um matadouro e Charles ouvira dos vizinhos que Geoff estava passando todo o tempo brincando na rua, porque Victoria nunca estava em casa para olhá-lo.

— Este não foi o nosso trato — lembrou-lhe Charles, e ela tentou escutá-lo e fazer o que era esperado dela, mas de alguma maneira ela não conseguia. E a situação íntima entre eles havia apenas piorado desde que tinham voltado para casa. Eles nunca mais fizeram amor. Ela tinha uma óbvia aversão a isso e parecia aterrorizada com o fato de que Geoff pudesse escutá-los. Charles estava bebendo mais do que fazia antes de partirem, ela fumava constantemente, e o cheiro daquilo o deixava louco. Era tudo o que Charles não queria numa casa, numa esposa ou num casamento.

E quando Olívia voltou para visitá-los novamente, seis semanas depois que partira, encontrou Victoria numa bagunça total, e seu marido ainda pior. Olívia tivera um vago sentimento de indisposição antes de chegar e não sabia por quê. Mas ela fora atraída a Nova York como um ímã. Ela ficou num hotel e, quando os visitava, os dois mal pareciam estar se falando.

Olívia levou Geoff para ficar no hotel com ela por alguns dias, com Henry e o cachorro, e sugeriu a sua irmã, nos termos mais fortes possíveis, que ela fizesse o possível para se entender novamente com o marido.

Mas quando Olívia os viu novamente no dia seguinte, as coisas pareciam ter apenas piorado.

— O que está acontecendo? O que você está fazendo aqui? — berrou Olívia para ela, e Victoria parecia quase tão zangada quanto ela.

— Isto não é um casamento, Olívia. É um "arranjo". É tudo o que é, e tudo o que sempre foi. Ele me alugou para ser a empregada, a governanta e uma professora para Geoff. Isso é tudo o que eu faço aqui.

— Isso é ridículo. — Olívia discutiu com ela enquanto andava pela ensolarada sala de estar, censurando sua irmã "mais nova". Elas tinham exatamente a mesma idade, mas uma vez mais Olívia era bem mais responsável do que ela. — Você está se comportando como um moleque mimado — disse ela asperamente. — Ele ofereceu a você a proteção de seu nome, salvou-a do desastre com aquela sujeira que você fez, está dando a você a casa dele, seu filho, uma vida muito confortável, e você está furiosa por ter de tomar conta da casa dele e cuidar para que a cozinheira sirva a ele um jantar apropriado. Não, Victoria, ele não "alugou" você para ser sua empregada. Mas você não parece estar desejando ser esposa dele também.

— Você não sabe *nada* sobre isso. — Victoria estava enfurecida com ela, zangada com o fato de Olívia ter chegado tão perto da verdade em suas acusações.

— Eu sei o quanto você pode ser auto-indulgente — disse Olívia, mais calma, querendo chegar perto dela e ajudá-la a mudar aquilo. Ela ainda sentia terrivelmente sua falta, mas não o suficiente para querer que ela fizesse algo irresponsável, como deixar Charles. Olívia sabia o quanto aquilo seria desastroso e devastador não apenas para Charles, mas também para Geoffrey. — Você tem que fazer um esforço, Victoria... Você deve isso a ele... e a Geoff. Dê tempo ao tempo, você vai se acostumar com isso. Eu vou ajudá-la a cuidar da casa — disse ela, seus olhos suplicando a sua irmã para não fazer nada estúpido.

— Eu não quero cuidar da casa, nem da dele nem da casa de ninguém. Eu nunca quis. Isso foi tudo idéia de papai, foi minha punição pelo que fiz com Toby. — Mas Olívia sabia que sua punição real viera muito antes, no banheiro de Croton. Isso era simplesmente uma obrigação que ela tinha de cumprir, uma vida à qual ela devia se resignar. Mas Victoria era como um pássaro se debatendo na gaiola, machucando as asas em cada canto. Ela não podia mais voar e odiava isso. — Eu preferiria morrer, Olívia, a estar aqui — disse ela finalmente com tristeza, enquanto se sentava numa cadeira e parecia miserável para sua irmã gêmea. Mas Olívia não estava se divertindo nem um pouco com sua *performance*.

— Não quero nunca mais ouvi-la dizendo isso.

— Estou falando sério. Há uma guerra na Europa, homens estão morrendo aos milhares, pessoas inocentes estão sendo mortas. Eu preferiria estar fazendo algo útil lá a perder minha vida aqui, tomando conta de Geoffrey.

— Ele precisa de você, Victoria — disse Olívia com lágrimas nos olhos, desejando por um momento que ela pudesse mudar sua irmã. Ela sempre tivera algumas idéias selvagens, alguma causa supostamente merecedora pela qual ela estava querendo viver e morrer. Mas ela parecia não ligar nada para seu próprio mundo e para as pessoas que precisavam dela e estavam bem na soleira de sua porta. — E Charles precisa de você também. — Os olhos de Olívia imploraram a ela que escutasse, mas Victoria sacudiu a cabeça e atravessou o aposento para olhar pela janela para o jardim selvagem. Ela nem mesmo falara com o jardineiro desde que haviam voltado da Inglaterra.

— Não — voltou-se para encarar sua irmã novamente —, ele precisa de Susan e ela não está aqui. Ela nunca vai voltar. Talvez ela seja uma sortuda — disse Victoria, e Olívia pareceu ainda mais aborrecida que nunca. Victoria tinha de se assentar e se ajustar ao seu casamento. — Nós não temos nenhuma vida, se você entende o que digo. Nunca tivemos. Não foi bom entre nós desde o início... suponho que ele ainda sonhe com ela, e eu... eu simplesmente não posso... depois do que aconteceu com Toby. — Seus olhos se encheram de lágrimas desta vez e ela curvou a cabeça, parecendo completamente derrotada. E Olívia soube, quando olhou para ela, que aquilo não parecia próprio dela. Não era próprio de Victoria desistir ou sentir que não podia fazer algo, e estava muito claro para Olívia que com um pequeno esforço sua irmã poderia colocar tudo no lugar novamente, se aquilo fosse o que ela queria.

— Talvez você precise de um tempo sozinha com ele — disse Olívia suavemente, um pouco embaraçada com o que estava dizendo. Mas não era hora de ser tímida com ela. A situação era séria, e ela o sabia.

— Nós tivemos dois meses na Europa — disse Victoria sem esperança e completou, em toda a sua honestidade, que nunca havia funcionado lá também.

— Aquilo foi diferente — disse Olívia, soando como uma mãe agora. — Vocês mal conheciam um ao outro. Talvez vocês precisem de algum tempo aqui para se conhecerem melhor. — Ela corou suavemente e Victoria sorriu para ela. Olívia era tão inocente, ela não tinha idéia da complicação desta situação, de quanto era triste deitar em seus braços e estremecer toda vez que ele a tocava, do que ele esperava dela e ela não podia dar, nem do que ele não podia mais fazer em face de sua repulsa dificilmente escondida. — Esta casa é nova para você e ele também. Talvez se vocês tivessem um pouco de tempo sozinhos aqui, talvez sem Geoff, vocês pudessem se acostumar mais confortavelmente um ao outro.

— Talvez — disse Victoria, sem estar convencida. Mas aquilo não mudava nada o que sentia por ele, nem o fato de que ela se sentira forçada a se casar, que sentia o quanto ele estava solitário por sua esposa e que, embora desejasse sua carne, não amava Victoria realmente. Na verdade, ele não amava ninguém. Ele estava lhe escondendo tudo isso, e ela o sabia. Pelo menos Toby mentira para ela, fizera com que se sentisse adorada e fizera com que acreditasse nele. No caso de Charles, não importava o quanto ele fosse atencioso e polido com ela, e bem educado, ela sabia, no fundo de sua alma, que ele não a amava. — Está tudo errado, Olívia. Acredite em mim. Eu sei.

— Você não pode dizer isso ainda. Você está casada com ele há apenas três meses e você mal o conhecia antes disso.

— E em um ano, quando eu disser a mesma coisa a você? O que você vai dizer então? — perguntou Victoria à irmã, seus próprios olhos parecendo sábios além de sua idade, e disse que ela já sabia o resultado. Eles tinham de passar a vida ao lado um do outro, mas Victoria sabia, tão certo quanto respirava, que nunca chegariam a amar um ao outro. — Você vai me dizer então que posso me divorciar dele? — Ambas sabiam que seu pai nem sequer escutaria aquilo e mesmo Olívia pareceu chocada com a idéia. Mas Victoria sabia que ela não podia suportar aquilo para sempre. — Não vou ficar aqui até apodrecer, Olívia. Não posso. Isso vai me matar.

— Você tem de ficar — disse Olívia ferozmente. — Pelo menos o tempo suficiente para conhecer verdadeiramente seu coração, e o dele. Você não pode tomar nenhuma decisão agora. É muito cedo. — No tempo certo, se ela fosse realmente infeliz, talvez pudesse voltar para Croton para viver lá e não se divorciar. Mas Olívia sabia que aquilo também a destruiria. Victoria precisava de muito mais em sua vida, ela precisava de ideais, política e novos horizontes para olhar. Ela não se satisfaria em sentar-se em casa e remendar as meias de seu pai, como ela o fazia. Mas havia uma parte dela que quase desejava que ela voltasse para casa, para que pudessem estar juntas novamente. Mas um lado mais generoso de Olívia queria verdadeiramente que ela ficasse com Charles e fosse feliz. — Por que eu não levo Geoff comigo por alguns poucos dias? Ele pode perder um ou dois dias na escola e eu posso levá-lo para Croton. Isso vai dar a vocês dois algum tempo sozinhos. Isso pode fazer maravilhas.

— Você é uma sonhadora, Ollie — disse Victoria, sabendo que sua irmã gêmea absolutamente não entendia a falta de esperança da situação. Victoria já sabia em seu coração para onde seu casamento estava indo. Mas ela tinha de admitir que seria um alívio se ver livre do garoto por alguns dias. Não era que ela o odiasse, como ele dissera, apenas não queria tomar conta dele, ou se preocupar com ele, ou juntar seus brinquedos, ou caçar o cachorro e colocá-lo para fora de seu quarto. Não queria ser responsável por outro ser humano. Antes ela não tinha idéia de que aquilo iria lhe consumir tanto tempo, ou que seria tão aborrecido. — Talvez você possa levar Geoff com você por um dia ou dois. — Pelo menos aí ela poderia ficar em suas assembléias. — Suponho que se ele fosse meu — disse ela pensativamente — seria diferente. Mas ele não é, e eu simplesmente não posso imaginar o que seria ter filhos. — Esse era outro pensamento que não tinha qualquer atrativo para ela. Embora tivesse sido forçada a se casar, ela teimara com Charles que não haveria crianças. E enquanto Olívia a escutava, ficou surpresa ao compreender que não poderia ter amado Geoff mais do que já o amava se ele fosse seu filho, o que ela já desejara muitas vezes desde que o conhecera. Ele ia substituir, em seu coração e em sua mente, as crianças que ela jamais teria agora.

— Eu ficaria feliz em levá-lo de volta para Croton comigo — disse ela calmamente —, mas quero que você passe algum tempo com Charles, e não que apenas se encontre com suas sufragistas em velhas igrejas e corredores escuros.

— Você faz isso soar tão sórdido. — Victoria sorriu para ela, mas estava satisfeita por se ver livre de Geoffrey por alguns dias. Garanto a você, não é assim. Você poderia ver por si mesma, se fosse comigo alguma vez. Mas ultimamente eu tenho estado ocupada aprendendo sobre a guerra na Europa.

— Sugiro que em vez disso você aprenda sobre seu marido — disse Olívia severamente, e Victoria foi colocar seus braços em torno dela e beijá-la.

— Você sempre me salva — disse ela, parecendo novamente uma garotinha, enquanto Olívia a abraçava. Olívia sentia tão terrivelmente a sua falta, particularmente à noite, deitada em sua cama enorme. E agora ela não tinha nem mesmo Geoff para lhe fazer companhia, com seu cachorrinho.

— Não estou certa de que possa resgatá-la desta vez — disse Olívia honestamente. — Você vai ter de fazer isso sozinha.

— Você sabe, seria tão mais fácil se nós simplesmente trocássemos de lugar — disse Victoria, parecendo insolente, e Olívia não pareceu satisfeita. Não se "trocava" de lugar num casamento.

— Seria? Você gostaria de ficar em Croton cuidando de papai? — Victoria agora já sentira o gosto do mundo, e Olívia sabia que ela também não ficaria satisfeita em Croton. Victoria tinha fome de muito mais do que aquilo. Olívia apenas esperava que Charles pudesse dar isso a ela. Talvez se ela tivesse seus próprios filhos e assentasse a vida, resolvesse o problema.

Olívia pegou Geoff de carro na escola naquela tarde, com seu casaco, seu cachorro e seu macaco esfarrapado, e ele ficou deliciado ao saber que estavam indo para Croton. Ele estava louco para cavalgar novamente e estar com Olívia e ver o pai dela, que ele agora chamava de "vovô".

Mas Charles ficou muito surpreso quando chegou em casa e descobriu que o garoto fora para Croton.

— E a escola? — perguntou a Victoria com uma vaga aparência de consternação.

— Ele pode perder alguns dias. Ele tem apenas dez anos, afinal de contas. — Ela afastou o assunto. Tivera uma tarde muito interessante, numa leitura sobre a Batalha de Bruxelas em agosto. Olívia não ficaria nada satisfeita se soubesse daquilo.

— Você devia ter me perguntado — disse ele, parecendo cansado e aborrecido, mas ao mesmo tempo ciente de que estava sozinho com Victoria, e ela parecia adorável. Seus olhos estavam excitados e vivos, e seu corpo excepcional se destacava num vestido novo que a irmã comprara para ela. Era longo, suave e negro, a última moda em Paris.

— Achei que você queria que eu fosse a mãe dele — disse Victoria, repreendendo Charles. Ele não gostou da maneira como ela falou, mas o fogo em seus olhos apenas a tornava mais sedutora.

— Você é, mas eu sou mais velho e experiente do que você — disse ele, um pouco mais gentilmente. — Está tudo bem. Vai fazer bem a ele ficar no campo por alguns dias. Pode fazer bem a nós dois também, talvez nós possamos subir também este fim de semana. — Ela não gostava muito de Croton, mas sempre amava visitar a irmã.

Mas por outro lado, se eles fossem a Croton agora, isso desmontaria todo o propósito de Olívia levar Geoffrey com ela.

— Talvez em outra ocasião — disse ela vagamente. — Nós poderíamos deixá-lo aqui e subir sozinhos para visitar Olívia e papai.

— Sem Geoff? — Charles pareceu surpreso. — Ele nunca nos perdoaria. — E então ele olhou para ela tristemente. — Você não gosta de estar com ele, não é mesmo, Victoria?

— Eu não sei como fazer — disse ela, enquanto acendia um cigarro e olhava para o marido através do quarto. Era sempre um esforço estar com ele. Ela desejava que pudesse ver nele todas as virtudes que Olívia via. Para Victoria, mesmo agora, era como estar com um estranho. — Não estou acostumada com crianças.

— Ele é uma criança tão fácil — disse ele, pensando no amor maternal que o garoto merecia e que tanto tivera de Susan. Era sempre difícil para Charles não comparar Victoria a ela. Mas ela mesma nunca tivera mãe, exceto sua irmã gêmea. Sempre fora Olívia quem a educara, e Victoria era tratada como um bebê. — Espero que vocês dois passem a se conhecer melhor. — Ele pensara em passarem o verão juntos em Newport, os três, mas Victoria, ao contrário, insistira numa lua-de-mel na Europa.

— Olívia diz a mesma coisa sobre nós. — Sua esposa sorriu para ele através da fumaça de seu cigarro.

— Você esteve se queixando com ela? — perguntou ele, algo infeliz. Ele gostava de manter seus assuntos familiares em particular, mas já desconfiava havia muito que entre as gêmeas não havia segredo. E com a situação embaraçosa que compartilhavam em sua vida privada, ele não achou aquilo nada confortável. — Foi por isso que ela levou Geoff? Para nos deixar juntos?

— Eu apenas disse que estava tendo problemas para me acostumar a tudo isso — disse ela vagamente, mas ele sabia, pelo que via em seus olhos, que ela provavelmente contara tudo à irmã.

— Gostaria que você não discutisse assuntos privados com ela, Victoria — disse ele, aproximando-se dela através do quarto com um franzir de sobrancelhas cauteloso —, é um pouco indelicado. — Victoria assentiu e não disse nada enquanto a cozinheira os chamava para jantar.

A hora que passaram na sala de jantar foi um pouco tensa, e depois Charles foi para seu estúdio no andar de cima para examinar alguns papéis. Victoria estava no quarto, lendo *Penrod*, e já era tarde quando ele finalmente entrou no quarto. Charles estivera trabalhando muito pesado desde que voltaram para casa e parecia cansado e algo vulnerável quando olhou para ela. Ela parecia tão doce, sentada, lendo ali, e tão jovem. Aquilo lembrou a ele o motivo de ter concordado em se casar com ela e por que às vezes ele quase a amava. Ele nunca dera rédeas livres a seu coração com ela, e estava certo de que jamais faria isso novamente, mas o jeito dela hoje à noite, com seus longos cabelos negros caindo em cascatas sobre a camisola de rendas e os seios fartos, quase fez com que ele baixasse as defesas.

— Você está acordada até tarde — disse ele com um sorriso, indo trocar de roupa, e ela ainda estava lendo quando ele voltou de pijamas.

Embora não fizesse isso com sua falecida esposa, com Victoria ele dormia totalmente vestido, e hoje em dia tinha o cuidado de manter uma distância segura. Eles haviam feito algumas outras poucas tentativas sem sucesso, e ela parecia achar o contato físico com ele à noite muito pouco prazeroso.

Quando ele foi para a cama, ela colocou obedientemente o livro de lado, apagou a luz, e eles ficaram lá deitados por um instante, lado a lado, acordados, em silêncio.

— É estranho estarmos aqui sozinhos, não? Sem Geoff, quero dizer. — Ele sempre gostava de saber que seu filho estava perto dele. Mas gostava de estar com ela também, e o pensamento de ter o andar superior da casa só para eles começara a estimulá-lo. Victoria não disse nada enquanto ficava deitada perto dele. Por alguma razão ela estava pensando em sua irmã e no quanto sentia sua falta. Ela desejava estar em casa novamente com ela, e não casada com Charles ou se preocupando com Geoffrey. Era tudo tão difícil, tão cansativo e tão mais difícil e insuportável do que ela havia esperado.

Se ela soubesse como seria, jamais teria se casado com ele e devia ter deixado seu pai mandá-la para um convento.

— No que você está pensando? — perguntou ele num sussurro, enquanto se deitava de lado e olhava para ela.

— Religião — respondeu Victoria, sorrindo travessamente para ele, embaraçada por seus pensamentos, e ele não acreditou nela.

— Esta é uma mentira horrível. Estou surpreso com você. Deve ter sido algo realmente malvado.

— Foi — disse ela, cheia de inocência. De certa forma, eles eram amigos; de outra, não.

Ele tocou seu rosto gentilmente então, desejando que pudessem voltar à maneira certa de começar. Aquilo havia sido tão medonho entre eles, e era doloroso e vergonhoso para ambos. Particularmente para Victoria, que não tinha idéia de como lidar com seus próprios sentimentos de repulsa, ou com seu problema inesperado mas totalmente compreensível depois que fora rejeitada.

— Você é tão bonita — sussurrou ele, movendo-se vagarosamente para perto dela, enquanto a observava enrijecer-se. — Victoria... não... por favor... acredite em mim... — Mas tudo em que ela podia pensar enquanto olhava para ele era em Toby... e então ela pôde sentir ainda o sofrimento abrasador da noite em que perdera seu bebê... — Eu não quero machucá-la.

— Você não me ama — disse ela em palavras que surpreenderam até mesmo a si própria. Não quisera dizer aquilo.

— Deixe-me aprender... talvez se conseguirmos ter isso, possamos nos aproximar mais um do outro. — Mas não funcionava assim para ela. Ela precisava se sentir próxima a ele antes que fizessem amor, até mesmo para querer fazê-lo. Era a diferença primordial entre homens e mulheres. — Nós temos que começar a amar um ao outro em algum momento... nós temos que acreditar um no outro... — Mas ele estava mentindo para ela e sabia disso. Ele não acreditava que qualquer mulher não fosse morrer e deixá-lo. Fora o que ele sentira por Olívia naquela noite quando ela caíra do cavalo, ela era tão frágil e vulnerável, e se tivesse morrido... Ele jamais se deixaria sentir aquilo novamente por ninguém, nem mesmo pela irmã dela. Susan levara aquela parte dele com ela. — Deixe-me aprender a amá-la — sussurrou ele, mas Victoria soube instintivamente que tudo o que ele queria dela era seu corpo e sua vida... para amar, honrar e obedecer a ele. E ela não obedeceria a nenhum homem, nem mesmo a este.

Ele fez amor com ela naquela noite, o mais gentilmente possível, e não foi tão ruim quanto vinha sendo. Mas certamente não havia ilusões sobre os sentimentos dela por ele, ou sobre qualquer laço que pudesse ser formado entre eles. Não havia nada, e ambos sabiam disso. No mínimo, repetir as tentativas, menos freqüentes do que deveriam ser, apenas parecia afastá-los ainda mais. E mesmo esta noite, Charles compreendeu que não havia mágica entre eles, e os dois adormeceram em cantos opostos da cama, em total silêncio.

O tempo que Olívia dera a eles foi gasto em leituras e na biblioteca por ela, e no escritório por ele. Ele tinha um jantar no clube com John Watson e seus sócios na noite seguinte e ficou ocupado se preparando para um julgamento todo o fim de semana. De fato, eles quase não viram um ao outro, a não ser privadamente e incapazes de atravessar a distância. E quando Geoff veio para casa com Donovan no domingo à noite, foi realmente um alívio ouvir vozes na casa novamente e, para Charles, ter alguém com quem conversar.

Olívia o mandara para casa com alguns brinquedos novos, uma garrafa térmica de chocolate quente para a viagem e uma grande caixa de biscoitos que eles haviam feito juntos. Aquilo fez o coração de Victoria doer, apenas de ver os sinais familiares tão típicos de sua irmã. Ele até tinha um lenço em seu bolso com o perfume dela, e aquilo trouxe uma dor física a seu coração, sabendo que apenas horas antes o garoto estivera com ela. No mínimo aquilo a fez sentir ciúmes dele, e ela repreendeu-o por Olívia não ter vindo para casa com ele.

— Ela queria — disse ele, parecendo imediatamente magoado pelo tom de acusação na voz de Victoria, como se ele tivesse deixado Olívia para trás, o que ele não tinha feito. — Mas vovô teve uma gripe novamente, e ela achou que não podia deixá-lo. É apenas bronquite, o médico disse, e não pneumonia, mas nós fizemos muitas sopas para ele, e tia Ollie queria fazer para ele alguns demônios *poltergeist* especiais ou algo assim.

— Emplastros poultices — corrigiu-o o pai com um sorriso, mas Victoria pareceu amargamente desapontada. Ela esperara ver sua irmã, e agora não tinha idéia de quando Olívia viria novamente, particularmente se seu pai não estava bem, o que parecia estar acontecendo com mais e mais freqüência.

De fato, a gripe se arrastou, e ela nunca se sentia bem o suficiente para deixá-lo e desencorajava Victoria a deixar Charles e ir a Croton sozinha. As gêmeas não viram uma à outra até o Dia de Ação de Graças.

Seu pai estava de pé novamente então, embora mais magro e pálido, e deliciado por ver os Dawson. Victoria sempre sentia como se ele estivesse falando sobre outra pessoa quando dizia seu nome. Ela não conseguia se acostumar a usar um nome diferente do seu e não iria entender nunca por que uma mulher devia usar o nome de um homem apenas porque estavam casados.

Os dias estavam espetaculares todo o tempo em que estiveram lá, e Geoff cavalgou com Olívia todos os dias, mesmo na manhã do Dia de Ação de Graças. Ela estava muito orgulhosa dele, que se tornara um pequeno cavaleiro muito bem dotado. Ele mostrou a Charles o que podia fazer no círculo naquele dia e anunciou que quando fosse mais velho iria jogar pólo.

Eles estavam todos de bom humor no fim do dia, quando se sentaram para o jantar do Dia de Ação de Graças, exceto Victoria, que parecia tensa. Ela passara a maior parte daquela manhã na cozinha, conversando com Bertie. Havia sempre algo tranqüilizador quando estava com ela, e Victoria parecia faminta por reminiscências de sua velha vida em casa. Era tudo que ela podia fazer, pois dormia no quarto de visitas com Charles. Tudo o que ela queria era subir na cama com Olívia e Geoffrey. Mas ele usurpara seu lugar. De fato, ele parecia ser o objeto da atenção de todos, de Olívia, Bertie, Charles, até de seu próprio pai, e quando todo mundo disse mais tarde naquela noite, depois que ele fora para a cama, o quanto ele tinha sido bom, Victoria assustou a todos ao atacá-lo violentamente.

— Oh, pelo amor de Deus, parem de ronronar sobre ele como um bando de gatos velhos. Ele já tem quase onze anos e deveria ser capaz de comportar-se sozinho. O que é tão extraordinário nisso? — soltou ela, e por um longo momento houve um silêncio absoluto. Então até ela pareceu embaraçada. — Desculpem — disse e rapidamente deixou a mesa, enquanto seu pai a encarava e Charles parecia profundamente magoado com o que ela dissera sobre Geoffrey.

Olívia foi até ela assim que pôde e a encontrou em seu quarto, enquanto Geoff dormia pacificamente na cama, com seu macaco e seu cachorro, esperando por Olívia para juntar-se a ele.

— Sinto muito. — Victoria olhou para ela, mortificada por seu próprio comportamento. — Não sei o que aconteceu. Apenas me sinto muito cansada de ouvir o quanto ele é adorável. — Assustou Olívia entender que sua irmã estava com ciúmes dele.

— Você deve desculpas a Charles — disse Olívia gentilmente, sentindo muito por ambos. Eles pareciam estar sofrendo muito. Até Geoff comentara isso. Ele disse que Victoria e seu pai brigavam todos os dias no café da manhã e todas as noites no jantar. Ele não parecia se incomodar com aquilo, apenas contara como algo que eles faziam, como dizer gracinhas nas refeições ou cantar.

— Vou pedir. — Então ela suspirou e deitou sua cabeça de volta contra a poltrona com um olhar cansado para sua irmã. — Suponho que será assim para sempre. Dois estranhos zangados, presos numa pequena casa com uma criança especialmente irritante e sem absolutamente nada em comum.

Olívia não pôde fazer nada, a não ser sorrir do que ela dissera. Soava muito exagerado para ela, mas era obviamente como Victoria via aquilo.

— Você certamente pinta um quadro bem bonito.

— Não é, Ollie. Nem por um minuto. Não tenho idéia do que estamos fazendo juntos. E nem ele, se for honesto.

— Talvez vocês devessem pensar mais sobre isso — sugeriu Olívia e então, de mãos dadas, ambas voltaram para Charles e seu pai. E quando entraram no aposento, Charles olhou bem dentro dos olhos de Olívia e sorriu melancolicamente para ela. A sinceridade de seu olhar sempre fazia seu coração doer.

— Está se sentindo melhor? — perguntou ele quando ela se aproximou.

— Eu... sim... — Ela não sabia o que dizer, e Victoria riu da confusão.

— Ela está bem. Eu sou a malvada com quem você se casou. E peço desculpas por meu mau comportamento. — A confusão que ele fez com elas serviu para desanuviar o momento e Olívia corou, compreendendo o que acontecera. Elas estavam usando o mesmo vestido, como sempre, e haviam feito o cabelo exatamente da mesma maneira. Ainda era muito fácil confundi-las, e a mais recente característica de sua esposa, de ter se tornado silenciosa, que a identificaria facilmente, desaparecia quando ela estava perto da irmã.

Todos ficaram com o humor melhor depois daquilo e tiveram um fim de semana agradável. Mas Victoria parecia particularmente fria quando chegou a hora de voltar para casa. Ela passara horas conversando com o pai sobre a Batalha dos Ypres na França e fora muito confortável estar ali com ele e Ollie. Ela odiava ir para casa agora e deixá-los.

Ela e Charles foram na frente do Packard e Geoff atrás, com Chip e o macaco Henry e todas as suas bolsas, e por um longo momento Olívia ficou olhando para eles, desejando que pudesse mantê-los ali para sempre.

— Seja uma boa garota — sussurrou ela para sua irmã gêmea —, ou terei de ir até a cidade para bater em você.

— Prometa-me que você vai fazer isso. — Victoria sorriu para ela, parecendo muito triste novamente, desejando que ela pudesse vir com eles. Todas as vezes que deixavam uma à outra, ela sentia uma pequena parte dela morrer, e assim também se sentia Ollie. E enquanto Charles as observava silenciosamente, ele via aquele laço entre elas que sempre o fascinava. Era um laço que ele sabia que jamais teria com ela, nem se vivessem cem anos juntos. Um laço que ninguém mais poderia ter, com nenhuma delas. Era algo que se formara entre elas bem antes do nascimento e que iria até bem depois. Elas eram feitas do mesmo tecido, como dois vestidos feitos de uma só vez, sem costura, sem rasgos, sem diferenças. Não havia um lugar onde uma começava e a outra terminava. Aos olhos dele, às vezes, mesmo parecendo tão diferentes como pareciam, ou diziam que eram, elas eram quase que uma pessoa só. E, ainda assim, a mulher que foi a seu lado no carro para Nova York não tinha nada da gentil suavidade de sua irmã. Ela tinha todas as idéias brilhantes de alguém muito interessante, mas muito diferente. Como os dois lados da mesma moeda talvez. Cara, você ganha... coroa, você perde... e ele sabia que no momento ele havia perdido o movimento da moeda. Victoria jamais seria fácil.

— Como eu posso saber que gêmea está no carro comigo? — disse ele, brincando, enquanto iam para casa, num espírito um pouco melhor depois de um Dia de Ação de Graças muito agradável, que Olívia preparara para todos. A refeição em si fora extraordinária, bem como todos os jantares, e todos os vinhos. Seu quarto fora perfeitamente arrumado para eles, e os empregados atenderam a todas as suas necessidades do momento em que chegaram ao momento em que partiram. Olívia era uma perfeita dona de casa.

— Você não sabe. Esta é a graça — brincou Victoria, e ambos riram. Ele ainda estava embaraçado por tê-las confundido na noite de Ação de Graças e sempre achara que seria realmente embaraçoso cometer um erro como aquele, ou outro ainda pior. Aquilo o fazia tomar um cuidado especial com o que dizia às duas sempre que estavam em Croton ou em sua casa em Nova York. Ele se sentiria um perfeito tolo se dissesse algo indiscreto, e não queria embaraçar Olívia. Mas Victoria gostava da idéia de causar embaraço às pessoas e ainda contou a ele outra história escandalosa sobre sua troca na escola quando eram crianças.

— Não sei por que você acha isso tão engraçado — reprovou-a Charles. — Acho que seria muito embaraçoso e realmente horrível. E se alguém dissesse algo que você não quisesse ouvir? — Só de pensar naquilo ele ficava nervoso.

— Olívia e eu não temos segredos.

— Espero que isso não seja mais verdade. — Ele olhou para ela atentamente e ela deu de ombros com um sorriso, e então Geoff levantou a voz no banco de trás e contou ao pai tudo sobre seu cavalo e um *show* de cavalos no próximo verão no qual Olívia dissera que ele poderia cavalgar.

As semanas após o Dia de Ação de Graças voaram, com os preparativos para o Natal: comprar presentes, fazer coisas e um grande número de festas para ir. Foi um pouco embaraçoso quando foram a uma festa de Natal nos Astor e Toby e sua esposa estavam lá, mas, com exceção de poucos minutos sozinha no jardim com ele, Victoria pareceu evitá-lo completamente.

Toby tentara falar com ela, que estava fumando um cigarro tranqüilamente quando se voltou e o viu. Ela começou imediatamente a sair de perto dele, mas ele agarrou seu braço e puxou-a para si. E apenas seu toque provocou um longo e lento tremor através dela.

— Toby, não... por favor... — Seus olhos se encheram de lágrimas e imploraram a ele. Sem nem mesmo saber, ele já havia arruinado seu casamento.

— Eu apenas quero falar com você... — Ele estava mais bonito que nunca, e ela percebeu que estivera bebendo. — Por que se casou com ele? — perguntou ele, parecendo ferido, e ela desejou gritar o mais alto que pudesse com seus pulmões e bater nele. Era tudo culpa dele. Se ele não tivesse dito nada, tudo teria sido diferente.

— Você não me deixou escolha — disse ela, tentando parecer fria para ele, mas sentindo coisas que não sentira em um ano e não queria sentir.

— O que isso significa? Você não estava... — Ele pareceu confuso. Não ouvira nada sobre um bebê e sabia que ela só se casara muitos meses depois... era apenas muito ruim a maneira como as coisas aconteceram... fora divertido... para ele...

— Você disse a todos que eu seduzi você — disse ela, parecendo machucada e sentindo a dor daquilo novamente, enquanto olhava dentro de seus olhos, querendo odiá-lo.

— Foi só uma brincadeira.

— Não muito boa. — Ela deu de ombros, escapuliu dele e voltou para a sala de estar, onde viu Charles esperando por ela. E ele pareceu assustado quando viu Toby entrar logo depois dela, mas não fez perguntas no caminho para casa. Ele não queria saber. E ela não tinha nada para contar a ele. A brincadeira fora com ela. E agora ela tinha de viver com o que Toby fizera com sua alma e sua reputação

Mas Victoria ficou surpresa quando teve notícias de Toby novamente. Ele mandou flores para ela no dia seguinte à festa dos Astor. Anonimamente, claro, mas ela soube que eram dele. Duas dúzias de longas rosas vermelhas. Não havia mais ninguém em sua vida que pudesse tê-las mandado. E apesar das sensações físicas que ela ainda parecia sentir por ele, pegou as rosas e jogou-as no lixo. Ele mandou um bilhete depois disso, assinado apenas T. e pedindo a ela para encontrá-lo, mas ela não respondeu àquilo também. Não importa o que ainda sentisse por ele, ela não desejava retomar seu caso. Não importa o que tivesse sido, estava definitivamente acabado.

Como sempre, ela e Charles tomaram cada qual seu caminho, e nada foi dito sobre seu encontro com Toby. E todos estavam de bom humor quando partiram para Croton para passar o Natal. Encheram o carro com presentes e comida, e Victoria lembrou-se de seu presente para Geoff. Ela comprara um complicado jogo para ele, que a mulher na loja assegurara que era tudo o que um garoto de dez anos gostaria de ganhar no Natal.

Victoria e Charles falaram sobre a guerra quase todo o caminho para Croton. Mais que o sufragismo, aquilo se tornara sua maior fascinação, e ela estava extremamente versada, o que impressionou Charles, mas ele não gostava de falar sobre aquilo tanto quanto ela. Naquele momento, o *front* ocidental na Europa se solidificara numa trincheira de oitocentos quilômetros do mar do Norte aos Alpes suíços, com franceses, ingleses e belgas lutando contra os alemães.

— Nós jamais entraremos nisso, Victoria, e é melhor para nós — disse ele de maneira prática. Os americanos estavam vendendo munição e armas para qualquer um que as comprasse.

— Acho isso muito desagradável — disse ela calorosamente. — Nós devemos ir lá e matar as pessoas nós mesmos. Em vez de ficar em casa, fingindo hipocritamente manter nossas mãos limpas.

— Não seja tão purista, pelo amor de Deus — disse ele, surpreso com o quanto ela era ingênua. — Como você acha que são feitas as fortunas? O que você acha que a fábrica de aço de seu pai fazia?

— Me deixa doente pensar sobre isso — disse ela, olhando pela janela, pensando nos homens passando o Natal nas trincheiras na

Europa. Parecia errado até mesmo celebrar, sabendo o que os alemães estavam fazendo a eles, mas ninguém mais ali parecia entender aquilo. — Graças a Deus ele a vendeu — disse ela suavemente, triste com o fato de Charles não partilhar de nenhuma de suas paixões. Ele era bem mais prático e tinha os pés no chão, preocupado com seu trabalho legal e sempre preocupado com Geoffrey.

Quando chegaram a Croton, Victoria achou que seu pai estava doente novamente, e desta vez o resfriado que ele pegara duas semanas antes já virara pneumonia. Ele parecia fraco e magro e desceu apenas brevemente na manhã de Natal. Eles estavam abrindo seus presentes e ele deu às duas filhas colares de diamantes idênticos e muito bonitos. Elas estavam trêmulas e ambas os colocaram sobre camisolas idênticas, como disse Charles, para confundir ainda mais a todos. Ele disse que receava dar o presente errado à mulher certa, ou vice-versa. Mas deu à esposa um adorável corpete e um par de brincos de diamantes que caíam perfeitamente bem com o colar de seu pai. E, com um casto beijo no rosto, deu a Olívia um xale bem quente e um livro de poesias. Victoria ficou assustada ao notar mais tarde que o livro fora de Susan.

— Por que ele daria isso a você? — Victoria parecia confusa.

— Talvez o aborrecesse ficar com ele. E você odeia poesia. Ele não poderia dar a você, poderia? — Ela sorriu, sentindo-se um pouco estranha. Mas era um livro que ela conhecia e amava, e Olívia ficara tocada por sua dedicatória. Ele soubera exatamente do que ela gostaria. Aparentemente, fora um dos favoritos de Susan.

Mas a verdadeira explosão aconteceu quando Olívia deu a Geoffrey duas pequenas armas, um canhão antigo e um exército inteiro de pequenos soldados. Seus uniformes eram realmente perfeitos e havia soldados franceses e alemães, ingleses e australianos. Ela os encomendara meses antes, e ele estava extasiado, enquanto Victoria encarava a irmã, ultrajada.

— Como você pôde dar algo assim a ele? — disse ela, num tom de voz muito alto para a manhã de Natal. Mas ela estava literalmente tremendo. — Como você pôde dar a ele algo tão revoltante? Por que não cobri-los todos de sangue, pelo amor de Deus? Seria bem mais honesto se você tivesse feito isso. — Havia lágrimas em seus olhos e ela estava genuinamente preocupada com os presentes de sua irmã. E a situação se tornou ainda pior quando ficou óbvio que ele achou o complicado jogo de Victoria impossível de entender e muito chato.

— Eu não tinha idéia de que você ia se opor... — Olívia parecia desapontada. — São apenas brinquedos, Victoria. E ele gosta deles. Ele adora brincar de soldado.

— Não sei e não ligo para o que ele gosta. Há homens morrendo aos milhares lá fora, em trincheiras por toda a Europa. Não é um jogo, não é divertido. São homens que as pessoas amam... e você está fazendo deles pequenos brinquedos. Não posso tolerar isso. — Ela afastou-se com lágrimas nos olhos, e Geoffrey perguntou a seu pai num sussurro preocupado se teria de devolvê-los para tia Ollie. Charles sacudiu a cabeça acalmando-o, e pouco mais tarde ele e Victoria se vestiram e saíram para uma caminhada até o local onde sua mãe estava enterrada.

— Não acho que você devesse ter ficado tão preocupada — disse ele gentilmente. — Sua irmã não queria causar nenhum dano. Não acho que ela tenha entendido a violência de seus sentimentos. — Nem ele tinha, por aquele assunto. De fato, ele não entendia quase nada sobre ela, e ambos o sabiam.

— Não posso mais continuar com isso — disse ela, olhando para ele miseravelmente. — Não posso ser sua esposa. Não fui talhada para isso, Charles. Todo mundo pode ver isso menos você. Até Geoff sabe. — Ela se sentia horrível sobre o presente e mesmo sobre o livro que ele tinha dado a sua irmã. Não que estivesse com ciúmes dela, apenas sentia como se estivesse constantemente nos sapatos errados e estava cansada disso. — Foi um erro meu deixar papai me empurrar para este casamento. Eu deveria tê-lo deixado me mandar embora para algum lugar e me esquecer. Simplesmente não posso mais. — Ela começou a soluçar e ele parecia extremamente infeliz. Então ele decidiu perguntar a ela o que estivera perguntando a si mesmo desde a festa nos Astor.

— Você o está vendo novamente? É isso? — perguntou ele desoladamente, enquanto ela olhava para ele, imaginando como ele sabia que Toby tinha sequer tentado voltar para sua vida. Teria sido mais simples se ela tivesse deixado, mas ela também não queria aquilo agora.

— Não, não é isso — disse ela friamente. — É o que você pensa? Que estou traindo você? Queria estar, seria mais interessante. — Mas ela sentia muito por dizer aquilo também. Ela sentia muito por tudo, mas simplesmente não podia mais. E ele não disse nada enquanto ficavam ali, próximo ao túmulo de sua mãe, enquanto Victoria chorava e ele se sentia totalmente paralisado.

— Não sei o que dizer. — Ele sentia por ter mencionado Toby, mas imaginara aquilo quando a cozinheira contara a ele sobre as rosas que ela jogara fora. Ela achava que era um desperdício chocante, não podia imaginar quem o fizera e queria contar a ele sobre aquilo antes que alguém mais o fizesse. Ela até mesmo resgatara o cartão, que dizia apenas: "Por favor me encontre." Mas aquilo dissera tudo a ele, ou pelo menos ele pensara que sim. Mas aparentemente ele estava errado. Não que aquilo mudasse nada do que Victoria estava dizendo.

— Você quer que eu vá embora? — Ela se virou e olhou para ele em desespero, e desta vez ele chegou mais perto e colocou um braço em torno dela.

— Claro que não. Quero que você fique. Nós vamos conseguir. Foram apenas seis meses. Dizem que o primeiro ano é o mais difícil em qualquer casamento. — Mas não fora assim para ele antes. O primeiro ano com Susan fora idílico. — Vou tentar ser mais razoável e você tente ser mais paciente. O que você quer fazer com Geoffrey e seu pequeno exército? Não acho que ele esteja ansioso para desistir dele, mas, se você quiser, vou conversar com ele.

— Não. — Ela assoou o nariz no lenço dele e desejou ter um cigarro. — Ele iria me odiar por isso, mais do que já odeia. Aquele jogo que comprei para ele era muito estúpido. Não sei do que ele gosta, e a mulher na loja disse que ele ia adorar. Não posso nem mesmo entender o que aconteceu.

— Nem eu — sorriu. — Mas vou aprender. Posso aprender qualquer coisa — disse ele gentilmente — se você me ensinar. — Mas ela não queria ensinar nada a ele. Ela queria sair correndo. Era tudo em que ela podia pensar.

Eles finalmente andaram vagarosamente de volta para a casa e ambos pareciam consideravelmente mais calmos, mas naquela tarde ela foi encontrar Olívia, que estava separando roupas de cama com Bertie.

— Sinto muito sobre as armas — disse Olívia, parecendo genuinamente arrependida quando Bertie as deixou. — Não tinha idéia de que elas iam preocupá-la tanto. — Elas estavam usando vestidos verdes idênticos e cada uma tinha brincos idênticos de esmeralda. Ambas amavam estar juntas novamente e trocaram um sorriso silencioso que falou alto.

— Está tudo bem. Talvez eu seja mesmo uma estúpida. Fiquei muito envolvida no que está acontecendo por lá e é tão real para mim. Às vezes esqueço que não fazemos parte daquilo. Estou satisfeita que pelo menos papai tenha vendido a fábrica de aço, embora eu aposte que ele não está nada satisfeito. Eu provavelmente estaria fazendo demonstrações do lado de fora e sendo presa. — Ambas sorriram de sua honestidade, e Victoria sentou-se numa poltrona próxima a sua irmã. E Olívia pôde ver imediatamente, mesmo antes que ela falasse, que sua irmã queria algo. Levou um minuto, mas Victoria olhou para ela melancolicamente e falou num sussurro conspirador. — Você tem que me tirar disso, Ollie. Pelo menos por um tempo. Antes que me deixe completamente louca. Simplesmente não posso mais.

Olívia olhou para ela desconfortavelmente, preocupada com o que ela ia pedir, mas já podia imaginar e não queria escutar.

— Será que eu deveria dizer não antes que você peça ou deixar você pedir e então dizer a você que não quero ouvir isso?

Victoria baixou ainda mais sua voz.

— Ollie... troque comigo, por favor... só um pouco... deixe-me ir a algum lugar, por favor, só para pensar... não sei o que estou fazendo. — Seus olhos imploraram à irmã que a escutasse, e Olívia pôde ver facilmente o sofrimento que ela estava sentindo, mas estava certa de que trocar de lugar com ela não era a solução. Victoria tinha de encarar aquilo. Ela fizera um arranjo, Charles era um bom homem, e ela tinha apenas de se ajustar a tudo. Fugir não ia tornar nada melhor. Mas Olívia sacudiu a cabeça enquanto escutava.

— Você está certa, você não sabe o que está fazendo — disse ela num sussurro. — Trocar de lugar seria desastroso. E se ele descobrisse? O que eu tenho de fazer? Não posso fingir que sou mulher dele. Ele saberia em cinco minutos. E mesmo que não soubesse, não é certo fazer isso. Victoria, eu não vou fazer isso — disse ela, e Victoria sabia que ela falava sério. Lágrimas encheram seus olhos e ela agarrou a mão da irmã e implorou.

— Eu sei que é errado. Mas foi errado quando trocamos na escola e também foi errado quando você mentiu por mim e fingiu que era eu. Nós fizemos isso mil vezes. E eu juro, ele nunca vai saber... ele não pode nos diferenciar e você sabe disso.

— Ele vai acabar entendendo. Ou Geoff vai. Depois, eu não vou nem mesmo conversar sobre isso com você. Não! Você me escutou? — Ela não estava realmente zangada com ela, mas queria estar certa de que Victoria sabia que aquela não era uma opção. Mas Victoria nem discutiu. Apenas assentiu, levantou e olhou para Olívia desesperada, o que tornou aquilo ainda pior. E então ela se afastou vagarosamente de sua irmã.

Capítulo 18

Elas não falaram sobre a troca novamente durante sua estada, mas Victoria parecia extraordinariamente derrotada quando partiram. E Olívia ficou preocupada com ela. Queria ir à cidade ver como ela estava em uma semana ou duas, mas seu pai piorou novamente, e a pneumonia voltou violentamente. Foi um enorme problema para ele, e depois foi Olívia quem ficou de cama com um caso grave de gripe. E já era fim de fevereiro quando Olívia ficou pronta para voltar à cidade. Mas nada mudara entre eles. Victoria estava no mínimo mais sensível com tudo. Ela parecia brigar com todo mundo mais facilmente. E Charles parecia estar ainda pior do que ela. E, no segundo dia em que Olívia estava lá, Geoff ficou com febre.

Victoria estava fora quando Olívia descobriu. No fim da tarde ele estava quase delirando, e Olívia havia chamado o médico. Chamou Charles no trabalho também, e ele foi direto para casa para vê-lo.

— Onde está ela? — perguntou ele sobre Victoria, e Olívia teve de admitir que não tinha idéia, embora odiasse fazê-lo. E então começaram a surgir manchas, e ele teve uma tosse horrível. O médico disse que era um caso grave de sarampo.

Victoria voltou para casa às sete horas naquela noite, depois de uma leitura particularmente interessante no Consulado Britânico sobre a crueldade dos submarinos alemães. Eles haviam acabado de formar um bloqueio na Inglaterra. Houvera um lanche depois, e Victoria fora atraída pelas prolongadas discussões. Ela nem mesmo pensara em telefonar para Charles e avisar que chegaria atrasada para o jantar. Esperava que ele também chegasse tarde, mas para seu azar ele estivera em casa toda a tarde com Geoffrey.

Olívia estava calmamente limpando a fronte da criança com uma esponja quando ela entrou, e havia um silêncio na casa que apenas acontecia em eventos de morte ou doença grave.

— O que aconteceu com ele? — sussurrou Victoria para ela da porta quando o viu, e Olívia andou na ponta dos pés até ela, parecendo sua própria imagem se aproximando no espelho.

— Ele pegou sarampo. Pobre garoto. Está realmente muito doente. Queria que estivesse comigo em Croton. Estava pensando em mandar Bertie. Ele vai ficar mal por duas semanas e provavelmente vai se sentir horrível. Eu posso ficar, se você quiser. — Ela olhou para Victoria mas já sabia a resposta.

— Oh Deus... por favor... como está Charles? — Ela queria saber se ele estava zangado.

— Acho que ele estava preocupado com você. — Era uma maneira polida de dizer que ele estava furioso com seu atraso e suspeitando de onde ela havia ido, mas ele disse isso tudo a ela naquela noite em seu quarto.

— E onde você disse que estava? — perguntou ele grosseiramente pela segunda vez. O tipo de tom que ele adotara com ela não combinava com ele.

— Eu disse a você. No Consulado Britânico. Numa palestra sobre submarinos.

— Que fascinante. Meu filho com uma febre de quarenta graus, e você aprendendo sobre submarinos. Fantástico.

— Não sou clarividente, Charles. Não sabia que ele ficaria doente hoje — disse ela calmamente. Mais calma do que se sentia. Nos últimos oito meses, eles haviam se tornado especialistas em brigas. Sem dúvida melhores que os capitães dos submarinos e certamente tão mortais quanto as deles.

— Você deveria estar aqui com ele — gritou ele para ela. — Eu não deveria precisar vir do escritório porque ninguém consegue encontrar a mãe dele.

— A mãe dele está morta, Charles. Eu estou apenas substituindo-a — disse ela friamente.

— E não muito bem, eu deveria acrescentar. Sua irmã dá mais atenção a ele do que você.

— Então você devia ter se casado com ela. Ela seria uma esposa bem melhor. Ela tem muito mais dotes domésticos do que eu.

— Seu pai não a ofereceu para mim. Ele ofereceu você — disse ele, infeliz, odiando a si mesmo pela espécie de coisas que disse a ela. Mas sua vida juntos fora um desapontamento completo para ambos, e nenhum deles sabia o que fazer com aquilo. Não havia saída. Eles simplesmente tinham de viver um com o outro até que aquilo os matasse. Ela já havia mencionado o divórcio a ele, mas para Charles aquilo estava fora de questão.

— Talvez se você voltar a papai, ele queira nos trocar uma pela outra. Como sapatos que não servem. Por que você não pergunta a ele? — resmungou ela, sentindo-se tão presa quanto ele. E o fato de que não tinham mais qualquer relacionamento físico havia virtualmente dado fim ao que quer que pudesse ter havido entre eles. Sua última e vã tentativa de fazer amor havia sido em janeiro, e os dois haviam prometido silenciosamente que jamais tentariam novamente. E não haviam tentado. Era muito desapontador e ainda mais deprimente. Era apenas um reflexo de todas as suas desgraças e de tudo o que jamais fora e nunca poderia ser. Charles estava determinado a nunca mais encostar a mão nela, mesmo se isso significasse ficar em abstinência para o resto de sua vida. Não seria pior que isso. E Victoria sentia o mesmo. Ela não tinha desejo nenhum de continuar frustrando a ele e a si mesma sem propósito.

— Não acho suas sugestões engraçadas — disse ele sombriamente para a esposa. — Nem seu comportamento. E espero vê-la aqui todos os dias com nosso filho... meu filho, se você prefere assim... com sua mão em sua testa, ou dando sopa de carne a ele até que ele se recupere. Está claro?

— Sim, senhor — disse ela, fazendo uma reverência como uma empregada numa peça francesa da Broadway. E então, mais seriamente: — Você se importa se minha irmã ficar para me ajudar?

— Para tomar conta dele por você, é o que quer dizer — disse ele cruelmente, mas era a verdade, e Victoria sabia. Ela não tinha idéia de como cuidar de crianças doentes. — Não me importo com qual das duas tome conta dele. Não consigo mesmo saber a diferença entre vocês — disse ele parecendo perturbado —, contanto que uma de vocês o faça.

— Vou cuidar disso — disse ela e deixou o quarto para encontrar a irmã. Ela desejava poder dormir com ela naquela noite, mas sabia que aquilo enfureceria Charles ainda mais. Embora ele não tivesse intenção de encostar a mão nela, não queria que outras pessoas soubessem de sua vida, especialmente sua irmã.

— Como está ele? — perguntou Olívia suavemente a respeito de Charles, do pé da cama de Geoffrey. Ele estava dormindo e a febre ainda não baixara.

— Nada satisfeito, para dizer o mínimo. — Victoria sorriu para ela. Mesmo sob essas circunstâncias, era bom estarem juntas. Era quase um alívio estar com ela, poder falar com ela e fazer confidências, quantas ousasse. Era realmente embaraçoso admitir para ela o quanto seu casamento se havia deteriorado, mas ela podia sentir que Olívia sabia de qualquer forma, e ela o ouvira gritando.

No fim elas ficaram juntas por quase um mês, na pequena casa do East River. Geoffrey ficou doente por três semanas e Olívia nunca o deixava sozinho nem por um momento. Charles sabia disso, embora tivesse a impressão de que Victoria tomara conta dele ao menos um pouco. Ele a vira sentada em sua cama às vezes e ficara aliviado com isso. O que ele não sabia é que sempre era Olívia, e que ela o deixara pensar que era sua irmã. Era o único engano que ela permitiria. Mas pelo menos Victoria não lhe pedira para trocar de lugar de novo, como o fizera no Natal, e Olívia ficava aliviada ao pensar que ela voltara à sensatez sobre o assunto.

As relações entre eles pareciam tensas, mas Olívia ainda estava convencida de que, com o tempo e com amor de ambas as partes, eles conseguiriam. Talvez até se houvesse uma criança, mas Victoria não lhe contara que não havia chance e nunca haveria.

Ela também não contara à irmã que Charles recentemente repetira a acusação de que ela estava vendo Toby. Ele achava difícil acreditar que uma mulher que antes já havia esquecido tanto de si mesma e desejara arriscar tudo por um homem estivesse agora querendo desistir de tudo e viver como uma freira. Particularmente desde que ele nunca sabia onde ela estava ou onde havia ido. Suas atividades eram todas realmente inofensivas, mas ela achava que não era da conta dele o que ela fazia e particularmente a espécie de pessoas com quem ela vinha se encontrando ultimamente. Ela conhecera um general na Embaixada Francesa e muitos coronéis no Clube Britânico, que incutiram nela a idéia da grande necessidade de as pessoas irem à Europa e fazerem qualquer coisa que pudessem para ajudar as pessoas que estavam morrendo por lá. Seus apelos a haviam impressionado. Mas ela também não disse nada sobre isso a Olívia.

Quando finalmente voltou para casa no fim de março, Olívia estava absolutamente exausta. Fora um esforço estar com eles, naquela pequena casa, e tomar conta de Geoffrey tomara toda a sua atenção e energia. Era um alívio estar de volta ao ar puro novamente e cavalgar sua égua. E, por mais que a amasse, foi um alívio não ver sua irmã ou sua família até a Páscoa. Eles foram para Croton então, e estavam todos mais abatidos este ano. Victoria e Charles sentiam como se tivessem estado na guerra por dez meses, e Geoffrey ainda estava esgotado após o sarampo. Mas Olívia cuidara bem dele, e Geoffrey tivera uma recuperação completa. Duas garotinhas em sua classe haviam morrido na epidemia.

Olívia ficou particularmente agradecida por ele estar passando bem quando ouviu sobre elas. E Charles agradeceu a ela uma tarde, enquanto andavam pelos jardins, e seu coração se abriu para ele enquanto olhavam para o rio Hudson em silêncio. Ela sentia um grande sofrimento nele. Ele sabia o que fizera. Uma vez amara muito e agora tinha arranjado algo menor num momento de loucura. Ele pensara que estava fazendo isso por seu filho, mas na verdade ele também quisera proteger a si mesmo de futuros sofrimentos e errara ao fazer isso.

Ele olhou para Olívia por um longo momento e não disse nada a ela. Então eles se viraram e voltaram para casa. Ela enfiou uma das mãos em seu braço e só sentir sua empatia por ele emocionou-o tanto que ele gentilmente se afastou dela. Era muito doloroso estar perto de qualquer pessoa agora, particularmente da irmã mais misericordiosa de sua esposa. Ele não queria ser lembrado do quanto estava perdendo em seu casamento. E embora ficasse machucada quando ele se afastou, Olívia instintivamente entendeu aquilo.

Olívia estava começando a pensar que sua irmã estava se resignando a seu destino também, quando ela subitamente entrou em seu velho quarto no dia anterior a sua partida e olhou longa e seriamente para a irmã.

— Tenho de falar com você — disse Victoria, parecendo tensa, e por um louco momento Olívia esperou que ela fosse contar que estava grávida. Seria a resposta para tudo, um elo que finalmente os uniria. Mas ela não estava preparada para o que Victoria disse em vez disso. Ela ficou bem perto dela, olhou dentro de seus olhos e tocou o rosto de Olívia com os dedos.

— Estou partindo.

— O quê?

— Você me ouviu. Olívia, eu tenho de fazer isso. Não posso mais suportar nem por um momento.

— Mas você não pode fazer isso com eles. Como você pode ser tão egoísta? — Ela nem mesmo pensara em si mesma ainda e no que significaria para ela se Victoria se fosse. Tudo em que ela podia pensar agora era em Charles e Geoffrey.

— Isso vai acabar me matando se eu ficar, estou absolutamente certa disso, Ollie. — Ela andou pelo quarto, olhando vez por outra para a irmã, e então parou e encarou-a. — Troque comigo, por favor. Eu vou de qualquer maneira... mas pelo menos assim você vai cuidar deles, se está tão preocupada com eles.

— Mas para onde você vai? — Olívia estava horrorizada com o que estava ouvindo.

— Europa — disse ela em tom confidencial. — França, eu acho. Posso trabalhar atrás das fileiras. Posso dirigir uma ambulância se tiver de fazer isso, sou uma boa motorista.

— Diga isso a papai — disse Olívia entre lágrimas —, e seu francês é terrível. Eu fiz todos os seus exames por você — disse ela, começando a chorar abertamente ao pensamento de perder a irmã.

— Eu vou aprender... Oh, Ollie não chore, por favor... apenas faça isso por mim. Uma última vez. Três meses. Isso é tudo o que eu quero. Vou embarcar em três semanas e volto no fim do verão. Tenho de fazer isso. Passei toda a minha vida lendo sobre as coisas, indo a encontros, me preocupando com causas. Sempre estive à margem, nunca fiz nada importante. Nunca fiz nada por ninguém... não como você, você faz isso aos poucos, mas você se destaca. Eu nunca fiz nada. — Ela parecia tão determinada que assustou sua irmã. Olívia compreendeu novamente que elas eram, de fato, muito diferentes.

— Fique aqui e você pode dobrar roupas de cama para mim. Você não tem de ir a lugar algum. Você pode me ajudar a replantar o jardim... Oh, Victoria — ela soluçou —, não vá... por favor... e se alguma coisa acontecer a você? — Ela não podia suportar aquele pensamento de perdê-la por um dia ou uma hora, de ser deixada sozinha para sempre. Era difícil o suficiente se acostumar com ela vivendo em Nova York, mas pelo menos era a apenas uma hora de distância. E tirava todo o autocontrole de Olívia não estar constantemente com ela.

— Não vai acontecer nada comigo, eu juro. — As duas irmãs se abraçaram fortemente no quarto em que dormiram juntas por vinte anos, até o casamento de Victoria, e que agora, sem ela, parecia tão vazio. — Não posso viver mais assim. Nós somos errados um para o outro. Um dia teremos que deixar um ao outro, ou talvez depois que eu me vá as coisas fiquem diferentes.

— Por que você não diz isso a ele? — disse Olívia sensivelmente, assoando o nariz no lenço. — Por que você não explica isso a ele? Ele é um homem inteligente, ele vai entender.

— Ele nunca vai me deixar ir — disse Victoria com segurança, e Olívia não podia lhe dizer honestamente que não concordava com ela.

— E se eu tomar seu lugar? — Olívia olhou para ela pensativamente. — Eles então vão pensar que eu me fui? — Olívia subitamente pareceu assustada. Combinava tão pouco com ela.

— Nós poderíamos dizer que você foi à Califórnia por alguns meses, apenas para pensar, porque é muito difícil para você ficar sem mim.

— Todos vão pensar que sou um monstro por deixar papai. Até eu. Até ele — disse ela, sacudindo novamente a cabeça. Ela simplesmente não podia fazer isso. Mas Victoria realmente a fizera pensar no assunto.

— Acho que papai entenderia — disse Victoria esperançosamente, gostando do fato de a conversa ter ido tão longe e subitamente muito excitada. E então Olívia olhou para ela e sacudiu a cabeça. Ela pensara em algo mais. Era impossível. Ela não ia fazer aquilo por sua irmã. Mas Victoria já sabia em que ela estava pensando. — Ele não vai tocar em você. Não há mais nada entre nós. Há meses. E não haverá novamente. Nenhum de nós quer. — Olívia ficou chocada ao ouvir aquilo. Todo este tempo ela esperara que houvesse um bebê.

— Por quê? — Ele parecia tão vital, tão vivo e tão quente e ainda era tão jovem. Ela não podia entender e imaginou subitamente se era sua irmã a culpada por aquilo.

— Não sei por quê — disse Victoria pensativamente. — Muitos fantasmas... Susan... Toby... algo está errado entre nós, e ambos sabemos. Acho que simplesmente não amamos um ao outro.

— Não acredito nisso — disse Olívia firmemente.

— É verdade — disse Victoria, olhando duro para ela. — Nós não fazemos. Eu não o amo, Ollie. Não acho que jamais o amarei. Não há nada e jamais haverá.

— E quando você voltar? O que vai ser diferente então?

— Talvez eu tenha a coragem de realmente deixá-lo. — Olívia ficou devastada ao ouvir aquilo.

— E se eu não trocar com você?

— Vou partir de qualquer maneira. Não vou contar a ele onde fui, não quero que ele me encontre. Vou voltar quando estiver pronta. Vou escrever para você, na casa da Quinta Avenida. Você pode pegar as cartas lá facilmente e ninguém saberá. — Ela pensara em tudo, e quanto mais ouvia mais chocada Olívia ficava. O maior empecilho para ela era seu pai. Estava com medo de partir seu coração, mas o laço entre as gêmeas era mais forte que o laço com ele, e ela o sabia. Sempre se sentira arrastada por tudo o que sua irmã queria. E ainda assim isso era uma loucura total, e sabia disso. Não podia tomar seu lugar com um marido e uma criança, era uma coisa insana, e então ela pensou em Geoffrey.

— Ele saberia, Victoria. Ele é o único a quem não podemos enganar, exceto Bertie.

— Você pode, se quiser. Basta agir mais como eu. Não seja tão agradável com ele. — Ela sorriu, e Olívia balançou um dedo para ela.

— Tome vergonha. Como você pode dizer isso?

— Porque sou horrível e amo você... tudo bem, eu vou ser melhor com ele nas próximas três semanas e com Charles também, e então não será uma mudança tão grande para eles quando você tomar meu lugar. Vou parar de fumar inteiramente... Oh Deus, que pensamento... — ela sorriu — e eu vou beber apenas um pouco de xerez e só quando Charles me oferecer. — Ela estava sorrindo de orelha a orelha, e Olívia parecia uma noiva relutante enquanto olhava furiosamente para sua irmã.

— Esses são grandes sacrifícios — disse ela sarcasticamente e então olhou seriamente para sua irmã. — O que a faz pensar que eu vou fazer isso? — perguntou timidamente.

— Você vai? — Victoria prendeu a respiração enquanto esperava.

— Não sei.

— Você vai pensar sobre isso?

— Talvez. — Era uma chance de estar com eles e, mais importante, uma oportunidade de manter Victoria longe de destruir completamente seu casamento. Se Olívia tomasse seu lugar, ela deveria ser capaz de fazer com que Charles jamais soubesse que ela se fora, e então Victoria poderia voltar e retomar tudo, tendo voltado ao bom senso. Ele jamais deveria saber que aquilo acontecera. Mas se Olívia não tomasse seu lugar, Victoria simplesmente partiria em três semanas e bateria a porta sem cuidado atrás de si. Talvez impedi-la de fazer isso fosse ainda mais importante do que cuidar de seu pai. E ela estaria por perto. Estaria em Nova York, ela podia vir a qualquer momento que ele precisasse. Sabia que não seria a mesma coisa, mas era o melhor que ela podia fazer, se queria consertar as escapulidas de Victoria.

— Você vai? — Victoria estava observando-a, vendo tudo o que ela estava pensando. — Ele vai estar bem e você não vai estar longe.

— Não, mas ele vai pensar que eu parti sem me importar com ele. É uma coisa terrível de se fazer — disse Olívia tristemente.

— Talvez você deva isso a ele — disse Victoria ainda mais maldosamente. — Ele só pensa em manter você aqui pelo resto de sua vida, tomando conta dele, para que você não consiga encontrar um marido. — Havia uma certa verdade naquilo, mas Olívia riu do jeito que ela falou.

— Eu não quero um marido, muito obrigada — disse ela firmemente. — Estou bem como estou. — Mas se as coisas tivessem sido diferentes, e Victoria não tivesse se casado com Charles, ela teria adorado estar com ele. Ela jamais o teria feito apenas por aquela razão, disse a si mesma, e tentou desesperadamente acreditar naquilo, temendo subitamente o fato de que a idéia toda era bastante atraente.

— Você pode ter meu marido — disse Victoria, feliz — por quanto tempo quiser. Três meses ou para sempre. — Ela estava brincando, mas não inteiramente, e Olívia pareceu chocada. Victoria não havia esquecido totalmente que Olívia já ficara algo tocada por ele, mas aquilo fazia parte do passado, e ela também sabia que Olívia jamais teria tentado tirar seu marido. Ela era decente, leal e honesta demais. E as emoções de Olívia estavam bem controladas agora. Ela jamais se deixava pensar romanticamente em Charles desde o dia em que se casaram e genuinamente queria que ele fosse feliz com sua irmã.

— É melhor que você volte no fim do verão ou eu vou contar a todo mundo e eu mesma vou buscá-la — disse Olívia enfaticamente, e Victoria sorriu.

— Eles provavelmente vão nos colocar na cadeia.

— E você provavelmente vai gostar disso — gemeu Olívia com a idéia.

— Provavelmente. — Victoria riu novamente e passou os braços em torno da irmã, implorando para que ela fizesse aquilo. Era o primeiro vislumbre de liberdade que ela já tivera desde seu desastroso caso com Toby. E ela pagara um preço alto por seus pecados com ele. Agora ela queria sua liberdade. — Por favor, diga que vai fazer, Olívia... por favor... eu vou me comportar pelo resto da vida, juro... Vou bordar guardanapos para você... polir seus sapatos... nunca mais vou pedir a você para trocar comigo. Apenas faça isso por mim agora, por favor...

— Só se você prometer voltar e ser uma esposa e mãe exemplar.

Mas Victoria sorriu sombriamente a este pedido e pareceu pensativa.

— Não posso prometer isso a você. Não sei o que vai acontecer. Talvez ele não me queira de volta — disse ela, pensando alto.

— Então ele nunca deve saber que você foi embora — disse Olívia suavemente. — Quando você parte?

— Primeiro de maio. — Era dali a três semanas, quase tempo suficiente para preparar seu pai e fazer tudo o mais que era preciso antes de entrar nos sapatos de Victoria. As duas mulheres trocaram um longo e forte olhar e depois, vagarosamente, Olívia assentiu. Victoria soltou um grito vitorioso, elas se abraçaram, e por um momento insano Olívia ficou assustada ao perceber que ela realmente se sentia excitada. Elas falaram sobre isso exaltadamente pelos minutos seguintes, como duas crianças extremamente travessas com um plano extravagante, enquanto Olívia pensava no que havia se metido. Estava certa de que nas próximas semanas haveria dúvidas, mas estava igualmente certa de que Victoria jamais a deixaria voltar atrás agora.

Elas desceram as escadas de braços dados, e Geoffrey estava no *hall* da frente, brincando com seu canhão. Instintivamente elas souberam o que tinham de fazer, sem dizer uma palavra. Victoria escondeu sua mão esquerda no bolso para que ele não pudesse ver seu anel de casamento e sorriu calorosamente para ele.

— Parece uma grande brincadeira — riu alegremente, depois desarrumou o cabelo dele gentilmente. — Será que posso fazê-lo se interessar por limonada e biscoitos? Ele riu adoravelmente para ela e então acertou doze de seus pequenos soldados com seu canhão e os derrubou, enquanto Olívia franzia as sobrancelhas para ele.

— Gostaria que você não brincasse disso. É tão estúpido — disse ela, andando friamente até ele, esperando para ver se ele acreditaria nela. Mas ele lançou um olhar desinteressado sobre seus ombros e voltou para sua brincadeira resmungando desculpas.

— Desculpe, Victoria, papai disse que eu podia... — e então ele piscou para a mulher que ele pensou que era Ollie e não era. Ambas foram para a cozinha, e Olívia estava impressionada. Era a primeira vez que elas conseguiam enganá-lo.

— Você vai se sair bem — sussurrou Victoria para ela, enquanto Olívia servia o copo de limonada para Geoffrey, imaginando se teria tanta sorte assim com seu pai.

Capítulo 19

A parte mais difícil da partida, para Olívia, era imaginar o que dizer ao pai. Ele estava se sentindo melhor do que estivera em meses esses dias, mais forte também, e estava até mesmo pensando em ir a Nova York visitar sua filha, mas Olívia disse a ele que não achava que ele deveria ir ainda. Complicaria tudo se ele o fizesse. Ela lembrou que Victoria e Geoff estariam vindo em junho para passar o mês com eles, e faltava pouco mais de um mês para que chegassem. Era melhor para ele ficar confortavelmente em casa, em Croton, nesse meio tempo.

Naquele verão Charles ia alugar uma casa para eles perto do mar, e Geoff e Victoria estariam em Newport em julho e agosto. Charles até a convidara para juntar-se a eles. Mal sabia ele que agora ela estaria com eles constantemente. E, na época em que voltassem, esperançosamente, a verdadeira Victoria estaria de volta da Europa. Olívia já tirara seu passaporte e o guardara cuidadosamente para dar a sua irmã.

— Como você acha que eles estão indo? — surpreendeu-a o pai com a pergunta um dia, bem na hora em que ela estava pensando sobre a carta que teria de escrever a ele, contando que tinha ido para a Califórnia. Ela diria a ele que era um retiro religioso e rezava para que ele acreditasse. — Me preocupo com ela às vezes — disse ele honestamente. — Charles é um bom homem. Mas às vezes se pode sentir que ela não está feliz com ele. — Olívia estava chocada com as observações de seu pai.

— Não estou certa de que seja verdade. — Parecia mais seguro negá-lo agora, tendo em vista o que iriam fazer. — Acho que é um ajuste normal. Ele adorava sua esposa, estou certa de que é difícil para ele e para Geoff... — Mas seu pai estava certo, e ela sabia disso.

— Espero que você esteja certa. Ela parecia muito inquieta quando esteve aqui e muito nervosa. — Oh, Deus... Olívia teve de se virar enquanto seus olhos se enchiam de lágrimas, odiando o pensamento de que em poucos dias ela ia machucá-lo. E então ele a assustou ainda mais quando ela se virou novamente para ele. — E você, minha querida? Não está muito sozinha aqui comigo, sem sua irmã?

— Eu sinto a falta dela às vezes... terrivelmente... — disse ela, a voz rouca de emoção —, mas eu amo você, papai... onde quer que eu esteja, sempre o amarei. — Ele viu algo estranho em seus olhos então, algo que ele vira ali antes, mas achara melhor não comentar.

— Você é uma boa garota — deu um tapinha em sua mão —, e eu também amo você — disse ele, enquanto saía para o jardim.

E naquela noite, ela ecoou as mesmas palavras para ele em sua carta. Ela ia levar a carta para Nova York e trazê-la de volta quando Victoria partisse, fingindo ser sua irmã. Era absurdamente complicado, mas era a única maneira que podia pensar de fazer isso. Ela dificilmente poderia deixar a carta aqui com Bertie agora e pedir a ela para dá-la a ele três dias depois.

No fim, tudo o que ela pôde dizer foi que, como ele imaginara, fora muito difícil para ela ficar sem Victoria e que agora ela devia encontrar seu caminho sozinha e encontrar a si mesma. E para conseguir fazer isso ela sairia por poucos meses, para visitar amigos e fazer um retiro religioso na Califórnia. Parecia um pouco louco, mesmo para ela, mas não podia pensar em nada mais para dizer a ele. Assegurou que ficaria a salvo, que escreveria a eles e estaria de volta no fim do verão. Ela dissera que uma amiga de escola a havia convidado, mas como ela e Victoria não haviam estado na escola nos últimos dez anos, era uma história um tanto estranha, mas ela esperava que ele não notasse. Mais que tudo, ela assegurou a ele o quanto o amava, que ele não fizera nada para fazê-la partir, mas que ela precisava desse tempo para si mesma e que voltaria melhor, mais forte e mais devotada que nunca a ele. Era, de fato, exatamente o que ela esperava de sua irmã. Mas as lágrimas caíram fartamente na página enquanto ela escrevia. Seus olhos estavam tão embaçados que ela mal pôde assinar seu nome. E então ela escreveu outra para Geoff, selou-a também, e uma pequena para Bertie, que dizia apenas "...Volto logo... tome conta de papai... eu te amo... Ollie". Era suficiente, ela mal podia respirar então, e quando se deitou na véspera de sua partida, pensou na loucura que as tomara. Victoria era louca de fazer o que estava fazendo, e ela era obviamente ainda mais louca por trocar de lugar com ela. Esperava apenas que algum bem viesse daquilo, que a saúde de seu pai não piorasse e que Charles não descobrisse o que Victoria fizera e se divorciasse dela. Havia muitas coisas pesando nos ombros de Olívia, e, quando ela se levantou na manhã seguinte, estava determinada a falar para Victoria sair daquilo, mas ela conhecia muito bem sua irmã gêmea para saber que Victoria morreria antes.

Olívia deu um beijo de adeus em seu pai antes de partir e ficou com os braços em torno de seu pescoço e seu rosto contra o dele, desejando que pudesse ficar ali com ele para sempre. Era uma boa vida para ela e, embora já tivesse desejado outras coisas, aceitava isso agora e ia sentir falta dele de verdade.

— Divirta-se em Nova York e compre algumas coisas bonitas para vocês duas — disse ele com um abraço caloroso, e ela sentiu a faca da culpa atravessar seu coração enquanto o abraçava.

— Eu te amo, paizinho — sussurrou. Ela não o chamava assim havia anos, e ele a beijou e saiu para caminhar no jardim.

Ela estava estranhamente calada no caminho para Nova York, até mesmo Donovan comentou isso mais tarde. Mas mais tarde tudo fez sentido para eles. Ela estava se sentindo culpada por estar fugindo para a Califórnia. Jamais ocorreria a ninguém que ela ainda estava em Nova York, vivendo abertamente com Charles Dawson e fingindo ser sua irmã. Aquilo ia além de toda imaginação.

Olívia chegou à casa às três da tarde, antes que Geoff voltasse da escola, e Victoria estava esperando. Estava prática e fria, mas Olívia pôde ver que ela também estava muito excitada. Ela embarcaria para a Europa na manhã seguinte. Olívia pensara em vir alguns dias antes, mas ambas concordaram que estariam muito nervosas e isso poderia suscitar alguma suspeita, e Olívia quis ficar o máximo de tempo possível com seu pai.

Ela deu a Victoria seu passaporte. Ela estaria viajando como Olívia Henderson, e não como Victoria Dawson. A fotografia obviamente não representava problema. Havia alguns outros papéis, algumas chaves, algumas notas sobre nomes de empregados, coisas que ela devia saber, como o nome da secretária de Charles e da professora de Geoff, mas era tudo surpreendentemente simples. Havia tão poucos detalhes, tão pouco a fazer. Tudo o que Olívia tinha de fazer era entrar nos sapatos de sua irmã na manhã seguinte. Ela ficava aterrorizada ao pensar naquilo. E quando Geoff chegou em casa, Olívia ainda parecia perturbada.

— Há algo errado, tia Ollie? — perguntou ele, parecendo preocupado. — Vovô está doente?

— Não, ele está bem. Melhor do que tem estado. Ele amou sua última visita. — Ela sorriu, pensando que teria de ser cuidadosa com ele a partir do dia seguinte, mas notou que Victoria estava sendo mais calorosa com ele esses dias também, em preparação para sua troca. Mas aquilo também mostrou a Olívia que ela podia muito bem fazê-lo. E ela disse isso a Victoria quando Geoff subiu para fazer seu dever de casa. — Você vê, você é tão boa com ele como eu sou.

— Quando estou fingindo ser você — sorriu. — No resto do tempo, eu nem mesmo penso sobre isso.

— Talvez você tenha de começar a pensar quando voltar — disse Olívia explicitamente. Ela ainda estava fazendo planos para o futuro. Na verdade, suspeitava que este breve interlúdio pudesse realmente melhorar o casamento da irmã. Em suas fantasias, Victoria voltaria agradecida a Charles, faminta por ele e desesperadamente agradecida por ter uma criança como Geoffrey. Ela os abraçaria a todos, e Olívia voltaria para Croton. Sem nenhum dano. E todos viveriam felizes para sempre. Ela estava certa agora de que Victoria poderia fazer isso. Sob a fala de Victoria, ela sempre pintara mil quadros bonitos. Mas abalou-a um pouco quando Charles chegou em casa e Victoria subitamente empurrou-a inesperadamente para a troca. Ela foi fria com ele, o que não pareceu surpreendê-lo, perguntou a ele sobre seu dia e mencionou algo que lera nos jornais. E poucos minutos mais tarde ele subiu para seu estúdio. Ele não tinha a menor idéia de que estivera falando com Olívia nos últimos dez minutos, e não com sua esposa.

— Você vê como é fácil — disse-lhe Victoria. — É apenas como sempre foi, sem diferença. — Na verdade era, o que a surpreendeu. Olívia dormiu no quarto de Geoff naquela noite, agarrada a ele na cama estreita, satisfeita com a última oportunidade que tinha de demonstrar afeição por ele. Do dia seguinte em diante, como Victoria, ela deveria ser mais fria, mas talvez com o tempo, à maneira de Victoria, eles pudessem se aproximar mais. Ela se preocupava com a ligação que tinha com ele também, quando ele soubesse que ela fora passar o verão na Califórnia sem avisar. Ela tentou dizer algo a ele naquele dia, enquanto o ajudava a se vestir para visitar um amigo. Era sábado, e Victoria já havia arranjado isso há tempos. Olívia olhou para ele com os olhos cheios d'água, enquanto o estreitava nos braços e rezava para que ele não notasse.

— Eu te amo muito, muito — disse ela. — Não importa o que aconteça. Você sabe, mesmo que eu vá embora por um tempo, eu vou voltar. Não... — Ela sufocou com as palavras, mas continuou. Tinha de dizê-lo. — ... não vai ser como sua mãe. — Ela queria que ele soubesse que voltaria para ele, que jamais o abandonaria.

— Você está indo a algum lugar? — Geoff pareceu surpreso ao olhar para ela e então ele viu as lágrimas. — Você está chorando, tia Ollie?

— Não, estou resfriada. E acontece que eu te amo muito e sou uma velha mulher estúpida e sentimental.

— Ok. — Ele sorriu para ela e levou Chip para baixo, para uma caminhada, e eles se encontraram novamente na mesa de café da manhã. Ela quisera deixar Victoria sozinha com eles, no caso de ela querer fazer sua própria e silenciosa despedida, mas Victoria não parecia precisar de nada disso. Olívia jamais a vira tão alegre. Ela estava num tremendo bom humor, trinando, sorrindo e falando sobre novidades da guerra. Ela até deu um beijo em Geoff quando ele saiu para a casa de seu amigo, o que não era nada de seu feitio. Ela estivera realmente fazendo um esforço e estava tão feliz porque não ia vê-los por três meses que quase gritava de prazer. E depois de três semanas de total abstinência perto deles, naquela tarde ela estaria fumando.

Quando Charles saiu para ir ao escritório, como ele sempre fazia aos sábados, ela estava um pouco mais fria, e ele sorriu e acenou quando disse adeus a Ollie.

— Tentem não se meter em muitas travessuras, vocês duas. Eu tenho uma montanha de trabalho para fazer esta manhã. — Victoria contara com aquilo também, sabendo que o navio estava zarpando no sábado. Ela estaria em apuros se ele houvesse decidido ficar em casa naquele dia, mas ela o conhecia bem e, se tivesse ficado, Victoria acharia um jeito de contornar a situação. Ela estava determinada.

— Divirta-se — disse Victoria com um sarcasmo gentil, e ele correu escadas abaixo e esta foi a última visão do marido. Quando ele se foi, elas subiram, fecharam e trancaram a porta do quarto. Ela deu a Olívia sua estreita aliança e o anel de noivado da mãe dele, e Olívia rapidamente deslizou-os para seu dedo. Serviram perfeitamente, não havia diferença. E então Victoria olhou em torno do quarto e para a irmã. — Espero que seja isso então.

— Tão simples assim? É isso? — Olívia parecia ansiosa e Victoria assentiu. Ela estava muito feliz para esconder aquilo. Ela estava triste por deixar sua irmã gêmea, como sempre ficava, mesmo por uma tarde, mas estava muito aliviada por deixar para trás sua vida em Nova York com Charles. Ela agora sabia o que desejava ter sabido onze meses antes: que jamais deveria ter se casado com ele, não importa o que seu pai a forçasse a fazer.

— Tome conta de você — disse para Olívia —, eu te amo. — Ela a abraçou fortemente e então se afastou, enquanto Olívia parecia preocupada.

— Tome conta de você também. Se qualquer coisa acontecer com você... — Ela não pôde nem mesmo terminar a frase, sufocada pelas lágrimas.

— Não vai acontecer nada. Vou passar os próximos três meses enrolando bandagens e servindo café para homens sujos bem atrás das fileiras — disse ela, enquanto Olívia fazia uma careta.

— Parece charmoso. Não posso imaginar por que você gostaria de fazer isso. — Especialmente em vez de estar aqui, a salvo e confortável, com Charles e Geoffrey. Não fazia sentido para ninguém, mas Victoria era quem estava querendo arriscar a vida para deixá-los e fazer algo que ela pensava que era importante e útil.

— Alguém tem de fazê-lo — disse Victoria baixinho, enquanto colocava um vestido preto simples. Então ela saiu do quarto e subiu para o sótão, onde escondera sua única e prática mala. Ela a levou para baixo e tirou do armário um chapéu de aparência triste, com um pesado véu negro.

— Para que é isso? — Olívia pareceu confusa e achou aquilo muito pouco parecido com Victoria e surpreendentemente feio. Era obviamente feito para uma viúva e o véu era tão grosso que não se podia ver seu rosto atrás dele. Ela estava completamente escondida pela grossura do véu.

— Haverá fotógrafos no navio. É um belo navio, ouvi dizer. Mais ainda que o *Aquatania*. — E isso seria melhor que uma lua-de-mel para ela. Era sua viagem para a liberdade. Ela reservara uma cabine simples na primeira classe, nada parecida com a que dividira com Charles no *Aquatania,* e cuidadosamente sacara uma parte do dinheiro que seu pai dera a ela quando se casara. Charles não suspeitara de nada. Tinha quinhentas libras em dinheiro com ela agora, mas não imaginava que fosse precisar de uma boa quantidade para trabalhar atrás das trincheiras. Pegara roupas ásperas e quentes, exceto por alguns poucos vestidos apropriados para o navio, e estava planejando ficar em sua cabine a maior parte da viagem, para o caso de alguém reconhecê-la e falar sobre isso mais tarde.

— Você pensou em tudo, não? — disse Olívia tristemente. Partia seu coração vê-la partir agora, pior ainda, vê-la tão animada.

Elas pegaram um táxi para o Píer 51, na rua 14, e Olívia e Victoria seguraram-se as mãos nervosamente no táxi.

Havia a usual algazarra furiosa de atividade em torno do navio, música retumbava, pessoas sorriam e gritavam para amigos, champanhe escorria enquanto os passageiros da primeira classe subiam a bordo e a viúva no véu pesado subia rapidamente a prancha com sua irmã atrás dela. Elas encontraram facilmente a cabine, e o carregador já colocara sua mala lá.

Por um longo momento elas ficaram olhando uma para a outra. Não havia mais nada a dizer agora. Não eram necessárias palavras. Victoria deixara sua vida nas mãos de sua irmã e estava indo embora para a guerra agora. E Olívia tomaria conta de tudo em sua ausência. Mas Olívia mal podia suportar deixá-la. Ela queria implorar a ela para não ir, mas sabia que sua irmã jamais a escutaria.

— Vou saber tudo o que você fizer, você sabe, bem aqui — ela apontou seu estômago —, então não me deixe louca de preocupação, por favor.

— Vou tentar não deixar. — Victoria sorriu, sabendo o quanto aquilo era verdade. Elas sempre haviam tido uma telepatia misteriosa entre si. — Pelo menos eu saberei que você estará a salvo com Charles. Não esqueça de brigar com ele noite e dia, de outra forma ele vai sentir minha falta — provocou ela, e Olívia abraçou-a.

— Jure para mim que você vai voltar sã e salva.

— Eu juro — disse ela solenemente, enquanto o apito do navio tocava e soava o aviso para que os visitantes desembarcassem. Olívia sentiu seu coração golpeado.

— Não posso deixá-la ir — disse Olívia, falando sério por aquele breve instante. Ela queria agarrar-se a ela subitamente e demovê-la da idéia de partir.

— Sim, você pode — disse Victoria baixinho. — Não é diferente de quando fui para minha lua-de-mel. — Olívia assentiu, e Victoria levou-a até a prancha no ridículo chapéu negro com o véu. Aquilo fez Olívia sorrir novamente pouco antes de deixá-la.

— Eu te amo, sua garota estúpida. Não sei por que estou deixando você fazer isso.

— Porque você sabe que eu tenho de fazer. — E a verdade era que ela sabia. Olívia sabia que ela teria ido a qualquer lugar. E era melhor desta maneira. Elas abraçaram-se mais uma vez, mais forte do que jamais haviam feito antes, e Olívia pôde ver seus olhos através do véu grosso. Ambas estavam chorando. Aquilo não era nada fácil.

— Eu te amo — disse Olívia novamente, e Victoria apertou-se contra ela.

— Eu te amo... e oh, Deus, Ollie, obrigada por me dar minha vida de volta.

Olívia beijou-a uma última vez e sussurrou para ela.

— Que Deus esteja com você — e então saiu vagarosamente do *Lusitania* e deixou-a.

Capítulo 20

Olívia passou o resto da tarde sentindo-se paralisada. Não sabia o que fazer consigo mesma enquanto vagava sem objetivo de aposento para aposento, pensando sobre ela. Sabia que o navio devia estar em alto-mar agora e, mesmo ficando nervosa quando pensava em vê-los, desejava que Geoffrey e Charles voltassem para casa, para que ela não se sentisse tão solitária. Ela se sentia tão despojada sem sua irmã gêmea, nunca se acostumara a ficar sem ela por qualquer período que fosse. Era muito mais fácil para Victoria. Olívia jamais teria feito uma viagem longa sem sua irmã gêmea. Mas Victoria já o havia feito antes, em sua lua-de-mel, e agora ela o fizera novamente. Mas Olívia se sentia perdida sem ela.

E ela sabia que quando eles chegassem em casa naquela tarde ela teria de fazer a melhor *performance* de sua vida. Ela tinha as cartas para Geoff e seu pai prontas para entregar a eles e até mesmo uma para si mesma, que fingia explicar tudo e por que ela fugira para a Califórnia. Ela deveria ter pego o trem para Chicago naquela tarde, em vez de navegar para Liverpool no *Lusitania*.

Mas na hora em que Charles chegou em casa ela estava pronta, e ele ficou chocado ao ver seu rosto quando entrou no quarto. Ele soube instantaneamente que algo terrível acontecera a ela e, esquecendo todas as discussões que haviam tido, correu imediatamente até ela.

— Você está doente? — Ela parecia mortalmente pálida e estava reclinada numa poltrona com uma expressão desolada. — O que aconteceu?

— É Ollie — disse ela suavemente. Ele sabia que Olívia não podia ter sofrido um acidente, ou sua esposa estaria no hospital com ela. Mesmo sendo tão cruel como ela parecia ser com qualquer outra pessoa às vezes, ele sabia o quanto ela adorava a irmã. — Ela partiu.

— Ela foi para casa? — Ele pareceu surpreso. — É isso? — Victoria, ou a mulher que ele pensava ser sua esposa, parecia como se alguém tivesse morrido, não simplesmente voltado para casa em Croton. Ele sabia que algo mais devia ter acontecido. — Vocês tiveram alguma discussão? — Ela estava brigando com todo mundo esses dias, talvez até com Ollie, mas a Olívia real sacudiu a cabeça, enquanto o observava. E ela estava se sentindo tão solitária por causa de Victoria que era fácil parecer arrasada. E estava, tanto quanto se sentia enjoada, e era assim que parecia estar. — Seu pai está doente? — Olívia sacudiu a cabeça novamente e entregou a ele a carta que supostamente escrevera para sua irmã. Fora de fato escrita com sua própria mão, alegadamente para Victoria, embora de qualquer maneira ninguém pudesse diferenciar suas letras, nem mesmo Bertie.

A carta explicava simplesmente que, embora isso rasgasse seu coração, ela sentia que tinha de escapar por alguns meses, que sua vida era demais para ela no momento. Estava muito sozinha agora que Victoria se fora, havia entendido que era muito dependente dela, sentia-se oprimida pelo vazio de sua vida em Croton e precisava de alguns meses para pensar sobre tudo aquilo e se afastar deles. Ela disse que estava até mesmo pensando em entrar para um convento, já que sabia que jamais se casaria.

— Oh, meu Deus — ele olhou para ela, horrorizado —, que terrível. — Ele começou a checar seus bolsos então e olhou rapidamente em sua carteira. — Queria ver quanto dinheiro trouxe para casa. Vou a Chicago esta noite e detê-la. Ela não pode fazer isso. Vai matar seu pai. — Olívia estava com medo daquilo também e esperava que ele estivesse errado em sua previsão.

— Na hora em que você chegar a Chicago — disse ela com praticidade —, ela estará no trem para a Califórnia. — Ela soava um pouco descuidada com sua irmã, mas não queria Charles atravessando o país numa caça ao ganso selvagem enquanto sua irmã se sentava confortavelmente numa cabine de primeira classe num navio para a Europa. — Você nunca vai encontrá-la. — Ele pôde ver o sentido do que ela dizia e sentou-se pesadamente a seu lado. Estava chocado com o fato de Olívia fazer algo como aquilo e não podia imaginar isso, enquanto olhava bem dentro de seus olhos e não desconfiava de nada. Se ele conhecesse sua esposa melhor do que conhecia, teria visto sua mão em tudo aquilo, mas não conhecia.

— Você tem alguma idéia de para onde ela foi? Quem ela pode ter procurado? Que amiga poderia ser? — Ele parecia tão nervoso quanto ela se sentiria se a história fosse verdadeira, e seu coração se derreteu por ele se preocupar tanto assim com a irmã de sua esposa.

— Ela é uma pessoa muito cheia de segredos — disse Olívia e começou a chorar, pensando sobre sua irmã que se evaporara para longe dela por três meses. Era fácil chorar quando ela pensava no quanto odiava o fato de ela ter partido, e já sentia sua falta.

— Oh, minha querida — disse ele, imediatamente colocando um braço em torno dela, e aquilo surpreendeu Olívia. Isso não era o que ela esperava. — Sinto tanto. Talvez ela vá pensar melhor e volte em poucos dias. Talvez você não devesse contar nada a seu pai por um tempo e ver o que acontece.

— Você não sabe como ela é teimosa, Charles — queixou-se Olívia convincentemente. — Ela não é sempre o que parece.

— Aparentemente — disse ele, parecendo tão preocupado quanto desaprovador. — Você acha que seu pai tem sido muito duro com ela desde que você partiu? Eu sempre pensei que era injusto que ela ficasse lá presa a ele, sem vida própria, sem amigos, sem vida social, sem pretendentes. Ela nunca vai a lugar nenhum, e ele não parece se importar com isso, contanto que ela esteja lá para tomar conta dele. Talvez seja isso que tenha conduzido a esta situação — disse ele tristemente.

— Talvez. — Olívia nunca pensara naquilo daquela maneira, mas ele não estava inteiramente errado. Ela se perguntou se seu pai veria aquilo daquela maneira também e se sentiria culpado. Mas pensou que não era razoável. — Mas se ela diz poucos meses, estou certa de que fala sério. Ela deixou uma carta para papai. Pensei em levar a ele amanhã. — Amanhã era domingo.

— Você não acha que deveríamos esperar alguns dias? — Ele estava muito preocupado.

— Realmente, Charles, eu a conheço e acho que simplesmente é justo contar a papai.

— Vou levar você até lá — disse ele solenemente, e ela assentiu. — Ela disse algo a você na noite passada? Nenhuma dica do que ela ia fazer?

— Nada — disse Olívia, ainda parecendo consternada, e ele não disse a ela que os suicidas se comportavam daquela maneira também. Talvez fosse até melhor que ela apenas tivesse escapado por algum tempo e não feito algo ainda mais irresponsável. Mas pela primeira vez durante meses ele sentiu pena de sua esposa, ela parecia tão gentil e tão subitamente quebrada que o fazia lembrar-se ainda mais de sua irmã.

E quando Geoff chegou da casa de seu amigo, eles estavam ainda mais preocupados com ele. Ele soluçou abertamente quando contaram que Olívia se fora, e foi ainda pior quando ele leu a carta que ela deixara para ele.

— É exatamente como mamãe — disse ele, enquanto soluçava nos braços de seu pai, e lágrimas rolaram abertamente pelas faces de Olívia enquanto ela olhava para ele. — Ela nunca mais vai voltar. Eu sei.

— Sim, ela vai — disse Olívia firmemente através de suas próprias lágrimas. — Lembre-se do que ela disse a você... que não importava onde ela fosse, ela sempre voltaria e sempre amaria você. — Ela dissera aquilo a ele apenas naquela manhã, quando ele estava se vestindo, e ele não questionou como ela sabia disso, mas ela imediatamente lembrou-se de ser mais cuidadosa. — Ela não estava mentindo, Geoff — disse Olívia suavemente, soando mais como si mesma que como sua irmã. — Ela realmente o ama, você é como um filho para ela, o filho que ela nunca teve e nunca terá. Nós apenas temos que esperar que ela volte agora. — Mas ele se recusou a acreditar que ela voltaria, e mais tarde, naquela noite, Olívia lembrou a ele que sua própria mãe também teria voltado, se pudesse. Olívia estava deitada em sua cama, brincando com o cachorro, sentindo a sensação pouco familiar dos anéis de Victoria em seus dedos enquanto falava.

— Minha mãe podia ter voltado e não voltou — disse ele raivosamente. Ele estava zangado com Olívia também, por deixá-lo, e ela não o culpou. Mas ela estava surpresa pelo que ele dissera sobre sua mãe.

— O que você quer dizer, Geoff? — perguntou ela confusa. Susan morrera. Ela não o deixara.

— Ela não tinha que dar seu assento, ela podia ter entrado no barco comigo.

— Ela salvou a vida de outra pessoa, essa é uma coisa muito corajosa de se fazer. — Ele olhou para ela hesitante e então deu de ombros, enquanto duas lágrimas solitárias escorriam por suas faces.

— Eu ainda sinto a falta dela — sussurrou. Não era a espécie de coisa que ele normalmente teria confessado a Victoria, mas ele estava tão perturbado com Olívia que deixou-se ir, e Olívia estendeu a mão e tocou seus dedos.

— Eu sei que você sente — disse ela suavemente — e sei que você sente falta de Ollie. Eu também... mas talvez nós possamos ser amigos agora. — Ele olhou estranhamente para ela então e havia uma pergunta em seus olhos, mas ela se afastou dele e lembrou-se de não ir tão longe. Poucos minutos mais tarde ela beijou-o e deixou o quarto, voltando para seu pai em seu quarto. Fora uma noite extremamente difícil, e ela não agradecia a Victoria por isso.

— Como ele está? — perguntou Charles com olhos perturbados. Ele estava preocupado com o fato de seu filho perder mais uma figura materna em sua vida. E durante o último ano Victoria fora muito pouco conforto para ele, embora ela tivesse sido melhor hoje do que fora em meses, e ele estivesse feliz por aquilo. Ele ficaria furioso com ela se tivesse deixado o garoto sofrendo. Pelo menos havia alguma humanidade nela.

— Ele está bastante transtornado — disse ela calmamente. — Eu não o culpo. Não sei o que se passou com ela. Para mim é um mistério tão grande quanto para ele. — Ela se sentou na cama, parecendo genuinamente exausta e esperando que naquele momento Victoria estivesse enjoando violentamente no navio. Ela merecia isso. E Olívia se deu conta novamente do quanto fora louca de fazer aquilo. E amanhã ela tinha de contar ao pai.

— Você acha que ela estava apaixonada por alguém e ninguém sabia? — Olívia sorriu com a idéia que ele estava propondo sobre ela; certamente era criativa. O único homem de quem ela remotamente um dia gostara era Charles, e ele estava casado com sua irmã. Ela apenas esperava que ele não colocasse aquela idéia na cabeça e que ninguém mais o fizesse, que ela estava secretamente apaixonada por Charles. Aquilo seria mortificante e desastroso.

— Não vejo como ela poderia estar apaixonada por alguém. Ela realmente não está interessada nesse tipo de coisa. Ela é muito tímida — disse ela inocentemente, e ele olhou para ela com estranheza.

— Como você, minha querida — disse ele sarcasticamente, e ela ficou assustada.

— O que você quer dizer? — Era o tipo de coisa que Victoria teria dito a ele e Olívia sabia, então ela foi em frente.

— Você sabe o que quero dizer. Nós não temos tido exatamente uma vida cheia de romance, temos?

— Não sabia que era isso que você esperava. — Olívia tentou cortá-lo hesitante e ele pareceu pensar que era normal.

— Bem, eu certamente não esperava o que acabou acontecendo conosco. Mas suponho que você também não — disse ele tristemente, e ela olhou-o com simpatia. Ele viu o olhar em seus olhos e aquilo o surpreendeu. Decidiu então mudar de assunto. Ela já estava liquidada o suficiente por um dia sem precisar brigar também. E não havia finalidade naquilo, ele sabia. Sob aquele ponto de vista, seu casamento estava acabado. — A que horas você quer se levantar para ver seu pai amanhã?

— É um longo caminho. Nós teremos que nos levantar pela manhã. Você se incomoda de me levar? — Ela esperava que não, porque não sabia dirigir e, claro, Victoria sabia. Ela teria de chamar Donovan naquele caso e dizer que estava muito preocupada para dirigir até Croton.

— Fico feliz em levá-la. Você se incomoda se levarmos Geoff? — Ele sentiu que devia perguntar a ela. Sabia que o garoto a deixava nervosa, e ela já estava preocupada com sua irmã, mas Olívia foi rápida em responder.

— Claro que não.

Ele notou uma mudança sutil nela durante toda a noite. O choque da partida de Olívia parecia tê-la suavizado imperceptivelmente. Ela parecia mais vulnerável e ele sentia algo que nunca sentira nela antes, embora não soubesse como expressar isso. Ela parecia domada e, de alguma maneira, diminuída. Não fisicamente, claro, mas de uma maneira espiritual estranha e intangível. Ela dava a impressão de que a mais simples brincadeira a assustaria.

Ela ficou acordada por um longo tempo naquela noite, usando a camisola de Victoria e deitada em sua cama, aconchegada o mais longe possível que pôde ficar dele. Era a primeira vez que Olívia dormia com um homem e, se não fosse tão aterrorizante, ela teria pensado que era engraçado. Ela estava com medo de que a qualquer momento ele descobrisse que elas haviam trocado de lugar e a jogasse para fora de sua casa, na camisola de sua irmã. Mas ele não fez nada parecido com isso. Ao contrário, deitou-se olhando para ela na escuridão, perguntando-se se deveria tocá-la, mas não ousou fazê-lo. Ela estava de costas, e ele suspeitava de que estava chorando. E finalmente ele colocou uma mão gentil em seu ombro.

— Você está acordada? — sussurrou. Ela assentiu, mas não respondeu. — Você está bem? — sussurrou novamente, e ela sorriu, mas ele não pôde ver.

— Mais ou menos — disse ela suavemente. — Continuo pensando nela. — Era verdade. Era tudo em que ela pensara desde aquela manhã.

— Ela estará bem. Ela é muito capaz — disse ele sensatamente. — E vai voltar quando estiver pronta. Ela não vai desaparecer para sempre. — Ele não entendia que a mulher de quem estava falando era sua esposa, o que era muito bom, pensou Olívia tristemente.

— E se ela se machucar? — Olívia partilhava seus medos com ele, e Charles ousou se mover um pouco mais para perto.

— Ela não vai se machucar. Agora os índios estão praticamente domados por lá. Na verdade, acho que muitos deles estão em circos e espetáculos. E não houve um terremoto em nove anos. Eu diria que ela talvez provoque um durante o verão. — Ele sorriu para ela, mas não a tocou.

— E se houver outro terremoto? Ou um incêndio? Ou uma guerra... — era tudo em que ela podia pensar.

— Na Califórnia? Não acho que vamos entrar em guerra com a Califórnia. — Ele virou-a para encará-lo então e, como ele pensara, ela estava chorando. Parecia uma criança adorável à luz da lua. — Por que você não dorme e pára de se preocupar? Talvez seu pai mande investigadores atrás dela, e eles a tragam para casa em poucos dias. — Mas ela não podia dizer a ele que não iam encontrá-la. Victoria estaria bem longe da Califórnia. E Olívia desejou que ela nunca a tivesse deixado ir para lá. Estava pensando em mandar um telegrama para o navio dizendo que mudara de idéia e que tinha de voltar para casa agora. Olívia sabia que podia mandar o telegrama antes que eles chegassem a Liverpool. Pensar naquilo a fez lembrar-se dos submarinos alemães, que ela soubera que estavam do lado de fora dos portos ingleses. Ela se perguntava em que estivera pensando quando concordara em deixá-la navegar para a Europa. Apenas pensar naquilo a fazia chorar ainda mais e, sem considerar o perigo daquilo, deixou Charles segurá-la em seus braços e abraçá-la. Ela podia sentir o cheiro do sabonete em seu pescoço e o pós-barba que ele usava. Ele tinha obviamente se barbeado antes de ir para a cama, o que Olívia pensou que era uma gentileza surpreendente, algo em que ela nunca pensaria, e estava impressionada com sua força e o calor enquanto ele a abraçava. Finalmente ela se afastou e olhou para ele embaraçada. Ele era, afinal, apenas seu cunhado, e não seu marido, embora ele não soubesse disso.

— Sinto tanto — disse ela sem jeito.

— Tudo bem. — Ele também pareceu surpreso e não disse a ela que gostara daquilo. Ela voltou para seu lado da cama novamente, e pouco mais tarde ambos adormeceram até de manhã.

Eles se levantaram e se vestiram separadamente, e Olívia ficou aliviada ao descobrir que ele era extremamente polido e seu arranjo, muito civilizado. Ele não era excessivamente pessoal com ela, e Olívia não o viu novamente até que estivesse inteiramente vestido no café da manhã. Victoria estava certa;de certa forma, isso era fácil. Geoffrey ainda estava numa compreensível melancolia e nem mesmo queria ir a Croton, mas tinha de ir. A empregada e a cozinheira estavam fora e não havia mais lugar algum onde eles pudessem deixá-lo. Mas ele disse que não queria ir a Croton sem Ollie, nem mesmo para ver o avô.

Foi uma longa e solene viagem, enquanto Olívia pensava no que dizer a seu pai. Ela havia ensaiado mil vezes, mas ainda não estava preparada para o olhar de sofrimento que ele mostrou quando ela lhe contou. Se tivesse atirado nele, talvez parecesse sentir menos dor e ficar menos chocado. E ela ficou agradecida por Charles estar ao seu lado. Juntos, eles o ajudaram a ir até uma poltrona, e Charles serviu a ele um conhaque. E enquanto seu pai bebia, olhou para ambos em desespero e depois diretamente para a filha.

— Fui eu que fiz isso a ela? Perguntei a ela outro dia mesmo — fez uma pausa e refletiu —, perguntei se a havia tornado terrivelmente infeliz. Esta não é uma vida para uma jovem garota, mas ela sempre disse que era tudo o que ela queria. E eu deixei que ela vivesse assim porque é muito fácil para mim... eu teria sentido horrivelmente a sua falta se ela tivesse me deixado... e agora ela se foi... — Ele estava realmente chorando, e Olívia queria arrancar seu coração. E então ele realmente a impressionou quando olhou diretamente para Charles. — Acho que ela teria se apaixonado por você se tivéssemos deixado. Mas nós não deixamos, claro. — Ele desviou o olhar e todos sabiam o que acontecera, enquanto a verdadeira Olívia ficou ali sem ar.

— Pai, tenho certeza de que isso não é verdade. Ela nunca disse nada... — Ela estava mortificada e certa de que estava corando, mas ninguém parecia notar.

— Ela não precisava — interrompeu-a ele, secando os olhos e tomando outro gole do conhaque. — Era fácil de ver. Sou um homem. Eu sei. Mas era mais importante salvar você na época, então eu optei por ignorar isso. — Os lábios de Charles estavam estreitados numa fina linha e ele não fez comentários. Olívia não teve coragem de olhar para ele novamente por vários instantes.

— Estou certa de que você está errado. Ela teria me dito — repetiu Olívia, tentando salvar à revelia o fim de sua dignidade.

— Ela lhe contou sobre isso? — rugiu ele para ela, que sacudiu a cabeça miseravelmente. Estava infeliz de verdade. — Então não pense que sabe de tudo, Victoria Dawson. — Ela estava horrorizada com a idéia de que Charles pensasse que ela tinha ido embora porque o amava. Era horrível, e ela sabia que teria de dissipar aquilo o mais cedo possível, pelo seu próprio bem. Mas Charles parecia partilhar sua opinião.

— Acho que é impossível saber por que as pessoas fazem coisas como esta, senhor. A mente é um lugar secreto, e o coração ainda mais. E gêmeas dividem uma ligação pouco usual, ambos sabemos disso. Nós todos ouvimos histórias sobre o quanto elas são próximas, quanto elas sabem uma sobre a outra, como elas sentem coisas que outras pessoas não podem nem mesmo imaginar. Talvez tenha sido apenas demais para ela que Victoria tivesse sua própria vida agora. Talvez ela esteja tentando encontrar a si mesma e ter sua própria personalidade.

— Num convento? — Ele pareceu apavorado. Não era o destino que queria para sua filha. — Eu ameacei você com isso — disse ele infeliz para a gêmea que ele pensava ser Victoria, mas não era —, mas eu não falava realmente sério.

— Acho que você falava — disse ela honestamente. Ambos achavam.

— Não poderia ter feito isso com você. — Mas em vez disso, ele forçara Victoria a se casar, e esse era o motivo de ela ter fugido agora. Esta era a verdade. Mas Olívia não podia dizer a ele.

Como Charles dissera, Edward jurou colocar investigadores naquilo, e pediu a Charles para cuidar disso na cidade na segunda-feira pela manhã. Eles reuniram todas as suas cartas para Charles dar a eles, e Olívia prometeu quebrar a cabeça para lembrar os nomes das garotas com quem haviam ido à escola dez anos antes, para ver se alguma delas vivia na Califórnia, mas é claro que não haveria nenhuma.

E quando eles deixaram a biblioteca mais tarde, Bertie estava esperando na cozinha com Geoffrey, e os dois estavam chorando. Bertie recebera sua carta também e estava tão perturbada que nem olhou com cuidado para a gêmea que estava à sua frente. E, depois de um rápido beijo na face, Olívia correu para fora para esperar por eles. Ela não queria ficar perto dela mais tempo do que precisava. Nem mesmo foi até seu quarto; estava com medo de que, se o fizesse, pudesse dar motivos para um deles suspeitar, e já havia muita coisa apostada agora.

Edward Henderson convidou-os para passar a noite, mas Charles disse que tinham de voltar, ou ele tinha, de qualquer maneira. Ele tinha de estar na corte na manhã seguinte. E queria contatar os investigadores o mais cedo que pudesse na segunda-feira. Ele disse a Victoria que ela podia ficar ali com Geoff, mas ela não quis. Sem sua gêmea, ficar em Henderson Manor a deprimiria. E ela estava francamente com medo de que Bertie soubesse quem ela era uma vez que se acalmasse novamente, e Olívia precisava de mais tempo para aperfeiçoar sua decepção. Até agora nenhum dos Dawson suspeitara de nada do que acontecera.

Seu pai chorou novamente quando ela lhe deu um beijo de despedida, e ela se sentiu péssima. Bertie estava de pé próximo a ele, e Edward acenou enquanto partiam no carro. Geoff nem mesmo quis passear em seu cavalo. Ele apenas fora vê-lo no estábulo.

— Imagino se Olívia desconfiava de que todos ficariam tão abalados por causa dela — disse Charles enquanto voltavam, sentindo muito por seu pai. Mas ele recebera as notícias melhor do que Charles esperara. Charles não fez nenhum comentário sobre o fato de que Edward pensava que ela estava apaixonada por ele. Deixou isso de lado, como a desilusão de um velho homem.

— Não acho que ela pudesse ter imaginado o quanto ficaríamos tristes, ou ela não o teria feito — disse Olívia supostamente sobre si mesma, mas pensando em sua irmã. Ela estava sentindo terrivelmente sua falta, bem como a dor de cada dia que ficariam separadas. A idéia de mandar um telegrama e pedir a ela para voltar logo para casa novamente estava soando cada vez melhor para ela.

Eles chegaram em casa depois das nove horas naquela noite, e nenhum deles havia jantado. Olívia disse a Geoff para colocar seus pijamas e voltou para a cozinha para fazer uma sopa. Ela colocou um avental e foi ver o que tinham na despensa e, dez minutos mais tarde, tinha galinha no fogo com legumes, além de finas fatias de torradas amanteigadas e uma salada fresca.

— Como você fez isso tudo tão rápido? — Charles pareceu surpreso. — Você vem guardando segredos de mim. — Ele sorriu cautelosamente, sem nunca estar certo de seu humor ou seu temperamento.

— Mais segredos do que você imagina — disse Olívia com um sorriso, mas Charles não pareceu satisfeito com sua observação, e ela se sentou para jantar em silêncio. Geoff desceu novamente e despertou um pouco enquanto tomava a sopa e comia a torrada e ainda pediu uma segunda porção de salada.

— Isso está bom, Victoria — disse ele, parecendo surpreso, e então olhou para ela com um sorriso tímido. Mas Olívia não se deixaria ser tão calorosa esta noite, por medo de que ele descobrisse quem ela era. Em vez disso ela se afastou e deu a ele um prato cheio de *cookies* de chocolate.

— Você fez isso? — Ele pareceu ainda mais surpreso, mas desta vez ela riu e sacudiu a cabeça.

— Não, foi a cozinheira — disse ela honestamente.

— Gosto mais dos de Ollie — disse Geoff, mastigando um e brincando com seu cachorrinho.

Olívia limpou a cozinha enquanto Charles levava Geoff para a cama e meia hora depois se juntou a eles no andar de cima. Geoff já estava na cama e, enquanto ela ficava na porta, olhando para ele, não conseguiu evitar pensar no quanto sua irmã tinha sorte e nem mesmo sabia disso. Ela estava em um navio, em algum lugar no caminho para Deus sabe onde, quando podia estar em casa, naquela casa aconchegante, com seu marido e seu filho adotivo.

— Posso colocar você para dormir? — perguntou-lhe casualmente, e ele deu de ombros. Ele ainda estava parecendo triste, mas estava um pouco melhor. No caminho para casa, falara a respeito de quando Olívia voltasse para casa, no fim do verão. Ele já estava olhando para a frente e começando a acreditar que ela voltaria, como tinha prometido.

— Claro — disse ele, empurrando seu macaco para o lado e segurando Chip para que ele não pulasse da cama. Mas ele apenas balançou o rabo e lambeu a mão de Olívia. Ele gostava dela.

— Durma bem — sussurrou ela em seu cabelo e então saiu para seu próprio quarto. Fora um longo dia e suas costas doíam depois da longa viagem de ida e volta para Croton.

— Você estará na corte amanhã? — perguntou ela casualmente, enquanto desfazia o cabelo, e Charles olhou para ela surpreso. Era a primeira vez que ela perguntava sobre seu trabalho, e ele assentiu com um movimento de cabeça.

— Não é nada importante — disse ele e voltou a ler os jornais. E então ele olhou novamente para ela. — Obrigado pelo jantar. — Ela sorriu, sem certeza do que dizer, parecia tão normal para ela, mas obviamente era algo que Victoria não havia feito muitas vezes. — Achei que seu pai foi muito bem hoje, considerando tudo.

— Eu também — disse ela tristemente.

— Vou chamar alguns investigadores para ele amanhã quando voltar ao escritório. Ainda não posso acreditar que ela fez isso. Ela é tão responsável. É tão pouco parecido com ela fugir. Ela devia estar terrivelmente infeliz para fazer isso.

— Eu sei — disse Olívia suavemente.

Na verdade, foi a mais longa conversa que Charles tivera com a esposa em semanas, exceto quando eles discutiam um com o outro.

Eles se trocaram separadamente em seus quartos de vestir, como sempre, e naquela noite, quando foram para a cama, ambos se deram as costas. E enquanto Olívia começava a dormir, perguntou-se como eles haviam vivido daquela maneira. Era tão solitário.

Ela se levantou e fez o café da manhã para eles no dia seguinte. Era a empregada que normalmente o fazia, mas Olívia disse que não se importava. Ela sabia que não precisava fazer nada que Victoria não teria feito, mas parecia uma coisa tão pequena, ela odiava não fazer.

Mas Charles notou a diferença nela desde que sua irmã se fora. Ela parecia ter uma necessidade súbita de tomar conta deles e tinha de admitir que gostava daquilo. Mas Geoff olhou para ela de maneira muito estranha. E ela o viu instintivamente olhar para sua mão, mas ela estava coberta pela toalha que usara para não se queimar com as vasilhas. Ela sabia o que ele estava procurando e estava determinada a não deixá-lo encontrar. Era tão pequena de qualquer forma, que ela sabia que ele não a veria, a menos que estivesse particularmente descuidada.

— Tenha um bom dia na escola — disse ela de modo casual e propositadamente não se ofereceu para beijá-lo. Nem disse nada para Charles quando ele saiu para o escritório. Ela sabia que tinha de ser cuidadosa. E sentia que Victoria não teria dito muito a eles, se é que ela os via pela manhã.

De fato, Charles pareceu surpreso ao vê-la quando voltou para casa. E Geoff ficara ainda mais quando chegou da escola e a encontrou cerzindo algumas meias de seu pai na cozinha.

— O que você está fazendo? — Ele pareceu chocado, e ela corou enquanto respondia.

— Ollie ensinou-me como fazer.

— Nunca vi você fazendo isso antes.

— Bem, se não fizer, seu pai vai para o escritório descalço. — Ela sorriu e Geoff riu e foi tomar leite com biscoitos antes de subir relutantemente para fazer seu dever de casa. Ele tinha apenas mais um mês de escola e mal podia esperar pelas férias de verão.

O resto da semana passou sem eventos especiais. Olívia falou muito pouco com eles. Ela era muito cuidadosa com o que fazia ou falava. Queria ser cautelosa até que os conhecesse melhor. Viver com eles constantemente era bem diferente de visitá-los. E queria estar certa de que não cometeria nenhuma gafe que a revelasse. Na verdade, ela ficou muito aliviada quando, na sexta-feira, Geoff pediu para ficar na casa de um amigo e Charles disse que tinha reuniões a tarde inteira com clientes de fora da cidade. Na realidade, ele estava planejando jantar com eles e, como sabia o quanto ela odiava esse tipo de coisa, não a convidou.

Ela ficou feliz por ter tempo para si mesma, para olhar algumas coisas de sua irmã. Ela queria olhar cuidadosamente os livros que Victoria queria ler, os artigos que ela recortara, as cartas de alguns poucos conhecidos de Nova York e os convites que ela aceitara. Haveria algo no Ogden Mills em duas semanas, e Olívia se preocupou com algo mais que Victoria não tivesse lhe contado, mas ela parecia bastante familiarizada com a maior parte daquilo. Então, pouco depois das nove da manhã, ela teve a sensação estranha. Era um sentimento de desestrutura, quase como se ela fosse perder o equilíbrio, na verdade ela se sentia quase doente, como passou todo o dia, e à noite ela teve uma fortíssima dor de cabeça. Não tinha idéia de por que estava doente. Não tinha febre nem resfriado e estava bem quando se levantara naquela manhã. Na hora em que Charles chegou em casa, ela estava na cama e, enquanto ficava lá deitada, teve um crescente sentimento de pânico, e ele ficou surpreso quando olhou para ela e viu o quanto estava pálida. Ela parecia genuinamente horrível.

— Foi algo que você comeu? — perguntou ele com uma leve preocupação. Ele tivera um longo dia, mas as negociações haviam ido bem e ele conseguira um novo cliente.

— Não sei — disse Olívia numa voz fina, sentindo-se terrivelmente tonta. Ela sentia como se o quarto estivesse girando em torno dela. Estava se sentindo assim praticamente desde a hora do almoço.

— Pelo menos sabemos que você não está grávida — disse ele sarcasticamente, e Olívia não respondeu. Ela se sentia muito mal para responder a ele e apenas ficou deitada na cama por horas naquela noite, sentindo-se desgostosa. Quando por fim adormeceu, teve a terrível sensação de que estava se afogando. Sentou-se arfando e pulou da cama quando não pôde mais suportar aquilo. E, assim que se movimentou, ele se mexeu, sentou-se e olhou para ela.

— Você está bem? — perguntou numa voz sonolenta, e ela sacudiu a cabeça, ainda sem ar. Ele veio rapidamente em direção a ela com um copo de água.

Ela tomou um gole, tossiu e ele ajudou-a a sentar-se numa poltrona.

— Não sei o que aconteceu... tive um terrível pesadelo — e então, quase que subitamente, ela foi tomada por uma onda de pânico e soube que algo acontecera com sua irmã. Ela olhou para ele, que leu em seus olhos o que estava pensando.

— Você está apenas exausta — disse ele tranqüilizando-a, impressionado novamente com a ligação entre as gêmeas. Era quase como se elas nunca tivessem se separado, como se fosse muito traumático para elas. — Estou certo de que ela está bem, onde quer que esteja — disse ele calmamente.

Mas ela estava agarrando seu braço com um olhar de terror.

— Charles, eu sei que ela não está bem.

— Você não sabe nada disso — disse ele numa voz suave e tentou fazê-la voltar para a cama com ele, mas ela não foi.

— Não posso respirar — disse ela, parecendo assustada. Parecia impossível num navio como aquele, mas e se algo tivesse acontecido? E se... e se ela estivesse doente?... Olívia sabia que podia senti-lo. E Charles pôde ver que algo muito estranho estava acontecendo a ela. Ela começou a chorar e não conseguia parar. Ele teve medo por seus nervos, enquanto a observava.

— Devo chamar um médico, Victoria? — perguntou, e ela quase pulou ao som do nome de sua irmã.

— Não sei — respondeu, sentindo-se estrangulada, e então olhou para ele e começou a chorar novamente. — Oh, Charles... estou com tanto medo... — Ele veio ajoelhar-se perto dela então; ele nunca a vira dessa maneira antes e não sabia o que fazer por ela. Sentou-se perto dela, segurou sua mão e finalmente levou-a de volta para a cama e deitou-a a seu lado. Mas sempre que fechava os olhos, ela dizia que sentia como se estivesse se afogando. — Sinto muito — disse ela finalmente —, não queria ser um problema tão grande — mas ela ainda estava chorando suavemente. — Apenas sinto que algo terrível aconteceu com ela.

— Estou certo de que não é verdade — disse ele, ainda segurando sua mão, querendo confortá-la e surpreso com o quanto ela parecia suave e precisando de ajuda enquanto se deitava a seu lado. Ela não dorniiu mais, mas pela manhã estava calma. Ela ainda ficou deitada mais algum tempo e pareceu quase como se estivesse em transe quando Charles falou com ela. — Você gostaria de um chá, Victoria?

— perguntou. Ele ainda achava que ela parecia doente e decidira que em breve chamaria o médico. Era a primeira vez em seus onze meses juntos que ela ficava doente, e aquilo de alguma forma o surpreendia. Ela era normalmente bem equilibrada e muito saudável. Mas ele estava começando a achar que o choque de sua irmã gêmea ter ido embora na semana anterior a havia desequilibrado de alguma maneira.

Ele desceu as escadas e fez chá para ela, mas antes que pudesse levá-lo, ela desceu e vagou descalça pela cozinha. Estava parecendo um pouco mais forte quando se sentou e abriu os jornais, pensando que aquilo manteria sua mente longe de preocupações com sua irmã. Mas assim que ela os abriu, sentiu o ar faltar e olhou para o jornal. Havia uma manchete de dez centímetros atravessando a página, e aquilo fez seu coração parar enquanto lia. O *Lusitania* fora torpedeado a cerca de vinte quilômetros da costa da Irlanda e afundara completamente em apenas dezoito minutos. Tudo o que se sabia era que fora visto do porto, mas muitas vidas foram perdidas, e nenhum sobrevivente ainda fora listado, mas de acordo com o artigo havia corpos por toda parte, e o navio inteiro fora destruído pelos submarinos.

— Oh, meu Deus! — disse ela, encarando-o. — Oh, meu Deus... Charles... — e enquanto ele olhava para ela, totalmente espantado, Olívia escorregou vagarosamente para o chão. Ele conseguiu pegá-la assim que ela desmaiou.

A copeira havia acabado de entrar, e Charles gritou para ela chamar o médico e dizer a ele que viesse rápido. A sra. Dawson estava muito doente e acabara de desmaiar.

Ele a carregou escadas acima antes que ela recuperasse a consciência e deitou-a em sua cama. E um momento mais tarde ela se reanimou, enquanto ele segurava alguns sais sob seu nariz. Havia alguns muito velhos no armário do banheiro, que Susan usara quando estava grávida de Geoffrey.

— Eu... oh... o que... oh, meu Deus... Charles... — O navio afundara e sua irmã estava nele. Ela não sabia se estava viva ou morta e não tinha meios de descobrir, ou mesmo de contar a ele o que acontecera. Tudo o que ela podia fazer era chorar, e Charles ficou doente de preocupação enquanto esperavam pelo médico.

— Não fale, Victoria, apenas feche seus olhos. — Ele tentou acalmá-la, mas ela estava muito agitada, e ele ficou bastante aliviado quando ouviu o médico subindo as escadas vinte minutos mais tarde. Ele também estava aliviado por Geoffrey não estar em casa; seria preocupante demais para um garoto de sua idade ver sua madrasta em tal estado de desequilíbrio.

— O que aconteceu aqui? — perguntou o médico num tom alegre, mas pôde ver imediatamente que a sra. Dawson estava extremamente abalada e estivera chorando.

— Sinto muito, doutor — desculpou-se ela, recomeçando a chorar, enquanto Charles olhava para ela pensando que havia algo muito estranho com sua mulher. Ele sentia como se ela tivesse se tornado uma pessoa completamente diferente desde que Olívia partira e também estava começando a achar que ela estava tendo um ataque nervoso. Olívia tentou explicar seus sintomas ao médico, embora todos soassem terrivelmente tolos agora. Mas ela agora sabia o que os causara. Ela começara a se sentir doente no exato momento em que o navio afundara e se sentia desgraçada desde então. O que ela não sabia era se Victoria estava viva ou não. Tudo o que queria era aquela segurança, mas ninguém podia dá-la a ela.

A seguir o médico falou a sós com Charles, que lhe explicou que sua irmã gêmea havia ido embora na semana anterior. Eles estavam em completo acordo sobre a conclusão. Ela estava sofrendo de distúrbios nervosos e da espécie de histeria que pode acontecer quando se separa um gêmeo do outro. Ele estava bastante surpreso por aquilo não ter acontecido em sua lua-de-mel, mas não o surpreendia ter acontecido agora. O médico explicou que havia vezes em que o gêmeo que ficava ou sobrevivia se tornava confuso e começava a absorver a identidade ou personalidade do outro. E para Charles aquilo explicava a recente e quase imperceptível suavidade de sua esposa. Subitamente ela estava ainda mais parecida com Ollie.

O médico sugeriu repouso completo para ela e desejou que ela se recuperasse no tempo certo. Mas enquanto isso ele não queria que absolutamente nada a preocupasse. Nenhuma notícia perturbadora, nada que fosse minimamente desagradável. Charles lhe explicara o que acontecera a ela quando lera sobre o *Lusitania*.

— Terrível, não? Que coisa chocante para acontecer. Alemães podres — e então ele subitamente se lembrou de que Charles perdera sua esposa e quase perdera seu filho no *Titanic,* suspeitou que aquilo o estava incomodando e mudou de assunto. Sugeriu que ele mantivesse Geoff longe por mais um dia ou dois, até que ela se acalmasse novamente, e perguntou com particular cautela se era possível que sua esposa estivesse grávida. Charles pareceu surpreso com aquilo e disse que duvidava, mas subitamente começou a pensar.

— Vou conversar com ela. Talvez ela possa estar — disse ele sem expressão. E o médico prometeu voltar para vê-la na segunda-feira. Ele sugeriu que Charles a mantivesse o mais calma possível e deixou alguns barbitúricos para que ela pudesse dormir, mas quando Olívia os viu disse que não os tomaria.

— Vou ficar bem — disse ela fracamente, embaraçada com o tumulto que causara. Mas tudo o que queria agora eram notícias do *Lusitania.* Ela mal podia conter-se enquanto Charles se sentava perto dela com uma expressão de sofrimento. — Há algo errado? — perguntou ela suavemente, imaginando se algo mais havia acontecido, se ele sabia ou tinha imaginado ou alguém telefonara da Cunard. Seu coração golpeava seu peito enquanto olhava para ele.

— Não realmente — disse ele baixinho —, pelo menos eu espero que não. O médico me fez uma pergunta que percebi que não posso responder.

— O que foi? Quem ela era? Que pergunta? — Ela começou a se sentir histérica de terror, mas tentou não demonstrar.

— Ele me perguntou se você estava grávida. — Olívia olhou para ele horrorizada. Sua irmã lhe dissera que não havia mais nada físico entre ela e Charles, o que ele queria dizer perguntando a ela se estava grávida?

— Claro que não — disse Olívia em tom quase inaudível enquanto pensava.

— Sei que você certamente não está grávida de mim, a menos que tenhamos aqui uma concepção imaculada, o que é bem pouco provável. Mas eu estava imaginando se você e Toby tinham começado a se encontrar novamente. Sei que ele mandou flores, mas não tenho idéia do quanto você está envolvida com ele, embora talvez você ainda pense que isso não é da minha conta. — Ela certamente havia ficado fora até tarde o suficiente e nunca dizia a ninguém onde estivera ou onde estava indo. Mas Olívia pareceu horrorizada com a sugestão.

— Como você pode dizer algo assim para mim? — Ela pareceu enraivecida, mas também estava chocada ao ouvir que Toby Whitticomb tivera a audácia de mandar flores para sua irmã. — Como você ousa me acusar de uma coisa dessas? Eu nunca mais o vi — disse ela, esperando estar lhe dizendo a verdade, mas não podia imaginar sua irmã sendo tão estúpida a ponto de cair nessa armadilha de novo. Estava certa de que ela não o faria. — Não, Charles — disse ela espantada. — Não estou tendo um caso com ele e não estou grávida. — Ela tinha certeza de que sua irmã também não estava. Ela estava muito ferida pelo passado, com muita raiva de todos os homens agora e muito faminta por liberdade. Olívia sentia em sua alma que Victoria teria morrido antes de voltar para Toby depois daquela traição. Isso ela sabia sobre sua irmã. E Olívia também sabia que ela mesma não estava grávida e não podia estar, pois era virgem.

— Peço desculpas se a insultei, mas você tem de admitir que isso não é totalmente impossível. Você caiu nas garras dele uma vez, poderia ter caído de novo — disse ele, parecendo um tanto aliviado. Por alguma razão, Charles não achou que ela estivesse mentindo para ele e acreditou nela.

— Eu posso ter sido ingênua — disse Olívia friamente, pensando em como Victoria responderia a ele e tentando se agarrar àquilo. — Mas não sou estúpida.

— Espero que não — disse ele e deixou o quarto, esperando não tê-la aborrecido muito, mas ela parecia um pouco mais lúcida. Mas quando ele voltou para vê-la novamente mais tarde naquela manhã, ela estava chorando. Ela estava fora de si por causa do *Lusitania*. E naquela tarde ela escapou para o andar de baixo quando ele saiu e leu tudo o que pôde sobre o navio desgraçado. Ela até mandou a empregada sair para comprar um jornal vespertino para ela e leu o pouco que haviam acrescentado. Eles ainda não sabiam de nada, exceto que centenas de pessoas haviam se afogado na costa de Queenstown, Irlanda. Corpos já haviam começado a chegar a terra firme, e Olívia sentiu seus joelhos enfraquecerem novamente enquanto lia. Mas ela também sabia que tudo o que podia fazer agora era esperar até segunda-feira e então ir até a Cunard e esperar que eles tivessem uma lista de sobreviventes. E tudo a que ela podia se apegar agora era a pequena esperança de que sua irmã estaria entre eles. Enquanto isso, ela tinha que manter Charles sob controle e rezar para que ele não pensasse que ela estava completamente louca.

Capítulo 21

O que Olívia não vira, mas sua irmã sim, foi a pequena notícia que a Embaixada Alemã colocou nos jornais de Washington e Nova York no dia em que ela embarcou. Dizia simplesmente que os passageiros que tinham a intenção de embarcar em viagens pelo Atlântico deveriam se lembrar de que havia um estado de guerra entre Alemanha, Inglaterra e seus aliados. A zona de guerra incluía as águas adjacentes às Ilhas Britânicas e os navios que carregassem a bandeira da Grã-Bretanha ou de seus aliados eram passíveis de destruição naquelas águas. Os viajantes que estivessem naquela área em navios britânicos deveriam saber que corriam riscos. A notícia era datada de 22 de abril de 1915, fora emitida pela Embaixada Imperial Alemã em Washington e parecia bastante oficial.

Mas era igualmente sabido que a lei das nações ditava que um navio sob qualquer bandeira não podia ser afundado sem aviso e remoção de passageiros civis. Sob estas circunstâncias, os passageiros no *Lusitania* sabiam que não corriam perigo. Victoria também sabia que deveria ter embarcado no navio americano *New York*, mas este não era nem de perto tão bom quanto o outro, e ela gostava mais da idéia de viajar num navio Cunard. O *Lusitania* era mais veloz que o *New York*, e ela considerara a possibilidade de que ele poderia fugir mais rápido de um submarino.

Na ocasião, o *Lusitania* estava fazendo uma viagem de um mês de Nova York para Liverpool e não carregava bandeiras nacionais ou regionais, para mantê-lo a salvo dos alemães. Mesmo seu nome e o porto de registro haviam sido pintados para que ficasse ainda mais seguro. As portas de vedação foram mantidas fechadas durante toda a viagem e, uma vez no mar irlandês, os barcos salva-vidas foram suspensos e a vigia redobrada. Tudo foi feito para proteger o navio, e os passageiros do *Lusitania* sabiam que estavam quase tão a salvo quanto qualquer um poderia estar dos alemães. Além disso, era um navio gigantesco, com quatro mastros pintados de preto e vermelho, um total de dez *decks*, sete acima e três abaixo da linha da água. E ele comprovara ser mais do que confiável nos últimos oito anos. Quando Victoria embarcou, era a 202ª viagem do navio. O *Lusitania* não era o *Titanic*.

E para ficarem absolutamente certos de que não corriam risco nenhum, eles observaram *blackout* completo; todas as cabines tinham de fechar as cortinas à noite e os homens eram solicitados a não fumar nos *decks*. E, no caso de Victoria, as mulheres também.

Na primeira noite, Victoria estava completamente relaxada no navio e ficou muito excitada por ter visto *lady* Mackworth, Margaret Thomas, quando solteira. Victoria a reconheceu imediatamente. Sabia que ela não apenas era um membro ativo da União Social e Política das Mulheres, mas uma amiga próxima das Pankhurst. A própria Margaret tinha ateado fogo a um posto de correio e passara uma temporada na cadeia, para horror de seu respeitável pai, um membro do Parlamento Liberal.

Mas ela parecia em boa forma no navio, depois de passar um tempo em Nova York. Victoria encontrou-a na primeira noite do lado de fora, e ficaram juntas no *deck*.

— É corajoso de sua parte estar indo para a Europa agora — disse ela a Victoria, que lhe explicou que era uma jovem viúva indo servir como voluntária na França, para trabalhar atrás das trincheiras com os aliados. Ela tinha os nomes de alguns poucos contatos na Cruz Vermelha e outros no exército francês.

— Nós podemos usá-la na Inglaterra também — disse ela, sorrindo, impressionada com sua energia, e então *lady* Mackworth saiu para jantar com seu pai, enquanto Victoria optou por jantar sozinha em sua cabine.

Mas eles falaram com ela a respeito de estar com eles na próxima noite. A sala de jantar da primeira classe era extraordinária, da altura de dois pavimentos, com colunas em toda parte e uma abóbada enfeitada no alto. Havia também uma biblioteca, salas de fumar e uma gigantesca creche para as crianças. Havia jogos para eles e também muito entretenimento, tanto para os jovens quanto para os adultos a bordo. E Victoria ficou surpresa ao descobrir que, apesar da guerra, todo mundo parecia estar de bom humor e falavam muito pouco daquilo.

Os homens certamente falavam sobre as notícias todos os dias, particularmente quando se reuniam para fumar, como Victoria e algumas poucas mulheres também faziam, mas eles não pareciam insistir naquilo e ninguém falava absolutamente nada sobre submarinos.

Victoria notou Alfred Vanderbilt a bordo, mas foi cuidadosa em evitá-lo, já que ele conhecia seu marido. Ele tinha aproximadamente a mesma idade de Charles, e ela se lembrou que eles conheciam um ao outro e Charles almoçara com ele uma vez naquele inverno. E ela não queria ninguém dizendo a Charles onde ela tinha ido ou destruindo sua história de que "Olívia" havia ido para a Califórnia. Embora ela estivesse viajando como Olívia Henderson, era totalmente compreensível que alguém que conhecia as duas a identificasse, e ela poderia nem mesmo reconhecê-los, se fossem conhecidos apenas de sua irmã. Então ela era cuidadosa. Compareceu a menos atividades sociais do que o usual e passou um tempo considerável na biblioteca, no *deck* ou em sua cabine.

Charles Froman, o magnata do teatro, também estava a bordo. Ele parecia ter trazido um grupo de amigos com ele e era consideravelmente mais velho. Estava indo a Londres para ver a nova peça de James Barrie, *The Rosy Rapture*, que Froman queria levar para a Broadway. Charles Klein, o dramaturgo, passou uma quantidade considerável de tempo conversando com ele e até mesmo trouxe sua nova peça para trabalhar nela. Mas embora Victoria tivesse gostado de encontrá-los, ela se manteve sozinha a maior parte da viagem e até mesmo declinou quando foi convidada para o jantar do capitão. O capitão Turner a vira no *deck* e a achou de uma beleza impressionante.

Victoria se sentia surpreendentemente livre no navio e, depois do ano com Charles, era um grande alívio estar sozinha agora. A única pessoa de quem ela sentia falta terrivelmente era sua irmã gêmea. Ela pensava em Olívia constantemente e rezava para que ela não tivesse entregado seu segredo, mas Victoria confiava completamente nela. E como sua gêmea, ela sentia a mesma agonia por estarem separadas agora. Era quase assustador.

O tempo esteve agradável durante toda a viagem, eles não encontraram tempestades, e no fim da semana todos estavam aguardando ansiosamente a chegada. Na sexta-feira, Victoria fizera sua mala pela manhã e ficou feliz por encontrar *lady* Mackworth novamente à tarde. Ela deu a Victoria seu endereço em Newport e encorajou-a a lhe telefonar. Victoria estaria viajando de Liverpool para Dover e de lá, de trem, para Calais. A partir dali, tinha de fazer contato com as pessoas cujos nomes ela tinha e começar a se mover lentamente em direção às trincheiras.

Victoria almoçou sozinha naquele dia e fazia um calor fora de época quando entraram no mar Céltico. Os comissários de bordo abriram todas as janelas possíveis na sala de jantar e muitas nas cabines de primeira classe. No fim do almoço, as pessoas estavam indo para suas cabines para se trocar. A terra já fora avistada e eles estavam a apenas vinte quilômetros do porto, ao sul do farol de Old Kinsale, na Irlanda. Havia uma atmosfera de celebração e excitação. Eles haviam conseguido.

Victoria foi para o *deck* depois do almoço e estava de pé no parapeito, olhando para o mar enquanto se aproximavam de Liverpool, quando um rastro fino e branco correu sob a superfície do mar para estibordo. Ela começou a acompanhá-lo enquanto ouvia os animados acordes de *Danúbio azul* e imaginou se era um peixe ou algo assim que vinha na direção deles. Estava usando um vestido vermelho que Olívia comprara para elas anos antes e deixara seu chapéu embaixo. O sol brilhava nela, e subitamente o navio inteiro tremeu, e ela foi lançada contra o parapeito, enquanto uma coluna de água crescia e tomava todo o caminho para a ponte de comando no *deck* e todo o casco se erguia fora da água. Era a coisa mais extraordinária que ela jamais havia visto, e ela olhou para aquilo enquanto se agarrava ao parapeito, imaginando vagamente se seria jogada ao mar, mas não foi. Ela estava usando saltos altos e sentiu seus pés se desequilibrarem. O casco do grande navio estabilizava-se no mar novamente, e uma nuvem cegante de vapor subia, enquanto seguiam na direção do farol à distância.

Mas dentro de alguns minutos, enquanto as pessoas exclamavam sobre o que viram, o navio começou a inclinar-se severamente para estibordo. A cabine de Victoria ficava no *deck* B, e tudo em que ela pôde pensar foi em voltar até lá para pegar seu colete salva-vidas e seu dinheiro. Mas subitamente havia uma multidão por toda parte, e assim que ela começou a descer o navio começou a virar ainda mais perigosamente para estibordo. Era extremamente difícil andar agora.

— Fomos atingidos!... — ouviu alguém dizer. — Torpedo! — Um alarme soou em algum lugar e o barulho era ensurdecedor. Além dele, ela ainda podia ouvir música, e tudo em que pôde pensar subitamente foi em Susan no *Titanic*.

— Não agora — disse ela para si mesma, correndo para baixo e lutando para recuperar o equilíbrio, enquanto batia repetidamente contra as paredes do navio. Ele estava se inclinando lentamente para o lado. Mas ela alcançou sua cabine a tempo de pegar seu colete salva-vidas, a carteira e o passaporte. Não pegou mais nada. Não trouxera jóias com ela e não tinha nada de valor, exceto seu passaporte e o dinheiro que trouxera para se sustentar.

Ela lutou para colocar o colete salva-vidas, enquanto deixava novamente a cabine e corria para cima. À distância ela podia ouvir as pessoas gritando. Havia pessoas em pânico em toda a sua volta e quando ela alcançou as escadas, quase colidiu com Alfred Vanderbilt, carregando sua caixa de jóias.

— Você está bem? — perguntou ele, perfeitamente calmo. Ela não estava certa se ele a havia reconhecido ou não. Como sempre, ele estava sorrindo e era cortês. Ele parecia completamente sereno e seu criado estava com ele.

— Acho que sim — disse ela em resposta. — O que está acontecendo? — Ela não tivera nem tempo de entrar em pânico. Era tudo tão confuso. Mas enquanto falava com ele, ambos ouviram o som de outra explosão bem abaixo deles.

— Torpedos — disse ele agradavelmente —, muitos deles. É melhor que você suba ao *deck* rapidamente. — Ele deu passagem e ela passou à frente dele e então o perdeu de vista. Eles já haviam içado os botes salva-vidas nos guindastes, mas o navio virava ainda mais pesadamente para estibordo, tornando imprestáveis os botes a bombordo. Eles balançaram sobre o navio num ângulo maluco e os que estavam a estibordo estavam submergindo rapidamente. O *Lusitania* parecia um brinquedo de criança, prestes a virar completamente na banheira. Mas isso não era um brinquedo, e eles estavam longe o suficiente no mar para aquilo se transformar num desastre real. Victoria olhou para a costa, imaginando subitamente se conseguiria nadar até lá. Eles podiam ver a costa de onde estavam, e as pessoas de Queenstown podiam ver o casco do *Lusitania* ir abaixo abruptamente, enquanto a popa se elevava no ar. E o gemido do navio parecia quase como os das gaivotas.

E quando o navio começou a escorregar para baixo, as muitas janelas que haviam sido abertas anularam o efeito das portas de vedação e deixaram a água corrente entrar.

Victoria estava observando a cena de caos absoluto em torno dela, seus saltos altos jogados de lado, e então ela subitamente teve problemas para respirar. Não estava certa se era fumaça ou pânico, mas a chaminé do navio estava bem embaixo, e ela teve de lutar para manter o equilíbrio. As pessoas estavam literalmente caindo no mar, enquanto a antena de rádio tombava, quase matando muitos. As pessoas estavam saltando do navio e gritando por socorro, crianças choravam e mães tentavam freneticamente colocá-las em coletes salva-vidas. E então ela viu Alfred Vanderbilt novamente, ajudando crianças a entrarem nos botes. Ela o viu tirar seu próprio colete salva-vidas e dá-lo a uma garotinha e, enquanto ela o observava, empurrou a carteira para dentro do vestido, bem segura dentro do colete salva-vidas.

E enquanto Victoria observava os botes descerem, viu os primeiros dois virarem e ouviu as pessoas gritando, enquanto uma das chaminés caía e engolia uma mulher. Foi como uma cena do inferno quando uma garotinha escorregou por entre suas pernas no *deck*, para dentro do oceano. Victoria gritou, procurando por ela, mas era muito tarde, e a criança tropeçou e se afogou, enquanto Victoria a olhava.

— Oh meu Deus... oh meu Deus... — disse ela, virando-se para não ver o horror daquilo, quando os cachos louros surgiram por apenas um instante e a criança caiu de cabeça para baixo no mar abaixo dela. Uma voz atrás de Victoria disse a ela para entrar num bote salva-vidas. Muito estranhamente, parecia a voz de sua irmã, mas ela nunca soube quem era e havia um terrível ruído quando ela olhou em direção a eles. Havia apenas cinco minutos desde que haviam sido atacados, mas o navio estava afundando rapidamente e Victoria alcançou os botes salva-vidas. Por um momento pareceu que não haveria lugar para ela. Havia apenas dois botes sobrando e parecia haver crianças por toda a parte.

— Pegue as crianças, não a mim — gritou para o jovem oficial que os ajudava a entrar no bote, que balançava loucamente.

— Você sabe nadar? — perguntou ele, e ela assentiu. — Se agarre numa espreguiçadeira, vamos afundar em um minuto — gritou o oficial para ela e desceu sem levá-la. Seguindo seu conselho, Victoria se agarrou numa espreguiçadeira e literalmente deslizou para fora do navio, que afundou apenas um instante mais tarde. Subitamente ela se viu num mar de colchões flutuantes, pedaços de madeira, estátuas, espreguiçadeiras e corpos. Era um repugnante conglomerado de coisas que estavam sendo literalmente atiradas do navio enquanto ele batia no fundo, com uma série de explosões ensurdecedoras e aterrorizantes, e ela gritou quando dois cadáveres bateram contra ela. Para todo lugar que ela olhava havia pessoas gritando, morrendo, chorando, crianças flutuando perto dela, mulheres pedindo ajuda, e ela observou uma mulher afogada agarrada a seu bebê morto. Era tudo quase inimaginável, e ela afundou mais de uma vez, mas sempre voltava para ver mais uma cena de horror, até que finalmente sua espreguiçadeira flutuou perto de outra com um garotinho numa roupa de veludo azul deitado nela. Ele parecia um pequeno príncipe perfeito, dormindo ali, exceto pelo fato de estar morto, assim como sua mãe. Era a pior coisa que Victoria jamais havia visto ou sonhado. Ela manteve os olhos fechados, querendo que o pesadelo acabasse, mas não acabou. E ela não pôde acreditar quando finalmente viu o capitão Turner agarrado a uma espreguiçadeira e *lady* Mackworth, próximo a ele, agarrada a outra. E à distância havia um oficial do navio e uma velha senhora sentados num grande piano.

Mas em toda parte as pessoas gritavam e por toda parte elas estavam se afogando. Após alguns momentos, Victoria não podia mais suportar aquilo; era simplesmente horrível demais, suas pernas estavam frias, ela não podia respirar com o choque daquilo tudo e as pessoas em volta dela estavam todas morrendo. Ela segurou-se à espreguiçadeira o quanto pôde e então, finalmente, misericordiosamente, deslizou para debaixo d'água.

Capítulo 22

Ela podia ouvir terríveis rangidos, pessoas gritando e pássaros chiando no alto, os sons do inferno, até que sentiu alguém arrastá-la pelos pés, sua cabeça batendo em cada pedra. Ela queria gritar, mas não podia. Sabia que devia estar morta, mas logo já não estava tão certa, porque cada pedaço de seu corpo estava doendo. Ela abriu os olhos dolorosamente para ver quem a estava puxando e encontrou-se olhando para o rosto de um homem que estava puxando suas pernas, prestes a colocá-la num caixão.

— Oh, meu Deus, Sean, esta aqui está viva... ela está se mexendo. — Ela tossiu horrivelmente e vomitou o que pareciam galões de água. Seus cabelos estavam grudados na cabeça e seus lábios estavam rachados. Seus olhos ardiam e seus pulmões pareciam prestes a explodir. Quando ela olhou em volta, viu que era noite e tudo em torno dela eram caixões, com o cheiro da morte misturado ao do oceano. Havia pássaros circulando acima, e Victoria não teve forças nem mesmo para se sentar enquanto o homem a ajudava. — Pensamos que você estivesse morta — disse ele, desculpando-se. — Você parecia estar.

— Sinto como se estivesse — disse ela e tentou vomitar novamente, imaginando o que acontecera aos outros. Mas isso era mais fácil de ver do que ela desejaria. O que pareciam milhares de cadáveres estavam deitados por toda a sua volta, a maior parte crianças. Partiu seu coração ver aquela cena. Elas pareciam tão doces, ainda tão bonitas mesmo mortas, algumas delas com os olhos abertos, outros fechados, e aqui e ali mães soluçantes.

— Os alemães pegaram seu navio — explicou o homem chamado Sean. — Pegaram bem no fundo. Foi a pique em dezoito minutos. Isso foi há cinco horas atrás. Nós pegamos você perto do porto, meu irmão e eu. Nós todos fomos pegá-los. Mas há poucos malditos sobreviventes — disse ele com um sotaque irlandês que a teria encantado em outro momento. — Sabe, os submarinos estiveram rondando o porto por semanas, aqueles bastardos podres. Ficaram vagabundeando na boca do porto. — Ela não pôde evitar se perguntar se o capitão Turner soubera disso.

— Venha — disse ele —, deixe-me ajudá-la a levantar-se. Você é uma garota sortuda — declarou ele, puxando-a gentilmente para ficar de pé, descalça. Suas meias de seda haviam desaparecido, com boa parte de seu vestido. Ela estava usando apenas o que parecia uma combinação, calcinhas e uma blusa vermelha sob o colete salva-vidas, em cima de sua cinta e, quando procurou, viu que ainda tinha sua carteira. E ela não ficou nem mesmo embaraçada quando os jovens marinheiros meio que puxaram, meio que a carregaram até o bar local, para onde estavam levando os sobreviventes. Eles também haviam aberto a igreja, o Queen's Hotel, a prefeitura e os hospitais Queenstown e Royal Naval. E havia um estande com chá quente na estação. Eles estavam fazendo tudo o que podiam para ajudar os sobreviventes, e a Cunard havia encomendado dois mil caixões.

Quando Victoria entrou no bar, assistida por Sean, olhou em volta e viu um ou dois rostos familiares, entre eles o do capitão. Ele chegara a Queenstown num pequeno barco a vapor chamado *Bluebell*, que também resgatara Margaret Mackworth.

— Belo vestido — disse uma mulher ironicamente, olhando para ela. Ela era uma das poucas que ainda tinha suas duas crianças com ela, mas todos os três estavam nus. E em outros cantos do local mulheres soluçavam por seus maridos e bebês perdidos. Elas os haviam visto escorregar de seus braços no *deck*, os observaram caindo ou sendo golpeados pelos escombros, ou simplesmente afogando-se na água fria. Era algo além da imaginação, além de tudo o que Victoria jamais lera ou sonhara. E tudo em que ela estava pensando agora era em mandar um telegrama para sua irmã. Ela sabia que era perigoso contactá-la, mas também sabia que não tinha escolha. Tinha de contar a Olívia que estava viva, que havia sobrevivido ao desastre.

À meia-noite, o cônsul americano, Wesley Frost, fez a ronda de todos os locais para onde os sobreviventes estavam sendo levados e perguntou o que podia fazer por cada um deles. Ela deu a ele o nome de Olívia, o endereço e uma mensagem cifrada. Sabia que ela entenderia o que aquilo queria dizer e pediu a ele que confirmasse quando o tivesse mandado. Ele prometeu que o faria. Ele estava mais que ocupado naquela noite. Havia 189 americanos a bordo, e ainda não havia meio de dizer quantos deles estavam mortos, mas havia pessoas histéricas em torno dele por toda a parte, de todas as nacionalidades, muitas delas seriamente feridas. E todos os que haviam sobrevivido estavam desesperados para contactar seus parentes e acalmá-los.

— Vou cuidar disso o mais cedo possível, senhorita Henderson — prometeu-lhe, dando-lhe um dos cobertores que as mulheres do local haviam deixado para eles. Havia pessoas em farrapos por toda parte, algumas completamente nuas, mas ninguém nem mesmo notava.

— Obrigada, eu apreciaria muito — disse ela. Seus dentes estavam batendo violentamente, e ela ainda achava difícil respirar. Havia engolido muita água. E enquanto se sentava no chão, encostada contra a parede do bar, em suas roupas de baixo, pensou sobre o que acontecera, sobre tudo o que ela vira, o horror completo daquilo, e imaginou se Alfred Vanderbilt sobrevivera. Ela não o via há muito. Mas aquilo a fez pensar bastante em Geoffrey, que sobrevivera a um desastre parecido no *Titanic* e vira sua mãe afundar com ele. Subitamente ela sentia muito mais simpatia pelo que ele passara e desejava poder colocar seus braços em torno dele naquele momento, e em sua irmã também. Então ela fechou seus olhos, como se para mandar as imagens embora, especialmente a de uma mulher gritando, dizendo que estava dando à luz e logo ficando inconsciente. Mas tudo o que ela pôde ver quando fechou os olhos foi Olívia sentada na cama em seu quarto em Nova York, e Victoria desejou poder alcançá-la e tocá-la. E com cada pedaço de seu ser ela tentou se concentrar e dizer a ela que estava bem, rezando com toda a sua alma para que Olívia soubesse disso.

Capítulo 23

Enquanto Olívia observava Geoffrey e Charles tomarem o café da manhã na segunda-feira, dez de maio, ela pensou que ia gritar se eles demorassem mais um momento. Ela ainda se sentia doente e tivera uma discussão feroz com Charles sobre ler o jornal.

— O médico disse que você não devia se aborrecer — lembrou-lhe ele, levando o jornal para longe, e ela agarrou-o de volta.

— Me dê o jornal, Charles! — gritou para ele numa voz em que não reconheceu a si mesma. Ele olhou para ela surpreso e então entregou-o a ela, enquanto ela pedia desculpas. — Sinto muito, não estou em meu estado normal. Apenas quero ler sobre algo e manter minha mente longe de Olívia, é tudo.

— Entendo perfeitamente — disse ele de forma lacônica e afinal, misericordiosamente, saiu para o escritório.

Até Geoff parecia arrastar os pés para ir para a escola naquele dia, mas no momento em que ele saiu Olívia agarrou o chapéu e a bolsa e correu para fora. Pegou um táxi e deu-lhe o endereço do escritório da Cunard, na State Street. Mas ela estava totalmente despreparada para o que encontrou lá. Havia um verdadeiro mar de pessoas selvagens gritando, jogando coisas, chamando nomes, chorando, implorando por informações e, quando não as conseguiam, ficavam ainda mais horríveis. Oficiais da linha marítima faziam o que podiam para conter a multidão com a ajuda da polícia, mas no fim ficou óbvio que eles tinham muito poucas informações. Eles tinham números incríveis de perdas, talvez bem mais do que a marca de mil que temiam, e o corpo de Frohman havia sido encontrado flutuando próximo a Queenstown. Além disso, havia apenas pedaços de informação e muitos rumores aterrorizantes. Havia também rumores de que houvera celebração na Alemanha por causa da vitória do submarino, o que enfurecia a multidão ainda mais.

Mas, após sete horas lá, Olívia ainda não tinha o que viera buscar: a lista de sobreviventes. Eles a haviam prometido para o dia seguinte, e seu coração estava oprimido quando saiu de lá, às quatro e meia. Ela estivera de pé o dia todo, não tinha comido nada e fizera tudo o que podia para agarrar qualquer pedaço de informação. Havia poucos nomes, algumas listas de mortos. Um jovem disse que a empresa estava tirando fotografias dos corpos em Queenstown para identificá-los mais tarde. Apenas o pensamento daquilo a fez estremecer. E mesmo assim, quando estava ali quieta, era como se pudesse ouvir Victoria falando com ela. Ela não sentia como se ela estivesse morta, o que quer que aquele sentimento pudesse parecer. Talvez ela também fosse morrer então. Talvez fosse assim que ela saberia. Ela estava tão cansada que se sentia quase paralisada enquanto andava todo o caminho de volta para a casa no East River.

E quando subia os degraus da frente, seu corpo doendo tanto quanto sua mente, ela viu um rapaz de uniforme se aproximando. Ele usava o uniforme da Western Union e, quando olhou para ele, ela sentiu seu coração parar e correu degraus abaixo. Ela agarrou seu braço sem pensar e parecia uma louca enquanto o segurava.

— Você tem um telegrama para mim? Victoria Dawson? — Ela sabia que era o nome que viria no telegrama se Victoria ousasse mandá-lo para ela ali e estava certa de que Victoria não seria cruel o suficiente para mantê-la em silêncio se estivesse viva. Agradeceu por estar certa quando ele assentiu.

— Sim... eu... aqui — disse ele e quase saiu correndo dela. Ela se sentiu como uma bruxa enquanto arrebatava o telegrama dele e o rasgava para abri-lo. Suas mãos tremiam tão terrivelmente que ela mal podia ler o que dizia, e pareceu engolir grandes quantidades de ar enquanto lia. A garota era louca. Absolutamente maluca. Mas estava viva em Queenstown.

— Viagem começou com batida. Ponto. Graças a Deus por Mr. Bridgeman. Ponto. Tudo bem em Queenstown. Ponto. Eu te amo sempre. Ponto. — Mr. Bridgeman era seu velho professor de natação em Croton. E Olívia ficou gritando e chorando nos degraus enquanto lia, sem se importar com quem a escutava. Não havia mais informações, nem endereço, nenhum lugar para procurá-la ou encontrá-la. Mas Olívia sabia que sua irmã gêmea estava viva e bem e havia sobrevivido ao naufrágio do *Lusitania*. Era tudo o que ela precisava saber agora. Amassou a mensagem na mão e depois correu para a casa e queimou o papel no forno, embora suspeitasse de que deveria tê-lo guardado, mas era muito perigoso ficar com ele. Alguém poderia encontrá-lo e calcular onde ela realmente estava.

Aqueles haviam sido os piores três dias da vida de Olívia, e ela esperava que nunca tivesse de passar por nada parecido novamente. Estava tão exausta que decidiu tomar um banho e encheu a banheira com água quente e espuma. Ela não sabia o que fazer para celebrar, se dançar, cantar ou chorar. Em vez disso, correu para o quarto de Geoff e o abraçou, o que ele achou estranho. Ele achou que Victoria estava definitivamente ficando maluca. Seu pai dissera algo a ele sobre seus nervos, mas ele estava começando a achar que era sua cabeça que estava estragada agora. Mas ele nunca a vira de tão bom humor.

— O que aconteceu com você hoje? — perguntou ele, enquanto ela dava piruetas feliz e sorria para ele. Eu tenho minha irmã de volta, ela queria dizer. Ela está viva. Ela está bem. Ela está em Queenstown. Ela não morreu no *Lusitania*. — Você realmente parece feliz.

— Estou. Foi um dia adorável — disse ela, rindo para ele. — E você? Teve um bom dia na escola?

— Não — ele disse, de maneira trivial —, muito chato. Onde está papai?

— Ainda não chegou. — Ela o deixou para entrar na banheira e desceu para jantar usando um vestido novo e parecendo uma nova pessoa. Charles havia acabado de entrar e parecia cansado e irritado Mas ele lavou as mãos e foi direto jantar.

— Por que você está tão feliz? — Ele olhou para ela, infeliz, e deu uma olhada para Geoff, como se esperasse uma explicação.

— Apenas me sinto melhor, é tudo.

— Suas intuições se acalmaram?

— Talvez — disse ela, embaraçada com o pesadelo que fora o fim de semana e aliviada com a crença de que havia acabado, mas é claro que Charles não sabia disso. — Apenas me sinto melhor, é tudo. — Olhando para ela, ele imaginou o que ela estivera tramando e se realmente estava tendo um caso, mas ela foi muito agradável com ele e ainda mais doce com Geoff naquela noite, e ele estava um pouco tranqüilizado na hora em que a cozinheira serviu o café após o jantar.

— Falei com um investigador hoje — disse ele baixinho, quando Geoff subiu as escadas para terminar seu dever de casa. — Ele vai começar a procurar por ela na Califórnia na próxima semana. Ele diz que tem alguns contatos muito bons lá — tranqüilizou-a, e ela agradeceu a ele. Mas a cada vez que olhava para ele, ela não podia parar de sorrir.

— O que você fez hoje, Victoria, para ficar de tão bom humor? Receio que você esteja me deixando com muitas suspeitas. — Mas ela parecia tão bonita e tão jovem naquela noite que ele não teve coração para ficar com raiva dela, embora imaginasse que devia ficar.

— Apenas me sinto melhor. Sinto-me aliviada — respondeu ela, tentando explicar até onde ousava. — É como se eu soubesse que agora ela está bem, embora eu não possa explicar. — Mas ele tinha grande respeito pela telepatia entre elas, embora não a entendesse.

— Talvez você esteja certa — disse ele calmamente — Espero que sim. — E ficou feliz por ela ao menos se sentir melhor. O fim de semana fora um pesadelo, ele realmente começara a pensar que ela estava tendo um ataque de nervos.

— Sinto muito pelo problema que causei.

— Não se preocupe com isso, não foi um problema. Eu apenas fiquei preocupado com você — disse ele quase timidamente, olhando para ela. Ela parecia muito mais aberta com ele do que era antes, e ele imaginou se a partida abrupta de Olívia a mudara ou se o médico estava certo e ela absorveria um pouco da personalidade de Olívia depois de seu desaparecimento. No caso de Victoria, seria definitivamente uma melhora. Depois que Olívia partira, Victoria estava mais dependente dele do que jamais estivera, mais desejosa de estender a mão a ele do que antes do desaparecimento de sua irmã. Ele lembrou-se de sexta-feira à noite, quando ela se agarrara a ele e dissera que estava com medo. Aquilo o fazia olhar para ela agora de maneira um pouco diferente, embora ele não quisesse ser tão otimista. Eles estavam casados há quase onze meses agora, e ele tinha feito de tudo para não desistir de seu casamento.

— Vou tentar não ser um problema novamente — disse ela calmamente e subiu para escrever algumas cartas. Desejava poder escrever a Victoria, mas é claro que não podia. Ainda não, mas poderia quando sua irmã chegasse a seu destino final nas trincheiras. E ela esperava que Victoria escrevesse para ela, de preferência logo, para a casa de seu pai na Quinta Avenida, como haviam combinado. Olívia queria saber tudo o que havia acontecido no *Lusitania*.

Charles leu um pouco antes de ir para a cama naquela noite. Ambos beijaram Geoff, e ele voltou para o quarto e disse algo a ela sobre o *Lusitania*.

— É uma coisa terrível, os alemães afundarem aquele navio. Parece que eles tiveram grandes perdas de vidas, mais que no *Titanic*. Não queria que Geoff ouvissse muito sobre isso, acho que iria fazê-lo lembrar-se de sua mãe. — Ela olhou para ele por um longo momento e então assentiu.

— E você, Charles? — perguntou ela calmamente. — Você está bem?... Isso o fez lembrar-se dela também? — Sua doçura golpeou-o como uma bofetada e por um momento ele não pôde responder. Ele não esperava aquilo dela. Seu relacionamento era como o de dois adversários e era estranho ter um toque gentil dela e não uma palavra azeda ou uma resposta raivosa.

— Fez — respondeu ele finalmente. — Passei maus momentos por causa disso durante todo o fim de semana. — Enquanto ela estava sofrendo, ele também estava, e ela nem mesmo soubera disso.

— Sinto muito, Charles — disse ela, e ele se virou e assentiu. Ele não disse nada a ela novamente, e um pouco mais tarde foram para a cama, ambos cuidadosos, como sempre, para ficar em seus próprios lados, com uma vasta distância entre eles.

— Foi gentil de sua parte — disse ele subitamente no escuro, e a surpreendeu. — Perguntar como eu me senti, quero dizer... sobre Susan... e o navio que afundou. É tão estranho como essas coisas voltam às vezes. Foi tão incrivelmente horrível esperar para ouvir, desesperado para saber. Eu os levei à loucura completa na White Star, e eles ainda não sabiam, e depois esperando nas docas, na chuva, o *Carpathia* chegar... eu não sabia até então se algum deles estava vivo — disse ele, parecendo chocado. — Pensei que nenhum deles tivesse sobrevivido... e então eu o vi... um dos membros da equipe estava carregando Geoff... e eu olhei por toda parte atrás dele procurando por Susan. Mas ela não estava lá. E eu soube. Peguei o garoto e fomos para casa. Levou meses para Geoff falar sobre aquilo. Não acho que alguém jamais esqueça uma coisa dessas. — Assim como Victoria jamais esqueceria o que acabara de passar.

— Sinto tanto que você tenha passado por isso — disse ela delicadamente e estendeu a mão gentilmente, tocando seu ombro. — Não é justo para nenhum de vocês. Vocês não mereciam isso. — Ela sentia tanto por ambos, aquilo rasgava seu coração. E quando ele olhou para ela na luz turva da lua lá fora, viu algo nela que o teria assustado antes, mas subitamente não assustou.

— Talvez as coisas aconteçam na vida por alguma razão. Você não estaria aqui se isso não tivesse acontecido — disse ele gentilmente, e ela sorriu tristemente para ele, sabendo em que eles estavam metidos.

— E você estaria bem mais feliz se eu não estivesse. — Ela ainda estava com raiva de sua irmã por deixá-lo e a Geoffrey, particularmente depois de tudo o que acabara de acontecer. Aquilo certamente provou que a viagem era perigosa. E o irreverente "terminou com uma batida" não era nenhum exagero.

— Não diga isso — disse ele generosamente. — Talvez Susan tenha sido tirada de nós por alguma razão. Já pensei nisso algumas vezes. É impossível saber por que algumas coisas acontecem.

— Me sinto uma pessoa de muita sorte por conhecer você — disse ela gentilmente e falava sério, sem se dar conta de que era uma coisa estranha para dizer ao marido. Olívia ainda era muito inocente, e ele viu isso nela quando olhou em seus olhos naquela noite e aquilo o surpreendeu.

— É uma coisa carinhosa de se dizer — disse ele gentilmente, imaginando se ele realmente a conhecia ou se apenas pensava que sim. Ela parecia subitamente muito diferente. E sem dizer nenhuma outra palavra, ele deslizou vagarosamente para perto dela e a beijou muito suavemente nos lábios, com medo de assustá-la. Ele não queria começar com os velhos problemas entre eles novamente, queria apenas dizer-lhe que estava agradecido pelo que ela lhe dissera e, se nada mais, pela sua amizade. Mas quando a beijou, sentiu algo emocioná-lo, algo que ela nunca fizera a ele antes, embora ele não soubesse por que, e beijou-a novamente e tentou dizer a si mesmo que não devia. — Devemos fazer isso? — sussurrou roucamente, e ela sacudiu a cabeça, mas ela não queria parar, embora dissesse a si mesma que deveria. Mas enquanto ele a beijava repetidamente, ela esqueceu tudo o que sabia sobre seu relacionamento e sentiu seus braços se colocarem em torno do pescoço dele e seu corpo pressionar o dele, e ele nasceu novamente quando a abraçou. — Victoria, não quero fazer nada que você não queira — disse ele roucamente. Eles já haviam estado nessa situação antes, embora não o fizessem havia meses, e sempre se arrependiam. Sua vida sexual não fizera nada, a não ser torná-los ambos muito infelizes.

— Charles, eu não sei... eu... — ela queria dizer a ele para parar, sabia o quanto aquilo era errado, ele era o marido de sua irmã e ainda por cima Victoria havia acabado de voltar da morte. Olívia entrara em sua vida e estava ali nos braços do homem que amara por tanto tempo. Ela não podia parar agora. — Eu te amo — sussurrou ela. Ela nunca dissera aquilo a ele antes, e Charles olhou para ela num espanto meigo.

— Oh, minha doce garota — disse ele, sentindo seu coração se juntar ao dela, dando tudo o que tentara esconder dela, e subitamente ele soube o que estivera errado entre eles. Ele nunca ousara amá-la. — Como eu te amo — disse ele, quase a despeito de si mesmo, e então, como se fosse a primeira vez, o que era para ela e ele não se deu conta, fez amor com ela muito gentilmente. Apesar da dor que causou a princípio, ela se deu completamente a ele, sem reservas, com total abandono e, quando ele olhou para ela mais tarde, sentiu como se tivesse nascido de novo. Para ambos, era um novo começo, uma nova vida, a lua-de-mel que nunca tiveram e de que ambos tinham sentido tanta falta.

Ele ficou deitado horas em seus braços, acariciando-a, afagando-a, descobrindo-a toda novamente, pensou, mas na verdade pela primeira vez, e por fim ele dormiu, aconchegado a ela, enquanto ela o abraçava imaginando o que fariam quando Victoria voltasse para casa. Charles era a maior alegria que ela jamais tivera na vida e, ao mesmo tempo, sua pior traição. Ela não tinha idéia do que diria à irmã quando ela voltasse para casa, mas soube naquele momento que não podia deixá-lo.

Capítulo 24

Depois que Wesley Frost, o cônsul americano em Queenstown, encontrou para ela um vestido e um par de sapatos para usar, Victoria pegou um trem de Queenstown para Dublin no domingo. Encontrou-se lá com um representante da Cunard e então pegou o trem para a estação de Lime Street, em Liverpool. Havia vários outros sobreviventes no trem com ela, e Vicctoria ficou assustada ao ver membros da imprensa esperando para entrevistá-los na estação de Lime Street. Vance Pitney, do *New York Tribune*, já havia ido a Queenstown, estava em Liverpool e de lá iria para Londres. Era a maior notícia que qualquer jornal já tivera desde o *Titanic*. E esta era ainda maior porque o gigantesco navio fora torpedeado pelos alemães. Não era apenas uma tragédia que custara mais de mil vidas, eram notícias de guerra. Mas Victoria foi cuidadosa e evitou a imprensa enquanto deixava a estação e foi para o Adelphi Hotel, onde tentou calcular o que fazer depois. Quando chegou lá no fim da tarde de domingo, ainda estava muito abalada.

E o vestido que ela estava usando parecia horrível. Enquanto ela checava o quarto, acendeu um cigarro, e quando se sentou e olhou em volta, começou a chorar, querendo estar em casa em Croton. Não era muito tarde para voltar atrás, havia sido um início infernal.

O hotel mandou uma bandeja para seu quarto naquela noite, eles sabiam quem ela era e por que estava lá. Houvera sussurros no saguão quando ela chegara. Ela explicara sua situação ao recepcionista, até suas letras de câmbio e seu dinheiro britânico estavam molhados, bem como sua carta de crédito, e ela teria de ir ao banco na segunda-feira para trocá-los. Ela tentou o máximo possível evitar qualquer atenção exagerada. Mas não importava o que fizesse naquela noite, não podia tirar da cabeça as imagens medonhas do navio afundando, o casco em primeiro lugar, e os rostos das pessoas que haviam morrido em torno dela. Ela ainda se lembrava do rosto do jovem membro da tripulação que lhe dissera para se agarrar a uma espreguiçadeira, quando ela não pôde entrar nos botes salva-vidas, e seu conselho a havia salvado.

Ela ficou acordada toda a noite e se sentia horrível quando se levantou na manhã seguinte. Mas depois que comeu alguma coisa e bebeu uma grande xícara de café quente, sentiu-se melhor. Em seguida foi ao banco, trocou o dinheiro, entrou na loja mais próxima e comprou alguns vestidos, suéteres, um par de calças compridas, dois pares de sapatos e até um par de botas que ela poderia usar quando fosse para as trincheiras. Ela não sabia se eles dariam a ela um uniforme ou não, mas assim ela tinha algo para usar quando chegasse lá. Precisava de roupas de baixo, meias, camisolas, cosméticos, um pente. Não tinha mais absolutamente nada, nem mesmo os pedaços de seu vestido vermelho que ela deixara em Queenstown.

— Você está fugindo de casa? — perguntou-lhe a mulher na loja com um sorriso falso, mas Victoria não conseguia mais rir de nada. Ela apenas olhou para a mulher e sacudiu sua cabeça.

— Eu estava no *Lusitania* quando ele afundou — disse Victoria solenemente, e a mulher arfou. Como o mundo inteiro então, ela ouvira sobre aquilo.

— Você tem sorte de estar viva, minha cara — sussurrou a mulher e abençoou-a. E Victoria sorriu tristemente enquanto pegava seus pacotes e voltava para o hotel, ainda perseguida pelas imagens dos outros. Ela imaginou se os veria por toda a vida, especialmente as crianças, com seus rostos doces e olhos cegos, flutuando em torno dela. Ficou pensando no garotinho flutuando morto numa espreguiçadeira na roupa de veludo azul, com o broche comemorativo do *Lusitania* pregado em sua gola. Era suficiente para fazer qualquer um odiar os alemães para sempre.

Mas no fim daquela tarde Victoria estava começando vagarosamente a se recuperar e começou a pensar em como ia chegar à França. Seus planos haviam mudado, para dizer o mínimo, mas o recepcionista do hotel disse-lhe como chegar a Dover e o que fazer depois. Ela tinha de pegar um pequena balsa para Calais, e aquilo era arriscado também. Havia submarinos espionando no canal inglês entre a França e a Inglaterra, e pensar neles agora a fazia estremecer.

— Talvez eu devesse ter comprado apenas uma roupa de banho e economizado muitos problemas — disse ela com um sorriso nervoso, e o recepcionista sorriu de seu humor.

— Você tem uma esportiva infernal, senhorita — disse ele. — Não estou certo se eu tentaria novamente depois do que acabou de passar.

— Não tenho muita escolha se quiser ir até a França, tenho? — disse ela pensativamente, certa de que tinha de fazê-lo. Era por isso que ela viera até ali, e ninguém dissera que seria fácil.

Os alemães haviam introduzido gás de cloro na Batalha dos Ypres duas semanas antes e, pelo que Victoria ouvira, a batalha ainda estava acontecendo e estava sendo um massacre. A questão era como chegar o mais perto dela que pudesse e encontrar os contatos que haviam sido dados a ela. Eles estavam baseados em Reims, e o melhor que ela podia fazer era tentar encontrá-los quando chegasse a Calais, se os telefones estivessem funcionando. Aquilo ficava para ser visto mais tarde. Era tudo uma aventura, uma peregrinação que sentira que tinha de fazer e esperava que não estivesse errada ao ter vindo. Os sinais, até agora, certamente não tinham sido bons.

Ela deixou Liverpool na terça-feira de manhã e agradeceu a todos no hotel. Nos últimos dois dias, as pessoas haviam lhe dado pequenas coisas, presentinhos, doces, frutas, pequenos objetos religiosos, apenas para fazê-la saber que estavam felizes por ela ter sobrevivido ao *Lusitania*.

Ela voltou para a estação de Lime Street de táxi, de lá pegou um trem para Dover, e quando chegaram às docas, subiu na balsa. Havia pequenas balsas e pareciam inofensivas o suficiente num dia ensolarado de maio, mas depois da experiência que ela tivera no mar Céltico sabia o quanto os submarinos eram traiçoeiros, e não estava nem um pouco ansiosa para encontrar outro deles.

Ela negociou o preço da passagem com o capitão da balsa, e havia apenas um punhado de outros passageiros quando ele tomou o comando. Era uma tarde brilhante, azul e sem nuvens, mas ela passou a viagem inteira agarrada ao parapeito totalmente aterrorizada, preparada para morrer a qualquer momento.

— *Vous avez bien peur, mademoiselle.* — Ele sorriu para ela. Ele raramente havia visto uma garota tão encantadora ou tão apavorada. Comentou sobre seu nervosismo durante toda a viagem, e ela apenas assentiu, sem dizer uma palavra para ele, enquanto mantinha os olhos fixos na água, esperando pelos submarinos e o rastro branco que ela vira antes de ele atingir o *Lusitania*.

— *Lusitania* — disse ela, sabendo que ele entenderia. O mundo inteiro entenderia, ela sabia por ter lido os jornais. E a cada vez que ela lia outro artigo, se encolhia, pensando na pobre Olívia e no que ela devia estar pensando.

Mas o marinheiro na pequena balsa havia entendido tudo. Ele não disse mais nenhuma palavra a ela durante a breve travessia para Calais e, quando chegaram lá, ele carregou sua bagagem para ela e entregou-a a um homem com um carro, que a levou para o hotel mais próximo e recusou-se a receber qualquer dinheiro dela. Depois de muitas conversas longas, eles lhe deram um quarto pequeno e bonito, que dava para o mar.

Ela pediu para usar o telefone e ligou para um dos nomes que recebera em Nova York no consulado francês. Era uma mulher que organizava voluntários para a Cruz Vermelha em Paris, e ela seria capaz de dizer a Victoria para onde ir de lá, e onde seria necessária. Mas quando ligou, ela estava fora, e ninguém mais falava inglês.

— *Rappellez demain, mademoiselle* — e tudo o que ela entendeu foi “amanhã”.

Ela se sentou sozinha em seu quarto naquela noite, fumando cigarros e pensando na jornada que fizera e no quanto custara chegar até ali. Ela enganara o marido, abandonara o pai e a irmã gêmea, sobrevivera ao naufrágio de um navio, e agora só Deus sabia o que esperava por ela ali. Tinha de se admirar com sua própria determinação. Nada parecia conseguir detê-la. Nem mesmo a mulher desagradável que encontrou em Paris no dia seguinte, que disse a ela que estavam muito ocupados para falar com ela e que ela ligasse novamente no dia seguinte.

— Não! — gritou no telefone rapidamente, determinada a não ser colocada de lado novamente. Ela estava perdendo seu tempo ali. — Não, eu preciso falar com alguém *agora... maintenant...* — E então ela lançou as palavras mágicas, só para ver o que aconteceria. — Eu acabo de sair do *Lusitania*. — Houve um breve silêncio, e então ela pôde ouvir palavras abafadas do outro lado. Houve outra pausa, e então um homem pegou o telefone e perguntou a ela qual era o seu nome. — Olivia Henderson. Peguei seu nome, ou o daquela senhora, no consulado francês de Nova York. Eu vim para servir como voluntária na guerra. Sou americana e estou em Calais agora.

— E você estava no *Lusitania*? — Ele pareceu um pouco apavorado, e ela ficou satisfeita por ele tê-lo dito.

— Sim.

— Meu Deus... Você pode estar em Reims amanhã às cinco horas?

— Não sei — disse ela honestamente. — Acho que sim. Onde fica?

— A cerca de duzentos e quarenta quilômetros ao sul de onde você está. Se puder conseguir alguém para levá-la de carro, podem vir direto pelo interior, por trás. Há luta por lá, mas não é tão ruim como em Soissons, nas proximidades. Mas mesmo assim você terá de ser bastante cuidadosa — e então ele sorriu ao telefone, imaginando por que ela viera de tão longe para participar de uma guerra na qual seu governo não queria tomar parte. O presidente Wilson ainda estava determinado a ficar fora daquilo a qualquer custo, e os custos eram incrivelmente altos. Cinco milhões de homens haviam morrido desde que a guerra fora declarada no verão anterior. E mais sete milhões haviam sido feridos. — Encontre alguém com um carro — continuou a voz do outro lado — e chegue lá, se puder. Nós temos uma delegação de voluntários partindo amanhã. Você é enfermeira?

— Não. Sinto muito — desculpou-se ela, imaginando se eles ainda a quereriam.

— Você dirige?

— Sim.

— Ótimo. Você pode dirigir uma ambulância, ou um caminhão, ou o que quer que eles digam. Apenas esteja lá amanhã — disse ele e ia desligar quando ela o interrompeu.

— Qual é o seu nome? — perguntou, e ele sorriu de sua ingenuidade. Ela era obviamente muito nova naquilo, e ele mais uma vez não conseguiu imaginar por que ela viera para cá arriscar sua vida numa guerra que pertencia a outros países. Outros haviam vindo também, mas muitos deles eram mais velhos e tinham histórias complicadas. Ela parecia uma criança no telefone, e ele lhe disse que seu nome não era importante, pois ele não estaria lá. — Então por quem eu procuro?

Ele pareceu irritado novamente.

— Qualquer um que esteja sangrando. Você vai encontrar muitos deles, receio. Vai ficar esgotada de trabalhar quando chegar lá. Pergunte pelo capitão responsável pela área. Ele vai dirigi-la ao hospital, ou à Cruz Vermelha, se estivermos lá. Você vai nos encontrar, não se preocupe. É uma pequena guerra com muita gente nela. Você não vai conseguir nos perder. — E ele desligou. Ela agradeceu às pessoas da mesa e voltou para seu quarto no hotel.

Jantou bem naquela noite, e o dono do hotel negociou com um motorista para ela. Era um garoto com um velho Renault, mas ele disse que podia chegar aonde ela queria ir pelas estradas do interior. Disse que levariam o dia todo e queria partir bem cedo de manhã. E ela imaginou, enquanto olhava para ele, que ele era mais novo que ela. Seu nome era Yves e ela pagou adiantado, como ele havia pedido. Ele disse a ela para vestir roupas quentes e usar sapatos pesados. Estaria frio quando partissem e, se o carro quebrasse, ele não queria ter de carregá-la até Reims porque ela estava de saltos altos. Ela pareceu irritada com a observação, mas de qualquer maneira ele sorriu, e ela perguntou asperamente se o carro quebrava sempre.

— Não mais do que ele tem de quebrar. Você dirige? — perguntou, e ela assentiu. E então ele partiu, dizendo que a veria de manhã.

Victoria ficou acordada em sua cama toda aquela noite; estava tão excitada que não conseguiu dormir. Era por aquilo que ela estava ali. Mas foi difícil se lembrar disso na manhã seguinte. Estava frio e úmido, e ela não dormira nada. Ela ficou feliz ao descobrir que o hotel havia embrulhado um lanche para eles e que o garoto trouxera uma garrafa térmica de café, dada a ele por sua mãe.

— Por que você veio para cá? — perguntou ele, enquanto ela tomava a primeira xícara no caminho para sua primeira parada em direção a Doullens. Seria uma longa jornada.

— Vim porque achei que seria necessária aqui — respondeu ela, imaginando se poderia explicar a ele. Era difícil o suficiente explicar para si mesma naqueles dias, ainda mais para um garoto de Calais que mal falava sua língua. — Me sentia inútil onde estava, porque não estava fazendo nada por ninguém. Isso aqui parecia mais importante. — Ele assentiu. Havia entendido. Soava nobre, mesmo para ela, a maneira como havia colocado a coisa.

— Você não tem família — disse ele, presumindo que ela não tivesse. Ela não contou a ele que tinha um marido e um filho adotivo que deixara para trás, ou ele realmente pensaria que ela era louca ou pelo menos pervertida.

— Sou gêmea — disse-lhe —, *jumelle* — o que parecia mais interessante e era uma palavra que ela conhecia em quase todas as línguas. Era uma palavra que sempre fazia as pessoas se iluminarem. E ele o fez, enquanto olhava para ela.

— *Identique*? — perguntou Yves interessado.

— *Oui*. — Ela assentiu.

— *Très amusant*. — Ele assentiu com aprovação. — Ela não quis vir com você?

— Não — disse Victoria firmemente, contando a mentira que criara para vir para cá. — Ela é casada, não pôde. — Ele fez um sinal de que tinha entendido, mas na verdade ele não tinha idéia do quanto aquilo tudo era complicado. Ele apenas achou que entendera.

Depois disso eles rodaram por um longo tempo em silêncio. Passaram por farmácias, igrejas, algumas escolas campestres e campos que não haviam sido plantados naquele ano. Não havia homens jovens para fazê-lo. Ele tentou explicar a ela com gestos e ela entendeu. E então eles rodaram novamente em silêncio por um tempo, e ela acendeu um cigarro, tomando outra xícara de café.

— *Vous fumez*? — Ele pareceu impressionado. Mulheres francesas de sua classe não faziam aquilo. Mas ela assentiu. — *Très moderne*. — Ele assentiu e sorriu. Ela era "*très moderne*" até mesmo em Nova York; na verdade, até um pouco demais.

E então eles rodaram através de Montdidier e depois Sensil, e foi bem depois que a noite caiu que eles finalmente chegaram a Reims. Há muito tempo ela já perdera seu encontro às cinco horas com a Cruz Vermelha, e eles há muito também já rodavam sem café e comida. Ela e Yves podiam ouvir armas à distância. Elas soavam mais perto do que estavam e havia o ocasional e repetitivo espocar das balas.

— Não é bom para nós ficarmos aqui — disse ele nervosamente, olhando em volta, mas eles chegaram a Châlons-sur-Marne exatamente como lhes disseram para fazer e, poucos minutos mais tarde, viram um hospital de campo, e ela lhe disse para parar ali. Havia macas sendo carregadas para dentro e para fora homens em aventais ensangüentados de pé em pequenos grupos, dando consultas, e enfermeiras correndo para ajudar homens mortos ou feridos. Yves pareceu desconfortável, e Victoria apenas ficou ali olhando a ação em torno dela. Ela sentiu como se estivesse acordada há dias e sua vida inteira tivesse sido virada de cabeça para baixo, mas ainda assim sentiu uma súbita explosão de excitação apenas por estar ali.

Ela perguntou na emergência se havia alguém da Cruz Vermelha ali, e eles apenas sorriram para ela e se viraram, embora ela estivesse certa de que falavam inglês. Yves então disse que tinha de ir. Ele apenas viera deixá-la, e ela devia se virar sozinha; e ela não o contratara para ser um guia pelo resto da guerra, seu motorista particular. Ele acenou enquanto entrava no carro novamente, e ela gritou "*Merci*" quando ele partiu, mas ele estava obviamente apressado para sair de Châlons-sur-Marne, e ela não o condenava realmente. Mas ela não tinha idéia do que fazer a seguir enquanto ficava lá.

Havia pessoas correndo para dentro e para fora da tenda, e alguns poucos olharam para ela. Ela parecia tão limpa e intocada enquanto ficava ali, parecendo um pouco perdida com seu casaco. E finalmente, sem saber o que mais fazer, ela perguntou a um servente pelo posto das enfermeiras.

— Ali — disse ele vagamente, apontando por cima de seus ombros, enquanto carregava um grande saco de lixo, e Victoria estremeceu ao pensar o que poderia estar ali dentro.

Mas as enfermeiras estavam muito ocupadas para falar com ela, um novo grupo de feridos havia acabado de chegar e ninguém tinha tempo a perder com uma principiante.

— Aqui — disse um servente subitamente, jogando um avental para ela enquanto a última enfermeira corria para um homem gritando na esquina. — Preciso de você. Siga-me. — Ele se moveu apressadamente entre duas centenas de macas no solo, separadas por apenas meio metro, e ela teve de se mover o mais rápida e cuidadosamente que pôde para não pisar nelas enquanto o seguia. Havia uma pequena tenda mais além sendo usada como sala de operações. E havia homens deitados no chão, esperando para ser carregados, alguns deles gemendo suavemente, outros gritando lastimosamente, outros misericordiosamente inconscientes.

— Não sei o que fazer — disse Victoria nervosamente.

Ela esperara encontrar alguém que explicasse as coisas a ela, dirigir uma ambulância ou fazer algo que ela sabia que podia fazer, não estar aqui com esses homens, tão cruelmente feridos pelas explosões, bombas e projéteis. Havia queimaduras horríveis e muitos haviam sido envenenados pelos gases de cloro e fosgênio que os alemães estavam atirando neles. Era tão novo e tão cruel que os aliados não tinham armas comparáveis com as quais combatê-los.

O servente que ela estava seguindo era pequeno e forte, tinha um cabelo vermelho brilhante, e ela ouvira alguém chamá-lo Didier quando passaram por ele. Ela estava muito agradecida por ele falar inglês. E quase desmaiou quando compreendeu que ele esperava que ela o ajudasse a cuidar dos homens que haviam acabado de ser trazidos das trincheiras. Todos eles haviam sido fortemente envenenados por gás e muitos estavam confusos. Ele apontou um grupo para ela e falou em voz baixa, em inglês.

— Faça o que você puder por eles — disse ele calmamente em meio ao ruído infernal. Ela subitamente se lembrou das pessoas que vira em torno de si no mar quando o *Lusitania* afundara. Mas isso era muito pior, e eles ainda estavam vivos. — Eles não vão durar até a noite. Muito gás. Nós não podemos ajudá-los. — Havia um homem a seus pés com um vômito verde saindo de seu nariz e de sua boca, e Victoria agarrou o braço de Didier enquanto ele se movia para deixá-la.

— Não sou enfermeira — disse ela, tentando segurar sua própria bílis. Isso era demais para ela. Ela não conseguiria. Sabia que não devia ter vindo para cá. — Não posso...

— Também não sou enfermeiro — disse ele severamente. — Sou músico. Você vai ficar ou não? — perguntou asperamente. Esta era sua prova de fogo. Isso era o que ela dissera que queria. — Se não vai ficar, então vá embora. Não tenho tempo para isso... — Ele olhou para ela zangado, como se ela tivesse vindo até ali para nada, uma diletante, para se mostrar para seus amigos. Mas o que viu nos olhos dele desafiou-a, e ela assentiu.

— Vou ficar — disse ela com voz rouca e ajoelhou-se vagarosamente em direção ao homem mais próximo dela. Metade de seu rosto havia sido arrancada e havia bandagens ensangüentadas cobrindo-o, mas os cirurgiões decidiram não perder tempo com ele. Ele já estava quase morrendo para eles perderem horas com ele. Num hospital apropriado talvez, mas não aqui. Ele nunca sobreviveria. Estaria morto em algumas horas.

— Olá... qual é o seu nome? — perguntou ele numa voz já tocada pela morte. — Eu sou Mark. — Ele era inglês.

— Sou Olívia — respondeu ela, dando a ele o nome que tinha de usar agora. Ela se sentia paralisada enquanto pegava a mão do rapaz na sua e segurava seus dedos com força, tentando não olhar para ele e ver o ferimento, mas para algo além dele.

— Você é americana — disse ele suavemente com seu sotaque de Yorkshire. — Eu já estive lá uma vez...

— Sou de Nova York — como se importasse.

— Quando você chegou aqui? — Ele estava se agarrando à vida, segurando-se a ela, sentindo que se falasse com ela atravessaria a noite, mas ambos sabiam que ele não conseguiria.

— Hoje à noite — disse ela, sentindo-se tola novamente, enquanto sorria para ele e outro rapaz puxava seu avental.

— Da América, eu quero dizer... quando você chegou? — perguntou Mark a ela.

— No último fim de semana... no *Lusitania* — disse ela entorpecida. Havia tantos deles. Tudo o que ela podia ouvir eram seus soluços e seus gritos. Era exatamente como quando o navio afundara.

— Uma coisa podre e sangrenta que os alemães fizeram... mulheres e crianças... eles são uns animais, eis o que são — disse ele, e ela pôde ver pelo que haviam feito a ele. E então ela se virou para o outro que estava chamando por ela, ele queria sua mãe e estava com sede. Tinha dezessete anos, era de Hampshire e morreu segurando sua mão dez minutos mais tarde.

Ela falou com centenas de homens naquela noite, e dúzias deles morreram enquanto ela os observava. Ela não fez nada em particular por eles, segurou a mão de um, acendeu um cigarro, deu a eles todos os seus, deu-lhes água embora não pudessem beber, alguns deles não tinham mais estômago, ou lábios, ou estavam com os pulmões cheios de gases. Era horrivelmente além da imaginação, e ela pensou se realmente teria sido útil enquanto cambaleava para fora da tenda de manhã. Ela estava coberta de vômito, sangue e cuspe, e não tinha idéia de para onde ir ou para onde fora sua mala na noite anterior. Ela a esquecera e a tudo o mais enquanto estava ajoelhada ao lado dos rapazes que chamavam seu nome, seguravam sua mão ou apenas morriam em seus braços enquanto ela os olhava. Ela havia ajudado Didier a carregá-los para fora em macas e os deitara no chão até que outros homens viessem carregá-los para serem enterrados. Havia milhares deles agora, todos tão jovens, enterrados nas encostas.

— Há comida naquela tenda. — Didier conseguira alguns suprimentos frescos e apontou para uma tenda grande, longe o suficiente para que ela pensasse se conseguiria chegar lá. Ela não tinha dormido toda a noite e cada pedaço de seu corpo doía, mas ele parecia incansável enquanto sorria para ela. — Já está arrependida de ter vindo para cá, Olívia? — perguntou. Ela estava tão cansada que quase escorregou e disse a ele que Olívia era sua irmã. Mas enquanto estivesse ali, este seria o seu nome.

— Não — mentiu com um sorriso cansado, mas ele sabia que ela estava mentindo. Ela havia trabalhado pesado na noite anterior, seria realmente bom tê-la por perto, se ela ficasse. Muitos voluntários não conseguiam. Eles ficavam poucos dias e então saíam correndo, chocados pelo que haviam visto e felizes por voltar para casa novamente. Outros, os mais fortes, os que podiam suportar aquilo, e esses eram raros, vinham e ficavam para sempre. Alguns voluntários haviam estado com eles desde o início. Fazia quase um ano agora. Mas ele não achava que ela seria um deles. Ela era muito jovem e muito bonita. Ela provavelmente tinha vindo pela excitação, calculou.

— Você vai se acostumar. Espere até o inverno, você vai adorar. — Eles haviam estado com lama até as coxas durante meses. As chuvas haviam sido cruéis. Mas era melhor do que o que acontecera com os russos, gelando na Galícia. Mas, enquanto ela o escutava, se deu conta de que no inverno não estaria ali. Estaria de volta a Nova York, novamente com Charles e Geoffrey. Eles pareciam tão distantes para ela agora, era como se nem mesmo existissem mais. A única que ainda parecia real era Olívia, ela parecia viver em sua alma e Victoria às vezes quase podia ouvi-la falando com ela à noite. Era estranho.

Ela então deixou Didier e cambaleou em direção à tenda em que ele dissera ser o refeitório e, enquanto se aproximava dela, sentiu cheiro de café e comida e outros cheiros desconhecidos, e subitamente se deu conta de que, apesar do morticínio que vira, estava faminta. Serviu-se de ovos em pó, um cozido que era em sua maior parte cartilagem e uma fina fatia de pão que parecia ser tão velho que era como um bloco de madeira, mas ela o comeu de qualquer forma, amaciando-o no cozido. E bebeu duas grandes xícaras de café preto forte. Algumas poucas enfermeiras e alguns serventes disseram alô a ela, mas todos estavam ocupados ou exaustos. Eles pareciam ter uma cidade inteira organizada ali, com tendas servindo de quartéis, um hospital, depósitos de suprimentos, o refeitório. Havia um pequeno *château* bem atrás deles, onde os oficiais graduados ficavam alojados, inclusive o general que era o comandante, e havia também uma casa de fazenda para o resto dos homens graduados. Todos os outros ficavam nas barracas. E Victoria ainda não tinha idéia de onde eles a colocariam.

— Você está aqui com a Cruz Vermelha? — perguntou uma garota forte e agradável. Ela estava usando um uniforme de enfermeira e tomando um gigantesco café da manhã, embora estivesse coberta de manchas de sangue. Doze horas antes, Victoria podia ter ficado horrorizada, mas agora subitamente parecia normal.

— Eu deveria estar — explicou Victoria. A outra garota disse que seu nome era Rosie e, como muitos dos outros ali, ela era inglesa. — Acho que os perdi ontem. Não sei o que aconteceu.

— Acho que sei. — Rosie olhou para ela com uma expressão estranha, enquanto Victoria esperava. — O carro deles foi atingido em Meaux. Havia três pessoas. Todas morreram ontem à tarde no caminho para cá. — O pensamento horrível era que ela devia estar com eles, se tivesse tentado encontrá-los em Paris. Graças a Deus ela não tinha. — O que você vai fazer? — perguntou ela calmamente, e Victoria pensou sobre aquilo um longo momento. Ela ainda nem mesmo estava certa se ia ficar. Isso era muito mais duro do que ela havia imaginado. Enquanto ainda estava em Nova York, escutando as palestras sobre a guerra nos consulados, parecera tudo tão limpo e tão definido, a ideologia tão pura, os problemas tão simples. Ela ia dirigir para eles. Mas dirigir o quê? Homens morrendo? Cadáveres para o necrotério temporário? Ela nunca entendera realmente aquilo até chegar ali. Mas ela também sabia agora que, se quisesse ficar, seria útil.

— Não estou certa — disse Victoria, hesitante. — Não sou uma enfermeira treinada nem nada. Não estou certa do como poderia ser útil para alguém. — Victoria olhou para Rosie timidamente, o que era pouco usual nela. — Com quem eu deveria falar?

— Sargento Morrison — disse Rosie com um sorriso. — Ela é a responsável pelos voluntários, e não se iluda, garota. Nós precisamos de toda a ajuda que pudermos, treinada ou não, se você puder agüentar. — Esta era a questão.

— Como eu a encontro? — perguntou Victoria com cautela, ainda tentando decidir o que fazer.

Rosie sorriu de sua pergunta e serviu-se de outra xícara de café.

— Espere uns dez minutos e ela vai encontrá-la. A sargento Morrison sabe de tudo o que acontece aqui. E isso é um aviso. — Ela sorriu. E não estava errada. Menos de cinco minutos mais tarde, uma gigantesca mulher de uniforme caminhou rapidamente para elas e pareceu medir Victoria com os olhos. Ela já ouvira Didier falar sobre a novata que chegara. A sargento Morrison tinha um metro e oitenta de altura, cabelos claros e olhos azuis e era australiana, de Melbourne. Estava na França há cerca de um ano e nunca fora ferida. Tratava seus voluntários como escravos e, de acordo com Rosie, não suportava tolices.

— Ouvi dizer que colocaram você diretamente no trabalho ontem à noite — disse para Victoria de modo agradável, e a jovem americana sentiu-se estremecer enquanto olhava para ela espantada.

— Sim, colocaram — respondeu, sentada muito reta e subitamente sentindo-se como um soldado raso. Era estranho estar ali, era tudo tão ordenado e tão civilizado no meio do caos. Todos sabiam o que tinham de fazer e o que era esperado.

— Você gostou? — perguntou a sargento Morrison asperamente.

— Não estou certa de que "gostar" seja a palavra certa — disse Victoria cautelosamente, enquanto Rosie as deixava para voltar para a sala de operações. Ela tinha mais doze horas de trabalho por fazer. Eles trabalhavam em turnos de vinte e quatro horas aqui, ou até que caíssem, o que quer que acontecesse primeiro. Ela tinha trabalhado trinta horas sem parar uma vez. — Muitos dos homens de que tomei conta na noite passada estavam mortos antes do amanhecer — disse Victoria suavemente, enquanto Penny Morrison assentia rapidamente, mas seus olhos não estavam sem emoção.

— Isso acontece muito por aqui. Como se sente a respeito disso, senhorita Henderson? — Ela lembrara seu nome, sabia quem ela era e, embora Victoria não soubesse ainda, ela já havia mandado sua maleta para o acampamento e lhe designado uma cama no setor feminino. — Nós precisamos de sua ajuda aqui — disse ela honestamente. — Não sei por que você veio e não estou realmente interessada, mas se você tem estômago para isso, precisamos demais de você. Os homens tiveram uma derrota terrível. — Victoria já vira isso na noite passada e até já ganhara uma máscara antigás para o caso de que tudo corresse mal, as trincheiras cedessem e os alemães invadissem.

— Gostaria de ficar — disse Victoria, surpreendendo a si mesma. Ela nem mesmo sabia ainda o que a fizera dizer aquilo, quase soava como se outra voz que não a dela tivesse respondido à pergunta.

— Bom. — A sargento Morrison ficou de pé e olhou para o relógio. Ela tinha outros assuntos para tratar. Eles teriam um encontro de oficiais no *château* naquela manhã e, como era a sargento responsável pelos voluntários, pediram que se juntasse a eles. Ela supôs corretamente que seria a única mulher no encontro. — Oh — ela se virou como se tivesse esquecido de dizer algo. — Você está no acampamento das mulheres. Mandei sua bagagem para lá na noite passada. Alguém vai lhe mostrar onde está. E você precisa voltar a se apresentar ao trabalho no hospital em dez minutos.

— Agora? — Victoria parecia abalada. Ela ficara acordada a noite toda e estava pronta para ir para a cama. Mas não de acordo com a sargento.

— Você vai parar às oito da noite hoje — ela sorriu. — Eu disse a você, Henderson, nós precisamos de sua ajuda aqui. Você pode pôr sua beleza em dia mais tarde. E a propósito — ela olhou para ela com um pouco de severidade, mas seus olhos eram calorosos e preocupados. Victoria ainda não podia acreditar que tinha de voltar ao trabalho. A mulher era uma tirana. Ela preferia poupar suas enfermeiras e usar suas voluntárias. Eles tinham de racionar tudo aqui, até pessoas. — Amarre seu cabelo para trás — disse ela e então desapareceu, enquanto Victoria ficava olhando para ela. Ela tomou outra xícara de café e considerou mais doze horas de trabalho. Perguntou a si mesma se poderia fazê-lo, mas não tinha escolha agora.

— De volta tão cedo? Você deve ter encontrado a sargento Morrison — provocou-a Didier quando a viu novamente. Ele ainda estava trabalhando também, e Victoria vestiu um avental limpo. Amarrou o cabelo para trás, como a sargento Morrison dissera a ela para fazer, e encontrou uma touca esterilizada para colocar sobre ele. As Forças Aliadas mandavam os suprimentos que podiam, mas eles eram pateticamente pequenos comparados às suas necessidades. E então ela voltou para suas obrigações.

As doze horas seguintes foram mais ou menos a mesma coisa, rapazes morrendo, homens gritando, membros cortados, olhos cegos e pulmões cheios de gases venenosos. Desta vez, quando deixou a tenda, ela estava quase caindo. Estava tão cansada que pensou que vomitaria enquanto perguntava a alguém pela tenda das mulheres e, quando chegou lá, nem mesmo procurou por sua maleta. Encontrou a cama mais próxima e deitou-se nela, sentindo como se estivesse morrendo quando adormeceu. Ela nunca ficara tão cansada em toda a sua vida e desta vez nem mesmo sonhou com sua irmã. Ela não se levantou novamente até a tarde seguinte e tomou banho na barraca temporariamente montada para aquilo, lavou seus cabelos e voltou para o refeitório para o que deveria ter sido seu café da manhã, mas era quase o jantar. Era uma gloriosa tarde de maio e ela se sentiu quase humana novamente, enquanto se servia de alguma comida e do café preto e forte para o qual todos pareciam viver. Era como combustível para seus carros, eles não podiam funcionar sem aquilo.

Enquanto comia, ela imaginou quando deveria estar de volta ao hospital. Não tinha idéia de quais seriam seus horários e ninguém dissera a ela. E enquanto ela terminava um prato do familiar cozido, viu Didier e perguntou a ele. Ele estava saindo de trinta e seis horas de trabalho ininterrupto e parecia mesmo ter trabalhado tanto.

— Não acho que você seja esperada de volta até a noite. Os horários devem estar colocados na sua barraca. Morrison achou que você precisava dormir um pouco. Eu acho.

— Você também — disse ela com simpatia, começando a se sentir parte das coisas. Era realmente um sentimento muito bom. — Obrigada, Didier, eu o vejo mais tarde.

— *Salut!* — disse ele, afastando-se com uma caneca de lata cheia de café. Ele sabia que não o manteria acordado, nada o manteria, nem mesmo bombas ou homens com martelos. Ele estava além da exaustão, mas sorriu enquanto saía. Ele gostava dela. Não tinha idéia de por que ela estava ali. Muita gente tinha suas próprias razões e raramente diziam a alguém por que haviam vindo, a menos que se tornassem amigos próximos. Muitas pessoas estavam fugindo de vidas infelizes ou tinham altos ideais. O que quer que os trouxesse até aqui, nunca era a mesma coisa que os mantinha ali.

Ela voltou para a barraca depois daquilo e achou sua tabela de horários. Ela estaria trabalhando novamente em duas horas e deitou-se em seu catre por um tempo, descansando, e depois andou em torno do campo e descobriu onde estavam as coisas. Ela pensou em escrever para Olívia, mas decidiu que não teria tempo antes de voltar ao trabalho. Em vez disso, ela se reportou ao hospital um pouco mais cedo. Não havia rostos familiares lá desta vez, exceto a sargento Morrison, que apareceu um pouco mais tarde para checá-la. Ela pareceu satisfeita ao ver seus cabelos e deu a ela alguns uniformes. Eles pareciam roupas masculinas, exceto por terem uma longa saia. Ela usou um avental branco sobre ele e uma pequena capa com uma cruz vermelha. Também deram a ela uma capa vermelha para quando estivesse frio. Era uma estranha mistura de trajes, mas deixava as pessoas saberem quem ela era e o que fazia, se precisassem de sua ajuda em qualquer lugar. E então a sargento perguntou-lhe como as coisas estavam indo.

— Muito bem, eu acho — disse Victoria cautelosamente. Ela não estava certa de sua competência, mas estava tentando.

— Estou feliz por ouvir isso. Você pode pegar seu cartão de identificação na tenda do comando. Sua estada foi aprovada no encontro de ontem — disse Morrison despreocupadamente. — Acho que você vai se dar muito bem. — Victoria ficou surpresa com o elogio e poucos minutos mais tarde a sargento deixou-a. E ela não teve mais tempo nem para pensar depois disso. Houve uma batalha em Berry au Bac naquela noite, e hordas de homens foram trazidos em macas.

Ela trabalhou quatorze horas seguidas e estava tão cansada e muito debilitada até para comer quando saiu e andou vagarosamente de volta para sua barraca. Era impossível não pensar nos garotos que haviam morrido e, cansada como estava, começou a pensar nas crianças que vira morrer no *Lusitania.* Tudo aquilo parecia tão sem sentido. O sol estava alto no céu, era maio na França, os pássaros estavam cantando e as pessoas estavam morrendo à sua volta. Em vez de entrar, ela andou um pouco mais, passando de sua tenda, até uma pequena clareira, onde se sentou no chão encostada numa árvore e acendeu um cigarro. Precisava apenas estar sozinha com seus próprios pensamentos por alguns minutos. Não estava acostumada a ficar cercada de pessoas o tempo todo, sem nunca ter um momento para si mesma e com tantos pedidos feitos a ela. Não tinha imaginado que seria tão exaustivo. Ela deitou-se contra a árvore, com o cigarro em suas mãos, e seus olhos se fecharam. O sol batia quente em seu rosto, mas ela se sentia com mil anos de idade enquanto ficava sentada ali.

— Você vai ficar bem bronzeada — ouviu uma voz dizer bem em frente a ela —, mas posso pensar em lugares melhores para umas férias. — A voz era francesa e masculina, mas ele falara em inglês. E quando ela abriu seus olhos, de seu ponto de vista no chão, ele pareceu tão grande quanto a árvore em que ela se encostara. Tinha cabelos louro-prateados e em outro lugar e outra época ela o teria achado muito bonito.

— Como você soube que eu falo inglês? — perguntou curiosa, mas sem sorrir.

— Aprovei seus documentos ontem — disse ele, seus olhos encontrando os dela friamente. Ele também não estava sorrindo. Cada um deles estava avaliando o outro. — Reconheci o uniforme e a descrição. — Penny Morrison dissera que havia uma garota americana muito bonita que viera no *Lusitania* e provavelmente ficaria por apenas dez minutos. Mas ele não disse aquilo a Victoria enquanto a observava.

— Devo ficar de pé e bater continência para você? — perguntou Victoria. Ela ainda não sabia o protocolo, mas neste momento eles pareciam mais ser um homem e uma mulher, e não um capitão e uma assistente médica.

Ele sorriu desta vez com sua pergunta.

— Não, a menos que você entre para o exército, e eu acho que você realmente não deveria. Você pode fazer melhor como está fazendo, a menos, é claro, que sinta necessidade de se graduar, e você não é uma enfermeira, acredito, então você seria apenas um soldado raso. Francamente, eu não me incomodaria. — Ele falava inglês perfeitamente e tinha estado em Oxford e Harvard. Parecia mais velho que Charles para ela, embora não estivesse certa do quanto. De fato, ele tinha trinta e nove anos e era muito atraente. E parecia extremamente aristocrático. — Sou o capitão Edouard de Bonneville, a propósito. — Ele estava sorrindo para ela agora e havia uma luz nos olhos dela que não havia estado lá desde que ela deixara Nova York. Victoria quase não tivera ninguém para conversar, exceto *lady* Mackworth no *Lusitania*. Desde então, suas conversas haviam sido puramente superficiais. Mas este homem parecia diferente.

— Você é o comandante aqui? — perguntou. — Suponho que deveria ficar de pé, mas para falar a verdade não estou certa de que minhas pernas me segurariam. — Seus olhos pareciam cansados e seu sorriso, lastimável.

— Há outra vantagem em não estar no exército. Você não precisa ficar de pé e fazer continência ou ficar em posição de atenção. Sugiro veementemente que você não se aliste — provocou ele, sentando-se num tronco, encarando-a — e não, não sou o comandante. Sou o terceiro ou quarto na escala e não tenho qualquer importância.

— De certo modo, se você assinou meus papéis ontem, não estou certa de acreditar nisso.

— É bem próximo à verdade. — Mas não realmente. Ele fora a Saumur, a escola de cavalaria para nobres e cavalheiros, e seguira carreira no exército. E finalmente, se tudo corresse bem, ele seria um general. Mas ele estava bem mais interessado nela do que em sua própria história. Nos últimos dois dias, ele ouvira muitos homens falarem sobre ela, e Penny Morrison estava intrigada com ela. Ela era obviamente bem-nascida e muito jovem e bonita, e ninguém podia imaginar por que ela viera para cá. Parecia a espécie de garota que passava o verão dançando em trajes de cetim e indo a festas. — Ouvi dizer que você veio no *Lusitania* — disse ele, observando seus olhos. Ele pôde ver toda a dor e o sofrimento lá. — Não foi um bom começo para sua viagem, temo... mas novamente — ele sorriu quase sem educação — este também não é um fim muito bom. Você se perdeu no caminho de algum lugar mais agradável ou fez isso a si mesma de propósito? — Ela riu para ele e, sem nem mesmo conhecê-lo, gostou dele. Havia algo muito sincero nele e até mesmo um pouco rígido, e ela gostava.

— Não, eu fiz isso de propósito. Seria muito mais horrível se eu não tivesse feito. — Ela sorriu para ele e então encontrou seu olhar. Seus olhos eram quase exatamente da mesma cor, embora os cabelos dela fossem tão escuros e os dele, claros. Qualquer um que os observasse teria pensado que eles fariam um casal atraente, embora o capitão fosse obviamente bem mais velho. Tecnicamente, embora não facilmente com trinta e nove anos, ele poderia ter sido seu pai. — Por que você fala inglês tão bem?

— Eu estive em Oxford por um ano depois da Sorbonne, e depois, para aperfeiçoar o sotaque — ele sorriu e imitou um sotaque de Boston perfeitamente —, passei um ano em Harvard. Então fui a Saumur, uma escola militar francesa um pouco tola e com muitos cavalos. — Ela amou o jeito com que ele descreveu aquilo. Até ela ouvira falar daquela escola e sabia que era muito famosa. Era o equivalente ao West Point nos Estados Unidos, mas com cavalos. — E agora estou aqui e, francamente — ele acendeu um cigarro também, os dela haviam acabado e ela teria acendido outro —, gostaria de não estar. — Ela riu de sua honestidade. Muitos homens teriam dito a mesma coisa. Era incrível pensar que ela tinha viajado quase cinco mil quilômetros porque queria estar ali. — E se você tivesse qualquer juízo, pegaria um navio, um *americano* desta vez, desde que seu país é sensível o suficente para ficar fora de tudo isso, e voltaria para o lugar de onde veio. Onde é isso, por sinal? — Ele sabia que ela era americana, mas não sabia mais que isso, exceto que seu nome era Olivia Henderson, ou ao menos ele pensava que fosse.

— Nova York — disse ela cautelosamente.

— E você fugiu de pais tiranos? — Ele sabia que ela tinha vinte e dois anos pelo passaporte, mas ainda era jovem o suficiente para morar com eles, ou querer deixá-los, por qualquer razão que fosse. Ou talvez um coração partido a tivesse trazido até ali. Era possível, mas teria sido extremamente imprudente.

— Não — ela sacudiu a cabeça —, tenho um pai muito agradável. Edouard pareceu surpreso com aquilo.

— E ele deixou você vir para cá? Que homem estranho. — Mas Victoria sacudiu a cabeça em resposta. Ela gostava de conversar com ele e da estranha mistura de seu sotaque, muito francês, algo britânico. — Não acho que deixaria minha filha fazer isso, estou certo de que não, se tivesse uma, o que graças a Deus não tenho. — Ela olhou para sua mão e não havia aliança de casamento. Mas também não havia nenhuma na sua, e ela era casada com Charles. Olívia a estava usando por ela.

— Ele não sabe que estou aqui — disse Victoria honestamente. — Ele acha que estou na Califórnia.

— Esta não é uma coisa bonita para se fazer. — Ele olhou para ela com franca desaprovação. E se algo lhe acontecesse? E o navio? — Ninguém sabe que você está aqui? — Ela era muito ousada para uma garota de vinte e dois anos, muito corajosa e muito irresponsável.

— Minha irmã sabe — respondeu ela, voltando a se recostar na árvore. Ela gostava de conversar com ele, mas estava muito cansada. E ainda assim havia algo nele que a fazia querer lhe contar coisas que imaginava que não deveria. Mas ele não podia mandá-la de volta agora. Ela tinha seus papéis. E era maior de vinte e um anos. O que ele poderia fazer para detê-la? — Somos gêmeas — disse ela calmamente.

— Idênticas? — Ele estava totalmente fascinado por ela quando ela assentiu.

— Completamente — disse ela. — Somos gêmeas espelhadas. Tudo o que tenho no lado esquerdo ela tem no direito, e vice-versa. Como esta sarda. — Ela estendeu a mão esquerda para ele, que mal pôde ver a pequena mancha em sua palma, exatamente entre seus dedos. Ele olhou para ela e assentiu. Não tinha nenhuma necessidade real de saber esta informação e seu processo de identificação, já que não as estava vendo juntas, mas podia imaginar que seria um problema e tanto. — Ninguém pode nos diferenciar, exceto a mulher que tomou conta de nós quando éramos pequenas. Nem mesmo nosso pai. — Ela sorriu travessamente, e ele pôde apenas imaginar todo o caos que ela devia ter causado, e tinha de fato causado, com prazer.

— Deve ser bem complicado — disse ele, imaginando aquilo, e então sorriu para ela —, especialmente com os homens, não? Vocês confundiram alguém de suas relações? — Ele era muito esperto, mais até do que sabia, e ela sorriu para ele. Ela não sabia ainda, mas Edouard de Bonneville estava ofuscado por sua beleza. Ele ouvira falar dela e as palavras não haviam sido generosas o suficiente, pelo menos até onde ele achava. Ela era maravilhosa.

— Nós apenas confundimos alguns — confessou ela, parecendo muito inocente, no que ele não acreditou nem por um único momento.

— Pobres-diabos. Que terrível. Estou feliz de não tê-las conhecido juntas, embora deva admitir que gostaria de ter visto isso. Qual é o nome de sua irmã? — perguntou ele, e ela hesitou, mas apenas por um segundo.

— Victoria — disse ela simplesmente.

— Olívia e Victoria. É absolutamente perfeito. Então, Olívia — continuou ele —, você está aqui como um enigma e apenas sua irmã sabe. E quanto tempo você vai ficar conosco? Até o fim? — Ele duvidava. Por que deveria? Ela era obviamente bem-nascida, bem educada, falava bem, era inteligente e muito bonita. Podia ir para casa quando quisesse, e ele estava certo de que ela iria no momento em que se cansasse dos perigos e do desconforto, e aquilo era o que não faltava ali. Ele duvidava que ela ficasse muito tempo.

— Não sei. — Ela olhou para ele honestamente, e seus olhos lhe contaram uma história que ele não entendeu. Talvez ela estivesse fugindo de algo. — Vou ficar o máximo que puder. Depende de minha irmã.

— De sua irmã? — Aquilo o surpreendeu e ele levantou uma sobrancelha e olhou para ela. — Por que dela? — Ela era um ser raro e curioso, e ele adoraria passar o dia com ela, conversando e conhecendo-a melhor.

— Ela está cuidando das coisas para mim.

— Parece complicado — disse ele discretamente.

— E é — assentiu ela com uma estranha expressão nos olhos.

— Talvez um dia você me conte sobre isso. — Ele prometeu acompanhar sua carreira enquanto ela estivesse em Châlons-sur-Marne. Seria interessante, ele tinha certeza.

Ela ficou de pé lentamente e sentiu a mesma dor nos ossos que sentira quando saíra da tenda médica. Victoria não queria deixá-lo, mas sabia que não podia ficar acordada por muito mais tempo. Mas ele a surpreendeu conduzindo-a lentamente para a barraca das mulheres. Ela estava certa de que ele não iria querer ser visto conversando com uma voluntária humilde, mas ainda assim ele não parecia se importar com aquilo.

De fato, ele apareceu freqüentemente durante a semana seguinte no hospital, observando-a enquanto ela se ajoelhava ao lado de alguém vomitando suas entranhas depois de ter sido envenenado pelo gás, ou chorando ao segurá-los enquanto morriam. Ele apareceu no refeitório uma ou duas vezes e tomou café com ela, e uma vez sentou-se com ela tempo suficiente para que Victoria engolisse a comida num intervalo de dez minutos antes que voltasse ao trabalho. Eles conseguiam conversar, apesar dos constantes estrondos das armas a que todos estavam acostumados agora e do ocasional assovio que sempre a lembrava do som do primeiro torpedo que atingira o *Lusitania*. Falavam das nuvens amarelo-esverdeadas dos gases que continuavam a atingir o exército próximo a Dangemarck e dos milhares de homens que estavam sendo mutilados e mortos ou ficando inválidos. E ainda, intercalado com tudo aquilo, eles falavam sobre coisas tolas, como tênis de gramado, embarcações de verão, seu amor pelos cavalos que o levara à cavalaria e o tempo que ele passara em Boston. Acharam até mesmo que tinham alguns conhecidos em comum em Newport. Era muito estranho falar sobre tudo aquilo ali, mas a maior parte do tempo eles falavam apenas sobre o que estavam fazendo dia a dia.

Ele também aparecia para vê-la no acampamento de vez em quando. Ela já estava lá havia um mês quando ele finalmente a convidou para sair. Haveria um pequeno jantar no *château*, oferecido pelo general aos oficiais superiores, e Edouard convidou-a para ir com ele.

— Aqui? — Ela pareceu chocada. Não tinha absolutamente nada para vestir. Perdera tudo no navio e o que comprara em Liverpool era funcional e feio. Tudo o que ela tinha eram seus uniformes e aventais engomados.

— Receio que o Maxim's em Paris esteja fora de questão — Edouard parecia divertir-se. Depois de observá-la usando aventais ensangüentados por um mês e dirigindo ambulâncias para o necrotério provisório atrás das trincheiras, ela subitamente parecia muito mais com uma mulher.

— Não tenho nada para usar a não ser meu uniforme — lamentou ela, feliz por ele tê-la convidado, mas também surpresa. Eles haviam se tornado amigos no último mês, mas nunca lhe ocorrera que ele poderia se sentir atraído por ela. Ele era mais velho, de alta patente, e aquele local dificilmente parecia apropriado para um romance, embora ela soubesse que havia outras pessoas envolvidas amorosamente ali. Em alguns casos, a agonia por toda a parte fazia as pessoas se aproximarem mais; em outros, parecia mais sensato manter distância das pessoas. E ela havia deduzido que Edouard escolhera a segunda opção.

— Eu também não tenho nada para usar, a não ser meu uniforme, Olívia. — Ele parecia divertido. E sempre a fazia sorrir quando dizia o nome de sua irmã. Ela respondia facilmente agora, mas no caso dele realmente parecia como se o estivesse enganando. Ela pensara em contar a ele uma ou duas vezes, mas agora tinha medo de se meter em apuros. Afinal de contas, ela estava viajando numa zona de guerra com o passaporte de outra pessoa. — Será agradável — reassegurou-lhe ele,dizendo que a pegaria às sete, quando ela saísse do trabalho.

Ela sabia que teria de ter permissão especial para sair do trabalho então, mas por fim Didier concordou em cobri-la. Ela disse a ele por que precisaria sair, e ele levantou uma sobrancelha para ela.

— Imaginei quando isso aconteceria — disse ele de maneira aprovadora. No último mês, ele realmente começara a gostar dela. Ela trabalhava duro, era sempre correta com ele e fazia trabalhos extras sempre que necessário, sem um murmúrio de reclamação. Mais do que freqüentemente ela trabalhava além de seu turno e nunca dizia nada sobre isso.

— Nós somos apenas amigos — disse ela, sorrindo de sua insinuação.

— Isso é o que você pensa. Você não conhece os homens franceses. — Didier sorriu para ela.

— Não seja estúpido — disse ela e voltou para sua tenda na noite do jantar para pelo menos vestir um uniforme limpo. Sua única concessão à feminilidade aquela noite foi deixar os cabelos soltos e penteálos rapidamente. Ela não tinha nem mesmo maquiagem. Aquilo também havia afundado com o *Lusitania,* e ela nunca se incomodara em comprar mais depois que a perdera. Na época parecera absolutamente sem importância. Agora parecia uma vergonha.

Edouard pegou-a no acampamento num caminhão e apenas algumas cabeças se voltaram. Todas as outras pessoas estavam ainda no jantar, nas trincheiras ou trabalhando.

— Você parece muito bonita, Olívia — disse ele calorosamente, e ela nem mesmo reagiu ao nome enquanto sorria e agradecia a ele.

— Você gosta de meu vestido? — Ela fingiu enfeitar-se. — Foi feito em Paris. E meu cabelo? — Ela o segurou como uma modelo, enquanto olhava para ele e sorria. — Levei horas para fazê-lo.

— Você é um monstro. Não me espanta que sua família a tenha mandado para cá. Estou certo de que estavam desesperados para se ver livres de você.

— Estavam — disse ela, pensando tristemente em Charles e Geoff. Mas a verdade era que ela não sentia a falta deles. Nem uma vez desde que estava ali.

— Você teve notícias de sua irmã desde que chegou aqui?

— Sim. Duas vezes. E escrevi para ela também, mas minhas cartas parecem tão estranhas. É tão difícil explicar tudo isso a qualquer pessoa que não esteja aqui. Eu mandei as cartas, mas elas soam muito artificiais.

— É difícil entender uma guerra, a menos que você esteja nela — disse ele, enquanto chegavam ao *château.* Ela alisou seu cabelo novamente e subitamente sentiu-se nervosa enquanto entrava ao lado dele. Havia duas outras mulheres lá. A castelã original do *château*, que estava vivendo no campo num pequeno chalé, era uma condessa, velha o suficiente para ser mãe de Victoria e muito agradável e polida. A outra mulher era a esposa de um dos coronéis, que viera de Londres para visitá-lo. Era pouco usual, mas ele não pudera sair durante meses e a deixara vir para vê-lo.

O jantar foi um encontro pequeno e informal, e a princípio a conversa foi em sua maior parte sobre a guerra e sobre a campanha na

Galícia, que havia sido extremamente brutal. Mais de um milhão de poloneses haviam sido mortos no último mês, o que parecia inconcebível para Victoria, embora, se ela parasse para pensar, se daria conta de que provavelmente vira mil homens morrerem desde que chegara lá.

Finalmente, a conversa voltou-se para outros assuntos. O general foi extremamente agradável com ela e todos falavam inglês perfeitamente com ela, embora o francês de Victoria estivesse melhorando. E por volta das dez horas ela e Edouard estavam no caminho de volta para o acampamento. Ele ficara muito orgulhoso dela, mas não disse nada. Podia ver que tanto o general quanto a condessa ficaram impressionados, mas Victoria estava completamente inconsciente daquilo enquanto conversava com Edouard no caminho de volta. Eles podiam ouvir o rumor das armas à distância e os familiares assovios em torno, e ela rezou para que naquela noite pelo menos as vítimas não fossem tantas.

— Onde isso tudo vai terminar? — perguntou Victoria calmamente, enquanto Edouard parava o carro pouco antes de chegarem às barracas. Não havia mais nenhum lugar para eles irem. O refeitório estava cheio de gente a qualquer hora, e não havia privacidade para nenhum deles em lugar algum. Era difícil encontrar algum lugar para conversas calmas, e a maior parte do tempo eles estavam cercados de gente. Mas apenas desta vez ele queria estar sozinho com ela; havia algumas coisas que ele queria dizer a ela.

— Guerras nunca nos levam a um lugar melhor — disse ele filosoficamente. — Olhando para trás na história, para todo o caminho de volta até a Guerra Púnica, todo mundo perde no final.

— Por que nós não vamos até lá e dizemos isso a eles? — Ela sorriu para ele, enquanto Edouard lhe oferecia um cigarro, que ela aceitou. Victoria estava fumando Gitanes agora. — Nós podíamos economizar muitos problemas para todo mundo.

— Não se esqueça, eles sempre matam o mensageiro — disse ele, acendendo seu cigarro com um isqueiro de ouro. — Tive bons momentos esta noite — disse Edouard, olhando para ela e imaginando o que ela deixara para trás em Nova York. Era difícil acreditar que

Victoria não deixara um rastro de corações partidos, e contudo, no último mês, como ele observara cuidadosamente, ela parecera sempre muito pouco sobrecarregada. — Você é uma companhia muito boa, Olívia. Gostaria de repetir isso um dia desses — disse ele, desejando que estivessem de volta a Paris. A vida teria sido muito diferente lá. Ele poderia ter feito tantas coisas com ela, levá-la a seu *château* em Chinon, a caçadas em Dordogne, apresentá-la a todos os seus amigos, passado algum tempo no sul da França. Teria sido o paraíso. Mas tudo o que tinham agora eram as trincheiras entre Streenstraat e Poelcapelle e homens morrendo com fosgênio. Não era muito adequado para se fazer a corte.

— Também tive bons momentos — disse ela com simplicidade, saboreando o cigarro francês e a companhia dele. Ela gostava de estar com ele. — O general é muito especial. — Ela sorriu para Edouard, que pegou sua mão e beijou-a.

— Você também. — E então ele gentilmente largou sua mão, sem certeza de como ela reagiria ao que ele tinha a dizer. — Há algo que quero dizer a você, Olívia. Não quero que haja mal-entendidos entre nós. — Mas quando ele disse as palavras, ela sentiu uma dor familiar em seu coração, onde ele já fora ferido antes, e pôde sentir todo o seu corpo se enrijecer.

Ela disse a ele, sem esperar que ele a destruísse. Ela jamais deixaria isso acontecer com ela novamente. Ela sabia que se defenderia de todos os homens para sempre.

— Você é casado — disse ela, inteiramente sem emoção, seus olhos procurando os dele, seu coração completamente protegido dele.

— O que faz você dizer isso? — Ele estava totalmente surpreso. Ela era mais esperta do que ele se dera conta e imaginou o que acontecera a ela. Ele pôde ver a dor em seus olhos agora, era brutal e ainda muito viva.

— Eu simplesmente soube. Não antes... mas quando você disse aquilo. O que mais há por aí?

— Oh... muitas coisas... as pessoas carregam todo tipo de bagagem com elas. Esta é a minha. Não é um casamento de verdade — disse ele, e ela o interrompeu duramente.

— Não, claro que não, é um casamento sem amor. Você nunca devia ter se casado com ela e vai deixá-la após a guerra, ou então novamente você não deve... — Sua voz sumiu e havia algo muito ferido em seus olhos enquanto ela olhava para fora da janela, para longe dele.

— Não exatamente. Ela me deixou cinco anos atrás. E sim, era um casamento sem amor. Para ambos. Não estou nem certo de onde ela está agora. Na Suíça, provavelmente. Ela fugiu com meu melhor amigo. Mas francamente, foi um alívio. Nós ficamos casados por três anos e odiávamos um ao outro. Mas eu não posso me divorciar, este é um país católico. E eu queria que você soubesse disso. Isso faz supor muitas coisas, todas elas absurdas, estou certo, mas eu não quis esperar mais para contar a você. Até onde interessa à lei e à igreja, eu sou casado. O resto é, infelizmente, um pouco mais incerto. — Ela se virou para olhar para ele, surpresa. A história era um pouco diferente do que ela havia esperado. Ou talvez fosse tudo a mesma coisa, e esta fosse a versão francesa. Ela não estava certa se devia ou não acreditar nele e mostrou sua incerteza enquanto olhava para ele.

— Ela o deixou? — Ela parecia muito jovem ao perguntar, e ele sorriu de sua expressão cautelosa.

Ele assentiu, parecendo bastante calmo. Fora muito tempo atrás e houvera uma ou duas mulheres interessantes desde então, mas nada permanente e nenhuma nos últimos tempos. Não no último ano.

— Quase seis anos atrás — explicou ele. — Eu podia dizer a você que ela partiu meu coração, para ganhar sua simpatia, mas receio que não possa. Foi um enorme alívio quando ela partiu. Eu devo minha vida a Georges por isso. Um dia terei de agradecer a ele adequadamente. O pobre-diabo provavelmente sempre se sentiu culpado. — Ele estava sorrindo, e ela teve de rir com sua expressão.

— Por que você a odiava tanto?

— Porque ela era mimada, difícil e quase insuportável, e realmente muito indecente. Ela era a mulher mais egoísta que jamais viveu e era impossível de se conviver.

— Por que você se casou com ela? Ela é muito bonita? — Victoria estava mais curiosa sobre ele do que teria admitido naquele momento. Mas ele era um homem intrigante.

— Muito bonita — disse ele honestamente. Ele sempre havia tido um fraco pela beleza. — Mas não foi isso. Ao menos eu espero que não. Ela estava noiva de meu irmão e, desafortunadamente, ele morreu num acidente de caça. Eles se casariam em poucas semanas e ele fora estúpido o suficiente para engravidá-la — ele olhou para ela com ar de desculpas —, sinto muito, estive no *front* por muito tempo, não devia ter dito isso. — Mas ela apenas acenou com a mão e pegou outro de seus cigarros, enquanto o escutava com interesse. Não soava inteiramente diferente de sua própria história. — De qualquer maneira, fiz o que pensei que era mais nobre. Coloquei-me no lugar dele e a desposei. Ela abortou três semanas mais tarde, ou pelo menos foi o que disse. Realmente não estou nem mesmo convencido de que ela estivesse grávida. Acho que ela o enganou, e ele foi ingênuo o suficiente para acreditar nela. E, francamente, acho que se ele se tivesse casado com ela, a teria matado. Ele não era tão paciente como eu sou.

"Três anos mais tarde, ela partiu com Georges, depois de ter um caso com ele por cerca de um ano, os dois seguros de que eu não sabia. Acredito que houve dois ou três antes dele. E agora eles se foram e minha vida é maravilhosamente pacífica. O único problema é que, a menos que Georges se torne muito rico, o que eu duvido, já que ele não é muito brilhante, ou que ela conheça alguém mais, ela não vai se divorciar de mim. Eu poderia dar uma larga quantia em dinheiro para ela, e tentei fazê-lo, mas por enquanto ela prefere o título.

— Título? — Victoria levantou uma sobrancelha, e ele tocou levemente sua mão, como se quisesse espanar a palavra como uma teia de aranha.

— Ela é uma baronesa agora, infelizmente. Não teria sido nada se tivesse se casado com meu irmão. Ele era o filho mais novo. E eu receio que Heloise seja fã de títulos. O que precisamos agora é de um melhor. Como um marquês ou um visconde. — Ele achava muita graça naquilo, e ela sorriu para ele. Era tudo bem menos assustador do que quando ele falara da primeira vez. Mas agora ele olhou para ela na escuridão. Seus olhos já haviam há muito se acostumado a ela, e ele vira tudo o que se passara em seu rosto quando ele começara a falar. — E agora você deve me contar sobre o homem que partiu seu coração. Acredito que toquei num ponto nervoso quando disse casamento "sem amor". Você quer me contar sobre isso? — perguntou ele gentilmente, e desta vez ele procurou sua mão e segurou-a. Ele estava aliviado por ter dito a ela o que devia. Não queria dar a ninguém a ilusão de que era livre para se casar, porque não era. Estava livre, mas não para um casamento. E até conhecê-la, nunca se importara. Sentia apenas por não ter tido filhos em alguma época, mas o pensamento de tê-los com Heloise lhe fazia ter pesadelos.

— Não há muito a dizer — mentiu Victoria polidamente a princípio. — Não é realmente muito importante.

— Importante o suficiente para vir para cá por causa disso? — perguntou ele gentilmente. — Ou foi algo mais?

— Foram muitas coisas — disse ela honestamente, agora se sentindo obrigada a contar algo a ele, já que fora tão honesto, ou ao menos ela achava que havia sido. Mas sua história tinha o toque da verdade e a espécie de coisas estúpidas em que ela mesma podia ter se metido. — Sim, houve alguém — disse ela finalmente. — Eu era muito jovem e muito estúpida. Foi há dois anos. Eu tinha vinte anos. E era incrivelmente ingênua. Realmente — ela pareceu um pouco embaraçada, e ele sorriu, encorajando-a — soa tão sem importância agora. Na época parecia monumental de tão importante. Eu me apaixonei, e ele me tirou do sério. Fiz coisas muito irresponsáveis num período muito curto. Estávamos visitando Nova York por dois meses, e ele era mais velho e muito charmoso... e muito bem casado... ele tinha três crianças. Mas ele me disse que odiava sua esposa, que eles não tinham nada mais que um arranjo, que não era um casamento de verdade e que estava planejando deixá-la a qualquer momento. Eles se divorciariam e, se eu esperasse pacientemente, claro que nos casaríamos. E é claro... era tudo tolice... Eu... eu... — Ela não conseguia dizer a ele, era muito embaraçoso mesmo depois de tudo o que ele lhe contara. — Eu acreditei no que ele disse — e então ela forçou-se a dizê-lo — e fiquei muito apaixonada por ele. Eu... eu comprometi minha reputação e alguém contou a meu pai. Meu pai o confrontou, e ele disse — seus olhos endureceram neste ponto, enquanto Edouard a observava —, ele disse que *eu* o havia seduzido. Ele me rejeitou completamente, negou que jamais tivesse feito qualquer promessa, até me disse que nunca tivera a intenção de deixar sua mulher, pois na verdade ela estava grávida. — E então ela decidiu que se ia chocá-lo, agora era a hora. Ela não tinha nada mais a perder, e se ele contasse a qualquer pessoa, ela o odiaria. — Sua esposa ia ter um bebê — disse ela suavemente —, e eu também. Nós voltamos para Croton-on-Hudson, onde vivemos, caí do cavalo e perdi o neném poucas semanas mais tarde. Tive de ir para o hospital e acho que quase morri. Perdi muito sangue, mas estava tudo acabado. Meu pai fez o maior alvoroço. Disse que todos em Nova York estavam falando de mim. O homem por quem eu me apaixonara estivera contando às pessoas o que eu fizera. Suponho que ele pensou que era muito engraçado, mas meu pai disse que eu tinha de fazer algo para recuperar minha reputação, assim como a dele e a de minha irmã. Ele disse que eu havia colocado todos em risco pelo que havia feito e que nunca poderíamos botar os pés para fora de casa novamente. Esse tipo de coisa — disse Victoria e suspirou enquanto olhava pela janela, lembrando o quanto fora horrível e o quanto ela se sentira desesperada quando ele lhe dissera aquilo. E então ela se voltou para Edouard com um sorriso triste. — Então ele me forçou a casar com um de seus advogados. Ele disse que eu não tinha escolha. Eu *devia* isso a ele. E eu acreditei. Antes eu costumava pensar que nunca ia querer me casar. Apenas queria ser uma sufragista, fazer greves de fome, ir para a cadeia e ser presa — disse ela, seus olhos novamente iluminados, e Edouard sorriu com uma expressão interessada.

— Esta certamente seria uma alternativa, embora eu não necessariamente a recomendasse. — Ele colocou as mãos dela em seus lábios e beijou seus dedos. — Não imagino que você fosse fácil de controlar dois anos atrás, ou talvez não seja nunca.

Ela sorriu para ele, confirmando aquela possibilidade.

— Talvez não. De qualquer forma, eu o fiz. Casei-me com ele. Ele era viúvo e tinha um filho. Sua esposa morrera no *Titanic* e ele queria uma mãe para seu filho.

— E você foi? — perguntou ele ainda com mais interesse. Certamente havia muito mais sobre ela do que ele havia esperado. Mas ela não viera para cá sem razão.

— Não — respondeu ela honestamente. — Eu não fui uma mãe para ele, nem uma esposa para Charles. O garoto me odiava e acredito que o pai também. Eu era tudo o que sua esposa não era. E ele não era... o tipo de homem por quem eu me apaixonaria. Eu não podia ser quem ele queria que eu fosse, fazer o que ele queria que eu fizesse. Eu odiava tudo aquilo e eu o odiava... — Sua voz sumiu, enquanto Edouard a observava. — Não sentia nada por ele — disse ela tristemente —, e ele sabia.

— Ele também é um homem mau?

— Não. — Seus olhos se encheram de lágrimas enquanto sacudia a cabeça e olhava para ele. — Não... ele não é. Eu apenas não o amava. — Aquilo era tudo, ela nunca o amara e nunca o amaria, e Edouard entendia aquilo.

— E onde está ele agora? — perguntou Edouard suavemente. Ele não era o único que estava enrolado.

— Em Nova York — sussurrou ela.

— E você ainda está casada com ele, eu presumo. — Ele parecia desapontado. Isso não era o que ele esperava.

— Sim, estou. — Ela olhou para ele com olhos grandes e tristes.

— Talvez ele a ame mais do que você pensa, se ele a deixou vir pra cá. — Era algo generoso de se fazer, e Edouard admirou-o por isso. Ele sabia que não poderia ter feito isso com sua própria esposa, não importa o quanto ela fosse independente ou teimosa.

Mas então ela o surpreendeu ainda mais.

— Ele não sabe que estou aqui — disse ela suavemente, sabendo que tinha de contar tudo a ele. Não havia volta agora, quaisquer que fossem os perigos. Ela tinha de confiar nele. Queria confiar. Pela primeira vez em dois anos, ela confiava num homem. E sabia que este homem não a machucaria.

— Onde ele pensa que você está? — perguntou ele horrorizado, e ela subitamente riu para ele. Era realmente horrível, mas subitamente ela achou tudo aquilo muito engraçado. Era tão engraçado que ela nem sabia como começar a explicar.

— Ele pensa que estou em casa com ele.

— O que você quer dizer com isso, por Deus? — Ele pareceu totalmente confuso e então olhou para ela, a boca aberta de espanto. — Oh, meu Deus... sua irmã... é isso? Ele pensa...

— Espero que sim.

— Você trocou de lugar com sua irmã? — Ele parecia apavorado, e ela de repente sentiu medo de que ele a expusesse. Afinal de contas, ele tinha o endereço de sua casa em seu passaporte. E se escrevesse para eles e contasse tudo? — Não posso acreditar que você tenha feito uma coisa dessas, mas certamente... mas... um homem e uma mulher... um marido e uma esposa...

— Nós paramos com isso logo no começo. Era horrível, tudo o que odiávamos um no outro estava lá entre nós, como uma rocha que nos impedia de chegar perto um do outro. Tudo o que ela tem de ser é sua dona de casa, e ele jamais saberá a diferença.

— Você tem certeza disso? — Ele olhou para ela ainda espantado pela audácia do que ela fizera para chegar até ali.

— Absolutamente, ou eu jamais pediria a ela para fazê-lo. Ela é muito doce e meiga e todas as coisas que não sou, e o garoto a adora.

— Ele vai saber?

— Não acho. Não se ela for cuidadosa.

Ele se encostou novamente no banco do carro, tentando assimilar o que ela lhe contara.

— Você certamente deixou uma confusão daquelas atrás de você, não, Olívia?

— Victoria — sussurrou ela.

— Victoria? Mas seu passaporte...

— É de minha irmã.

— Oh, sua bruxa, é claro... até seus nomes devem ter sido trocados... pobre homem, como eu tenho piedade dele... como ele vai se sentir quando você contar a ele, ou você não vai contar? — Talvez ela apenas fosse deslizar novamente para dentro de sua vida quando estivesse cheia da guerra, mas Edouard queria saber aquilo agora também. E ele esperava ter o direito.

— Terei de contar tudo a ele quando voltar. Pensei em contar por carta, mas isso parece muito covarde e não é justo com Olívia. Pensei sobre isso desde que parti, e sei o que tenho de fazer. Não posso voltar para ele novamente. Vou voltar para casa um dia, mas não para ele. Simplesmente não posso, Edouard. Não o amo. Em primeiro lugar, foi errado fazer isso. Eu nunca deveria ter deixado meu pai me forçar a fazê-lo, mas eu pensei que ele sabia o que era melhor. Talvez algumas pessoas possam viver assim, mas eu não posso. Vou voltar e viver com minha irmã. Ou talvez eu vá ficar aqui. Eu simplesmente não sei ainda. Mas vou pedir o divórcio a ele.

— E se ele não quiser? — perguntou Edouard com curiosidade.

— Então vou viver longe dele e continuar legalmente casada — disse ela, filosoficamente. — Não me importo de verdade, e é exatamente por isso que não tenho de voltar para ele. E não vou voltar. Ele merece mais do que isso também. Ele deveria ter se casado com Olívia. Ela teria sido perfeita para ele.

— Talvez ele se apaixone por ela enquanto você está aqui — disse ele, divertindo-se com o lado cômico daquilo, e definitivamente havia um. Era como Racine ou Molière, uma farsa francesa das melhores. O mais espantoso era que ela realmente tinha feito aquilo. Ela era muito corajosa e quase ultrajante.

— Não acho que eles vão se apaixonar. Olívia é muito certinha. Coitada, não pode ser muito divertido para ela tomar conta deles e fingir ser eu. Ela foi um anjo por fazer isso. Eu disse a ela que morreria se ela não trocasse comigo por um tempo. Nós costumávamos fazer isso quando éramos crianças. Ela estava sempre me tirando das confusões. — Victoria sorriu, pensando em Olívia, e Edouard pôde apenas sorrir de espanto com a história que ela lhe contara.

— E você — disse ele explicitamente — não é um anjo, mas um demônio, senhorita Victoria Henderson. Que coisa terrível de se fazer — mas ele realmente estava se divertindo com aquilo, era tão ousado. E então ele pensou em algo que tinha se esquecido de perguntar e ela não lhe dissera. — Quanto tempo ela deu a você?

Victoria hesitou antes de responder, seus olhos se arregalaram ao encontrar os olhos azuis dele, cheios de perguntas.

— Três meses — disse ela calmamente.

— E você já partiu há um mês, não?

— Cinco semanas — respondeu ela.

— Isso não nos dá muito tempo, não é? — Mas ambos sabiam que nada na vida era certo, que estavam em tempos incertos, num lugar onde nada significava nada por uma hora, um dia ou um simples momento. — Como você se sente sobre passar seu tempo com um homem casado? — perguntou ele honestamente.

Ela sorriu para ele.

— Como você se sente sobre passar seu tempo com uma mulher casada?

— Eu diria que merecemos um ao outro, minha querida... você não? — Na verdade, ambos mereciam muito mais do que haviam tido e, sem dizer mais nada, ele inclinou-se no assento, puxou-a para seus braços e beijou-a.

Capítulo 25

Embora Olívia tivesse prometido ficar com seu pai em Croton em junho, achou que quando chegasse a hora de ir, não conseguiria deixar Charles e Geoffrey. Suas vidas haviam mudado inteiramente nas últimas semanas. Desde que a procurara na noite em que Olívia descobrira que sua irmã estava viva, Charles mal conseguia manter-se longe dela. Sua vida se transformara na lua-de-mel que nunca haviam tido e, em vez de se afastar de Charles, Olívia sentia-se ainda mais próxima a ele. Era tudo o que ela sempre sonhara. O único problema era que tudo o que tinha agora era emprestado de sua irmã. Seu marido, o filho dele, até mesmo seu anel de casamento eram na verdade de Victoria, mas tudo o que ela podia fazer agora era tratá-los com carinho e dar todo o amor que tinha ao marido de sua irmã e ao filho adotivo. Ela dizia a si mesma que o que quer que estivesse dando a eles seria creditado a Victoria no fim das contas, então, num certo aspecto, este era o último presente que podia dar a ela. Mas em outras ocasiões ela sabia o quanto aquilo era errado e se consumia de culpa até que ele se virasse para ela e a tomasse nos braços novamente, ou a alcançasse na cama à noite e a tocasse. Sua paixão havia atingido alturas que ele nunca conhecera e nunca suspeitara, por nenhum instante, de que Victoria fosse capaz, mesmo no início. Sua sensualidade era diferente do que parecera a princípio. Ela não era tão selvagem ou tão incontrolável quanto ele a princípio achara. Em vez disso, suas emoções pareciam ser profundas, e ela lhe revelava sua alma exatamente como ele temera que Olívia pudesse fazer quando se conheceram. De certa forma, era um alívio não ter de encará-la agora. Seus sentimentos por ela sempre haviam sido confusos. Mas ele não estava mais confuso sobre nada, exceto sobre sair ou não para o escritório de manhã.

Eles riam como crianças enquanto se esforçavam para deixar a cama e voltavam correndo para ela à noite, prontos para o frescor da paixão. Na verdade, ultimamente eles estavam indo para a cama cada vez mais cedo, até que tiveram de forçar-se a pelo menos ficar até a hora de Geoffrey dormir.

— Nós somos terríveis. — Olívia sorriu sem saída uma manhã, enquanto Charles a seguia por toda parte até o banheiro e depois até a banheira. — Isso é obsceno — disse ela, sem qualquer convicção, enquanto ele a tocava suavemente embaixo da água quente. Ela gemeu enquanto se deitava lá com ele, e seus olhos estavam quase vidrados meia hora mais tarde, quando preparava seu café da manhã e ele deu um tapinha brincalhão em seu traseiro quando saiu. Mas quando a casa ficou silenciosa novamente, Olívia ficou quieta na sala de estar, imaginando como ela um dia poderia deixá-lo. Eles ainda tinham dois meses antes que Victoria voltasse para casa novamente e o reivindicasse. E a parte terrível daquilo era que agora ela não tinha mais dúvida de que sua irmã não o amava. As histórias a que ele se referira, os comentários que fizera e as coisas que ela colhera de Geoff disseram a ela exatamente o que Victoria já lhe dissera, que seu casamento simplesmente não existia. O único problema era que ele era real e os amarrava, e Charles não tinha a menor idéia de que ela não era sua irmã. E no fim de tudo Victoria voltaria para ele, e inevitavelmente ele saberia o que acontecera. Olívia não tinha idéia de como resolver o problema. E tudo o que ela podia fazer enquanto isso era ficar com ele, dar toda a sua atenção a ele e a Geoff e amá-los.

E Charles pensava que havia morrido e ido para o paraíso. O que ele tinha com sua esposa agora era o que esperava ter quando se casara com ela, e mais até do que jamais tivera com Susan, embora ele ainda tivesse medo de admitir.

— Levou apenas um ano para conseguirmos nos ajustar — disse ele uma noite, provocando-a depois de terem feito amor, enquanto ficavam deitados nos braços um do outro. — Não foi muito tempo, foi?

— Foi muito tempo — disse Olívia honestamente, e ele se virou e olhou para ela.

— O que você acha que aconteceu para mudar tudo? — Quando olhou dentro dos olhos dela, viu algo que de certa forma o aterrorizava; era algo tão aberto, tão querido, as portas de seu coração ficavam totalmente abertas, e ele rolou sobre o próprio corpo e afastou-se dela, olhando para o teto. — Suponho que deveria apenas agradecer e não fazer muitas perguntas aos deuses. — Quando ele disse aquilo, Olívia teve uma sensação estranha, quase como se ele soubesse sem saber. Mas ele adormeceu pacificamente pouco depois e nunca questionou nada, mesmo quando ela não se lembrava de pequenos detalhes que deveria saber, como onde ele guardava suas contas ou suas ferramentas. Até Geoff perdia a paciência com ela às vezes por causa disso. Mas ela estava de tão bom humor atualmente, que ele não queria fazer muitas perguntas.

Eles partiram para Croton-on-Hudson, enquanto Olívia lutava contra as lágrimas, assim que Geoffrey terminou a escola, no fim da primeira semana de junho, e Charles prometeu subir todos os fins de semana. Ele manteve a palavra e ficou até tarde na noite de seu aniversário de casamento, que caiu num domingo naquele ano. Ele decidira não trabalhar no dia seguinte e ficar em Croton a noite toda para celebrar o aniversário com ela. Edward estava satisfeito de vê-los tão felizes também. Era óbvio para todos, incluindo Bertie, que mais de uma vez olhou para Olívia com suspeita.

— Você deve estar querendo alguma coisa dele, como uma casa nova e grande — provocou-a Bertie naquela tarde, por ela estar sendo tão doce com ele, mas ambas sabiam que Victoria herdaria a casa na cidade, já que vivia em Nova York agora. E Olívia herdaria Henderson Manor, embora ela detestasse pensar naquilo. Mas a saúde de seu pai não estivera nada bem no último ano, e desde o desaparecimento de Victoria piorara como nunca. Mas ele parecia estar passando por uma calmaria nos últimos dias. Seus pulmões estavam limpos, seu humor estava bom e ele abriu uma garrafa de champanhe para comemorar o aniversário deles naquela noite. Então, como normalmente fazia de qualquer forma, foi para a cama mais cedo

Geoffrey estava dormindo no antigo quarto de Olívia, como sempre fazia agora, e ainda machucava Olívia entrar lá. Apenas ver a cama que ela partilhara com a irmã por vinte e um anos sempre a fazia sentir falta dela. Ela recebera duas cartas, que Victoria mandara para a casa da Quinta Avenida, como dissera que faria, e tudo o que sabia era que ela estava em Châlons-sur-Marne, trabalhando em um hospital de campo e cuidando de soldados moribundos. Soava desgostoso para Olívia. Aquilo certamente não eram férias, particularmente depois da maneira como começara, mas era óbvio, por tudo o que ela dizia, que Victoria amava estar lá. E não importa quais fossem suas razões, da mesma maneira que Olívia sentia falta de sua irmã gêmea, também tinha de admitir secretamente que estava feliz por ela ter ido embora, mesmo que por pouco tempo. Isso dava a ela aqueles preciosos momentos com Geoff e Charles, e naquela noite de seu aniversário fizeram amor com uma ternura especial.

Mais tarde ele fez referência ao tempo que passaram no *Aquatania* no ano anterior e o quanto fora solitário e desapontador para ambos. O coração de Olívia transbordou de amor por ele, enquanto fingia se lembrar ou pelo menos saber do que ele estava falando, mas ela não sabia. Tudo o que pôde colher do que ele disse foi o quanto os dois foram infelizes. Por fim eles fizeram amor novamente, e desta vez pareceu um pouco diferente. Ela sentiu seus corações e almas se fundirem como nunca antes acontecera, mesmo nas últimas semanas com ele. Mais tarde, enquanto ela se deitava ao seu lado, usando os anéis de Victoria, sentiu-se verdadeiramente casada.

Foi como se ele sentisse algo diferente também, pois falava com ela de maneira diferente agora. Tudo entre eles parecia mais íntimo agora que haviam entrado numa união mais física e no dia seguinte, na hora de partir, ele quase teve de se obrigar a ir embora. Não podia tirar os olhos de seu rosto e quase deu a volta e retornou assim que chegou a Newburg. Ele teve de rir de si mesmo no fim e escreveu para ela naquela noite, apenas para dizer o que ela passara a significar para ele agora e o quanto a amava. Olívia chorou quando recebeu sua carta. Nunca imaginara que a vida pudesse ser tão perfeita.

Olívia cavalgou com Geoff em Croton quase todos os dias. Seu estilo havia melhorado consideravelmente, e ela o estava treinando em saltos que seu pai temia serem muito altos para ele, mas Olívia o observava cuidadosamente e Geoff era capaz de fazê-lo. Ele estava surpreso por ela cavalgar tanto com ele agora, pois sabia que a madrasta não gostava de cavalos tanto quanto sua irmã. Mas ela mudara muito nos últimos dois meses, e ele queria acreditar que Victoria estava fazendo um esforço. Ela lembrava muito mais Olívia atualmente, mas ainda tinha seus humores também. E de vez em quando Olívia ainda tomava atitudes um pouco ásperas com ambos, para que eles jamais suspeitassem de seu engodo. A única diferença entre ela e sua irmã era que Olívia ficava consumida de culpa no momento em que o fazia. E passava o resto do dia fazendo as pazes com eles, com gestos gentis e palavras calorosas. Na verdade Geoff quase gostava daquilo. Ele gostava de passar o tempo com a madrasta agora, embora ainda estivesse sofrendo pelo choque do desaparecimento de Olívia. Ele falava sobre isso de vez em quando, mas era óbvio para ela que a dor daquilo ainda era colocada ao lado da perda de sua mãe. E ela se sentia péssima com isso, mas não havia nada que pudesse fazer para mudar aquilo, exceto amá-lo, e ela o fazia mais que nunca.

Charles foi obrigado a passar a última semana de junho com eles e, na véspera de sua chegada, Olívia e Geoff estavam cavalgando como sempre. Já estavam no caminho de casa quando ela saltou sobre um pequeno riacho e sua égua perdeu o equilíbrio. A égua tropeçou e Olívia não caiu, mas o animal pareceu ficar um pouco manco depois daquilo. Assim, Olívia desmontou e levou a égua a pé para casa, com Geoff perto dela, montado em seu próprio cavalo. Quando voltaram ao estábulo, ela encontrou uma grande pedra enfiada no casco da égua e pegou uma picareta afiada para tirá-la, mas um súbito movimento de outra égua assustou-a e ao cavalo, que se movimentou tentando sair, enquanto a picareta entrava na mão direita de Olívia, entre seus dedos. Havia sangue por toda parte, e um garoto do estábulo correu para pegar uma toalha, enquanto Robert, o velho cocheiro, pegou o cavalo e tirou a pedra de seu casco. Geoff estava à beira das lágrimas quando saíram rapidamente e Olívia segurou a mão sob a torneira para limpá-la.

— Deve precisar de um ponto ou dois, senhorita Victoria — disse um dos cocheiros com preocupação, mas ela corajosamente insistiu que não precisava. Estava se sentindo um pouco frágil por causa da dor e da visão de tanto sangue, e Geoff foi buscar um caixote para que se sentasse.

— Você está bem, Victoria? — perguntou ele nervosamente. Aquilo o fazia sentir-se um pouco enjoado também, e ele olhou para outro lado enquanto o sangue fluía livremente na água fria.

— Estou bem — disse ela, agradecida pela caixa para se sentar, enquanto colocava a cabeça para baixo e tentava clareá-la. Geoff estava segurando uma toalha limpa para ela, e quando Olívia finalmente achou que tinha jogado água suficiente sobre o ferimento, segurou a mão para ele e deixou-o brincar de médico. — Amarre com força, por favor — disse ela, incapaz de fazê-lo sozinha com apenas uma das mãos. Mas qando ele olhou para sua mão direita, engasgou e olhou para ela. Todo o seu mundo havia subitamente virado de cabeça para baixo. Ela nem mesmo pensara naquilo. Mas ele vira a sarda e agora sabia exatamente quem ela era e quem ela não era.

— Tia Ollie — sussurrou ele, incapaz de acreditar e olhando novamente para a sarda, incrédulo. Ele soubera que havia algo diferente nela, mas jamais imaginaria que elas pudessem ter trocado de lugar, não por tanto tempo. — Onde está... — começou a perguntar, quando Robert, o cocheiro, se aproximou deles.

— Como está? — perguntou ele, preocupado. — Devo chamar o velho doutor?

— Não, está tudo bem — disse ela, com medo agora de que ele pudesse ver também. Talvez ele soubesse a diferença entre elas. E Bertie saberia com certeza. Ela não podia mostrar para ninguém agora. Sabia disso. — Vou ficar bem. Apenas me assustou.

— Foi bom que não tenha entrado bem no meio de sua mão, senhorita Victoria — disse ele, sacudindo a cabeça. — Tome conta direito disso agora. Mantenha limpo. Cubra-o bem — disse ele a Geoffrey, que estava amarrando a atadura bem apertada, como se estivesse ansioso para esconder algo na mão de sua madrasta. Mas assim que ficaram sozinhos novamente, ele estava sorrindo. Ela estava de volta. Ele nunca a perdera, afinal de contas. Olívia pensou que nunca vira uma criança iluminar-se como ele e pegou-o em seus braços e o abraçou.

— Eu disse que jamais o deixaria — sussurrou ela em seu cabelo.

— Papai sabe? — Ele parecia totalmente confuso agora, enquanto ela sacudia a cabeça e olhava para ele.

— Ninguém sabe, Geoff. Exceto você agora. Você não pode dizer a ninguém. Você tem que jurar. Nem mesmo a seu pai.

— Eu prometo. — E ela sabia que ele falava sério. O castigo poderia ser a volta de sua madrasta de verdade, e ele não queria aquilo de forma alguma. Não que ela fosse particularmente ruim com ele, apenas não gostava dela. E ela não era Ollie. E então ele pensou em algo.

— Papai vai ficar nervoso quando descobrir?

— Acho que sim — disse ela com honestidade. Não queria mentir para o garoto mais do que já tinha feito.

— Ele vai mandar você embora de novo?

— Não sei. Nós temos apenas que ficar bem calados sobre isso, eu e você, e aproveitar enquanto pudermos. E eu falo sério, Geoff, você não pode contar a ninguém. — Seus olhos imploravam a ele para acreditar nela.

— Eu não vou contar. — Ele pareceu insultado por ela repetir aquilo. Então colocou um braço em torno da cintura de Olívia e andaram de volta para a casa, com sua mão amarrada e seu segredo.

Capítulo 26

Charles passou a última semana de junho em Croton com ela e Geoff, como dissera que faria. Sua mão já estava boa novamente e Geoff cumpriu sua palavra. Ele não disse nem um sussurro sobre o que vira em sua mão naquele dia e nada em seu comportamento sugeria que ele tinha um segredo. Olívia ficara preocupada com aquilo por alguns dias, mas finalmente relaxou e, na época em que deixaram Croton, tudo estava bem novamente. Seu pai parecia melhor, Bertie estava triste por vê-los partir, e os três Dawson estavam excitados para irem para o litoral. Charles alugara um chalé para eles em Newport, Rhode Island.

Como sempre, os Goelet estavam lá naquele ano, e os Vanderbilt também. Quase todas as noites havia festas nas grandes casas que eram modestamente chamadas "chalés", e o tempo estava fabuloso. Geoff adorava nadar com ela, e Charles estava mais feliz do que nunca. Ele caçou-a pela praia mais de uma vez e eles riam como crianças.

E no Quatro de Julho ficaram na praia para ver os fogos do clube. A casa que haviam alugado era muito boa e confortável, e depois de passar todo o mês de julho com eles, Charles voltou para a cidade no dia 1º de agosto. Como fizera em Croton, em junho, ele voltaria nos fins de semana. E na sexta-feira à tarde Olívia mal podia esperar para vê-lo. Ela ficara sozinha com Geoff durante a semana e, mesmo quando estavam sozinhos, ele nunca a chamava de Olívia ou falava sobre seu segredo. Ele sabia que era uma coisa indizível, que nunca poderia ser mencionada novamente, e era crescido o suficiente, aos onze anos, para entender isso.

Eles saíram para longas caminhadas na praia, tomaram chá com amigos, foram ao Iate Clube com freqüência e cataram conchas. Juntos, Olívia e Geoff fizeram colagens para Charles, fizeram até mesmo uma carta de navegação para ele com pequenas conchas, que parecia ser de verdade. Olívia dividia toda a sua gentileza, seu amor e seus talentos com eles. E quando Charles chegava a Rhode Island tarde da noite na sexta-feira, sempre valia a pena a longa viagem que fizera para vê-la.

— Não sei como consigo ficar sem você a semana toda — disse ele, beijando-a e segurando-a bem perto de si, enquanto ficavam na sacada do quarto, à luz da lua. Era uma noite perfeita, e ele estava sentindo falta dela como sempre sentia, embora odiasse ceder ao seu desejo tão rapidamente. Ele gostava de falar com ela, abraçá-la e apenas estar com ela. Mas assim que voltaram para o quarto, ele não pôde resistir. Era um longo clamor que tinha origem em seu primeiro ano, quando ela o mantivera à distância e estremecia a cada vez que ele a tocava. Ela era infinitamente sensual agora, como ele sabia que sempre fora, mas ele simplesmente não conseguira chegar até ela antes. Tudo mudara no momento em que ele admitira para si mesmo que a amava.

E naquela noite, enquanto se deitavam juntos, mais tarde, ele a segurou perto de si e acariciou seu rosto com os dedos. Havia algo mais que ele queria dela agora, mas jamais ousaria pedir. Ele conhecia seus sentimentos sobre o assunto. Mas talvez, se outras coisas haviam mudado, aquilo também mudasse por fim. Ela nem mesmo havia mencionado assembléias sufragistas em dois meses, embora ainda lesse avidamente os jornais, bem como tudo o que podia sobre a guerra na Europa. E ela mantivera sua palavra e nunca voltara a fumar. Ele sabia que fora um enorme sacrifício para ela, mas achou que valera a pena. Aquilo simplesmente não era feminino nem atraente, embora ele tivesse de admitir que a princípio achara interessante. Mas depois de um certo tempo ele se cansara daquilo, e estava feliz por ela também ter finalmente se cansado. No mínimo aquilo cheirava horrivelmente. Ele agora notava também, enquanto ela se enroscava perto dele, que ela até dormia de maneira diferente do que fazia antes. Ela sempre se esquivara de qualquer contato, dormindo o mais longe que podia dele, e agora não podia ficar mais perto enquanto ronronava a seu lado. E ele amava aquilo.

No dia seguinte foram todos à praia, como sempre, e fizeram um piquenique na areia. Na volta para casa, pararam para comprar algumas coisas. Olívia disse que precisava de um novo guarda-sol, pois o sol estava tão forte ultimamente que a fazia ficar tonta. E Geoff precisava de um novo par de sapatos. Ele crescera muito no verão e mal cabia nos seus antigos. No caminho para casa, quando estavam todos conversando animadamente, aconteceu de Olívia olhar para a estrada e ver uma garotinha lançar-se entre duas carruagens atrás de uma bola e imediatamente ficar entre as pernas dos cavalos. Um dos cavalos empinou e a mãe gritou, mas ninguém fez nada para salvá-la. Charles estava prestes a se arremessar atrás dela, mas antes que pudesse sequer se mexer Olívia se lançou à frente dele, agarrou a criança e se jogou para o lado, a salvo com ela. A criança não podia ter mais que dois ou três anos e todo o seu corpo estava protegido pelo de Olívia, enquanto o cavalo empinado voltava a colocar as patas dianteiras na terra, arranhando levemente Olívia. Ela ainda conseguiu passar para o outro lado da rua com a criança, a salvo de perigo, mas estava um pouco confusa e as pessoas estavam gritando e se lançando em torno dela. Os cavalos haviam sido seguros, a mãe da criança havia explodido em lágrimas, a babá estava gritando com ela, a garotinha estava gritando também e Charles não prestava atenção em ninguém, enquanto se lançava pela rua em direção a Olívia, com Geoff bem atrás dele.

— Meu Deus, você está tentando se matar? — gritou ele para ela, consciente do quanto ela havia chegado perto daquilo, ainda mais consciente do que ela própria, já que não havia visto nada. Ela apenas reagira à situação e tudo já havia acabado antes mesmo que ela soubesse.

— Mas Charles... a criança... a garotinha... — Ela olhou para ele com olhos arregalados e, enquanto falava, ele pareceu muito longe e a cor sumiu vagarosamente de seu rosto. Ela pôde ouvir tudo o que ele disse, e então viu seus lábios se mexendo, mas ele já não estava fazendo nenhum som, e ficou muito pequeno e quase cinza. Ela olhou para ele com uma expressão confusa, e ele observou, horrorizado, enquanto ela deslizava como melado derretido para a calçada. Ele teve tempo apenas de segurá-la antes que ela batesse no chão. E então subitamente ele também estava gritando para que alguém o escutasse. Ele só havia pensado que ela fora ferida pelos cascos dos cavalos, mas talvez fosse ainda pior do que ele imaginava. Ele estava aterrorizado enquanto gritava para alguém trazer o médico.

— O que aconteceu?... O que aconteceu?... — perguntou uma mulher. — O que é?

— Eu não sei — disse ele, sem prestar atenção em nada do que estava acontecendo em torno deles. Quando olhou sobre seus ombros, viu os olhos de Geoff cheios de lágrimas e tentou se acalmar o suficiente para acalmá-lo também. Mas estava em pânico por causa da mulher que ele pensava ser sua esposa e que Geoff sabia que era Olívia. Depois de tudo por que tinham passado, ele não podia perdê-la. — Ela vai ficar bem, filho — disse ele a Geoff, enquanto alguém ia buscar o médico, e deitou-a na calçada com a bolsa de Geoff por baixo de sua cabeça. Mas ela não recuperara a consciência. Ela tinha desmaiado completamente.

— Ela não vai ficar bem, pai, ela está morta — disse Geoff, chorando abertamente, e mais e mais pessoas se juntaram em torno deles, enquanto Charles ajoelhava-se perto dela e pedia às pessoas para deixarem-na respirar. Finalmente chegou um homem que disse que era médico. Ele carregou-a para um restaurante próximo e deitou-a cuidadosamente sobre um balcão para que pudesse examiná-la. Não havia contusão nem golpe aparente em sua cabeça, e ao examinar seus olhos ele não acreditou que ela pudesse ter tido uma concussão, mas ela estava definitivamente inconsciente. Ele esfregou seus pulsos, colocou gelo atrás de seu pescoço e em suas têmporas, e então ela vagarosamente voltou a si e viu Charles, parecendo verde enquanto perguntava o que acontecera.

— Você salvou uma garotinha, sua doida, e quase foi pisoteada até a morte por dois cavalos — disse ele, despedaçado entre sentimentos de terror, alívio e fúria. — Seria bom se você deixasse o heroísmo para outra pessoa, meu amor — disse ele, beijando sua mão, enquanto Geoff limpava as lágrimas, embaraçado por ter estado chorando.

— Sinto muito — disse ela fracamente, depois olhou para o médico. Ele estivera escutando seu coração e estava satisfeito. Não parecia haver nada errado com ela, mas mesmo assim perguntou a eles se gostariam de levá-la para o hospital. Olívia disse que queria ir para casa, mas assim que ficou de pé quase desmaiou novamente, e admitiu para Charles, numa voz frágil, que se sentia péssima. Ele podia ver como ela se sentia e estava perto das lágrimas quando a deitou novamente no balcão.

— Acho que se sua esposa fosse para casa e se deitasse um pouco, talvez ficasse bem. Provavelmente foi o calor e a emoção. Você pode me chamar novamente esta noite se ela precisar de mim — disse o médico de maneira agradável e deu a Charles um cartão. E poucos minutos mais tarde, Charles a deixou com Geoff e foi buscar o carro, enquanto o garoto olhava para ela docilmente.

— Ollie, você está bem? — sussurrou.

— Geoff, não! — disse ela, embora não houvesse ninguém perto para ouvi-los. — Lembre-se do que eu disse a você.

— Eu sei... é que fiquei tão assustado... você parecia estar morta. — Seus olhos se encheram de lágrimas, e ela apertou a mão dele na sua.

— Bem, eu não estou morta e vou bater em você daqui até o fim de sua vida se você me chamar assim novamente. — Ela sorriu para ele, e ambos estavam rindo quando Charles voltou para pegá-la. Ele insistiu em carregá-la para o carro, o que a embaraçou, e ela disse que estava bem agora, mas ainda estava muito pálida. E naquela noite ela decidiu não jantar. Estava muito enjoada.

— Vou chamar o médico — anunciou Charles firmemente, quando foi ver como ela estava depois que ele e Geoff haviam comido sozinhos na sala de jantar. — Não gosto da sua aparência.

— Charles, como você é cruel — provocou-o Olívia e ele riu para ela. Ele amava seu senso de humor. Não era tão acurado como antes, mas com o tempo se tornara mais sutil. Mas ela ainda tinha um bom senso de humor.

— Você sabe o que quero dizer — suspirou ele, enquanto se sentava e olhava para ela. — Achei que fosse morrer quando aquele maldito cavalo quase pisoteou você. Pelo amor de Deus, que coisa louca de se fazer.

— A garotinha podia ter morrido — disse ela simplesmente, sem arrependimentos, já que nenhuma delas havia sido ferida.

— Você também.

— Estou bem — disse ela e beijou-o gentilmente nos lábios. Havia algo que tinha de dizer para ele. Ela não sabia o que fazer com aquilo. Não era o que ela queria que acontecesse, de forma alguma, e ia complicar tudo. Mas ela queria aquilo tão desesperadamente, que não haveria meio de desistir agora. — Estou muito bem, realmente — disse ela suavemente, olhando para ele, que pareceu subitamente confuso. Ela tinha uma maneira gentil de dizer coisas que às vezes o confundiam.

— O que isso significa?

— Não estou certa do que dizer a você — disse ela cautelosamente. Ela não sabia quais seriam seus sentimentos sobre aquilo e sabia que sua irmã jamais quisera crianças. Talvez ele também não quisesse.

— Há algo errado? — perguntou ele, parecendo preocupado, mas ela apenas sacudiu a cabeça e teve de lutar contra as lágrimas de emoção. — Oh, Victoria — disse ele, lembrando-a novamente de que ela o havia roubado e não tinha direito a essa felicidade, e ainda assim ela o amava tão encarecidamente. — Diga-me o que está preocupando você... — Ele não podia imaginar nada que a fizesse ficar assim e estava ansioso para acalmá-la.

— Eu... eu estou... Charles... — Mas quando ele olhou para ela e lembrou o que acontecera naquela tarde, subitamente entendeu.

— Você está esperando, Victoria? — perguntou ele, parecendo abalado, enquanto ela assentia. Ele havia sido incrivelmente cuidadoso nos últimos dois meses, mas ela nunca reclamara, e então ele apenas deixara acontecer. E sabendo como ela se sentia a respeito, ele ficou subitamente aterrorizado com o fato de que ela ficaria furiosa com ele e que todos os maus tempos voltariam novamente, ainda com mais intensidade. Mas quando ele olhou para ela, Olívia parecia tudo, menos zangada, e estava chorando.

— Estou — admitiu para ele. Achava que devia ter acontecido no aniversário de casamento. Ela já havia ido ao médico uma vez. O bebê era esperado para o fim de março e ela estava grávida de dois meses. — Você está muito zangado?

— Zangado? — disse ele, olhando para ela, perguntando-se como ela podia ter esquecido todas as coisas que dissera no passado sobre não querer ter filhos. — Como eu poderia estar zangado? Você é que nunca quis ter uma criança. Você está zangada *comigo*? — perguntou ele com olhos preocupados.

— Nunca estive tão feliz — sussurrou Olívia, enquanto fechava os olhos e ele a beijava, dominado pelos sentimentos de quanto eles eram sortudos e do quanto ela era infinitamente preciosa para ele.

— Não posso acreditar... quando será? — perguntou-lhe ele.

— Em março — disse ela suavemente, perguntando-se o que faria quando sua irmã voltasse para casa e o reivindicasse. O que aconteceria ao bebê então? De quem ele seria? O que Victoria diria a ela sobre isso? Seria um escândalo terrível, mas ainda assim tudo o que ela podia fazer era se agarrar a ele agora e rezar para que o futuro nunca chegasse. Quando chegasse, ela seria a perdedora em tudo aquilo. Principalmente se eles exigissem ficar com o bebê. Ela imaginava todos os tipos de enredos aterrorizantes quando se permitia, mas a maior parte do tempo apenas se forçava a não pensar em nada daquilo, exceto em Charles e no bebê.

Eles contaram a Geoff pouco antes de voltarem para casa, e ele ficou um pouco assustado também, mas não fez nenhuma pergunta a ela. Ambos tomavam conta dela como se fosse uma peça de cristal antigo, e ela ria deles, mas amava aquilo. Charles estava até com medo de fazer amor com ela agora, mas, para seu próprio desgosto, descobriu que não conseguia se conter e era tão amoroso como sempre.

Assim que voltaram para Nova York, Olívia correu para a casa da Quinta Avenida. As cartas haviam se acumulado lá por dois meses, e ela não ousara pedir a ninguém que as mandasse para ela. Rezou para que Victoria estivesse bem na França, no mesmo lugar, trabalhando no hospital, e arregalou os olhos quando leu a última carta da irmã. Era a Providência. Por um breve momento, seu coração se dilacerou, desejando vê-la novamente, e então ela soube que tinha de ser assim, para o seu próprio bem, bem como por Charles e pelo bebê. Victoria dizia que era muito difícil explicar, mas que era necessária lá, e, embora sua vida estivesse um pouco complicada, nunca fora tão feliz, e por razões que ela explicaria mais tarde para Olívia, não voltaria para casa no fim do verão, como planejado. No momento, sua vida era onde estava e implorava à irmã para perdoá-la. Olívia sentia seu coração bater forte enquanto relia a carta. Ela sentia terrivelmente a falta da irmã, mas sabia que teria de ser desse jeito agora, pelo bem delas. Rezou para que ela estivesse a salvo e bem e para que um dia Victoria a perdoasse pelo que estava fazendo.

Capítulo 27

O verão em Châlons-sur-Marne fora difícil para todos eles. O calor da batalha se movera para Champanhe, comandada pelo general Pétain. Por causa das campinas sem árvores, não havia cobertura nem defesas naturais para os homens. Os "*poilus*", como os rapazes franceses eram chamados, cavaram trincheiras novamente e foram massacrados aos milhares. O objetivo de sua missão na Champanhe fora interromper as estradas de ferro alemãs. Mas como os alemães estavam observando-os das terras altas, os aliados se tornaram alvos fáceis. A batalha de artilharia continuou noite e dia, até que a infantaria entrasse e os rapazes fossem derrubados como soldados de brinquedo, abatidos um por um. Seus cadáveres ou seus corpos quebrados foram levados para os hospitais de campo, para que os médicos e mulheres como Victoria cuidassem deles. Mas havia sobrado muito poucos para cuidar. Fora um massacre.

No fim de setembro, eles encararam chuvas fortes e em todos os lugares a que iam chapinhavam em lama e água. Era grotesco como alguns dos rapazes morriam na lama, literalmente afundando enquanto bolhas de sangue borbulhavam nas poças de água. O horror e as perdas chocantes continuaram outubro adentro. E Edouard parecia tão cansado como todos ao se sentar em sua barraca tarde da noite com Victoria, quando ela saiu do trabalho. Ele tinha dois aposentos na casa de fazenda que pertencia ao *château*, um que lhe servia como quarto e outro como estúdio, e Victoria estava mais ou menos vivendo com ele ali, embora todo mundo fingisse não saber e ela ainda mantivesse algumas de suas coisas no acampamento.

— Não é muito divertida essa guerra, não é, meu amor? — perguntou Edouard, enquanto se deitava e a beijava. Ele estava encharcado e havia acabado de chegar a pé do hospital sob a chuva torrencial, mas agora ela já estava acostumada com aquilo. Nenhum deles estivera seco durante o último mês. Suas roupas, suas tendas, seus lençóis, tudo estava molhado e mofado.

— Você já está cansada disso? — perguntou ele. — Pronta para voltar para casa? — Parte dele queria que ela fosse, para que soubesse que ela estaria a salvo. Mas outra parte sempre a queria perto dele. Ele encontrara nela algo que nunca tivera em lugar nenhum antes, uma mulher que era igual a ele, sua amiga, tão forte quanto ele, sua amante e ao mesmo tempo sua companheira. Eles eram perfeitos juntos.

— Não tenho mais certeza do que é casa. — Ela sorriu com cansaço para ele, deitada em sua cama após dezesseis horas de trabalho. — Não é aqui, com você? Achei que era — disse ela suavemente, e ele aproximou-se dela e beijou-a.

— Acredito que sim — disse ele, beijando-a novamente, e então olhou para ela com interesse. — Você já contou à sua irmã sobre nós? — Ele se perguntava se ela faria isso. Já haviam falado sobre esse assunto repetidamente, mas Victoria ainda estava com medo de chocá-la. Afinal, ambos eram casados.

— Não, mas vou contar. Ela sabe. Ela sabe tudo sobre mim.

— Que estranho ter alguém assim. Eu fui muito próximo a meu irmão antes que ele morresse, mas nós sempre fomos muito diferentes. — Ele amava conversar com ela sobre a vida, sobre a guerra, sobre política e gente, eles partilhavam tantos interesses comuns, e ele era quase tão liberal quanto ela. Quase, mas nem tanto. Achava que as sufragistas haviam ido muito longe e disse-lhe que se ela um dia deixasse crescer um bigode ou entrasse numa greve de fome para conseguir o direito ao voto, ele bateria nela.

— Olívia e eu somos diferentes também — disse ela, acendendo um de seus Gitanes. Eles estavam ficando cada vez mais difíceis de conseguir, e agora tinham de partilhá-los. — Mas é como se fôssemos dois lados da mesma moeda. Às vezes, quase parece que somos a mesma pessoa.

— Talvez sejam — provocou ele, rolando para cima dela e pegando um trago do Gitane. — Quando é que eu terei a outra metade? — Ele riu.

— Nunca. — Ela riu também. — Você terá de ficar satisfeito com o que tem. Nós somos crescidas agora, não trocamos mais de lugar.

Ele riu do que ela havia acabado de dizer e rolou para o lado novamente.

— Estou certo de que seu marido vai ficar feliz de ouvir isso — disse ele maldosamente —, pobre-diabo. Depois desta bagunça, você tem de voltar para casa e colocar tudo em ordem, pelo bem deles — disse ele carinhosamente, e ela há muito já havia concordado em fazer isso. Quando chegasse o momento certo de ir para casa, ela voltaria e contaria tudo a Charles ela mesma. Devia aquilo à irmã.

— Talvez ela não queira que eu conte a ele quando chegar a hora.

— Isso poderia ficar complicado, eu admito. Ao menos não há nada físico entre eles, ou pelo menos é o que você diz. Mas se ela é realmente parecida com você, não estou certo de acreditar nisso. Desafio qualquer homem a resistir a vocês duas por mais que algumas semanas. Deus sabe que eu não poderia.

— Você tentou resistir? — perguntou ela, parecendo intencionalmente má e quase rugindo para ele, enquanto Edouard dava uma risada. Mesmo no uniforme mais feio e amarrotado, Victoria dava um jeito de parecer *sexy*.

— Nem por um minuto, eu receio — respondeu ele honestamente. — Nunca pude resistir a você, meu amor — disse ele, e momentos mais tarde provou o que estava dizendo.

Mais tarde naquela noite, ele chegou com a notícia de que tinha de ir a Artois em poucos dias, para a próxima ofensiva franco-britânica. Começara no mesmo dia da Batalha em Champanhe, mas não estava indo bem, e os *poilus* odiavam o comandante britânico, *Sir* John

French, e queriam um dos seus lá. Havia um movimento em ação para substituir *Sir* John por *Sir* Douglas Haig, mas nada ainda havia sido feito, e os franceses não o queriam de jeito nenhum. Então Edouard prometera ir ao Artois e ver o que podia fazer para ajudar no estado de espírito de todos e colaborar no planejamento da batalha.

— Seja cuidadoso, meu amor — disse ela, sonolenta. Havia algo que queria dizer a ele, mas estava tão cansada que não podia lembrar o que era. De manhã ele se foi, e ela teve de voltar para o hospital de campo novamente. Ela não se importava de trabalhar quinze ou até dezoito horas por dia. Esta era sua vida agora.

A vida em Nova York era bem mais civilizada do que em Châlons-sur-Marne, para dizer o mínimo, e outubro foi um mês brilhante, belo e ensolarado. Estava extraordinariamente quente, e Olívia e Charles pareciam estar muito ocupados. Eles foram muitas vezes aos Van Cortlandts, a jantares festivos com clientes no Delmonico's e, no fim de outubro, planejavam ir a uma grande festa nos Astor. Olívia estava grávida de quatro meses, mas não se via no estilo de vestido que ela usava. Sua silhueta já começara a engrossar e, sem roupas, havia uma pequena saliência arredondada que ele amava segurar. Era tão doce vê-la daquele jeito e aquilo às vezes o fazia lembrar-se de quando Susan estava esperando Geoffrey. De certa forma, sendo agora mais velho e tendo pago um alto preço por aquilo que amava, esta gravidez parecia ainda mais querida. Charles disse que queria uma garota, e Olívia não se importava, apenas queria que o bebê fosse saudável.

Ele a fez ir ao médico regularmente e havia lembrado a ela uma vez, meio sem jeito, para contar ao médico sobre o aborto que tivera antes de se casarem.

— Ele não precisa saber disso — disse Olívia, mortificada. Ela não o tivera, de qualquer forma, mas não podia dizer isso a Charles, e estava aterrorizada com o fato de ele contar isso a seu médico.

— É claro que precisa — disse Charles com bom senso. — Particularmente porque você quase morreu. Você pode ter outra hemorragia desta vez. Ou pior ainda, perder o bebê. — Ambos estavam com medo disso e sempre que estava muito cansada ou se sentia mal, ela ia para casa descansar, mas isso não acontecia sempre. Olívia estava com boa saúde e com o humor melhor ainda.

Até agora, apesar dos horrores da guerra e das pesadas perdas em Champanhe e no Artois naquele outono, Victoria parecia estar a salvo e bem, e quando Olívia lia o que ela contava, sempre tinha um estranho sentimento de paz vindo dela, como se sua irmã houvesse finalmente encontrado o que queria. Ela não mencionou Edouard e ainda assim Olívia tinha a sensação de que ela não estava sozinha lá. Quando fechava os olhos e pensava nela, tinha uma sensação estranha de preenchimento e integridade, bastante parecida com o que ela sentia agora vivendo com Charles e esperando seu bebê.

Ela usou um vestido de seda púrpura na noite em que foram aos Astor e um casaco de peles que seu pai mandara fazer para ela quando soubera que ia ter um bebê. Ele estava muito orgulhoso dela e agradecido pelo fato de as coisas terem ido tão bem. Era fácil ver o quanto eles estavam felizes. O único sofrimento que todos partilhavam era o fato de que "Olívia" não voltara, como prometido, no fim do verão. A mulher que todos pensavam que era Victoria, exceto Geoff, disse que tivera notícias dela, que sua irmã estava bem e que, embora não tivesse dado endereço, ela estava num convento em São Francisco e logo estaria em casa. Mas nenhuma das muitas buscas que fizeram havia dado em qualquer lugar. Os investigadores finalmente haviam desistido no final de agosto. Mas Olívia novamente assegurara a seu pai que sua irmã parecia bem e ele não deveria se preocupar. Ele ainda se censurava pelo desaparecimento de Olívia e secretamente voltara a admitir para a Olívia real que achava que sua irmã estava apaixonada por Charles. E é claro que a Olívia real negou isso veementemente.

Mas, fora isso, tudo estava indo bem para eles, e na noite em que foram ao baile dos Astor, Olívia parecia especialmente bonita. Charles ficou perto dela e foi apenas quando se dirigiu a um velho amigo que se afastou dela por um instante, deixando Olívia conversar com uma conhecida de sua irmã. Ela nunca duvidara por nenhum momento que estava falando com Victoria, ninguém jamais duvidara. Olívia já estava acostumada com isso agora, e elas conversaram agradavelmente. Olívia ficou um pouco surpresa ao saber que Victoria ainda devia dinheiro à amiga por ter perdido no bridge para ela, o que a fez sorrir enquanto prometia pagar desta vez, já que Victoria sempre jurara para ela que não apostava, porque pensava que era algo muito estúpido.

Olívia foi andando para o jardim em seguida, para fugir do barulho e do calor do aposento, e quando estava olhando calmamente para as roseiras, assustou-se ao ouvir uma voz atrás dela.

— Cigarro? — perguntou ele. Ela não reconheceu a voz e começou a recusar, quando viu que era Toby.

— Não, obrigada — disse ela friamente. Ele estava tão bonito quanto sempre fora, mas ela achou que ele parecia um pouco mais acabado do que parecera dois anos antes, quando o vira pela primeira vez.

— Como você tem passado? — perguntou ele com especial sutileza, quase se empertigando enquanto chegava mais perto dela, fazendo com que ela sentisse o cheiro e visse que ele estivera bebendo.

— Muito bem, obrigada — respondeu ela, começando a se afastar, mas ele agarrou-lhe o braço e puxou-a para perto dele a fim de detê-la.

— Não se afaste de mim assim, Victoria. Você não precisa ter medo de mim — disse ele ousadamente.

— Não estou com medo de você, Toby — disse ela numa voz clara que o pegou de surpresa, bem como ao homem que estava escutando-a, sem ser visto, poucos passos atrás deles. — Apenas não gosto de você.

— Não é disso que me lembro — disse ele, parecendo uma bela serpente, enquanto ela se virava para ele com olhos que brilhavam de raiva.

— De que exatamente se lembra, senhor Whitticomb? De me enganar, ou à sua esposa, foi disso que tanto gostou? Realmente, do que eu mais me lembro é de sua tentativa de seduzir uma garota jovem e inocente e depois mentir para o pai dela. Homens como você deveriam estar presos, e não em salas de visitas, Toby Whitticomb. E não perca tempo me mandando flores novamente, ou bilhetes de amor. Não perca seu tempo. Estou muito velha para essas besteiras vindas de um homem feito você. Tenho um marido que me ama e a quem eu amo encarecidamente. E se chegar perto de mim novamente, não vou contar apenas a ele, mas à cidade inteira que você me estuprou.

— Não foi estupro, foi... — começou ele a dizer, mas antes que pudesse terminar, Charles saiu das sombras, parecendo extremamente satisfeito e sorrindo para a esposa. Ele viera procurar por ela justamente a tempo de ver Whitticomb segui-la até o terraço e então ficara cautelosamente escutando-os, não intencionalmente, mas adorou tudo o que ela havia dito a ele, e seu coração se aquecera ao ouvir a conversa. Isso havia colocado um velho fantasma para descansar. Não havia mais espectros entre eles, exceto talvez Susan, mas mesmo sua memória já estava descansando. O único fantasma que sobrava, como Olívia sabia muito bem, era sua irmã.

— Devemos ir, minha querida? — Charles ofereceu-lhe o braço e eles voltaram para a sala de visitas, enquanto ele olhava para ela com um pequeno sorriso de prazer. — Aquilo foi muito bom. Lembre-me de não brigar com você novamente. Eu havia esquecido o quanto você é boa nisso, usando as palavras como lanças. — A verdade era que a verdadeira Victoria era bem melhor naquilo do que ela, mas ele não sabia disso. E, por uma vez, Olívia se aproveitou da ocasião.

— Você estava escutando? — Ela parecia tão embaraçada quanto chocada.

— Eu não queria, mas eu o vi seguir você e saí atrás para ter certeza de que não a perturbaria.

— Você tem certeza de que não estava com ciúmes? — provocou ela, vendo-o ficar levemente corado, sem responder. — Não precisava. Ele é um verme desagradável e era hora de alguém dizer isso a ele.

— Acho que você fez isso com muito sucesso. — Charles sorriu e beijou seu rosto, enquanto a levava para o salão de danças.

Capítulo 28

Foi um estranho Dia de Ação de Graças em Croton-on-Hudson naquele ano por causa da aparente partida de Olívia, embora ela ainda estivesse entre eles e eles não soubessem. E em seu coração, Olívia sentia terrivelmente a ausência de Victoria. Era a primeira vez que não estavam todos juntos num feriado.

Seu pai deu as graças, mas a atmosfera estava pesada enquanto cada um deles pensava nos anos anteriores, sentindo falta de seus entes queridos. A única coisa que realmente animava a todos agora era a iminente chegada do bebê. Geoff achava um pouco embaraçoso, mas também achava engraçado. Olívia estava grávida de cinco meses e finalmente a barriga havia começado a aparecer, apesar do cuidado com que ela escolhia suas roupas. E ela sabia que em janeiro não poderia mais sair de casa, exceto para visitar amigos próximos ou para jantares muito íntimos. O bebê já parecia bem grande, e ela secretamente desejava gêmeos, mas o médico não parecia pensar assim. Ela tinha dito isso para Charles, que revirou os olhos e disse que não estava certo de estar preparado para aquilo.

— Talvez da próxima vez? — disse ele, com os olhos cheios de perguntas. Mas até agora ela tivera uma gravidez fácil, ao contrário de Susan com Geoff, e, apesar de toda a sua suposta falta de vontade de ter bebês, ela parecia completamente relaxada em relação a isso agora. Ele jamais falara novamente sobre o medo que ela mencionara antes, gerado pelo fato de sua mãe ter morrido no parto. Ela parecia não ter o menor medo e de fato estava muito feliz. Mas quando ele perguntou sobre ter outros filhos após este, ela apenas disse que dependia dele, e ele sabia que ficaria satisfeito com este, se ela optasse por não ter outro. Gêmeos iriam praticamente arruiná-lo.

O inverno na França foi árduo em 1915, enquanto ambos os lados se fortaleciam para futuras batalhas. Foram conseguidos novos suprimentos, tropas novas chegaram e as velhas ficaram o mais que puderam nas trincheiras geladas. Os ataques de gás continuavam. Em novembro, Edouard havia retornado do Artois e estava de volta a Châlons-sur-Marne para o inverno. Ele e Victoria estavam confortavelmente acomodados nos dois aposentos da casa de fazenda. Havia muitos comentários sobre eles e não era segredo o que estava acontecendo, mas o acampamento parecia respeitar seu caso com calorosa afeição.

Os oficiais que dividiam a casa da fazenda com ele deixavam-nos sozinhos a maior parte do tempo, e Victoria estava rindo, tarde da noite, enquanto cozinhavam o menor pássaro que ela jamais vira na velha cozinha campestre.

— Não seja difícil. Estou certo de que é uma codorna — disse Edouard, tentando ser otimista.

— Não é. — Ela sorriu para ele de todo coração. A ave era pouco maior que um rato quando o tiraram do forno. — É um pardal.

— Você não sabe de nada — disse ele, beijando-a e pressionando-a contra ele. Ele havia ido apenas para Verdun, uma cidade próxima, por dois dias, mas sentira sua falta. Sempre sentia. Não podia mais suportar ficar longe dela. E nunca mais falaram sobre ir para casa. Na verdade, ele lhe falara seriamente sobre mudar-se para Paris com ele, depois que fosse em casa e encarasse Charles e sua irmã.

Suas situações eram idênticas. Nenhum dos dois podia se casar, e ele sugeriu que chocassem o mundo educado e vivessem juntos em pecado no *château*, felizes para sempre. — E talvez um dia, quando a bruxa morrer, a atual baronesa, eu possa fazer de você uma mulher honesta.

— Eu sou uma mulher honesta agora — disse ela firmemente.

— Oh, por favor... com sua irmã fingindo ser você para seu pobre marido em Nova York? Eu não acho. — Ambos sorriram sem pena, e ela ao menos teve a generosidade de ficar embaraçada. Ninguém em Châlons-sur-Marne poderia jamais entender por que todos a chamavam de Olívia e ele a chamava de Victoria. Achavam que era uma piada particular e Victoria jamais explicou.

Naquela noite, com seu pequeno pássaro, Victoria informou a Edouard que nos Estados Unidos era o Dia de Ação de Graças.

— Eu lembro disso quando estava em Harvard — disse ele com nostalgia, sorrindo para ela. — Eu gostava. Muita comida e bons sentimentos. Você sabe, eu gostaria de conhecer seu pai um dia, quando tudo isso tiver passado — disse ele melancólico, mas nenhum deles, nem o resto do mundo, sabia quando aquilo acabaria. Parecia que ainda se passaria muito tempo antes que os *poilus* saíssem das trincheiras.

— Ele iria gostar de você — disse ela, comendo uma maçã. Era o menor jantar de Ação de Graças de sua vida, mas talvez o mais feliz, enquanto olhava para Edouard e tentava não pensar em sua irmã. Era muito duro estar afastada dela, mas mesmo assim, com ele, ela sentia que tinha uma vida agora. Com Charles, não tivera nada. — Espere até conhecer Olívia. — Ela sorriu para ele.

— Isso me assusta. Pensar em vocês duas juntas é verdadeiramente aterrorizante — disse ele. Mais tarde eles se deitaram juntos em sua cama e falaram sobre suas infâncias, seus amigos, as coisas que gostavam de comer e fazer quando eram crianças. Ele falou sobre o irmão que perdera e Victoria percebeu que ele o havia amado profundamente, o suficiente para se casar com a garota que ele engravidara, embora não a amasse.

Mas enquanto estavam deitados juntos naquela noite e ela começou a adormecer depois de fazerem amor, sentiu suas mãos tocando-a gentilmente, abriu os olhos e virou-se para ele. Seus olhos estavam cheios de perguntas.

— Há algo sobre o que precisemos conversar, senhorita Henderson?

— Não estou certa do que você quer dizer — respondeu ela com um sorriso misterioso nos olhos.

— Você é uma mentirosa horrível — disse ele roucamente, chegando para mais perto e se deitando bem atrás dela, enquanto segurava sua barriga. — Por que você não disse nada? — Ele parecia ferido e ela realmente sentia muito. Ela se virou para encará-lo então e beijou-o gentilmente nos lábios enquanto ele a abraçava.

— Eu só descobri há três semanas... e não estava certa do que você ia pensar... — Ele não pôde fazer nada a não ser rir para ela; sua barriga já estava redonda com o bebê. Ele presumia que fosse dele, certamente não era de Charles, depois de tudo o que ela lhe contara.

— Quanto tempo você achou que poderia manter em segredo este pequeno *bonhomme*? — Ele estava sorrindo para ela. Era a primeira criança que ele jamais tivera e havia acabado de fazer quarenta anos. A despeito das circunstâncias, ele estava empolgado, mas subitamente olhou para ela, preocupado. — Você deve ir para casa agora, Victoria — disse ele suavemente, machucado com o pensamento de perdê-la, mas querendo duas vezes mais vê-la a salvo agora.

— Por isso não contei a você — disse ela tristemente. — Eu sabia que você diria isso. Mas eu não vou. Vou ficar.

— Vou dizer a eles que você está usando um passaporte roubado — disse ele, querendo soar firme para ela, mas sem sucesso.

— Você não pode provar isso — disse ela, sorrindo para ele. — Conforme-se, não vou a lugar nenhum.

— Você não pode ter o bebê aqui — disse ele, horrorizado por ela ter sequer pensado nisso, mas nenhum lugar na Europa estava a salvo agora, exceto a Suíça, de modo que era melhor que ela fosse para casa. Mas só de olhar para ela, ele sabia que Victoria não iria. E uma parte dele não queria discutir com ela.

— Vou ter o bebê exatamente aqui — disse ela, parecendo muito feminina, muito bonita e um pouco mais magra depois de todo o trabalho pesado no hospital do campo, embora ultimamente seu apetite estivesse feroz.

— Não quero você de pé quinze horas por dia — disse ele determinadamente. — Vou falar com o coronel.

— Você não vai fazer nada, Edouard de Boneville. — Ela olhou furiosamente para ele. — Se você fizer, vou dizer que você me estuprou, e você vai para a corte marcial — disse ela e rolou novamente na cama com um olhar de satisfação.

— Meu Deus, mulher, você é um monstro. Tenho uma idéia melhor. Você gostaria de ser minha motorista?

— Sua motorista? — Ela pareceu surpresa. — Que boa idéia. Posso fazer isso até que eu não caiba mais atrás do volante. Eles vão me deixar fazer isso?

— Se eu pedir ao coronel, sim. Isso será bem melhor para você agora, se eu puder suportar você dirigindo. — Ele sempre reclamava que ela dirigia muito rápido, e ela dizia que ele era um covarde. Isso era a França. E eram tempos de guerra. Ele sugeriu que nenhuma dessas eram razões adequadas para o suicídio, mas pelo bem do bebê estava querendo arriscar. E então olhou para ela seriamente. Isso não era assunto para brincadeira. — Você está falando sério sobre isso, Victoria? Você realmente quer ficar aqui? Será muito duro para você. — E ele sabia, pelo que ela dissera, que ela tinha medo do parto. Tivera uma má experiência e poderia ter outra. E Châlons-sur-Marne não era lugar para ter um bebê, mesmo sem complicações.

— Quero ficar aqui com você — disse ela suavemente. — Não vou partir. — Ele olhou para ela e percebeu que a batalha fora perdida antes mesmo que ele lutasse. Ela ia ficar. E então ele fez outra pergunta importante.

— Como você se sente sobre não estarmos casados? — perguntou muito sério, e ela riu.

— Nós estamos casados, *chéri* — disse ela, iluminada. — Apenas para as outras pessoas.

— Você não tem moral — disse ele, beijando-a do fundo de sua alma e amando-a mais do que qualquer outro ser em toda a sua vida. — Mas tem muita coragem — acrescentou suavemente. E desta vez, quando fez amor com ela, sabia que não tinha de se preocupar com engravidá-la.

Capítulo 29

Naquele ano o Natal em Croton foi mais calmo do que o usual, mas ainda assim surpreendentemente feliz. Geoff adorou tudo o que ganhou e Charles foi extremamente generoso com todos eles, bem como seu pai. Mas também era óbvio que ele não estava bem. Tivera uma tosse horrível durante meses e flertara com a pneumonia diversas vezes naquele ano. E preocupava Olívia notar que ele estava parecendo consideravelmente mais velho. Ela não estava certa se era o desaparecimento de sua irmã que havia feito aquilo a ele. Seu pai apenas parecia estar perdendo as forças, e o médico disse que seu coração estava ficando fraco. Mas ainda assim passaram um feriado feliz com ele e voltaram para Nova York pouco depois do Ano-Novo.

Eles estavam em casa havia dois dias quando Bertie telefonou para Olívia e disse que achava que ela devia voltar. Seu pai ficara muito fraco de repente. Aparentemente ele pegara outra gripe forte depois que eles partiram e estava com febre alta. Estivera delirando a tarde toda e o médico não tinha certeza se seu coração era forte o suficiente para sustentá-lo. Ela queria mandar Donovan para buscá-la, mas Charles insistiu que ele mesmo a levaria pela manhã. Ele não gostava mais da idéia de ela ir a qualquer lugar sem ele. Estava grávida de mais de seis meses e estava enorme, ou pelo menos era o que achava, para uma mulher carregando um simples bebê. Mas o médico estava absolutamente certo. Ele podia ouvir apenas a batida de um coração, e toda vez que ele dizia isso Olívia sentia uma tola punhalada de desapontamento.

Eles pegaram Geoff na escola e ele voltou para Croton com eles. Assim que Olívia chegou, ficou satisfeita por ter vindo. Seu pai parecia ter envelhecido vinte anos nos três últimos dias.

— Não sei o que aconteceu com ele. — Bertie pressionava as mãos com força, em lágrimas, e então olhou para Olívia estranhamente. Mas não disse nada. Apenas assoou o nariz e voltou para a cozinha; sabia que ele estava em boas mãos agora. Ela só queria que Olívia pudesse estar ali, pois sabia o quanto aquilo significaria para ele, mas pelo menos ele tinha uma de suas filhas.

Olívia sentou-se com ele toda a tarde e Charles saiu para cavalgar com Geoff. Havia muito pouco que ele pudesse fazer. A propriedade estava bem cuidada e não havia nada para ele fazer ali, exceto companhia a Olívia sempre que ela saía do quarto do doente. Ele dissera no escritório que estaria de volta em poucos dias e esperava pacientemente enquanto Olívia ia e vinha, fazendo caldos de carne, preparando chás e usando ervas que estava convencida de que o ajudariam. Aquilo fez Bertie observá-la ainda mais de perto. Mas não dava nem para imaginar aquilo. Não era possível, elas não fariam uma coisa dessas. Ela sabia que estava imaginando coisas.

Mas Edward Henderson continou a piorar nos dias seguintes e no fim do terceiro dia em que estavam lá começou a respirar muito mal. O médico queria levá-lo ao hospital, mas ele recusou sem rodeios e disse a Olívia que queria morrer em casa. Ele pertencia àquele lugar.

— Você não está morrendo, pai — disse ela, lutando contra as lágrimas. — Só está doente de novo. Você ficará bem em poucos dias. — Mas desta vez ele sacudiu a cabeça. A febre piorou, e naquela noite ela ficou sentada com ele o tempo todo, segurando sua mão, cuidando dele e colocando um copo de água fresca em seus lábios sempre que ele conseguia beber. Suas mãos eram gentis, firmes e amáveis. E ela não deixaria mais ninguém cuidar dele. Charles estava preocupado com isso, mas, como ele sempre soubera, sua esposa era muito teimosa.

E era bem cedo na manhã seguinte quando Olívia subitamente soube que o fim havia chegado. Ele estava arfando sem conseguir respirar direito e seus olhos pareciam arregalados enquanto implorava a ela para pegar sua irmã e trazê-la até ele.

— Victoria, traga sua irmã para cima... eu tenho de vê-la agora... — disse ele, agarrando sua mão com tanta força que a machucou e por um momento ela não soube o que dizer. Então ela assentiu, saiu do quarto e voltou um instante mais tarde. — Olívia, é você? — perguntou ele, e ela assentiu enquanto as lágrimas jorravam de seus olhos. Ela odiava enganá-lo.

— Sou eu, papai... sou eu... estou em casa agora.

— Onde você estava?

— Longe — disse ela enquanto se sentava perto dele, segurando sua mão. Ele nem mesmo viu que ela estava grávida. — Precisava pensar um pouco, mas agora eu voltei e te amo muito — sussurrou ela, tomada por suas próprias emoções. — Você tem de ficar bom agora — disse ela firmemente, mas ele sacudiu a cabeça, lutando para ficar consciente.

— Estou indo... chegou a hora... sua mãe me quer.

— Nós o queremos também — disse Olívia soluçando, sentada perto dele.

E então, numa voz fraca e angustiada, ele fez a ela a pergunta que o havia atormentado por oito meses.

— Você ficou zangada comigo por tê-la feito se casar com ele?

— Claro que não, pai. Eu te amo — disse ela novamente e acariciou sua fronte. Ele estava muito quente, muito agitado e muito preocupado.

— Você o ama, não ama? — Ela sorriu para ele então e assentiu. Talvez fosse melhor para ele saber a verdade. Talvez no fim das contas aquilo o acalmasse.

— Você pode me perdoar por tê-la obrigado a se casar com ele?

— Não há nada a perdoar. Estou feliz agora. Foi por isso que fui embora. Eu tenho tudo o que quero agora. — Ele pôde ver em seus olhos que ela falava sério. Edward fechou os olhos por um instante então e começou a adormecer, mas abriu-os novamente e olhou para ela com um sorriso.

— Estou satisfeito por você estar feliz, Olívia. Sua mãe e eu estamos muito felizes também. Nós vamos sair juntos esta noite, para um concerto. — Ele estava delirando novamente. Adormeceu e acordou durante todo o dia, sem estar certo de quem ela era. Às vezes pensava que era Olívia e, em outras, sua irmã. E ao cair da noite, ela parecia quase tão mal quanto ele.

— Não vou deixar você ficar mais nem uma hora neste quarto, Victoria — disse Charles ferozmente num sussurro, quando a viu no corredor falando com Bertie.

— Eu tenho de ficar. Ele precisa de mim — disse ela com igual convicção, entrando no quarto novamente. A febre baixara misteriosamente naquela noite, e ela se sentou perto dele, segurando sua mão, convencida de que ele ficaria melhor pela manhã. Ela cochilou apenas uma vez, pouco antes do amanhecer, sentada numa poltrona ao lado dele, e enquanto cochilava, pôde ver o rosto de Victoria tão claramente que pensou que estivesse perto dela e de sua mãe. Quando Olívia acordou novamente, colocou a mão na testa de seu pai, olhou para ele e viu que havia partido. Ele morrera em paz para se juntar à esposa, convencido de que havia dito adeus para suas duas filhas.

Olívia estava chorando quando saiu do quarto, e Bertie, vendo-a, colocou os braços em torno dela. As duas mulheres ficaram chorando por um longo tempo, e então Olívia voltou para Charles. Ele estava dormindo profundamente, e ela se deitou perto dele e pensou em sua irmã. Olívia queria que ela soubesse de alguma forma que seu pai havia morrido e imaginou se ela saberia. Olívia escreveria para ela naquele dia, mas sentia que Victoria não pudesse estar ali com eles. Ao menos ele pensara que ela estava. Olívia sabia que isso era alguma coisa. Fora o único presente que ela pudera dar a ele no final.

— Você está bem? — Charles estava acordado e olhando para ela, que permanecia deitada ali, tão pálida e imóvel, que ele ficou preocupado.

— Meu paizinho morreu — disse ela suavemente. Elas não o chamavam assim desde a infância, mas ela se sentia como uma criança novamente, perdendo-o. Subitamente era como se ela tivesse perdido todos; Victoria fora embora e agora seu pai estava morto. Ainda que ela tivesse este homem, a quem amava tanto, seu filho e seu bebê, tudo o que tinha agora eram presentes que pegara emprestados de sua irmã. Mas Charles não sabia nada disso quando colocou seus braços em torno dela gentilmente e a abraçou.

Eram duas horas da manhã quando Victoria acordou com um sentimento muito estranho. A princípio pensou que fosse a criança, mas quando colocou a mão na barriga e sentiu-a mover-se, soube que não era. Era algo mais. Ela fechou seus olhos e viu Olívia sentada numa cadeira, mortalmente séria. Ela não estava doente, não estava dizendo nada, estava apenas sentada ali. E ainda assim Victoria sabia que algo acontecera a ela.

— Você está bem? — perguntou Edouard a ela, virando-se para olhá-la. Ela estava dirigindo para ele agora, e Edouard estava sempre preocupado com o fato de que se sacudir por aquelas estradas esburacadas acabasse levando-a ao trabalho de parto, e ela estava com apenas seis meses e meio de gravidez.

— Não sei — disse ela honestamente. — Algo está errado.

— Com o bebê? — Ele se sentou, parecendo preocupado, mas ela sacudiu a cabeça.

— Acho que o bebê está bem... não sei o que... — Era como se Olívia estivesse sentada bem perto de sua cama, dizendo-lhe algo que ela não conseguia ouvir.

— Volte a dormir — disse ele com um bocejo cansado. Ele tinha de se levantar em duas horas para cuidar de uma movimentação especial nas trincheiras. — Provavelmente foi algo que você comeu — ou não comeu. Eles nunca tinham o suficiente para comer atualmente, e muitos deles estavam sempre famintos. Ele colocou um braço em torno dela e Victoria se deitou próximo a ele, mas não dormiu novamente naquela noite e permaneceu com o mesmo sentimento estranho durante dias.

No início de fevereiro a carta de Olívia chegou até ela na França, e então ela soube o que sentira naquela noite. Seu pai estava morto.

Ela se sentia terrível com aquilo e por não tê-lo visto novamente antes que morresse, mas estava infinitamente aliviada e feliz por não ter sido sua irmã.

— Deve ser muito estranho — disse Edouard quando ela lhe explicou. Ele tinha um grande respeito pelo que elas partilhavam e nunca depreciava o que ela dizia. — Não posso imaginar estar tão perto de ninguém, exceto você — sorriu — ou dele — e apontou para sua barriga. Mas a relação que as gêmeas partilhavam estava muito além dele.

Capítulo 30

No primeiro dia da primavera em Nova York, parecia que Olívia ia explodir enquanto descia as escadas para tomar o café da manhã. E Charles não pôde resistir ao riso. Ela parecia adorável, mas inacreditavelmente grande. Ambos se deleitavam com a gravidez e estavam excitados com o nascimento do bebê, mas nas últimas semanas ela parecia quase cômica e desistira completamente de sair. O mais longe que ela se aventurava agora era seu jardim. Sua barriga literalmente se pendurava em torno dela como uma estrutura grande, redonda e independente. E era tão grande, dura e apertada que ela dificilmente sentia o bebê se mover agora. Era bem diferente de um mês atrás, quando ele parecia pular para cima e para baixo noite e dia, "com patins e um chapéu", como ela dizia. Não havia dúvida de que seria um bebê grande. Charles estava um pouco preocupado com isso, mas não queria assustá-la, particularmente depois das histórias sobre sua mãe.

— Acho que vocês estão sendo extremamente rudes — disse ela, sorrindo para ele e Geoff, que também estava dando risadas. Ela havia começado a ficar realmente engraçada. Mas parecia se sentir bem, e o bebê não parecia estar com pressa. Pelo que ela podia calcular, estava sendo aguardado para aquela semana, mas o médico dizia que nunca se sabia ao certo. Ela saberia quando a hora chegasse e teria o bebê em casa, em sua pequena casa no East River. Era o que ela queria. Não havia razão para ir a um hospital. Ela dizia que aquilo era para pessoas doentes. E ter um bebê decididamente não era uma doença.

— O que você vai fazer hoje? — perguntou Charles casualmente, enquanto ela servia a ele uma xícara de café. Bertie viera de Croton naquela semana para ajudá-la e estava no quarto de hóspedes, mas Olívia insistia em preparar o café da manhã do marido. Era a única coisa que ela ainda podia fazer sem ajuda. Mesmo para entrar na banheira era necesssário que Charles a ajudasse, e para tirá-la de lá quase se precisava de um guindaste. Mas Bertie viera para a cidade para que pudesse estar lá quando Olívia tivesse o bebê. Ela insistira naquilo. Com a morte de seu pai, Bertie não tinha virtualmente nada para fazer em Croton. Ela concordara em passar toda a primavera com eles, e Olívia estava feliz por ter sua ajuda com o bebê.

— Pensei em sair para o jardim e depois voltar — disse Olívia com um sorriso. — Devo me sentar numa poltrona por um tempo e depois ir para a cama. — Deitar-se era perigoso, era como ter um móvel em cima dela. Ela não conseguia se levantar novamente, a menos que alguém a ajudasse.

— Você quer que eu traga um livro? — perguntou ele.

— Eu adoraria — respondeu ela com prazer. O novo livro de poesias de H.D., *Seagarden*, havia acabado de sair, e ela estava morrendo de vontade de lê-lo. — Eu amaria alguns rabanetes em conserva, se por acaso você encontrar algum por aí.

— Garanto que vou procurar — disse ele, dando-lhe um beijo de despedida e um tapinha na barriga. — Cuide para que ele não saia enquanto eu estiver fora.

— Não tenha tanta certeza de que é um garoto — disse ela, sem querer que ele ficasse desapontado com uma "simples" garota, embora jurasse que era o que queria.

— Se for uma garota desse tamanho, nós teremos um problema sério — disse ele rindo, enquanto corria escadas abaixo. Tinha muitas coisas a fazer naquele dia e queria voltar para casa mais cedo. Ele gostava de ficar com ela, particularmente agora, quando estava tão perto do parto. Sabia que ela estava um pouco mais nervosa do que admitia, ou pelo menos ele achava que estava. Mas, para surpresa da própria Olívia, ela realmente não estava nem um pouco nervosa. Estava surpresa consigo mesma por sentir-se tão calma. Tinha uma estranha convicção de que o parto seria muito fácil. E disse isso a Bertie, que não respondeu nada.

E assim que eles haviam saído, Bertie desceu e lavou a louça para ela. Olívia subiu para o que se tornara o quarto do bebê e começou a limpar, arrumar e selecionar. Bertie sorriu quando subiu novamente. Olívia parecia feliz e ocupada. Ela ficou ali a maior parte da tarde e depois saiu para o jardim. Mas assim que voltou a entrar, viu o quanto as janelas da sala de estar estavam sujas e começou a limpá-las e, apesar de todas as exortações de Bertie, insistiu em fazê-lo sozinha. Esfregou e lavou tudo e, quando Charles chegou em casa, estava arrumando a cozinha e falando sobre começar a fazer o jantar.

— Não sei o que há de errado com ela — reclamou Bertie, enquanto a cozinheira sorria para eles. — Ela limpou a casa inteira durante todo o dia, de alto a baixo.

— Ela está se preparando — disse a cozinheira sabiamente, enquanto Bertie sacudia a cabeça e Olívia, sorrindo, foi para a cesta de costura pegar meias para remendar. Ela nunca se sentira melhor. E tinha mais energia do que tivera em semanas. Charles estava feliz de ver aquilo.

Ela jantou com ele e Geoff e depois que Geoff foi para a cama eles jogaram cartas, e Charles ganhou dela.

— Você trapaceou — acusou-o Olívia, rindo, enquanto ia à cozinha pegar um copo de leite. Quando estava lá, ouviu um forte ruído de água em seus pés e pensou que tinha derrubado o leite sem perceber, mas quando olhou para baixo viu água por toda parte e foi preciso um instante para que ela se desse conta do que acontecera. Ela deixou de lado a garrafa de leite e procurou alguns panos para secar tudo, quando Charles entrou e viu o que ela estava fazendo.

— O que aconteceu?... O que você está fazendo?... Victoria! — Ela estava bastante acostumada ao nome agora e respondia a ele tão facilmente quanto ao seu próprio, talvez até mais, já que há onze meses ninguém mais a chamava de Olívia. — Você vai parar... aqui...

deixe-me ajudá-la. — Ele limpou o chão para ela, que mal podia se curvar e ria de ambos. Charles não entendia o que ela tinha feito ou o que havia derramado, e enquanto ficava ali de pé, ela subitamente sentiu a primeira dor e agarrou seu braço. Era muito mais difícil do que ela havia esperado. — O que há de errado? — perguntou ele, ainda não entendendo.

— Era minha água no chão... — Ela se sentou numa cadeira da cozinha e não estava mais sorrindo. — Acho que o bebê está nascendo.

— Agora? — Ele parecia assustado, já que ninguém dissera a ele que o bebê era para este mês, e ela sorriu novamente.

— Talvez não exatamente agora, mas em breve. Dê-me alguns minutos. — Mas ao dizer isso, ela franziu novamente as sobrancelhas. Sentiu outra dor e esta foi pior. Ninguém dissera a ela que seria algo assim. Ela se perguntou se haveria alguma coisa errada. Tudo o que sabia a esse respeito era o que vira em sua irmã, no chão do banheiro, há dois anos e meio. Ela não tinha uma mãe para dizer-lhe o que esperar e o médico dissera que tudo correria bem e tinha certeza de que seria muito fácil. A Victoria de verdade teria sido bem mais realista. Mas de alguma forma Olívia jamais esperara que fosse tão doloroso.

— Vamos levá-la para cima — disse Charles calmamente e ajudou-a a se levantar da cadeira, mas foram necessários quase dez minutos para fazê-la subir as escadas e entrar no quarto. Ele a sentou no banheiro e ajudou-a a se despir. Ela tinha dificuldades para se mover. Ele a deixou por alguns minutos para bater na porta de Bertie, disse a ela o que estava acontecendo e pediu que chamasse o médico, e Bertie rapidamente entrou em ação. Mas na hora em que Charles voltou para ela, Olívia estava arfando e entrando em pânico, e as dores eram horríveis.

— Não me deixe novamente — disse ela, parecendo desesperada e se agarrando a ele. Assim que Bertie entrou, eles a ajudaram a ir para a cama e espalharam lençóis e toalhas velhos em torno dela. Bertie tinha experiência nisso, mas Charles não. Susan dera à luz Geoffrey onze anos antes, com as mulheres da família em torno dela. Ele saíra para se embriagar com seu cunhado e, quando voltara, tinha um bebê. Olívia parecia não ter intenção de deixá-lo ir a lugar algum, e na hora em que o médico chegou ela estava agarrando seus braços a cada dor e lutando para não gritar muito alto com medo de que Geoffrey a ouvisse.

— Isso é horrível — informou ela ao médico, e ele e Bertie trocaram um sorriso, mas Charles parecia muito preocupado com ela.

— Quanto tempo vai demorar? — perguntou ele inocentemente. Com Geoff parecera apenas uma hora ou duas, ou talvez ele apenas tivesse bebido muito, pois não conseguia se lembrar.

— Provavelmente a noite toda — disse o médico calmamente, e Olívia explodiu em lágrimas assim que ouviu isso.

— Não posso. Quero voltar para Croton. — Ela estava chorando como uma criança e subitamente tudo em que podia pensar era em sua irmã. Era como se ela estivesse bem ali novamente, mas estavam dividindo a mesma dor e nenhuma delas podia escapar. Era como o pior pesadelo que jamais tivera, exceto quando Victoria estava no *Lusitania*. Mas de certa forma isso era pior, porque Olívia sentia tanta dor que não podia pensar direito. Ela não podia se controlar, após um certo tempo não podia nem mesmo parar de gritar, e finalmente ela viu Bertie levar Charles para fora. Parecia que ele ia começar a chorar, e Olívia implorou a ela que o trouxesse de volta, mas ela não o faria.

— Você vai apenas preocupá-lo — disse ela, tranqüilizando-a. — Você não quer que ele a veja agora... assim...

— Quero sim — disse ela nervosamente. — Eu o quero agora... traga-o... — mas Bertie não o traria, e Olívia apenas ficou deitada ali e chorou, enquanto as dores cresciam e pioravam cada vez mais e eram cada vez mais próximas uma da outra. Então ela não pôde mais segurar e de uma grande distância, em algum lugar, Bertie e o médico estavam segurando suas pernas e dizendo a ela para empurrar o bebê para fora, mas ela não conseguia. — Eu quero Victoria — disse ela entre gemidos, e subitamente Bertie olhou para ela. Houve um momento de silêncio e então veio outra dor que levou Olívia para longe novamente, e um longo tempo se passou até que ela pudesse escutá-los novamente; era muito doloroso. — Victoria — sussurrou ela o nome de sua irmã novamente, e à distância ela pôde ouvir sua irmã chamando.

— Tome cuidado com o que diz — sussurrou Bertie para ela suavemente. — Tome cuidado — disse ela novamente e apertou com força a mão de Olívia, mas ela tinha ido muito longe para saber o que queria dizer enquanto ficava lá deitada gritando e empurrando. Amanhecia e nada acontecera ainda. Olívia não podia acreditar naquela dor e ainda não tinha um bebê. Até Bertie estava começando a parecer cansada, e Charles fizera café para ela e o médico. E então Charles bateu suavemente e entrou no quarto novamente, perguntando como estava a esposa.

— Terrível — gemeu ela, respondendo por eles. — Oh Charles... — disse ela e começou a soluçar, e ele perguntou a si mesmo se afinal de contas seus temores anteriores não tinham fundamento. Talvez ela tivesse alguma má formação congênita como sua mãe, algo que a mataria antes que ela tivesse o bebe.

— Oh, meu bem — disse ele parecendo comovido, e o médico disse a ele que ficaria mais confortável se esperasse embaixo, no salão. Ele estava começando a se preocupar com ela, mas não demonstrou. E então, antes que Charles pudesse dizer mais nada, as dores recomeçaram, e eles disseram a ela para continuar empurrando. Charles ficou, sem ser notado por nenhum deles. Mas uma hora mais tarde a situação parecia genuinamente sem esperança.

— Eu realmente gostaria que você saísse — repetiu o médico asperamente para Charles, em tom de repreensão. Mas Charles o repreendeu de volta, para surpresa de todos.

— Não vou sair. Ela é minha esposa e vou ficar bem aqui. — E, apesar da dor, o humor de Olívia pareceu melhorar tendo-o perto dela. Ele ficou segurando sua mão e dizia a ela para empurrar quando os outros diziam, mas nada aconteceu. E finalmente, depois de forçar sua mão dentro dela, o médico anunciou que o bebê estava na posição errada.

— Vou ter de virá-lo. — E Charles quase chorou quando ela gritou desta vez, mas, vagarosamente, vagarosamente, o bebê começou a se mover. Mas era exatamente como Charles temera. O bebê devia ser muito grande. Era fácil de se ver. Ele não sabia por que eles não a haviam obrigado a ir para o hospital, ou ao menos não tinham avisado a eles. Mas o médico estivera tão decidido a acalmá-los todos esses meses, dizendo a ela que seria fácil.

— Não posso mais — disse ela miseravelmente para Charles, entre dores, e então ela vomitou e gritou mais. Ele queria pegá-la em seus braços e sair correndo dali. Sentia que jamais deveria ter feito amor com ela, e então subitamente, enquanto ambos choravam, ela fez uma cara horrível e empurrou novamente, e desta vez houve um pequeno gemido e, saindo da grande bola que havia sido sua barriga nos últimos meses, estava o maior dos bebês. Ela era pequena, doce e rosa; uma garotinha perfeitamente formada. O médico a segurou, enquanto ambos olhavam para ela atônitos. — Oh, ela é tão bonita — disse Olívia, enquanto Bertie a segurava.

— Agora não foi tão ruim — disse o médico, e Olívia fez uma cara horrível e olhou para Charles com um sorriso, mas o sorriso virou imediatamente dor, e ele a olhou horrorizado.

— O que está acontecendo? — perguntou ele, subitamente apavorado. Ela estava se contorcendo de dores novamente e já havia tido o bebê.

— Acontece às vezes — explicou o médico. — E o pós-parto às vezes pode ser até mais doloroso — disse ele em voz baixa, enquanto Olívia começava a gritar novamente e Bertie a observava.

— De novo não... por favor... — implorou Olívia — não mais... — Ela olhou para Charles novamente como se estivesse sendo levada para longe dele em marés de misericórdia, e tudo o que ele pôde pensar foi que não queria mais crianças, isso era horrível.

— Não acho — começou Bertie a dizer sabiamente, mas o médico interrompeu-a.

— Num minuto ela vai soltar a placenta — mas em vez disso ela subitamente começou a sangrar muito e foi tomada pela dor. Sem que ninguém dissesse a ela, começou a empurrar, enquanto Charles a segurava.

— Doutor, isso é normal? — perguntou Charles numa voz estrangulada, quando uma pequena cabeça surgiu de repente onde a primeira havia estado, esta ainda um pouco maior, e um pequeno rosto estava olhando para todos eles e esperando, enquanto Charles novamente olhava para baixo entre suas pernas em total assombro. — Victoria — disse ele. Ela estava deitada na cama, os olhos fechados, agarrada a ele e arfando, enquanto ele sorria para ela. — Vamos, meu bem, empurre, estamos tendo outro bebê. — Ele estava rindo e chorando ao mesmo tempo, e Bertie também.

— O quê? Oh, meu Deus... — disse ela e então entendeu, empurrou mais forte e uma segunda garotinha saiu e, logo depois, uma única placenta. Elas eram idênticas, como ela e Victoria. Olívia olhou para o bebê sem acreditar e então para Charles e depois começou a rir. Eram pouco mais de dez horas da manhã. — Não acredito nisso. Não novamente. — De repente todos estavam sorrindo, e até Olívia não se sentia tão mal. O sangramento já havia quase parado, e ela estava segurando os dois bebês nos braços, enquanto Bertie a enrolava em lençóis e toalhas limpos. Ela estava um pouco mais chocada do que Charles, mas na verdade achava que ele era um ajudante bem melhor do que o médico.

— Eu te amo tanto — sussurrou Charles, enquanto se curvava sobre ela, e então, com seus dois bebês nos braços, ele os levou para ver Geoff, que também não pôde acreditar no que via. Elas eram tão perfeitas e tão bonitas e havia duas delas. E no quarto o médico estava explicando por que pensara que tinha escutado uma só batida de coração.

Ele costurou Olívia, e Bertie banhou seu corpo e seu rosto em água fresca e perfumada. E quando o médico saiu e elas ficaram sozinhas novamente, ela olhou para Olívia e sorriu.

— O que você fez, sua garota irresponsável? — disse ela, e Olívia soube exatamente o que ela queria dizer. Ela estava surpresa por Bertie ter ficado fora disso tanto tempo. Já fazia quase um ano agora.

— Ela me obrigou a fazê-lo.

Bertie assentiu e sorriu.

— O que, isso também?

— Bem, não exatamente — sorriu ela, feliz, mesmo depois de tanta dor. Parecia uma coisa tão pequena agora.

— Onde está ela? — sussurrou Bertie suavemente.

— Na Europa. — Mas antes que pudesse dizer qualquer coisa, Charles entrou no quarto com Geoff, que queria vê-la.

— Elas são tão fofas, tia... Victoria... — Ele quase escorregara e olhou para ela em pânico, mas estava sorrindo quando o beijou.

— Elas parecem exatamente com você quando era pequeno, seu pai me contou — disse Olívia gentilmente. Geoff pareceu embaraçado então e deixou o quarto para sair e contar aos vizinhos. E finalmente Charles estava sozinho com ela novamente. Bertie pegara os bebês e os levara para o quarto mais próximo, para banhá-los.

— Sinto muito por tê-la colocado nisso tudo — disse ele, parecendo orgulhoso, mas culpado.

— Eu faria tudo de novo — ela disse honestamente. — Não foi tão ruim. — Ele olhou para ela em total espanto.

— Como você pode dizer isso? — disse ele suavemente, beijando-a e lembrando-se apenas do quanto fora ruim, mais do que ela.

— Valeu a pena — disse ela suavemente, beijando-o e pensando nas duas garotinhas que haviam nascido, exatamente como ela e sua irmã.

— Não estou certo de que vá sobreviver a todos os truques delas — disse Charles com fraqueza, enquanto se sentava ao lado dela na cama, pensando no quanto fora confuso estar perto dela e de sua irmã. — Seu pai disse que ele jamais pôde diferenciá-las.

— Vou ensinar a você — disse ela e beijou-o. Poucos minutos mais tarde, Bertie entrou com os dois bebês e, enquanto os colocava nos braços de sua mãe, não conseguia imaginar o que Olívia faria quando Victoria voltasse da Europa.

Em Châlons-sur-Marne, naquela noite, Victoria estava dormindo em paz, quando sentiu Edouard apunhalá-la repetidamente com o que parecia uma faca quente, até que ela gritasse, e então, quando começou a acordar do sonho horrível, deu-se conta de que era Olívia quem estava sendo apunhalada e que ela estava gritando. Ela continuou gritando repetidamente e não parou mais, até que colocou as mãos nos ouvidos. Mas então sentiu as dores novamente em si mesma e ficou se retorcendo na cama, confusa e mergulhada em agonia, gritando por sua irmã até que Edouard a acordou.

— *Eh... petite... arrête...* é um pesadelo... *ce n'est qu'un cauchemar, ma chérie.* — Mas era tão real que ela não podia parar de sonhar, e enquanto se agarrava a ele, sem ar, deu-se conta de que sua cama estava molhada e as dores eram reais. Ela mal pôde recuperar a respiração quando sentiu uma dor enorme, um peso que parecia pressioná-la atravessando seu corpo.

— Não sei o que está acontecendo... — sussurrou ela no escuro, enquanto ele acendia a luz, ainda confuso. E então ele a viu. Ela estava deitada numa poça de água e sangue e segurando a barriga, enquanto ele a olhava.

— *Ça vient maintenant?...* Está chegando agora? — Quando ele estava meio adormecido, quase sempre falava com ela em francês, mas agora ela conseguia entender. Ela assentiu, parecendo aterrorizada, e ele saiu da cama rapidamente e agarrou suas calças. — Vou buscar o médico.

— Não... não vá... não me deixe... — implorou ela. Estava sentindo muita dor e estava muito assustada. Ao contrário de Olívia, Victoria tinha um medo mortal do parto e tudo o que queria agora era Edouard a seu lado.

— Tenho que ir buscá-lo, Olívia... Não tenho a menor idéia de como fazer um parto. Eu só vi cavalos nascerem.

— Por favor, não vá — disse ela, chorando, e então arfou horrivelmente ao sentir outra dor e agarrou a barriga. — Está vindo agora... eu sei que está... Edouard, não vá... — Ela estava em pânico total, e seus olhos pareciam selvagens quando ele olhou para ela.

— Por favor, querida, me deixe ir buscar alguém para ajudá-la... Chouinard — o melhor cirurgião no hospital de campo — vai voltar comigo e vou trazer uma das enfermeiras.

— Não os quero — arfou ela, agarrando-se a ele novamente. Seus dedos eram como garras. — Quero você... — E então, quando ela recuperou a respiração por um momento entre as dores: — Eu estava sonhando que Olívia estava tendo o bebê. — Ele sorriu desta vez com a conveniente transferência de seu sonho.

— Esta é uma coisa que ela não pode fazer por você, meu amor. Nem eu — disse ele gentilmente. — Gostaria de poder tirar toda a dor de você — disse ele, enquanto se ajoelhava ao lado dela e a abraçava. Ela estava obviamente agoniada, mas ele sabia que poderia durar horas e estava determinado a ir buscar alguém para ajudá-la. Ele tentou colocar a camisa, mas ela não deixou.

— Está vindo agora, Edouard... posso sentir... está vindo... — ela sentia uma dor e uma pressão terríveis, e ele ficou assustado quando viu todo aquele sangue em volta dela, mas num instante ela já estava gritando e, por azar, não havia ninguém na casa com eles naquela noite. Os outros estavam todos trabalhando. E ele não podia usar seu rádio para chamar o médico.

— Estarei de volta logo — tentou ele dizer novamente, mas ela não o deixou sair. Estava nervosa e assustada demais para isso. Tudo o que ele pôde fazer foi sentar ali com ela e segurá-la. E naquele exato momento, em Nova York, Olívia começou a sentir dores novamente, apenas dores médias desta vez. Ela comentou com Charles, e ele fingiu que ia desmaiar e disse, por favor, trigêmeos não. Mas quando Bertie entrou no quarto, disse que sentir dores após o parto era normal. Olívia deitou a cabeça novamente contra os travesseiros e adormeceu. Mas só sonhou com a irmã.

— Edouard, por favor... — Era outro grito patético, e ela se sentou subitamente e se moveu para a beira da cama. Ele não tinha idéia do que ela estava fazendo. — Tenho que empurrar — disse ela, ofegando enquanto se agarrava a ele. Ela não sabia o que fazer ou aonde ir, mas estava sendo guiada por uma força que não podia parar agora.

— Segure-se em mim — disse ele, e ela agarrou suas mãos, enquanto empurrava com toda a força que podia, sentada ali, e então caiu novamente na cama.

Ela não sabia o que fazer para tirá-lo dela, mas mesmo assim podia senti-lo chegando. Ele então teve a idéia de empurrar suas pernas e disse a ela para se deitar e empurrar com ele. E quando ela tentou, embora fizesse sons terríveis, se sentiu melhor. Ela o fez novamente e depois se deitou de novo, e da próxima vez em que ela empurrou, ele pôde ver um pequeno tufo de cabelos louros aparecendo.

— Oh, meu Deus — disse ele, totalmente assombrado. — Oh meu Deus... Victoria, está chegando... continue empurrando. — Ela o fez novamente e novamente e novamente, e ele ficou segurando suas pernas, deixando-a se agarrar a ele, e numa questão de minutos havia uma pequena face entre suas pernas, gritando tão vigorosamente quanto sua mãe. — Victoria! — disse ele, quase gritando para ela, enquanto os dois sorriam e choravam, e ela empurrava mais. Dois empurrões mais tarde, seu filho saiu de Victoria e ficou deitado na cama, chorando. Edouard pegou-o o mais cuidadosamente que pôde e segurou-o para que ele pudesse ver sua mãe.

— Oh... olhe para ele... — Victoria chorava, incapaz de acreditar no que acontecera a eles, e tão rapidamente. Ele era tão perfeito e parecia exatamente com seu pai. — Ele é tão bonito... oh, eu te amo — disse ela e beijou Edouard. Havia lágrimas rolando pelas faces dele. Eles haviam sido verdadeiramente abençoados. Neste lugar de angústia e morte, eles haviam sido visitados por um anjo.

— Ele é a coisa mais bonita que eu jamais vi — disse ele em francês, chorando sem vergonha lágrimas de alegria —, exceto por sua mãe. *Je t'aime*, Victoria, mais do que você jamais saberá. — Ele deitou o bebê gentilmente no peito dela e foi buscar toalhas e água para limpá-los. Era a coisa mais extraordinária que ele jamais havia visto. E o pequeno garoto nascera em menos de uma hora desde o momento em que sua mãe acordara.

— Como vamos chamá-lo? — perguntou ele depois de ter cuidado de ambos. Ele estava provando ser um excelente médico amador e uma ótima parteira.

— Você fez tudo muito bem — disse ela, sorrindo, e então pareceu um pouco embaraçada. — Desculpe por ter ficado tão apavorada... fiquei tão surpresa e veio tão rápido — e fora tão doloroso quanto rápido. Ele era um bebê muito grande, mas até ela tinha de admitir, fora muito mais fácil do que esperava. Ela tivera medo de um parto longo e agonizante, como o de sua mãe, que podia ter terminado em tragédia. — Graças a Deus que não tivemos gêmeos — disse Victoria, parecendo aliviada.

— Acho que eu gostaria disso — disse ele, parecendo um pai muito orgulhoso, enquanto acendia um cigarro e oferecia outro a ela, mas por uma única vez ela não aceitou. Estava se sentindo um pouco mexida ainda e muito enjoada. Mas o bebê já estava mamando. E olhando para ela, Edouard lembrou-se novamente de que ela deveria ir para casa logo. Este não era lugar para um bebê. E então ele sorriu para ela novamente e retirou os longos cabelos negros de sua face, enquanto ela se deitava lá nua, com seu filho, coberta apenas por um cobertor do exército. — E o nome do futuro barão? — perguntou ele formalmente, e ela olhou do filho para o pai com uma expressão pensativa.

— Que tal Olivier Edouard, por causa de minha irmã e de você e meu pai? Isso parece englobar tudo. O único que fica fora disso é Charles — ela riu —, e nestas circunstâncias, não acho que ele vá se importar.

— Vamos mandar um aviso a ele ou você vai escrever para o pobre homem um dia desses? — Eles haviam decidido finalmente que aquele seria o melhor meio de fazê-lo. De outra forma Charles poderia não saber durante anos, e Olívia ficaria amarrada para sempre, fazendo o papel da irmã. Victoria estivera planejando escrever para Olívia e contar a ela. Estava certa de que seria um alívio para ela, embora Charles indubitavelmente fosse ficar muito zangado. Ela odiava deixar Olívia encarar a situação sozinha, mas simplesmente não podia se ver voltando para os Estados Unidos agora. Mas como sempre, quando quer que pensasse nela, Olívia apareceu com força em sua mente naqueles dias, e ela desejou mais que nunca poder mostrar o bebê a ela. Daria qualquer coisa para colocar seus braços em torno dela e simplesmente abraçá-la. Ela ficou na cama e chorou por dois dias, apesar de sua alegria pelo pequeno Olivier, mas pela primeira vez em dez meses Victoria estava mortalmente saudosa de casa.

Capítulo 31

A solução a que Edouard e Victoria finalmente chegaram foi deixar o bebê com a castelã, a condessa que Victoria conhecera meses antes, que agora era a amante do general. Mas sua casa estava a salvo, era bem longe das linhas do *front*, e ela vivia ali sob a proteção dos aliados. Embora Edouard dissesse que ficaria mais feliz sabendo que Victoria e o bebê estavam a salvo na Suíça, ele estava querendo concordar em deixá-los lá, ao menos por poucos meses, enquanto ela estava amamentando. Victoria ficou em casa com seu filho por muitas semanas, até que ficasse de pé novamente, mas se sentiu surpreendentemente bem muito depressa. Muitas das enfermeiras vieram visitá-la e Olivier se tornou o mascote do acampamento, mesmo para aqueles que não o conheciam. Os soldados mandavam presentes para ele e pequenos brinquedos entalhados. Didier tricotou para ele um pequeno par de meias e, só Deus sabia onde, um dos homens conseguiu para ele um ursinho empalhado, que alguém havia ganhado da namorada. E enquanto ele ficava deitado no colo da mãe, com seu pai apaixonado olhando para eles, Olivier Edouard de Bonneville parecia um bebê muito feliz. Para todos, ele era a flor da vida no meio do campo de morte e cinzas.

Em junho, Victoria já voltara ao normal. Havia recuperado sua silhueta, para delícia de seu marido, e estava dirigindo o jipe de Edouard novamente, agora amamentando o bebê apenas à noite e pela manhã. Eles o deixavam com a condessa quando saíam, e Victoria o pegava novamente no caminho para casa, ansiosa para vê-lo e às vezes pingando leite enquanto esperava para amamentá-lo. Mas ele tinha um temperamento muito bom e contentava-se com leite de cabra sempre que precisava, particularmente se eles se aventuravam até mais longe ou Edouard tivesse que ir a algum lugar durante a noite e levasse Victoria com ele. Para eles, era o arranjo perfeito. E dadas as necessidades da guerra, era maravilhoso que conseguissem passar por isso. Mas, para sorte de Edouard, o general gostava dele. Recentemente Edouard havia feito incursões a *rendezvous* com a Esquadrilha Americana, uma força aérea com sete voluntários americanos, e levara Victoria com ele para conhecê-los. Fora excitante para ela, e eles estavam loucos por ver outro ianque. Dois deles eram de Nova York, de modo que também tinham isso em comum, mas a guerra já era um laço suficiente para todos. Estavam todos juntos naquilo.

Em junho, enquanto Victoria estava dirigindo para Edouard, os Dawson estavam batizando seus bebês. Olívia insistira em chamá-las de Elizabeth e Victoria por sua mãe e sua irmã. O Victoria fora difícil de explicar para Charles, mas ele pensara que ela queria uma homônima. Mas o nome do meio de Elizabeth era Charlotte, por causa de seu pai. E o de Victoria era Susan.

Geoff estava encantado com as duas, e Bertie vivia ocupada, vestindo, alimentando, lavando e trocando. Nunca havia mãos suficientes para ajudá-la. Olívia havia tentado amamentá-las, mas elas haviam sido demais para ela, e depois da dificuldade que tivera no parto, o médico achou que ela estava muito frágil para continuar a amamentar. Então elas começaram com as mamadeiras, e agora todos podiam ajudar a alimentá-las.

Mas em junho Olívia estava se sentindo maravilhosa. Era como se nada houvesse jamais acontecido. E quando estavam na igreja de Saint Thomas, na véspera de seu segundo aniversário de casamento, Olívia sentiu-se a mulher mais sortuda da vida, exceto pelo fato de que ela pegara tudo aquilo emprestado da irmã. Ela não tinha idéia do que fariam quando Victoria retornasse. Talvez devessem continuar com a farsa para sempre. Ela apenas esperava que Victoria não decidisse que estava loucamente apaixonada por Charles, mas nada em suas cartas indicava isso ou mencionava qualquer outra pessoa. Olívia tinha a impressão de que algo estava acontecendo, mas ela nunca compreendera o que era. Victoria praticamente a confinava a notícias de guerra, até onde os censores deixariam, mas pelo menos Olívia sabia que sua irmã estava feliz.

Em junho, durante a Batalha de Verdun, depois que o forte Vaux caiu, Edouard e Victoria estavam voltando para casa, após um encontro ultra-secreto com os aliados em Anscourt. Todos os oficiais graduados haviam estado lá, inclusive Churchill, representando seu novo batalhão. Todos haviam ficado deprimidos pela maneira como estava indo a batalha, pois a carnificina parecia não ter fim. E o encontro havia sido ultra-secreto. Victoria tivera que esperar do lado de fora com os outros motoristas. E ele disse muito pouco para ela no caminho de volta. Edouard parecia estar pensando e prestava muito pouca atenção à estrada, já familiar para ambos. Victoria a conhecia como a palma da mão; passara por ali centenas de vezes. E naquela noite estava com pressa para voltar para seu bebê. Como sempre, seus seios estavam jorrando leite, e ela queria voltar para o *château* rapidamente, para pegá-lo e amamentá-lo. O desconforto que sentia crescia a cada hora e a fez ficar um pouco menos cuidadosa.

— O que foi aquilo? — Edouard olhou para algo no lado da estrada, quando já haviam passado da metade do caminho de volta, e ela sorriu. Ele estava cansado e parecia tenso. A guerra não estava indo bem para os aliados. Ela desejava que os americanos entrassem nela, mas o presidente Wilson ainda estava resistindo. Se pelo menos eles pudessem vir e ver com seus próprios olhos o quanto os franceses e ingleses precisavam desesperadamente deles, as coisas talvez fossem diferentes. Ela estava pensando sobre isso quando bateram numa pequena protuberância na estrada e desviaram, quase batendo numa árvore. Estavam ambos cansados e nervosos.

Eles já estavam quase chegando a Châlons-sur-Marne e haviam acabado de passar por Epernay, quando Edouard disse que achava ter visto algo novamente. Ele queria ir mais devagar, e ela queria ir mais rápido. Eles discutiram sobre isso um minuto, e ele deu uma ordem a ela e não estava brincando.

— Vá devagar, Victoria, eu quero ver isso.

Ele estava certo de que podia ver movimento nos arbustos e queria avisar em Château-Thierry se os alemães estivessem de alguma forma invadindo por trás, o que seria desastroso. Mas depois que pararam por um minuto, o que Victoria pensou ser suicídio, não viram mais nada e começaram a se mover. Ela havia apenas começado a aumentar a velocidade quando um cachorro correu para a estrada na frente deles, e ela desviou para evitá-lo e quase bateu numa árvore. Enquanto estava se acalmando novamente, ouviu um estranho silvo e lembrou-se, sem razão particular, do *Lusitania*. O ruído era bem mais baixo e ela olhou para Edouard, todo o seu corpo tenso, e seus olhos ficaram subitamente arregalados quando ele gritou para ela.

— Abaixe-se! *Baisse-toi...* — gritou ele, e ambos voaram para o chão o mais baixo que puderam, enquanto ela continuava dirigindo. Mas quando se voltou para olhar para Edouard, ele tinha uma expressão estranha nos olhos, e ela de repente viu que ele estava sangrando. Ela começou a se dirigir para a beira da estrada e ele sacudiu a cabeça freneticamente, dizendo a ela para não parar, mas outro cartucho atingiu-os um instante depois. Eles haviam sido atacados por franco-atiradores. Ela dirigiu o mais rápido e para o mais longe que pôde, estendendo a mão para ele, sem certeza do que fazer. Ele tinha seu rádio com ele, mas ainda estavam muito longe para usá-lo. Ele estava começando a cuspir sangue, e ela pôde ver que ele estava perdendo a consciência. Ela estava dividida entre tentar levá-lo para o hospital do campo ou parar para cuidar dele ali. Mas não havia decisão a tomar agora. Ele se arremessou para a frente no chão, e ela pôde ver que ele estava morrendo. Ela não tinha escolha, a não ser encostar o carro.

— Edouard — disse ela, empurrando-o para trás e deitando-o contra ela. Ela vira faces como aquela mil vezes nos últimos trinta meses, mas nunca a dele ou de alguém que conhecesse. Isso não podia estar acontecendo, não a ele, não hoje, não agora. Não era possível... ela estava gritando seu nome e sacudindo-o para tentar trazê-lo de volta à consciência, mas podia ver que todo o lado de sua cabeça fora arrancado, e ele estava quase morto enquanto ela o segurava. Ela não podia acreditar que ele ainda estivesse respirando. — Edouard! — gritou ela, meio chorando, meio soluçando. — Me escute... me escute... — Ela estava gritando e imaginou se os franco-atiradores podiam ouvi-la. Para ser exata, eles ainda estavam longe o suficiente do campo e não eram um perigo real para o acampamento. — Edouard, por favor...

Ele abriu os olhos e olhou para ela com um sorriso, apertando sua mão o mais forte que podia, o que era muito pouco.

— ... *je t'aime...* sempre estarei... com você... — E então ele olhou para ela novamente, seus olhos se abriram um pouco mais como se estivesse muito surpreso, e então subitamente ele estava com os olhos fixos e havia parado de respirar. Rapidamente estava tudo acabado.

— Edouard — sussurrou ela no escuro, sozinha... —, não... vá... por favor... não me deixe... — E enquanto olhava para ele com horror e descrença, o sangue dele cobrindo-a, ela mal sentiu o projétil que entrara nas suas costas bem abaixo do pescoço, embora tivesse ouvido aquele que passara perto de seu capacete. Ela o deitou gentilmente no assento próximo a ela e, sentindo algo muito frio pingar de seu pescoço, pressionou o pé no acelerador e voltou à estrada em alta velocidade. Ela tinha que levá-lo para o hospital para ver se podiam ajudá-lo. Os médicos fariam algo... eles o acordariam novamente... ele estava apenas dormindo, disse ela a si mesma. Ela estava em choque. Tudo o que sabia era que tinha de levá-lo de volta. Ele era seu capitão, ela era sua motorista, e ele era seu capitão.. e... ela bateu numa árvore quando entrava no acampamento, quase atingindo duas enfermeiras a caminho do refeitório. Elas gritaram para ela, e uma delas disse algo rude e encarou-a. — Ele está ferido — disse Victoria, encarando-as inexpressivamente. E as enfermeiras olharam para ela muito estranhamente, enquanto seus rostos rodavam em torno dela. — Façam algo, ele está ferido — gritou ela, e as enfermeiras puderam ver, sem olhar duas vezes, que o capitão de Bonneville estava morto. Mas então elas viram o sangue pingando de seu pescoço na camisa e entenderam o que havia acontecido.

— Você também — disse uma delas gentilmente e entrou no caminhão para segurá-la, enquanto Victoria escorregava suavemente para dentro da escuridão. Elas a pegaram enquanto ela caía contra o volante e viram que suas costas estavam inteiramente cobertas de sangue.

— Pegue uma maca! — gritou uma delas para alguém atrás de si, enquanto segurava gentilmente o queixo de Victoria em suas mãos para sustentá-la. — Servente! — chamou, e dois homens vieram correndo. Um deles reconheceu Victoria e sacudiu a cabeça quando viu o capitão.

— O capitão? — perguntou ele, e a enfermeira confirmou com a cabeça. Não havia esperança. — Eles foram baleados... leve-a para a cirurgia. Veja se Chouinard está lá... ou Dorsay... ou qualquer pessoa... — Se houvesse atingido a espinha, qualquer coisa podia acontecer. No mínimo a infecção poderia matá-la.

Os serventes correram com ela para a cirurgia e depois voltaram mais vagarosamente para Edouard. Dois soldados carregaram seu corpo para o necrotério, enquanto outro dirigia o caminhão para longe e ia informar aos comandantes sobre o capitão de Bonneville.

Não havia nada mais que pudessem fazer por ela, exceto operar para remover a bala. Ela jamais poderia andar novamente se sobrevivesse, o que não seria nada agradável. O dano que a bala dos franco-atiradores fizera fora tremendo, já que ricocheteara dentro de seu corpo. E mais tarde, naquela noite, as enfermeiras e serventes com quem ela havia trabalhado estavam falando sobre ela e Edouard. A sargento Morrison foi procurar seus papéis. Eles a conheciam como Olívia Henderson, americana, de Nova York, e Morrison há muito havia gravado o endereço de sua casa e seus parentes próximos. Era uma mulher chamada Victoria Dawson. Morrison escreveu ela mesma o telegrama, e havia lágrimas em seus olhos quando o fez.

Capítulo 32

O carrinho que Olívia tinha de usar para as gêmeas era a coisa mais pesada e antiquada que ela já vira, mas Bertie insistira em trazê-lo de Croton. Ela fizera Donovan trazê-lo especialmente de carro. Era gigantesco e havia sido dela e de Victoria, mas, apesar das queixas de sua mãe, as gêmeas pareciam muito felizes nele. A casa se tornara pequena para eles durante a noite também. As gêmeas estavam dividindo um quarto com Bertie, e ela e Charles haviam falado mais de uma vez sobre mudarem-se para a casa de seu pai na baixa Quinta Avenida. Até onde Charles sabia, era dela agora. Mas Olívia sabia que era de sua irmã e não se sentia bem se mudando para lá até que conversasse com Victoria quando ela voltasse da Europa. A casa que ela herdara estava em Croton e era magnífica, mas muito pouco útil. Então, por enquanto, eles iam ficando onde estavam e vivendo em quartos bem apertados. Ela e Charles podiam ouvir os bebês chorarem a noite toda, e Geoff estava acima de suas cabeças constantemente, normalmente com Chip ou uma das crianças dos vizinhos. Aquilo estava começando a deixar Charles louco.

E ultimamente Olívia estava tendo problemas para dormir e vivia muito cansada. Tudo parecia doer e ela esperava que não estivesse ficando doente.

Enquanto Olívia lutava com o enorme carrinho de bebê nos degraus da frente, ela estava começando a pensar que Charles estava certo, e eles deviam se mudar. Ela explicaria a Victoria mais tarde.

— Posso ajudá-la? — falou um homem de uniforme e, enquanto ela agradecia e olhava para ele, deu-se conta de que ele estava segurando um telegrama com seu nome, e subitamente sentiu seu coração parar. Ela havia tido uma sensação estranha durante dias e finalmente se convencera de que estava apenas nervosa por dormir pouco, tentando tomar conta de dois bebês.

— É para mim? — perguntou ela roucamente.

— Victoria Dawson? — perguntou ele agradavemente, e ela assentiu. — Sim, sou eu. — Ele entregou o telegrama a ela, pegou sua assinatura, e depois ajudou-a a levar o carrinho para a casa, suas mãos trêmulas. Ela empurrou o carrinho para o *hall* da frente, os bebês ainda adormecidos nele, e rasgou o telegrama sem esperar mais nem um único minuto. Sentiu seu coração apertado, como se um torno de aço houvesse sido colodado em torno dele. As palavras se embaçaram no momento em que ela as leu. Era uma nota oficial de uma certa sargento Morrison na França, ligada às forças aliadas. "Lamentamos informar que sua irmã, Olívia Henderson, foi ferida na linha de guerra. Ponto. Não pode ser transferida. Ponto. Gravemente doente. Ponto. Vamos avisá-la dos próximos acontecimentos. Ponto." Estava assinada pela sargento Penelope Morrison do Quarto Exército, responsável pelos voluntários. Victoria jamais a havia mencionado antes, mas aquilo não era importante agora. Ela fora ferida. Olívia ficou chorando no *hall*, segurando o telegrama, incapaz de acreditar nele. E ela havia sentido aquilo. O mal-estar que sentira fora muito facilmente explicado pelo cansaço com os bebês. Mas agora ela subitamente entendeu o que estivera sentindo. Victoria estava doente ou ferida.

Olívia estava olhando em volta nervosamente, quando Bertie entrou no *hall*, saindo da cozinha, e soube imediatamente que algo terrível acontecera.

— O que foi? — Ela correu até o carrinho, pensando que era um dos bebês.

— É Victoria... ela está ferida...

— Oh, meu Deus... o que você vai dizer a Charles? — Ela usou o primeiro nome dele em sua ausência, embora nunca o tivesse feito em sua presença.

— Não sei — disse Olívia nervosamente, enquanto ambas levavam os bebês adormecidos para cima. Deitaram-nas em seus berços sem acordá-las, quando Geoffrey entrou e subiu as escadas correndo para fazer seu dever de casa. Mas Olívia não disse nada a ele. Ela tinha de contar a seu pai primeiro e não tinha idéia de por onde começar, se contava a ele toda a verdade ou apenas parte dela. Mas o que quer que fosse, ela tinha de fazer algo. Ela iria vê-la imediatamente, e se ele se juntaria ou não a ela, dependia dele. Mas ela estava indo. Nada neste mundo a impediria de fazê-lo.

Ela estava esperando por ele na sala de estar quando ele chegou em casa no fim daquela tarde. Estava mortalmente pálida e suas mãos tremiam enquanto ela dobrava e redobrava o temido telegrama, mas, como Bertie, ele pensou que era um de seus bebês.

— Victoria, o que foi?

Ela tomou um pouco de ar e decidiu contar a ele apenas parte de tudo. Ela passara a tarde em agonia por causa desta decisão.

— É minha irmã.

— Olívia? Onde ela está? O que aconteceu? — Ele não entendia o que sua esposa estava dizendo.

— Ela está na Europa. E está ferida. — Era realmente mais fácil do que ela pensara, agora que tinha começado. Mas a verdade toda jamais seria. Não haveria meio de colocar aquilo em pratos limpos, e seu pior medo era que ele se divorciasse dela. Ele nem mesmo tinha de fazê-lo. Tudo o que tinha de fazer era jogá-la para fora. Ela nem mesmo estava certa de que, nestas circunstâncias, ele teria de dar os bebês a ela, ou mesmo deixá-la visitá-los. Mas a questão agora não era sobre eles, não ainda. Era sobre sua irmã.

— Ela está na Europa? — Ele parecia totalmente perdido, enquanto se sentava e a encarava. — O que ela está fazendo lá?

— Ela estava dirigindo para as Forças Aliadas e foi ferida — disse Olívia, sentando-se em frente a ele e olhando-o com terror. Ele estava começando a entender que havia alguma decepção ali e subitamente ele soube.

— Você sabia disso? — perguntou ele, procurando seus olhos, imaginando se ela mentira para ele e seu pai e, quando ele perguntou, ela assentiu. — Como ela pôde fazer isso? Ela estava lá o tempo todo? — Olívia assentiu novamente, aterrorizada com o que mais ele iria imaginar, mas o resto era tão vergonhoso que não havia meio de ele adivinhar. Elas haviam ido muito longe nos últimos trinta meses, e ela o sabia. Imaginava se Victoria agora também sabia e se sentia por isso. Trinta meses era muito tempo para carregar uma decepção e trocar de vidas. Aquilo excedera demais seu trato. Mas ela também se excedera e sabia disso. — Por que você não disse nada, Victoria? — Subitamente o nome de sua irmã soou em seus ouvidos como uma acusação, mas era muito tarde para mudar as coisas, e ela respondeu sem se acovardar.

— Ela não queria que ninguém soubesse e queria desesperadamente fazer isso, Charles. Eu não pensei que fosse justo detê-la.

— Justo? Você acha que foi justo da parte dela fugir de seu pai assim? Pelo amor de Deus, isso o matou.

Os olhos de Olívia encheram-se de lágrimas quando ele disse isso.

— Não foi só isso e nós não sabemos. O coração dele já estava fraco havia anos. — Ela tentou defender-se, mas ele pareceu zangado e nem um pouco impressionado.

— Tenho certeza de que isso não o ajudou — disse ele severamente, apavorado com a decepção que sentia com a frivolidade de "Olívia".

— Provavelmente não — disse a Olívia real fracamente, sentindo-se uma assassina, embora sua farsa tivesse convencido seu pai de que ele a vira em seu leito de morte. Mas aquilo era um conforto pequeno.

— Eu poderia entender que você fizesse alguma coisa louca como essa, nos velhos tempos, quando você estava totalmente envolvida em política e idéias radicais, mas Olívia... eu simplesmente não posso entender.

— E se eu tivesse ido? — perguntou ela gentilmente, enquanto ele sorria com melancolia.

— Eu a teria matado. Eu a teria trazido de volta pelos cabelos, trancando-a no sótão. — Talvez ele devesse ter feito isso. Mas seria necessário aquilo tudo para conseguir trazê-la de volta. E então ele olhou para ela mais seriamente. — O que você vai fazer agora? — perguntou, esperando que ela fosse ao consulado francês ou à Cruz Vermelha para ver o que podia ser feito para ajudá-la. — Ela está muito machucada?

— Não sei. Não estou certa. O telegrama diz "gravemente doente". — Ela olhou para ele com força e desta vez disse a verdade. E ele não podia detê-la. — Charles, eu estou indo para lá.

— Você está *o quê?* — Ele estava ultrajado. — Há uma guerra na Europa e você tem três crianças para cuidar.

— Ela é minha irmã — disse ela, e para Olívia aquilo falava bem alto, mas ele estava lívido.

— Não, ela não é, é sua *gêmea*, e eu sei o que isso significa. Significa que você deixa tudo de lado por ela toda vez que você tem uma dor de cabeça e pensa que ela está mandando uma mensagem para você. Bem, eu não vou concordar com isso. Ela pode ser sua gêmea, mas eu estou proibindo você de ir até ela, você me escutou? Você vai ficar bem aqui, no lugar ao qual você pertence, e não vai correr meio mundo para resgatar uma mulher que renegou sua família inteira há um ano, para fugir sabe Deus de que para a Europa. Você *não* vai — disse ele numa voz que ela jamais ouvira antes, gritando de pé na sala de estar. Mas ela olhou para ele com olhos que ele também jamais vira antes.

— *Nada* que você faça vai me deter, Charles. Estou embarcando num navio esta semana, no primeiro dia que puder, e vou até ela, quer você goste ou não. Minhas crianças vão ficar a salvo aqui. Eu vou ver minha irmã.

— Eu perdi uma esposa em alto-mar — gritou ele para ela, enquanto o resto dos empregados fingia não escutá-los, mas era impossível —, e dane-se, Victoria, não vou perder outra. — Havia lágrimas nos olhos dele e em suas faces enquanto ele gritava com ela, lágrimas de raiva e terror.

— Sinto muito, Charles — disse Olívia calmamente desta vez. — Eu vou vê-la. E se você quiser, gostaria que viesse comigo.

— E se nós dois morrermos? E se nós dois formos torpedeados no caminho para lá? Quem vai cuidar de nossas crianças? Nós temos três delas para cuidar agora. Você sequer pensou nisso?

— Então fique aqui — disse ela tristemente. — Eles terão você. — Eles provavelmente não a teriam mais, assim que ele a jogasse porta fora e não a deixasse vê-los. Era tudo o que ela podia imaginar agora, e, quando os abraçou naquela noite, sofreu com o pensamento de jamais poder abraçá-los novamente, mas ela sabia que tinha que ir até Victoria. Cada pedaço de seu ser e sua intuição diziam para ela ir.

Ela colocou Geoff na cama aquela noite. Ele havia escutado a discussão e parecia muito preocupado.

— É Victoria, não é? — sussurrou ele, e ela assentiu. — Papai ja sabe agora?

— Não — sussurrou ela —, e você não deve contar a ele. Eu tenho que vê-la primeiro e então nós vamos contar a ele juntas. Mas eu quero falar com ela.

— Você acha que ela vai ficar zangada por causa dos bebês? perguntou ele ansiosamente, e ela o beijou outra vez.

— Claro que não, ela vai amá-los. — Ela tentou soar mais calma do que se sentia. Por dentro, estava nervosa de terror por sua irmã.

— Mas você vai ficar conosco quando ela voltar? Você pertence a esta casa agora — disse Geoff insistentemente, e ela sorriu para ele. Apenas esperava que Victoria voltasse, fosse para esta casa ou não, ninguém sabia agora.

— É por causa disso que eu tenho de ir à Europa, para falar com ela e me assegurar de que ela está bem e falar sobre todas essas coisas com ela.

— Ela vai morrer? — Ele pareceu subitamente surpreso e um pouco assustado.

— Claro que não — disse ela, desejando acreditar nisso. Oh Deus... por favor, por favor, não a deixe morrer, disse para si mesma naquela noite repetidamente, enquanto se deitava na cama, próximo a

Charles. Por um longo tempo ele não disse nada, e então rolou na cama e olhou para ela. Olívia não podia saber o que ele estava pensando.

— Eu sempre soube que você era teimosa, mesmo quando me casei com você. Mas se você insiste em ir, Victoria, eu vou com você. — Ela estava abalada, mas aliviada. Ir sem ele para a Europa em guerra seria aterrorizante, e ela estava grata por ele se dispor a fazer isso.

— Você pode se ausentar do trabalho?

— Vou ter de fazer isso. É uma emergência. Vou dizer a eles que tenho uma cunhada louca e uma esposa impossível e que tenho de ir à Europa para ajudá-las. — Ele sorriu e Olívia o beijou, agradecida além das palavras pelo que ele estava fazendo e já sentindo pelo que teria de contar a ele uma vez que chegassem lá. Ela não ia dizer mais nada a ele até que visse sua irmã. — Mas deixe-me dizer a você, se essas duas fedelhas no quarto ao lado algum dia fizerem o tipo de besteira que vocês fazem comigo, vou transformá-las agora em duas crianças sem família, de sexos diferentes, ou então em dois cachorrinhos. — Ela riu, enquanto se agarrava a ele com medo naquela noite, e ele a abraçou e a beijou.

Olívia se preparou nervosamente para a viagem nos dois dias seguintes, e no terceiro eles embarcaram no navio francês *Espagne*, com chegada prevista para dali a sete dias em Bordeaux. Era o único navio partindo, a não ser o *Carpathia,* que havia estendido as velas na semana anterior e quatro anos antes resgatara Geoffrey do *Titanic*.

Eles ficaram numa cabine externa pequena, no Deck B, e, embora não fosse luxuosa, era confortável, e eles cumpriram cuidadosamente os *blackouts* e passaram a maior parte do tempo na cabine. Tudo em que Olívia podia pensar então era em sua irmã gêmea, e Charles se esforçava para tentar distraí-la e elevar o moral.

— Não é exatamente como o *Aquatania* — disse ele uma noite, brincalhão, lembrando-se de sua lua-de-mel. Ela sorriu, e ele a surpreendeu com seu comentário: — Que viagem miserável foi aquela.

— Por quê? — perguntou ela surpresa, e ele olhou para ela com muita estranheza.

— Talvez eu tenha uma memória melhor do que a sua, mas posso dizer a você agora que aquele primeiro ano quase me matou. Se as coisas não tivessem mudado há um ano, acho que eu teria me matado ou então ido para um monastério. Eu devia ter ido. — Ela sabia que ele estava se referindo ao celibato que sua irmã prometera a ela, e aquilo a fez sentir-se culpada em relação a ela novamente. Elas tinham muitas explicações para dar uma à outra. Apenas pensar naquilo a fez ficar quieta.

Eles aportaram em Bordeaux dois dias antes de seu aniversário de casamento, o que era suficientemente estranho, e o cônsul local deu a eles todos os avisos que pôde sobre como chegar a Châlons-sur-Marne. Eles alugaram um carro que parecia incapaz dar a volta no quarteirão e foram encontrar um representante da Cruz Vermelha em Troyes, para seguir o resto da viagem com eles. A viagem deveria levar 14 horas. Normalmente teria sido menos, mas com as batalhas acontecendo em toda a sua volta, eles tinham de pegar uma rota mais tortuosa, e já haviam sido avisados dos perigos em potencial. Eles haviam ganhado máscaras de gás, suprimentos médicos básicos e água. Aquilo lembrou a ambos que estavam numa zona de guerra. Olívia experimentou a máscara de gás e não conseguiu imaginar como alguém poderia respirar com ela, mas o guarda que a dera a ela assegurara que, se eles entrassem numa área com gás de cloro, que os alemães estavam usando naquela semana, ela ficaria agradecida. Ver aquilo fez Charles ficar aliviado por ter resolvido vir com ela. Ela jamais poderia ter feito isso sozinha, ou pelo menos ele achava que não. Ele não queria que ela fosse a lugar nenhum. E enquanto eles se dirigiam para o interior e viam a destruição da guerra, ele ficou ainda mais aliviado por ter tido o bom senso de acompanhá-la.

Eles encontraram a mulher da Cruz Vermelha em Troyes e ela os levou a Châlons-sur-Marne. Tiveram um pneu furado no meio do caminho e várias vezes foram parados por soldados que os forçavam a fazer meia-volta. Passava muito da meia-noite quando alcançaram o acampamento naquela noite, e os três estavam exaustos. Mas tudo o que Olívia queria, não importava que horas fossem, era ver sua irmã. Charles tentou convencê-la a esperar até o dia seguinte, mas não havia nada que a detivesse, e assim que saíram do pequeno Renault, ela perguntou a um servente onde era o hospital, e ele apontou a direção certa para ela. Ela encontrou uma enfermeira saindo e perguntou se conhecia Olívia Henderson. Era como perguntar por si mesma, mas ela sabia quem estava procurando e viera de muito longe para encontrá-la.

Charles estava bem atrás dela e ouviu a jovem enfermeira dizer-lhe onde encontrar sua irmã. E então ele a seguiu vagarosamente para dentro da tenda, arfou com o cheiro horrível e quase vomitou com as visões terríveis. Havia homens mutilados e feridos e vomitando verde por causa do gás de cloro. Aquilo tudo era familiar para Victoria, ela os vira durante um ano, mas nenhum dos dois jamais imaginara aquilo. Olívia começou a se virar, e então um garoto que estava no chão estendeu a mão para ela, que gentilmente a pegou. Ele a tinha feito se lembrar de Geoff, e se deu conta de que gostaria de que alguém segurasse sua mão se isso algum dia acontecesse.

— De onde você é? — perguntou ele com um sotaque australiano. Ele havia estado na Batalha de Verdun e perdera uma perna, mas ia superar aquilo.

— Sou de Nova York — sussurrou ela, sem desejar acordar ninguém, mas ninguém parecia estar dormindo. Tudo em torno deles estava se movimentando.

— Sou de Sydney — sorriu ele para ela e saudou Charles, que o saudou de volta com lágrimas nos olhos. Então eles continuaram a caminhar para encontrar Victoria.

Ela estava num catre no canto mais distante do aposento, e tinha a cabeça e o pescoço tão envoltos em bandagens que Olívia a princípio nem mesmo a reconheceu ou se deu conta de que era uma mulher. E então um instinto familiar a dirigiu diretamente para ela, e subitamente estava olhando para ela, tocando-a e abraçando-a. Victoria estava muito fraca, mas sorriu, e eles puderam ver que ela estava feliz por vê-los.

Mas ela só tinha olhos para Olívia, e as duas mal falaram palavras inteiras ou frases completas. Era tudo sons e meias palavras e pequenos murmúrios de excitação, enquanto Olívia colocava os braços em torno dela e a abraçava. Aquele era o momento que ela esperava havia um ano. Havia muito para falarem uma à outra e muito pouco que pudessem falar ali. Mas estavam ambas inundadas por um redemoinho de sentimentos.

Havia lágrimas escorrendo pelo rosto de Olívia enquanto Victoria segurava sua mão e sorria para Charles. Então ela falou numa voz fraca e tensa; ainda era difícil para ela falar. Ela estava com uma infecção na coluna vertebral, e eles ainda temiam que ela fosse para seu cérebro e a matasse. A sorte dela era que não fora muito grande. Se sobrevivesse, provavelmente iria andar novamente. Muitos outros não eram tão sortudos. Esta era a crueldade de todas as guerras, e já havia destruído milhões de pessoas.

— Obrigada por ter vindo — sussurrou ela para Charles, e ele estendeu a mão para tocá-la, mas quando olhou para ela havia algo em seus olhos que o abalou. Era como se ela tivesse crescido muito ali; de certa forma, de uma maneira muito dura. Havia uma fragilidade nela que Olívia nunca tivera antes, pelo menos não que ele soubesse. Mas inevitavelmente ela havia amadurecido ali.

— Estou feliz por termos encontrado você — disse ele. E acrescentou: — Geoff mandou seu amor. Nós todos sentimos sua falta. Especialmente Victoria.

Victoria olhou para a irmã e, imperceptivelmente, Olívia assentiu. Ele ainda não sabia. Nem mesmo agora, quando ela estava ali morrendo. E ela queria perguntar a Olívia se elas iam contar a ele. Ela esperava que sim. Ela queria confessar tudo minuciosamente para ambos e pedir a Olívia para ir buscar seu bebê se ela morresse. Mas não houve tempo para pedir nada a eles naquela noite. Olívia ficou só um pouco e logo a enfermeira disse a eles para irem embora, e foram levados para alojamentos separados. Não havia acomodações para casais ali. O que ela e Edouard haviam tido era raro, e seus quartos já haviam sido dados a outro capitão. As águas se fecharam sobre eles rapidamente. Ele fora enterrado nas montanhas atrás do acampamento, com outros homens como ele. Ele havia sido diferente apenas para Victoria e para seu filho, mas não para os aliados ou os alemães. Victoria ainda estava se retorcendo de dor por tê-lo perdido. Era tudo em que ela pensava em seus momentos de consciência, nele e em Olívia. Mas pelo menos agora ela podia ver sua irmã.

Charles e Olívia se encontraram novamente no refeitório no dia seguinte. Ambos haviam dormido muito mal, e tudo o que Olívia queria agora era voltar a ver sua irmã. Charles concordou em esperar do lado de fora para que elas pudessem ficar a sós por um tempo e conversou com alguns homens, sentindo-se culpado subitamente por seu país não ter entrado na guerra. Eles estavam impressionados por ele ter vindo de tão longe e cruzado o Atlântico para visitar a cunhada, e ele ficou tocado ao se dar conta de que muitos deles a conheciam e pensavam muito nela. Todos disseram o quanto esperavam que ela sobrevivesse àquilo.

E quando Olívia sentou-se ao seu lado. Victoria estava sorrindo para ela, como se tivesse visto um pequeno pedaço do paraíso.

— Não posso acreditar que você realmente está aqui. O que a fez vir? — Ela sabia que provavelmente eles a haviam notificado, mas esperava que escrevessem uma carta que demoraria muito a chegar. Havia até mesmo se perguntado, mais de uma vez, se estaria morta quando a carta chegasse.

— Recebi um telegrama de uma tal sargento Morrison. Preciso vê-la mais tarde e agradecer a ela — disse Olívia gentilmente, inundada de sentimentos. Era tão incrível estar com a irmã.

— A boa e velha Penny Morrison. — Victoria sorriu e depois beijou os dedos de Olívia. — Oh, Deus, como senti sua falta, Ollie... tenho tanto para lhe contar — e era como se tivesse muito pouco tempo. As enfermeiras disseram que ela estava melhor naquele dia, mas Victoria sentia uma dor de cabeça horrível. Então olhou seriamente para sua irmã gêmea, impressionada por ela ter sido capaz de levar adiante aquela farsa por tanto tempo. — Não sei como você conseguiu fazer isso.

— Eu sempre fui melhor mentirosa do que você — sorriu Olívia, e Victoria tentou rir, mas doía muito; sentia como se sua cabeça fosse cair se ela a movimentasse.

— Esta é uma boa coisa para se alardear por aí — disse Victoria, desejando poder rir, mas muito cansada para fazê-lo. Elas duas haviam feito vinte e três anos no mês anterior e, por razões diferentes, ambas se sentiam velhas. — Sinto muito por papai — disse ela então, tentando tocar em todas as coisas importantes que haviam acontecido desde que ela os deixara. — Sinto muito por não estar lá com ele.

— Ele pensou que você estivesse — sorriu Olívia amorosamente —, e isso foi bom o suficiente. Ele morreu em paz. Eu estava com ele.

— Doce Ollie, você está sempre aí para todos... mesmo o pobre Charles, porque eu estava muito despedaçada para ficar e ser a esposa dele.

— Victoria, eu tenho algo para contar a você — disse ela sem jeito. — As coisas não aconteceram do jeito que planejamos... — Ela se perguntou se sua irmã algum dia falaria com ela novamente, mas tinha de contar a ela. Fora para isso que viera. — Nós tivemos gêmeas três meses atrás. — Ela cuspiu as palavras, enquanto Victoria a encarava com total assombro.

— Gêmeas? — Ela quase engasgou com a palavra, e Olívia teve de lhe dar um gole de água, mas ela assegurou à enfermeira que estava bem e rezou para que ninguém viesse perturbá-las. Victoria estava parecendo cansada, mas elas ainda estavam longe de ter terminado. — Você disse gêmeas, não disse?

— Sim, idênticas, como nós, garotinhas... elas são lindas... — Ela sorriu com saudades, mas por enquanto Victoria não parecia ter vontade de matá-la. — Elizabeth e Victoria, por sua causa e de mamãe.

— Essa parte eu entendo — sorriu Victoria para ela fracamente. — O que não entendi ainda é como você as teve. — Ela estava sorrindo maldosamente para sua irmã mais velha. — Devo acreditar que roubou meu marido? — Ela estava rindo na verdade, mas Olívia estava olhando para baixo, para suas mãos, chorando, e não viu.

— Victoria, por favor.. não... eu vou voltar para Croton quando você voltar para casa... Apenas quero vê-las quando puder... por favor... não...

— Oh, cale-se. — Victoria estava sorrindo para ela, o melhor que podia apesar da dor, quando Olívia olhou para cima novamente. — Você é uma garota má, não é? Mas eu acho muito engraçado. Olívia, eu não o amo. Eu nunca o amei. Não o quero de volta. Ele é seu, se você o quiser. — Ele era como uma boneca que elas haviam dividido. Agora Victoria o estava dando para ela e Olívia olhou para ela espantada. — Foi por isso que eu não voltei no verão passado... eu não queria... eu não podia... — E então ela sorriu novamente. — Quando realmente isso aconteceu? Quando... Hã... as coisas mudaram entre vocês, eu quero dizer?

— Depois que descobri que você havia sobrevivido ao naufrágio do *Lusitania* — disse ela docemente. Estava tão feliz por estar novamente com Victoria, era como um milagre estar com ela. Mesmo com as bandagens, ela ainda era a mesma que sempre fora; havia aquele lado ferino que Charles sentira na noite anterior e subitamente se lembrara.

— Deve ter sido idéia sua uma pequena celebração? — Victoria riu, mesmo próxima à morte, ainda cheia de travessura.

— Você é nojenta — sussurrou Olívia, tentando não sorrir para ela, mas sem conseguir. Ela estava muito feliz por estar ali e muito aliviada por sua irmã não estar furiosa com ela.

— Não, você é nojenta — continuouVictoria. — Eu dou a você um relacionamento bom e casto com um homem que me odeia e não dormiria comigo nem se você pagasse a ele, e o que você faz com ele? Você o seduz. Você é que é assim. *Você é* a sedutora da família. Você merece estar casada com ele. Pessoalmente, não posso pensar num destino pior, mas realmente vocês dois parecem muito felizes juntos. Ele é muito sortudo.

— Eu também — sussurrou ela. E enquanto Victoria olhava para Olívia seu coração encheu-se de amor e ela pensou o quanto também tivera sorte por um tempo, com Edouard e seu bebê.

— Então o que fazemos agora? — perguntou Victoria a ela seriamente. — Nós temos que contar a ele.

— Ele vai me odiar — disse Olívia parecendo pálida, mas também ciente de que tinham de contar a ele.

— Ele vai superar — reassegurou Victoria a ela. — Ele é um homem decente. Ele vai ter um ataque por um tempo, mas o que ele vai fazer? Deixar uma mulher que ele ama, porque eu estou certa de que ele deve amá-la, e dois bebês? Não seja estúpida. Falando nisso — ela pareceu acanhada com sua irmã mais velha. — Tenho uma confissão a fazer.

— Sim. — Olívia fingiu fazer o sinal-da-cruz sobre ela e ambas riram. — Depois de tudo o que fiz, espero que esta seja boa. — As duas ainda tinham o extraordinário laço e um profundo entendimento entre si. Subitamente era como se não estivessem separadas por um ano, mas apenas por poucos minutos.

— Eu tive um bebê três meses atrás também. Não gêmeos, graças a Deus, mas um lindo garotinho chamado Olivier — disse ela orgulhosamente, desejando ter uma fotografia para mostrar a Olívia, mas não tinha. — Talvez você imagine em homenagem a quem eu dei esse nome a ele. — Por alguma estranha razão, embora Olívia soubesse que devia estar chocada, aquilo não a surpreendeu. Era quase como se ela soubesse antes que Victoria lhe contasse.

— Então foi por isso que você não voltou no verão passado — disse Olívia pensativamente, mas Victoria sacudiu a cabeça o mais suavemente possível.

— Não, não foi. Eu simplesmente não quis. Acho que nem sabia ainda que estava grávida. O pai dele era um homem muito especial. — Ela então contou a ela sobre Edouard, sobre tudo o que ele fora para ela, tudo o que ela pensava dele, o que haviam planejado, e chorou enquanto falava sobre isso; ela nunca conhecera ninguém como ele. Contou à irmã tudo sobre ele e sobre como ele morrera. Ela sabia agora que a vida jamais seria a mesma sem ele. E Olívia sabia, enquanto a escutava, que sua irmã encontrara o homem certo, aqui em Châlons-sur-Marne, com toda a agonia da guerra acontecendo em torno deles.

— Onde está o bebê agora? — Ela lhe contou que o deixara com a condessa no chalé próximo ao *château*. Mas uma das enfermeiras havia vindo trazer uma mensagem, dois dias antes, dizendo que a condessa fora para a casa de sua irmã porque havia mais franco-atiradores.

— Quero que você o leve para casa com você. Eu o coloquei em meu passaporte. O seu, na verdade. Você não vai ter nenhum problema para viajar com ele, por razões óbvias, se Charles não se importar que você viaje com seu velho passaporte.

— Acho que haverá muitas coisas para Charles pensar depois que falarmos com ele, mas algumas ele terá de suportar. — Ele não tinha de ficar casado com ela, já que não eram casados mesmo, mas não podia impedi-la de levar o bebê de Victoria para casa, para a segurança. — E você? — perguntou então, certa de que ela ficaria melhor agora que estavam juntas. — Quando você vai para casa? — Com o homem que ela amava tendo morrido e depois de ter sido ferida, não havia razão em permanecer ali, mas Victoria apenas pareceu melancólica.

— Talvez eu não tenha de ir, Ollie — disse ela tristemente, e um calafrio percorreu sua espinha. Sem Edouard, ela sentia como se não tivesse casa agora. Olívia ficaria com Charles, e ela não podia ver-se morando na casa de seu pai em Nova York, que ela herdara, e menos ainda em Henderson Manor. O único lugar em que ela queria estar era com Edouard, e ela disse isso a sua irmã.

— Não diga coisas assim — disse Olívia, parecendo assustada e ferida, mas era quase como se Victoria não quisesse viver sem Edouard agora, mesmo por seu bebê.

— Ele deixou seu *château* para Olivier e sua casa em Paris também. Assim que ele nasceu, Edouard entrou em contato com seus advogados e refez seu testamento. Ele queria ter certeza de que sua esposa não ficaria com tudo. Mas de acordo com a lei francesa, Olivier está protegido de qualquer forma. E ele tem o nome de Edouard. Quando você chegar em casa, deve dar a ele seu próprio passaporte, em seu próprio nome. — Ela estava muito preocupada com o bebê, mas Olívia estava profundamente preocupada com ela.

— Por que você não volta para casa conosco?

— Veremos — ela disse vagamente, parecendo inquieta, e Charles veio juntar-se a elas um pouco mais tarde. Mas então tudo já havia sido dito e Victoria estava ficando muito sonolenta. Ele a observou por alguns minutos novamente e então saíram. Charles achou que ela parecia péssima, mas não disse isso a Olívia. Em vez disso, foram ao refeitório para tomar café. E quando voltaram mais tarde, ela estava dormindo.

Foi no fim daquela tarde que eles voltaram para vê-la novamente. A enfermeira disse que ela estava com febre e eles não deviam ficar muito tempo, mas ela não disse nada sobre o que aquilo queria dizer ou sobre haver algum perigo grave. Victoria dissera que queria ver

Charles naquela tarde. Ela queria contar a ele por si mesma. Achava que era justo assim, e quando ele entrou e se aproximou, ela parecia muito pálida, mas estranhamente em paz.

— Charles, nós temos algo para contar a você — disse ela suavemente. Olívia não podia imaginar ouvir aquilo, muito menos deixá-la sozinha dizendo isso, e seu coração estava batendo forte. Mas Victoria sempre fora mais corajosa do que ela. — Nós fizemos algo terrível com você um ano atrás. Não é culpa dela — ela olhou para Olívia, mas não disse seu nome a princípio. — Eu quero que você saiba que eu a forcei a fazer isso. Eu senti que tinha de fazer. — Um estranho calafrio percorreu a espinha dele, enquanto ele olhava para ela. Havia algo assustadoramente familiar nela, aqueles olhos, a frieza neles, e ainda assim ele sentia uma estranha espécie de excitação por ela.

— Não quero ouvir isso agora — disse ele, com vontade de sair correndo da tenda como uma criança fugindo de uma punição, mas Victoria o segurou firmemente com seu olhar enquanto ficava lá deitada.

— Você tem de ouvir, não haverá outra hora — disse ela friamente. Ela queria restabelecer tudo, pelo bem de todos. Agora era a hora. Ela sabia que tinha de fazer isso. — Não sou quem você pensa que sou. Não sou nem mesmo quem meu passaporte diz que sou, Charles. — Ela olhou para ele longa e duramente, e ele soube enquanto ela ficava lá deitada. Ele olhou para Olívia boquiaberto e então de volta para sua esposa, a real, que estava deitada ferida na tenda do hospital em Châlons-sur-Marne, não a mulher com quem ele havia se deitado durante um ano e que dera à luz suas crianças.

— Você está me contando... você está me dizendo... — Ele sabia, mas não podia ousar dizê-lo.

— Estou dizendo algo que você já sabia e talvez não quisesse ouvir — disse ela, ainda forte, mesmo à porta da morte. Mas ela o conhecia bem, apesar de seu desprezo por ele. Ela sentira que ele tivera uma intuição instintiva quando olhara para ela de que ela era a mulher com quem havia se casado, e não a mulher com quem ele viera de Nova York.

Olívia sentiu lágrimas nos olhos enquanto ouvia sua irmã gêmea continuar, embora fosse tão doloroso para todos os três.

— Estou dizendo a você que odiávamos um ao outro, e você sabe disso. Nós teríamos nos destruído se eu tivesse ficado. Foi um arranjo com o qual nenhum de nós dois poderia viver... ela o ama, você sabe... Olívia foi boa para você durante um ano. Eu não estive lá, mas posso ver nos olhos dela, e nos seus... você a ama também. Charles, você nunca me amou e sabe disso. — Ela estava certa, mas aquilo apenas fazia suas palavras doerem mais. Se ela estivesse inteira, ele a teria esbofeteado, mas agora ele não podia. Podia apenas olhar para ela com horror, subitamente forçado a encarar algo que jamais se permitira pensar. E, forçado por ela a encarar isso agora, ele olhou para sua esposa de verdade furioso.

— Como você ousa me falar isso agora... como você ousa... vocês duas... — Ele estava encolerizado com elas, falando com a voz mais suave que ele podia, com centenas de homens em torno deles. — Vocês não são crianças brincando... essa troca de que vocês sempre tiveram tanto orgulho... você era minha esposa, você me devia algo, Victoria, mais do que isso... — Ele estava quase sem voz de tanto ultraje.

— Eu devia a você muito mais do que lhe dei. Tudo o que eu algum dia poderia dar a você era sofrimento. E você jamais se deixaria me amar. Você tinha tanto medo... você estava muito ferido pelo que havia perdido, mas talvez Olívia... talvez ela tenha dado a você o que você queria. Você não tem medo dela, Charles. Se você fosse honesto sobre isso, admitiria que a ama. Você não me ama, você me odeia. — Pelo bem de Olívia, se nada mais, ela queria que ele visse aquilo.

— Eu odeio vocês duas e não vou ficar aqui e deixar você me dizer o que eu fiz ou não fiz, devia ou não devia ter feito, ou quem eu amo porque é conveniente para você. Não dou a mínima se você está doente ou ferida ou Deus sabe o quê. Acho que vocês duas são doentes; vocês brincam com as pessoas como se fossem brinquedos. Bem, eu não sou um brinquedo. Vocês me ouviram? — disse ele, aumentando a voz finalmente, olhando para as duas totalmente enraivecido, e então saiu intempestivamente da tenda o mais rápido que pôde, lutando contra as lágrimas, incapaz de acreditar naquilo. Olívia estava chorando suavemente, e Victoria segurava sua mão o mais apertado que podia, o que não era muito.

— Ele vai superar, Olívia... acredite em mim, ele não a odeia... — mas ela estava ficando agitada e a enfermeira veio pedir a Olívia que saísse. Ela beijou gentilmente o rosto de sua irmã e prometeu voltar mais tarde. Estavam todos muito comovidos para falar mais.

Olívia procurou por Charles do lado de fora, mas não conseguiu encontrá-lo em lugar algum, até que finalmente o achou medindo os passos do lado de fora do acampamento dos homens.

— Não fale comigo — disse ele furiosamente quando ela se aproximou e levantou a mão como se para detê-la. — Eu nem mesmo a conheço. Você é uma estranha. Eu não conheço nenhum ser humano decente que pudesse fazer uma coisa dessas com alguém. Nem por um dia, ou um ano, ou trinta meses, certamente não para ter dois bebês. É obsceno, você é imoral, vocês duas. Vocês são doentes. Vocês deveriam se casar uma com a outra. — Ele estava tão enfurecido que estava tremendo.

— Sinto muito... não sei mais o que dizer... eu o fiz por ela a princípio... e por você e Geoff. Eu simplesmente não queria que ela os deixasse. É verdade. — Ela estava soluçando e quase perdendo o controle enquanto falava. Não podia suportar a idéia de perdê-lo, mas sabia que agora tinha de pagar o preço de sua mentira.

— Não acredito em você — disse ele friamente. — Não quero ouvir nada mais de você ou de sua irmã.

— E depois eu fiz por mim — disse ela tristemente. — Papai estava certo. — Ela decidiu jogar todas as suas fichas. Não tinha nada a perder agora. — Eu sempre o amei, desde o início, e quando ele pediu a você que se casasse com ela, eu fiquei sem nada, exceto passar a vida inteira com ele. Era minha única chance de estar com você, de ser sua — as lágrimas estavam escorrendo por seu rosto enquanto ela olhava para ele, mas Charles não olhou para ela. — Charles, eu te amo — disse ela, totalmente agoniada, mas ele a encarou com fúria.

— Não me diga isso. Você fez de mim um tolo. Você me seduziu, mentiu para mim, me enganou. Mas você não é nada para mim — disse ele cruelmente. — Tudo o que você fez, teve e conseguiu era uma mentira. Nós nem mesmo somos casados. Você não significa nada para mim — disse ele, enquanto ela sentia seu coração se partir em mil pedaços.

— Nossas crianças não são uma mentira — disse ela gentilmente, suplicando silenciosamente para ele perdoá-la, mesmo se levasse a vida toda.

— Não — disse ele, com lágrimas sufocando-o —, mas graças a você, são bastardas. — Ele se afastou dela e entrou na barraca dos homens, onde ela não podia segui-lo. E ela voltou para se sentar perto da irmã. Victoria estava adormecida e uma enfermeira colocou os dedos nos lábios, pedindo a Olívia para não acordá-la. Ela estava exausta e a febre havia subido.

Olívia não viu Charles novamente naquele dia. Ela não sabia onde ele havia ido, mas ele não voltou mais para a tenda do hospital, e ela perguntou a si mesma se ele estaria planejando partir sem ela. Se o fizesse, ela teria de lidar com isso. Ela estava planejando ficar até que pudesse levar Victoria para casa com o bebê. Olívia dormiu numa cadeira a seu lado toda a noite, tentando ignorar o ruído dos homens que estavam sofrendo e morrendo. Sua irmã acordou uma ou duas vezes, e sempre que Olívia andava em volta para se esticar, as pessoas falavam com ela, pensando que fosse Victoria. Era particularmente enervante já que a chamavam por seu nome, pois Victoria ficara conhecida como Olívia ali, menos para Edouard.

Charles finalmente voltou a aparecer ao lado da cama de Victoria na manhã seguinte. Ela estava acordada e Olívia havia acabado de sair para tomar um café.

— Foi uma *performance* e tanto ontem — disse ela para ele parecendo cansada, mas ainda lúcida o suficiente para brigar com ele. E ele sorriu para elas, pensando que algumas coisas não mudam. Ele podia perceber agora o que ela havia dito, que eles nunca poderiam ter se casado. Ele tinha pensado muito durante a noite.

— Você me pegou de surpresa. Foi uma revelação e tanto — disse ele, e ela estreitou os olhos para ele. Não acreditava nele.

— Não acho, Charles, não realmente. Você está me dizendo que nunca soube, nunca nem mesmo suspeitou que ela era totalmente diferente de mim? Olhe para nós, ela é gentil e suave e querida e daria sua vida por você, mesmo agora. Você e eu mataríamos um ao outro, se tivéssemos uma chance. Nós somos como franceses e alemães. — Ambos sorriram. Era verdade, e eles o sabiam. — Não me diga que você nunca soube, nunca imaginou, nunca pensou nisso. Você deve ter pensado, pelo menos uma vez... talvez duas... ou mais... mas você preferiu não saber.

— Você pode estar certa — admitiu ele, o que a surpreendeu. — Talvez eu não quisesse saber. Era tão fácil e tão confortável, e tão bom. Eu queria muito que as coisas funcionassem entre nós, e talvez Olívia tenha sido a resposta.

— Não se esqueça disso agora. Não a destrua só porque está com raiva. — Ela foi muito firme com ele. Não queria que ele magoasse sua irmã.

— Você é espantosa, vocês duas são — disse ele com um suspiro, admirando-a de certa forma. Ela era tão forte, tão desejosa de fazer qualquer coisa pela irmã, bem como Olívia por ela. — Não estou certo de que algum dia vá entender esse relacionamento. É como se fossem duas almas e uma pessoa. Ou talvez o contrário — ele sorriu. — Acho que estranhos jamais entenderiam isso.

— Você pode estar certo. Eu a sinto em meu coração às vezes. Eu sei quando ela precisa de mim. — Como ela sabia agora. Olívia estava num estado terrível por causa das coisas que Charles dissera a ela na manhã anterior.

— Ela diz a mesma coisa — disse ele calmamente. E então ele se lembrou de algo e tudo ficou claro. Foi logo depois que Olívia havia supostamente partido para a Califórnia. — Você estava no *Lusitania,* por acaso? — Ele perguntou com um estranho olhar, e ela assentiu.

— Não tenho muita sorte com viagens oceânicas — disse ela melancolicamente e ele sorriu.

— Ela ficou sonhando que estava se afogando. Tive que chamar um médico para ela.

— Demorou três dias para que eu conseguisse mandar a ela um telegrama, as coisas estavam confusas em Queenstown. Eu nunca poderia dizer a você o que foi tudo aquilo. Comparado àquilo — ela lembrou da mulher dando à luz na água ao lado dela, antes de morrer —, isto aqui não é nada. Foram as crianças que fizeram tudo ser tão horrível. — Ela fechou os olhos para bloquear aquelas lembranças, e ele tocou sua mão. Ele podia sentir que ela estava apagando.

— E agora? O que você quer que eu faça? — Ele fora até ali para fazer as pazes com ela. Para ele, apesar de seu choque inicial, a guerra com ela tinha acabado.

— Eu tenho um filho. Quero que Ollie o leve para casa com ela — disse ela claramente, seus olhos cheios de lágrimas enquanto pensava nele e em seu pai. Ela não via o bebê havia duas semanas e seu coração doía de saudades.

— Como isso aconteceu? — Ele pareceu surpreso, e ela sorriu através das lágrimas para o homem que uma vez fora seu marido.

— Da mesma forma que aconteceu com você e Ollie. Gostaria de ver suas garotinhas — disse ela tristemente.

— Você vai vê-las — disse ele, perdoando-a por tudo o que ela havia feito, embora não estivesse certo do por que, mas não parecia importar mais. Estava acabado. Ele fora até lá para dizer isso a ela, que não importava. E se ela quisesse, ele se divorciaria dela. — Você vai ver as garotas quando voltar para casa — disse ele, querendo que ela acreditasse nele, mas ela sacudiu a cabeça com um olhar que dizia que ela sabia mais.

— Não, Charles, eu não vou... eu sei... — Ela não parecia assustada, apenas triste.

— Não seja boba. É por isso que estamos aqui. Para levá-la para casa... e seu bebê também. — A vida nunca era simples. — Onde está o pai dele? — perguntou Charles gentilmente, imaginando se ele algum dia a conhecera.

— Ele morreu... foi quando eu fui ferida.

— Bem, então melhore para que eu possa levar você para casa e me divorciar de você. — Ele sorriu e se curvou para beijá-la, e ela olhou para ele estranhamente.

— Sabe... da minha própria maneira louca, acho que amei você. Apenas não era certo para nós dois... mas eu quis de verdade no início.

— Eu também — disse ele melancolicamente. — Não acho que eu já tivesse me restabelecido de Susan.

— Vá buscar sua esposa... ou sua cunhada... ou o que quer que ela seja... — Ela tentou sorrir, mas doía muito e ela estava ficando confusa.

— Adeus, sua garota maluca... vejo você mais tarde — disse ele e deixou-a então, com um sentimento muito estranho. Ele não sabia o que era, mas estava começando a se sentir como Olívia, com todas as suas premonições.

Ele voltou para o refeitório a fim de procurá-la, mas não conseguiu encontrá-la. E ela também não estava no acampamento das mulheres. Ele sentiu falta dela a tarde toda e se deu conta, enquanto andava por ali, de que era seu aniversário de casamento naquele dia. O segundo. A questão era com que mulher? Ele teve de sorrir com o absurdo daquilo tudo e quando voltou para ver como estava Victoria, viu Olívia adormecida numa cadeira perto dela. Victoria também estava dormindo, e as duas estavam de mãos dadas enquanto dormiam e quase pareciam duas crianças.

— Como ela está? — perguntou ele à enfermeira, e ela apenas deu de ombros e sacudiu a cabeça. A infecção estava se alastrando vagarosamente para cima. Era difícil de acreditar. Ela às vezes era tão racional, tão ousada e também tão mal-humorada e, em outras, tão doce. Olívia havia visto todos os lados dela enquanto ficava sentada ali. Charles desapareceu sem acordar nenhuma das duas, e à meia-noite Olívia chamou a enfermeira. Ela mesma estava sentindo dores no peito e pôde ver que Victoria estava tendo problemas para respirar.

— Ela não consegue respirar — explicou Olívia, mas sua irmã gêmea parecia dormir profundamente.

— Consegue, sim — insistiu a enfermeira. — Ela está bem. — Tão bem quanto podia estar naquelas circunstâncias, mas Olívia sabia mais que a enfermeira. Colocou um pano úmido em sua testa e sustentou-a um pouco mais no alto, e quando Victoria acordou novamente, ela sorriu para sua irmã.

— Está tudo bem, Ollie... não faça isso... Edouard está esperando.

— Não — disse Olívia furiosamente, de súbito apavorada com o olhar em seu rosto. Ela estava indo embora, e ninguém fazia nada para impedir. — Não... você não pode fazer isso, sua danadinha. Você não pode desistir. — Olívia estava chorando enquanto a abraçava.

— Estou tão cansada — disse ela, sonolenta. — Deixe-me ir, Ollie.

— Não deixo. — Ela sentiu como se estivesse lutando contra o próprio demônio.

— Está bem, está bem... eu serei boazinha... vá dormir... — disse ela para sua irmã mais velha. E Olívia segurou-a por um longo tempo, observando-a, e então finalmente Victoria caiu num sono calmo, e Olívia se sentiu mais confortável em relação a ela. Victoria abriu seus olhos, olhou-a mais uma vez e sorriu para ela, e Olívia se abaixou e beijou-a. Victoria beijou-a de volta e sussurrou algo. Olívia escutou-a dizer que a amava.

— Eu também te amo. — Ela deitou a cabeça no travesseiro com ela e dormiu um pouco, sonhando que eram crianças.

Elas estavam brincando num campo em Croton, próximo ao túmulo de sua mãe, e seu pai as estava observando e sorrindo. Todos pareciam muito felizes.

E pela manhã, quando acordou, Olívia olhou para Victoria, e ela havia morrido. Havia um pequeno e doce sorriso em seus lábios, e ela segurou a mão da irmã. Mas não houve nenhum movimento nela. Olívia havia tentado de tudo, mas Victoria fora brincar com os outros.

Capítulo 33

Quando Olívia saiu do hospital naquele dia, estava cambaleando. Era o dia 21 de junho de 1916, e sua irmã gêmea estava morta, metade de sua vida, metade de sua alma, metade de seu ser. Ela não podia imaginar como seria ficar sem ela. Embora tivessem ficado separadas no último ano, Olívia sempre soube que ela estava lá em algum lugar e que a veria. Agora ela jamais a veria novamente. Ela tinha ido embora. Estava acabado. Terminado. Ela havia perdido Charles, teria que desistir de suas crianças e agora perdera sua irmã gêmea. Ela não podia imaginar um destino pior do que aquele e queria gritar para Victoria levá-la com ela. E então, como se pudesse ouvir a voz da irmã em sua cabeça, Olívia lembrou de sua promessa de levar o bebê para casa.

Ela entrou numa das tendas dos oficiais e perguntou se era possível conseguir um motorista para levá-la ao *château*. Ela explicou o que queria, e um rapazinho francês sorriu para ela e se ofereceu para levá-la. Ele conhecera Edouard e Olívia, como a chamava, embora ainda não soubesse que ela estava morta. E Olívia não conseguia contar a ele. Ele disse que era apenas um pequeno caminho de carro e ela pensou em contar a Charles, mas sabia que não podia contar mais nada a ele. Ela perdera esse direito. Ele havia dito que ela não significava nada para ele agora, ela não era nada para ele. E ele ainda não sabia, mas acabara de ficar viúvo.

Olívia já estava a caminho do *château* quando Charles voltou para o hospital para ver Victoria. Quando chegou, a enfermeira sacudiu a cabeça e apontou para a cama vazia, e ele ficou lá boquiaberto. Ele nem mesmo se sentiu triste por ela. Sabia que ela queria se libertar, sentira aquilo, mas tudo o que queria agora era encontrar Olívia e consolá-la. A despeito de como se sentia com a traição dela, ele mal podia começar a imaginar o sofrimento dela naquela manhã. Era impensável, e ele sabia que tinha de encontrá-la rapidamente.

— Você viu minha esposa... minha... hã... sua irmã? — perguntou ele à enfermeira. Ainda estava tudo confuso, mas ela sacudiu a cabeça e disse que ela partira logo depois que sua irmã morrera, por volta de sete horas. Ele procurou por ela no refeitório, mas não conseguiu encontrá-la em lugar nenhum. A essa hora, Olívia já estivera no *château* e ficara sabendo onde estava a castelã. Estava em Toul, que ficava a duas horas de viagem, e Marcel, o garoto que a levara até lá, concordara em levá-la.

Ela disse muito pouco a ele na viagem. Ele olhou para ela uma ou duas vezes e viu que estava chorando suavemente. Ele lhe ofereceu um cigarro, ela sacudiu a cabeça e finalmente olhou para ele. Ele era tão jovem, mal teria dezoito anos. Falaram um pouco sobre a guerra e então finalmente chegaram a Toul. Olívia encontrou a condessa na pequena casa para qual haviam sido mandados e então, enquanto a condessa apresentava suas condolências, ela mostrou o bebê a Olívia. Ele era bonito, rechonchudo, louro e feliz. Havia algo de Victoria nele, mais em termos de sentimento do que de aparência. Na verdade, suas próprias crianças se pareciam mais com sua irmã do que ele, mas Olivier era adorável e arrulhou de felicidade quando ela o segurou. Era quase como se soubesse que ela havia vindo buscá-lo, e ele a fez sentir-se solitária, não apenas por Victoria, mas por suas próprias crianças.

A condessa ficou triste por dizer adeus a ele, mas estava satisfeita por ele estar indo para casa, para ficar em segurança com sua tia, e então pediu a Marcel para ser cuidadoso. As linhas de batalha estavam se desviando há semanas e havia franco-atiradores diariamente nas montanhas, como Olívia sabia muito bem. Ela segurou o bebê em seu regaço no caminho de volta, e ele dormiu a maior parte do tempo. Mas na metade do caminho de volta, Marcel viu algo de que não gostou à sua esquerda e desviou enquanto as balas por pouco não os atingiam.

— *Merde!* — disse ele sem hesitar. — Abaixe-se — disse ele a ela, que se encolheu no chão do carro abraçando o bebê. Os atiradores atiraram nele novamente, e ele saiu em disparada, mas ouviu barulho de tiros novamente e sentiu as balas sobre a cabeça. Levou o carro para uma velha estrada no campo, para dentro de uma fazenda velha e deserta, escondendo-o no estábulo. Ele apontou para o mezanino e correram para lá, deitando-se ali enquanto ela segurava o bebê. Não era isso o que tinham planejado, pensou Olívia consigo mesma, tentando avaliar a situação. As coisas não pareciam bem com ela sentada no feno ao lado de um garoto francês de dezoito anos com sua arma desembainhada e o bebê de sua irmã morta.

Ninguém foi atrás deles e eles ficaram lá sentados o dia todo, incapazes de ir a lugar algum, enquanto pequenas tropas de alemães se moviam em torno deles. Elas nunca chegaram muito perto do estábulo, mas este ficava num campo aberto, e não havia cobertura para que saíssem dali. Não havia meio de irem a lugar algum e não tinham comida ou água para eles e o bebê.

— O que vamos fazer? — perguntou ela nervosamente. O bebê estava começando a chorar, e ela não era nem um pouco tão corajosa quanto sua irmã. Ela só fora até lá para buscá-la. Jamais esperara fazer nada como isso, mas por Victoria e sua criança, ela estava desejando ser um pouco heróica.

— Nós teremos de tentar novamente depois do cair da noite — disse Marcel com uma expressão preocupada. Não havia mais nada que pudessem fazer. Naquela noite, eles podiam ouvir bombardeio pesado perto deles e o silvo de morteiros. Ela apenas rezou para que não houvesse um ataque de gás, pois nem mesmo trouxera sua máscara. Com o choque de deixar Victoria no hospital, quando ela morrera, Olívia a perdera em algum lugar.

— Nós precisamos alimentá-lo — disse Olívia referindo-se ao bebê. O pequeno Olivier não comia há horas e estava gritando. Ele queria sua mãe, ou alguém que conhecesse, ou pelo menos algum jantar. Mas pelo menos em um aspecto Olívia levava vantagem. Ele olhava para ela e achava que a conhecia. Mas, familiar ou não, ela não tinha nada a dar para ele. Ela parara de amamentar meses atrás e nem pensou em tentar.

Anoitecia quando eles finalmente saíram do mezanino e Marcel sugeriu que ela ficasse ali e esperasse. Ele voltaria ao acampamento a pé através dos arbustos. Ele queria buscar ajuda, mas não queria que ela se arriscasse indo com ele. Ele insistiu que não levaria mais de duas horas e então mandaria ajuda. Soava razoável, mas de qualquer maneira era aterrorizante. Ela sabia que, se os alemães o capturassem, podiam voltar para procurá-la e atirar nela. Ou então ela e Olivier nunca seriam encontrados, e simplesmente ficariam ali e morreriam de fome. Mas, mesmo se a matassem, ela esperava que pelo menos os alemães poupassem o bebê. Mas Olívia não tinha outra chance e, vinte horas depois que haviam deixado o acampamento, Marcel deixou-a no estábulo, e ela observou enquanto ele corria a toda velocidade para um local seguro. Ele estava quase nas árvores no fim do campo quando ela os viu acertarem-no na cabeça e nas costas. Ela o viu cair deitado com o rosto para baixo na margem do campo. Não havia esperança de que estivesse vivo. Ele ficou lá completamente sem movimento, e os atiradores nem mesmo se preocuparam em ver como ele estava. Eles sabiam que estava morto, assim como Olívia, e se moveram para outros pastos, deixando Marcel morto num campo em algum lugar da França e Olívia presa numa casa de fazenda com o bebê faminto de sua irmã. As coisas não deviam ter sido assim, e ela não tinha idéia do que fazer agora. A única coisa que podia fazer era esperar e ver se qualquer pessoa viria, os aliados de preferência, ou fazendeiros, ou então entrar no carro e dirigir através do inferno. Mas ela dirigira apenas uma ou duas vezes antes e não estava certa de que poderia sequer dar partida no carro, muito menos dirigi-lo.

— Então, o que fazemos agora? — perguntou ela a Olivier, que finalmente chorara até adormecer em seus braços, mesmo sem jantar.

Mas ele estava acordado novamente às seis da manhã. Ele estava desesperado por comida ou bebida, e Olívia também chorou ao ouvir seu choro zangado. Ela não tinha nada a dar para ele e sentia como se estivesse falhando com sua irmã. Ele não via comida há dezoito horas, nem ela, e tinha medo de que ele ficasse desidratado se não lhe desse algum leite ou água rapidamente. Ela pensou em andar de volta para o acampamento com ele em seus braços, ou até mesmo dizer aos alemães que era americana se eles a parassem, mas ela tinha medo de que eles primeiro atirassem e depois perguntassem. No fim, ela não fez absolutamente nada, apenas ficou sentada ali, rezando para que o bebê adormecesse novamente. E finalmente, desesperada, ela levantou sua blusa e o amamentou. Ela não tinha leite, mas pelo menos parecia oferecer a ele algum pequeno conforto e ela não tinha mais que se preocupar se os atiradores passantes poderiam escutá-lo.

Por fim, às quatro da tarde, ela ouviu dois caminhões passarem e, quando olhou para fora da janela estreita no estábulo, pôde ver que eram aliados. Ela deixou escapar um grito e acenou com a mão através dos vidros quebrados, e eles pararam e voltaram, enquanto ela descia rapidamente a escada, segurando o bebê. Ficou surpresa ao ver que a sargento Morrison estava num caminhão com um motorista e Charles estava sendo levado em outro. Quando ela e Marcel não retornaram, com a insistência de Charles, eles haviam mandado um comboio para buscá-la.

— Graças a Deus — disse ela, olhando para todos eles ao mesmo tempo, profundamente aliviada por eles a terem encontrado. Ela tivera certeza de que eles jamais a encontrariam e que ela e Olivier morreriam. Ela havia acabado de perder as esperanças quando eles a encontraram. Mas Charles não disse uma palavra a ela enquanto ficava sentado no caminhão, olhando para ela. E para Olívia ele ainda parecia extremamente zangado.

— Você podia ter sido morta — disse ele friamente, sua voz e suas mãos tremendo. Toda essa experiência ultrapassara o pior de qualquer coisa que ele pudesse ter imaginado. Suas revelações para ele, a morte de Victoria, a guerra em si, os garotos feridos e Olívia perto de ser morta agora, presa numa fazenda, tentando salvar o bebê de sua irmã. Era demais para seu estômago, e ele mal podia falar enquanto a olhava.

— Sinto muito — disse ela calmamente, tentando resistir à força de seu ódio. Mas muito estranhamente aquilo a fazia soar como sua irmã. Ele nem mesmo teve a chance de dizer a ela o quanto sentia por tudo aquilo antes que a sargento Morrison a empurrasse rapidamente para dentro do caminhão com o bebê. E eles voltaram para o campo o mais rapidamente possível antes do anoitecer. Olívia contou a eles sobre Marcel, mas eles haviam mandado homens para aquela área na noite anterior, e já o sabiam. Eles iam voltar com uma unidade mais tarde, para buscar seu corpo e os de outros cinco. Era horrível. — Sinto tanto — disse ela à sargento Morrison sobre Marcel, sobre a guerra, sobre Victoria, sobre a expressão nos olhos de Charles quando ele olhava para ela agora. Ela sabia que ele jamais a perdoaria. E assim que voltaram ela foi para o refeitório para alimentar a criança e ele foi para o escritório tentar arranjar passagens num navio saindo de Bordeaux. Eles enterrariam Victoria pela manhã, e Olívia sentia-se quase paralisada. Era coisa demais para absorver agora.

O enterro, da maneira que foi feito, foi pequeno e estranho. Um padre entoou umas poucas palavras por ela e uma dúzia de outros. Eles a enterraram numa caixa plana de pinho, sem nome ou marca em sua sepultura. Ela era apenas uma pequena cruz branca numa montanha da França. Olívia só esperava que eles a tivessem colocado em algum lugar perto de Edouard. Mas ela estava tão chocada que mal podia chorar. Estava muito confusa para sentir qualquer coisa enquanto permanecia de pé. Ela sentiu como se estivessem enterrando parte dela, seu coração, sua alma, sua mente. Olívia sentia que estava perdendo partes suas sem se importar absolutamente, enquanto os olhava baixarem sua irmã para dentro da terra e segurava seu bebê adormecido. Ele havia comido e bebido com fartura novamente, mas, para confortá-lo, Olívia continuara a amamentá-lo.

Charles observou seu rosto ao lado do túmulo, horrorizado com o que ela devia estar sentindo, mas por orgulho ela não o deixou ficar perto dela. Eles ficaram ali como dois estranhos, observando o corpo de Victoria ser baixado para dentro da terra tão longe de casa, e Olívia colocou uma pequena flor branca na sepultura e chorou enquanto se afastava, segurando o bebê. Ela mal podia respirar, era tão terrível. Era como se a tivessem enterrado, e talvez tivessem mesmo. Ela perdera tudo o que amava na última semana, até suas crianças. Mas a perda de sua irmã gêmea era muito mais que aquilo, era algo físico que machucava tanto que ela pensou que ficaria louca com a dor que sentia. Era quase insuportável.

Eles andaram vagarosamente de volta para o centro do acampamento chorando e sem falar, ambos tentando absorver que Victoria havia acabado de ser enterrada. E antes que ele pudesse dizer qualquer coisa, Olívia desapareceu dentro da barraca das mulheres e não saiu de lá até a manhã seguinte. Charles perguntou por ela muitas vezes, mas as pessoas a quem ele perguntava estavam ocupadas, cansadas e não pareciam conhecê-la. Houvera um recente fluxo de voluntários e as mulheres não conheciam Olívia ou sua irmã.

As enfermeiras na barraca das mulheres pegaram o bebê quando ela entrou, e Olívia se deitou no catre e chorou o dia inteiro. Não havia ninguém com quem ela quisesse falar ou a quem quisesse ver, nem mesmo Charles, que ela sabia que ainda estava muito zangado com ela. Tudo em que ela podia pensar era nas coisas que ele dissera a ela depois que as duas haviam lhe contado a verdade e na maneira como a olhara quando foi encontrá-la na casa da fazenda.

Eles partiram para Bordeaux novamente na manhã seguinte às seis horas e, antes que partissem, Olívia agradeceu novamente à sargento Morrison e a todas as enfermeiras. Didier veio até ela com lágrimas nos olhos e beijou o bebê despedindo-se, dizendo que jamais o esqueceria ou sua mãe. Havia um punhado de gente dando adeus quando eles partiram, e Olívia não sabia quem era a maior parte deles, mas a triste verdade era que não importava mais.

Eles chegaram a Bordeaux no fim daquela tarde e esperaram no *lobby* de um pequeno hotel para embarcar no navio à meia-noite. Eles mal tinham qualquer bagagem com eles, e Olívia comprou apenas poucas coisas para o bebê. Tudo o que ela queria agora era levá-lo para casa a salvo. Amamentando-o e amando-o no lugar de sua irmã, começara a surgir um forte laço entre eles. E pouco a pouco, mesmo três meses após o nascimento de seus bebês, enquanto ela o amamentava, seu leite começou a chegar. Mas mais que tudo, sobrinho ou filho, ela sentia como se ele fosse o último presente de sua irmã. E ele era ainda mais precioso para ela por aquela razão.

— O que você vai fazer com ele? — perguntou Charles calmamente, enquanto esperavam no hotel para embarcar novamente no *Espagne*. Eles haviam vindo de Nova York apenas duas semanas atrás, mas parecia uma eternidade.

— Vou levá-lo para Croton comigo — disse ela calmamente, e Charles olhou-a.

— É para lá que você vai? — perguntou ele polidamente, e ela assentiu.

— Suponho que sim — respondeu ela, e ele não disse nada depois daquilo até que embarcassem.

Eles tinham duas cabines na viagem de volta. Ele as pedira, presumindo que ela preferiria assim. As conveniências tinham de ser observadas agora, como o sr. Charles Dawson, a srta. Olívia Henderson e bebê. As coisas eram um pouco diferentes no caminho de volta. E Charles literalmente não a viu enquanto estavam a bordo. Ele ainda estava lambendo suas feridas, pensando em Victoria e na sujeira que elas haviam feito antes e mantendo-se à distância. E sentindo tudo aquilo, Olívia não saiu de sua cabine, ou, se o fez, ele não viu.

Ele passou a maior parte do tempo sozinho, pensando na última vez em que vira Victoria e nas coisas que ela dissera. Ela estava certa sobre tudo. E ele sentiu como se eles tivessem feito as pazes entre si e pensou muito nas coisas que ela dissera sobre sua irmã. Ele podia apenas imaginar o tamanho da desgraça que tinha sido para Olívia perdê-la, rasgando carne de carne, alma de alma, as peles de seus corações separadas, ou talvez apenas um coração partido. Ele não podia nem mesmo imaginar como Olívia ia viver sem ela. Nem podia imaginar que elas haviam sido loucas o suficiente para trocar de lugar e fazer Olívia viver com ele, como homem e mulher, por um ano inteiro, e não contar a ele. Ele pensou no que Victoria dissera então, que ele devia ter sabido e não quisera. Ele imaginou se havia alguma verdade naquilo e pensou nas vezes em que ele quase suspeitara e então expulsara os pensamentos de sua mente porque era mais fácil não tê-los. Ele se deu conta também de que Victoria devia ter prometido a Olívia uma relação adorável, sem exigências físicas, e então tudo havia mudado... mas tudo mudara porque... ela havia sido tão gentil... e tão doce... e ele a quisera tão intensamente. E, casado ou não, ele tivera com ela algo que jamais tivera com nenhuma mulher. Lembrou também da noite em que as gêmeas haviam nascido. Estranhamente, deu-se conta, como também haviam feito Victoria e Olívia, que, se ignorasse a diferença de fuso horário entre os dois lugares, seus bebês haviam nascido com poucas horas de diferença um dos outros. Era tudo tão estranho, tão incrível e tão difícil de saber onde uma começava e outra terminava, onde estava a mentira ou a verdade, ou simplesmente a intenção discreta. Era difícil saber o que tinha sido amor ou desejo, e ela estava certa sobre aquilo também, ele tivera medo de amá-la e não a deixara amá-lo. Mas com Olívia fora tudo tão diferente. Ele vivera um ano com cada uma delas, parecia tão insano, e agora estava claro para ele quem era sua esposa e a mulher que ele amava, e quem não era.

Era seu terceiro dia no mar, no meio do caminho da França para Nova York, quando ele finalmente não pôde mais agüentar e bateu na porta da cabine dela. Era uma cabine menor que a dele, mas ela insistira naquilo e dissera que o reembolsaria assim que voltassem para casa, o que ele achou insultante. Ele não esperava nem queria ser reembolsado por sua passagem.

Olívia abriu dois dedos da porta e parecia horrível. Magra, pálida e cansada, e era óbvio que ela estivera chorando.

— Posso entrar? — perguntou ele polidamente. Ela hesitou e então abriu a porta um pouco mais.

— O bebê está dormindo — disse ela, como se para desencorajá-lo, e ele sorriu.

— Vou tentar manter minha voz baixa. Venho querendo falar com você há dias. Desde antes de sua irmã morrer, na verdade. Mas não pude chegar perto de você. Eu a vi na manhã anterior... nós tivemos uma boa conversa.

— Ela me disse. Ela disse que você não estava mais zangado com ela.

— E não estava. Acho que ela estava certa sobre muitas coisas. Só que fui muito estúpido para saber disso. Ela foi mais esperta e corajosa do que eu. Eu teria esperado até que o navio naufragasse, como aconteceu. Ela conseguiu sair. Eu devia ter feito isso também.

— Nem sempre é fácil — disse Olívia suavemente, sabendo bem disso agora. Mas em seu caso não havia nenhum lugar de onde sair. Eles não eram casados. Era tudo desilusão.

— Eu queria pedir desculpas a você — disse Olívia então, formalmente. — Você estava certo sobre o que disse também. Nós não tínhamos o direito de fazer isso com você. Foi errado... não sei o que nos fez pensar que era tudo certo, que tínhamos esse direito... apenas pensei... não sei, pareceu-me apenas uma chance de ter uma vida com você, o que era realmente uma loucura.

— Não realmente. — Ele sorriu para ela, ainda um pouco abalado com o que elas haviam feito. Mas de certa forma ele podia ver suas razões, embora ainda o assustassem um pouco. — Realmente não havia outra maneira de termos ficado juntos. E vocês duas estavam certas. Nós éramos bons juntos.

— Éramos? — perguntou ela tristemente.

— Somos — disse ele suavemente. — Nós somos muito bons juntos, Olívia. Seria errado desistir disso agora. Não era o que ela queria — disse ele muito gentilmente, com medo até de chegar perto dela, que parecia extremamente arruinada e assustada.

— E o que você quer? — perguntou-lhe Olívia, lembrando-se das coisas que ele dissera e de seu olhar de ódio, tanto do lado de fora do refeitório quanto na fazenda, onde ele a olhara como se quisesse matá-la. Ela nunca o vira tão zangado. O que ela não sabia era que ele jamais ficara tão apavorado. Naquele momento, ele estava certo de que ela havia sido assassinada pelos alemães, com ou sem o bebê. E tudo o que ele queria fazer era trazê-la de volta da morte e sacudi-la.

— Eu quero você — disse Charles suavemente — da forma como ficamos no último ano, como poderíamos ter ficado desde o início, se eu tivesse dito a seu pai para ir plantar batatas com sua filha louca e selvagem, com todo o respeito devido a ela, e se eu tivesse sido corajoso o suficiente para ir atrás de você em primeiro lugar. Eu sabia que podia me apaixonar por você, e ela estava certa, eu tinha medo de você, e dela também. Estava com um medo tão danado de amar você que corri direto para os braços dela, porque ela era selvagem, excitante e segura, e eu sabia que não havia chance na terra de eu um dia amá-la.

— Você foi quase tão louco quanto nós. — Olívia sorriu para ele, enquanto o bebê se movimentava no berço atrás dela. — Essa é realmente uma razão estúpida para se casar.

— Então talvez nós mereçamos um ao outro — sorriu ele timidamente, e então ela tentou explicar algo que o fez sorrir mais abertamente.

— Você sabe que eu nunca tive a intenção de... Victoria disse... — Ele sabia exatamente o que ela queria dizer, e ela estava corando fortemente enquanto o dizia.

— Não acredito numa palavra disso, você sempre teve a intenção de me seduzir... eu sei que teve... — argumentou ele e pegou-a nos braços, desejando que ela o seduzisse novamente, mas ele não estava muito certo do que ela faria agora. Ele fora incrivelmente cruel, e ela tinha todo o direito de não perdoá-lo. E então ele pensou em algo mais e fez a ela outra pergunta. — Geoff sabia, ou suspeitava? — Ele sempre a conheceu tão bem e podia diferenciá-las quando ninguém mais podia.

— Eu o enganei por um tempo — disse ela. — Acho que ele suspeitava um pouco, mas eu marquei pontos sendo má com vocês de vez em quando para que não suspeitassem. Mas quando cortei minha mão em Croton, em junho passado, ele viu a sarda antes que eu pudesse impedi-lo.

— E ele sabia esse tempo todo? — Ela assentiu, como que pedindo desculpas. — Impressionante. — Ele procurou sua mão então e olhou para ela. A sarda estava em sua mão direita, mas lágrimas encheram seus olhos quando ela a viu. Não importava mais. Ela tinha morrido, não haveria mais brincadeiras ou risos ou decepções.

Ela se afastou dele e baixou a cabeça, sofrendo.

— Eu sinto tanto a falta dela — sussurrou.

— Eu também — disse ele suavemente. — Sinto falta de saber que ela é alguém especial em sua vida, que ela estava sempre ali por você e de ver você feliz — disse ele tristemente. — Sinto falta do seu sorriso... e de amar você ... e de estar com você... sinto muito por todas as coisas terríveis que disse... sinto muito por ter levado tudo tão mal a princípio. — Então ele chorou como ela. — Sinto muito por você tê-la perdido.

Ela assentiu e ficou chorando em seus braços por um longo tempo enquanto ele a abraçava e então finalmente ela olhou para o homem que quase fora seu marido.

— Eu o amava, Charles... eu realmente sinto muito.

— E agora? Você ainda poderia me amar?

Ela sorriu para ele, era uma pergunta tola. Ela sempre o amaria.

— Claro que poderia. Eu ainda o amo. Você não pode mudar isso.

— Então você vai se casar comigo? — perguntou ele solenemente, falando sério.

— Não seria um pouco embaraçoso para você, ou um pouco estranho, no mínimo? E certamente escandaloso se alguém soubesse por que você está fazendo isso?

— Não estou nem um pouco embaraçado. Acho que é mais embaraçoso estar cercado de crianças, nenhuma delas legal, ou muito poucas pelo menos. Eu estava pensando que o capitão poderia nos casar aqui, no navio, antes mesmo de chegarmos em casa. — Ele sorriu e ela sorriu de volta. Ela amava a idéia de casar-se no caminho de casa e depois ficar com ele. E tudo seria legal no fim das contas. Então ele se ajoelhou, segurou sua mão na dele e pediu-a em casamento, e ela riu. — Bem, você aceita? — perguntou ele formalmente.

— Aceito.

— Obrigado — disse ele e ficou de pé e a beijou. — Vou falar com o capitão. — E quando ele disse isso, o bebê começou a gritar, e Olívia olhou para ele com um sorriso e depois para seu futuro marido.

— Você sabe que, com Olivier, será como ter trigêmeos.

— Talvez ele coloque um pouco de equilíbrio em suas vidas — disse ele diretamente para ela, que pareceu envergonhada, mas ele a beijou novamente e saiu da cabine para fazer os arranjos, enquanto ela pegava o bebê para amamentá-lo.

Eles se casaram no dia seguinte à tarde, na cabine do capitão, e ela usou o único vestido decente que tinha, um verde, e carregou as únicas flores que o florista do navio tinha, cravos brancos. Eram tempos de guerra. Charles beijou a noiva quando o capitão os declarou marido e mulher, e no dia seguinte, quando se aproximavam de Nova York, passaram um rádio para Geoff e Bertie dizendo que estavam a caminho de Nova York, com previsão de chegada na sexta-feira. E assinaram o radiograma Papai e Ollie. Eles estavam de pé no *deck*, no parapeito do navio, enquanto o *Espagne* atracava vagarosamente e a salvo no porto de Nova York e Bertie estava na doca com Geoff e os dois bebês. Cada um carregava um e, enquanto Geoff acenava para eles, pareceu confuso ao ver a criança nos braços de seu pai, e Olívia soube que teriam de explicar tudo a ele, o melhor que pudessem, e guardar o resto até que fosse mais velho. Mas ela o viu olhando para ela quando o navio aportou e segurou a mão de Charles. Ele estava tentando ver qual delas ela era, quem tinha voltado para casa, e então ela o viu assentir, dizer algo a Bertie e acenar freneticamente para ela. Ele a reconhecera. Ela voltara para casa e para ele novamente. Ele não perdera sua amada Ollie. Fora Olívia quem perdera a pessoa mais querida de sua vida desta vez, a irmã que fora sua parceira, sua confidente, sua amiga, sua cúmplice em todas as travessuras. Ela não podia imaginar estar sem ela agora, sem ela para discutir ou rir. Seria um mundo diferente para Olívia, e ela sabia que sempre sentiria uma parte dela perdida, mas ao mesmo tempo ela soube que Victoria estaria sempre ali, em sua cabeça, seu coração e sua alma, pois não podia esquecê-la. Para ela, Victoria fora a pessoa que ela mais amara, até Charles e suas crianças. Ela era o outro lado de sua vida, de seu coração... o outro lado do espelho.

Este livro foi composto na tipologia Life Bt
em corpo 10/14 e impresso em papel
Offset 63g/m² no Sistema Cameron da Divisão
Gráfica da Distribuidora Record.